HEYNE <

MARNIE RICHES

# DEIN LETZTER ATEMZUG

Thriller

Aus dem Englischen von
Frank Dabrock und Irene Eisenhut

WILHELM HEYNE VERLAG
MÜNCHEN

Die Originalausgabe *Tightrope* erschien erstmals 2019
bei Trapeze, London.



MIX
Papier aus verantwortungsvollen Quellen
FSC® C083411
www.fsc.org

Penguin Random House Verlagsgruppe FSC® N001967

Deutsche Erstausgabe 10/2021

Redaktion: Uta Dahnke
Printed in Germany
Umschlaggestaltung: Sandra Taufer Grafikdesign
unter Verwendung von Trevillion Images / Stephen Carrol; Shutterstock.com
(rubiphoto, Bokeh Blur Background, Ensuper, PixDeluxe, Photo Boutique,
YuriyZhuravov, faestock)
Satz: Uhl + Massopust, Aalen
Druck und Bindung: CPI books GmbH, Leck

ISBN 978-3-453-42391-6
www.heyne.de

*Für meine süße Natalie und meinen süßen Adam,*
*die Lieben meines Lebens. Ich entschuldige mich*
*für euren erblich bedingten Hang zu unflätiger Sprache*
*und zum Fluchen.*
*Tut mir leid, aber auch wiederum nicht leid.*

## PROLOG

# Der Wolf

Das Mädchen liegt eingezwängt unter ihm auf der ledernen Chaiselongue und starrt in den gähnenden Schlund seiner Wolfsmaske aus Latex. Trotz des ihr verabreichten Alkohols und des Drogencocktails, der sie entspannt und gefügig machen sollte, ist die Angst in ihren Augen deutlich zu erkennen.

»Du weißt, was jetzt passiert?«, fragt er, und seine Stimme klingt dumpf und hohl, wie aus einer anderen Welt. Ihr zu sagen, was er für sie vorgesehen hat, die Rolle des Erzählers in ihrer persönlichen Geschichte des Grauens zu übernehmen, die nunmehr ihren Höhepunkt erreicht hat, erregt ihn. Immerhin wird alles gefilmt. »Ich werde zudrücken, das Leben aus dir herausquetschen, denn das ist es, was eine wie du verdient.«

Sie erstarrt einen kurzen Augenblick. Vielleicht versucht sie die ihr unbekannte Sprache zu verstehen. Blanke Verzweiflung breitet sich plötzlich auf ihrem Gesicht aus. Sie schüttelt den Kopf. »Nein! Mag nicht!«, stammelt sie. »Stan? Wo sein? Muss sprechen.« Sie lallt durch den Wodka, was ihrem russischen Akzent eine schmalzige Note verleiht. Tränen rollen ihr über die Wangen, als sie sich in der Hoffnung auf eine Reaktion dem Kameramann zuwendet. »Bitte, aufhören!« Sie sagt etwas in ihrer Muttersprache. Ihr schrilles Wimmern lässt sie wie das kleine Mädchen klingen, das sie unter dem starken Make-up eigentlich noch ist.

Doch *den Wolf* kümmern ihre Bedürfnisse nicht, und die Kamera läuft weiter. Er setzt seine Knie auf ihre zarten Lenden und drückt ihre Arme über dem Kopf herab, sodass sie nicht mehr strampeln oder um sich schlagen kann. Er ruft den anderen zu, sie sollen sie festhalten, und sie gehorchen ihm, genau wie das Mädchen.

»Nein! Nein!«, schreit sie und windet sich, aber ihre Gegenwehr ist zwecklos. »Das tun weh! Wo Dimitri? Hol Stan! Stan! Hilfe!«

»Stan ist nicht hier«, zischt er ihr ins Ohr. »Und Dimitri ist beschäftigt. Genau wie wir.«

Sie schreit so laut, dass der Klang auf der Tonspur verzerrt wird.

Der Wolf blickt zu den anderen Männern. Sie sind insgesamt zu fünft, alle nackt, bis auf ihre Masken. Der erste trägt die Maske eines Schweins, der zweite die einer Bulldogge, der dritte die eines Pferds und der vierte die eines Hahns. Er selbst spielt die Hauptrolle in der Maske des Wolfs. Die momentane Stimmung der anderen Männer ist schwer auszumachen, aber sie sind auf jeden Fall alle noch immer sichtbar erregt und stehen an, um sich ein zweites Mal mit diesem Früchtchen zu vergnügen.

Im Augenblick ist jedoch der Wolf an der Reihe.

Er greift nach dem auf dem Couchtisch liegenden Ballknebel, den er dem Mädchen mit geübter Hand um den Kopf schnallt, obwohl sie sich heftig windet. Ihren Protest kann sie jetzt nur noch in Form eines gurgelnden, würgenden Geräuschs von sich geben, da sie sich an ihrer eigenen Spucke verschluckt.

»Das ist besser! Du redest zu viel!«

Er legt eine Hand um den Hals des nackten Mädchens und drückt zu, während er sie reitet. Unerbittlich. Der Herr über ihr Schicksal. Genau wie sein Vater damals, als er ihn vor vielen Jahren dabei beobachtete, wie er den Babysitter, die Tochter der Putzfrau und seine jüngere Schwester souverän kontrollierte. Das Mädchen – mittlerweile verstummt und mit rotem Gesicht, weil sie um ihr Leben kämpft – windet sich unter ihm, um sich zu befreien. Ihre weit aufgerissenen Augen schauen flehentlich, und die Adern auf ihrer Stirn treten hervor. Sie scheint mit den Lippen ein Wort bilden zu wollen, dessen Klang jedoch durch ihre zusammengedrückte Gurgel nicht hervordringen kann.

Die anderen Männer schreien ihn mittlerweile an, übertönen sich gegenseitig, sodass es schwierig ist, zu sagen, ob sie ihn anstacheln oder protestieren. Aber das interessiert den Wolf ohnehin nicht, denn er hat den Geruch frischen Fleischs in der Nase.

Als das Mädchen schließlich bewegungslos daliegt und ihr Kopf zur Seite fällt, ergreift die Bulldogge das Wort.

»O Gott! Sie ist ganz schlaff. Ist sie etwa tot?« Er streckt den Arm aus, presst zwei Finger auf ihren Hals. »Ich kann keinen Puls mehr spüren. Drücke ich an der richtigen Stelle?« Er schnallt den Knebel los, nimmt den roten Plastikball aus ihrem Mund, beugt sich herunter und hält sein Ohr dicht an ihre Lippen. »Ich kann sie auch nicht mehr atmen hören.«

»Versuch's am Handgelenk«, sagt das Pferd. Er greift danach, tastet an der Innenseite nach einer pulsierenden Ader. »Nichts.« Er hebt die Augenlider des Mädchens und winkt, ohne dass eine Reaktion erfolgt, mit einer Hand vor ihren glasigen Augen. »Verdammt noch mal, du hast sie umgebracht, oder?«, sagt er zu dem Wolf. »Du Idiot. Jetzt sind wir geliefert.« Seine Stimme zittert. Er weicht von der Chaiselongue zurück und verdeckt seine schwindende Erektion mit beiden Händen, als würde er am Ende doch noch Scham empfinden.

Derartige Schuldgefühle plagen den Wolf jedoch nicht. Befriedigt steigt er von der jugendlichen Prostituierten herunter. Sie ist für ihn nicht mehr als ein verbrauchtes Pferd nach einem langen, harten Ritt. Seine Arbeit ist getan.

Das ist der Grund, warum er der Star in diesem kleinen Amateurfilm ist, den Stans verschwitzter, vollgekokster Kameramann noch immer diskret dreht.

Die Gliedmaßen des Mädchens hängen in einem seltsamen Winkel herab, wie die Zeiger einer kaputten Uhr. Irgendwie passend, denn Zeit spielt für sie jetzt keine Rolle mehr.

Das Schwein zerrt an seiner Maske, als wolle er sie abnehmen. Doch dann scheint er sich eines Besseren zu besinnen. »Warum zum Teufel hast du sie erwürgt? Du Trottel. Das wird auf uns alle zurückfallen. Meine Frau wird von der Sache erfahren, und wir werden wegen Beihilfe zum Mord im Knast landen. Du bist ein brutaler Mistkerl, Himmel noch mal! Wir sind alle erledigt.« In seiner Stimme schwingen hörbar Wut und Angst mit.

»Kannst du mal aufhören, in Panik zu geraten?«, fährt der Hahn das Schwein an. Er wendet sich dem Wolf zu. »Wir können sie hier nicht einfach liegen lassen, oder? Wir sollten versuchen herauszufinden, wer sie ist.« Er greift nach der Handtasche des Mädchens, stellt sie auf seiner fetten Wampe ab und beginnt darin herumzuwühlen. Sichtlich aufgeregt, leert er ihren Inhalt schließlich auf dem Couchtisch der exklusiven Wohnung aus und geht ihn rasch durch. Schmerztabletten. Handy. Lippenstift. Gleitmittel. Kondome. Ein Tampon. Portemonnaie.

Der Wolf nimmt etwas in die Hand, das wie ein Personalausweis aussieht, sich aber nur als Fahrausweis der Londoner Verkehrsbetriebe entpuppt. »Gefälscht«, sagt er. Er hält die Karte mit dem Lichtbild hoch und vergleicht das lächelnde Mädchen auf dem Foto mit dem schmerzverzerrten Totenantlitz der minderjährigen Prostituierten. »Emma Davies? Ganz bestimmt nicht! Die blöde kleine Schlampe kommt aus Russland. Sie ist eine von Dimitris Nutten, die er hierhergeschafft hat. Seien wir ehrlich, Jungs! Keiner wird sie vermissen.«

»Du hast sie umgebracht«, sagt das Pferd zu dem Wolf. Seine Stimme klingt nasal durch die Form seiner Maske. »Das ist dein Problem.« Er hebt die Hände und macht einen Schritt zurück. Schüttelt den Kopf. »Ich bin weg. Damit habe ich nichts zu tun. Wir wollten ein bisschen Spaß haben. Dampf ablassen. Aber das …? Da bist du auf dich allein gestellt. Ich habe Familie. Einen Ruf …«

Die Bulldogge zieht die Vorhaut wieder über sein erschlaffendes Glied und legt den Kopf schief, während er das Mädchen betrachtet. Seine Fassungslosigkeit ist an dem hohen Ton in seiner Stimme hörbar. »Die einzige Möglichkeit, die Sache aus der Welt zu schaffen, ist, *sie* aus der Welt zu schaffen. Du musst sie loswerden. Was wirst du mit der Leiche machen?«

Der Wolf wendet sich ihm zu. »Was *ich* damit machen werde? Du meinst wohl eher, was *wir* damit machen werden, oder? Denn wir stecken hier alle mit drin, schon vergessen?«

Während sich die anderen Männer von der Leiche und der Kamera zurückziehen und sich mit Kissen und Kleidungsstücken bedecken, die sie erst vor wenigen Minuten fröhlich abgelegt hatten, stiehlt sich der Wolf in die Küche. Mit einem Messerblock und einer Rolle schwarzer Mülltüten kehrt er zurück, setzt den Block auf dem Couchtisch ab und schiebt die Habseligkeiten des Mädchens weg, sodass sie auf den Boden fallen. Er zieht ein Fleischerbeil und ein Brotmesser heraus und starrt durch die Augenschlitze seiner Wolfsmaske auf die schimmernden Klingen, seine Erektion ist noch immer beträchtlich.

»Ich weiß ganz genau, wie ich dieses kleine Problem loswerde.«

Der Film endet.

Der Reiz, ihn in der ungestörten Atmosphäre seines Arbeitszimmers immer und immer wieder zu sehen, lässt nie nach, obwohl er weiß, dass der Film jetzt im Darknet ist und sämtliche Toms, Dicks und Harrys dieser Welt sich auch daran aufgeilen können. Vorausgesetzt, sie schaffen es, hinter die Paywall zu kommen. Während er sich langsam selbst befriedigt und mit der freien Hand nach der Tischplatte seines Schreibtischs aus Palisander greift, geht ihm durch den Kopf, dass dieser Film ihn zu einer Art Berühmtheit macht. Auf jeden Fall fühlt er sich immer wie ein Star, wenn der Film über den Bildschirm seines Notebooks flimmert. Er ist der Wolf. Alle anderen in diesem Drama sind Nebenfiguren. Er ist der König in dieser perfekten Welt in einem Penthouse in West London.

Das Filmmaterial endet mit einem Standbild, das eine hochgehaltene Hand in Nahaufnahme zeigt. Seine Hand. Er hatte sich Stans Kameramann zugewandt und ihm erklärt, dass er das Gerät ausschalten und den Film vernichten solle. Was der geldgeile Schwachkopf aber nicht gemacht hatte. Stattdessen hatte er das Material auf Stans Vorschlag hin hochgeladen und ins Netz gestellt, um Geld in die Kasse zu bringen. Stan wollte auf diese Weise den durch den Tod seiner Hure bedingten Einkommensentfall ausgleichen. Zuerst hatte der Wolf das Gefühl gehabt, als würde der Himmel gleich über ihm zusammenbrechen. Aber er ist nicht über ihm zusammengebrochen. Er hat von den Behörden und diesem Dreckskerl, Stan, nichts zu befürchten. Mittlerweile ist etwas Zeit vergangen, und noch immer weiß niemand, wer hinter dem Tod dieses mysteriösen Mädchens steckte, das, zusammen mit vergammeltem Fleisch, im Abfallbehälter eines Metzgers aufgetaucht war, in Stücke zerlegt und in Müllbeutel verpackt. Eine kaputte russische Puppe.

Er säubert sich und bereitet sich auf einen weiteren Tag als Mann mit untadeligem Ruf vor. Er ist ein ehrenwertes, vertrauenswürdiges und beliebtes Mitglied der Gesellschaft, so wie sein Vater es war. Keiner weiß von seiner Hauptrolle als der Wolf. Dieses Wissen wird ein Geheimnis bleiben, das alle Beteiligten mit ins Grab nehmen werden. Da ist er sich sicher. Er wird in den auf Film festgehaltenen flüchtigen Minuten für immer und ewig ein Abgesandter Gottes auf Erden sein, der nach Lust und Laune Urteile fällt und über Tod oder Leben entscheidet.

Er macht den Hosenschlitz zu, wäscht sich die Hände und prüft sein Spiegelbild. Alles ist still, bis auf seine Schritte und die beharrliche Stimme in seinem Kopf, die nicht einmal der Film übertönen kann:

»Nein, danke. Du bist nicht das, wonach ich suche.«

In einer ohrenbetäubenden Schleife ertönt *ihre* Stimme. Sie hat ihn damals in aller Öffentlichkeit abgewiesen und gedemütigt. Aber das ist nichts im Vergleich zu der ungeheuerlichen Lüge, die sie seit mehr als zehn Jahren erzählt. Die Frau, die er vor seinem geistigen Auge sieht, hat einen ungeheuerlichen Verrat begangen. Sie hat ihm etwas gestohlen, auf die schlimmste vorstellbare Weise. Doch seine Rache wird kommen.

Der Wolf beobachtet sie. Er ist hungrig. Und wartet.

## KAPITEL 1

# Bev

»Zur Hölle mit Doctor Mo und seinem dämlichen Gruppentherapiegewäsch«, sagte sie und genoss den Anblick des Objekts ihrer Begierde. Endorphine schossen durch ihr Blut. Der Rausch einer Eroberung war immer eine Droge, die ihr schlechtes Gewissen betäubte, das ihr beharrlich zu verstehen gab, dass sie dabei war, ihren Schnellzug zurück in eine lebenswerte Zukunft zum Entgleisen zu bringen. Sie sah kurz auf die mit edwardianischen Reihenhäusern gesäumte Straße und fuhr über eine Bodenschwelle, sodass der Wagen schwankte und ihre Zähne aufeinanderschlugen. Okay, vielleicht war sie etwas zu schnell unterwegs. Ihr Blick wanderte zurück zu ihrer Beute. »O Mama. Ich kann es kaum *erwarten*, dich zu Hause auszupack …«

Als das Allradfahrzeug in sie hineinkrachte, schlingerte Beverley Saunders' kleiner VW Polo so weit nach rechts, dass er den Audi, der auf der gegenüberliegenden Straßenseite parkte, nur um wenige Zentimeter verfehlte. Ihr Airbag öffnete sich.

»Herrgof pft.« Ein erstickter Aufschrei war alles, was sie herausbringen konnte, ehe das Aufprallkissen wieder in sich zusammenfiel. Ihre zitternden Hände umklammerten das Lenkrad derart fest, dass die Knöchel weiß hervortraten. Fassungslos starrte sie den Airbag an, der mittlerweile wie ein übergroßes gebrauchtes Kondom aussah. »Welcher Volltrottel …?«

Adrenalin rauschte durch ihren Körper. Sie zog die Handbremse an, schaltete das Warnblinklicht ein und stieg aus dem Wagen. Aus einem Range Rover blickte eine Frau auf sie herab. Mit offenem Mund starrte sie auf Bev, als könnte sie nicht so recht glauben, was gerade geschehen war.

Bev begutachtete den Schaden, den ihr geliebter kleiner VW durch die unnachgiebige Masse des aufgemotzten Hausfrauenschlittens in dieser überteuerten Ecke von Cheshire davongetragen hatte. Wütend marschierte sie zur Fahrerseite des Allradfahrzeugs und erwartete, auf eine abgehalfterte, in Seifenopern spielende Schauspielerin oder auf die Frau eines Fußballers zu treffen.

»Steigen Sie aus Ihrer verdammten Karre aus!«, schrie Bev.

Die Hand der Fahrerin schnellte zum Mund, doch sie rührte sich sonst nicht.

Sie schien kein Promi zu sein, aber Bev kannte den Typ Frau sehr gut. Hoch angesetzter blonder Pferdeschwanz. Perlenohrringe. Eine teuer aussehende Pelzweste, die die spindeldürren Arme der Trägerin zur Geltung brachte, und ein grässlicher braungrauer Seidenschal, der perfekt mit den Farben harmonierte, in denen die Türen und Fensterrahmen der umliegenden Häuser gestrichen waren. An den knochigen Fingern steckten Ringe mit fetten Steinen, die den Haushalt eines Entwicklungslands hätten finanzieren können. So viel konnte Bev durch die Scheibe erkennen.

»Ich rede mit Ihnen, Sie blöde Kuh!«

Bev betrachtete die eingedrückte Fahrerseite ihres Autos und bemerkte, dass der Reifen in einem Winkel nach innen zeigte, der nichts Gutes verhieß. Ihr schlechtes Gewissen meldete sich, denn dieser karmische Unfall schien die Bestrafung dafür zu sein, dass sie schwach geworden war. Trotzdem entschuldigte dies nicht das Verhalten dieser dummen Ziege. Bev klopfte auf die Motorhaube des Range Rovers.

»Sie haben meinen Wagen zu Schrott gefahren!«

Zu beiden Seiten der Straße wurden Fensterläden aufgerissen. Putzfrauen und Kindermädchen spähten hinaus und fällten zweifellos ihr moralisches Urteil, während Bev fluchte und die Blondine schließlich ausstieg. Sie nestelte nervös an den Bändern ihrer Weste herum.

»Das tut mir schrecklich leid. Mein Fuß ist vom Pedal abgerutscht und das Auto einfach nach vorne geschossen.« Die Blondine blickte bedauernd hinter sich auf das Vorfahrtzeichen in der Straße.

»*Sie* sind nicht verletzt, nehme ich an«, sagte Bev und beäugte den blütenweißen Overfinch Range Rover, der keine einzige Delle aufwies. Klar. Nur der Polo sah aus, als hätte er mit Godzilla gekämpft. »Ihre Kontaktdaten!«, blaffte sie die Frau an. Mit wild pochendem Herzen hielt sie ihr einen braunen Umschlag hin, in dem sie vor Kurzem ein grässliches Schreiben der Steuerbehörde erhalten hatte, und einen Bleistift, den sie von IKEA hatte mitgehen lassen. »Wir werden die Polizei rufen müssen, um eine Schadensnummer zu bekommen, denke ich, aber zuerst tauschen wir die Kontaktdaten aus.«

»Ja. Natürlich.« Aufgeregt suchte die Frau nach etwas, worauf sie sich aufstützen konnte. Sie entschied sich für die Motorhaube ihres Wagens. »Angela Fitzwilliam«, schrieb sie mit zitternder Hand.

Der Unfall drohte Bev endgültig in einen Abgrund zu reißen, an dessen Rand sie sich kaum noch hatte festhalten können, geschweige denn, ihn erklimmen. Sie wollte gerade eine weitere Tirade von Kraftausdrücken auf die Frau niedergehen lassen, als ihr schlechtes Gewissen wieder aufflackerte, heller und andauernder dieses Mal, wie ein Suchscheinwerfer, der ihre Unzulänglichkeiten beleuchtete. Insgeheim gestand sie sich ein, dass sie eigentlich auch nicht richtig aufgepasst hatte, weil sie zu sehr damit beschäftigt gewesen war, auf das äußerst seltene, funkelnagelneue Origami-Set zu starren, das sie dem alten Kerl in Rusholme abgekauft hatte. In einem Augenblick von eBay-Wahnsinn hatte sie genau dem Zwang nachgegeben, dem zu widerstehen sie geschworen hatte. Dr. Mo würde sie daran erinnern, dass sie auf ihrem persönlichen Schlangen-und-Leitern-Spiel des Lebens vier Schritte zurück gemacht hätte und eine weitere verdammte Schlange zurückgleiten würde, wo sie doch schon gehofft hatte, die nächste Leiter zu erklimmen. Aber das müsste der selbsternannte Retter der Zwangsneurotiker und gewohnheitsmäßig Gestörten erst einmal herausfinden.

Möglich, dass ihr *auch* Unaufmerksamkeit vorzuwerfen war. Doch diese Frau sah stinkreich aus. Sie konnte es sich bestimmt leisten, ihren Schadenfreiheitsrabatt zu verlieren und den Selbstbehalt zu bezahlen. Anders als Bev, auf die ein Stapel ungeöffneter Rechnungen in ihrer Bruchbude wartete. Von dem Steuerbescheid ganz zu schweigen. Was soll's.

»Also geben Sie zu, dass Sie an dem Unfall schuld sind?«

Die Frau schloss ihre großen, tief liegenden Augen und hielt ihre wunderschön manikürten Hände hoch. »O ja, natürlich.«

Ein repariertes Auto, ein oder zwei Monate wunderbare Physiotherapie, in der ein Muskelprotz sie mit warmen Ölen durchknetete – anders würde Bev an keine Massage herankommen, jetzt, da sie ständig pleite war. Ein paar Tausender als Schadenersatz würden einige dieser Schulden begleichen. Auf einmal. Bev rieb sich in Gedanken die Hände und dankte Gott für den Silberstreifen am Horizont.

Den Polo zurück zur Wohnung zu fahren stellte eine Herausforderung dar. Mit einer Geschwindigkeit von fünf Meilen pro Stunde kroch Bev die Straße entlang und studierte die Worte ein, mit denen sie ihrer Versicherungsgesellschaft den Unfall am Telefon erklären wollte: *Die andere Autofahrerin hat nicht aufgepasst, wo sie hinfuhr. Mein Wagen ist hinüber. Wird die Versicherung der Unfallgegnerin mir einen Leihwagen bezahlen? Kann ich einen Alfa Romeo bekommen?*

Sie schaffte es gerade noch, auf Sophies gekieste Einfahrt einzubiegen, ehe ihr Auto sein Leben aushauchte. Als sie den Range Rover erblickte, der bereits vor dem frei stehenden viktorianischen Herrenhaus parkte, zuckte sie zusammen. Ein weißer Overfinch mit schwarzen Alufelgen. Der Gedanke, sich in ihre schimmelige Souterrainwohnung zurückzuziehen, um sich mit dem seltenen verbotenen Origami-Stück zu trösten, war längst aus ihrem Kopf verschwunden.

»Das ist ja wohl nicht wahr. Was zum Teufel …?«

Die Buntglashaustür wurde aufgerissen, und Sophie tauchte im Eingang auf, ein Zahnpastalächeln auf den Lippen. Mütterlich legte sie einen Arm um die Schulter ihres weiblichen Gasts. Die Frau, die eine Pelzweste trug, tippelte auf Beinen, die so dünn waren wie die eines Rehs, scheu ein Stück weiter vor. »Bev, das ist meine Freundin, Angela Fitzwilliam. Sie ist mit einem früheren Kollegen von Tim verheiratet. Angie, das ist Beverley Saunders, meine älteste Freundin aus der Studentenzeit und eine außergewöhnliche Privatdetektivin.«

Angie Fitzwilliam schaute Bev an, als würde sie einen Geist erblicken. *»Sie?«*

»Wir hatten bereits das Vergnügen miteinander«, sagte Bev und verzog demonstrativ das Gesicht in Richtung ihres demolierten Wagens. »Was willst du, Sophie? Ich habe keinen fahrbaren Untersatz, dank *ihr*. Wie soll ich ohne eine verdammte Karre fremdgehende Mistkerle observieren? Möglicherweise habe ich nächste Woche einen Auftrag in Warrington.«

»Komm schon, Bev! Das ist kein Grund, derart unfreundlich zu sein«, erwiderte Sophie.

»O doch, ist es!«

*Lernen Sie, Stresssituationen aus dem Weg zu gehen, wenn diese Sie zu überfordern drohen,* hatte Dr. Mo zu ihr gesagt. *Greifen Sie nicht auf schlechte Angewohnheiten zurück, um wieder die Kontrolle zu bekommen. Vergessen Sie nicht, was auf dem Spiel steht!*

Sie musste weg von hier.

Bev drängte sich an den beiden Frauen vorbei und bahnte sich einen Weg durch die Kinderwagen, Kindersitze und das übrige Kinderzubehör, das in Sophies ansonsten makelloser, geräumiger viktorianischer Diele herumstand, und ging die schmale Steintreppe hinunter zu ihrer winzigen Wohnung im Keller. Sophie hatte sich dazu herabgelassen, sie ihr günstiger zu vermieten, wobei der Rabatt verschwindend gering war dafür, dass sie miteinander befreundet waren. Bev konnte den Schlüssel gar nicht schnell genug ins Schloss bekommen. Sie schlug die Tür hinter sich zu und betete, dass selbst ein Mensch, der so unbeirrbar war wie ihre älteste Freundin, begreifen würde, warum sie nicht in der Stimmung war, mit der rücksichtlosen Kuh zu plaudern, die ihren Tag ruiniert hatte.

Bev warf sich auf das Sofa, unterdrückte ein Schluchzen und begutachtete das Origami-Set. Sobald das zarte Objekt fertiggestellt wäre, käme es selbstverständlich in das Regal, in dem bereits unzählige Kraniche, Blumen und Drachen verstaubten. Das Verlangen würde zwar befriedigt sein, aber sie würde wieder einmal unter der Last der eigenen Enttäuschung in sich zusammenbrechen. Mittlerweile war sie dreißig, und die Null in dieser Zahl stand stellvertretend für die Leere in ihrem Dasein. Einem Dasein, in dem sie souverän gescheitert war und das sich in der Blüte ihres Lebens ausgesprochen zweitklassig anfühlte.

Entschlossen begann sie an dem Zellophan zu reißen.

In dem Augenblick klopfte es an der Tür, sodass sie in der Bewegung verharrte. Sophie rief von der anderen Seite der Tür etwas. Ihre Stimme klang blechern in dem Klaustrophobie auslösenden unterirdischen Raum am Ende der Treppe, der eine Art Vorraum bildete.

»Alles in Ordnung mit dir, Süße? Können wir hereinkommen?«

Bev versteckte ihre neue Errungenschaft zwischen all dem Zeug, das auf dem Couchtisch lag, und öffnete die Tür. Beide Frauen standen da und sahen aus wie ein perfektes Bild aus *Harper's Bazar*.

»Was willst du?«, fragte Bev und kam sich mit einem Mal billig und gammelig vor in ihrer Jeans aus dem Supermarkt, die an den Knien durchgescheuert war, und dem am Bauch fleckigen Ruder-T-Shirt aus der Collegezeit. »Ich habe ihr bereits meine Kontaktdaten gegeben.« Sie lehnte sich gegen den Türrahmen, die Arme verschränkt, die Beine über Kreuz. »Außerdem bin ich beschäftigt.«

»Oh, hab dich nicht so! Lass uns herein!«, sagte Sophie mit einem Augenzwinkern und schob sich an Bev vorbei, als würde ihr das Haus gehören, wie es ja auch der Fall war. »Angie muss mit dir sprechen.«

»Nein, nein! Schon in Ordnung«, entgegnete Angie, verschränkte die Arme und drehte sich um, um zu gehen. »Vergessen wir's.«

»Unsinn«, widersprach Sophie und zerrte ihre Freundin herein.

Die dunkle Zweizimmerwohnung fühlte sich mit drei Personen überfüllt an. Bev wartete darauf, dass das Wasser kochte, und beobachtete Angie durch die Ritze in der Tür ihrer Miniküche. Die beiden Frauen deuteten auf Bevs Origami-Sammlung, nickten und bestaunten die filigranen Kreationen. Doch Bev bekam mit, wie sie sich einen vielsagenden Blick zuwarfen und die Nasen rümpften. Sie war sich sicher, dass eine das Wort »staubig« gesagt hatte.

»Hier drinnen stinkt's, oder?«, sagte sie und trat aus der Küche mit einem Tablett, auf dem ein Kaffeebereiter und drei Tassen standen. Sie hatte auch eine Packung Kekse mitgebracht, wobei sie wusste, dass nur sie davon essen würde. Denn Angie schien magersüchtig zu sein, nach den verräterisch dichten Härchen auf ihren Unterarmen zu urteilen, die ein typisches Anzeichen dafür waren, und Sophie nahm grundsätzlich keine Kohlenhydrate zu sich. »Das liegt daran, dass ich nicht nur Origami sammle, sondern auch schwarzen Schimmel. Tim ist nicht bereit, etwas gegen die Feuchtigkeit im Keller zu unternehmen. Du bist mit einem Mann verheiratet, der Elendsquartiere vermietet, Soph. Ha, ha.«

Dr. Mo hatte ihr gesagt, dass sie versuchen sollte, ihre Bitterkeit abzulegen, um mehr positive Energie freizusetzen, durch die sich ihr Leben verbessern würde. Aber Mo war auch nicht von ihrem Ex-Mann, Rob, verschaukelt worden, dieser Ausgeburt an Widerlichkeit. Er musste nicht darum kämpfen, über die Runden zu kommen. Er stand nicht unter Beobachtung des Jugendamts.

Ohne auf die spitze Bemerkung einzugehen, gab Sophie ihrer Freundin Angie mit einer hoheitsvollen Geste zu verstehen, sie möge auf dem Sofa Platz nehmen. Beide saßen vorsichtig auf der Kante, wie glänzende Vasen von Lalique, umgeben von Ramsch in einem Secondhandladen auf der Haupteinkaufsstraße.

Sophie wartete und nippte an ihrem schwarzen Kaffee, bis alle Augenpaare auf sie gerichtet waren. Erst dann offenbarte sie den Grund ihres Besuchs. »Angie braucht deine Hilfe. Stimmt doch, oder?«

Bev war überrascht, Tränen aus den perfekt geschminkten Augen der Fremden kullern zu sehen. Früher hätte sie sich wie eine Glucke um sie gekümmert und instinktiv gewusst, wie sie mit diesem Gefühlsausbruch umzugehen hatte. Doch ihr früheres Ich hätte sich auch nie wie eine Außenseiterin in der eigenen Wohnung gefühlt. Wer zum Teufel war diese Frau mit ihren beigen Gucci-Tretern und dem kunstvoll drapierten Seidenschal? Sie sah aus, als hätte sie gerade eine Yogastunde in einem winzigen Aschram über einem Biofleischer oder einer Vollkornbäckerei gehabt.

Bev zog ihr neues Origami-Set unter ihrer Tasse hervor, ersetzte es durch eine ungeöffnete, überfällige Gasrechnung und bot ihrer Besucherin das letzte Taschentuch aus einer Schachtel an.

»Tut mir leid«, sagte Angie. »Du kennst mich nicht einmal, und …« Sie schüttelte den Kopf.

»Jerry ist ein Tyrann«, sagte Sophie. »Angies Mann. Er wacht mit Argusaugen über das gemeinsame Bankkonto, nicht wahr, Angie? Und Angie ist sich sicher, dass er fremdgeht, wenn er in London ist. Möglicherweise auch hier.« Sophie wandte sich Bev zu, als Klatschbase so in ihrem Element, dass ihre Porzellanwangen vor Eifer glühten. Sie tätschelte Angelas Bein, als wäre sie ein Kind, das nichts weiter brauchte als den guten Rat eines Erwachsenen, der es am besten wusste. »Er ist ein Hund, und sie muss ihn einschläfern lassen.«

Angie spielte an ihren Ringen herum. »Moment mal, Soph. Das würde ich so nicht sagen …«

Doch Sophie hörte ihr nicht zu. »Jerry und Tim haben früher zusammen an der Börse gearbeitet, bei Lieberman Brothers. Die Jungs waren so eng miteinander befreundet, dass sie sich sogar eine Zweitwohnung in London geteilt haben, nicht wahr, Angie?« Sophies Augen wirkten derart glasig, als hätte sie sich gerade eine Line reingezogen, obwohl sie Drogen schon immer abgelehnt hatte. Aber diesen Gesichtsausdruck hatte sie stets drauf, wenn sie auf einer Mission war. Bereits in ihrer Studentenzeit, als sie sich eingesetzt hatte für Save the Children. Für Oxfam. Und für Antonia im Erdgeschoss, deren Vater ein mieses Schwein gewesen war. Sophie, der Gutmensch mit ihren Wohltätigkeitsveranstaltungen, ihrer Kumbaya-Positivität und ihren Flugblattaktionen, kam stets anderen zu Hilfe. Ein Tee, ein Plausch und eine feuchte Kellerwohnung. »Die beiden waren erstklassige Hochschulabsolventen, *die* Überflieger schlechthin, haben eine Karriere im Turbogang eingelegt und wurden die Herrscher des Universums. Sie waren ein echtes Dream-Team. Ehe dann alles …« Sie zog ihre sorgfältig gezupften Augenbrauen zusammen, als könnte sie nicht glauben, dass sich der berufliche Aufstieg dieser beiden Idioten selbst nach dem Bankencrash von 2008 noch sensationell fortgesetzt hatte. »Jerry war schon immer ein *derartiges* Alphatier. Ich bin nicht überrascht, dass Angie einen Schnitt machen will.«

»Was willst *du*, Angela?«, fragte Bev und sah, wie der Rücken ihrer Besucherin sich wie ein Zweig in einer steifen Brise bog. »Die Scheidung?«

Der Blick dieser wunderschön geschminkten Augen schoss von Sophie zu dem iPhone, das sie zwischen all den Kram auf Bevs Couchtisch gelegt hatte. Angelas Stimme war zaghaft, als sie sprach. »Ähm, ja.« Ein fleckiger Ausschlag wurde über ihrem Seidenschal sichtbar und breitete sich bis zu ihrem Kinn aus. Sie kratzte mit ihrem Daumennagel über die Kuppe ihres Zeigefingers. Kratzte und kratzte.

»Angie braucht unwiderlegbare Beweise für eine Scheidung. Du musst irgendetwas Schmutziges über Jerry ausgraben.« Sophie stieß ihre Freundin an. »Zeig ihr das Bild!«

Angie drückte Bev das Foto in die Hand. Bev starrte in das Gesicht von Jerry Fitzwilliam. Sie erkannte ihn sofort. »Der verdammte Schattenminister für Wissenschaft? Wollt ihr mich auf den Arm nehmen?« Sie begann, zu lachen. »Ich habe ihn heute Morgen im Frühstücksfernsehen gesehen. Der Star des Parlaments und die große Hoffnung von Labour? Ist er nicht auch der Abgeordnete unseres Wahlkreises?« Sie schüttelte energisch den Kopf und stellte sich vor, wie ein Furcht einflößender Schlägertyp des MI5 oder MI6 – welche Sicherheitsbehörde auch immer dafür zuständig war – ihr beim Beobachten hinterherspionierte. »Ich werde mein Teleobjektiv nicht einmal annähernd in die Richtung dieses Kerls halten. Das ist eine Nummer zu groß für mich. Ernsthaft, Angela. Ich fühle mich geschmeichelt, dass du geglaubt hast, ich könnte dir helfen. Auch Sophie, danke für dein Vertrauen. Aber ich bin eine Schmalspurexpertin für Marketing, die in letzter Zeit ein paar Aufträge als Privatdetektivin angenommen hat, weil … na ja, sagen wir mal, weil die Umstände es erforderlich gemacht haben. Eine lange Geschichte. Im Ernst, hol dir einen Profi mit einem Spesenkonto und einer Fünf-Sterne-Bewertung auf Trustpilot. Oder nimm dir einfach einen Scheidungsanwalt, wie alle anderen Menschen auch, und bring die Sache hinter dich.«

Angie griff nach ihrem Handy und sah Bev kaum an. »Ich hätte nie herkommen sollen, zumal ich dich nicht einmal bezahlen kann. Tut mir leid.«

»*Was? Du kannst nicht zahlen?*« Bev war mittlerweile aufgesprungen. Wen hatte Sophie da nur angeschleppt? Eine Frau mit hervorstehenden Hüftknochen, wie es gerade in Mode war, und einem prominenten Mann, die nicht genügend Grips besaß, um auf ihren eigenen pedikürten Füßen zu stehen.

Sie führte die beiden zur Wohnungstür. »Tu mir einen Gefallen, Soph! Bring mir keine potenziellen Klienten her, die auf ein Gratisgeschenk hoffen. Ich kann meine Rechnungen nicht mit Gefälligkeiten bezahlen.«

»Sie kann zahlen, Bev!« Sophie wollte sich offenbar noch nicht geschlagen geben und polterte los wie eine Sprecherin des britischen Frauenverbands. »Hör auf, so gemein zu sein! Du musst ihr helfen. Die Auswirkungen, die das auf Angies Kinder haben wird, sind einfach …«

»Würdest du bitte damit *aufhören*, über mich zu sprechen, als wäre ich nicht dabei?«, fiel ihr Angie ins Wort. Ein säuerlicher Ton lag plötzlich in ihrer Stimme, der die Atmosphäre im Raum zu verändern schien. »Das ist genau das, was auch Jerry immer macht. Ich bin durchaus in der Lage, deiner Freundin das alles selbst zu erklären.«

Bev spürte, wie das bei dem Unfall erlittene Schleudertrauma allmählich ihre Schultermuskeln erfasste. Sie wollte einfach nur noch allein sein. Sich zwei Schmerztabletten einwerfen und ein Nickerchen machen, ehe Molly Peters, eine zahlende Klientin, um 14 Uhr aufkreuzen und sich die Fotos ansehen würde, die Bev von ihrem Dreckskerl von Ehemann gemacht hatte. Mit seiner kessen Arbeitskollegin, Händchen haltend in Blackpool, im Starbucks-Café. Vielleicht würde der Abschleppwagen zwischendurch auftauchen, um ihr kaputtes Auto abzuholen. Mehr stand nicht auf dem Programm.

Sie hielt die Wohnungstür auf. »Hör mal, Angela! Ich mache fröhliche Schnappschüsse von knutschenden Bauarbeitern und

IT-Fuzzis, die in Hotels fremdvögeln. Aber Schmutziges über eine Person auszugraben, die im Mittelpunkt der öffentlichen Aufmerksamkeit steht? Ganz umsonst? Da bist du auf dich allein gestellt. Tut mir leid.«

## KAPITEL 2

# Angie

Die durch die Fensterläden scheinende warme Sonne bedeutete, dass es ein guter Tag war, um nach einer Scheidung zu fragen. Oder? Draußen warteten die Paparazzi. Natürlich. Poppys Hautauschlag war wieder schlimmer geworden, wie nicht anders zu erwarten gewesen war. Benjy schleuderte gerade seinen angeknabberten Toast durch die Küche wie einen kaputten Bumerang und brüllte, als er ihn nicht zurückbekam. Angie hatte Wochen auf den richtigen Moment gewartet, bis Sophie ihr den Floh ins Ohr gesetzt hatte, dass sie »Argumente liefern« müsste. Heute war der erste Tag, an dem es endlich nicht mehr regnete. Das war ein Zeichen. Der Zeitpunkt war gekommen, es zu tun. Sie brauchte keine Beverley Saunders.

»Will keinen Toast!«, schrie Benjy und schlug mit der geballten Faust auf den Tisch. »Benjy will Schoki. Gib mir Schoki, Mummy!«

Verzagt betrachtete Angie das gerötete Gesicht ihres fünfjährigen Sohns. Er hatte ihre Augen. Ihre langen Gliedmaßen. Ihr platinblondes Haar. Und das Wesen seines Vaters.

»Nein, mein Schatz!« Sie hob den feuchten, zerkauten Toast vom Boden auf und hoffte, dass Jerry nicht wieder meckern würde, dass Fettflecken in das Holz eingedrungen waren. Aufgearbeitetes Parkett aus einem französischen Schloss bräuchte einen respektvollen Umgang, hatte er gesagt. Warum zum Teufel konnte sie nicht einfach eine Matte unter die Stühle der Kinder legen, wenn sie aßen? Sie hatte eingeräumt, dass sein Einwand berechtigt war, und sich entschuldigt. Jetzt steckte sie erneut in der Klemme, denn der wütende Benjy hasste die Matte, weil er sich dadurch wie ein Baby vorkam. Und der höhnische Jerry konnte nicht begreifen, warum sie es verdammt noch mal nicht schaffte, ihre Kinder richtig zu erziehen.

Sie seufzte, wusch den Lappen aus und fluchte leise, als sie feststellte, dass der Lack von ihren Nägeln abgeblättert war.

Es klingelte an der Haustür. Reporter schrien, dass sie endlich mit der Pressekonferenz beginnen wollten. Jerry ließ sie warten. Fröhlich pfeifend, trat er aus dem Bad, während er sich auf das Scheinwerferlicht und die blitzenden Kameras vorbereitete. Wenn sie jetzt schnell fragen würde, wäre er vielleicht derart beschäftigt, dass er erst am Abend über ihren Wunsch nachdenken würde. Dann hätte er genügend Zeit, ihr ruhig und in einer wohlüberlegten Weise zu antworten. *Ich will die Scheidung*, würde sie sagen. *Es liegt nicht an dir. Es liegt an mir. Lass uns die Sache wie zwei zivilisierte, erwachsene Menschen regeln.*

»Schoki! Benjy will Schoki!« Ihr Sohn warf ihr seinen Teller an den Kopf. »Bring Benjy Schoki, Schlampe!«

Poppy lachte schallend über ihren Bruder und kratzte sich immer und immer wieder die geröteten schorfigen Stellen in ihren Armbeugen. »Du bist ganz schön frech!«

Angie griff nach der Hand ihrer Tochter und dachte still darüber nach, wie Benjy sie gerade genannt hatte. »Nicht, mein Schatz!«, sagte sie zu Poppy. »Wenn du kratzt, blutet der Schorf nur. Ich werde dir nach dem Frühstück etwas Creme auftragen.«

»Das soll Gretchen machen«, erwiderte Poppy. Sie zog ihren Arm weg und begann sofort wieder, zu kratzen. »Wo ist sie?«

»Sie hat Urlaub und ist zu ihrer Familie nach Österreich gefahren. Ich werde dir die Creme auftragen.«

*Schlampe.* Ein gehässiges Wort, bei dem Angies Magen sich unwillkürlich zusammenzog. Benjy hatte mitbekommen, wie sein Vater es benutzt hatte. Möglicherweise hatte sie Jerry dazu getrieben, sie so zu nennen. Das war jedenfalls seine Entschuldigung gewesen. *Keifende Schlampe. Frigide Schlampe.* Vielleicht war sie schuld an der Situation und sollte besser dankbar für dieses wunderbare Leben sein, das er so großzügig finanzierte, und für die Kinder, die er ihr geschenkt hatte. Vielleicht sollte sie ihre Pläne, noch einmal von vorn zu beginnen, auf unbestimmte Zeit verschieben und an die Kinder denken. Sie brauchten Stabilität.

Nein.

Sie schüttelte den Kopf und erinnerte sich an Sophies ermunternde Worte: *Du schaffst das, Angie! Niemand sollte hinnehmen, ein Leben lang unglücklich zu sein. Wenn du die Hoffnung auf Liebe aufgegeben hast, dann hast du sie einfach nur an der falschen Stelle gesucht. Rede mit ihm, wenn er abgelenkt und das Kindermädchen nicht da ist. Das wird schon werden. Jerry ist ein vernünftiger Kerl.*

Sophie hatte recht. Denn sie hatte schließlich immer recht. Vor allem nach ein paar Gin Tonic. Und strahlte die Sonne außerdem nicht derart fröhlich durch die Fensterläden der Küche, als hätte Gott angeordnet, dass ihr neues Leben heute beginnen sollte?

»Schlampe! Schlampe! Schoki, Schlampe, Schlampe!«

»Du sollst dieses entsetzliche Wort nicht benutzen, Benjamin!«, ermahnte sie ihn und säuberte die Hände des Jungen mit einem Feuchttuch. »So etwas sagt man nicht zu einer Frau, und schon gar nicht zu Mummy, die dich sehr lieb hat. Trink bitte deine Milch!«

»Nein! Will nicht!«

Sie war sich nicht sicher, was schmerzlicher war: die Tatsache, dass ihr Sohn sie gerade geschlagen oder dass er ihre noch immer schmerzende geprellte Rippe getroffen hatte. »Oh, das ist aber gar nicht nett, Benjamin Fitzwilliam.«

»Was ist nicht nett?«

Jerry stand in der Küchentür und nestelte noch immer an seiner Krawatte herum. Er lächelte, aber seine Augenbraue war hochgezogen. Er erwartete eine Antwort.

»Ach, Schatz, Benjy ist nur albern. Ich habe dir einen Kaffee gemacht.«

Sie strich sich das Haar hinter das Ohr und trottete zur Theke.

»Angela, du gehst wieder wie ein Bauarbeiter.« Ihr Mann trat zu ihr und gab ihr einen Klaps auf den in einer Kaschmirleggings steckenden Hintern. »Ein schweres Stutenfohlen wie du sollte traben, nicht schlurfen.« Er lachte über seinen eigenen Witz. »Denk daran, dass du Poppy mit gutem Beispiel vorangehen musst.«

Schweres Stutenfohlen. Ihr Magen knurrte. Angie griff nach dem Bund ihrer Leggings der Größe 30 und stellte stillschweigend fest, dass dieser seit Kurzem enger saß. Sie würde heute nur abgekochtes Wasser mit Zitrone trinken und ins Fitnessstudio gehen, sobald die Kinder im Kindergarten waren. Selbst wenn Jerry einer Scheidung zustimmen würde, müsste sie weiterhin in Form bleiben. Sie hatte die Sticheleien ihrer alten Schulfreundinnen nicht vergessen. Damals, als Teenager, war sie *tatsächlich* pummelig gewesen. Angie Fettarsch hatte man sie gerufen. Oder Dickbackengesicht Bedford. Sie hatte abgenommen und die gemeinen Schulfreundinnen gegen einen Ehemann eingetauscht, der sie Fatty Fitzwilliam nannte. Doch er schwor all seinen Freunden gegenüber Stein und Bein, dass er das nur »ironisch« meinte.

Die Kinder freuten sich, ihren Vater zu sehen. Ihnen war natürlich nicht klar, dass seine spitzen Bemerkungen wie Nadelstiche in ihre sorgfältig eingecremte Haut waren. Sie streckten ihm die kleinen Arme entgegen, um hochgehoben und durch die Luft gewirbelt zu werden. Doch Daddy bereitete sich heute Morgen auf die Kameras vor und küsste sie daher nur auf die Stirn und strich ihnen durchs Haar.

»Wie findet ihr Daddys Krawatte, Kinder? Wird sie gut aussehen im Fernsehen, wenn ich über meinen neuen Vorschlag zu erneuerbaren Energien spreche?«

»Oh, Jerry, die Kinder wissen nicht, was erneuerbare Energien sind.« Ihre Chance war da. Sie wandte sich Poppy und Benjy zu und schenkte ihnen ihr wunderschönstes Lächeln, damit sie keinen Verdacht schöpften. Es war wichtig, dass sie so wenig wie möglich von den elterlichen Problemen und Konflikten wussten. Hatte sie nicht dafür gesorgt, dass sie eine traumhafte Kindheit hatten? Biokost, Designerkleidung, Musikstunden; das beste österreichische Kindermädchen, das mit Geld zu bekommen war; ein Freizeitprogramm voll aufregender und lehrreicher Aktivitäten. Der Wandel musste so behutsam wie möglich vonstattengehen. Das war das Mindeste, was sie ihnen schuldete. »Geht ein bisschen spielen, Schätzchen. Ich muss mit Daddy über ein paar langweilige Erwachsenensachen reden.«

Poppy nahm Benjy an die Hand, und sie liefen von ihrem kleinen Kindertisch ins Spielzimmer, ohne zu ahnen, was gleich passieren würde.

Angies Herz klopfte wild gegen die hervorstehenden Knochen ihres Brustkorbs. Sie tastete nach ihrer Perlenkette und versuchte, ruhig zu wirken und ihre Stimme nicht zittrig klingen zu lassen.

Jerry hatte sich an den Frühstückstisch gesetzt und ging die

Nachrichten auf seinem Handy durch. Geruhsam schlürfte er seinen Kaffee, als würde die Weltpresse nicht gerade vor seiner Haustür stehen und auf ihren Lieblingsminister des Schattenkabinetts warten, der im Begriff stand, die neue Parteilinie der Opposition zu erneuerbaren Energien zu verkünden. Er hatte keine Ahnung, oder?

Sie waren endlich allein. Angie holte tief Luft und hielt den Atem an, um sich zu wappnen und das zu sagen, was sie immer und immer wieder eingeübt hatte. Zwei Jahre lang hatte sie sich verzweifelt nach diesem Augenblick gesehnt. Ihr war schwummrig vor Angst und Adrenalin. Begleitet wurde dieser giftige Cocktail allerdings auch von einem Hauch von Euphorie.

Sie stellte sich vor ihren Mann und stieß schnell die einleitenden Worte aus. »Jerry. Ich bin unglücklich.«

Er wischte weiter mit dem Daumen über das Display des verdammten iPhones. Hatte er sie überhaupt wahrgenommen?

»Hast du gehört? Ich habe gesagt, dass ich unglücklich bin.« Sie setzte sich ihm gegenüber an den Tisch, spreizte die spindeldürren Finger auf der Glasplatte und spürte, wie ihr Puls in die Höhe schnellte.

»Ja, habe ich«, erwiderte er und vermied es geflissentlich, sie anzusehen.

Sollte sie mit dem Rest herausplatzen oder auf eine Antwort warten?

Schließlich legte er sein Handy weg und stand auf. »Ich weiß, wie schwierig es für dich sein muss, mein Schatz, wenn Gretchen nicht da ist.« Seine Wangen hatten sich zwar gerötet, aber es gab noch immer kein eindeutiges Anzeichen dafür, dass er ihre Gedanken und Absichten durchschaut hatte. Jerry griff in seine Hosentasche und zog eine Rolle Zwanzigpfundscheine heraus, die von einer silbernen Klammer des Edel-Juweliers

Asprey zusammengehalten wurde. Er nahm die Hälfte davon und schob ihr das Geld mit einem Augenzwinkern zu. »Hier! Gönn dir was! Geh zum Friseur, und lass dir Extensions machen. Ich mag die an dir. Oder lass dich massieren. Was immer dich aufheitert, mach es!« Er legte noch einmal ein paar Hundert Pfund obendrauf. »Ach, und deine Zähne müssten geweißt werden. Die Kronen fangen schon wieder an, sich zu verfärben.« Er rümpfte die Nase, als würde von ihrem Innern ein schlechter Geruch ausgehen. »Bewahr die Belege für mich auf!«

»Es geht nicht um Geld, Jerry. Du bist immer großzügig.« Das waren die Worte, die kleinlaut über ihre Lippen kamen. Eigentlich hatte sie ihm an den Kopf werfen wollen, dass er ein unsensibler, sie fortwährend beleidigender Mistkerl war und dass sie es satt hatte, ihn nach Geld zu fragen. Denn er war selten großzügig. Und wenn, war es stets an die Bedingung geknüpft, dass sie das Geld, das er ihr gnädigerweise gab, für ihr Erscheinungsbild ausgab. Sie war noch immer wütend darüber, dass er vor Jahren darauf bestanden hatte, das gemeinsame Konto aufzulösen, um ein neues einzurichten, nur in seinem Namen, weil sie ihm nicht hatte erklären können, warum sie beim wöchentlichen Einkauf im Supermarkt an der Kasse Geld abgehoben hatte. Ihr stank es gewaltig, dass sie in dem gemeinsamen Haushalt nichts besaß. Keines der Fahrzeuge war auf sie zugelassen, und das Haus gehörte offiziell ihm, und nur ihm. *Sprich es endlich aus, verdammt noch mal.* Sie holte tief Luft. »Mir ist klar geworden, dass …« Sie hatte gerade erst mit ihrer Rede begonnen, als er hinter ihren Stuhl trat und ihre Schultern derart fest massierte, dass sie den Rücken vor Unbehagen krümmte. »Oh«, sagte sie und legte ihre Hand auf seine. Am liebsten hätte sie seine Pranke weggeschoben, aber sie spürte instinktiv, dass sie das besser nicht tun sollte.

Seine klobigen Hände umfassten plötzlich ihren Hals. Seine Daumen gruben sich in ihren Nacken, während die restlichen Finger ihre Luftröhre abdrückten. Panikartig begann sie, zu strampeln, aber sie konnte nicht weglaufen. Sie spürte die Wärme seiner Wange, nahm seinen morgendlichen Atem wahr – eine Mischung aus Kaffee und Zahnpasta mit Minzgeschmack. Sein Rasierwasser verströmte einen penetranten Geruch. Er sprach mit leiser, bedrohlicher Stimme.

»Ich hoffe, dass du nicht gerade dazu ansetzen wolltest, irgendeinen Unsinn von dir zu geben, wie unglücklich du in unserer Ehe bist, Angela.« Er küsste ihr Ohr, während sie verzweifelt nach Luft rang. »Davon werde ich dich abhalten, bevor du überhaupt begonnen hast, meine Liebe. Denn diese Unterhaltung haben wir schon gehabt, nicht wahr?«

Obwohl sie langsam die Besinnung verlor, zwang sie sich zu nicken. Sie begriff, dass sie weder körperlich noch emotional stark genug war, um gegen ihn zu kämpfen, und sie betete, dass die Kinder nicht in diese albtraumhafte Szene hereinplatzten.

»Ich erkläre dir gern noch einmal, was passieren wird, wenn du je auf die Idee kommen solltest, mich zu verlassen …«

Er presste sich gegen die Rückenlehne des Stuhls. Sie wusste, dass sein Glied steif werden würde. Das dicke Bugholz bewahrte sie aber zumindest davor, dass er ihr seine Erektion in das Schulterblatt stieß. Er würde es nicht wagen, mit all den Reportern und Fotografen auf der anderen Seite der halb geöffneten Fensterläden seine übliche Nummer durchzuziehen.

Seine Hände umklammerten noch immer ihren Hals, als er, halb flüsternd, weitersprach, unangenehm nah an ihrem Ohr.

»Solltest du versuchen, mich zu verlassen, und behaupten, ich sei ein schlechter Ehemann, werde ich dafür sorgen, dass dir niemand ein Wort glaubt. Denn du bist nichts weiter als eine dumme verlogene Fotze, während ich ein demokratisch gewählter Abgeordneter des Parlaments und ein geschätztes Mitglied des Schattenkabinetts bin. Solltest du versuchen, dich von mir scheiden zu lassen, werde ich sämtliche Gründe, die du anführen wirst, widerlegen. Du wirst für immer und ewig erledigt sein und keinen müden Penny bekommen. Das ganze Geld, das in diesem Haus steckt, ist meins, und es wird meins bleiben. Ich werde dich aus dem Leben der Kinder verbannen, denn du bist nur eine fette, faule Schlampe, die auf ein Kindermädchen angewiesen ist, um ihre Blagen großzuziehen. Und der ganze Gin, den du dir am Nachmittag mit deinen nichtsnutzigen und aufgeblasenen Freundinnen reinschüttest, also, das wird für dich nicht gut aussehen, wenn ich mit meinem Anwalt darüber rede. Ganz und gar nicht!«

Der Stuhl scharrte über den Holzboden, als er ihn mit Leichtigkeit umdrehte, sodass ihr Gesicht und sein Schritt auf gleicher Höhe waren. Angie schnappte nach Luft, jetzt, da Jerry endlich ihren Hals losgelassen hatte. Sie wollte unbedingt nachschauen, ob die Kinder nichts mitbekamen, aber sie konnte ihren Blick nicht von seinen Fingern abwenden, die an dem Reißverschluss seiner Anzugshose zerrten. Sie wusste genau, was als Nächstes kam. Sein Paradestück. Die vorm Haus versammelte Presse schien überhaupt keine mäßigende Wirkung auf sein Ego zu haben.

»Nicht, Jerry! Die Kinder …«

»Mach deinen Mund auf!«

Er packte ihren Kopf mit einer Hand, während er mit der anderen sein steifes Glied aus der Hose hervorholte.

Während Angela Fitzwilliam tat, wie geheißen, zog die Sonne sich zurück. Ein düsterer Schatten breitete sich in der Küche aus, und alle Hoffnung auf einen Neubeginn war ausgelöscht.

Als Beverley Saunders wenige Stunden später in Sophies Haus an die Tür ging, konnte Angela kaum sprechen, sondern nur erstickt schluchzen.

»O mein Gott, Angie. Was ist los? Sophie ist leider nicht da.«

»Ich bin he … hergekommen, um dich zu sehen«, erwiderte sie und war kaum in der Lage, die Worte herauszubekommen.

Bev runzelte die Stirn. »Du brauchst mich nicht. Ich habe dir bereits erklärt, dass ich nicht …«

Angie unterbrach sie, indem sie ihren Seidenschal herunternahm und die neuen Blutergüsse an ihrem Hals offenbarte. Vier klar umrissene Fingerabdrücke zeichneten sich auf beiden Seiten ab.

»Ich bin dir gegenüber nicht ganz ehrlich gewesen, Bev«, sagte sie stockend und zitterte vor Kummer. »Und Sophie gegenüber auch nicht. Die Dinge stehen schlecht. *Sehr* schlecht. Ich habe derart Angst, dass ich es nicht mehr aushalte. Bitte, sag, dass du mir hilfst!«

# KAPITEL 3

# Bev

Laut der schmerzhaft hellen digitalen Anzeige, auf die Bev blinzelnd schaute, war es 11:23 Uhr. Ihr verkatertes Hirn sagte ihr jedoch, dass der Wecker ein Lügner und Betrüger sein musste. Wie konnte es nur schon so spät sein? In dem abgedunkelten Zimmer drehte sich immer noch alles leicht. Doch dann drang der schale Geruch aus dem auf dem Nachttisch stehenden Weinglas in ihre Nase, und Bev erblickte die leere Flasche Chardonnay auf der Frisierkommode, die ebenfalls als ihr Schreibtisch fungierte. Beides waren Überreste einer Nacht, in der sie nicht nur versucht hatte, den durch das Schleudertrauma verursachten stechenden Schmerz zu betäuben, sondern in der sie sich auch den Kopf darüber zerbrochen hatte, ob ihre Entscheidung richtig gewesen war, Angela Fitzwilliam zu helfen.

»Ein Minister des Kabinetts!«, hatte sie immer wieder gesagt, während Angie weinend ein Taschentuch nach dem anderen aus der Schachtel auf ihrem zugemüllten Couchtisch herausgezogen hatte. »Meine Leiche wird zerstückelt in einer dieser typischen Sporttaschen aufgefunden werden. So wie die des Spions in London.«

Angie hatte ihren Kopf geschüttelt und die Tränen weggeblinzelt. »Nein, nein, nein! Bitte, sag das nicht! Dir wird nichts passieren. Jerry ist kein Krimineller. Außerdem ist er nur im Schattenkabinett …«

Ihr zerschundener elfenhafter Körper, der auf Bevs Sofa zusammengerollt gewesen war wie ein Fötus im Mutterleib, sprach eher für das Gegenteil. Jerry Fitzwilliam war ein zu häuslicher Gewalt neigender Ehemann und ein Lügner. Wenn nicht gar Schlimmeres. Bev hatte die Gefahr in sich gespürt wie eine Grippe, die plötzlich ausbrach.

»Eins sage ich dir, Angela. Wenn er dahinterkommt, dass ich ihm auf den Fersen bin oder dass ich eine Bedrohung für ihn darstelle, wird er mir einen durchgedrehten Typen vom MI6 auf den Hals hetzen. Glaubst du etwa, Geheimagenten steigen in keine Züge ein?«

»Bitte! Ich muss von ihm weg, bevor …« Sie fasste nach ihrem mit Blutergüssen übersäten Hals. »Meine Kinder. Was ist, wenn …«

Bev hatte die Verzweiflung in Angies blutunterlaufenen Augen gesehen und dann die Angst, dass Bev es sich doch noch einmal anders überlegen könnte und sämtliche Hoffnung mit ihr verschwinden würde. Aber Angie hatte Glück, denn Bevs Geschäft als Privatdetektivin lief nicht so gut wie erwartet. Da war die vage Aussicht auf einen Verdienst besser als überhaupt kein Verdienst. »Wisch die Tränen weg!«, hatte sie gesagt. »Leg dein Make-up wieder auf! Er darf keinen Verdacht schöpfen, dass die Spielregeln sich geändert haben. Verhalte dich normal!«

»Aber ich habe ihm mehr oder weniger schon gesagt, dass ich mich scheiden lassen will.«

»Dann erklär ihm, dass du es dir anders überlegt hast!«

Angie erschrak daraufhin, und wieder stiegen ihr Tränen in die Augen.

Bev erkannte, dass sie zu schroff gewesen war, und bemühte sich um einen sanfteren Ton. »Hör zu! Ich verstehe, wie schwierig das alles für dich sein muss, aber versuch einfach, nett zu sein. Entschuldige dich, als würde dein Leben davon abhängen«, hatte sie zu Angie gesagt und ihren Arm beruhigend getätschelt. Doch ihre nervöse neue Klientin war bei der Berührung derartig zusammengezuckt, dass sie ihre Hand rasch wieder zurückgezogen hatte. »Den Rest überlass mir!«

Jetzt war Bev verkatert und starrte auf die Ausbeute des emotionalen Kampfs von gestern Abend, als sie begonnen hatte, Jerry Fitzwilliam zu googeln und ihr dabei klargeworden war, worauf sie sich da eingelassen hatte. Die Überschriften in den Zeitungen sprachen für sich:

**Wunderwaffe Wasserstoff – Schattenminister für Wissenschaft verspricht saubere Autos für alle innerhalb der nächsten fünf Jahre**

**Schattenminister für Wissenschaft spricht sich für Förderung der medizinischen Forschung im Vereinigten Königreich aus**

**Fitzwilliam schenkt den Chinesen nichts im globalen Biotech-Wettrennen**

Selbst die Boulevardzeitungen schienen ihn zu bewundern:

**Jerry, der Unbeugsame – Schattenminister kämpft gegen die Drohung der Tories, den Wissenschaftsetat einzufrieren**

Jerry Fitzwilliam konnte in den Augen der Presse anscheinend nichts falsch machen. Ob rechtes oder linkes Blatt – völlig egal.

Alle standen auf diesen augenscheinlichen Mann des Volkes, der nichts weiter war als ein charmanter Redner mit der Gabe, dem Land das zu versprechen, was es am dringendsten brauchte. Eine einfache Aufgabe in einer Zeit, in der seine politische Gegnerin – die rücksichtslose, Druck ausübende Tory-Premierministerin Maddie Chandler – regelmäßig an den Pranger gestellt wurde wegen irgendeines Schlamassels mit den Chinesen und einer fehlgeschlagenen milliardenschweren Investition in eine neue bahnbrechende Technologie.

Gekleidet in Unterwäsche und einen Kimono, den Rob ihr zu einer Zeit geschenkt hatte, als er sich in ihrer zum Scheitern verurteilten Ehe noch Mühe gegeben hatte, setzte Bev sich mit einem Kaffeebecher in der Hand an ihren Frisiertisch. Sie vermied es, ihr Spiegelbild zu betrachten, weil sie nur sehen würde, dass sie zugenommen und dunkle Ringe unter den Augen hatte.

»Ich muss völlig verrückt sein«, sagte sie zu sich selbst und schaltete ihr Notebook ein. »Ich rutsche immer tiefer in dieses verdammte Loch hinein, aus dem ich eigentlich herauskommen muss.« Vor Bevs geistigem Auge tauchte das versteinerte Gesicht des Richters auf, der auf seiner Bank gethront und auf sie hinabgeblickt hatte. Mit nüchterner, kalter Stimme hatte er ihr die Bedingungen des Gerichts erläutert: erstens ein Gutachten, das ihr einen einwandfreien geistigen Gesundheitszustand bescheinigte, zweitens ein stabiles häusliches Umfeld und drittens finanzielle Eigenständigkeit. Beverley Saunders musste den Beweis erbringen, dass alle diese Voraussetzungen erfüllt waren, um das wiederzubekommen, was für sie das Kostbarste im Leben war und ihre Welt wieder in Ordnung bringen würde. Aber wurde Angela Fitzwilliam nicht gerade auf ähnliche Weise zerstört? War es richtig, eine andere Frau leiden und womöglich von ihrem Mann totschlagen zu lassen, wenn es in Bevs Macht lag, ihr zu helfen?

Sie ging auf Facebook. Nur wenige Klicks waren nötig, um Jerry Fitzwilliam zu finden, eine mühelose Angelegenheit dank seiner Freundschaft mit Sophies Mann, Tim.

»Volltreffer!«

Jerry Fitzwilliam, der sich tatsächlich als »Sprachrohr der Massen, Sozialunternehmer und Computerfreak« bezeichnete, hatte mehr als dreitausend Freunde. Sein Profilbild war weder eins dieser professionell gemachten Porträts, die Bev in den Zeitungen gesehen hatte – mit steifem Lächeln und klitzekleinen Geheimratsecken –, noch eins dieser Paparazzi-Fotos, geschossen beim Verlassen eines hochrangigen Treffens im Parlament, während er mit einer jungen Assistentin sprach, die einen eng anliegenden Rock und hochhackige Schuhe trug. Nein. Das Profilbild gehörte zu jener Art von Fotos, die Bev schon unzählige Male auf Dating-Webseiten gesehen hatte: ein übergewichtiger mittelalter Typ, der mit gespreizten Beinen, einem Drink in der Hand und einer Sonnenbrille auf der Nase an einem tropischen Strand saß, hinter sich die untergehende Sonne. Ein großspuriger Mistkerl, der versuchte, sehr viel cooler und jünger auszusehen, als er war. Keinerlei Hinweise auf Frau oder Kinder.

»Okay, Mister Ego. Dann schauen wir doch mal, wie einfach man in deine Welt hineinkommt.«

Bev erstellte ein neues Profil für sich, da sie ihr eigenes Facebook-Konto nicht benutzen konnte. Sie hatte es nach der Trennung von Rob, dem Flop, aufgegeben. Die gemeinsamen Schönwetterfreunde hatten sie aufs Abstellgleis geschoben und so die gesellschaftliche Eiszeit ausgelöst. Wie sollte sie sich nennen, als männermordender Vamp? Cat? Ja, das war gut. Cat… Sie entdeckte auf dem Regal, neben einigen vergilbenden Origami-

Fröschen, ein Bild ihrer Großmutter mütterlicherseits. Nana Thomson. Okay, Cat Thomson. Das passte.

Sie wählte ein altes Foto von sich von der Festplatte ihres Notebooks und starrte wehmütig auf die herausfordernd blickende, jüngere, kaum wiederzuerkennende mondäne Bev. Genau der Typ Frau, auf den Jerry Fitzwilliam vielleicht abfuhr.

Bev schickte Freundschaftsanfragen an Hunderte von Menschen, die bereits mit dem Minister des Schattenkabinetts in Verbindung standen. Denn sie ging davon aus, dass die meisten davon eitel oder einfältig genug waren, ihre Anfrage zu akzeptieren, solange sie offensichtlich auch Kontakt zu dem übrigen Bekanntenkreis pflegte. Auf diese Weise gewann Cat Thomson innerhalb weniger Minuten genügend Freunde, um ihr Profil seriös aussehen zu lassen. Schließlich schickte Bev auch noch eine Freundschaftsanfrage an Fitzwilliam selbst und versuchte dann als Cat Thomson, Marketingleiterin bei Belfry Automotive Engineers Ltd., sich mit ihm auf LinkedIn zu verbinden. Jetzt hieß es nur noch warten.

Das rumpelnde Geräusch eines Lastwagens verkündete die Ankunft von Bevs Ersatzauto. Sie stand gerade in der Einfahrt und kratzte sich den Kopf beim Anblick der Urinflecken auf dem Fahrersitz des kackbraunen Ford Fiesta, als Sophie den Kinderwagen durch das Tor schob, Finn angeschnallt auf dem Sitz, Beatrice auf dem Mitfahrbrett.

»Tante Bev!«, schrien sie aufgeregt.

Sie kamen vom Kinderwagen los und fassten mit ihren klebrigen Händen nach ihr. Ihren verschmierten Gesichtern nach zu urteilen, waren sie völlig high von Blaubeermuffins. Bev wirbelte sie in die Luft, pustete ihnen in den Nacken, bis sie vor Vergnügen quietschten, und genoss den engen Kontakt mit diesen kleinen, bedingungslos liebenden Geschöpfen.

»Neues Auto! Neues Auto!«, rief Beatrice.

Noch ehe Bev protestieren konnte, hatte die Vorschülerin die nicht abgeschlossene hintere Autotür geöffnet. In Windeseile kletterte sie in ihren Lelli-Kelly-Schuhen über die Rückbank und auf der anderen Seite wieder hinaus, ihr kleiner Bruder, Finn, ihr dicht auf den Fersen.

»Ah, Sophie. Da bist du ja. Ich habe dich gesucht.«

Sophie riss die Augen verzückt auf und gab sich absolut begeistert. »Angie hat mir die wunderbare Neuigkeit erzählt. Gut gemacht, Bev! Du bist echt klasse!« Sie musterte den Ford Fiesta. »Dein Ersatzauto? Toll. Achtest du darauf, dass du hinter den Rhododendronbüschen parkst, Süße? Du weißt doch, wie Tim ...«

Sie vollendete ihren Satz nicht, da das nicht nötig war. Ein schäbiger Mietwagen am Straßenrand würde nicht dazu beitragen, das schicke Erscheinungsbild des Hauses zu unterstreichen. Anders als sein BMW 6er und ihr Lexus, ein Hybridmodell. Bev wusste, dass Tim ihr nur deshalb die Souterrainwohnung vermietete, weil Sophie ihm in den Ohren gelegen hatte, ihrer Loser-Freundin ein Dach über dem Kopf anzubieten, das keine Kaution und keine Monatsmiete im Voraus verlangte.

Bev fuhr das Auto vom Straßenrand in die Einfahrt, außer Sichtweite der Nachbarn. Sie wusste, dass Widerspruch zwecklos war. Seufzend stieg sie aus, um mit ihrer Vermieterin über eine ernste Angelegenheit zu sprechen.

»Kannst du uns ein paar Hunderter leihen?«, fragte sie und schleppte den Kinderwagen und mehrere Einkaufstüten die steile Treppe hinauf.

Doch Sophie war damit beschäftigt, eine sich sträubende Vorschülerin und ein Kleinkind von einem Eichhörnchen wegzuzerren, das sie gerade erblickt hatten. Das Tier kletterte die

Libanonzeder hinauf, deren Krone sich fächerförmig wie ein dunkelgrünes Vordach über dem viktorianischen Herrenhaus ausbreitete. »Bitte, Beatrice! Es ist Zeit fürs Mittagessen. Lass das Eichhörnchen in Ruhe und komm herein! Finn! Hör auf, Tante Bevs neues Auto mit Steinen zu bewerfen!«

Bev stellte den sperrigen Kinderwagen in der Diele ab und schleppte den Einkauf in Sophies maßgefertigte prachtvolle Einbauküche. Sie kam sich plötzlich vor wie ein unbezahltes Dienstmädchen. Für Sophies Großzügigkeit musste man immer einen Preis zahlen. Jedenfalls jetzt. Denn Bev brauchte einen Vorschuss in Form von Bargeld.

»Nur so lange, bis Angies erste Zahlung eingegangen ist«, sagte sie.

»Wie bitte?« Sophie wirkte durcheinander. Sie füllte eine frische Tüte Quinoa in eine Tupperware-Dose und räumte Mandelmilch in den Sub-Zero-Kühlschrank ein. Äußerst betriebsam, wirbelte sie herum, sodass sich eine perfekt goldene Haarsträhne aus ihrem Knoten löste und auf ihre hervorstehenden Wangenknochen herabfiel.

»Zweihundert Pfund. Ich habe Angies Fall übernommen, aber ich habe kein Geld, um mit dem Auftrag loszulegen. Komm schon, Soph! Das war deine Idee.«

Sophie strahlte sie an und richtete sich auf. Ihre katzenhafte Gestalt steckte in einer weit geschnittenen Seidenhose und einem winzigen Oberteil mit Spaghettiträgern. Sie wirkte wie aus der Lebensmittelabteilung von Selfridges, während Bev sich fühlte wie ein Sack Kartoffeln von Lidl. »Tut mir leid, meine Liebe. Ich habe keinen müden Penny mehr in der Tasche. Du musst Tim erst die Miete zahlen. Er hat mir vorhin eine SMS geschickt, um mich daran zu erinnern, dass du zwei Monate im Rückstand bist. Das ist doch kein Problem, oder?«, sagte sie und schnipste dann mit den Fingern. »Setz doch den Wasserkessel auf, ja? Ich habe einen tollen Kaffee gekauft. Mit Amarettogeschmack.«

Kaffee mit Amarettogeschmack. Das Paket kostete mindestens sechs Pfund, und Sophie hatte trotzdem keinen einzigen Penny mehr. Oh, das arme Lämmchen! Bev war indes tatsächlich pleite und versuchte, sich von ihrem absoluten Tiefpunkt nach oben zu kämpfen. Und die einzige Antwort, die sie erhielt, war eine Aufforderung, ihre Miete zu zahlen. Es war zum Kotzen. Bev kaute auf der Innenseite ihrer Wange herum und dachte über ihren neuen Job nach. Aussicht, bezahlt zu werden – niedrig. Aussicht, zerstückelt in einer Sporttasche zu enden – mittel. Aussicht, von einem rachsüchtigen Abgeordneten zu Brei geschlagen zu werden – hoch. Sie hatte kein gutes Gefühl bei dem Fall und machte sich im Geiste eine Notiz, in der nächsten Therapiesitzung darüber zu sprechen, ihren Instinkten zu vertrauen. Mal sehen, was Mo dazu sagte, dass ihre Dienste für eine Selbstverständlichkeit gehalten wurden.

Sie stapfte zurück in die düstere verschimmelte Bruchbude, die sie ihr Zuhause nannte, und wollte sich gerade schon einen schönen Nachmittag mit ein paar Filmen auf Pornhub machen, als sie sich doch noch dafür entschied, auf Facebook nachzusehen, wie ihr Alter Ego, Cat Thomson, vorangekommen war. Die Freundschaftsanfrage war noch nicht angenommen worden. War es auf LinkedIn vielleicht besser gelaufen? Sie öffnete einen neuen Tab und lud die Seite hoch.

Die Mitteilung leuchtete auf ihrem Bildschirm.

Du bist jetzt mit Jerry Fitzwilliam verbunden.

Sie war drinnen! Eine Nachricht von ihm wartete in ihrem Posteingang, und sie konnte kaum glauben, was er geschrieben hatte.

## KAPITEL 4

# Boo

»Bist du dir ganz sicher, dass du mich liebst, Boo?«, fragte Mitch, während er mit ihr in dem schmalen Bett lag und seinen Körper um ihren schlang. Er sprach so laut, dass seine Stimme über die Musik hinweg – ihre im Hintergrund spielende Playlist, die dazu gedacht war, sich zu entspannen und sich nicht aufzuregen – zu hören war.

»Wie oft soll ich dir das denn noch sagen? Ja!«

»Du sagst es zwar, aber ich habe dich doch unten in der Bar gesehen, als du geglaubt hast, ich sei in der Stadt. Du hast dich Steve Pritchard an den Hals geworfen und dich von Jake Sewell anbaggern lassen.«

»He! Das ist nicht fair. Ich habe nur mit ihnen geredet.« Boo versuchte sich aus seiner Umklammerung zu lösen. »Du musst aufhören, dir dauernd einen Kopf zu machen. Ich bin an anderen Kerlen nicht interessiert. Das habe ich dir doch schon gesagt.«

»Aber ich habe die anderen Mädchen reden hören.« Er presste seine Lippen zu einem schmalen Strich zusammen. Seine Blässe ließ ihn kaltblütig, fast reptilienhaft erscheinen. Ein Eindruck, der durch seine nadelstichgroßen Pupillen noch verschlimmert wurde. »Du meinst, was auf Tour passiert, bleibt auf Tour? Mach dir da nichts vor, Boo! Die ganze verdammte Uni redet darüber, dass du deine Beine nicht geschlossen halten kannst. Und ich bin die Lachnummer.«

»Oh, verflucht noch mal, Mitch, jetzt fang nicht schon wieder damit an!«, sagte Boo, schwang ihre Beine aus dem Bett und durchquerte den Raum, nur um Abstand zwischen sich und dem launischen Kerl zu schaffen, den sie als ihren Freund bezeichnete. Sie zog ihren abgetragenen Frotteebademantel über ihren großen Brüsten zusammen, band den Gürtel zu und kam sich unattraktiv und plump vor. »Entspann dich einfach, okay? Die Leute tratschen eben. Und wenn sie nichts zu tratschen haben, erfinden sie etwas. Du bist lächerlich!« Boo entdeckte eine Bierdose auf ihrem Bücherregal, in der sich noch ein übel riechender abgestandener Rest befand, und nahm einen Schluck. Sie fühlte sich augenblicklich schmutzig und warf die Dose in den bereits überquellenden Mülleimer, der bestätigte, wie ausschweifend die letzte Nacht gewesen war. Boo trat zu ihrem Schreibtisch und griff nach dem Wasserkocher.

»Lächerlich bin ich also? Aha. Ich glaube eben nur, dass ich dich mehr liebe als du mich. Und ich befürchte, dass du mir das Herz brechen wirst. Kann ich dir mein Herz anvertrauen, Boo? Kann ich dir, was all die anderen Jungs angeht, über den Weg trauen?«

»Oh, halt die Klappe! Ich gehe Wasser holen.« Sie kam sich ungeschützt und verletzlich vor, obwohl sie sich ihren Bademantel angezogen hatte. »Und sprich leiser! Ich wette, Holy Jo kann jedes verdammte Wort hören.«

»Holy Jo ist mir scheißegal!«

»Mir aber nicht. Denn sie ist meine Nachbarin hier im Studentenwohnheim, und ich muss mit ihr auf diesem Flur leben. Außerdem bist du gerade nur in deiner paranoiden Phase, weil du zu viel gekifft hast.«

»Ich hab nicht zu viel gekifft«, widersprach ihr Mitch und drückte seine zitternden Hände auf seine Augen. »Dreh mir ’nen Joint, ja?«

Da Boo ihn beruhigen wollte, überlegte sie, ob sich in einer der Kippen im Aschenbecher vielleicht noch ein Rest befand, der geraucht werden könnte. Sie war sich sicher, dass noch Hasch übrig war. Wo war das Zeug nur? Sie stöberte herum, entdeckte aber nichts außer den Überbleibseln ihres Drogengenusses: verbrannten Tabak und die Stummel der Joints mit Lippenstiftrand. Auf dem Schreibtisch, neben dem Aschenbecher, standen zwei Weingläser. Von ihr und Mitch. Souvenirs vom Beginn des Abends, als alles noch ein Riesenspaß gewesen war. Sechs Stunden später hatten sie noch immer keinen Schlaf gehabt, aber die Sonne war bereits so weit aufgestiegen, dass sie ein schwaches Licht auf die Schneedecke warf, mit der das Unigelände überzogen war.

»Lass mich erst einen Kaffee machen!«

Sie ließ ihr Handy in die Tasche des Bademantels gleiten und schloss die Tür ihres Zimmers hinter sich, ehe Mitch sie weiter verhören konnte.

Sie füllte den Kessel in der Gemeinschaftsküche und wusste, dass das gnadenlose Licht der Neonröhre sie genauso tot aussehen lassen würde, wie sie sich fühlte. Während sie die Tränen und den Stolz herunterschluckte, stieg in ihr das dringende Bedürfnis nach einer vertrauten Stimme auf, die nicht Mitch gehörte. Sie holte das Handy hervor, wählte die Nummer von zu Hause und war überrascht, als ihre Mutter abhob, denn sie hatte erwartet, die tröstliche brummende Stimme ihres Vaters auf der Mailbox zu hören. Ihre Mutter war ein schwacher Trost, der Boo zum Frösteln brachte.

»Was willst *du* denn?«, sagte sie zur Begrüßung.

»Du bist wach? So früh?«

»Ich bin noch gar nicht im Bett gewesen. Also, was willst du?«

»Ich habe Heimweh«, sagte Boo leise. »Ich weiß, dass ich eigentlich erst zu Dads Geburtstag kommen wollte, aber bis dahin halte ich es nicht aus. Bitte!«

»Jedes Mal wieder zu den Eltern zu fahren, sobald man Heimweh hat, ist nicht der Sinn eines Studiums, junge Dame. Du musst lernen, selbstständig zu werden, wenn du jemals erwachsen werden willst.«

»Was juckt es dich denn schon, wenn ich ein paar Tage früher nach Hause komme?«

»Von mir aus kannst du machen, was du willst. Komm oder komm nicht.«

Die Gleichgültigkeit ihrer Mutter tat weh. »Dann leih mir ein bisschen Geld für den Zug! Ich muss die Fahrkarte umtauschen und bin pleite.«

»Deine Dreistigkeit ist unglaublich«, spottete sie.

»Wenn du mir kein Geld schicken willst, kannst du mich dann wenigstens holen kommen?«, fragte Boo und presste das Telefon ans Ohr. Ihre Kopfschmerzen hatten eine Stärke von 7,5 auf der nach oben hin offenen Richterskala für Katzenjammer erreicht. Ausgerechnet heute ein derartiges Gespräch. Das brauchte sie wirklich gar nicht. Nicht nach einer derart anstrengenden Nacht.

»Wie oft muss ich dir das noch sagen? Ich kann nicht einfach alles stehen und liegen lassen«, keifte ihre Mutter, die Stimme unnötig schrill, was bedeutete, dass sie noch immer genug Alkohol intus hatte vom vorherigen Tag. Vielleicht hatte sie aber auch schon ihren ersten morgendlichen Schluck genommen. Zu Hause. Zum Frühstück. Jedes Mal, wenn sie in die Leitung schrie, spürte Boo ihre Stimme wie einen Messerstich hinter ihren Augen.

»Du bist betrunken, oder?«, fragte Boo, lehnte sich über die mit Wasser vollgespritzte Arbeitsplatte und fuhr trübsinnig mit dem Finger über den Fugenkitt der schmucklosen Fliesen der Wand.

»Das geht dich überhaupt nichts an, junge Dame«, erwiderte ihre Mutter in spitzem Ton und sprach jedes Wort überdeutlich aus. Sie war eindeutig betrunken. »Wenn du es unbedingt wissen willst, ich bereite meine Ausstellung vor. In achtundvierzig Stunden ist es so weit. Alasdair rechnet damit, dass einige Leute zur Vernissage kommen werden, die ernsthaft daran interessiert sind, etwas zu kaufen. Ich darf es also nicht vermasseln.«

»Bitte!« Boo verlor kurz das Gleichgewicht, da ihr Ellenbogen von der feuchten Arbeitsplatte geglitten war. Ihr drehte sich fast der Magen um aufgrund der plötzlichen Bewegung. »Ich kann keine Minute länger hierbleiben.« Ihre Stimme wurde weicher, weil sie hoffte, auf diese Weise an den Mutterinstinkt der Frau zu appellieren, mit der sie gerade sprach, egal, wie klein er auch durch ihren Wodkakonsum geworden war. Überrascht von ihren plötzlichen Tränen, spürte Boo, wie der tiefe Fluss der Einsamkeit und der Melancholie in ihr anschwoll. »Ich brauche meine Mum.«

Doch die verbiesterte alte Kuh wollte nichts davon hören. »Ich jage doch nicht über die Autobahn, um dich und fünf Koffer voller Schmutzwäsche einzusammeln, nur weil dein Romeo *schon wieder* komisch zu dir ist.«

Boo wischte sich mit dem Ärmel ihres schäbigen Bademantels, an dem der starke Geruch des Super Skunk von gestern Abend haftete, über die Augen. Ihr Haar stank noch immer nach dem Bier, das Mitch ihr über den Kopf geschüttet hatte. »Er ist nicht komisch. Es ist nur … bitte! Frag Dad, ob er mich holen kommen kann.« Unter dem grellen Küchenlicht kam sie sich genauso klein und verloren vor wie früher, wenn sie in der

Nacht durch ihre dünne Schlafzimmertür hörte, wie ihre Eltern sich wieder einmal stritten. »Ich will einfach nur nach Hause.«

»Du hast einen Kater. Das ist alles. Iss ein paar Pommes! Du solltest entweder trinkfester werden oder einfach keinen Tropfen mehr anrühren«, sagte ihre Mutter.

Boos Kopf pochte, als hätte die alte Kuh gerade eine Axt auf ihren Schädel niedergehen lassen. Der kalte Schweiß auf ihrer Haut ließ Boo zittern. »Danke, Sylvia! Vielen Dank für dein Mitgefühl.« Sie wusste, dass ihre Mutter es hasste, wenn sie ihren Vornamen benutzte. Doch ihr Desinteresse an ihrem Kummer tat Boo weh. »Willst du wirklich, dass ich hier in dem Kaff festsitze?« Ein Blick aus dem Fenster bestätigte, dass es wieder zu schneien begonnen hatte. Heftig zu schneien. Das Wetter so weit oben im Norden war erbarmungslos und ließ die Straßen und Autobahnen unpassierbar werden, als ob Durham ein psychopathischer besitzergreifender Hausherr wäre, der nicht wollte, dass seine Gäste ihn je verließen. Die Wärme von Boos Zuhause in der Stadt fühlte sich weit weg an. »Wenn weiter so viel Schnee fällt wie jetzt, kann es sogar sein, dass ich Dads großen Tag verpasse!«

»Dein Vater steckt mal wieder in einem seiner Tiefs und ist seit vier Tagen nicht aus dem Bett gestiegen. Ich glaube, es interessiert ihn nicht die Bohne, ob du seinen Geburtstag verpasst oder nicht. Außerdem, wenn deine Freunde so toll sind, warum pumpst du sie dann nicht um Geld an? Dein Klingonenfreund erklärt dir doch ständig, wie sehr er dich liebt. Soll er seinen Worten doch mal Taten folgen lassen!«

Als Boo erkannte, dass sie für die Menschen in ihrem Umfeld nichts weiter war als ein nützlicher Prügelknabe, den sie gern leiden sahen, weil das ihr eigenes minderwertiges Leben irgendwie aufwog, stieg Wut in ihr auf. »Warum musst du derart gemein sein?«, schrie sie.

»Warum musst du eine derartige Enttäuschung sein?«

Genug. Boo fühlte sich wie eine Avatarin in einem Martial-Arts-Arcade-Spiel, der gerade ein tödlicher Tritt verpasst worden war und deren Lebenskraft gen null ging. Sie beendete das Telefonat und warf das Handy gegen die Wand, woraufhin der Deckel auf der Rückseite aufsprang und die Lithiumbatterie über den Fußboden rollte. »Zicke!«

Sie tappte über den menschenleeren Flur zurück in ihr Zimmer, den gefüllten Wasserkocher in der Hand. Überrascht stellte sie fest, dass Mitch, sichtlich aufgeregt, den Kram auf ihrem Schreibtisch durchwühlte.

»Bert und McIntyre sind auf dem Weg hierher«, sagte er. »Deine gottverdammte beschissene Nachbarin hat uns verpetzt. Du musst aufräumen! Sofort!«

Boo spürte, wie das Blut aus ihren Lippen und die Wärme aus ihrem Körper wich. »Willst du mich verarschen?«

Er schüttelte den Kopf. »Sie hat gerade an der Tür geklopft und gesagt, dass sie genug hätte. Die beiden werden gleich hier sein.« Obwohl sein Gesicht, weiß wie schmutziger Schnee und von einem Schweißfilm überzogen, unmissverständlich verriet, dass er gesoffen und gekifft hatte, war an seinen blutunterlaufenen Augen deutlich zu erkennen, dass er die Wahrheit sagte. Boo schloss die Tür.

»Kümmer dich um den Aschenbecher!«, sagte sie. »Leer ihn in den Mülleimer auf dem Flur im Stockwerk unter uns aus. Ich sammle die leeren Flaschen ein und räume die Gläser weg.«

»Wir müssen lüften!« sagte er. »Man kann das Gras bis zum Gang riechen.« Er riss die Fenster auf, sodass der eisige Wind zusammen mit ein paar Schneeflocken hereinwehte, und spähte hinaus. »Ich sehe sie kommen. Sie überqueren gerade den Hof.

Schnell!« Mitch schnappte sich den stinkenden Aschenbecher vom Schreibtisch und knüllte die leere Packung Tabak, die Blättchen und die verdammte Frischhaltefolie, in die das Gras eingewickelt gewesen war, auf den anderen Müll drauf. »In die Küche unten, ja?«

Boo nickte. Sie waren ein erstklassiges Saubermachteam und zogen an einem Strang, um die nahende Katastrophe abzuwenden. Sollte sie wegen Drogenbesitzes von der Uni fliegen, würde Boo das bis zum Sankt-Nimmerleins-Tag von ihrer Mutter zu hören bekommen. Apokalyptische Szenen spielten sich vor ihrem geistigen Auge ab: Ihr bekümmerter Dad, der sie abholte und ihre Koffer auf dem Weg der Schande zum Parkplatz trug. Jeder Schritt entfernte sie weiter von der strahlenden Zukunft, die sie für sich geplant hatte. Brachte sie zurück in die Ödnis ihres Zuhauses. Ihr Vater, in einem Schlafanzugsoberteil, das er nie auszuziehen schien, sein unrasiertes Gesicht wie immer zerknirscht. Sein Blick getrübt durch die Medikamente, dennoch wissend, dass seine Tochter versagt hat. Zurück zu der alten Säuferin und ihrem »Atelier«, das die Hälfte des Wohnzimmers einnahm und ständig von ihren komischen Freunden belagert wurde – Heuschrecken, die sich über alles Ess- und Trinkbare hermachten und nichts zurückließen außer Brandlöchern im Sofa und dem Klang leeren Gelächters.

Würde sie einmal anders sein?

»Du darfst nicht so werden wie sie!«, sagte sie zu sich selbst. »Lass das nicht zu, Boo!« Während sie sprach, betrachtete sie das Foto von Sylvia, Dad und sich in dem staubigen Rahmen von IKEA; dann legte sie ihn absichtlich mit dem Bild nach unten hin. »Konzentrier dich!«

Leere Dosen und Flaschen mit zitternden Händen zu balancieren war nicht leicht. Boo konnte ein Schluchzen, das sich seinen Weg durch ihre zugeschnürte wunde Kehle bahnte, nicht unterdrücken.

»Mülltüten. Mülltüten! Ich hab keine verdammten Mülltüten mehr«, stieß sie in blinder Panik hervor. Der Mülleimer quoll über von Dosen, die metallisch klapperten und aus denen die Reste von schalem Bier auf ihre Füße tropften. Sie hörte, wie die Brandschutztür am Ende des Flurs mit einem quietschenden, scheppernden Geräusch aufgestoßen wurde, und sah sich verzweifelt in dem kleinen Zimmer um.

Schritte hallten über den Flur in einem Rhythmus, der es ernst meinte. Sie wusste, dass das McIntyre, der Leiter der Studentenwohnheime, war, und Bert, der Hausmeister. Immer näher kamen sie, bis sie vor ihrer Tür anhielten. Sie würden zumindest klopfen.

Den Mülleimer mit den leeren Dosen in der einen Hand, warf sie das Federbett mit der anderen zurück. Sie verharrte in der Bewegung, wollte die Beweise auf dem zerknitterten Laken verteilen und die Decke anschließend wieder über das Bett breiten. Raumspray. Wo war das Raumspray? Das Zimmer stank noch immer. Sie entdeckte ihr Deo auf dem Bücherregal, neben ihrer selbst gemachten Deko. Müll verschwinden lassen oder Raumspray versprühen? Sie hatte nicht mehr genügend Zeit, um beides zu erledigen, oder? Sie würden klopfen.

Doch sie klopften nicht. Boo erstarrte, als sie den Schlüssel in der Tür hörte, und schrie auf, als sie neben ihrem lila Fahrradhelm das riesige übrig gebliebene Stück Gras sah, eingewickelt in Frischhaltefolie. Der Generalschlüssel drehte sich im Schloss. Die Tür wurde aufgemacht.

# KAPITEL 5

# Bev

Hey Cat. Schön, mich mit dir auf LinkedIn zu verbinden. Du siehst aus wie jemand, der mich wählt, und deine Referenzen sind sehr beeindruckend.

J

Bev starrte auf den Bildschirm und wurde unwillkürlich von Aufregung erfasst, denn Jerry Fitzwilliam hatte ihr gerade die virtuelle Tür zu seiner Welt aufgemacht und sie eingeladen hindurchzugehen. Sie sank gegen das Kopfende ihres Betts und grinste.

»Beverley Saunders, beruhige dich!«, sagte sie zu sich selbst, während sie sein LinkedIn-Profil durchlas, in dem seine verschiedenen beruflichen Erfolge aufgeführt waren. Angefangen von seinen Jahren als Banker im Londoner Finanzdistrikt bis hin zu seinem rasanten Aufstieg in der Welt der Politik.

Dann rief sie Facebook auf, wo ihre Freundschaftsanfrage bisher unbeantwortet geblieben war. Sie klickte auf die unterschiedlichen Facebook-Tabs von Jerrys Konto, um zu sehen, was er in seiner Chronik gepostet hatte und welche Art von Geschichte seine Fotos erzählten.

Alle Einträge mit einem »öffentlichen« Status-Update waren äußerst formell und konzentrierten sich offensichtlich auf seine politische Karriere.

Hier etwas, worüber Sie keinen Bericht im Fernsehen sehen werden.

Labour-Abgeordnete in großer Anzahl erschienen, um mit Ihnen, der Öffentlichkeit, den staatlichen Gesundheitsdienst zu unterstützen.

Habe einen hervorragenden Tag in Castle Bromwich verbracht, wo ich Jaguar Land Rover besucht habe, um die neueste Technologie in der Automobilherstellung kennenzulernen. Wir wollen, dass britische Autobauer der Welt zeigen, wie's gemacht wird!

Der Eintrag umfasste zahlreiche Fotos von ihm, auf denen er Hände schüttelnd mit Arbeitern, Krankenschwestern, Vertretern der Öffentlichkeit, Kindern und Lehrern zu sehen war … Sein Facebook-Konto offenbarte nichts Persönliches. Kein »Gefällt mir« bei Filmen, Musik, Hobbys oder Büchern. Lediglich Fotos und Status-Updates, die im Zusammenhang mit seiner Funktion als Abgeordneter standen. Die Diskussionsfäden darunter offenbarten ein höfliches und aufgeschlossenes Verhältnis zu seinen ihn bewundernden Wählern, aber nicht viel mehr. Es gab keine Anspielungen. Kein Anzeichen dafür, dass er etwas anderes war als ein blitzsauberer perfekter Politiker.

»Er hält sein Privatleben äußerst privat«, stellte Bev laut fest. Sie tauchte einen Löffel in ein neues Glas Erdnussbutter, leckte den fettigen Batzen ab und ließ sich die süßliche, an ihrem Gaumen klebende Masse schmecken. »Das ist doch alles Mist. Ich muss *irgendwas* Schmutziges finden.«

Sie ging mehrere Jahre zurück und stieß schließlich auf einige Posts aus dem Jahr 2009, als Jerry Fitzwilliam noch nicht in die Politik gegangen war.

»Aha! Er hat vergessen, seine früheren Posts zu verbergen«,

sagte sie zu der Origami-Figur auf dem Frisiertisch, einem Frosch.

Endlich gab es ein paar Hinweise darauf, wer Jerry Fitzwilliam war. Eine Reihe von Fotos zeigte ihn zusammen mit Angie. An ihrem Ringfinger steckte nur ein Verlobungsring. Ein Riesenklunker. Die beiden hatten die Arme umeinandergelegt und posierten an einem Tisch mit niemand anderem als Sophie und Tim. Laut dem Status war es Tims Geburtstag, den sie in einer Nobelbrasserie in Alderley Edge feierten – überall Tische aus Teakholz, üppig gepolsterte Sitzmöbel und minimalistische Beleuchtung. Die Art von Restaurant, wo normalerweise die in Manchester beheimateten Fußballer der Premier League und die Stars aus *Coronation Street* verkehrten. Das Foto stammte offensichtlich aus der Zeit, als Jerry und Tim noch zusammen im Finanzsektor in der City of London gearbeitet und sich laut Sophie unter der Woche eine Wohnung in Clapham geteilt hatten.

Geburtstagsessen mit meinem Bruder im Geiste und unseren Frauen

»Eine ziemlich innige Männerbeziehung«, sagte Bev.

Sie fragte sich, wie sie von dieser engen Freundschaft nichts hatte wissen können, denn immerhin kannte sie Sophie seit Jahrzehnten. Aber hatten sie sich im Laufe der Jahre nicht voneinander entfremdet, weil Sophie eine tiefe Abneigung gegen Rob hegte? Und war sie für Sophie nicht immer die »abenteuerlustige Freundin« gewesen, mit der sie sich besser im Stillen traf? Bev, bei der man stets mit Überraschungen zu rechnen hatte. Die immer etwas falsch machte. Der dringend aufgeholfen werden musste und durch die sich Sophie mit ihrem sklavischen Festhalten am »Normalen« besser fühlte. Bev, die nicht stylish genug war, um Sophies Schickimicki-Freunden vorgeführt zu werden.

»Deine Bitterkeit bringt nichts. Lass sie los!«, sagte Bev und wiederholte damit Dr. Mos Mantra. Sie atmete tief aus und massierte ihre schmerzenden Schultern und den Nacken, bis ihr die Daumen wehtaten. Dann steckte sie sich einen weiteren Löffel Erdnussbutter in den Mund und schluckte zusammen mit der süßen Köstlichkeit ihre verletzten Gefühle hinunter. »Konzentrier dich!«, ermahnte sie sich und wandte sich wieder der Facebook-Seite zu.

Bev studierte das Foto von Angie und stellte überrascht fest, dass sie schon damals spindeldürr gewesen war. Hatte Jerry sie von Beginn an misshandelt? Oder hatte Angie schon vorher Probleme mit ihrem Gewicht und ihrem Essverhalten gehabt? Unterm Strich war das egal. Wenn Angie bereits emotional verletzlich gewesen war, lag es auf der Hand, dass ein Mann, der zu Gewalt gegen Frauen neigte, sie als ein leichtes Opfer identifizierte, das er benutzen konnte, wann immer er sein Ego auf sadistische Weise bestätigt sehen musste.

Bev scrollte weiter zurück in Jerrys Vergangenheit, aber sie fand nichts mehr. Frustriert suchte sie nach Angela Fitzwilliam und stellte überrascht fest, dass sie überhaupt nicht auf Facebook angemeldet war. Die einzigen Menschen in Bevs Altersgruppe, die sie kannte und die sich weigerten, zu twittern oder etwas über sich selbst zu posten, waren Leute wie Doc, ihr bester Freund aus der Therapiegruppe. Meist waren es Menschen, die schrecklich schüchtern oder äußerst zurückhaltend waren. Oder solche, die etwas zu verbergen hatten.

»Wie wär's, Jerry, wenn ich's mit deinem ›Bruder im Geiste‹ versuche?«

Sie rief Tims Facebook-Seite auf, die sich als erheblich aufschlussreicher erwies. In einer Reihe von Posts, die von vor vier Jahren stammten, waren die Fitzwilliams getaggt. Jerry hatte zu dem Zeitpunkt bereits die Londoner Finanzwelt verlassen und sich der Kommunalpolitik zugewandt, wenn man seinem Wikipedia-Eintrag glauben durfte. Da saßen Tim und Sophie – die Braut und der Bräutigam, am Kopf des Tisches, ein seliges Lächeln im Gesicht. Jerry stand in seinem Frack und seiner Krawatte neben Tim und las von einem Blatt ab. Als Trauzeuge. Die anschließenden Fotos zeigten die weiteren Gäste, darunter auch eine strahlende Angie, die an einem Tisch in der Nähe des Kopfendes saß, ihr kleiner Sohn in einem Hochstuhl.

»Und wo waren wir an deinem großen Tag, Soph?«, sagte Bev und bemerkte, wie plötzlich Groll in ihr aufstieg. Sie erinnerte sich daran, dass sie und Rob zu der großen Feier auf einem Schloss in Cheshire, das unter den dortigen Neureichen sehr beliebt war, nicht einmal eingeladen worden waren.

Alle sahen glücklich aus. Selbst auf den Fotos neueren Datums mit den Fitzwilliams konnte Bev keine Anzeichen dafür finden, dass einer der beiden etwas anderes war als überglücklich. Es gab keine vielsagenden Seitenblicke, die auf privates Leid hinwiesen. Keine offensichtlich steife Körpersprache, die auf eine emotionale Kluft zwischen den Eheleuten deutete. Nur Liebkosungen, Lächeln und leuchtende Augen.

»Was zum Henker geht hier vor?«, fragte sich Bev laut. »So gut kann doch niemand schauspielern, oder?« Doch dann erinnerte sie sich an Angies mit Blutergüssen übersäten Hals. Die Frau war starr vor Angst gewesen. Da war sich Bev sicher. Und sie hatte Bev das Versprechen abgenommen, kein Wort über die Gewalt zu verlautbaren. Nicht einmal Sophie wusste davon. Sie durfte von dem Ausmaß von Jerrys Gewalttätigkeit nichts erfahren! Ganz egal, wie verlockend es war, Sophie auszuhorchen.

Bev hatte zustimmen müssen, dass sie die gemeinsame Freundin erst einmal nicht befragte.

Bev musste den aufrichtigen Ton in der Stimme ihrer Klientin hören, um sich zu vergewissern, dass sie sich nicht vergeblich einsetzte, und wählte ihre Nummer. Angie meldete sich nach dem dritten Klingeln, das Geräusch schreiender Kinder im Hintergrund.

»Bev! Wie kommst du voran?«, fragte sie, und es lag ein nervöser Ton in ihrer Stimme, als wollte sie nicht, dass ihre Kinder sie belauschten.

»Ich brauche Kohle«, antwortete Bev. »Ich kann unmöglich einen Mann beschatten, der zwei Wohnsitze hat, die in entgegengesetzter Richtung im Land liegen, ohne Geld für Benzin.«

»Ich kann dir dreißig Pfund geben«, erwiderte Angie, ihre Stimme fast ein Flüstern. »Nächste Woche.«

Bev verkniff sich eine bissige Antwort. »Ist es wirklich so schlimm?«, fragte sie.

»Ja. Er hat mir Geld gegeben, aber ich musste es für meine Zähne ausgeben. Tut mir leid. Aber du wirst irgendwann bezahlt. Ganz bestimmt. Er hat ein Heidengeld.«

»Du musst die Zimmer im Haus durchsuchen, in denen er vielleicht vertrauliche Informationen aufbewahrt. Hat er ein Arbeitszimmer?«

»Ja.«

»Such nach Passwörtern! PIN-Codes. Irgendwas, was dir Zugang zu seinem Onlinebanking verschafft.«

»Woher soll ich denn wissen, wo er mittlerweile sein Bankkonto hat?«

»Du machst Witze, oder?«

Am anderen Ende der Leitung trat eine Pause ein, die von dem kreischenden Gelächter kleiner Kinder erfüllt wurde. Angies

Stimme nahm einen angespannten, piepsigen Ton an, während sie so erstickt sprach, als müsste sie Tränen zurückhalten. »Das klingt lächerlich, ich weiß, aber er ist seit Jahren einfach …«

*Halt dich zurück!*, dachte Bev und unterdrückte eine verächtliche Bemerkung. *Du weißt doch am allerbesten, wie ein schlechter Mensch seinen Partner in die Enge treiben kann. Traumatisiere die arme Frau nicht auch noch!* »Hör zu, Angie! Er wird Bankkarten in seiner Brieftasche und irgendwo auch *irgendwelche* Unterlagen haben. Ganz bestimmt. Und versuch, Beweise dafür zusammenzutragen, dass er dich misshandelt. Abfällige SMS. Gemeine E-Mails. Mach Fotos von deinen Blutergüssen! Such nach Aufnahmen oder Schriftverkehr, die seine Untreue beweisen. Solche Sachen. Schmutzige Details, die ein Scheidungsanwalt lieben wird.«

Bev beendete das Gespräch. Sie fühlte sich nicht besser. Das war der kniffligste Auftrag, den sie je angenommen hatte.

»Warum zum Teufel machst du das, du Trottel? Lass es einfach! Du bist nicht ihre Mutter«, sagte eine wütende, zynische Bev zu einer jüngeren, gutgläubigeren Version von sich selbst, die sich unter dem schroffen, polternden Gehabe verbarg, ihrer Rüstung seit der Scheidung.

Doch das Bild dieser Blutergüsse wollte einfach nicht aus ihrem Kopf verschwinden. Beverley Saunders war nicht mehr Robs nette, widerspruchslose Gattin. Sie war mittlerweile eine Frau, die sich nichts mehr gefallen ließ und die anderen Frauen half, denen noch die Stärke fehlte, um ihren eigenen Kampf auszufechten. Und stand ihr selbst nicht noch der schwerste Kampf bevor? Dieser Auftrag könnte ihr die finanzielle Sicherheit und das berufliche Ansehen bringen, das sie so dringend brauchte, um den Richter davon zu überzeugen, dass sie ihr Leben wieder im Griff hatte und ein verantwortungsvoller, erwachsener Mensch war.

Bev nahm das Telefon wieder zur Hand und wählte die Nummer eines Menschen, mit dem sie zuletzt vor ein paar Jahren gesprochen hatte. Sie fragte sich, ob er ihren Anruf überhaupt entgegennehmen würde, und freute sich, als seine Sekretärin sie direkt durchstellte.

»Beverley«, sagte ihr alter Chef. Seine Stimme war hörbar älter geworden. Er musste mittlerweile das Rentenalter erreicht haben. »Ein Geist aus der Vergangenheit. Wie komme ich zu der Ehre?«

»Graham«, antwortete Bev, ihre Stimme voller Dankbarkeit für den Mann, der ihr den ersten richtigen Job in ihrem Leben gegeben hatte. Sie tauschten Freundlichkeiten aus, während Bev ihre Worte vorbereitete. Mit einem geradlinigen Geschäftsmann der alten Schule wie Graham sollte man am besten nicht um den heißen Brei herumreden. »Ich suche einen Job, eine freie Mitarbeit. Als Werbetexterin oder im Bereich Print Management.«

»Ich dachte, dass du kein Marketing mehr machst nach dieser schwierigen Sache mit BelNutrive.«

»Das lag nicht an mir«, antwortete sie und biss sich auf die Lippe. Dann bemerkte sie, dass sie die Luft anhielt. Am anderen Ende der Leitung war es still.

»Aber das weiß ich doch, meine Liebe. Das war eindeutig Rufmord. So etwas erkenne ich sofort. Wie um alles in der Welt bist du in einen derartigen Schlamassel geraten?«

»Das ist eine lange Geschichte«, erwiderte Bev. Sie schluckte schwer und erinnerte sich daran, wie sie der BelNutrive-Todesschwadron im Sitzungssaal des Vorstands gegenübergesessen hatte und sich ihr die Nackenhaare aufgestellt hatten. »Ich werde sie dir einmal bei einem Kaffee erzählen, wenn du mir einen Auftrag zuschieben kannst. Bitte, Graham. Ich würde nicht fragen, wenn es nicht sein müsste. Ich könnte größtenteils von zu Hause aus arbeiten. Selbst wenn ich ein paarmal im Monat wegen Besprechungen nach London kommen muss …« Sie überlegte schnell, wie sie es so drehen konnte, dass die Kröte der Reisekosten, die sie Grahams Wohltätigkeitsorganisation in Rechnung stellen würde, nicht allzu groß war. »… bin ich immer noch eine günstigere Kraft als ein fest angestellter Marketingfachmann oder ein Berater. Du weißt, dass ich mich bezahlt machen werde.«

»Die Mitarbeiterin in der Marketingabteilung ist tatsächlich gerade in Mutterschaftsurlaub gegangen … ausgerechnet jetzt, da wir den Jahresbericht erstellen und drucken lassen müssen. Außerdem brauchen wir eine neue Broschüre, in der die bestehenden Marketingstrategien erläutert werden. Ein Klacks für einen alten Hasen wie dich, was?«

Bev beendete das Gespräch. Ihr war schwindelig, und sie rang nach Luft, was an den zwei widerstreitenden Gefühlen lag, die unter ihrer scheinbaren Gelassenheit miteinander rangen. Sie würde wieder nach London fahren, wenn auch nur für ein paar Tage. Dorthin, wo sie einmal eine Karriere gehabt hatte, die sie hatte hinter sich lassen müssen. Und all das, um einer Fremden zu helfen. Es fühlte sich gut an, etwas zu bewirken. Und schrecklich, die Vergangenheit auszugraben. Aber die alte Bev würde nie ganz verschwinden, dachte sie.

Diese alte Bev nutzte sie nun, als sie auf LinkedIn eine Nachricht an Jerry Fitzwilliam verfasste.

Hallo, Jerry. Danke, dass du meine Freundschaftsanfrage angenommen hast. Ich habe dich vor Kurzem im Frühstücksfernsehen gesehen. Du hast über die Zukunft der wissenschaftlichen Erziehung in Großbritannien gesprochen, faszinierend. Wir möchten hier bei Belfry Automotive

Engineers ein Mentorenprogramm für die örtlichen Schulkinder ins Leben rufen, die vielleicht einen technischen Beruf ergreifen wollen. Kann ich mir bei dir ein paar Ideen holen? Ich denke, dass wir zusammenarbeiten könnten.

Gruß

Cat

Sie schickte die Mitteilung los und tauschte ihr formelles geschäftliches Profilbild gegen einen koketten Schnappschuss aus, der ihr früheres Ich zeigte, welches sich auf die glänzende Unterlippe biss, vielsagend mit dem Auge zwinkerte und die Kamera so weit hochhielt, dass auch noch das Dekolleté zu sehen war. Dieses Foto hatte sie früher – in ihren Jahren als Single – immer fürs Internet genutzt. Mit gutem Erfolg. Würde es auch dieses Mal funktionieren? Würde es das Interesse des Schattenministers für Wissenschaft wecken?

## KAPITEL 6

# Angie

»Kaffee, mein Schatz?«, fragte Angie, während sie in der Tür zu Jerrys Arbeitszimmer stand und ihr Herz so laut pochte, dass sie davon überzeugt war, er könnte es hören.

»Hm.« Er saß hinter seinem Schreibtisch, das Gesicht ihr zugewandt. Aufgrund des großen Bildschirms seines Computers war nicht zu sehen, was er gerade machte, aber sein Blick war nach unten gerichtet. Nach seinen Körperbewegungen zu urteilen, musste er mit seinem Handy beschäftigt sein. Wie immer, stellte Angie fest. Doch … ihr Blick wanderte über die Schreibtischplatte, und sie entdeckte sein iPhone unter einem Stapel von Papieren.

Als hätte er gerade erst bemerkt, dass sie ihn beobachtete, blickte Jerry auf, sein Gesicht rot.

»Schleich dich nicht immer an mich ran, verdammt noch mal! Du hast mich fast zu Tode erschreckt.« Nach der Bewegung seines Oberarms zu urteilen, ließ er gerade etwas in die Schublade gleiten.

Angie erinnerte sich an Bevs Worte. *Sei nett zu ihm! Zieh ihn auf deine Seite! Tu so, als hätte dein Wunsch nach einer Scheidung sich in Wohlgefallen aufgelöst.* Sie setzte ein freundliches Lächeln auf und vermied es, ihn anzusehen. »Das tut mir leid, mein Schatz. Ich wollte nur wissen, ob du einen Kaffee haben möchtest, denn ich bin gerade dabei, einen zu machen.« Sie konnte das Zittern in ihrer Stimme hören. Angie schluckte, und die Blutergüsse an ihrem Hals taten weh, als würden die Hände ihres Mannes noch immer zudrücken.

Er musterte sie von oben bis unten. Zwischen ihnen herrschte eine derart bleierne Stille, dass sie fast greifbar war. Versuchte er etwa gerade ihre Gedanken zu lesen, oder dachte er ernsthaft über ihr Angebot, ihm einen Kaffee zu bringen, nach?

»Vergiss es«, sagte er, sah auf seine Uhr und stand unvermittelt auf. Er knallte seine Aktentasche auf den Tisch und begann Papiere in sie hineinzustopfen. »Heute ist meine Bürgersprechstunde. Ich muss also ins Büro. Diese nie zufriedenzustellenden Fortschrittsverweigerer erwarten mich schon, um über die geplante Eisenbahnschnellstrecke, High Speed 2, zu meckern. Morgen muss ich dann wieder nach London.«

Das war ihre Chance. Denn wenn Jerry Wind davon bekäme, dass sie Bev beauftragt hatte herumzuschnüffeln, wären im Nullkommanichts sämtliche Bankunterlagen in dieser Aktentasche verschwunden und auf dem Weg nach London. Sie konnte nicht mehr bis morgen warten, um einen Blick in diese Schreibtischschubladen zu werfen, denn Gretchen könnte bis dahin wieder zurückgekehrt sein. Benjy war heute Vormittag mit einem Freund aus dem Montessori-Kindergarten zum Spielen verabredet, und Poppy machte gerade ein Schläfchen. Also hieß es jetzt oder nie.

»Soll ich dir ein Sandwich für unterwegs machen?«, fragte sie.

Er zog ein Notebook aus einer der Schubladen und steckte es in seine Aktentasche. Schimmerte da etwa ein Schlüssel zwischen seinen Fingern? Ja.

»Ich werde irgendwo einen Happen essen gehen«, antwortete er.

Angie konnte von der Tür aus nicht sehen, was er gerade

machte, aber sie konnte hören, wie er den Schlüssel im Schloss der Schreibtischschublade umdrehte. Was würde er damit machen? Hatte er gerade ein zweites Handy eingesteckt? Sie fragte sich plötzlich, ob er seinen Schreibtisch absichtlich mit Büchern, Familienfotos und einem riesigen Bildschirm vollgestellt hatte, um auf diese Weise vor ihr zu verbergen, was dahinter vor sich ging.

*Finde heraus, welche Bankkarten er hat!* Sie erinnerte sich an Bevs Anweisungen. *Wenn du weißt, wo seine Konten sind, schreib dir die Nummern und Bankleitzahlen auf! Dann hast du wenigstens den Hauch einer Chance, deinen Teil des Geldes zu bekommen. Denn nichts gibt es für umsonst, meine Liebe. Weder deinen Scheidungsanwalt noch deine neue Unabhängigkeit. Such nach vertraulichen Unterlagen! Alles, was du findest und was für dich hilfreich sein kann! Du musst Beweise dafür haben, dass er lügt, betrügt und schikaniert. Also, Dick Pics auf einem zweiten Handy. Liebesbriefe. Alles Mögliche.*

Angie wich nicht von der Stelle und wartete, bis ihr Mann auf sie zukam. Stillschweigend betete sie, dass ihre Beschwichtigungsmaßnahmen der gestrigen Nacht – sexuelle Gefälligkeiten und ihr aufrichtig falsches Eingeständnis, nur aufgrund eines schrecklichen, hormonell bedingten Irrtums die Trennung verlangt zu haben – genügen würden, um ihn in Sicherheit zu wiegen. »Kannst du mir bitte noch etwas Geld geben, bevor du gehst, Schatz? Ich muss einkaufen gehen.«

Er runzelte die Stirn, woraufhin ihr Puls nach oben schnellte, sodass sie nichts mehr hörte außer dem Rauschen des Bluts in ihren Ohren. War er verärgert darüber, dass sie ihm den Weg versperrte? Als er seine Aktentasche auf dem Boden absetzte, zuckte sie unwillkürlich zusammen, da sie mit einer Ohrfeige rechnete. Oder mit noch Schlimmerem.

»Hast du schon wieder kein Geld mehr?« Er griff in seine

Hosentasche und zog seine Geldbörse hervor. »Mein Gott, Ange. Willst du uns in den Ruin treiben?«

Sie legte ihre Arme um seinen dicken Bauch, als sei sie hoffnungslos in ihn verliebt, und drückte ihm einen Kuss auf seine gerötete Wange. Wie hatte sie ihn je attraktiv finden können? Und wann hatte sie begonnen, ihn abstoßend zu finden? »Ich will dir heute Abend dein Lieblingsessen kochen, nur um dir zu zeigen, wie sehr ich dich liebe und wie sehr es mir leidtut.«

»Ein Filetsteak und Pommes frites?«, fragte er grinsend. »Gutes Mädchen«, sagte er und gab ihr einen Klaps auf den Hintern, ehe er sich aus ihrer Umarmung löste. »Für dich aber keine Pommes frites, nicht?« Er öffnete die Geldbörse und starrte sie noch immer an, die Augen zusammengekniffen und anscheinend voller Misstrauen, doch seine Lippen verzogen sich zu einen Lächeln.

*Er darf nicht mitbekommen, dass du an seinen Bankkarten interessiert bist*, hatte Bev ihr geraten. Angela zwang sich, seinen Blick zu erwidern, bis er auf die Scheine sah. Dann nahm sie so viele optische Informationen in sich auf, wie sie konnte, musterte die Farben der Plastikkarten und versuchte sie zuzuordnen. Doch die Logos waren nicht zu erkennen, da die Karten zu tief in den Fächern steckten.

»Reichen vierzig Pfund?«, fragte Jerry und hielt ihr zwei Zwanzigpfundscheine hin, obwohl Angie ein dickes Bündel von Papiergeld sehen konnte.

»Ja, perfekt«, antwortete sie. Das hier war nicht der richtige Zeitpunkt, um seine Aufmerksamkeit auf sich zu ziehen. Sie hatte es zwar nicht geschafft, den Inhalt seiner Börse genau zu inspizieren, aber dazu würde sich bestimmt noch einmal eine Gelegenheit ergeben. Vielleicht, wenn er schlief. Im Augenblick war es das Wichtigste, dass er das Haus verließ. »Wann wirst du wieder zu Hause sein?«

Er schaute auf die Uhr und hob seine Aktentasche auf. Die Geldbörse war wieder in seiner Hosentasche verschwunden. Angie betete, dass Poppy noch eine halbe Stunde weiterschlafen würde. Dann hätte sie etwas Zeit, um Jerrys Arbeitszimmer zu durchstöbern.

»In ein paar Stunden. Kommt darauf an, wie viele Leute kommen.«

Während er sie aus der Tür scheuchte, spürte Angie, wie ein juckender Ausschlag unter ihrem Kragen hervorkroch und sich auf ihrem Hals ausbreitete. Sie wickelte den Seidenschal fester um sich. Entmutigt bemerkte sie, wie Jerry den Schlüssel in das Schloss steckte, um abzuschließen, so wie immer. Sie hätte sich gefreut, wenn ihm heute ausnahmsweise einmal ein Fehler in seiner Routine unterlaufen wäre. Doch derartiges Glück war ihr offensichtlich nicht vergönnt.

Er steckte den Schlüssel in die Brusttasche seiner Jacke und machte den Reißverschluss zu, während er ihr zublinzelte.

Hatte er ihren tollpatschigen Versuch herumzuschnüffeln vorausgeahnt? Oder war sie paranoid?

Als Angie die Haustür hinter ihm schloss, atmete sie tief aus, lehnte sich gegen das Buntglas und dachte über ihren nächsten Schritt nach. Sie wartete, bis der Motor von Jerrys Wagen ansprang. Tränen rollten unaufgefordert über ihre Wangen, während die Anspannung an ihren Kräften zehrte. Doch dies war nicht der geeignete Zeitpunkt, um zu weinen. Dies war der Zeitpunkt, um zu handeln.

Sie ging den holzvertäfelten Flur entlang, betete, dass Poppy weiterschlafen würde, und rüttelte an dem Türgriff von Jerrys Arbeitszimmer. Wie stabil so ein viktorianisches Schloss wohl war? Sie prüfte den Spalt zwischen Tür und Zarge, holte ihre Treuekarte von Costa Coffee aus einer Küchenschublade und versuchte sie zwischen den beiden Kanten durchzuziehen. Studenten, die ihren Schlüssel vergessen hatten, hatten früher ihre Bankkarte benutzt, um wieder in ihr Zimmer zu gelangen, erinnerte sie sich. Angela schnaubte. Der Spalt war offensichtlich zu schmal. Und musste es nicht auch ein Schnappschloss sein, damit der Bankkartentrick funktionierte? Außerdem würde Jerry es sofort merken, wenn sie an dem Schloss herumhantiert hatte.

»Komm schon, Angie! Reiß dich zusammen!«, flüsterte sie vor sich hin.

Fünf Minuten später hatte sie keine Ideen mehr. Verdammt! *Vielleicht sollte ich einfach aus dieser Ehe ausbrechen. Mir die Kinder schnappen, weglaufen und mein Glück versuchen. Von vorn beginnen. Brauche ich das Geld wirklich? Ich werde eine Stelle als Sekretärin oder Zeitkraft finden.* Doch dann dachte sie darüber nach, dass Jerry nur deshalb seine steile Karriere gemacht hatte, weil sie sich um alles andere gekümmert hatte. Die Hälfte des Geldes gehörte ihr! Und hatte er ihr nicht gedroht, ihr jeden Zugang zu den Kindern zu verweigern? Er würde ihr nachstellen und nichts unversucht lassen, um ihren Namen durch den Schmutz zu ziehen und ihr Leben in einen Albtraum zu verwandeln. Nein. Ihr blieb nichts anderes übrig, als alles auf eine Karte zu setzen. Ihre einzige Möglichkeit bestand darin, wie ein billiger Schnüffler Informationen zu sammeln, um zu beweisen, was für einen manipulativen Tyrannen sie geheiratet hatte. Sie rief Bev an, die vorschlug, dass sie durch das Fenster einsteigen sollte. Hatte Jerry das etwa auch abgeschlossen?

Angie schnallte das Babyfon am Bund ihrer Jeans fest und stapfte mit einem Korb Wäsche im Arm in den Garten. Sie blickte sich um, um sich zu vergewissern, dass keiner der Nachbarn sie beobachtete.

Als sie den Korb absetzte, schaute sie zum Fenster des Arbeitszimmers und stellte fest, dass es einen Spalt breit offen stand, ungefähr einen Zentimeter, durch den sie vielleicht ihre Finger stecken könnte. Wenn sie überhaupt an das Fenster drankam. Mit geschürzten Lippen betrachtete sie ihre wunderschön manikürten Fingernägel, die nicht mehr lange so aussehen würden. Sie zerrte einen gusseisernen Gartenstuhl zum Fenster hin, der geräuschvoll über eine Steinplatte schrammte, sodass sie zusammenzuckte und sich wünschte, dass sie stärker wäre. Angie hielt den Atem an. Würde Poppy aufwachen? Kein Muckser aus dem Babyfon.

Angela stand in ihren Gucci-Slippern auf dem Stuhl und begann mit aller Kraft das Fenster hochzuschieben. Die Sehnen in ihren Unterarmen traten hervor, während sie das Holz umfasste, von dem die Farbe abblätterte, und das Fenster zentimeterweise nach oben drückte. Eine Knochenarbeit, denn der Zugmechanismus war mehrfach überstrichen worden und deshalb schwergängig. Doch sie schaffte es, das Fenster gut fünfundzwanzig Zentimeter hochzuschieben, bis es endgültig klemmte. Sie schickte ein stilles Dankgebet an die Göttin der verzweifelten Hausfrauen dafür, dass Jerry vergessen hatte, das Fenster richtig zu schließen. Da wurde ihr klar, dass er sein Arbeitszimmer mit dem Ziel abschloss, sie aus dem Raum herauszuhalten, und nicht irgendeinen Einbrecher, der vielleicht auf die Weißbücher der Regierung erpicht war.

»Mistkerl«, murmelte sie.

Dünn zu sein hatte seine Vorteile. Sie kletterte auf das Fenstersims, quetschte sich durch den Spalt und ließ sich auf den polierten Holzboden fallen. Stoßartig atmend, sah sie sich in dem Arbeitszimmer um. Zuerst trat sie an den Schreibtisch und zog an den Schubladen. Zwecklos. Sie waren abgeschlossen. Angela griff nach einem Brieföffner aus Messing und versuchte die

Spitze der Klinge in das Schlüsselloch der Mittelschublade zu führen, in der Jerry ein zweites Handy versteckte. Da war sie sich ziemlich sicher.

»Verdammt!«

Angie begriff, dass sie den Schreibtisch nicht aufbrechen konnte, ohne einen Schaden zu verursachen. Die unteren Schubladen waren ebenfalls abgeschlossen. Ihr Mann behielt gern die Kontrolle über das, was er öffentlich machte und was nicht. Als sie sein selbstgefälliges grinsendes Gesicht auf dem größten Familienfoto sah, das auf dem Schreibtisch stand, spuckte sie auf das Glas. Genüsslich schaute sie zu, wie der Schleim von der Stirn zum Kinn herablief. »Du mieses Schwein!«, stieß sie aus und wischte widerwillig ihren Speichel weg.

Anschließend tappte sie zu dem Aktenschrank. Den hatte er bestimmt nicht abgeschlossen. Als sie an den Griffen zog, stellte sie fest, wie überaus vorsichtig er war.

Sie drehte sich langsam in dem Raum um und überlegte, wo ihr Mann den Schlüssel dazu aufbewahren könnte. Wenn er ihn an seinem Schlüsselbund trug, wären all ihre Mühen umsonst gewesen. Aber wenn er ihn hier irgendwo aufbewahrte, dann …

Könnte er ihn in einem der Bücherregale links und rechts vom Kamin versteckt haben, zwischen den politikwissenschaftlichen Wälzern und Romanen von James Patterson? Auf den unteren Einlegeböden lag augenscheinlich nichts herum. Als sie die oberen abtastete, fand sie zwischen den Ledereinbänden lediglich Staub. Ihr Blick wanderte zum Kamin. Sie hatte das Sims mit Jugendstilkerzenhaltern, Orchideen, die in Blumentöpfen steckten, und elegantem Schnickschnack dekoriert, um dem männlichen Raum eine weibliche Note zu verleihen. Der Ersatzschlüssel zum Haus lag stets unter einem Pflanzenkübel neben der Eingangstür. Vielleicht hatte Jerry die Fantasie gefehlt, sich ein besseres Versteck für seinen Aktenschrankschlüssel auszudenken.

Seufzend hob sie einen Blumentopf nach dem anderen hoch und befürchtete schon, dass ihre Mühe vergeblich war. Beim dritten schnappte sie nach Luft. Das darunter liegende Objekt schimmerte im Licht. Es war der Schlüssel zu dem Aktenschrank – dessen war sie sich sicher.

Angie zog die oberste Schublade des Aktenschranks auf und freute sich derart über ihre eigene Hinterlist, dass sie darüber das Brummen eines Motors nicht mitbekam – des Motors eines PS-starken Wagens. Sie durchwühlte die Hängemappen, entdeckte Versicherungspolicen für das Haus und die Autos und Unterlagen zur privaten Krankenversicherung … Sie war so völlig aus dem Häuschen, als ihre Finger eine Akte ertasteten, ganz weit hinten, versteckt unter einem Berg von Dokumenten, dass sie das verräterische Knirschen der Reifen von Jerrys Jaguar auf dem Kies in der Einfahrt nicht hörte. Die Ankunft ihres Mannes wurde ihr vielmehr erst bewusst, als das Babyfon das Geräusch der zuschlagenden Haustür einfing und Poppy zu weinen begann, weil ihr Schlaf gestört worden war.

Der Schlüssel, der auf der anderen Seite des Arbeitszimmers in das Schloss gesteckt wurde, ließ Angie nur noch fünf Sekunden Zeit, um nicht mit einem Stapel Korrespondenz der Coutts & Co Bank in der Hand entdeckt zu werden.

Noch vier Sekunden: Sie schloss den Aktenschrank.

Noch drei Sekunden: Sie rannte zum Fenster.

Noch zwei Sekunden: Der Türgriff wurde umgedreht, und Angie stand vor der Entscheidung – verstecken oder versuchen zu fliehen.

Die Tür ging auf, und Jerry spazierte herein.

## KAPITEL 7

# Bev

Hallo Cat,

wie schön, mit jemandem zu sprechen, der von der Wissenschaft und Technik genauso begeistert ist wie ich. Danke für deine freundlichen Worte. Du bist eindeutig eine Frau mit Geschmack! Ha. Bist du Wählerin in meinem Wahlkreis in Cheshire? Ich halte Sprechstunden ab, bei denen ich die Bürger persönlich kennenlernen kann.

Viele Grüße

Jerry

Bev las die LinkedIn-Nachricht noch einmal, um herauszufinden, ob ein flirtender Ton in Jerry Fitzwilliams Worten mitschwang oder nicht. Er hatte ihr in weniger als dreißig Minuten geantwortet. War das normal für einen viel beschäftigten Minister des Schattenkabinetts, dessen Tage vom Aufwachen bis zum Schlafengehen durchgetaktet sein mussten? Dreißig Minuten. Außerdem regte er weiteren Kontakt an. Er hat ihr fingiertes LinkedIn-Profil jedoch nicht sorgfältig genug gelesen, denn sonst hätte er gewusst, dass sich das erfundene Unternehmen Belfry Automotive Engineers Ltd. in den Midlands befand.

»Gibt es etwas, was du mit der Gruppe teilen möchtest?«, fragte Mo.

Ihr Seelenklempner saß am Kopf des Kreises in seinem geblümten Sessel, ein spöttisches Lächeln im Gesicht.

»Tut mir leid«, erwiderte sie und schüttelte den Kopf. »Ich warte auf eine wichtige Nachricht. Arbeit. Verstehen Sie?«

In einem sicheren Raum, in dem Ehrlichkeit das oberste Gebot war und alle demjenigen ihre Aufmerksamkeit schenken sollten, der gerade sprach, klang Bevs Entschuldigung unaufrichtig. Big Debbie, die gerade geschildert hatte, dass sie einen vereinbarten Arzttermin nicht hatte einhalten können, weil ihr bei ihrem Ritual, das Haus zu sichern, immer wieder ein Fehler unterlaufen war, starrte sie wütend an.

»Wieso kommst du darauf, dass dein zwanghaftes Verhalten, irgendeinen Mist zu sammeln, wichtiger ist als meine Probleme?«, blaffte sie Bev an und verschränkte die Arme, während sie kerzengerade auf einem Stuhl saß, der viel zu klein für sie war.

Der Rest der Gruppe folgte ihrem Beispiel in einer La-Ola-Welle der abweisenden Körpersprache. Bis auf Bevs merkwürdigen Freund, Doc, der wie immer mit herunterhängenden Armen auf seinem Stuhl lümmelte. Ein lässiges Lächeln umspielte seine Lippen. Er verdrehte die Augen, während er Big Debbie ansah, die selbst dann leicht zu beleidigen war, wenn sie gut drauf war.

»Leg das Handy weg, Beverley!«, sagte Mo. »Du solltest dich bei Debbie entschuldigen, denke ich.«

Bev ließ das Telefon in die Tasche ihres Kapuzen-Shirts gleiten. Sie wünschte sich, irgendwo zu sein, nur nicht in diesem Raum hier, im Gesundheitszentrum, der nach billigem blumigem Desinfektionsmittel roch … oder war das der ekelhaft süße Gestank von Mos psychiatrischem Wohlwollen, der von seinem kleinen trainierten Körper herüberwehte?

Sie spürte, wie das Telefon zweimal vibrierte. Eine weitere

LinkedIn-Nachricht. Hatte Jerry Fitzwilliam seiner ersten Antwort direkt noch eine zweite hinterhergeschickt? Sollte sie so tun, als sei sie schwer erreichbar?

»Dann zu dir, Beverley«, sagte Mo und beugte sich lächelnd vor, die Hände auf den Knien. »Du scheinst diese Woche sehr gedankenverloren zu sein. Möchtest du mit der Gruppe teilen, was dich derart beschäftigt?«

Bev begriff, dass sie ihm etwas Futter geben musste. Mo kannte sie nur allzu gut.

Alle Blicke waren auf sie gerichtet. Gordon, der Kleptomane, der sich anscheinend nie wusch. Neil, der Fitnesssüchtige, der wie das blühende Leben aussah, dessen ständiges Zucken jedoch besagte, dass sein geistiges Wohlbefinden bestenfalls in einem bedenklichen Zustand war. Wanda, die Essgestörte, die ständig eine Diät machte und nie Gewicht verlor dank der schweren Tüte Knabberzeug, die sie immer im Geheimfach ihrer Handtasche mit sich herumtrug. Der neue Typ, dessen Name Bev sich nicht merken konnte und der unter Hypochondrie litt, sodass er jeden Tag dreißig verschiedene Vitamine einwarf. Big Debbie mit ihrem zwanghaften Zuschlagen von Türen und Ein- und Ausstellen ihres Weckers. Sam, der Sauberkeitsfanatiker. Doc, der Computerfreak, der ähnlich wie Bev unter einem Sammelzwang litt und ihr einziger wirklicher Verbündeter in der Gruppe war. Keines der anderen Mitglieder wusste, dass sie und Doc sich außerhalb der Therapiesitzungen angefreundet hatten und dass ihre Beziehung eine Form angenommen hatte, die einer geschäftlichen Partnerschaft glich. Seine Fähigkeiten waren für sie in ihrem neuen Beruf als Detektivin unschätzbar.

»Nun?«

»Ich habe mir wieder ein Origami-Set gekauft«, antwortete Bev, musterte ihre Fingernägel und wurde rot, da sie wusste, dass das nur die Hälfte der Wahrheit war. Sie spürte ein Zucken zwischen ihren Beinen, als sie insgeheim an ihre andere Sucht dachte, die sie aber bisher nicht offenbart hatte.

»O nein, das hast du nicht!«, sagte Gordon. »Nicht, nachdem du mir in der letzten Sitzung diese ganzen Schuldgefühle eingeredet hast!«

Sie starrte ausdruckslos in das teigige Gesicht des Kleptomanen und täuschte Reue vor. »Ich weiß. Und es tut mir wirklich leid. Ich habe keine Ahnung, was mich da geritten hat.« Bilder des schmächtigen Mannes mit dem Riesenschwanz tauchten vor ihrem geistigen Auge auf, der sie in einem anderen Zusammenhang geritten hatte. Sie hatte ihn vor Kurzem im Nachtklub aufgegabelt und in ihre Kellerwohnung mitgenommen. Die Erinnerung an ihre Eroberung brachte ihre Wangen zum Glühen und verriet der Therapiegruppe eigentlich ihre Lügen. »Die Woche war wirklich hart für mich. Ich habe einen Autounfall gehabt.« Die Nummer würde ziehen.

Sofort erklangen besorgte Stimmen. Ging es ihr gut? War sie schuld? War ihr Wagen zu Schrott gefahren worden?

»Mein Polo ist vielleicht hinüber«, sagte Bev. Sie bemerkte Docs Blick, aber sie wandte sich Big Debbie zu, um die Aufmerksamkeit von sich abzulenken. »Irgendeine dumme Kuh in einem Range Rover tauchte auf wie aus dem Nichts.« Sie rieb sich die linke Schulter und verzog das Gesicht. Ihr war bewusst, dass ihr Handy die ganze Zeit in der Tasche summte und pingte. »Ich habe ein übles Schleudertrauma abbekommen.«

Doch Mo war nicht so leicht abzuspeisen. »Du hast dir also Trost verschafft, indem du genau der Gewohnheit nachgegeben hast, der du abgeschworen hattest?« Er seufzte. »Oh, Bev. Wann hattest du dir dein letztes Origami-Set gekauft? Vor drei Monaten?«

Bereits gelangweilt von dem Kreuzverhör, kaute Bev auf der Innenseite ihrer Wange. Sie wollte auf ihr Handy sehen. »Vor drei Monaten, zwei Wochen und fünf Tagen. Das Set war ein seltenes Stück.«

»Wie hast du dich danach gefühlt?«

»Unzufrieden. Schmutzig. Wie ein Versager.« Das war zumindest die Wahrheit. So hatte sie sich auch nach ihrem One-Night-Stand mit diesem Hänfling aus dem Nachtklub gefühlt. Dr. Mo musste selbstverständlich nicht wissen, warum sie derart verrückte Sachen machte. Alle brauchten doch ein Allheilmittel für die elendigen Herausforderungen und Enttäuschungen des Lebens, oder? Manche Allheilmittel waren eben nur salonfähiger und praktischer als andere. Dank Robs boshafter Zunge und seinem auf juristischer Ebene noch viel übleren Anwalt, dessen Stundensatz dreihundert Pfund betrug, hatte der Richter jedoch erklärt, dass ihre Abhängigkeiten völlig inakzeptabel und unmöglich seien, um ihre Ziele zu erreichen. Ohne die Teilnahme an der durch das Gericht angeordneten wöchentlichen Therapie, mit der sie ihr zwanghaftes Verhalten in den Griff bekommen und beweisen sollte, dass sie ein geistig gesunder, verantwortungsbewusster, erwachsener Mensch war, würde Bevs Traum, die ganzen Fehler wiedergutzumachen, nichts weiter bleiben als eben das: ein Traum. *Alles Mistkerle,* dachte sie.

»Ach, Bev!«, sagte Doc. »Hör auf, dich selbst fertigzumachen! Du bist nur ein Mensch. Das nächste Mal rufst du einen von uns an.«

Sie sah, dass er auf die Uhr hinter ihr schaute. Auch er hatte es heute eilig.

Die Stunde war vorbei. Bev griff nach ihrem Parka und blieb bei den Toiletten stehen, damit Doc sie einholen konnte. Was zum Teufel hatte er denn noch da mit Mo zu besprechen? Mit ernster Miene, nickend.

Da sie unbedingt wissen wollte, ob Jerry Fitzwilliam sich gemeldet hatte, scrollte sie ihre Nachrichten durch. Da war seine Mitteilung:

> Erzähl mir mehr von dir, Cat! Wie ist eine Frau wie du in der Automobilbranche gelandet? Nach deinem Foto zu urteilen, siehst du nicht danach aus, als würdest du deinen Tag unter Schraubendrehern verbringen!

*Er flirtet,* dachte Bev. *Nicht offenkundig, aber zwischen den Zeilen. Er ist entweder ein Hans-Dampf-in-allen-Gassen, der einfach versucht, charmant zu sein, oder er hat einen Blick auf meine Titten geworfen auf diesem alten, in einem schmeichelhaften Licht aufgenommenen Foto.* Sie hatte sich vor der Scheidung stylen können, das wusste sie, aber sie bildete sich nicht ein, dass sie eine zartgliedrige Schönheit war. Ihre Beine hatten die Form von Bananen, und ihre Brüste, die sie meist unter sackartigen Pullovern versteckte, waren außer für Pornos viel zu groß. Aber sie hatte Jerry durch ihr raffiniertes Catfishing eindeutig am Haken. Ihre Schmeicheleien und ihre Neugierde hatten Wirkung gezeigt. Wie sollte sie jetzt weiter vorgehen? Sie hatte nicht einmal annähernd genügend Beweise zusammen für Angie.

»Wollen wir einen Kaffee trinken gehen?«, fragte Doc. Mit einem Mal stand er neben ihr und spähte über ihre Schulter, um die Nachricht auf dem Display ihres Handys zu lesen. Er schob sich seinen strähnigen Pony aus dem Auge und steckte die knochigen Hände in die Taschen seiner Jeans, die an den Knien zu vergilben begann. »Dann kannst du mir erzählen, was diese Nummer da sollte, die du da gerade abgezogen hast.«

Bev steckte schnell ihr Handy weg. »Halt die Klappe, okay? Mo kann uns hören.« Sie zerrte ihn auf den Parkplatz, schob ihn an den parkenden Fahrzeugen vorbei zu einer Reihe von heruntergekommenen Läden, die Vorboten der winzigen Hauptstraße von Sale waren. Sie entdeckten ein kleines Café gegenüber vom Rathaus in der Nähe des Kunstzentrums, The Waterside. Drinnen roch es nach gebratenen Würstchen – ein Hinweis auf das lebhafte Frühstücksgeschäft, das aufgrund von einigen spät hereingekommenen Bauarbeitern gerade erst dabei war abzuklingen.

Bev erzählte Doc von ihrem neuesten Auftrag. Auf dem verschmierten Tisch vor ihr stand ein Becher mit starkem Tee.

»Ich muss Zugang zu seinen E-Mails haben. Zu seinen Bankauszügen, seinen SMS, egal was.«

Doc schüttelte den Kopf und zog ungläubig seine blonden Augenbrauen hoch. Unter seinen müden Augen waren dunkelviolette Ringe, die auf seine nächtlichen Computersessions hindeuteten. »Bist du irre?«

»Wir sind beide irre, Doc. Aber das gehört jetzt nicht zur Sache. Komm schon! Wenn ich bezahlt werde, steht auf einem ganzen Batzen Geld dein Name drauf.«

»Du willst, dass ich den Computer des Schattenministers für Wissenschaft knacke und in seinen Sachen rumschnüffle? Scheiße noch mal, ganz bestimmt nicht! Außerdem wette ich, dass der Geheimdienst mir da schon zuvorgekommen ist. Oder glaubst du etwa, dass der prominente Abgeordnete nicht überwacht? Insbesondere die der Opposition.« Er fasste nach der Tischplatte und schaukelte mit seinem Stuhl nach hinten.

Bev musterte seine schmutzigen Fingernägel und zuckte innerlich zusammen. Sie hatte eine Schwäche für kräftige Hände. Doc hämmerte lediglich mit seinen Fingern auf einer Spielekonsole herum oder klapperte damit auf einer Tatstatur, während er im Darknet nach schmutzigen Geheimnissen surfte. Mehr passierte damit nicht. »Ach, komm schon!«, sagte sie, trank ihren Tee aus und knallte den Becher auf den Tisch. »Genau das ist es, worin du brillant bist! Worin wir brillant sind! In der Detailarbeit. Im Herausfinden pusseliger kleiner Dinge, die normale Menschen übersehen.«

»Ach ja? So was wie gewisse Details bezüglich der Finanzen einer Person, die in der Öffentlichkeit steht? Kannst du nicht einfach seine Mülleimer durchsuchen, wie ein normaler Privatdetektiv?«

»Sehr witzig!« Bev sah hinüber zu dem Kuchen in der Vitrine. Sie hatte bereits den obersten Knopf ihrer Jeans aufmachen müssen und wandte den Blick wieder ihrem Gegenüber zu. »Heutzutage machen die Leute alles online, und Jerry Fitzwilliam wird seine höchst vertrauliche Post wohl kaum in die Papiertonne werfen, oder?« Als Docs Hand zu seinem Espresso schnellte, griff sie danach. Sie war klebrig und feucht. Ihre Mutter hatte Hände wie diese als »Glitschflossen« bezeichnet. Trotzdem hielt Bev sie weiter umklammert. »Damit verdienst du dein Brot, Doc, und du bist verdammt gut darin! Willst du einen richtigen Job? Nur zu! Vielleicht stellt dich eine Bank oder eine Anwaltskanzlei in Spinningfields ein als IT-Manager.« Sie ließ seine Hand los. »Ich bin mir sicher, dass sie über deine Vorstrafe hinwegsehen werden.«

Doc schaukelte erneut mit seinem Stuhl und sah zur Decke, sodass sein Adamsapfel hervortrat, als hätte er eine kleine drahtlose Maus verschluckt. »Du bist eine Nervensäge. Weißt du das?«

»Ich bin nicht derjenige, der beim Phishing-Betrug erwischt worden ist …«

»Da hatte ich gerade mein Studium abgeschlossen und war noch grün hinter den Ohren!«

»Ach so. Ja, und diese kleine Grasplantage in deinem Dachhohlraum? Ich wette, dass die Geschworenen deinen Auftritt vor dem Richter toll fanden. Langes Haar, ausgelatschte Joggingschuhe und der viel zu große Tweedanzug deines Vaters, weil du seriös aussehen wolltest. Ha!« War er dabei, langsam einzuknicken? Bev konnte sich nicht sicher sein, ob sie ihn mit ihrer Taktik ins Boot holen oder vergraulen würde.

Doc biss sich auf die Unterlippe, seine Nasenflügel blähten sich. Die blauen Äderchen an den Schläfen schimmerten stärker als üblich unter seiner fast durchscheinenden Haut hervor. Er war unruhig.

»Der Allgemeinbevölkerung sind Oxford-Absolventen ziemlich egal«, erwiderte er. »Insbesondere Computer-Nerds. Ich war schon erledigt, bevor ich überhaupt auf der Anklagebank saß. Die intellektuelle Diskriminierung hat mir ein Jahr Knast beschert. Wenn ich ein hart arbeitender Elektriker gewesen wäre mit einer Geschichte, die auf die Tränendrüse gedrückt hätte, dann wäre ich mit der Sache davongekommen.«

Bev lachte und knüllte ihre Serviette zusammen. Dann warf sie sie scherzhaft gegen Docs *Aces-High*-T-Shirt von Iron Maiden und traf Eddie, das Zombie-Maskottchen, zwischen seinen leuchtenden teuflischen Augen. »Hör auf mit dem ›Ein-Jahr-Knast‹-Mist, du melodramatischer Depp! Du warst nicht im Knast, du hast gemeinnützige Arbeit leisten müssen. Und wozu haben sie dich verdonnert? Den Müll von den Seitenstreifen der Autobahnen einzusammeln.«

Doc trank seinen Espresso aus und starrte trübsinnig in seine leere Tasse. »Ich habe aber trotzdem noch immer eine Vorstrafe.«

Jetzt hatte sie ihn am Haken. »Eben! Wie also kannst du mir eine Abfuhr erteilen, wenn eine Aufgabe wie diese ein Spaziergang für dich ist? Das ist einfach verdientes Geld. Und das ist nichts anderes als das, was du das letzte Mal für mich gemacht hast.«

»Der Typ hat Gardinen und Jalousien verkauft, Bev. Er war kein Spitzenpolitiker!«

Bevs Telefon summte zweimal. Sie zog es hervor und schnappte nach Luft, als sie sah, dass Jerry Fitzwilliam ihr noch eine Nachricht geschickt hatte.

Hey, Cat. Solltest du eine Wechselwählerin sein, wie wär's, wenn ich dich bei einem Drink für uns gewinne und wir die Taktik für deine Kampagne besprechen?

Sie zeigte Doc den Thread. »Der Typ ist ein Schmierlappen, der seine Frau verprügelt.« Sie googelte ein Foto, auf dem Jerry Fitzwilliam in all seiner rotgesichtigen Nadelstreifenanzugspracht zu sehen war. »Ich weiß, dass du Deppen wie diesen nicht ausstehen kannst.«

»Die Uni war voll davon. Rugbyspieler aus elitären Internatsschulen. Große, dumme, arrogante Blödmänner.«

Bev fand ein Foto von Angie auf Facebook. »Stell dir vor, wie er seine Riesenpranken, die er Hände nennt, um das schmale dünne Hälschen seiner Frau schlingt. Er schikaniert und drangsaliert sie. Mit dieser Arschgeige habe ich es zu tun.«

Doc kaute wieder auf seiner Lippe herum und kniff die Augen zusammen, während er auf das Display des Handys sah.

»Komm schon! Betrachte es als eine Möglichkeit, mit der du dir Punkte für ein gutes Karma verdienst. Dem Kerl muss das Handwerk gelegt werden, und wir sind das Team, das genau das schaffen kann. Ich bin aufgeschmissen ohne einen guten IT-Mann.«

»Ich werde zuerst seine Cloud hacken«, verkündete Doc. »Danach sehen wir weiter.«

# KAPITEL 8

# Der Wolf

Der Wolf steht auf der anderen Straßenseite und beobachtet, wie sie zu ihrem schlaksigen dämlichen Freund spricht. Ist das einer der Typen, mit denen sie rumvögelt? Er sieht aus wie ein Heavy-Metal-Fan aus den 1980er-Jahren. Sie sind zwar ins Gespräch vertieft, aber ihre Körpersprache deutet nicht darauf hin, dass zwischen ihnen so etwas wie eine Chemie besteht oder dass da eine unterschwellige Erotik mitschwingt. Gut.

Er würde zu gern wissen, was sie in diesem Café gerade aushecken oder welche Geheimnisse sie miteinander teilen. Vielleicht sollte er einfach hineinspazieren, sich an den Tisch hinter ihnen setzen und sich eine Speisekarte vors Gesicht halten, falls sie in seine Richtung blicken sollten. In letzter Zeit hat er ziemlich oft darüber fantasiert, ihr näherzukommen. Wenn sie für das, was sie ihm angetan hatte, büßen sollte und er ungeschoren damit davonkommen wollte, musste er über ihr Leben unbedingt genauer Bescheid wissen.

Für ihn als vielbeschäftigten Mann ist es schwierig, jemanden wie Beverley Saunders zu verfolgen. Sie flattert hin und her in dieser Welt wie eine Libelle – zerbrechlich und geheimnisvoll. Überhaupt einmal einen Blick auf ihr wahres Gesicht zu erhaschen ist schwer. Er hat sie in dieser Kellerwohnung gesehen. Sie kommt und geht zu völlig unvorhersehbaren Zeiten, tags wie nachts. Ihr Gesicht wirkt in letzter Zeit oft fahl und gestresst, und sie sieht aus wie ein Sack Kartoffeln in dieser androgynen, gammeligen Kluft, die sie fast immer trägt. Sie hat zugenommen. Gelegentlich ist sie jedoch herausgeputzt wie früher. Er weiß, wo sie mit all dem Make-up im Gesicht und den hochhackigen Schuhen hingeht. Der Wolf erinnert sich an ihre perfekte Porzellanhaut, die unter dem grellen Licht der Lasterhöhlen der Stadt glänzte. Er stellt sich den Schmerz vor, den sie anderen glücklosen Männern zufügt, die ihr nur gefallen wollen, aber die sie abweist wie Schmeißfliegen. Er spürt ihre herrlichen Qualen. Die Schlampe muss bestraft werden, und der Wolf ist derjenige, der diese Aufgabe übernehmen wird. Er bringt Tod und Höllenfeuer und bändigt schamlose Frauen, die nicht wissen, wo ihr Platz ist. Die Russin fällt ihm wieder ein, und er lächelt.

Plötzlich steht der Freund mit der Fettmatte auf und schlingt seinen Rucksack über die Schulter. Gemeinsam verlassen sie das Café und treten hinaus in den Sprühregen. Beide ziehen die Kapuzen ihrer Anoraks über den Kopf. Er über sein strähniges, mattbraunes Haar. Sie über ihren breiten, dunklen Zopf. Sie sehen aus wie zwei junge Menschen mit alten Gesichtern. Der Wind kommt aus ihrer Richtung, doch das Geräusch der Autoreifen auf der nassen Fahrbahn verschluckt noch immer ihre Worte. Ihre Wege trennen sich. Bev geht in Richtung des Parkhauses von The Waterside, während der Mann zur Straßenbahn hin verschwindet.

Sein Verlangen, zu wissen, welche Art von Beziehung sie haben, ist groß. Er würde sie gern öfter beobachten, damit er entscheiden kann, wie er am besten vorgeht, um sich an ihr für das, was sie ihm angetan hat, zu rächen. Doch er kann sich seinen Voyeurismus nur gelegentlich erlauben, wenn er eine halbe Stunde frei hat zwischen seinen unterschiedlichen Besprechungen, Terminen und familiären Verpflichtungen. Er nimmt sich fest vor, eine Möglichkeit zu finden, ihre Gespräche zu belauschen. Wenn er ihr Auto verwanzt, wird er ihre Telefongespräche dort abhören können. Dazu wird es während der langen Observierungen, die einen Teil ihrer neuen Arbeit bilden, zwangsläufig kommen. Eine Wanze würde ein geringeres Risiko darstellen als die Installation einer Kamera in ihrer Wohnung, wenngleich er auch darüber schon nachgedacht hat.

Als der Rockerfreund aus dem Blickfeld verschwindet, folgt er Bev zu ihrem Auto. Sie bezahlt den Parkschein. Er ist vorsichtig und versteckt sich hinter einer verwilderten Ligusterhecke, zündet sich eine Zigarette an und tut so, als würde er nach seinem Handy sehen. Sie geht die Rampe hinauf. Er setzt sich wieder in Bewegung und verfolgt sie im Abstand von ungefähr fünfzig Schritten. Was würde sie sagen, wenn sie sich umdrehte und ihn entdeckte? Wie lange würde es dauern, bis er sie erwürgt hätte? Sie ist ihm zwar körperlich unterlegen, aber trotzdem eine erwachsene Frau und bestimmt in der Lage, sich stärker zu wehren als die russische Nutte.

Der Wolf bemerkt seine Erregung und vergrößert seine Schritte. Jetzt wühlt sie in ihrer Tasche herum, immer noch nicht ahnend, dass er sie verfolgt. Die Entfernung zwischen ihnen verringert sich, und er begreift, dass er sie sich jetzt schnappen kann. In dem Parkhaus ist sonst niemand und ganz bestimmt nicht in dem verlassenen dritten Stockwerk. Nur eine Reihe geparkter Autos neben der anderen, zwischen denen er sich verstecken kann. Er pirscht sich an seine Beute heran.

Sie ist nur noch wenige Meter von ihm entfernt. Er streckt die Hand aus.

# KAPITEL 9

# Boo

»Komm schon, Boo. Probier's mal. Es wird dir gefallen«, sagte Antonia, ließ sich mit dem Rücken gegen die Wand fallen und rutschte daran herunter, bis sie mit ungelenk gespreizten Beinen auf dem Boden saß. Sie hielt sich die Hand vors Gesicht und begann hemmungslos zu lachen. Dann streckte sie Boo ihre Handfläche entgegen, als würde sie ein Zauberkunststück vollführen, und zog etwas aus ihrer Tasche, das aussah wie ein kleines Post-it oder eine große Briefmarke. Es war mit winzigen, knallbunten Bildchen bedruckt. Von einem Clown mit Glupschaugen.

LSD. Boo hatte so etwas schon mal gesehen, obwohl sie das Zeug bisher nicht angerührt hatte. Im Alter von zwölf hatte sie miterlebt, wie ihre Mutter mit ein paar Freunden einen Trip eingeworfen hatte. Es war ein beängstigender Anblick gewesen, wie ihre alte Dame die Kontrolle verlor. Als wäre sie ein durchgeknallter spanischer Surrealist, den man in ein feuchtes britisches Reihenhaus verfrachtet hatte, stand sie nackt da und fuchtelte mit Pinsel und Farbpalette herum, während ein Wichser mit akustischer Gitarre namens Chet ihren Hintern begrapschte.

»Nein danke, ich verzichte.« Boo sah, wie Monty mit ausgestreckten Armen durch den Flur düste, als wäre er ein Jagdflugzeug bei einem Bombenangriff. Der Eton-Abgänger war völlig zugedröhnt. »Die Sache mit McIntyre und Bert ist gerade noch mal gut gegangen. Die beiden haben mich jetzt auf dem Kieker. Ich bleibe lieber sauber, sonst flieg ich noch raus, nur weil Holy Jo mich verpfiffen hat.« Sie musste an das brennende Schamgefühl denken, als der Verwalter und der Hausmeister die unzähligen leeren Bierdosen entdeckten, die sie hastig unter ihrer Bettdecke versteckt hatte. Es war das perfekte Ablenkungsmanöver gewesen, ein Alkoholproblem einzuräumen, damit die beiden das große Stück Gras nicht bemerkten, das nur wenige Schritte von ihnen entfernt herumlag. Es war schon erstaunlich, was man mit ein paar schnellen Sprühstößen Deo und einer ordentlichen Ladung Raumspray alles kaschieren konnte.

»Sei nicht so eine Langweilerin«, sagte Antonia und hielt ihr das Blättchen hin. »Stell dich deiner Angst, Boo. Wir werden uns bestens amüsieren.«

Jede Faser von Boos Körper sehnte sich danach, ihren Freunden Gesellschaft zu leisten. Erneut stürzten einige von ihnen – sie waren offensichtlich high – durch die Brandschutztür am Ende des Flurs. Unter ihnen war auch Mitch, aber er warf nicht mal einen verstohlenen Blick in ihre Richtung.

»Vergiss es. Ich werde nicht mitkommen, wenn *er* auch dabei ist.« Boo verschränkte ihre Arme fest über der Brust, um ihre Gefühle für diesen flatterhaften Casanova zu unterdrücken. An einem Tag gab er ihr das Gefühl, der Mittelpunkt seines Universums zu sein, und am nächsten, als wäre sie eine trostlose Einöde.

Antonia rappelte sich auf. »Ich dachte, zwischen euch wäre alles okay. Aber wie du willst.« Mit einem Freudenschrei stürmte sie hinter den anderen den Gang hinunter.

Boo ging wieder in ihr Zimmer zurück, fest entschlossen, den Aufsatz über Nietzsche in Angriff zu nehmen, der seit zwei

Wochen überfällig war. Während es draußen dunkel wurde, zog sie die Vorhänge zu, schaltete ihre Schreibtischlampe ein und machte es sich zwischen den alten Polstermöbeln und dem handelsüblichen Mobiliar aus hellem Holz gemütlich. Jetzt, wo dieses schlichte Zimmer, das ihr als zweites Zuhause diente, von Drogenzubehör und Alkohol befreit war, konnte sie endlich wieder atmen. Und es war ihr sehr viel leichter gefallen sauber zu machen, als den Aufsatz zu schreiben oder sich mit ihren Familienproblemen zu beschäftigen.

Sie setzte sich an den Schreibtisch, nahm erneut den Brief zur Hand und las die schräge, geschwungene Handschrift ihrer Mutter, die sie zu sich nach Hause einlud, obwohl sie Boo zuvor aufgefordert hatte, sich von ihr fernzuhalten. Sie erklärte, dass der beigefügte Scheck über fünfzig Pfund und ihr Sinneswandel der schlimmer werdenden Depression ihres Vaters geschuldet seien, *»... mit der du so viel besser umgehen kannst als ich«*. Weder im Brief selbst noch zwischen den Zeilen kam irgendeine Form von Zuneigung zum Ausdruck.

Boo seufzte, faltete den Brief zusammen und stopfte ihn in ihren Stiftehalter. Die Banken hatten sowieso bis Montag geschlossen, und ihr Aufsatz-Notstand hatte inzwischen seinen Höhepunkt erreicht. Es war Zeit, sich endlich auf den Hosenboden zu setzen.

Sie hatte gerade nach dem Stift gegriffen, als es an der Tür klopfte.

»Bin beschäftigt!«, rief sie und wäre vor Verärgerung am liebsten aus der Haut gefahren.

»Ich bin's.«

Plötzlich brach ihr der Schweiß aus, als sie begriff, wer ihr Besucher war. Mitch. Ihr mieser Freund, dessen erdrückende Zuvorkommenheit ihr das Gefühl gab, dass sie tatsächlich wichtig war. Ihr wunderbarer Liebhaber, dessen Psychospielchen ihr das Gefühl gaben, wertlos und unbedeutend zu sein. Sie hatte ihn erst vor wenigen Tagen gesehen, und sie waren im Streit auseinandergegangen, woraufhin sie in Tränen ausgebrochen war. *Scheiß auf ihn. Geh nicht an die Tür.*

Boo warf einen Blick auf den Aufsatz und spürte, wie sich ihre Entschlossenheit verflüchtigte. Sie war nie gut darin gewesen, sich rar zu machen. Sie stand nicht auf Spielchen.

Obwohl sie wusste, dass sie es später bereuen würde, öffnete sie mit einem Kribbeln im Bauch die Tür. Vor ihr stand Mitch, ein schiefes Grinsen im Gesicht. Die winzigen Pupillen in seinen Rehaugen mit den langen Wimpern, die im trüben Lampenschein aus ihrem dunklen Zimmer so gerade zu erkennen waren, ließen keinen Zweifel daran, dass er high war.

Er strich ihr übers Gesicht und beugte sich vor, um sie zu küssen. »Warum amüsierst du dich nicht, Boo?«

Sie hielt ihm die Wange hin, doch seine Alkoholfahne widerte sie an. Die erinnerte sie zu sehr an ihre Mutter. »Ich bin beschäftigt. Lass mich in Ruhe, Mitch. Ich kann nicht.«

Er ergriff ihre Hand. Seine Handflächen waren trocken und warm, und die Berührung hatte eine elektrisierende Wirkung auf sie.

»Du fehlst mir, Boo«, sagte er. »Du bist die Liebe meines Lebens.« In seinem hübschen Gesicht spiegelte sich Aufrichtigkeit. Oder? War das etwa nur die Wirkung des LSDs? Liebte man nicht alle Menschen, wenn man auf einem guten Trip war?

Boo verspürte das unwillkürliche Verlangen, von ihm umarmt zu werden. Mitch war keineswegs ihr erster Freund, aber er war der Erste gewesen, der gesagt hatte, dass er sie liebte. Er war der einzige Mensch, der ihr in ihren achtzehn Jahren in die

Augen geschaut und ihr die Sterne vom Himmel versprochen hatte. Sie wollte ihm nur zu gerne glauben.

Sanft schob sie ihn zurück in den Flur. »Schön und gut, aber was passiert das nächste Mal, wenn ich irgendwas sage, was dich verärgert, oder wenn ich einen anderen Typen aus Versehen falsch ansehe? Ich habe in deiner Anwesenheit ständig das Gefühl, als würde ich auf rohen Eiern laufen.«

Mitch streckte seine linke Hand aus und strich ihr über die Wange. Mit der rechten zog er aus seiner Jeanstasche ein knallbuntes LSD-Ticket hervor. »Arbeit allein macht nicht glücklich, oder? Ich möchte, dass du dir mit mir zusammen diesen Trip einwirfst. In deiner Gegenwart fühle ich mich sicher.«

Boo ließ ihren Aufsatz liegen, und während sie sich auf wackligen Beinen ihren Weg durch die zugigen Flure des St. Mary's bahnte, um Mitch auf seiner berauschenden Reise zu folgen, hatte sie das Gefühl, als würde die Zeit jetzt langsamer verstreichen und sich alles um sie herum ausdehnen. Aufgekratzt durch den Nervenkitzel der neuen Erfahrung und erfüllt vom Überschwang der Liebe zu diesem süchtig machenden, gefährlichen Jungen, konnte sie jedes ihrer Gefühle überdeutlich spüren. Als wäre sie in denselben grellen Technicolor-Farben wie die LSD-Tickets angemalt. Der Geruch nach Staub und der Farbe an den Wänden brannte ihr in der Nase. Sie nahm das Summen des Stroms wahr, der sie umgab, als könnte sie hören, wie er unter dem Putz der Wände und Decken durch die Kabel schwirrte. Sie stellte sich vor, wie das Blut durch Mitchs Körper jagte und seine Lebenskraft durch flirrende Energiewellen in der Luft mit ihrer verbunden war.

Weil die fünf anderen wie die Blöden gelacht und nur Schwachsinn geredet hatten, waren sie inzwischen aus der Bar des St. Mary's herausgeworfen worden. Thom, der mürrische Barmann, verstand keinen Spaß, wenn er es mit aufmüpfigen Studenten zu tun hatte. Antonia schlug jetzt ein Rad vor dem Zimmer von Holy Jo.

»Hör auf damit«, sagte Boo, und es kam ihr so vor, als würde ihre Stimme aus den Neonröhren über ihr kommen. »Ich will mit diesem neugierigen Miststück keinen Ärger haben.«

Tatsächlich trat ihre Nachbarin aus ihrem Zimmer und inspizierte mit einem abschätzigen Ausdruck auf ihrem vorwitzigen kleinen Gesicht die Lage. Garantiert fragte sie sich, was Jesus angesichts einer Gruppe randalierender Kiffer unternommen hätte; ihr Körper hatte unter dem adretten Rock und der Strickjacke eine steife Haltung angenommen.

»Hör zu, Boo. Wenn du deinen Freunden nicht sagst, dass sie leiser sein sollen, muss ich Bert anrufen«, sagte Holy Jo. »Ihr seid so egoistisch. Ich versuche, zu lesen.«

Boo musterte ihre Widersacherin eingehend. Jeder ihrer angespannten Muskeln und die zuckenden Sehnen an ihrem Kiefer signalisierten grimmige Entschlossenheit. »Kümmere dich um deinen eigenen Mist, du Heuchlerin.«

»Was soll das heißen?« Die Empörung in ihrer Stimme ließ ihre Tonlage um fast eine Oktave ansteigen.

»Ist es etwa okay, wenn du mich jeden beschissenen Morgen um halb sechs weckst, um rudern zu gehen?«

Offensichtlich wusste Holy Jo darauf keine Antwort. »Ich werde für dich beten.«

»Tu's nicht. Weißt du, was du tun musst?« Boo ging auf sie zu, doch das Mädchen wich nicht von der Stelle. Es schien, als würde sie immer größer werden, während Boo spürte, wie sie selbst zusammenschrumpfte. »Du solltest mal den Stock aus deinem Arsch nehmen. Und jetzt geh zurück in dein Zimmer und hör auf, uns in die Suppe zu spucken. Wir tun dir ja nicht weh, oder?«

In diesem Moment kam Mitch mit wutentbranntem Gesicht auf die beiden zugerannt.

»Warum bist du nur so eine elende Petze?« Seine Stimme war so sehr von Feindseligkeit erfüllt, dass augenblicklich die Farbe aus Holy Jos Gesicht wich. »Bist du etwa neidisch, weil Boo sich zu amüsieren weiß? Ist es das? Lässt du deinen Frust an ihr aus, weil du im Leben sonst nichts hast? Du bist eine langweilige, neugierige, verklemmte kleine Jungfrau, die einfach nichts Besseres zu tun hat. Lies weiter in deiner Bibel und kümmer dich um deinen eigenen Kram!«

Sie zog sich wortlos in ihr Zimmer zurück und knallte ihm die Tür vor der Nase zu. Daraufhin hämmerte Mitch so heftig dagegen, dass die Tür im Rahmen vibrierte.

»Hör auf, Mitch«, sagte Boo und zog ihn fort, entsetzt über seinen plötzlichen Wutausbruch. »Du musst dich nicht für mich in die Bresche werfen. Damit machst du alles nur noch schlimmer.«

Er trat gegen die Tür. »Blöde Kuh!«

Die anderen Bewohner auf dem Flur steckten die Köpfe aus den Zimmern, um zu sehen, was los war.

Boo schlang ihre abgewetzte, raue Strickjacke um ihren Körper – ihr Vater hatte sie während einer seiner agoraphobischen Episoden, als er das Haus nicht verlassen konnte, für sie gestrickt – und schaffte es, Mitch in die Gemeinschaftsküche zu zerren, wo sie sich an den kleinen Tisch setzten. Die anderen waren inzwischen verschwunden. Sie waren in eines der Zimmer weitergezogen, um dort, abseits neugieriger Blicke, ihr psychedelisches Abenteuer fortzusetzen und auf einer Stereoanlage Jimi Hendrix mühelos wieder zum Leben zu erwecken.

Hier hingegen, im grellen, flackernden Licht, mit dem Gestank von Fett in der Nase, begann Mitch zu zucken und sich nervös umzuschauen. Er hatte tiefe Ringe unter den Augen.

Das Licht erlosch.

Dann war es wieder da.

Seine Liebe erlosch.

Dann war sie wieder da.

Boo sah dabei zu, wie sich der angenehme Rauschzustand ihres Freundes unter dem grellen Licht in einen Horrortrip verwandelte. Sie streckte den Arm aus, um nach seiner Hand zu greifen und ihm Beistand zu leisten.

»Wie viel hast du genommen, Mitch?«

Er kratzte sich am Arm. Starrte auf seine Haut. Das Grauen hatte sich tief in die Konturen seines schweißgebadeten Gesichts gegraben.

»Mach sie weg. Mach sie weg, Boo.« Seine Stimme klang jetzt schwach wie die eines kleinen Jungen, der in einem Albtraum gefangen war.

»Da ist nichts. Beruhig dich, Liebling.«

»Die Blasen. Kannst du sie nicht sehen? Ich bin verseucht. Ich weiß es.« Er richtete seinen Blick auf Boo, und die Angst in seinem Gesicht wich einem zornigen, finsteren Ausdruck. »Du. Das liegt nur an dir, oder? Du bist dafür verantwortlich.« Er streckte die Hand aus und schlug nach ihr. »Du verpestest mit deinem Atem die Luft.«

Boo rutschte auf ihrem Stuhl rasch nach hinten und spannte ihren Körper an, als der Stuhl fast wie in Zeitlupe umkippte und zu Boden krachte. Beim Aufprall kräuselten sich die Fliesen unter ihr. Oder doch nicht? Sie verspürte keinerlei Schmerz, nur die Verzweiflung über Mitchs Vorwurf, dass sie irgendein Gift verströmte. Es fühlte sich an wie ein glühend heißer Stich, der die Erinnerungen daran entfachte, wie ihre Mutter sie beschimpft hatte, dass sie immer alles verdarb.

»Leck mich!«, brüllte sie und rappelte sich wieder auf, als Mitch von seinem Stuhl auf sie zustürzte.

Keuchend stieß Boo ihn zur Seite und rannte los.

Sie unterdrückte ihre Tränen und nahm die verschwommenen Ränder der Normalität wahr, als sie sich allmählich wieder beruhigte und unter den Gästen in der Bar Schutz suchte. Während sie sich in eine Ecke setzte und dort an einem Cidre nippte, beobachtete sie, wie mehrere Rugbyspieler, die überschwänglich irgendein Lied grölten, ihre Drinks verspritzten und die stickige Luft mit Schweiß, Testosteron und dem Bierdunst ihres widerlich süßlichen Atems erfüllten.

*Mitch tut mir nicht gut. Ich muss ihm den Laufpass geben*, dachte sie. *Holy Jo meinte, dass er einen schlechten Einfluss auf mich hat, und sie hat recht, auch wenn sie eine Spießerin und Petze ist. Er ist zu anstrengend. Ich wollte Mum mit ihrem Alkohol und ihren Drogen entfliehen, aber Mitch verwandelt mich in ein Abbild dieser alten Schachtel. Er raubt mir die Luft zum Atmen. Das hier ist meine einzige Chance, ein neues Leben zu beginnen, und die vermassele ich gerade.*

Je mehr Cidre sie trank, desto kälter kam ihr die Bar plötzlich vor. Das warme Licht und das Gelächter der anderen Gäste wirkten auf sie trostlos, armselig und verlogen. Es war Zeit, zu gehen. Aber konnte sie ihr Zimmer aufsuchen, solange Mitch noch in der Nähe war?

»Was dagegen, wenn ich mich setze?«

Boo hob den Blick und sah, wie ein Rugbyspieler mit kantigem Kinn und einem Grinsen im Gesicht zu ihr hinunterschaute. Einen Moment wirkte es charmant, im nächsten einfach nur anzüglich. Dann wieder charmant, dann wieder anzüglich.

»Nur zu.«

Sein Blick war auf ihre Brust gerichtet. Als sie nach unten schaute, bemerkte sie, dass ihr Oberteil zerrissen war und das Dekolleté auseinanderklaffte. Plötzlich war Bev nur allzu bewusst, dass ihre Beine nackt waren und lediglich notdürftig von ihren Hotpants aus Jeansstoff bedeckt wurden. Sie zog ihre Strickjacke über die Knie. Aber sein Blick wanderte unverwandt über die Umrisse ihrer Brüste unter der gelben Seidenbluse.

»Kann ich dich auf einen Drink einladen?«, fragte er.

*Sag Nein. Das kannst du jetzt nicht brauchen. Nicht, während du von einem Trip runterkommst. Dieser Typ ist nicht gut für dich.*

Für ein Erstsemester wirkte er ziemlich erwachsen. Er war muskulös und groß und hatte den Bartwuchs eines Mannes von Ende zwanzig. Wie hieß er noch mal? Aber spielte das überhaupt eine Rolle? Sie wusste, dass wahrscheinlich keines der Zimmer weiter von ihrem entfernt war als seins. Weit genug von Mitch, um die Nacht in Sicherheit zu verbringen.

»Ja. Gerne. Ich nehme einen Cidre.«

## KAPITEL 10

# Bev

»Wer ist da?«, rief Bev im schwachen Licht des Parkhauses, und ihre Stimme hallte von den Betonwänden und dem Boden wider.

Sie bekam eine Gänsehaut. Denn sie spürte, dass sie beobachtet wurde. Doch als sie sich in dem halbdunklen, riesigen Gebäude umschaute, sah sie nur die parkenden Autos, die wie stumme Wachposten dastanden. Das einzige Geräusch, das sie hörte, kam von dem heftigen Regen, der draußen niederprasselte.

»Ich weiß, dass du da bist!«, rief sie mit gespielter Tapferkeit, obwohl es ihr fast die Kehle zuschnürte. Sie drückte ihre Tasche fest gegen den Körper und spürte deutlich, dass sich die Härchen auf ihren Armen aufgerichtet hatten und das Adrenalin kribbelnd durch ihren Körper jagte. »Ich rufe die Polizei.«

*Ja. Sobald ich in der verdammten Karre bin*, dachte sie, während sie verzweifelt versuchte, den Schlüssel ins Türschloss zu stecken, was ihr mit der zitternden Hand jedoch nicht gelang.

Dann Schritte. Einer, zwei, drei. Sie war überzeugt, gerade welche gehört zu haben. Trotzdem konnte sie in dem Nutzgebäude aus Beton nichts entdecken. Außer ihr selbst und den leeren, alarmgesicherten Fahrzeugen mit ihren stumm blinkenden roten Leuchten für die Wegfahrsperre war es verlassen. Sie hatte das Gefühl, langsam durchzudrehen, und wollte gerade unter ihrem Wagen nachsehen, ob sie ein Paar Füße entdecken konnte, als sie hörte, wie mehrere Frauen, die sich angeregt unterhielten, geräuschvoll die Auffahrt zu ihrer Ebene hochliefen.

»Na los, komm schon«, sagte sie und schaffte es endlich, den Schlüssel ins Schloss zu stecken.

Nie zuvor hatte sie so schnell einen Wagen bestiegen und die Türen verriegelt. Als sie von ihrem Parkplatz fuhr, warf sie einen Blick in den Rückspiegel und sah einen Mann, der im Schatten an der Wand lehnte und sie beobachtete. Sie hatte also recht gehabt. Wer zum Henker war das? Ein Straßenräuber? Ein anderer Autobesitzer? War er bloß zufällig aufgetaucht? Vielleich spielte ihre überspannte Fantasie ihr nur einen Streich.

Eine Hupe ertönte, und ihre Aufmerksamkeit wurde auf einen Wagen gelenkt, der die Rampe von der Ebene über ihr herunterfuhr. Seine Scheinwerfer blitzten auf. Erneut ertönte die Hupe. Bev trat auf die Bremse des Ersatzwagens und kam ruckelnd zum Stehen. Der wütende Fahrer hinter dem Steuer des anderen Autos drohte ihr mit der Faust und formte hinter der Windschutzscheibe offensichtlich die Worte »blöde Schlampe«.

»Fick dich, Alter!«, brüllte Bev und zeigte ihm den Stinkefinger, obwohl sie wusste, dass er Vorfahrt hatte. Sie warf erneut einen Blick in den Rückspiegel. Ihr imaginärer Verfolger war inzwischen verschwunden. Sie schüttelte den Kopf.

Als sie ihren Parkschein in den Automaten steckte und auf die nass glänzenden Straßen von Sale hinausfuhr, atmete sie heftig aus. »Ich glaube, mir ist der Schimmel zu Kopf gestiegen. Ich verlier noch den Verstand.«

Während Bev über die breit angelegte, begrünte Brooklands Road nach Hale zurückfuhr, bewunderte sie die großen Häuser aus den 1930er-Jahren. Sie wünschte, sie hätte sich bei der Scheidungsverhandlung mit Rob nicht dazu nötigen lassen, den gesamten Erlös aus dem Verkauf ihres Londoner Hauses an ihn abzutreten. Nicht, dass ihr etwas anderes übrig geblieben wäre, denn er hatte sie auf abgefeimte Weise angeschwärzt und die frei erfundene Behauptung in die Welt gesetzt, sie habe mit ihren Mitarbeitern geschlafen, ihre Spesenabrechnungen frisiert und sei psychisch krank. Die Richter waren darüber nicht allzu begeistert, und Rob konnte sehr gut lügen. Nach der Scheidung verkauften sie ihren gemeinsamen Besitz, um in den Norden zu ziehen, wo die Lebenshaltungskosten und das Arbeitstempo für den frisch gebackenen Single Rob, der jetzt mehr Freizeit haben wollte, erträglicher waren, und er kaufte sich ein Luxusapartment in Didsbury. Sie hingegen hauste zur Miete in einer feuchten Souterrainwohnung und musste sich einer psychiatrischen Begutachtung unterziehen. Es war absurd, aber dank der Hilfe seines erstklassigen Anwalts und der Versäumnisse ihrer spottbilligen, dilettantischen Anwältin gab Rob ihr das Gefühl, als würde er ihr noch einen Gefallen tun. Und sie nahm seine Schikanen klaglos hin, denn sie fürchtete, dass man ihr sonst den Umgang mit Hope verweigern würde.

Bev war so sehr in ihre verbitterten Gedanken versunken, dass sie zusammenzuckte, als ihr Telefon klingelte. Angies Name leuchtete auf dem Display. Bev sah sich um und vergewisserte sich, dass kein Streifenwagen in der Nähe war. Dann hob sie ab und hielt das Telefon ans Ohr.

»Ich höre. Was gibt's?«

Angie klang nervös. »Du wirst nicht glauben, was mir gerade passiert ist.«

»Hast du was rausgefunden?«

»Ja. Aber erst, nachdem Jerry mich beinahe hinter der Schlafcouch in seinem Arbeitszimmer entdeckt hätte, wo ich mich versteckt hatte. Ich zittere immer noch. Kannst du vorbeikommen?«

Als Bev am Kreisverkehr zum Stehen kam, bemerkte sie rechts von sich einen Polizeiwagen. »Ich fahre gerade. Ich kann jetzt nicht reden. Ich muss zum Staubsaugergeschäft in Hale.« Sie beendete unvermittelt das Gespräch und warf das Handy auf den Beifahrersitz. Dabei bemerkte sie, dass ihr jemand eine Nachricht geschickt hatte. Das war doch nicht etwa schon wieder ihre Zielperson?

Bev fuhr nach Hale hinein, vorbei an den Maseratis, Ferraris und üblichen BMWs, die darauf warteten, einen der wenigen freien Parkplätze dort zu ergattern. Sie umkurvte einen Audi Q8 mit einer jungen, attraktiven Mutter hinterm Steuer, um ihr einen Platz vor Costellos Elektroladen wegzuschnappen. Bev ignorierte das passiv-aggressive Lächeln der Frau, die ihr mit einer Geste signalisierte, dass sie kein Problem damit habe, wenn man sich einfach vordrängle. *Leck mich doch*. Bev brauchte ihren reparierten Staubsauger, und sie hatte bestimmt nicht vor, das alte Gerät eine Viertelmeile durch das Dorf zu schleppen.

Aber erst musste sie die Nachricht lesen. Sie war über LinkedIn verschickt worden. Mit klopfendem Herzen tippte sie auf das Symbol der Messenger-App.

Miete? Das war alles. Kein »Hallo, Bev, wie geht es dir?«. Kein Bitte oder Danke.

In einem plötzlichen Anfall von Wut – sie bildete sich ein, dass von der nassen Motorhaube des Wagens Dampf aufstieg – tippte sie eine knappe Antwort.

Schimmel? Aus dem Krimskrams in ihrer Anoraktasche fischte sie den zerknüllten Kassenbon hervor für den Hustensaft, die Schmerzmittel und Halstabletten, die sie kürzlich in der örtlichen Apotheke gekauft hatte. Sie strich ihn glatt, schoss ein Foto davon und hängte es an ihre Nachricht an. Dann machte sie einen Screenshot von der Seite einer örtlichen Anwaltskanzlei, die mit dem Spruch warb »Wo ein Vergehen, da auch ein Anspruch«, und fügte ihn ebenfalls hinzu. Nur weil Tim mit ihrer besten Freundin verheiratet war und Bev in ihrem Keller wohnte, musste sie diesen Scheiß nicht hinnehmen. Dieser Wichser sollte ruhig auf seine Kohle warten.

Sie rieb sich ihre schmerzenden, steifen Schultern und dachte über ihre oder vielmehr Cat Thomsons Antwort auf Jerry Fitzwilliams begeisterte Mitteilungen nach.

Dein Auftritt im Frühstücksfernsehen war wirklich beeindruckend. Deine Kontrahentin wirkte wie ein begossener Pudel, aber ich wette, dass du nicht so gemein bist, wie du rüberkommst. Es wäre bestimmt kein Problem für dich, diese Tussi für dich zu gewinnen! Warum versuchst du es nicht? Ich würde mich gerne mit dir treffen, um zu besprechen, wie wir uns gegenseitig unterstützen können. Wann und wo wäre es dir recht?

Vereinzelt fügte Bev in die Mitteilung Emojis ein. Ein lachendes und ein zwinkerndes Gesicht, ein tanzendes Mädchen, eine Katze und ein küssendes Gesicht. Sie wandelte auf einem schmalen Grat, denn einerseits musste sie ihn zum Flirten ermuntern, andererseits durfte sie ihn aber auch nicht verschrecken.

Zwanzig Minuten später schrieb er zurück.

Bist du in den nächsten Wochen vielleicht mal in London?
J

Nachdem Bev das Elektrogeschäft betreten hatte, schob sie jeden Gedanken an die Familie Fitzwilliam beiseite.

»Ich möchte meinen Staubsauger abholen«, sagte sie zu dem alten Mann hinter dem Tresen.

Die Regale im Laden waren mit elektronischen Kuriositäten und den reparierten Geräten anderer Kunden gefüllt. In der Luft lag der Geruch nach altem Teppichboden und Staub. Er erinnerte sie an die Reparaturwerkstatt für Schreibmaschinen neben dem großen Gebäude der Co-op-Versicherung, die ihre Mutter mit ihr als Kind mal aufgesucht hatte. Ihre alte Dame wollte dort Teile von Underwood-Schreibmaschinen abholen, die eigentlich auf dem Schrottplatz gelandet wären. Dieses exzentrische alte Miststück.

Erfüllt von Kummer angesichts dieser bittersüßen Erinnerung, reichte sie dem Besitzer den Kassenbeleg. Er kam hinter dem Tresen hervor, um Bevs Auftragsnummer ihrem Staubsauger zuzuordnen. Aber sie hatte den uralten Dyson mit seinem grauen Plastikgehäuse und der gelben Verkleidung bereits entdeckt. Den Staubsauger, für den sie das Sorgerecht erstritten hatte.

»Läuft er wieder ohne Probleme?«, fragte sie.

Der Mann lachte zwar, aber seine Stimme klang keineswegs amüsiert. Er schleppte den Staubsauger zur Kasse und forderte sie mit einer Handbewegung auf, ihm zu folgen. »Ich will Ihnen was zeigen«, sagte er.

Verwirrt runzelte Bev die Stirn. Sie nahm ihr Portemonnaie aus der Handtasche, denn sie wollte einfach nur zahlen. »Sie haben ihn doch gewartet, oder? Und er funktioniert wieder?«

»Wollen Sie wissen, warum er verstopft war? Hm? Wollen Sie sehen, was ich aus dem Rohr gezogen habe?«

Sie schüttelte den Kopf. Zuckte mit den Achseln. »Eigentlich nicht.«

Mit einem Ausdruck tiefen Ekels holte der Mann eine durchsichtige Plastiktüte mit einer flauschigen grauen Masse hervor.

»Ja? Und?«, sagte Bev und schaute ungeduldig auf ihre Uhr.

Der Mann knetete die Plastiktüte, sodass die Fusseln zur Seite wanderten und dahinter jede Menge Zigarettenstummel und drei benutzte Kondome zum Vorschein kamen. »Der Dyson DC01 ist nicht dazu gedacht, die Spuren irgendwelcher Ausschweifungen zu beseitigen, junge Dame. Das richtet großen Schaden an dem Doppel-Zyklon-Sauger an.«

Bev nahm weitere zehn Pfund aus ihrem Portemonnaie. Die Hälfte ihres Essensgelds für diese Woche. Ihre Wangen fühlten sich an, als würden sie jeden Moment vor Hitze Blasen werfen. Während sie dem Mann den Schein hinhielt, brachte sie es nicht über sich, ihm in die Augen zu blicken.

»Behalten Sie das Geld«, sagte er und winkte ab. »Bezahlen Sie davon ein paar Lehrstunden in Grundlagen der Hygiene.«

»Ich hatte Besuch …« Bev erinnerte sich an die Umstände, unter denen ihr klassischer Design-Staubsauger missbraucht worden war. Sie war am Morgen danach spät wach geworden und zu verkatert und zu sehr in Eile gewesen, um das Chaos angemessen zu beseitigen. Nur zwanzig Minuten später erwartete sie eine Klientin – die Frau eines fortgesetzt untreuen Vorhangverkäufers –, sodass sie ihren Besucher durch die Terrassentüren des Schlafzimmers in den Garten hinauskomplimentieren musste. Sie hatte ihn aufgefordert, über Sophies und Tims hohen Zaun zu klettern und sich zu verdünnisieren, und zwar pronto. »Tut mir leid«, sagte sie nun mit leiser Stimme.

Der Mann drückte ihr die Tüte in die Hand. »Nun, ihren privaten Dreck können Sie auch mitnehmen.«

»Also, der Staubsauger, Sie wissen schon, saugt er wieder?« Sie spürte, wie in ihrem Innern ein Kichern aufstieg, als wäre sie ein blödes Schulmädchen. *Hör auf, zu kichern. Das ist nicht der richtige Zeitpunkt oder Ort dafür. Dieser Typ hasst dich.*

»Ich würde das Gerät nicht herausgeben, wenn es nicht ...«

Das Telefon in Bevs Jackentasche begann, zu vibrieren. Sie warf einen Blick auf das Display. Es war Angie.

»Bev!« Ihre Klientin sprach in einem dringlichen Tonfall. »Ich muss mit dir persönlich reden. Ich parke auf der anderen Straßenseite.«

Bev warf einen Blick nach draußen und bemerkte den Range Rover, der in einer Bucht neben der Grünfläche stand.

»Nicht hier«, sagte Bev. »Wir treffen uns in Altrincham im Aldi, im Gang mit dem Krimskrams.«

Angie war die Empörung deutlich anzuhören. »Im *Aldi*? Nein! Im Gang mit dem *was*? Warum nicht im Waitrose?«

»Im Aldi. Folg mir dorthin. Und trag eine Mütze.«

»Ich habe keine dabei.«

Bev fiel die gestrickte Modekatastrophe ein, die im Handschuhfach des Mietwagens lag – ihre bewährte Kopfbedeckung, um sich bei der Observierung zu tarnen. »Ich leihe dir eine verdammte Mütze.«

Sie legte auf und rollte, statt sich weiter den Vortrag des Mannes anzuhören, den Staubsauger rasch aus dem Laden.

# KAPITEL 11

# Bev

»Ich kapiere echt nicht, warum wir uns nicht an einem zivilisierteren Ort treffen konnten«, sagte Angie und schob sich die hellgrüne Pudelmütze noch tiefer ins Gesicht. Außerdem trug sie eine Sonnenbrille und zog allmählich die Aufmerksamkeit der Kassierer auf sich. Sie rümpfte die Nase über einen schlecht gekleideten Mann, der interessiert eine gestreifte Nylon-Fußmatte begutachtete.

»Hör zu, Angie. Wir müssen darauf achten, dass niemand aus unserem Bekanntenkreis uns zusammen in der Öffentlichkeit sieht«, sagte Bev, während ihr Blick den Gang mit bunt zusammengewürfelten Sonderangeboten rauf und runter wanderte. »Jerry weiß nicht, wie ich aussehe, okay? Und dabei soll es auch bleiben.«

»Kann ich die Mütze nicht abnehmen? Sie juckt. Außerdem steht Grün mir nicht. Damit sehe ich so alt aus.«

»Du wirst erst recht alt aussehen, wenn dein Mann dahinterkommt, dass ich mich unter falschem Namen an ihn heranmache. Hör zu, Angie. Was hast du herausgefunden, dass es nicht eine halbe Stunde warten kann?«

Jerry Fitzwilliams misshandelte Frau hielt einen Zettel in den Händen. »Einen Kontoauszug«, sagte sie. »Es ist mir gelungen, in sein Arbeitszimmer einzubrechen, aber er ist noch mal nach Hause gekommen, um was zu holen. Ich wäre fast gestorben. Ich kann nicht fassen, dass er das offene Fenster nicht bemerkt hat. Ich dachte, er würde mich erwischen, aber ich konnte …«

Bev stellte ihren Einkaufskorb ab und riss ihr den Kontoauszug aus den Händen. Sie musterte das Logo auf dem teuren Papier. »Coutts & Co? Nett. Dort hat man kein Konto, wenn man die Regale im Supermarkt auffüllt.« Sie grinste. »Das ist nicht schlecht für den Anfang. Gut gemacht.« Als sie die Buchungen überflog, stellte sie fest, dass sich das Guthaben auf dem Konto vor zwei Wochen auf eine Viertel Million Pfund belaufen hatte, das Geld aber inzwischen überwiesen worden war. Allerdings war nicht ersichtlich, an wen. »Es taucht mehrmals eine Kontonummer auf, die einer Firma namens Spartacus Holdings zugeordnet ist. Klingelt da bei dir was?«

Angie kratzte sich unter der grünen, rauen Wollmütze an der Stirn und schüttelte den Kopf. »Nein.«

»Hat Jerry neben seiner politischen Tätigkeit irgendwelche Geschäftsinteressen oder Aufträge?«

»Nicht, dass ich wüsste. Seinen Job in der Finanzbranche hat er aufgegeben. Die Belastung war einfach zu groß. Wir haben von seinen Ersparnissen gelebt, hat er gesagt, und seit seiner Wahl ins Parlament von seinem Abgeordnetengehalt.«

»Ich möchte das einem Freund zeigen«, sagte Bev und faltete den Auszug sorgfältig zusammen. »Schau noch mal in seinem Arbeitszimmer nach, wenn er das nächste Mal unterwegs ist. Such nach Laptops, USB-Sticks, Handys oder Abrechnungen für Telefonkonten, von denen du nichts weißt. Darauf stehen vielleicht die Nummern, die er gewählt hat … Beschaff weitere Informationen über seine Finanzen wie diese.« Sie schwenkte den Kontoauszug hin und her und steckte ihn in ihre Handtasche. »Alles, was du in die Hände kriegen kannst. Such nach

Schlüsseln zu Möbelstücken, die verschlossen sind. Menschen schließen nichts ohne Grund ab.«

»Wie seine Schreibtischschubladen?«

Die Antwort darauf lag Bev bereits auf der Zunge, doch dann schluckte sie ihre Worte herunter, wo sie dem flauen Gefühl in ihrer Magengrube Gesellschaft leisteten. Nur einen Meter entfernt stand Rob. Es war ja mal wieder typisch, dass sich dieses hinterhältige Arschloch an sie herangeschlichen hatte.

»Hallo Bev.« Er trug einen Plastikkorb voller Einkäufe. Er warf einen Blick in Bevs Korb, der außer einer Packung extra starker Damenbinden und zwei Flaschen Kochwein leer war. »Wie ich sehe, ernährst du dich gut.«

»Was zum Henker machst du in Altrincham, Robert? Du wohnst doch in Didsbury.« Wie viel von dem Gespräch mit ihrer neuen Klientin hatte dieser Unheilstifter mitbekommen? Sie musterte seine glänzende graue Anzughose, die für einen Bürogehilfen standesgemäß gewesen wäre, aber nicht für einen dreißigjährigen Vertriebsleiter. Als sie die kleine Wampe bemerkte, die sich neuerdings über seinem Gürtel abzeichnete, kräuselte sie die Lippen. »Machst du blau? Oder wurdest du gefeuert?«

»Hab den Nachmittag frei. Ich musste für meine *großartige* Wohnung aus dem Baumarkt eine Gardinenstange holen und dachte, ich schaue hier kurz mal vorbei, um ein paar Sachen zu besorgen.« Er lächelte wie ein Boxer, der seinem Gegner einen unerwarteten Treffer verpasst hatte. »Ist das okay für dich oder muss ich deine Anwältin erst um Erlaubnis fragen?«

»Ja, deine *großartige* Wohnung, bezahlt von meinem sauer verdienten Geld. Stecks dir in den Arsch. Und verpiss dich oder ich rufe den Sicherheitsdienst und sage denen, dass du ein alter Lustmolch bist.«

Rob warf einen abschätzigen Blick auf Angies rotzgrüne Mütze und vermied es, Bev direkt anzusehen, als wäre sie eine ansteckende Krankheit, die sofort jeden infizierte, mit dem sie sich unterhielt. »Mit Lustmolchen kennst du dich ja bestens aus, Beverley. Du bist ganz schön tief gesunken, wenn du jetzt schon im Aldi Leute abschleppst.« Schließlich wandte er sich direkt an Angie. Er starrte immer noch auf ihre Mütze. »Sie hat einen Arsch wie eine Bahnhofsuhr. Bist du eine ihrer Kupplerinnen oder treibt ihr es miteinander?«

Angie starrte ihn bloß mit offenem Mund an.

»Es reicht«, brüllte Bev. »Sicherheitsdienst! Wachen! Hilfe!«

Rob lachte, als hätte er etwas Witziges gesagt, und eilte zu den Kassen, stellte seinen Korb auf einer Auslage mit Schokolade ab und verließ mit leeren Händen den Laden.

Bev atmete langsam tief ein und aus, um sich nach dem Streit zu beruhigen, wandte sich wieder Angie zu und setzte ihr Gespräch fort, als hätte es die Auseinandersetzung mit dem Mann, der ihr Leben ruiniert hatte, nie gegeben. Es war nicht hilfreich, einer Klientin von ihrem persönlichen Drama zu erzählen, die genug mit ihren eigenen Problemen zu kämpfen hatte.

»Ja. Schreibtischschubladen. Genau. Schau dort nach, wenn du kannst«, sagte sie und ließ sich nicht anhören, dass sie von Adrenalin und Cortisol durchflutet wurde. Allmählich beruhigte sie sich wieder. »Such zwischen den Seiten der Bücher nach belastenden Fotos und versteckten Dokumenten. Überprüf seine Anzugtaschen. Und ich brauche Geld, um diesen Auftrag zu erledigen. Wenn du glaubst, dass er dich betrügt, aber keine Beweise dafür finden kannst, muss ich ihm eine Falle stellen.«

»Oh«, sagte Angie, und die Furchen auf ihrer Stirn wurden noch tiefer. »Wirklich?« Offensichtlich hatte sie kein Interesse daran, die Sprache auf Rob zu bringen. Gut so.

»Du brauchst doch belastendes Material, oder? Untreue ist ein schwerwiegender Vorwurf. Ich tue so, als wäre ich sexuell an ihm interessiert. Wenn er sich an mich ranmacht und wir das beweisen können … Ich habe bereits ein Treffen mit ihm in London vereinbart. Um möglichst viele Beweise zu sammeln.«

Angie zog ihr Portemonnaie aus der Mulberry-Handtasche und öffnete das Fach für die Scheine.

Bev konnte darin nur einen Fünfer entdecken. Keine Kreditkarte oder etwas in der Art. Sie seufzte, als sie an ihren Anteil der Wasserrechnung dachte, den Sophie neulich von ihr verlangt hatte. Als unerfreuliche Dreingabe zu dem Stapel brauner Papierumschläge, die sich auf ihrem Couchtisch bereits türmten. Zahlungsansprüche über mehrere Tausend Pfund, denen sie nicht nachkommen konnte. Nebenkostenforderungen. Kreditkartenabrechnungen. Der gefürchtete Steuerbescheid. Ganz zu schweigen von der Miete, die sie noch schuldete. »Ist das alles, was du hast?«

Angie biss sich auf die Lippe. Ihre blauen Augen hatten sich mit Tränen gefüllt. »Momentan schon … Tut mir leid.«

Bev machte eine wegwerfende Handbewegung, obwohl sich die Sorgen wegen ihrer Zahlungsunfähigkeit nicht so einfach wegwischen ließen. Aber die Klienten um einen Vorschuss zu bitten war der Teil der Selbstständigkeit, der ihr am schwersten fiel. »Vergiss es. Gib mir das nächste Mal etwas Bargeld. Ich mach das schon. Aber Angela, tu mir einen Gefallen. Lauf mir in der Öffentlichkeit nicht nach. Wir haben Sauglück gehabt, dass ich Jerry bisher nicht begegnet bin, wenn man bedenkt, dass er mit Tim befreundet ist. Und was wäre passiert, wenn Rob Jerry ebenfalls kennt und dich erkannt hätte? Falls Jerry erfährt, was los ist, kriegen wir eine Menge Ärger. Verstanden?«

# KAPITEL 12
# Bev

»Kann ich Ihnen etwas zu trinken bringen«, fragte der Barkeeper.

Bev ballte ihre Hände zu Fäusten und bohrte ihre Fingernägel in die Handflächen, bis es wehtat. Sie rang sich ein Lächeln ab. »Einen Gin Tonic, bitte.« Als sie einen Blick auf die Getränkekarte warf, stellte sie zu spät fest, dass sie sich den Drink für knapp fünfzehn Pfund nicht leisten konnte. *Scheiße.* Aber sie durfte nicht auffallen in der belebten Bar dieses Sterne-Restaurants, das ihr wie eine Reminiszenz an ihre Vergangenheit vorkam.

»Mit Gurke?«

»Ja, bitte.«

Während sie auf dem Barhocker saß, strich sie ihr unangenehm enges Kleid glatt und zog es über die Knie. Sie hatte die Absätze ihrer Stöckelschuhe in der Fußstange eingehakt und spürte das Brennen in ihren Füßen, die diese schicke Aufmachung nicht mehr gewohnt waren, da sie das letzte Jahr hauptsächlich Turnschuhe getragen hatte. Jenseits der brechend vollen Bar konnte sie Tische mit elegant gekleideten Frauen aus der Oberschicht und ihren wohlhabenden Männern sehen. Witzig, dass reiche Frauen meist helle Farben trugen, so als wollten sie mit ihren teuren Kaschmirkleidern demonstrieren, dass ihnen irgendwelcher Schmutz nicht das Geringste anhaben konnte.

Was zum Henker machte sie hier? Ihr Herz hämmerte so heftig, dass sie das Gefühl hatte, es könnte aufhören, zu schlagen. Sie fand, dass sie mit der Zustimmung, sich mit Jerry Fitzwilliam auf einen Drink und ein paar Häppchen zu treffen, in ihrer beschissenen Laufbahn als Privatdetektivin einen Schritt zu weit gegangen war.

»Atme«, sagte sie sich und praktizierte die Technik, die Mo ihr beigebracht hatte. Sie atmete vier Sekunden lang ein, hielt zwei Sekunden die Luft an und atmete dann sechs Sekunden lang aus, bevor sie das Ganze wiederholte.

Während sie versuchte, ihren Herzschlag zu beruhigen, dachte sie über die letzten paar Tage nach. Sie war kurz davor durchzudrehen, und erneut war es zu einem Zwischenfall gekommen, der sie davon überzeugt hatte, dass sie verfolgt wurde – auf dem Nachhauseweg von einem nächtlichen Abstecher zu einem Supermarkt, wo sie zwei Packungen Milch und eine Tüte Vanille-Donuts gekauft hatte. Schließlich hatte der Wissenschaftsminister des Schattenkabinetts ihre Freundschaftsanfrage auf Facebook angenommen, woraufhin sie unter dem Decknamen Cat Thomson mit ihm über Messenger ein paar Nachrichten ausgetauscht hatte. Sie trieb den Flirt so weit, dass er ihr aus Sorge um seine Berufsaussichten vorwarf, eine Journalistin zu sein, die auf eine Skandalgeschichte aus war. Natürlich hatte sie das bestritten. Und Doc gebeten, eine angemessen langweilige Firmen-Webseite für ein fiktives Ingenieurbüro zu erstellen, auf der sie in der Mitarbeiterrubrik als Marketingchefin geführt wurde. Catherine Thomson, mit einem charmanten Lächeln und unwiderstehlichen Titten, seit fünf Jahren Mitarbeiterin der Firma. Sie schickte Jerry den Link und forderte ihn auf, selbst herauszufinden, ob sie es ernst meinte oder tatsächlich eine Klatschreporterin war, die es auf eine Enthüllungsgeschichte abgesehen hatte.

*Vielleicht hat er einen seiner Kollegen einen Blick darauf werfen lassen*, dachte sie, während sie unablässig mit ihrer Serviette herumspielte. *Vielleicht hat er Kontakte zur Steuer- und Zollbehörde oder wo auch immer die Sozialversicherungsdokumente aufbewahrt werden. Diesen Mistkerlen genügt ein Mausklick, um herauszufinden, ob Cat Thomson eine falsche Identität ist oder nicht. Scheiße, scheiße, scheiße. Womöglich rückt er hier mit der Polizei an, um mich verhaften zu lassen. Vielleicht ist er deswegen spät dran. Vielleicht warten draußen mehrere bewaffnete Cops, um mich wie eine Terrorverdächtige zu überwältigen. Mein Gott. Was zum Teufel machst du nur, Bev, du Trottel?*

»Ihr Gin Tonic, Madam«, sagte der Barkeeper und platzierte vor ihr einen Pappuntersetzer und eine Schüssel mit Nüssen. Dann stellte er feierlich ihren Drink auf den Tresen.

Bev nickte. Rang sich erneut ein Lächeln ab. »Merci. Ich meine, danke.« Mit einem großen Schluck trank sie den doppelten Gin zur Hälfte aus. Der Alkohol strömte wie Quecksilber durch ihre Adern. Eigentlich sollte das ihre Zuversicht stärken. Sie musste sich keine Sorgen machen. Nicht wirklich. Oder? Schließlich hatte Fitzwilliam Docs Webseite für echt gehalten. Er hatte ihre amourösen Avancen zwar nicht in der universellen Sprache aus Emojis und Anspielungen erwidert, aber er hatte den Kontakt zu ihr auch nicht abgebrochen, was einer stillschweigenden Ermunterung gleichkam. Immerhin war er derjenige gewesen, der sie bekniet hatte, sich in London zu treffen, wenn auch nur an einem öffentlichen Ort. Würde er ihren Köder schlucken oder sich korrekt verhalten?

Bev griff in ihre Handtasche und schaltete das winzige Aufnahmegerät ein, das ein Stück daraus hervorragte. Sie sprach ein stummes Gebet, dass das Gerät alles aufzeichnen und ein halbwegs anständiges Bild auf Docs Laptop in Manchester übertragen würde.

»Cat?« Eine warme Handfläche auf ihrem Rücken.

Sie zuckte zusammen. Vor ihr stand Jerry Fitzwilliam, bekleidet mit einem Nadelstreifenanzug und glänzenden Schuhen, und grinste.

*Hat er gesehen, wie ich an der Kamera herumgefummelt habe? Verdammt, hoffentlich nicht. Flirte mit ihm, du blöde Kuh!*

»Jerry. Sieh an, sieh an.« Sie streckte ihre Hand aus und erwartete, dass er ihre Fingerknöchel küssen würde. Stattdessen umschloss er mit seiner riesigen rosafarbenen Faust ihre Hand und schüttelte sie kräftig, als wäre sie ein männlicher Kollege aus dem Büro.

»Danke, dass du den weiten Weg hierher gemacht hast«, sagte er, während er sie mit einem flüchtigen Blick bedachte und sein Augenmerk dann sofort wieder auf das Restaurant richtete. Ein Mann wie er verteilte keine Handküsse.

»Wie schön, dich persönlich kennenzulernen«, sagte Bev und versuchte, die Verführerin in ihrem Innern anzuknipsen. *O nein. Er sieht aus wie ein Schwein. Sag jetzt bloß nichts Falsches. Und er hat ein Gerstenkorn über dem linken Auge.* Erneut verkrampfte sich jede Faser ihres Körpers und schreckte vor ihm zurück. Das hier würde nicht leicht werden. Sie klimperte mit den Wimpern.

Aber er bemerkte es nicht, weil in diesem Moment ein Oberkellner auf sie zugeeilt kam.

»Mister Fitzwilliam!« Mit einem breiten Lächeln verbeugte er sich unterwürfig. »Ihr Separee wartet auf Sie.«

»Ihr Séparée?«, sagte Bev und verlor fast den Halt, als sie von ihrem Barhocker glitt. »Was? Nur für uns allein? Oh. Okay. Gut.« Sie dachte an Angies mit Blutergüssen übersäten Hals und musste schwer schlucken.

»Ich habe mir die Freiheit genommen, ein bezauberndes Separee abseits neugieriger Blicke zu reservieren. Dort können wir uns ungestört unterhalten.« Fitzwilliam starrte sie mit seinen blauen Augen eindringlich an.

Dann forderte er sie mit einer Geste auf, dem Oberkellner zu folgen, vorbei an all den kultivierten Gästen, die ihren gequälten stummen Hilfeschrei nicht hören konnten. Ein Separee.

Sie wurden zu einem exquisit eingerichteten Zimmer geführt, in dem sich ein teurer Raumausstatter mit braungrauen Samtfarben, Leder und Spiegeln ausgetobt hatte. Dort war für zwei Personen gedeckt. Der Raum hatte keine Fenster. Beim Anblick der Chaiselongue an der Rückwand musste Bev plötzlich an den E-Mail-Thread denken, den man ihr vor ein paar Tagen anonym zugeschickt hatte. Mit kurzen Text-Schnipseln, die so wirken sollten, als würden sie aus Zeitungsartikeln stammen.

Beverley Saunders hat sich nach oben geschlafen.

Sie war Stammgast auf der Besetzungscouch zahlreicher Firmenchefs.

Wie konnte solch eine Frau sonst den Posten einer Marketingchefin bekommen?

Saunders ist eine Schlampe.

Und jetzt wurde sie mit einem fremden, offensichtlich gewalttätigen Mann in ein Zimmer gesperrt, in dem die Chaiselongue darauf hindeutete, dass sie gut und gerne als Dessert einer Sterne-Mahlzeit enden könnte.

*Komm schon. Sei eine professionelle Detektivin. Du bist Cat Thomson. Allzeit bereit. Du wirst nach Stunden bezahlt, um belastendes Material zu sammeln.*

Sie stellte ihre Tasche auf einen verspiegelten Konsolentisch mit einem ausladenden Strauß exotischer Blumen in einer riesigen Glasvase. Neben dem Gebinde würde man die Tasche leicht übersehen, dachte sie. In diesem äußerst intimen Umfeld war sie mehr denn je auf die Verbindung zu Doc angewiesen.

Ihr Begleiter ließ sie Platz nehmen, schob ihren Stuhl heran, lockerte seine Krawatte und öffnete den obersten Knopf seines blauen Hemds. Er setzte sich ihr gegenüber an den Tisch und beobachtete sie. Die Kellner scharwenzelten um sie herum und reichten jedem von ihnen eine große Speisekarte. Dann verschwanden sie wieder, und im Raum herrschte ohrenbetäubende Stille.

»Es ist angenehm, etwas Privatsphäre zu haben«, sagte Fitzwilliam schließlich und ließ seine glänzende Zungenspitze über die schmale Unterlippe schnellen.

Bev lachte neckisch. »Ein Mann wie du sollte lieber nicht zusammen mit einer jungen Marketingchefin gesehen werden. Was würden die Leute sonst denken?« Sie beugte sich vor, sodass er einen tiefen Einblick in das Dekolleté des Karen-Millen-Bleistiftkleids bekam, das sie von Partygrrl24 auf eBay gekauft hatte. Es war angeblich nur »ein paarmal auf Hochzeiten getragen worden und chemisch gereinigt«. Der eingetrocknete Fleck auf dem Futter sagte etwas anderes. Bev trug einen Monica-Lewinsky-Moment in Form eines gebrauchten Kleidungsstücks. Würde sie dem Ehemann ihrer Klientin im Kampf mit seinem Schwanz auf ähnliche Weise zum Opfer fallen?

»Sie werden denken, dass ich mich mit der Vertreterin eines Ingenieurbüros unterhalte, der die Zukunft künftiger Talente in diesem Land am Herzen liegt«, sagte er in einem todernsten Tonfall, an dem nichts auf den Schürzenjäger hindeutete. »Schließlich bin ich der Wissenschaftsminister des Schattenkabinetts. Und du arbeitest für ein Ingenieurbüro, das dabei helfen kann, meine Vision von wissenschaftlicher Bildung umzusetzen.« Er unterstrich seine freundliche Zurechtweisung mit einem höflichen Lächeln, das nichts Anzügliches an sich hatte.

Bev war enttäuscht. War Jerry Fitzwilliam tatsächlich der Superbösewicht, als den Angie ihn beschrieben hatte? Sein Internet-Flirt und die Bereitschaft, sich mit ihr zu treffen, deuteten zwar auf sexuelles Interesse hin, aber sein distanziertes Auftreten erweckte den gegenteiligen Eindruck. Erneut kamen ihr Bedenken. Hatte der Wissenschaftsminister des Schattenkabinetts womöglich Zugang zu einem Verzeichnis sämtlicher zugelassener Ingenieurbüros in Großbritannien? Wusste er etwa, dass Belfry Automotive Engineers Ltd. nur eine Ausgeburt ihrer Fantasie war?

*Sorg dafür, dass er dich vor der Kamera anbaggert, und mach dich dann aus dem Staub.*

»Ooh! Ich komme mir wie ein ungezogenes Schulmädchen vor, das getadelt wird, weil es im Unterricht rumgealbert hat. Na los. Frag mich über meine Erfahrungen mit frisierten Autos aus.« Sie leerte mit ihrem Strohhalm geräuschvoll den Rest ihres Gins und versuchte, möglichst lasziv zu wirken. Sie sah ihm direkt in die Augen, obwohl sie dabei das Gefühl hatte, splitternackt zu sein.

Doch ihr anzügliches Verhalten prallte an ihm ab; er hatte den Blick die ganze Zeit auf die Speisekarte gerichtet. Seine Wangen liefen nicht mal rot an. Aber Bev bemerkte, dass der Anflug eines Lächelns seine Lippen umspielte. Außerdem glaubte sie einen abwägenden Ausdruck in seinen Augen zu erkennen. »Lass uns Champagner trinken! Es geht doch nichts über eine gute Flasche Veuve Cliquot!«

Das überraschte sie. Ein Partygesöff. Vielleicht ging es dem Herrn Minister doch nicht nur ums Geschäft, wie es den Anschein hatte.

Ihr Begleiter klingelte nach dem Kellner und bat ihn, sofort eine Magnumflasche Schampus zu bringen. Nachdem man ihre Gläser gefüllt hatte, verbrachten sie quälend lange Minuten mit einem todlangweiligen, ausführlichen Gespräch über die Zukunft von Großbritanniens Automobilindustrie. Bev wusste nur wenig darüber, aber sie improvisierte einfach. Es stellte sich sowieso heraus, dass Jerry Fitzwilliam die Unterhaltung gerne an sich riss, um sein Wissen zu demonstrieren. Den Blick zur Decke gerichtet, sonderte er offizielle Partei-Statements ab, als hätte man sie ihm aufgeschrieben, und er hätte sie auswendig gelernt. Kippte den Schampus in sich hinein und sah Bev kaum an. Allmählich beschlichen sie Zweifel, dass er ihren Köder schlucken würde.

»Natürlich ist die Forschung, die in die Wasserstofftechnologie investiert wurde, eine revolutionäre …«

Rasch schenkte er sich ein zweites Glas ein. Während er weiter von seinen großen Plänen für eine Bildungsinitiative faselte, mit der das Interesse von Schülern für umweltfreundliche Technologien geweckt werden sollte, ließ Bevs Aufmerksamkeit allmählich nach. Sie unterdrückte ein Gähnen. Betrachtete seine Hände. Waren diese großen, rosafarbenen Pranken wirklich die Hände, die Angies schlanken Hals gepackt und fest zugedrückt hatten? War dieser elegant gekleidete, geschäftsmäßige Mann wirklich ein Schläger und Frauenheld? Er kippte sein zweites Glas hinunter und schenkte ihnen beiden nach.

Nachdem er rasch drei Gläser geleert hatte, änderte sich Jerry Fitzwilliams Verhalten kaum merklich. Er hatte einen weiteren Knopf seines Hemds geöffnet und beugte sich zu ihr vor. Er lächelte jetzt öfter und ungezwungener. Seine akzentuierte Aussprache wurde ein wenig undeutlicher. Trotzdem war er immer noch die Ernsthaftigkeit in Person.

*Komm schon, du sturer Bock*, dachte Bev und starrte auf die Kaffeeflecken an der Unterseite seiner Schneidezähne, während er vor sich hin faselte. *Zeig dein wahres Gesicht. Warum solltest du mit mir essen gehen und mich abfüllen, wenn du nicht herausfinden willst, ob du außerehelichen Sex mit mir haben kannst? Komm endlich aus der Deckung, damit ich dich dabei filmen und wieder nach Hause fahren kann.*

Sie beschloss, ihren Gastgeber zu einer Reaktion zu provozieren, und streifte mit ihrem Knie unter dem Tisch sein Bein. »Sag mal, Jerry, hat deine Frau eigentlich nichts dagegen, dass du mit fremden Frauen essen gehst?« Sie kaute neckisch an ihrem kleinen Finger und rechnete damit, dass er ihre Frage ignorieren und sich weiter über das Bildungsprogramm auslassen würde.

Doch Fitzwilliam war plötzlich wie ausgewechselt. Er reagierte sofort, als hätte die Gewohnheit im Laufe der Jahre seinen abgedroschenen Sätzen die Schärfe genommen, sodass sie ihm wie selbstverständlich und völlig mühelos über die Lippen kamen. »Hör zu, Cat. Meine Frau ist zweihundert Meilen entfernt, aber wir beide sind hier in London und verstehen uns bestens.« Er streckte den Arm aus und fuhr mit einem Finger über ihre Hand. »Was tun wir denn anderes, als die Wissenschaft der Anziehungskraft zu studieren?«

Erschrocken über seinen Kurswechsel, zog Bev rasch die Hand fort. *Oha. Dr. Jekyll verträgt seinen Zaubertrank nicht. Vielleicht ist das meine Chance. Sag verdammt noch mal was! Ermutige ihn! Du bist hier, um ihn in die Falle zu locken. Also lass die verdammte Falle jetzt zuschnappen!* Bev hielt sich an ihrem Stuhl fest, während sie vergeblich nach einer passenden Antwort suchte. Aber sie brachte nichts weiter als ein anzügliches Kichern zustande.

Nach einem weiteren Glas knallte ihr Begleiter triumphierend die Speisekarte auf den Tisch. »Ich nehme das Steak«, erklärte er. »Stehst du auf Fleisch, Cat? Die Würstchen hier sind besonders saftig.« Er zwinkerte ihr zu und berührte unter dem Tisch mit seinen Füßen ihre Beine.

»Oh, Jerry! Du bist mir ja einer!«, brachte sie hervor und hoffte, dass Doc diese widerliche Anmache hören und sehen konnte. Mein Gott. Auf der anderen Seites des Tisches saß Bev jetzt ein Raubtier gegenüber. Sie durfte in diesem fensterlosen Raum nicht den Kopf verlieren, was kein leichtes Unterfangen war, da sie nach der Reise aus dem Norden und dem ersten Arbeitstag als freiberufliche Texterin für ihren alten Chef körperlich und geistig erschöpft war. Und die Tatsache, dass sie kein Geld für ein Hotel hatte und heute Nacht den ganzen Weg nach Cheshire wieder zurückfahren musste, machte die Sache nicht besser.

Bev merkte, wie sie gähnte.

»Bist du bald reif fürs Bett?«, sagte er und warf mit einem lüsternen Ausdruck auf seinem speckigen geröteten Gesicht einen demonstrativen Blick in Richtung Chaiselongue. »Vielleicht möchtest du dich hinlegen, Cat. Wird die kleine Muschi gerne gestreichelt?«

Dieser Trottel musste einen Gang zurückschalten. Vielleicht konnte sie seine Leidenschaft ein wenig zügeln, indem sie ihn zu Tode langweilte. »Ich hatte auf der Arbeit reichlich um die Ohren. Das Leben als Marketingchefin ist kein Zuckerschlecken. In meinem Terminkalender jagt ein Meeting das andere.«

»Dann solltest du dich mal richtig verwöhnen lassen«, sagte er und schaute ihr in die Augen.

Bev spürte, wie ihre Wangen zu glühen begannen. Vor ihrem geistigen Auge sah sie Angie weinend und verzweifelt auf ihrer Eingangsstufe hocken. »Nun, Jerry. Du bist ein faszinierender Mann mit einem perfekten Leben. Was bringt einen Typen wie dich dazu, sich mit einer Frau wie mir zu treffen, obwohl du zu Hause alles hast, was du willst?«

Er beugte sich vor und schob ihre Speisekarte beiseite. »Wie kommst du darauf, dass meine Bedürfnisse zu Hause befriedigt werden?«

»Ich wusste nicht ... Ich weiß nicht ...«

»Hat eine begehrenswerte Frau wie du nicht auch jemanden, der zu Hause auf sie wartet?«

»Nein. Ich bin Single. Ich mag es gerne unkompliziert.« Sie dachte an ihre dreckige Wohnung und das Bett, das ihr seit der Scheidung von Rob zu groß und kalt vorkam. Und sie dachte an die noch größere gähnende Leere in ihrem Leben, die nur ein Gerichtsbeschluss zu ihren Gunsten und eine Unbedenklichkeitsbescheinigung von Mo hinsichtlich ihrer geistigen Gesundheit wieder ausfüllen konnten.

»Nur keine Verpflichtungen, was? Ich halte es genauso.« Er zwinkerte ihr zu. »Was mich betrifft, regelt die Ehe nur das gemeinsame Zusammenleben. Siehst du das nicht auch so?«

Bev wollte ihm widersprechen. Ihm entgegenbrüllen, dass er, wenn er mit seiner Frau nicht glücklich sei, so viel Anstand besitzen solle, sich von ihr zu trennen, damit sie beide noch mal von vorne beginnen könnten. Sie wollte ihm ins Gesicht schlagen und sagen, dass sie mit religiösem Eifer an ihre eigene Ehe geglaubt hatte – indem sie deren Mängel, Ungerechtigkeiten und Beschränkungen akzeptiert hatte, wie es von einer leidgeprüften Gläubigen verlangt wurde – und dass sie an dem Tag, als sie Rob auf die Schliche gekommen war, ihren Glauben restlos verloren hatte. Erst da hatte sie begriffen, dass die Bev von früher durch eine willenlose Mitläuferin ersetzt worden war, die ohne die Zustimmung ihres Mannes nicht in der Lage war, zu funktionieren. Irgendwie hatte er es dann geschafft, ihr die

Schuld daran zu geben, dass er sie jahrelang in den Wahnsinn getrieben, kontrolliert und alles gevögelt hatte, was sich bewegte, und er hatte die Glaubensgemeinschaft von Rob und Bev aufgelöst und ihre persönliche Endzeit eingeläutet.

*Um Himmels willen, vergiss Rob. Das hier ist beruflich. Benimm dich wie ein Profi!* »Keine Ahnung«, sagte sie und fuhr mit ihrem Finger verführerisch über den Rand ihres Champagnerglases. »Aber du bist ein großer Junge. Ich bin mir sicher, dass du Recht von Unrecht unterscheiden kannst. Ich schätze, nichts ist so einfach, wie es scheint. Besonders nicht für einen so komplizierten Mann wie dich.«

»Hattest du schon mal einen multiplen Orgasmus?« Diese Bemerkung erwischte sie ebenfalls völlig unvorbereitet. Damit war er noch einen Schritt weiter gegangen. Er schenkte sich erneut nach und verschüttete dabei etwas von dem Champagner auf der Tischdecke.

*Das hatte ich, aber nicht mit dir, Arschloch.* »Vielleicht. Vielleicht auch nicht«, kicherte sie. »O Mann. Du gehst ganz schön ran, Jerry Fitzwilliam. Was für ein ungezogener Junge du doch bist!«

»Ich glaube, du spielst mit mir. Ich weiß nicht, was ich von dir halten soll.« Sein Blick war so eindringlich, als würde er unter ihrem Make-up nach ihren wahren Absichten suchen. »Vielleicht sollte ich mal nachsehen, ob du verkabelt bist. Wie wär's, wenn ich deine Handtasche durchsuche, um mich zu vergewissern, dass sich kein Aufnahmegerät darin befindet?« Er leckte sich über die Lippen. Zog eine Augenbraue hoch und drehte sich zu dem Konsolentisch um. Er griff nach der Handtasche, öffnete das vordere Fach und spähte hinein ...

# KAPITEL 13

# Bev

Bev hielt die Luft an und machte den Mund auf und zu, während sie dabei zusah, wie Fitzwilliam das vordere Fach der Tasche durchwühlte, ohne zu merken, dass sich das Aufnahmegerät im hinteren befand. In ihrer Verzweiflung wollte sie ihn schon mit einem Kuss ablenken, als es an die Tür klopfte.

»Sir, Madam, können wir die Vorspeise servieren?«

Fitzgerald warf die Tasche wieder auf den Konsolentisch und vergaß seine Bedenken. Es war schwer, zu sagen, ob die Kamera noch auf die richtige Stelle zeigte. Aber Hauptsache, Bev war nicht aufgeflogen.

Die Bedienungen eilten mit Tellern voll dampfenden Essens in den Raum. Bevs Magen knurrte so laut, dass man es gehört hätte, wenn ein junger Kellner die Champagnerflasche in dem Silberkübel mit den klirrenden Eiswürfeln nicht hin und her gerüttelt hätte.

»Sie ist leer, Sir. Soll ich Ihnen eine neue bringen?«

»Ja. Ich versuche die junge Dame ein wenig betrunken zu machen«, lallte Fitzgerald. »Sie glaubt, dass ich nachher mit ihr schlafe. Ha, ha.« Der Champagner hatte seine Zweifel und sämtliche Hemmungen unter einem Alkoholschleier begraben.

Bev spitzte die Lippen und umklammerte mit ihren verschwitzten Händen außerhalb seines Blickfelds die Tischdecke. Ihre Eingeweide waren völlig verkrampft.

Die Kellner hatten das Separee kaum verlassen, als ihr Begleiter hervorstieß: »Rasierst du dich? Ich steh auf Frauen, die sich wachsen.«

Nur zu gerne hätte sie ihm erzählt, dass sich in ihrem Slip ein kecker Wildwuchs im Stil der 1970er verbarg und er sich jeden nur erdenklichen Formschnitt ausmalen durfte, denn er würde ihren niemals zu Gesicht bekommen. »Soll ich dir etwas Wasser einschenken?« Sie nahm die Karaffe und hielt sie über sein Glas. Am liebsten hätte sie ihm das Wasser ins Gesicht geschüttet.

Seine Hand glitt über den Rand des Glases. »Willst du etwa mein Feuer löschen, Cat? Sei keine Spielverderberin.«

In diesem Moment bemerkte sie auf seinen Fingerknöcheln mehrere helle Hautstellen, von denen sich vor Kurzem offensichtlich der Schorf gelöst hatte. War das ein Beweis dafür, dass er Angie verprügelt hatte? Bestimmt hatte er sie nicht so heftig geschlagen, dass er geblutet hatte. Ein durchtriebener Kerl wie Jerry Fitzwilliam würde sich nur dort Verletzungen zuziehen, wo man sie problemlos verbergen konnte. Oder war er einer dieser Psychos, die vor Wut ein Loch in die Wand schlugen, nachdem sie ihre Frau ein wenig vermöbelt hatten? Ja. Bev hielt das für möglich.

Sie aß zügig ihr Essen. »Ich mag starke Männer«, sagte sie. »Ich fühle mich gerne wie eine Frau. Ich wette, du hast bei euch zu Hause das Sagen.«

»Oh, du würdest dich wundern«, sagte er. »Meine Frau ist ein zäher Brocken. Sie zieht mir das Geld aus der Tasche, und zu Hause muss ich nach ihrer Pfeife tanzen. Ehrlich. Sie hat bei uns die Hosen an. Ich kann es ihr nie recht machen. Ich schufte mich ab, damit das Essen auf den Tisch kommt und wir ein anständiges Dach über dem Kopf haben, aber sie ist nie zufrieden. Du solltest mal hören, wie sie Gift und Galle spuckt. Außerdem gibt es keinen Sex. Arbeit allein macht auch nicht glücklich. Ich will geliebt werden, Cat. Meinst du, du könntest das für mich tun?«

Es schien, als hätte er Tränen in den Augen. Was sollte dieser Schwachsinn? Sie hatte Angie kennengelernt und erkannte ein verängstigtes Opfer, wenn sie eines vor sich hatte. Er drehte den Spieß jetzt um, wie das Rob auch bei ihr versucht hatte. Männer wie Jerry Fitzwilliam übernahmen nie für etwas Verantwortung.

Nachdem sie den ersten Gang beendet hatten, verließ er mit dem Anflug einer Erektion, die sich unter seiner Nadelstreifenhose deutlich abzeichnete, den Raum. Sein Jackett hing über der Rückenlehne seines Stuhls. Bev warf einen Blick auf ihre Uhr, es war jetzt halb zehn. Fitzwilliam war inzwischen bei seinem sechsten Glas Champagner angelangt. Sie bei ihrem vierten, wenngleich sie sich fast noch nüchtern fühlte. Dennoch stürmte sie, beflügelt durch den Alkohol, zur anderen Seite des Tisches und überprüfte seine Taschen.

Ihre kurze Durchsuchung ergab, dass er zwei Handys besaß. Ein Blackberry, vielleicht für den Job. Und ein Samsung, vermutlich für den Privatgebrauch. Sie hatte auf Cat Thomsons neuem Wegwerfhandy seine Privatnummer gespeichert. Sie nahm sich vor, Doc darum zu bitten, von dem Anrufprotokoll des Privathandys möglichst viele Informationen abzugreifen. Er hatte ihr versichert, dass man bei aktivierter Bluetooth-Verbindung Malware darauf hochladen konnte. Fitzwilliams Geldbörse jedoch steckte offensichtlich in seiner Hosentasche. Zu gerne hätte sie einen Blick auf seine Kredit- und Bankkarten geworfen.

Draußen ertönten Schritte, und sie stürzte wieder zurück auf ihren Stuhl und beschloss, die Sache hier möglichst schnell zu beenden.

Als Fitzwilliam in den Raum zurückkehrte, schniefte er heftig und hatte ein wächsernes Gesicht. War das, was sie direkt unter seinem rechten Nasenloch sehen konnte, ein Hauch von weißem Pulver?

»Tut mir wirklich leid, Jerry, aber ich muss gleich gehen.« Sie faltete die Hände, um jede Diskussion im Keim zu ersticken. Sie war sich sicher, dass sich hinter seinem enttäuschten Gesichtsausdruck Wut verbarg.

Er warf einen Blick auf die riesige Breitling-Uhr an seinem Handgelenk. »Du willst mich wohl auf den Arm nehmen. Die Nacht ist noch jung, ich stehe den ganzen Abend zu deiner Verfügung.«

Sie erhob sich und strich mit einer bedächtigen, vielsagenden Geste ihr Kleid glatt. Sollte er ruhig glauben, dass sich doch noch irgendwann die Gelegenheit zu einem Stelldichein ergeben würde.

»Hier. Da sind noch ein paar Krümel«, sagte er, trat zu ihr und strich ihr über die Hüften.

Sie schob ihn mit einer Fingerspitze von sich fort und kicherte. »Aber, aber, Jerry. Ich gehöre zu der Sorte von Katzen, die einen Mann erst kennenlernen möchten, bevor sie sich von ihm streicheln lassen.«

Seine Hand wanderte zu ihrer Leistengegend hinunter, doch sie trat rasch einen Schritt zurück, lief um den Tisch und schnappte sich ihre Tasche.

»Das ist wirklich schade«, sagte er und stellte sich zwischen sie und die Tür.

Bev hielt ihre Handtasche so, dass die Kamera hoffentlich direkt in seine Richtung zeigte.

Er streichelte mit seinen verschwitzten Fingern ihr Gesicht. Sein Atem roch nach Champagner. »Ich dachte eigentlich, dass ich deine Muschi erkunden darf. Du machst mich echt scharf.«

Mit zitterndem Zeigefinger berührte sie sein Kinn, aber wahrscheinlich war er zu betrunken, um ihre Angst zu bemerken. Er nahm ihren Finger bloß in den Mund und saugte daran.

Während Bev innerlich zusammenzuckte, schlug sie absichtlich einen sanften, vielsagenden Tonfall an. »Beim nächsten Mal. Wenn du ein braver Junge bist, werde ich meine Krallen in deinen Körper bohren. Das wird dir bestimmt gefallen.«

*Verschwinde aus diesem verdammten Zimmer, bevor er dich auf die Chaiselongue wirft und über dich herfällt. Du spielst ein albernes, gefährliches Spiel.*

Als er sie an der Taille packte, stieß sie einen Schrei aus. »Ich muss jetzt wirklich gehen, Jerry.« Mit einem aufgesetzten Lachen stieß sie ihn fort und versuchte herauszufinden, ob das Buttermesser in Reichweite lag, für den Fall, dass sie es benötigte.

Als es an die Tür klopfte, entspannte sich die Situation schlagartig wieder. Bevs Herz schlug so schnell, dass sie kaum sprechen konnte.

»Kommen Sie rein!«, brachte sie hervor.

Die Kellner traten ein, um die Teller abzuräumen, und während Bev dem Wissenschaftsminister des Schattenkabinetts zuzwinkerte und eine Kusshand zuwarf, marschierte sie, so schnell sie konnte, aus dem Zimmer und weiter die Treppe hinunter. Draußen eilte sie die Straße entlang und wagte es nicht, sich umzudrehen, für den Fall, dass er ihr folgte.

Als sie ein Uber entdeckte, das vor einem Weinlokal gerade zwei Frauen absetzte, lief Bev mit klappernden Absätzen den Gehweg hinunter und schlängelte sich an dem geparkten Moped eines Pizzaservice vorbei. Verzweifelt schreiend, rannte sie auf den alten Skoda zu.

»Halt! Sagt dem Fahrer, er soll warten«, flehte sie die aussteigenden Frauen an.

Aber die beiden ignorierten sie, stiefelten zielstrebig in die Weinstube und lachten, als wäre Bev bloß jemand, der sich in einem Nobelviertel der Stadt mal wieder betrunken zum Affen machte.

Nur einige Hundert Meter entfernt war Jerry inzwischen im Eingang des Restaurants erschienen und begann mit schwankenden Schritten, die offensichtlich dem Champagner geschuldet waren, in ihre Richtung zu stapfen. Er winkte ihr zu.

Bev hämmerte gegen das Fenster des Uber, und der Fahrer ließ es ein paar Zentimeter herunter.

»Bitte. Ich brauche dringend ein Taxi.«

Der Fahrer musterte sie von oben bis unten. Rückte seine schneeweiße Gebetsmütze zurecht und strich sich mit dem Daumen über den Bart. »Tut mir leid, meine Liebe. Ich fahre für Uber. Haben Sie dort ein Konto? Sie müssen mich über die App buchen, sonst bin ich nicht versichert. Außerdem habe ich einen anderen Fahrgast ...«

»Da ist ein Mann. Er ist betrunken, und er belästigt mich. Ich muss den Typen loswerden. Ich zahle Ihnen auch was extra«, sagte sie schnell.

Die Miene des Mannes entspannte sich, und die Türverriegelung sprang auf. »Los. Steigen Sie ein.«

»Danke, danke, danke«, stieß Bev hastig hervor und nahm auf der Rückbank Platz. Als die Türen wieder verriegelt waren, seufzte sie erleichtert auf. Doch plötzlich zuckte sie zusammen, denn Jerry schlug mit der Hand gegen ihr Seitenfenster und brüllte durch die Scheibe irgendwelches zusammenhangloses Zeug. Sie warf ihm erneut eine Kusshand zu, gab ihm mit einer Geste zu verstehen, dass sie ihn anrufen werde, und nahm über den Rückspiegel Blickkontakt mit dem Fahrer auf. »Fahren Sie einfach.«

Er fuhr mit quietschenden Reifen vom Bordstein fort und ließ den schwankenden Jerry Fitzwilliam wie ein übergroßes verlassenes Kind am Straßenrand zurück.

»Solange Sie mich bar bezahlen, bringe ich Sie, wohin Sie wollen. Wo soll's denn hingehen?«

Das Adrenalin, das durch Bevs Körper jagte, vermischte sich mit dem Alkohol, den sie nicht hätte trinken sollen. Sie begriff, dass sie kurz davor gewesen war, aufzufliegen oder von einem Mann, der es gewohnt war, seinen Willen durchzusetzen, zu Boden gedrückt und vergewaltigt zu werden. Aber ihre Aktion war ein Erfolg gewesen, oder? Sie hatte den Ehemann ihrer Klientin bei einem versuchten Seitensprung erwischt. Die Mischung aus langsam nachlassender Panik und Euphorie entfachte in ihrem Innern einen Ansturm der Gefühle, der sich nur auf eine Weise besänftigen ließ.

Sie spürte, wie ihre andere Obsession von ihr Besitz ergriff – eine Obsession, die intensiver war als jede andere und die sie in ihren Therapiesitzungen nie erwähnt hatte. Jene Obsession, die ihr am ehesten die Illusion vermittelte, ihre innere Anspannung abzubauen. Besser als irgendeine Droge. Besser als Origami. Es war die perfekte Art, ihren kleinen Triumph zu feiern. Sie konnte sich ohnehin erst wieder ans Steuer setzen, wenn sie wieder nüchtern war. Was soll's …

»Zum Earl's Court, bitte. Ich sage Ihnen, wie Sie fahren müssen, sobald wir in der Nähe sind.«

Der Wagen raste durch Chelseas leere Seitenstraßen. Bev fuhr jetzt an einen Ort, den sie vor sehr langer Zeit zum letzten Mal aufgesucht hatte. Aber sie hatte sich vor ein paar Tagen im Internet vergewissert, dass er noch existierte.

»Sie wohnen dort, oder?«, fragte der Fahrer.

»Nein. Ich besuche eine Art Club«, sagte Bev. »Nur für Mitglieder.«

»Ach ja? Hat Ihnen die Visage des Typen etwa nicht gepasst?« Ein Blick auf die Straße. Dann auf sie im Spiegel. Er grinste. Konnte es sein, dass ein gläubiger Moslem genau wusste, was in dem unauffälligen, vierstöckigen Haus in einer unscheinbaren Straße vor sich ging, wo die Autos in Zweierreihen parkten und sonst nur Rucksack-Touristen unterwegs waren?

»Ich gehe auf eine Geburtstagsparty«, log sie. »*Er* ist da bestimmt nicht eingeladen. Der Typ ist nur eine besoffene Nervensäge. Ich hatte mit ihm ein Date, und er hat dabei seine Manieren vergessen.«

Sie reichte dem Fahrer das Geld, während der Wagen mit laufendem Motor vor dem viktorianischen Reihenhaus stand, das von außen so wirkte, als wäre niemand zu Hause. Voll nervöser Erwartung und mit einer gehörigen Portion Erregung starrte Bev auf die schwarze, unscheinbare Tür.

# KAPITEL 14

# Bev

Das Passwort hatte sich zwar geändert, aber Bev wurde an der Eingangstür nicht lange aufgehalten.

»Sieh mal einer an.« Der korpulente Clubbetreiber forderte den jungen Türsteher mit einer Geste auf, zur Seite zu treten und Bev hereinzulassen. »Es ist schon eine Weile her, dass dich dein Weg in den X-S Club geführt hat. Was verschafft mir die Ehre?«

Bev gab Phillipe d'O einen Kuss auf die Wange. »Du hast dich kaum verändert«, sagte sie und hakte sich bei ihm unter. »Du siehst immer noch aus wie ein Salvador Dalí, der zu viel Kuchen gefuttert hat.«

Er zwirbelte verschmitzt seinen Schnurrbart und zog eine Augenbraue hoch. Dann gab er ihr einen Klaps auf den Hintern. »Offensichtlich hast du selbst jede Menge Kuchen verputzt, du heiße Braut. Jetzt schau sich mal einer diesen Arsch an! Du wirst heute Nacht großen Zulauf haben.«

»Als ich das letzte Mal hier war, standen alle auf Konfektionsgröße null.« Sie marschierte in den hinteren Teil des Hauses und holte sich bei dem Mädchen an der Garderobe eine Karnevalsmaske. Phillipe d'O folgte ihr.

»Hast du's noch nicht mitgekriegt? Dank Beyoncé sind jetzt Knackärsche angesagt, Schätzchen. Aber warum bist du hier? Ist der Nordwesten selbst für dich zu feucht?« Er ließ seine

Hand zwischen ihre Beine gleiten. Doch Bev stieß ihn lachend fort. Sie hatte das Gefühl, dass sie bereits ihre Lieblingsrolle in einem Spiel spielte, bei dem sie das Sagen hatte. Dies war das perfekte Gegenmittel zu Jerry Fitzwilliams unerwünschten Annäherungsversuchen. Sie zupfte an dem tiefen Ausschnitt ihres Kleides, sodass ihre Brüste auf und ab wippten. »Nein, Phillipe. Da oben herrscht ein angenehm trockenes Klima. Komm. Lass mich erst mal aus den Klamotten hüpfen, und dann kannst du mir das Frischfleisch zeigen.«

Im X-S Club herrschte reges Treiben. Erwartungsvoll musterte Bev die Gäste in dem Labyrinth aus Räumen, das sich über das Haus erstreckte. In dem schallisolierten Gebäude lief Musik, gerade so laut, dass die Leute ihre Safewords und das Stöhnen hören konnten. Alle trugen Masken und waren, abgesehen von vereinzelten Piercings oder Fetisch-Accessoires, nackt. Bev hatte überhaupt nichts an, da sie ursprünglich nicht vorgehabt hatte herzukommen. Das Einzige, was sie bei sich trug, war ihr Handy.

Sie stand jetzt in einem Türrahmen und beobachtete eine Frau, die rittlings auf einem dickbäuchigen Mann hockte. Ihrer leicht schlaffen Haut sowie dem silbrigen Geflecht aus Dehnungsstreifen an Bauch und Hüften nach zu urteilen, war sie mittleren Alters. Ihr Partner hingegen war ein übergewichtiger junger Mann. Sie ritt ihn langsam, während ein zweiter Mann an ihrer rechten Brustwarze saugte und masturbierte.

Das war nicht Bevs Fall. Sie ging weiter in den Hauptraum des Hauses, vorbei an Zimmern mit aufeinander herumturnenden Männern, küssenden Mädchen und Gästen, die zu dritt Kuschelsex hatten. Sie lächelte. Hier war alles erlaubt.

»Hallo. Wie heißt du?« Ein Mann stapfte die Treppe herunter. Sein Schädel war zwar rasiert, aber auf seiner glänzenden Kopfhaut zeichnete sich der Anflug einer Halbglatze ab, und sein

Körper war mit dunklen Haaren bedeckt. Er hatte einen tollen Körper. Durchtrainiert, aber nicht zu muskulös. Eine gewaltige Erektion wippte vor ihm auf und ab wie eine Boje, die ihn in diesem Meer der Verdorbenheit über Wasser hielt.

»Wie immer du willst«, sagte Bev.

Es war inzwischen eine Woche her, dass sie Sex gehabt hatte. Zu lange. Der Fremde, der sich zweifellos schon in einem anderen Raum des Hauses vergnügt hatte, roch nach Gleitmittel und Verheißung. Obwohl er wahrscheinlich mit Viagra vollgepumpt war, war er das Gegenteil von Jerry Fitzwilliam.

Bev trat zu ihm und ließ ihren Finger von oben nach unten über seinen Oberkörper wandern und weiter über das vom Nabel zur Leistengegend spitz zulaufende Haar. »Sollen wir zu den anderen in der Lounge gehen?«, fragte sie und sah zu seiner Karnevalsmaske hoch. Schon erstaunlich, was einem alles verborgen blieb, wenn das Gesicht eines Menschen mit einer Maske bedeckt war. Ohne sie wirkte er vielleicht wie ein zugedröhnter Versager oder ein verlogener, charakterloser Idiot, aber all das spielte hier keine Rolle. Die Leute suchten diesen Club auf, weil sie an diesem Ort durch die anderen Mitglieder körperlichen Zuspruch und Erleichterung erfuhren, ohne dabei eine Verpflichtung einzugehen. Mehr nicht. Hier konnte man Sex haben, auch wenn man hässlich war wie ein Maultier. Hier wurde man vorbehaltlos begehrt. Hier urteilte niemand über deine Obsessionen. Abgesehen davon, gefielen Bev das Kinn und die sauberen, geraden Zähne des Mannes.

Seine Liebkosung fühlte sich gut an. »Ich glaube, ich halt's nicht länger aus.«

Keine Küsse. Keine Informationen. Keine Spielchen. Genau, wie Bev es mochte.

Nach einem kurzen Vorspiel wurde sie auf der Treppe von

hinten gevögelt, während sie den Anblick der anderen Partygäste genoss, die sich zu beiden Seiten gerade nach oben oder unten begaben und innehielten, um sie zu beobachten, bevor sie ihr eigenes Abenteuer fortsetzten. Die Eroberung und der Gedanke an ihr Treiben bereiteten ihr mehr Vergnügen als der Akt selbst. Sexuelle Freizügigkeit, Voyeurismus und Macht hatten eine berauschende Wirkung auf sie. Allein das hätte genügt, um Bev zum Höhepunkt zu bringen, hätte ihr Handy, das zwischen ihren Ellbogen auf der Stufe lang, nicht angefangen, zu vibrieren.

»O Mann, ich glaub's nicht«, sagte sie, als sie sah, dass Docs Name auf dem Display aufleuchtete.

»Schalt's einfach aus«, sagte ihr Partner, während er sie weiter von hinten vögelte.

»Ja. Tut mir leid.«

Bev tippte auf das Symbol, um den Anruf abzulehnen, doch die Stöße ihres Liebhabers waren so leidenschaftlich, dass sie mit der Hand abrutschte. Ungewollt fand sie sich in einem Gespräch mit Doc wieder.

»Was zum Teufel machst du da?!«, brüllte er; seine besorgte Stimme tönte blechern aus dem Telefon. »Wusstest du, dass deine Kamera weiter aufgenommen hat, als du Fitzwilliam hast sitzen lassen?«

»Doc, ich muss auflegen.« Bev schwankte zwischen Gelächter und Scham, weil Doc womöglich gesehen hatte, dass sie das Reich des X-S Clubs betreten hatte. War ihr Geheimnis etwa aufgeflogen?

»Wo zum Henker steckst du? Bist du in … einem Sexclub? Da sind lauter Schwänze! Und Titten! Verdammte Scheiße, Bev. Da war ein Mann … und sein Schwanz war …«

Ja. Doc wusste Bescheid. Verdammt.

Bev beendete den Anruf und biss sich auf die Lippen. *Vergiss es. Das hier geht ihn nichts an. Du bist eine erwachsene Frau und kannst deinen Körper teilen, mit wem du willst.* Sie wandte sich wieder der wichtigen Aufgabe zu, anonymen Sex mit einem scharfen, fremden Mann zu haben.

Danach genoss sie im Hauptraum eine Zugabe mit einem Mädchen, das die knackigsten Brüste hatte, die ihr je zu Gesicht gekommen waren, sowie mit zwei Männern, nach deren Behandlung sie noch tagelang Schmerzen haben würde. Nachdem jedes Loch, außer das in ihrem Herzen, die gebührende Aufmerksamkeit erfahren hatte, lief sie zu ihrem geparkten Wagen in einer Seitenstraße von Archway und fragte ihre Mailbox ab. Sie hatte insgesamt sechs Nachrichten – alle von Doc.

»Mein Gott, Bev. Geht's dir gut? Ich kann nicht fassen, was für ein Widerling Fitzwilliam ist. Ruf mich zurück. Es gibt ein Problem mit den Aufnahmen.« Bev konnte ihm seine Sorge um sie deutlich anhören.

Dann eine halbe Stunde später.

»Ich bin's noch mal. Bev ...« Er zögerte. *Was wollte er sagen? Komm schon, Doc. Spucks aus.* Dann begriff sie, dass er die Nachricht bei ihrer Ankunft im Club hinterlassen hatte. »Ich denke, du solltest die Kamera ausschalten. Also, was hast du jetzt vor? Bist du in Sicherheit?«

Es folgten weitere Nachrichten, dann der Anruf, den sie aus Versehen entgegengenommen hatte.

»Herrje, Bev.« Herrje! Wer um Himmels willen benutzte noch dieses Wort. »Du hast mir nie erzählt, dass du außer deiner Origami-Obsession noch ein anderes Problem hast. Warum hast du in den Therapiesitzungen nie davon erzählt? Du bist sexsüchtig, nicht wahr? Der Mann, der dir aufgemacht hat, kannte dich. Ich habe ihn gegoogelt. Dort stand, dass er sich Phillipe d'O nennt und das O für Orgasmus steht. Du bist verrückt. Ruf mich zurück. Ich mache mir Sorgen um dich.«

In der letzten Nachricht klang Doc ziemlich ernst. »Hey. Wenn du damit fertig bist, bis zur Besinnungslosigkeit herumzuvögeln, habe ich Neuigkeiten für dich. Ich habe etwas über Spartacus Holdings herausgefunden. Du wirst es nicht glauben. Ruf mich verdammt noch mal an!«

Sie war hin- und hergerissen zwischen dem Bedürfnis, die Neuigkeiten zu erfahren, und dem Verlangen, seiner besitzergreifenden Verurteilung ihres Privatlebens mit dem angebrachten Schweigen zu begegnen. Was auch immer Doc ihr mitteilen wollte, es konnte warten.

Bev wusste, dass sie einen Fehler machte, als sie den Motor startete und versuchte, aus der Parklücke zurückzusetzen. Aufgrund des Alkohols war ihre räumliche Wahrnehmung getrübt. Sie schätzte die Größe des fremden Wagens und seinen Wendekreis falsch ein. Sie brauchte ganze fünf Minuten, um sich aus der engen Lücke zwischen einem frisierten Subaru und einem klapprigen Kombi zu befreien.

»Wenn man dich rauswinkt, steckst du bis zum Hals in der Scheiße«, sagte sie sich, während sie im Schneckentempo die A1 entlangfuhr. »Du solltest umkehren. Im Wagen deinen Rausch ausschlafen.«

Aber das tat sie nicht. Sie verspürte das dringende Verlangen, London, Jerry Fitzwilliam und den X-S Club möglichst weit hinter sich zu lassen. Sie brauchte jetzt ein Stück Normalität. Und eine vertraute Umgebung, auch wenn diese momentan aus einer schimmelbefallenen, modrigen Souterrainwohnung im Haus anderer Leute bestand.

Um zwei Uhr nachts war auf den Straßen nichts los. Keine Spur von der Polizei. Allerdings hätte sie sich sowieso nicht für einen kackbraunen Fiesta interessiert, der mit einhundertzwanzig Stundenkilometern die rechte Fahrspur entlangrollte. Zwei Stunden waren genügend Zeit für ihre Leber, um den Alkohol wieder abzubauen. In der letzten Stunde nahm sie alles nur noch verschwommen wahr, während ihr immer wieder fast die Augen zufielen und sie versuchte, mehrere PJ-Harvey-Songs mitzusingen, die sie auf dem Handy abspielte, um wach zu bleiben. Außerdem hatte sie mit den wirren Erinnerungen an Jerry Fitzwilliam zu kämpfen, dem professionellen Politiklangweiler, der bloß am Alkohol zu schnuppern brauchte, um sich in einen Lustmolch zu verwandeln.

In der Nähe des Flughafens von Manchester bog sie von der M56 ab und fuhr im Schritttempo nach Hause, vorbei an den Villen der Neureichen, der Wirtschaftsverbrecher und Gesundheitsfanatiker, die wie Sophie gerne in Fulham oder Belgravia oder an einem anderen prestigeträchtigen Ort wohnen würden. Bev wollte nichts weiter, als sich aufs Bett fallen lassen und vergessen. Sie kniff sich in den tauben Hintern, um die Durchblutung in Schwung zu bringen. Sie versuchte ihre Hose zu lockern. Gegen die Blasenentzündung, die seit ihrem Besuch im X-S Club wieder aufgeflammt war, musste sie ein paar Schmerztabletten nehmen und einen Cranberry-Saft trinken. Als sie in die Kieseinfahrt einbog, sah sie, dass auf ihrem Parkplatz zu allem Überfluss ein alter Volvo stand, weshalb sie gezwungen war, halb auf dem Bordstein zu parken.

Barfuß und mit ihren tödlichen Stöckelschuhen in der Hand, fiel Bev förmlich aus dem Wagen und hörte zu ihrer Überraschung zwei Stimmen, die die reglose Nachtluft erfüllten.

»Bev? Bist du das?« Ein Kichern. Das Klappern von teuren Schuhen.

»Sophie? Tim?« Die beiden liefen, oder vielmehr wankten,

Arm in Arm die Straße herunter. Als sie näher kamen, konnte Bev erkennen, dass Tim ordentlich einen sitzen hatte und seine Augen unruhig hin und her wanderten.

»Bist du gerade aus London zurückgekommen?«, fragte Sophie und zog mit einem verblüfften Ausdruck auf ihrem makellos geschminkten Gesicht ihre Schlüssel aus der Mulberry-Tasche.

»Wer passt denn auf die Kinder auf?«, fragte Bev, statt zu antworten, denn sie fand, dass ihr Kommen und Gehen ihre Freunde nichts anging.

»Meine Mum«, sagte Sophie. »Heute ist unser kinderfreier Abend. Wir waren gerade auf einer tollen Dinnerparty bei Abigail Gosport an der Carrwood.« Ihre wortreiche, alkoholgeschwängerte Antwort sprudelte nur so aus ihr hervor. »Sie hat ein verdammt riesiges Haus und den besten Privatkoch der Welt.« Sie hielt inne, um Bev von oben bis unten zu mustern. »Meine Güte. Du siehst …«

Tim wankte die Eingangstreppe hinauf. »Tu uns einen Gefallen, Bev. Sei ein braves Mädchen und lass dich in diesem Aufzug nicht vor den Nachbarn blicken, okay?« Er hickste. »Du weißt ja, wie hier getratscht wird.«

*Wichser. Unverschämter, verfluchter … aaaah.* Selbst in ihrer Vorstellung fehlten Bev die Worte für Tims Respektlosigkeit. Sophies gut gemeintes Nicken verriet Bev ihr stillschweigendes Einverständnis mit seinen Ansichten. Was für ein Paar. Am besten ließ sie die beiden bis morgen früh allein.

Im Flur trennten sich ihre Wege; während Bev sich die kalte Steintreppe hinunter auf den Schimmelgestank zubewegte, liefen die beiden nach oben in die Familienwohnung, die den Duft von Bohnerwachs und Wohlstand verströmte.

Bev betrat ihre kalte Wohnung. Sie zitterte, was nicht nur

daran lag, dass die Heizung zwei Tage lang ausgeschaltet gewesen war. Sie hatte das Gefühl, als wäre jemand in ihren Privatbereich eingedrungen. Während sie von einem Zimmer ins nächste ging, überprüfte sie die Positionen ihrer Origami-Figuren. Sie ordnete sie stets auf eine bestimmte Weise an, in einem bestimmten Verhältnis zueinander, das nur sie kannte. Einer der Kraniche – ein zierlicher Vogel mitten im Flug, der eine ganz besondere Bedeutung für sie hatte – war nicht nur bewegt worden. Er war nicht mehr da.

# KAPITEL 15

# Bev

Noch bevor Bev einen Fuß in den beengten Flur gesetzt hatte, wehte ihr zur Begrüßung der Geruch aus Docs Wohnung entgegen. Nach Füßen. Kontaktspray. Alter Pizza. Sowie körperlichen Ausdünstungen, die von einem billigen Deo überdeckt wurden, jener Sorte Deo, das einen laut Werbung für die vollbusigen, willigen Angehörigen des anderen Geschlechts unwiderstehlich machte.

»Du bist echt ekelhaft. Weißt du das?«, sagte Bev, während sie die Spur der Verwüstung betrachtete, die sich durch sein Wohnzimmer zog.

»Und du bist eine Heuchlerin. Willst du eine Tüte Chips? Ich habe nur Cola und Chips da. Sorry.«

»Nein danke.«

Auf seinem Couchtisch stand ein großer Kristallglas-Aschenbecher voller Beweisstücke. »Züchtest du auf deinem Dachboden immer noch Gras?«

Statt zu antworten, grinste er bloß. »Ich möchte dir was zeigen.« Er ließ sich auf einen abgewetzten Bürostuhl fallen. Der Schreibtisch war unter der Computerhardware kaum zu sehen. Wahrscheinlich hat sie ihn ein Vermögen gekostet, dachte Bev. Während er etwas tippte, wanderte ihr Blick über leere Fertignudel-Packungen und herrenlose Salamipizza-Kartons zu einer mit bunten Farben übersäten Wand.

»Das ist also deine Sammlung?« An der Rückwand des Wohnzimmers standen lauter Regale, die mit Lego-Modellen gefüllt waren, Sportwagen, Star-Wars-Figuren und ganzen Szenen, die sorgfältig auf flache grüne Platten gebaut waren.

»Das ist noch gar nichts«, sagte er, ohne den Blick von seinem riesigen Computerbildschirm abzuwenden. »Wirf mal einen Blick in mein Gästezimmer.«

Als Bev den Flur hinunterging, entdeckte sie ein Badezimmer, das nach abgestandener Luft und starkem Toilettenreiniger roch. Daneben befand sich, wie sie vermutete, Docs Schlafzimmer. Sie lief zügig daran vorbei und riskierte nur einen kurzen Blick auf sein ungemachtes Bett und einen Korbstuhl mit einem Berg Wäsche. Schließlich erreichte sie am Flurende eine verschlossene Tür. Sie öffnete sie, und dahinter kam ein Zimmer zum Vorschein, das mit Vitrinen vollgestopft war, auf denen kein einziges Staubkorn zu sehen war. Die Glasscheiben waren auf Hochglanz poliert, und nicht ein Fingerabdruck trübte den Gesamteindruck. In den Vitrinen waren kunstvoll verschiedene Lego-Modelle angeordnet. Von der Decke hingen ein riesiger Lego Star Wars X-Wing, der Millennium-Falke und mehrere fliegende Objekte, darunter ein Drache und eine Rakete. Zu ihrer Überraschung wurde Bev von einem intensiven Glücksgefühl überwältigt, als hätte sie ein unberührtes, magisches Museum für Kinder betreten, das die Freuden ihrer eigenen unschuldigen Jahre heraufbeschwor. Ein riesiges Modell – wie man es sonst nur im Schaufenster eines Lego-Geschäfts sehen konnte – nahm auf dem Boden einen Ehrenplatz ein. Zwei lebensgroße Kinder aus Lego knieten in einem blumenübersäten Garten, der ebenfalls aus Steinen bestand. Die beiden bauten das ausgeklügelte Modell einer Mühle mit einem großen Wasserrad an einem Fluss. Neben dem Aufbau konnte Bev einen Schalter entdecken. Als sie ihn betätigte, gingen im Haus die Lichter an, begann das Rad sich zu drehen, und die blauen Lego-Platten, die den Fluss bildeten, setzten sich in Bewegung, als wären sie auf einem verborgenen Förderband befestigt. Es sah aus wie Wasser.

»Mein Gott, Doc«, rief sie den Flur hinunter. »Du bist ein Genie! Ungelogen. Vergiss Oxford, die Therapie und diese stinkende Müllkippe am Arsch von Manchester, die du dein Zuhause nennst. Du solltest als Lego-Jedi-Meister für die Geschäftszentrale in Dänemark Modelle entwerfen.« Sie streckte den Arm aus, um eines der kleinen Ohren des Jungen zu berühren, und erstarrte, als sie es plötzlich in der Hand hielt. Verzweifelt versuchte sie es wieder zu befestigen. »Ich bin in London am Lego-Geschäft vorbeigekommen, und die Modelle im Schaufenster waren nicht so gut wie das hier.« Verdammt. Wie zum Henker sollte sie das Ohr wieder befestigen, ohne größeren Schaden anzurichten?

»Was?«, rief Doc aus dem Wohnzimmer. Er hatte nichts von dem verstanden, was sie gesagt hatte. »Alles okay da drin?«

Bev hörte, wie sich dem Raum, in dem sie kniete, Schritte näherten, und drückte fieberhaft das Ohr seitlich gegen den Kopf des Jungen. Sie betete, dass sie alles nicht noch schlimmer machte.

»Gibs her!«

Doc marschierte von der Tür aus auf sie zu und streckte seine Hand nach dem Ohr aus. »Ich habe gesagt, du sollst es dir ansehen, und nicht, dass du es kaputt machen sollst. Fass bitte meine Sachen nicht an.«

Er brauchte nur ein paar Sekunden, um das Ohr wieder zu befestigen. Dann betätigte er den Schalter, und das Mühlrad und der Fluss kamen zum Stillstand.

Sein angespannter Kiefer verriet, dass er gekränkt und verärgert war. Bev war im Begriff gewesen, ihr Lob zu wiederholen, aber jetzt konnte er sie mal, dieser blöde Scheißkerl.

»Du weißt schon, dass dieses Zeug zum Spielen gedacht ist«, sagte sie. »Ich habe es als Kind geliebt.«

»Ja. Ich habe auch *Lego Movie* gesehen. Ich brauche keine Belehrung.«

»Was? Es gibt keinen Grund, sich wie ein Arschloch aufzuführen.«

»Wie würde es dir denn gefallen, wenn ich in deiner Wohnung aufkreuze und deine Origami-Figuren begrapsche?« Er funkelte sie wütend an. »Ich wette, du hast sie ebenfalls auf eine bestimmte Weise angeordnet. Und sie sind genauso empfindlich wie das hier.« Er deutete mit der Hand auf sein Werk aus knallbuntem Plastik.

Sollte sie ihm von dem Gefühl der Panik erzählen, das sie erfasst hatte, als sie bemerkt hatte, dass der Kranich nicht mehr da war? Für die meisten Leute war es nur ein verstaubter, aus Papier gefalteter Vogel, aber sie verband eine besondere Erinnerung an ihren Vater damit. Es war ein Geschenk von ihm, das durch nichts ersetzt werden konnte. Nein. Vielleicht hatte sie sich nur eingebildet, dass er weg war. Sie war bei ihrer Rückkehr in einem schlimmen Zustand gewesen. Es war sinnvoll, sich noch einmal zu vergewissern, dass sie ihn nicht gedankenabwesend irgendwo anders hingestellt hatte, bevor sie Alarm schlug, dass man ihr Angst einjagen wollte oder sie beobachtete.

»Tut mir leid«, sagte sie. »Es ist wirklich beeindruckend. Und so plastisch. Ich wollte nicht …«

»Komm mit. Ich werde dir jetzt diese Bankdokumente zeigen, und dann sehen wir uns die Aufnahmen von gestern an.«

»Also, Spartacus Holdings«, sagte er und deutete auf den Bildschirm.

Bev saß neben ihm auf einem alten Esszimmerstuhl, der kaum gepolstert war, sodass ihr Intimbereich schmerzte. »Und?«

»Auf das Konto gehen große Beträge Geld von verschiedenen Firmen ein, okay? Gut eine Viertelmillion innerhalb von sechs Monaten. Ich habe die Firmen gegoogelt.«

Bev überflog die nichtssagenden Namen. Offensichtlich handelte es sich um Wirtschaftsunternehmen. »Vielleicht ist er nebenher als Berater tätig. Viele der Abgeordneten bessern ihr Gehalt mit Jobs in der Privatwirtschaft auf und sitzen in Aufsichtsräten. Er hat zwanzig Jahre Berufserfahrung in der Finanzbranche.«

»Nein. Pass auf! All diese Firmen. Data International Ltd., Fisher, Fraser und Delaware. Cranbourne Consulting. All diese Firmen ... gehören einem einzigen Mann. Einem Geschäftsmagnaten namens Matthew Stephens, okay? Und weißt du was?« Er öffnete ein weiteres Fenster, mit einem Artikel aus der Financial Times.

Während Bev den Inhalt überflog, begann sie, zu nicken.

Hocherfreut gab der Eigentümer der Biotech AG Matthew Stephens heute bekannt, dass der Aktienkurs seines Unternehmens in die Höhe geschnellt sei, nachdem das Parlament die Fördergelder für die Erforschung der Genom-Editierung bewilligt habe. Die wegweisende Forschungsarbeit, die dabei helfen soll, Erbkrankheiten zu bekämpfen, wurde bisher von den Chinesen vorangetrieben, aber der Wissenschaftsminister des Schattenkabinetts, Jerry Fitzwilliam, erklärte, es sei höchste Zeit, dass Großbritannien wieder eine führende Rolle ...

»Verstehe«, sagte Bev mit einem gequälten Lächeln. »Kohle gegen Einflussnahme. So was in der Art.«

»Und jetzt sieh dir das hier mal an«, sagte Doc und öffnete erneut ein Fenster, diesmal mit der Seite eines führenden Wissenschaftsmagazins. Er zeigte auf einen Absatz mit einem eng gedruckten Text. »Stephens Biotech stand kurz vor dem Aus, weil die Firma in der Vergangenheit Forschungsergebnisse gefälscht hat, als sie ihre Hauptlabore noch im Ausland betrieb. Der Leiter der Forschungsabteilung zog sechs Artikel aus Wissenschaftsmagazinen zurück, nachdem herausgekommen war, dass er für gefälschte Besprechungen gezahlt hatte. Der Wissenschaftler wurde daraufhin gefeuert. Auf diese Weise hat Matthew Stephens sich und seine Firma von jeder Schuld reingewaschen. Aber ich wette, der Typ ist nicht ganz sauber.«

»Garantiert nicht, wenn er einen Politiker schmiert, damit dieser das Parlament beeinflusst und ihm Millionen von Fördergeldern zuschustert«, sagte Bev. »An wen gehen diese verdächtigen Zahlungen? An Spartacus Holdings? Wer verbirgt sich dahinter?«

Doc zog eine Augenbraue hoch. »An ein Auslandskonto auf den Bahamas«, sagte er. »Angela Fitzwilliam fungiert als Geschäftsführerin der Firma. Wirklich clever.«

Die Härchen auf Bevs Armen richteten sich auf. »Angie? Aber sie behauptet, sie wüsste über ihre finanzielle Situation nicht Bescheid. Sie hat die ganze Zeit gejammert, dass sie kein Geld hat. Darum hat sie mich dazu überredet, dass ich erst mal so für sie arbeite. Offensichtlich kann sie von Glück sagen, wenn Jerry ihr Geld zum Einkaufen gibt.«

Doc schlug seine langen Spinnenbeine übereinander, streckte sich und gähnte. »Tja, vielleicht hat sie dir einen Bären aufgebunden. Vielleicht will sie ihn abservieren, ihn loswerden und mit ihrem Tennislehrer und Fitzwilliams mühsam unterschlagenem Geld in den Sonnengang spazieren. Oder er hat sie ohne ihr Wissen zur Geschäftsführerin ernannt. Was hältst du für wahrscheinlicher?«

Bev zuckte mit den Schultern und biss sich auf die Lippe. »Ich denke, sie sagt die Wahrheit. Aber mein Ex hat mich bis aufs Hemd ausgezogen, darum traue ich niemandem mehr.«

Erneut machte Doc ein gekränktes Gesicht. Seine Züge waren angespannt, und er hatte die Augen zusammengekniffen. Aber er würde bestimmt nicht anfangen, zu weinen.

»*Dir* traue ich«, fügte sie hinzu. »Natürlich.«

»Ach ja?« Er nahm einen Stressball aus Schaumstoff und begann ihn zu kneten, bis die Haut an seinen Knöcheln weiß wurde. »Hast du mir deswegen nicht erzählt, dass du sexsüchtig bist?« Mit einem Mausklick startete er die verwackelten Aufnahmen aus dem X-S Club. Für einen kurzen Moment war Phillipe d'O zu sehen, wie er ihr in den Schritt fasste. Dann die anderen Mitglieder, die es im Flur miteinander trieben. Und schließlich eine riesige Frau, die einem zierlichen Mann einen Blowjob gab. Mit einem Ruckeln wurde die Aufnahme beendet, als Bevs Handtasche zusammen mit der Kleidung in der Garderobe verstaut wurde. Allerdings war vorher noch eine kurze Aufnahme von der grinsenden Bev mit nacktem Oberkörper zu sehen.

»Ich hab's dir gesagt. Mein Privatleben geht dich nichts an.«

»Du bist krank und hast Mo nichts davon erzählt. Das ist sehr viel schlimmer als eine Origami-Obsession, Bev! Um Gottes willen! Man könnte dich umbringen. Hat Rob dich deswegen sitzen lassen?«

Bev würde auf diesen unverschämten Schwachsinn nicht eingehen. »Spiel die Aufnahmen von dem Abendessen ab. Ist genug drauf, damit ich sie Angie zeigen kann? Ich habe keine Lust, mich noch mal mit ihrem widerlichen Ehemann zu treffen.«

»Du willst mich also einfach ignorieren, ja?«, fragte Doc und scrollte zurück zu den Aufnahmen aus dem Separee des Nobelrestaurants.

Bev ballte eine Hand zur Faust und knirschte mit den Zähnen, während sie mit ihren Gefühlen rang, einer Mischung aus erbitterter Empörung, Schuldgefühlen und dem Bedürfnis, ein Geständnis abzulegen.

»Rob hat mich nicht sitzen lassen wegen irgendetwas, was *ich* getan habe, du Arsch.« Ihre wütenden Worte sprudelten aus ihrem Mund wie ein Schwall geschmolzener Lava. »Maß dir kein Urteil über Dinge an, von denen du nichts weißt.« Sie tippte ihrem Freund fest gegen seine Hühnerbrust und sah, wie er in sich zusammensackte, als hätte sie gerade auf ihn eingestochen. »Mein beschissener Ex hat mein Leben zerstört, okay? Als hätte es nicht schon gereicht, mich jahrelang in den Wahnsinn zu treiben und zu kontrollieren! Er hat mir alles genommen. *Alles!* Und seitdem verpulvert er mein sauer verdientes Geld für irgendwelche billigen Schlampen und lässt die Sau raus.« In diesem Moment musste Bev an Jerry Fitzwilliams schweinsartige Gesichtszüge denken und zitterte vor Wut, während sie ihre Tränen unterdrückte, die nicht nur ihr selbst, sondern auch Angie Fitzwilliam und all den anderen Frauen galten, denen Unrecht geschah. »Ich fühlte mich nicht stark genug, um zu kämpfen. Mir blieb zunächst nichts anderes übrig, als mich in mein Schicksal zu fügen. Mich zu verkriechen, um meine Wunden zu lecken, wieder zu Kräften zu kommen und ihm dann, wenn ich mich wieder im Griff hatte, die Stirn zu bieten. Nachdem er mich ruiniert hatte, konnte ich nur dank dieser beiden Hände mein Überleben sichern.« Sie hielt sie in die Höhe. Dann deutete sie auf ihren Kopf. »Und dank meines Verstands und der Fähigkeit, wie eine Blöde zu schuften. Trotzdem sind meine Möglichkeiten nach dem, was er mir angetan hat, begrenzt. Das Gehalt einer Marketingchefin und die Bonuszahlungen kann ich jetzt vergessen. Rob hat dafür gesorgt, dass ich auf der Schwarzen Liste stehe. Deshalb verdinge ich mich als Schmalspurschnüfflerin. Ich kann mich kaum über Wasser halten, weil der Mann, dem ich am meisten vertraut habe, mir mein Geld *und* mein Ansehen genommen hat, und das einzig Schöne und Kostbare, von dem ich glaubte, dass es uneingeschränkt mir gehört. Also belehr mich nicht über mein Verhalten. Egal, was ich getan habe: Rob hat sehr viel schlimmere Dinge getan.«

Doc saß mit verdrehten Armen und Beinen zusammengesunken auf seinem Bürostuhl. Seine Lippen zitterten und waren fast hellblau, als hätte er eine Allergie gegen Auseinandersetzungen. Doch das hielt ihn nicht zurück. »Du hast mich angelogen.«

»Ich habe nicht gelogen. Ich habe nur nicht die ganze Wahrheit erzählt. Es ist *meine*, ganz allein meine Angelegenheit, was ich in meinem Privatleben mache. Ich brauche keinen Vater, James Shufflebotham. Einer hat gereicht. Ich bin jetzt ein erwachsenes Mädchen. Wie wäre es also, wenn du deine gut gemeinten Ratschläge für dich behältst und mir einfach die Aufnahmen aus dem Restaurant zeigst? Je schneller wir Angie die nötigen Beweise liefern, desto eher werden wir bezahlt.«

Doc spielte das belastende Video ab. Während Bev es sich ansah, vergaß sie augenblicklich ihren Ärger. Beim Hantieren an ihrer Handtasche war Jerry gegen das Aufnahmegerät gekommen, sodass der Ton nur gedämpft zu hören war und die Kamera lediglich ein paar großartige Aufnahmen von der Chaiselongue gemacht hatte. Bev spürte, wie das Blut aus ihren Lippen wich und sie zu kribbeln begannen, was nichts Gutes zu bedeuten hatte. »Ich glaub's nicht. Wir haben nichts in der Hand. Ich muss mich noch mal mit ihm treffen.«

»Hör zu. Du bist jetzt auf dich allein gestellt«, sagte Doc und hob seine Hände in die Höhe. »Dieser Typ hat für meinen Geschmack zu viele Beziehungen. Ich will damit nicht sagen, dass ich das Geld nicht brauche, aber du kannst mir jedes Mal nicht mehr als einen Zwanziger zahlen.«

»Hey! Ich gebe dir so viel, wie ich kann, wenn ich was habe, okay? Ich muss die Reise nach London bezahlen. Und ich muss was essen! Mehr als zwanzig kann ich mir momentan nicht leisten. Angie hat versprochen, das Geld lockerzumachen. Wenn sie so reich sind, wie das Bankkonto nahelegt, ist sie in der Lage, mich zu bezahlen, sobald sie Zugriff darauf hat.«

»Ja. Richtig. Vorausgesetzt, dass die Cops ihr Vermögen nicht einfrieren. Aber es geht nicht nur ums Geld. Ich bin vorbestraft, Bev. Falls Fitzwilliam Wind davon bekommt, dass ich mich bei ihm einhacke, wie stehen dann die Chancen, dass man mich verhaftet? Man wird mich einbuchten. Überleg doch mal, was all die Schwachköpfe im Knast mit einem Spargeltarzan wie mir anstellen werden. Diese Typen verputzen mich zum Frühstück! Überleg doch mal, was die Arschlöcher aus meiner Familie sagen werden!«

»Bitte, Doc!« Mit jedem Wort, das zwischen den nach unten gezogenen Mundwinkeln ihres Freundes hervorkam, sah Bev die Möglichkeit schwinden, ihre Kreditkartenschulden und die sich stapelnden Rechnungen zu begleichen.

Er schüttelte bloß den Kopf. »Tut mir leid. Ich bin raus.«

# KAPITEL 16
# Doc

Das Klopfen an der Haustür hörte gar nicht mehr auf. Allerdings klang es nicht so, als würden ihn schlechte Neuigkeiten oder irgendwelche Schläger in Diensten von Jerry Fitzwilliam erwarten, um ihm die Finger abzuschneiden, mit denen er sich in fremde Rechner hackte. Mit pochendem Herzen spähte er durch den Türspion und machte auf. Vor ihm stand Bev mit einer Schachtel in der Hand.

Sie schob sich an ihm vorbei und lief durch den Flur ins Wohnzimmer. »Setz einen Kaffee auf und hol die Jaffa Cakes. Du brauchst was im Magen, wenn du das hier siehst.«

Während Doc die Tür des Schlafzimmers zuzog und betete, dass sie das Chaos darin nicht gesehen hatte, rief er ihr hinterher: »Drei verdammte Tage lang hast du meine Anrufe ignoriert. Ich dachte, du wärst sauer, weil ich gesagt habe, dass ich nicht weiter rumspioniere. Und jetzt kreuzt du quietschfidel hier auf? Warst du wieder auf einer Sexorgie?«

»Halt die Klappe, Doc. Ich habe etwas besorgt.« Bev setzte sich auf das durchgesessene Sofa. Sie schob die Computerzeitschriften und Kifferutensilien auf seinem Couchtisch beiseite und stellte die Schachtel ehrerbietig darauf ab. Sie war in braunes Papier eingewickelt. »Wenn dich das hier nicht von meinem guten Willen überzeugt, dann weiß ich auch nicht.« Sie lächelte immer noch.

Nervös vor Erwartung, nahm Doc neben ihr Platz und starrte auf das Paket.

»Na los«, sagte sie.

Er runzelte die Stirn, und seine flinken Finger machten mit dem notdürftig verpackten Geschenk kurzen Prozess. Es war egal, dass es nicht gebührend mit Schleifchen und Bändchen dekoriert war. Doc rang nach Luft, und ihm wurde plötzlich schwindelig. Er spürte, dass er einen Asthmaanfall bekam. Er durchwühlte das Chaos auf der Suche nach seinem Inhalator und nahm einen tiefen Zug von dem Spray. »O mein Gott. Oh. Mein. Gott.« Er starrte auf das Bild von Darth Maul aus Star Wars – Kopf und Hals aus schwarzen und roten Lego-Steinen waren auf dem Deckel der Schachtel originalgetreu abgebildet, samt Stammestätowierungen der Sith und den Hörnern. »Das ist der heilige Gral aller Star-Wars-Figuren, Mann. Ist dir das klar? Ich meine …« Er öffnete und schloss mehrmals den Mund, während er nach Worten suchte. Er genoss die Endorphine, die durch seinen Körper jagten und ihm das Gefühl gaben, der König der Menschheit zu sein, oder wenigstens, wie er einräumte, ein Lord unter Vollidioten. »Wie zum Henker konntest du dir das leisten? Ich dachte, du wärst völlig abgebrannt. Das ist, also …«

»Sophie und Tim sollen auf ihre Miete ruhig warten«, sagte Bev und sank auf die schwammigen Sofapolster zurück. »Ich habe eine Rechnung für einen Auftrag gestellt, den ich gerade für meinen alten Chef erledige, und ihn gebeten, die Auszahlung zu beschleunigen. Das ist meine Investition in diesen Fall. Wer nicht wagt, der nicht gewinnt. Das ist meine Investition in uns beide.« Sie stieß ihn an und zwinkerte ihm zu. »Das war doch richtig, oder?«

Doc hielt sich die Hand vor den Mund und grinste. »Eine

Darth-Maul-Büste. Eine echte arschseltene Limited-Edition-Darth-Maul-Büste. Mein Gott. Für einen Lego-Süchtigen ist das, als hättest du einem Junkie gerade die Schlüssel zu einem kolumbianischen Kokainlabor überreicht. Du bist der Hammer, Bev.« Am liebsten hätte er sich vorgebeugt und ihr für ihre buchstäblich atemberaubende Geste der Großzügigkeit einen Kuss auf die Wange gegeben. Aber natürlich würde er so etwas niemals tun. Während er das Leuchten in ihren Augen betrachtete, musste er sich eingestehen, dass sie ihn nicht mal hätte bestechen müssen. Am Ende hätte er doch eingelenkt, denn mehr als alles andere wollte er Bev glücklich machen. Er hätte es niemals zugelassen, dass sie sich alleine in Gefahr begab. Aber natürlich würde er ihr all das nicht erzählen, denn Bev trug extra für ihn ausgelatschte alte Turnschuhe und Jeans statt Stöckelschuhen und einer engen Bluse.

»Würdest du dich jetzt bitte in die Cloud dieses Mistkerls hacken? Ich habe mich in Altrincham im Aldi mit ihr getroffen. Mit Angie, meine ich«, fuhr Bev fort. »Sie hatte frische Blutergüsse am Hals, Doc. Er hat sie geschlagen und …«

»Ja, ja.« Während er erneut an seinem Inhalator zog, fürchtete er plötzlich, Bev könnte ihm dieses seltene Lego-Set, nach dem er sich jahrelang verzehrt hatte, ebenso wie ihre Freundschaft wieder entziehen. Er durfte weder das eine noch das andere zulassen. Er hob die Hände in die Höhe. Er konnte es kaum erwarten, sich über die Plastiktüten voller schwarzer und roter Steine herzumachen. »Hey, was immer du willst, ich werde es tun.«

Drei Stunden später – inzwischen waren seine Beine und sein Hintern eingeschlafen, und er hatte drei kräftige Joints durchgezogen – merkte er, dass er dringend eine Toiletten- und Essenspause benötigte. Jetzt saß er mit einer Zwei-Liter-Flasche Cola und einer kalten Fleischpastete an seinem Schreibtisch. Er hatte begonnen, mittels seiner Tastatur durch die Seitenstraßen der Datenautobahn zu navigieren, und fand, dass diese Aktion, falls man ihn erwischte, den Gefängnisaufenthalt wert war – vorausgesetzt, er durfte seine neue Lego-Trophäe behalten. Die Firewall von Jerry Fitzwilliams Internetprovider mochte einem Uneingeweihten sicher erscheinen, aber Doc war ein erfahrener Hacker.

Nachdem er seine Pastete, zwei Tüten Chips und zum Nachtisch eine Packung Schokokugeln verputzt hatte, verschaffte er sich Zugriff auf Jerry Fitzwilliams gesamte elektronische Welt oder zumindest die Welt seines Laptops und seines Computers, die mit der Cloud verbunden waren.

Während er sämtliche E-Mails, Fotos, Dokumente und Kalkulationstabellen auf einen USB-Stick an seinem Computer herunterlud, trällerte er aus vollem Hals ein Lied über brennende Fackeln, religiöse Gesänge und Menschenmassen, die die Bestie anbeteten. Iron Maidens Sternstunde beschrieb perfekt diesen vom Schreibtisch aus errungenen IT-Triumph.

»666 ...« Mit seinen zum Teufelszeichen gekrümmten Heavy-Metal-Fingern gab er dem Bildschirm zu verstehen, dass er das Feuer, die Energie und die Macht hatte, seine böse ...

»Scheiße! Nein!«

Gerade als er den USB-Stick aus der Buchse seines Rechners zog, begann sein Bildschirm, in grellen Neontönen zu flackern, und es liefen unablässig Zeilen beschädigter Codes darüber. Symbole. Buchstaben. Schlimmer als die Zahl des Tieres.

»Scheiße!« Während Doc heftig keuchend seinen Rechner ausschaltete, spürte er, wie die Wärme aus seinem Gesicht wich. Dann schaltete er ihn erneut ein und betete, dass er einwandfrei wieder hochfuhr. Doch der Code schwirrte immer noch über seinen Bildschirm. Lichter blitzten auf.

Doc stöpselte den Rechner aus und starrte auf die Tastatur, als hätte ein Attentäter sie mit Anthrax verseucht.

Er stopfte mehrere Kleidungsstücke in einen Rucksack und klemmte sich sein Telefon zwischen Ohr und Schulter. »Herrgott, geh schon dran.«

Kurz bevor Bevs Mailbox sich meldete, nahm sie schließlich ab. »Wie läuft's, Partner?«, fragte sie in einem fröhlichen, unbekümmerten Tonfall.

»Ich stecke tief in der Scheiße, Bev. Halt den Mund und hör mir zu. Ich habe mich gerade in Fitzwilliams Cloud gehackt. Er hat auf seinen Geräten eine Malware installiert, die jeden infiziert, der ihn hackt. Frag mich nicht, wie. Ich habe keine Ahnung, wie er es geschafft hat, die Cloud zu umgehen. Vermutlich handelt es sich um irgend so einen professionellen Spionage-Scheiß.« Er bekam kaum noch Luft. Erneut wurde ihm schwindelig. Wo war sein Inhalator?

»Beruhig dich, Doc. Hast du zu viel geraucht?«

»Nee. Ich verschwinde jetzt von hier. Ich wette, dass sie dieses verdammte Telefon auch schon angezapft haben.« Er konnte hören, wie seine Stimme in den Hyperdrive hochschaltete und die Worte so schnell herunterrasselte, wie sie ihm gerade in den Sinn kamen. »Sei vorsichtig, Bev.«

Nachdem er Bev erklärte hatte, dass er ihr den USB-Stick zuschicken würde, beendete er das Gespräch, zerlegte das Telefon und zerstörte in der Mikrowelle die SIM-Karte. Das Letzte, was er in eine separate Reisetasche packte, war das Darth-Maul-Set, eine Tüte selbstgezogenes Gras und seine limitierte Vinyl-Ausgabe von Iron Maidens *Killers*. Selbst auf seine Lieblings-CDs von Slipknot konnte er verzichten. *Jeden Augenblick können irgendwelche Ninja vom MI6 die Tür eintreten. Komm schon, Doc. Beeil dich, Mann.*

Bevor er sich auf den Weg machte, um auf der M6 in den ersten Wagen zu steigen, der ihn mitnahm und hoffentlich zum Haus seiner Eltern in der kulturellen Einöde von Chalfont St Giles brachte, stopfte er den USB-Stick in einen gepolsterten Umschlag und adressierte ihn an Bev. Dann klebte er sämtliche Briefmarken aus seinem Portemonnaie auf die Vorderseite und betete, dass der Stick virenfrei war und sie erreichen würde – vorausgesetzt, ihre Post wurde nicht abgefangen und gelesen. Nachdem er den Umschlag am Ende der Straße in den Briefkasten geworfen hatte, hob er den Blick, um nachzusehen, ob irgendwo Überwachungskameras angebracht waren.

»Das soll wohl ein Witz sein«, sagte er, als er in das Objektiv einer Kamera starrte, die am nächstgelegenen Laternenpfahl hing. Offensichtlich war sie direkt auf ihn gerichtet.

Plötzlich hallten Sirenen durch die Luft und kamen rasch näher. Wollten sie zu ihm? Zügig lief er Richtung Washway Road, wo er vielleicht auf einen hilfsbereiten Lkw-Fahrer treffen würde, der auf der M60 nach Süden fuhr.

Er hielt seinen Daumen in die Luft. Sein Herz hämmerte, und seine Brust verkrampfte sich.

Die Polizeiautos waren jetzt in Sichtweite. Mit blinkenden Blaulichtern und heulenden Sirenen fuhren sie nach rechts auf die Hauptstraße. Es war ein ohrenbetäubender Lärm. Sie kamen direkt auf ihn zugerast.

## KAPITEL 17

# Boo

»*Ich bin* launisch?«, sagte Mitch und knallte sein Glas auf den Tisch, sodass das Bier herausschwappte und den Pappuntersetzer durchnässte. »Und anstrengend? Willst du mich verarschen?« Er lehnte sich zurück und sah demonstrativ aus dem Fenster auf den Fluss und das Schloss dahinter. »Wie kommt es, dass du auf anstrengende Typen stehst?«

Obwohl Boo keinen Kater hatte, dröhnte ihr der Schädel. Auch der Lime Soda konnte die immer wieder aufsteigende Übelkeit nicht vertreiben, die durch den Geruch nach billigem Alkohol und gebratenem Fleisch in dem Pub noch verstärkt wurde.

»Hör zu, ich wollte dich nicht beleidigen.« Sie streckte die Hand aus, um zum Zeichen der Reue seinen Oberarm zu streicheln. Sie wünschte, sie könnte ihre Anschuldigungen zurücknehmen. Sie hasste sich dafür, dass sie so ungeschickt mit der Situation umging.

Er riss seinen Arm fort. Starrte weiter zum Schloss hinauf. »Tja, das ist dir aber bestens gelungen. Erst wirfst du mir vor, dass ich die Mädchen an der Bar anglotze, obwohl das gar nicht stimmt. Und jetzt behauptest du, ich wäre launisch und anstrengend.« Schließlich wandte er sich mit glasigen Augen in ihre Richtung. »Das hat mich tief getroffen, denn ich will nichts weiter, als dich glücklich machen.«

»Tut mir leid«, sagte Boo und kam sich vor wie ein altes Auto im Rückwärtsgang. Plötzlich brach der ganze Frust aus ihr hervor, und sie bombardierte ihn ungeachtet ihres inneren Zensors mit Vorwürfen. »Aber ich habe verdammt noch mal gesehen, wie du die Blondine angelächelt hast. Du hast ihr zugezwinkert!«

»Hab ich nicht. Das hast du dir nur eingebildet.«

»Komm schon, Mitch. Das hast du wohl. Du hast ihr auf die Beine gestarrt.«

Er strich Boo über den Arm und lächelte sie erwartungsvoll an, wie ein Hundewelpe, der das Vertrauen seines Besitzers zurückgewinnen wollte. »Ich habe nur Augen für deine Beine, Boo. Tut mir leid, wenn du verärgert bist. Das ist das Letzte, was ich will.« Er nahm einen Schluck aus seinem Glas. Er war bereits bei seinem dritten Bier angelangt und würde erst in ein paar Stunden wieder nüchtern werden. »Aber es macht mich traurig, dass du mich als Lügner beschimpft hast.«

Boos Atem wurde hektischer und passte sich dem Rhythmus ihres Herzschlags an. Ein Schwall Cortisol kühlte rasch das Blut in ihren Adern. Plötzlich wurde ihr schwindelig. Sie ballte ihre Hände zu Fäusten und öffnete sie wieder, damit ihre Fingerspitzen aufhörten, zu kribbeln. Warum musste das jetzt passieren? Als wäre die Situation nicht schon angespannt genug.

*Biete ihm Paroli*, redete sie sich zu. *Er darf diese Nummer nicht weiter durchziehen*. Doch die Tragweite der Situation lastete schwer auf ihrer überspannten Psyche. Am liebsten hätte sie gebrüllt: »Du *bist* ein anstrengender, launischer Mistkerl, und du hast ihr in meiner Gegenwart schöne Augen gemacht. Du steckst voller Scheiße, und du raubst mir die Luft zum Atmen.« Aber stattdessen sagte Boo: »Tut mir leid. Ich weiß, dass du kein Lügner bist. Natürlich weiß ich das. Hör zu, es tut mir ehrlich leid. Okay?« Sie griff nach seiner Hand, denn sie wusste, dass sie ihm von den Neuigkeiten erzählen musste, und zwar schnell. Vielleicht würde der Schock darüber diesen Streit beenden.

Er zog seine Hand fort. »Du machst mir ein schlechtes Gewissen, Boo. Du kannst wirklich grausam sein. Dabei will ich nichts weiter …«

»… als mich zu lieben. Genau. Ja. Hör zu, Mitch.« *Auf geht's. Komm schon, Boo. Spucks endlich aus.* »Ich bin schwanger.«

Mitch verzog das Gesicht, runzelte fragend die Stirn. »Was?« Er sah sie jetzt direkt an, und es schien, als würde er mit seinem Blick ihre Haut und ihre Knochen durchdringen, um ihr ins Herz zu schauen. »Wie das?«

Sie zuckte mit den Schultern. »Ein glücklicher Zufall.«

Würde er ihr das abkaufen?

Boo musste an den One-Night-Stand mit dem Rugby-Arschloch aus der College-Bar denken. Wie war noch mal sein Name gewesen? Hatte er braune oder blaue Augen gehabt? Das hatte damals kaum eine Rolle gespielt. Er hatte sie auf einen Drink eingeladen, und sie hatten beide kurz von sich erzählt. Es stellte sich heraus, dass sie, abgesehen von ihrer Vorliebe für eine Cop-Serie auf HBO, nicht das Geringste gemeinsam hatten. Sie wusste, dass das Rugby-Arschloch überhaupt nicht zu ihr passte, aber sie hatte ihn einige Wochen zuvor kennengelernt, als sie sich in ihrem neuen zweiten Zuhause am College langsam zurechtfand. Er war ebenfalls Studienanfänger und stand verlegen in seiner Tür, in dem Flur, der am weitesten von ihrem Zimmer entfernt war. Am weitesten von Mitch.

Jetzt in dem Pub mit Blick auf den Fluss spürte Boo, wie ihre Wangen zu glühen begannen, als sie sich daran erinnerte, wie sich das, was als lustige Rauferei auf seinem Bett angefangen hatte, während sie von einem LSD-Trip runterkam, schnell in etwas Unheilvolleres verwandelt hatte. Überwältigt von seiner schieren Körpermasse, seinen merkwürdigen hormonellen Ausdünstungen und der Erkenntnis, dass sie keinen Sex haben wollte, obwohl sie bei ihm vor Mitch und seinem Horrortrip sicher gewesen wäre, sagte sie Nein. Nein, tut mir leid. Nein, ich habe es mir anders überlegt. Aber offensichtlich hatte er sie nicht gehört. Denn er machte einfach weiter – nicht, dass er wirklich brutal gewesen wäre, aber er warf sich auf sie, weil er von ihrem Protest oder Widerwillen anscheinend nichts mitbekommen hatte. Nachdem er ihre Beine auseinandergedrückt hatte und in sie eingedrungen war, gab sie keinen Laut mehr von sich. Angesichts ihrer Körpergröße wäre es sowieso zwecklos gewesen, sich gegen einen derartigen Hünen zur Wehr zu setzen. Boo hatte an die Decke gestarrt und in Gedanken gehört, wie ihre Mutter so laut mit ihr schimpfte, als stünde sie in der Ecke des Zimmers und würde sie beobachten. *Du solltest dich geschmeichelt fühlen, dass ein Bursche wie er ein Mädchen wie dich haben will. Du warst immer so undankbar.* Oder waren das nur die Nachwirkungen des LSD-Trips?

Fünf Minuten lang biss Boo die Zähne zusammen, dann war alles vorbei. Bis fünf Uhr morgens lag sie im Bett dieses Typen, dessen Namen sie nicht mal kannte, und machte kein Auge zu, während er schnarchend neben ihr lag.

Da sie überzeugt war, dass Mitch sich um diese Zeit wieder in sein eigenes Drecksloch zurückgeschleppt hatte, zog sie sich hastig an und flüchtete in ihr Zimmer. Sobald sie sich in ihrem notdürftig gemachten Bett verkrochen hatte, wurde ihr klar, dass sie sich nicht erinnern konnte, ob das Rugby-Arschloch ein Kondom benutzt hatte. Verdammt.

Als Boo jetzt dasaß und darauf wartete, dass Mitch angesichts der Neuigkeiten irgendeine Reaktion zeigte, gestand sie sich ein, dass sie die Pille danach nicht genommen hatte, weil sie ein Baby haben wollte. Sie wünschte sich einen Neuanfang und jemanden, den sie bedingungslos lieben konnte, egal, wer der Vater war. Dieses Bedürfnis verdrängte alle anderen Ambitionen, die sie zu Studienbeginn gehegt hatte.

Nach einer quälend langen Minute wich Mitchs Ausdruck völliger Verwirrung und einem zaghaften Lächeln, als würde bei Tagesanbruch die Morgensonne vorsichtig durch schwere nächtliche Gewitterwolken spähen. Er nahm sie in den Arm, und ihr Streit war augenblicklich vergessen. An ihrem Hals liefen heiße Tränen herunter, während er sie festhielt.

»Oh, das ist toll, Boo. Wirklich toll. Mein Gott. Ich werde Vater. Ich bin der glücklichste Mensch der Welt.«

Für einen Moment ließen sie voneinander ab. Boo spürte, wie sich Erleichterung und eine jämmerliche Furcht in ihrem Unterleib zu einem Klumpen formten, als wäre das Baby, das in ihr heranwuchs, jetzt das Epizentrum ihres Bauchgefühls. Mitch tat ihr nicht gut. Mitch gab ihr das Gefühl, lebendig zu sein. Mitch brachte das Beste in ihr hervor. Mitch war ihr Ruin und Untergang.

»Willst du mich heiraten, Boo?«

Am Wochenende darauf fuhr Boo zu ihren Eltern. Sie hatte Angst, ihnen zu erzählen, dass ihr einziges, achtzehnjähriges Kind schwanger war und sich mit einem Hedonisten verlobt hatte, den sie in gleichem Maße liebte und fürchtete.

Der Zug wurde langsamer und fuhr knirschend und quietschend an verfallenen Fabriken, Holzlagern und Hallen mit gebrauchten Reifen vorbei. Schließlich wichen sie den schmutzigen roten Backsteinwänden des verwahrlosten Bahnhofs in dem heruntergekommenen Kaff, das Boo ihr Zuhause nannte.

Als sie aus dem Zug stieg und ihren Koffer auf den Bahnsteig wuchtete, wünschte sie, man würde ihr die Schwangerschaft bereits ansehen, damit ihr die männlichen Reisenden voller Anteilnahme ihre Hilfe anboten. Aber darauf konnte sie im ersten Monat lange warten. Abgesehen von ihren geschwollenen Knöcheln und der ständigen Übelkeit, sah Boo aus wie immer. Sie war ganz bleich im Gesicht und trug eine billige Jeans von Primark, die sich nicht mehr zuknöpfen ließ, dazu eine filzige, alte schwarze Jacke von Top Shop, die über der Brust spannte.

Während sie zum Taxistand eilte, sah sie, wie ihre Mitreisenden am Haupteingang von verzückten Verwandten und Freunden abgeholt wurden.

»Zur 38 Milltown Street, bitte, und können Sie uns helfen, meinen Koffer im Kofferraum zu verstauen? Ich bin schwanger.« Abgesehen von Mitch, war es das erste Mal, dass sie jemandem davon erzählte. Jetzt hatte sie ihr größtes Geheimnis einem Taxifahrer anvertraut, der laut Ausweis Aleksander hieß.

Wortlos musterte Aleksander sie von oben bis unten und dachte sich bestimmt seinen Teil. Unter anderen Umständen hätte Boo ihn mit seinen hohen osteuropäischen Wangenknochen und den grünen Augen vielleicht attraktiv gefunden. Aber sie musste aufpassen, dass sie sich auf der Rückbank seines alten Mazdas nicht übergab.

Ihr Zuhause sah aus wie immer. Das schmale Reihenhaus lag in einer Straße ohne Gärten, in der die Nachbarn, die in der Fabrik, auf der Baustelle oder im Supermarkt arbeiteten, es nicht verstehen konnten, dass ein so netter, ruhiger Fliesenleger wie Boos Vater mit einer lärmenden Alkoholikerin zusammen war, die von sich behauptete, eine Künstlerin zu sein, und furchtbar affektiert redete. Wie immer hing im Wohnzimmerfenster ein Traumfänger, und die Blümchenvorhänge im Schlafzimmer darüber waren schräg zugezogen.

Als Boo alleine auf der Eingangsstufe stand, steckte sie den Schlüssel ins Schloss und öffnete die Tür, woraufhin ihr der Geruch von Terpentin, Ölfarben und Zigarettenrauch entgegenschlug. Es gab kein Begrüßungskomitee für sie. Kein »Boo, mein Schatz, komm rein! Ich setz das Teewasser auf. Du hast uns gefehlt.«

Diese Art von Empfang war anderen Mädchen vorbehalten.

»Hallo?«, rief sie.

Keine Antwort. Doch sie wusste, dass jemand zu Hause war, denn sie konnte das vertraute Kratzgeräusch des Pinsels ihrer Mutter hören, die in dem an das Wohnzimmer angrenzenden Hinterzimmer eine Leinwand beschmierte.

Während Boo mitten in dem schäbigen Wohnraum stand, der an alte Hippie-Zeiten erinnerte, und sich fragte, wie lange ihre alte Dame brauchen würde, um die Ankunft ihrer Tochter zu bemerken, sah sie ihr bei der Arbeit zu. Sie trug einen farbverschmierten Overall und hatte ihr gebleichtes, vom Nikotin gelb verfärbtes Haar zu einem Pferdeschwanz hochgebunden. In der linken Hand hielt sie eine Palette und in der rechten einen langen Pinsel, mit dem sie Farbe auf eine große Leinwand tupfte. Wie konnte sie Boo nur übersehen? Ihre Staffelei stand so vor der Wand, dass sie aus den Augenwinkeln bestimmt den vorderen Bereich des Wohnzimmers wahrnehmen konnte. Wie zum Teufel konnte man eine ein Meter sechzig große Frau, die das Zimmer betrat, nicht bemerken?

Es erübrigte sich, weiter darüber nachzudenken. Auf der Anrichte entdeckte Boo ein Tablett mit einer halbleeren Flasche Billig-Wodka und einem vollen Glas, das mit öligen Fingerabdrücken aus Terpentin und pinkem Lippenstift beschmiert war.

Es war erst zwei Uhr nachmittags. Die Hälfte der Flasche hatte ihre Mutter sich offensichtlich zum Frühstück genehmigt. Entweder war die olympiareife Säuferin wie üblich betrunken oder sie erlaubte sich mit ihrer Tochter einen Scherz. Hatte ihr Boo vom Bahnhof aus keine SMS geschrieben? Ihre Ankunft beim Öffnen der Tür nicht angekündigt? Trotzdem malte ihre Mutter weiter und bekam außerhalb ihrer winzigen Welt im hinteren Wohnraum, den sie ihr »Atelier« nannte, anscheinend nichts mit.

»Ach, da bist du ja!« Endlich drehte sich die blöde Kuh mit dem Pinsel in der Hand zu ihr um. Statt Boo zu umarmen, griff sie nach ihrem Wodka Tonic. Natürlich. »Setz Wasser auf.« Ihre glasigen Augen zeigten nicht den geringsten Anflug von Herzlichkeit. Dort, wo sich die neonpinken Pigmente ihres Lippenstifts nach oben über die faltige Haut verteilt hatten, waren ihre Lippen nur noch eine verschrumpelte rosafarbene Linie. »Dein Dad hat seit dem Frühstück nichts mehr getrunken. Wir wollen doch nicht, dass er dehydriert, oder?«

In diesem Moment wusste Boo, dass es ein Fehler gewesen war, nach Hause zu kommen. Die Ruhe und den Zuspruch, die sie sich erhofft hatte, würde sie hier nicht finden. Nicht bei ihrer Mutter. Vielleicht bei ihrem Vater, falls er denn redete …

Als Boo einen Becher mit starkem Tee in den ersten Stock trug, konnte sie bereits die Ausdünstungen aus dem Schlafzimmer riechen, das ihr Vater, laut Aussage ihrer Mutter, seit Wochen nicht mehr verlassen hatte. Den fauligen Atem. Seinen ungewaschenen Körper, der in Bettzeug gehüllt war, das seit einem Monat die Waschmaschine nicht mehr gesehen hatte. Die abgestandene Luft. Offensichtlich war liebevolle Fürsorge für diese alte Kuh ein Fremdwort.

»Hey, Dad. Ich bin zu Hause. Ich habe einen Becher Tee für dich.«

Abgesehen von einem gelblichen Schimmer, drang kaum Licht durch die knalligen Blümchenvorhänge. Boo konnte das dunkle Haar ihres Vaters sehen, das unter der Bettdecke hervorragte. Neben dem Bett standen mehrere Flaschen mit seinen Medikamenten. Schlief er?

Sie stellte den Tee ab. »Dad«, sagte sie, setzte sich auf die Bettkante und legte sanft ihre Hand auf seine Schulter. Er trug immer noch dasselbe alte U2-T-Shirt wie bei ihrer Abreise zu Beginn des neuen Semesters. Sie beugte sich vor und gab ihm einen Kuss auf seine mit Stoppeln übersäte Wange. »Ich bin's. Boo.«

Als er langsam die Augen öffnete, bemerkte sie seinen wachen Blick, der ihr verriet, dass er die Medikamente nicht genommen hatte. Er lächelte. Dann regte er sich unter der Bettwäsche und richtete sich mühsam auf. »Es ist toll, dich zu sehen, mein Liebling. Du hast mir gefehlt.« Seine Stimme klang heiser, weil er in letzter Zeit kaum gesprochen hatte. Er streckte seine Arme aus. »Ich weiß, ich stinke, aber nimm deinen alten Dad in den Arm.«

Genau das brauchte Boo. Sie ließ sich von ihm in seine kräftigen, behaarten Arme nehmen und hielt wegen seines Schweißgeruchs ein wenig die Luft an. Augenblicklich kamen ihr die Tränen, als die Spannung von ihr abfiel, die sich in den letzten Wochen angestaut hatte. Wegen der Trennung. Der Versöhnung. Des Streits in zugedröhntem, volltrunkenem Zustand. Wegen der Schwangerschaft. Sie erzählte ihrem Dad alles, ohne auf die Einzelheiten des Dates einzugehen, bei dem sie mehr oder weniger vergewaltigt worden war. Und dann erzählte sie ihm von dem Baby.

»Du machst Witze?«, sagte er und nippte an seinem Tee. Die haselnussbraunen Augen hinter den dicken Gläsern seiner Hornbrille wurden noch größer als sonst. »Ein Baby? In welchem Monat bist du? Ist es ein Junge oder ein Mädchen? Mein Gott, Boo!«

Boo zog ein Papiertaschentuch aus der Schachtel neben seinem Bett und trocknete sich die Augen. »Das weiß ich noch nicht, Dad. Es ist noch ganz früh.«

»Wirst du es behalten?« Er blinzelte heftig. Seine dunklen Augenringe verrieten, dass er kaum geschlafen hatte, obwohl er sich seit Wochen weigerte, das Bett zu verlassen. Seit wann nahm er seine Medikamente nicht mehr?

»Ja. Obwohl ich keine Ahnung habe, wie ich das mit der Uni und allem anderen schaffen soll.«

Er drückte ihre Hand. »Wir kriegen das schon hin, Töchterchen. Daddy ist für seine kleine Boo Boo da, egal, in welchen Schwierigkeiten sie steckt. Wir sind ein Team, du und ich. Oder?«

»Und ob.«

Sie schmiegte sich erneut an den warmen Körper ihres Vaters, und es fühlte sich genauso wie damals an, als sie mit ihm als kleines Mädchen gekuschelt hatte.

»Was denkst du?«, fragte sie nach einer Weile und blickte zu seinem stoppeligen Gesicht hoch.

Er schaute zu ihr hinunter und lächelte, worauf sich seine Augenfältchen kräuselten. Es war sehr lange her, dass sie ihn so gesehen hatte.

»Das ist toll, mein Liebling«, sagte er und grinste sie an, sodass seine Zahnlücke zum Vorschein kam. »Ein Baby in der Familie. Stell dir nur vor! Das ist großartig.«

In dieser Nacht schlief Boo in ihrem Kinderbett tief und fest, obwohl sie mit ihrer Mutter im Erdgeschoss ein nervtötendes Essen mit einer Bestellung vom Chinesen verbracht hatte, bei dem die alte Hexe unablässig über sich selbst geredet hatte, wenn sie Boo gerade mal nicht als »dämliches Flittchen« beschimpfte, weil sie sich hatte schwängern lassen. Aber die Gewissheit, dass ihr Dad auf ihrer Seite stand, war genau das, was Boo sich erhofft hatte. Vielleicht würde ihn ein Enkelkind, um das er sich kümmern konnte, ein für alle Mal aus seiner Depression reißen.

In ihren Träumen kehrte Boo wieder in ihre Kindheit zurück, in eine Zeit, als ihr Vater noch glücklich war. Ein Fliesenlegermeister, der seinen eigenen Betrieb aufbaute und für seine Familie sorgte. Der stets da war, um mit ihr zu reden oder zu spielen, weil er in aller Herrgottsfrühe anfing, zu arbeiten, und früh Feierabend machte. Er hatte Selbstachtung und ein Ziel im Leben gehabt. Er war immer jemand gewesen, der sich einen Dreck um die Meinung anderer Leute scherte.

Als Boo aufwachte, sprang sie aus dem Bett und tätschelte sich den Bauch. »Auf uns wartet eine tolle Zeit, Kleines«, sagte sie. »Dad wird wieder gesund, ich werde Mitch heiraten, und seine Rolle als Vater wird den Arsch zurechtstutzen. Alles wird gut. Vielleicht kann ich weiter das College besuchen. Dich zu den Vorlesungen mitnehmen.«

Da es unten noch still war, nahm Boo an, dass außer ihr noch niemand wach war, und weil sie einen Mordshunger hatte, schlich sie sich hinunter ins Erdgeschoss.

Das Erste, was sie von der Treppe aus sah, waren die baumelnden Füße ihres Vaters. Während Boo langsam nach unten ging, kaum imstande, zu atmen, und erfasst von einer eisigen, lähmenden Furcht, erblickte sie seine Beine, die in einer karierten Schlafanzughose steckten. Schließlich stand sie in der Tür zum Wohnzimmer und betrachtete das grauenvolle Bild, das sich dort bot. Sie bemerkte den umgekippten Stuhl unter dem Körper ihres geliebten Vaters. Seine Haut hatte sich inzwischen grau verfärbt, und er hing leblos an einem kompliziert geknoteten Stromkabel. Irgendwie hatte er es um den Stützbalken aus Holz geschlungen, der den Wohnraum in zwei Hälften teilte. Mitten auf dem Kaminsims lag ein weißer Umschlag, auf dem in seinen markanten Druckbuchstaben »Boo« geschrieben stand.

Ihr Held, ihr bester Freund, der einzige Elternteil, den sie je geliebt hatte, war tot.

# KAPITEL 18

# Bev

»Das ist alles gelogen!«, schrie Bev, als sie aus einem zu lebhaften Traum erwachte, einem wiederkehrenden Albtraum von ihrer Entlassung bei BelNutrive, in dem sie jedes Mal, wenn sie dem Aufsichtsrat gegenübertrat, nur ihren übergroßen Menstruationsslip und eine Pudelmütze trug.

Sie wischte sich die Spucke aus dem Mundwinkel und rieb sich den Kopf an der Stelle, mit der sie unbequem am kalten Wagenfenster gelehnt hatte und den größten Teil der … Sie warf einen Blick auf ihre Uhr …

»Fünf Stunden?! Das soll wohl ein Witz sein?«

Sie wischte über die beschlagene Scheibe und konnte undeutlich die Doppelhaushälfte aus den 1930ern erkennen, zu der sie Jerry Fitzwilliam gefolgt war. Bev schmatzte mit den Lippen und rückte die rote Perücke zurecht, die schief über ihrem linken Auge hing, als wäre diese ebenfalls unversehens eingeschlafen. Sie brauchte dringend einen Kaffee und musste auf die Toilette. Sie überflog das Gekritzel in ihrem Notizbuch, um zu sehen, ob sie irgendwann am gestrigen Abend eine geniale Eingebung gehabt hatte, und versuchte die Ereignisse der Nacht zu rekonstruieren.

Am späten Nachmittag hatte Angie ihr in einer SMS mitgeteilt, dass ihr Mann schließlich aus London zurückgekehrt war. Von seinem Haus aus war Bev Fitzwilliam zum Büro seines

Wahlkreises in Cheshire gefolgt, das über dem Second-Hand-Möbelladen einer gemeinnützigen Gesundheitsorganisation lag.

Am frühen Abend hatte der Wissenschaftsminister des Schattenkabinetts seine Wahlkampfzentrale dann wieder verlassen und war in Richtung Norden zur langweiligsten Straße von ganz Stockport gefahren, die von gleichförmigen, gepflegten roten Backsteinhäusern gesäumt wurde. Was hatte er dort gewollt? Wer war der Besitzer dieses Hauses mit unscheinbaren Jalousien und wuchernden Bambuspflanzen im Vorgarten?

*Hat er eine Geliebte?*

Mehr hatte sie dazu nicht notiert, während sie ihn von ihrem Ersatzwagen aus observierte. Der Rest der Eintragungen bestand aus einem ersten Konzeptentwurf für ihren neuen Job als freie Mitarbeiterin der Marketingabteilung – vier Seiten herzergreifender Text für den neuen Jahresbericht der Wohltätigkeitsorganisation. Sie würde ihn das nächste Mal, wenn sie in London war, Graham und seinem Fundraising Director vortragen, unterfüttert mit einigen Grafiken, die sie in Auftrag gegeben hatte. Das half ihr bei der anstehenden Aufgabe kaum weiter.

»Bev, Bev, Bev, du Trantüte.«

Falls Jerry Fitzwilliam irgendwann in der Nacht in der heimlichen Umarmung einer Geliebten am vorderen Schlafzimmerfenster der Doppelhaushälfte aufgetaucht war, dann war ihr das völlig entgangen. Zusammen mit der Gelegenheit, fotografische Beweise für seine Unfähigkeit zu sammeln, den Schwanz in seiner maßgeschneiderten Hose zu lassen. War er inzwischen wieder gegangen? An ihr vorbeigelaufen oder -gefahren und hatte sie entdeckt? Selbst wenn das der Fall war, hätte er sie mit ihrer Perücke bestimmt nicht erkannt, während sie hinter beschlagenen Scheiben auf dem Fahrersitz eines kackbraunen Ford Fiesta kauerte. Schon gar nicht, da sie völlig ungeschminkt war.

Sie begutachtete sich im Schminkspiegel der Sonnenblende. Während sie sich mit den Händen über die bleichen Wangen fuhr, bemerkte sie ihre dunklen Augenringe und die parallel verlaufenden Furchen, die sich erst kürzlich tief in ihre Stirn gegraben hatten. »Was für ein Anblick. Du siehst steinalt aus. Aber immerhin siehst du nicht aus wie Cat Thomson.«

Sie begann, zu zittern, und sie begriff, dass es Zeit war, nach Hause zu fahren, wo eine heiße Dusche und ein Frühstück auf sie warteten. Seufzend nahm sie die Perücke ab, kratzte sich am Kopf und gähnte. Als sie die Stirn runzelte, wurden die Furchen auf ihrer Stirn noch tiefer. Seit mittlerweile zwei Tagen war Doc telefonisch nicht mehr zu erreichen. Allmählich machte sie sich Sorgen. Der gepolsterte Umschlag, den er ihr versprochen hatte, war immer noch nicht eingetroffen. War es tatsächlich möglich, dass ihre Post abgefangen wurde?

Als sie auf die M60 fuhr, veränderte sich die Landschaft. Bev war froh, die engen, abschüssigen Straßen von Stockport hinter sich zu lassen, mit den riesigen, düsteren stillgelegten Fabriken am Horizont, deren Ruinen Zeugnis von der industriellen Vergangenheit der Stadt ablegten. Sie raste an den Autohäusern und Wegweisern Richtung Cheadle entlang und bog auf die M56 ab, die sie an dem tristen Wythenshawe mit dem verheißungsvollen Flughafen vorbeiführte. Zuhause. Es war zwar nicht ihr Zuhause, aber es war okay.

Als sie in die Auffahrt einbog, sah Bev in der Ferne den Postboten mit seiner Signalweste und der roten Umhängetasche die Straße hinunterlaufen. *Kommt er, oder geht er? Ist Docs Päckchen eingetroffen*? Sie stieg aus dem Wagen und richtete sich stöhnend auf. Ihre steifen Beinmuskeln taten höllisch weh.

»Wieder unterwegs gewesen?«

Bev zuckte zusammen und stieß einen kurzen Schrei aus. Griff sich an die Brust und kicherte nervös. »Mein Gott, Soph. Du hast mir vielleicht einen Schreck eingejagt. Wo zum Henker bist du auf einmal hergekommen?« Bev hatte nicht bemerkt, dass ihre Freundin und Vermieterin in dem an die Auffahrt angrenzenden Blumenbeet hockte. Sie hielt einen Topf mit einer Petunie in der Hand, und neben ihr stand eine Palette mit Pflanzen in ebenso leuchtend bunten Farben.

Sophie deutete auf die Schale. »Ein Spontankauf.«

»Ich dachte, ihr hättet einen Gärtner«, sagte Bev.

»Sie sind so farbenfroh, da konnte ich nicht widerstehen.« Sophie richtete sich auf, streifte ihre Gartenhandschuhe ab und strich die nicht vorhandene Erde von ihrer rosafarbenen, knöchelfreien Hose. »Tim ist mit den Kindern in den Park gegangen, und wir haben traumhaftes Wetter, da …«

»Traumhaft, ach ja? Ich bin völlig durchgefroren.« *Niemand verrichtet in pastellfarbenen Hosen Gartenarbeit*, dachte Bev. *Trägt sie ernsthaft Turnschuhe von Prada?*

»Eigentlich siehst du ja wie diejenige aus, die im Garten gearbeitet hat«, sagte Sophie kichernd und deutete auf die Kaffee- und Schokoladeflecken auf Bevs Jeans.

»Bei meinem Job bleibt es nicht aus, dass man sich schmutzig macht«, sagte Bev und unterdrückte das Verlangen, ihrer Freundin eine Grimasse zu schneiden.

»Soll ich uns einen Kaffee aufsetzen?«, fragte Sophie, löste ihren Pferdeschwanz und steckte ihre blonden Locken zu einem Dutt hoch. »Du hast mir immer noch nicht erzählt, wo du neulich Nacht so aufgedonnert hingefahren bist.«

Bev ignorierte Sophies Versuch, irgendwelchen Klatsch in Erfahrung zu bringen, als sie hörte, wie sich der Briefkasten des Nachbarn quietschend öffnete und klappernd wieder zufiel. Hinter den Sträuchern konnte sie den Kopf des Postboten auf und ab hüpfen sehen. Er kam in ihre Richtung und marschierte die Kiesauffahrt entlang, stemmte sich mit gekrümmtem Rücken gegen das Gewicht seiner ausgebeulten roten Umhängetasche.

»Morgen! Haben Sie was für mich?«, fragte Bev. »Für die Souterrainwohnung.«

»Tut mir leid. Heute nicht.« Er reichte Sophie einen Stapel Briefe.

»Ich erwarte ein kleines Päckchen. Ein Freund von mir hat es vor vier Tagen abgeschickt. Es müsste inzwischen bei mir eingetroffen sein.«

Der Postbote durchwühlte seine Tasche und schüttelte den Kopf. »Hier drin ist nichts für Sie.« Er kniff die Augen zusammen. »Aber ich habe gestern ein Päckchen zugestellt. Für die Souterrainwohnung. War das nicht das Päckchen, auf das Sie gewartet haben?«

Bev runzelte die Stirn. »Ein Päckchen. Welches Päckchen?«

Der Postbote deutete mit dem Kopf auf Sophie. »Ich habe es Ihrer Mitbewohnerin gegeben.« Er zuckte mit den Achseln. »Auf Wiedersehen.«

Er marschierte zügig davon und ließ Bev allein mit Sophie zurück. »Du hast ein Päckchen für mich angenommen und mir nichts gesagt?« Sie knirschte mit den Backenzähnen.

Sophies blasse Haut war rot angelaufen. »E-es liegt in der Küche. Tut mir leid. Ich habe es völlig vergessen.« Sie biss sich auf die Lippe und blinzelte hektisch.

»Meinst du, du könntest es mir vielleicht geben? Sofort!«

Bev folgte ihrer Freundin die Treppe zum Haupthaus hinauf und weiter in die Küche, wo Sophie einen kleinen gepolsterten

Umschlag aus ihrer Ablage holte, in der sich Rechnungen, Visitenkarten von Handwerkern, Schulbriefe sowie anderer Papierkram der Familie stapelte. Als Bev ihr den kleinen senfgelben gepolsterten Umschlag aus der Hand riss, sah sie, dass auf der Vorderseite, zusammen mit viel zu vielen Briefmarken, Docs Handschrift prangte.

Sie drehte das Päckchen um und bemerkte die notdürftig zugeklebte Lasche. »Du hast es geöffnet.« Das war eher eine Feststellung als eine Frage. Sophies rot angelaufenes Gesicht verriet Bev alles, was sie wissen musste. »Du hast meine verdammte Post geöffnet und hattest nicht mal den Anstand, sie mir auszuhändigen?!«

Sophie wandte sich ab und schüttete Kaffeebohnen in die Maschine. »Tut mir leid«, sagte sie mit leiser Stimme. »Ich dachte, es wäre für mich.«

»Schwachsinn!« Bev schlug auf die Marmoroberfläche der Kücheninsel. »Auf der Vorderseite steht in großen Druckbuchstaben Beverley Saunders, mit dem Hinweis ›Streng vertraulich‹. Wie kannst du nur dastehen und mir erzählen, du dachtest, es wäre für dich? Gibs zu, du schnüffelst in meinen Sachen herum!«

Ihre Freundin stand immer noch dem glänzenden Spritzschutz aus Glas zugewandt. »Tu ich nicht.«

»Dreh dich wenigstens um, wenn du mich schon anlügst, Sophie! Sieh mir in die Augen, und sag mir, dass du nicht in meiner Wohnung warst. Du hast meinen Origami-Kranich genommen, oder?«

Endlich schaute ihre Freundin sie an. Ihr hübsches Gesicht hatte sich zu einem gekränkten Ausdruck verzerrt. Ihre zusammengekniffenen Augen signalisierten Unverständnis. »Ich war *nicht* in deiner Wohnung.« Sie schüttelte den Kopf. »Ausgeschlossen! Nicht ohne deine Aufforderung. Kein einziges Mal, ich schwörs. Und ich habe auch nicht dein Origami … Dingsda. Aber ich gebe zu, dass ich *aus Versehen* dein Päckchen geöffnet habe, und das tut mir leid.« Sie verschränkte ihre schmalen Arme fest vor der Brust. »Ich habe es schlicht und einfach versäumt, es dir auszuhändigen, und dafür möchte ich mich entschuldigen.«

»Lügnerin!«

»Wie nett. Ich biete dir ein Zuhause, die Chance auf einen Neubeginn und verschaffe dir einen bezahlten Job, und wie dankst du es mir? Indem du mich beleidigst.«

Als sich Sophies Augen plötzlich mit Tränen füllten, war Bev irritiert. Was sollte der Schwachsinn?

»Hör auf, zu weinen!«, sagte sie und musste sich zusammenreißen, um ihre Freundin nicht in den Arm zu nehmen. Offensichtlich wollte sie ihr Mitgefühl erregen, damit Bev aufhörte, sie abzukanzeln. »Ich habe etwas überreagiert. Ich glaube dir. Okay?«

Sophie tupfte sich mit einem Streifen Küchenrolle die Augen ab. »Es ist schon schlimm genug, vor Tim Geheimnisse zu haben. Er würde ausrasten, wenn er wüsste, dass ich Angie dabei helfe, seinen besten Freund zu verlassen. Er würde das als Verrat an Jerry empfinden, und Tim hat eine klare Meinung, was das Thema Scheidung betrifft. Er ist nie über die hässliche Trennung seiner Eltern hinweggekommen.« Sie flüsterte Bev verschwörerisch zu: »Nach allem, was man so hört, war mein Schwiegervater ein schrecklicher Ehemann. Ich meine, wirklich schrecklich!« Ihre weit aufgerissenen Augen deuteten an, dass er unzählige Male auf übelste Weise sein Ehcgelübde verletzt hatte.

Bev warf einen kurzen Blick auf den USB-Stick in dem Umschlag. Sie fand nicht, dass sie in der Designerküche ihrer

Freundin und Vermieterin stehen musste, um sich anzuhören, dass sie sich ungerecht behandelt fühlte und es dem armen Tim so schlimm ergangen war. »Können wir später darüber reden, Soph? Ich habe zu arbeiten.«

»Aber dein Kaffee!«

»Später. Und versuch erst gar nicht, mich über Angies Fall auszuquetschen. Sie ist eine Klientin. Das ist vertraulich.«

»Das mach ich nicht!«

»Okay. Und hör auf, meine Post zu öffnen.«

Bev eilte die steile Steintreppe hinunter, die aus dem altmodischen Prunk der Familienwohnung in die nüchterne, zweckmäßige Dunkelheit ihrer Wohnung darunter führte, stürzte durch die Eingangstür und nahm den Stick aus dem Umschlag.

»Bingo.« Ehrfurchtsvoll, als wäre es der Heilige Gral, hielt sie den unscheinbaren Stift aus Plastik und Metall vor sich in die Höhe. »Du Prachtstück. Gut gemacht, Doc.«

Sie wollte den Stick gerade in den USB-Anschluss ihres Laptops stecken, als sie innehielt und sich fragte, ob er es mit derselben Malware wie Docs Rechner infizieren würde. Wenn dieser blöde Mistkerl nur ans Telefon gehen würde. Da Doc ein Faible für gut durchdachte Verschwörungstheorien und eine tiefe Abneigung gegen Autoritäten hegte, hatte er seine SIM-Karte und sämtliche Verbindungen dazu inzwischen bestimmt zerstört. Bev hatte weder die Festnetznummer seiner Eltern noch irgendeine Adresse, vorausgesetzt, er war zu ihnen gefahren.

Während sie sich einen Becher Kaffee zubereitete und zwei Scheiben Toast mit Honig schmierte, überlegte sie, was auf ihrem Laptop unersetzbar war. Sie kam zu dem Schluss, dass sie eigentlich von allem eine Sicherungskopie erstellt hatte. Selbst der Laptop konnte im Versicherungsfall ersetzt werden, falls sie zufällig einen vollen Kaffeebecher darüber ausschüttete oder es von ihrer Frisierkommode stieß. All das war entbehrlich, erst recht, wenn das bedeutete, dass sie womöglich Zugang zu den belastenden Informationen bekam, die sie gegen einen korrupten, gewalttätigen Schwachkopf wie Jerry Fitzwilliam benötigte.

»Stell dich deiner Angst, Bev«, sagte sie und steckte den Stick in die Buchse.

Sie machte sich darauf gefasst, dass ihr Computer mit einer schlimmen virtuellen Seuche infiziert wurde, aber zu ihrer Erleichterung stellte sie fest, dass nicht das Geringste passierte. Entweder hatte ihre Antivirensoftware den Laptop vor irgendwelchen auf dem Stick versteckten Inhalten geschützt oder die Malware hatte auf Docs Rechner Schiffbruch erlitten.

»Um Himmels willen, hör auf, Fragen zu stellen.« Sie setzte ihren kochend heißen Kaffee ab. »Manchmal hält das Universum bereit, was du brauchst, Mädchen.«

Und das tat es. Doc hatte recht gehabt. Er hatte die Schatzkarte gestohlen und den vergrabenen Schatz gefunden. Word-Dateien, Kalkulationstabellen und, was am wichtigsten war, E-Mails. Mit klopfendem Herzen erkannte Bev sofort, dass Jerry auch bei der Halifax und der NatWest ein Konto hatte. Er verfügte über jede Menge Unternehmensbeteiligungen, alles legal, wenn man nicht danach fragte, wie ein Abgeordneter es sich mit seinem bescheidenen Gehalt leisten konnte, mehrere Millionen Pfund zu investieren, und wie er an eine astronomisch hohe Hypothek auf das Haus in Hale gekommen war.

»Spartacus Holding, wie?«

Als Bev seine E-Mails überflog, stieß sie nicht nur auf eine Korrespondenz mit Matthew Stephens von Stephens Biotech, sondern auch mit weiteren Geschäftsführern von börsennotierten Forschungs- oder Technologieunternehmen. Eine kurze Recherche auf Google ergab, dass sie alle lukrative Regierungsaufträge erhalten hatten, um die Armee mit ihren Produkten zu beliefern, oder man ihnen riesige Summen öffentlicher Gelder für Forschungsprojekte zugesprochen hatte. Jedes Mal war Fitzwilliam im Parlament ihr wichtigster Fürsprecher gewesen. Aber nachdem Doc die Kontoauszüge von Coutts zutage gefördert hatte, kam ihr das wie Schnee von gestern vor. Etwas anderes erregte Bevs Aufmerksamkeit.

An: stan8055@gmail.com
Von: jfitzw@yahoo.co.uk.
Betrifft: Einkaufsliste

Hey, Stan. Hier die Liste fürs Wochenende. Wir brauchen eine große Packung Zucker und ein Milchlamm. Achte darauf, dass das Fleisch schön zart ist. Vielleicht besser zwei Lämmer, wenn ich es mir recht überlege. Einer der Männer hat außerdem um dunkles Fleisch gebeten. Er hat mal Lust auf was anderes. Liefer die Sachen an die übliche Adresse.

J.

Alle paar Wochen hatte Jerry an eine Person namens Stan eine ähnliche Mail geschickt. Jedes Mal hatte er Zucker angefordert. Stets war in den Mitteilungen von Frischfleisch, Milchlämmern oder zarten Hühnchen die Rede.

Stan, bitte achte darauf, dass das Fleisch, das du schickst, möglichst zart ist. Die letzte Lieferung war zäh und schwer verdaulich. Ich steh nicht auf Hammelfleisch.

Wir brauchen Lammkarrees, außerdem helles und dunkles Fleisch. Und nach Möglichkeit viel Blattgemüse.

»Mädchen«, sagte Bev. »Er fordert minderjährige Prostituierte an. Jungfrauen vielleicht? Ich wette, sie treiben mit ihnen Handel. Igitt. Du Drecksack.«

Während sie auf ihrem Toast herumkaute, las sie, wie Fitzwilliam in weiteren E-Mails darum bat, Ernie solle ebenfalls vorbeikommen. War das eine Umschreibung für Ecstasy? Der Zucker stand ziemlich sicher für Koks. Nachdem Bev jahrelang den X-S Club und ähnliche Orte besuchte hatte, erkannte sie einen Code, wenn sie ihn vor sich hatte.

»Du hast in London einen Unterschlupf, oder, du Stück Scheiße?«, sagte sie und scrollte durch seine konspirativen Absprachen mit Stan, dem geheimnisvollen Dealer und Zuhälter. Bev konnte sich nicht mehr erinnern, ob Sophie gesagt hatte, dass Tim immer noch die Zweitwohnung in London besaß, die er zusammen mit Jerry gekauft hatte, und machte sich eine Notiz, sie deswegen zu befragen. Außerdem musste sie sich möglichst bald mit Angie in Verbindung setzen. Falls ihre Klientin nicht mal wusste, bei welchen Banken ihr Mann ein Konto hatte, wie wahrscheinlich war es dann, dass sie den Vertrag für eine geheime Unterkunft in London zu Gesicht bekommen hatte? Womöglich war die Unterkunft über eine Verwaltungsbehörde in Westminster als Dienstwohnung angemietet worden.

Die Verwicklungen dieses verdammten Falls kamen der erschöpften, zerzausten Bev in diesem Moment unentwirrbar vor. Mehr als alles andere wünschte sie sich Doc an ihrer Seite, um sich bei ihm auszuheulen.

»Du bist auf dich allein gestellt, Kleine«, sagte sie sich, während ein Gefühl der Einsamkeit und des Verlusts an ihr nagte, das sie zu verschlingen drohte, falls sich ihr Leben nicht bald änderte.

Sie spürte, wie sich in ihren Augen brennend heiße Tränen sammelten, und wollte ihren Laptop schon zuklappen und unter die Dusche gehen, als sie die Betreffzeile über einer der aktuelleren E-Mails von Stan bemerkte.

Tatjana

Sie war als Nachricht mit hoher Priorität markiert.

Stan,

du ignorierst meine Anrufe. Was haben sie mit Tatjana gemacht? Was ist mit den Filmaufnahmen passiert?

J

Bev verspürte ein bohrendes Gefühl in der Magengrube. Nach der erneuten Lektüre der Nachricht war sie überzeugt, dass Jerry Fitzwilliam ein noch dunkleres, unheilvolleres Geheimnis hatte und dass irgendwo die Beweise nur darauf warteten, entdeckt zu werden.

# KAPITEL 19

# Angie

»Jerry besitzt also eine Zweitwohnung in London?«, fragte Bev. Die Verbindung war so schlecht, dass ihre Stimme von einem Knistern begleitet wurde. »Übernachtet er dort, wenn er im Parlament ist?«

»Du liebe Güte, nein. Das soll wohl ein Witz sein«, sagte Angie. »Heutzutage erhalten Abgeordnete nur einen bescheidenen Mietkostenzuschuss, darum hat er einen kleinen Lastkahn in Surrey Quays gemietet. Im Winter ist es da kalt wie in einem Gefrierfach.«

»Jerry haust ohne jeden Komfort auf einem Lastkahn? Du verarschst mich doch. Bist du schon mal da gewesen?«

»Ein- oder zweimal«, sagte Angie und spielte an einer Perle ihrer Halskette wie an einem Rosenkranz herum. Sie beugte sich vor und stützte sich mit den Ellbogen auf der Arbeitsfläche ihrer Kücheninsel ab, während sie möglichst leise sprach, damit die Kinder sie nicht hörten. »Er sagt, dass er bei der Arbeit nicht gestört werden will, und um ehrlich zu sein, der Aufenthalt in einem beengten, undichten Kahn entspricht nicht unbedingt meiner Vorstellung von einem romantischen Kurzurlaub.«

»Du besuchst ihn also nicht? Aber das ist London!«

»Natürlich fahre ich ab und zu runter. Um ins Theater zu gehen, zu shoppen oder mir mit den Kindern irgendwelche Sehenswürdigkeiten anzusehen. Aber wir übernachten im Haus einer Freundin oder im Hotel. Auf dem Kahn gibt es nur Schlafmöglichkeiten für zwei Personen.« Angie spürte ein nervöses Jucken ihrer Haut. Sie warf einen Blick auf die große Wanduhr. Es war halb elf Uhr vormittags. Sie war für ihr Treffen mit Sophie spät dran. »Aber selbst, wenn Jerry für eine Bank arbeiten und sich mit Tim die Wohnung in Clapham teilen würde, würde das nichts ändern. Arbeit ist Arbeit, und Privatleben ist Privatleben. Beide sind strikt voneinander getrennt.«

»Hat er die gemeinsame Wohnung mit Tim inzwischen verkauft?«

»Ja. Ich glaube schon.«

»Du glaubst es?«

»Ja. Da bin ich mir sicher. Glaube ich.«

»Er besitzt also definitiv keine Zweitwohnung in London? Bist du dir da absolut sicher? Vielleicht zusammen mit einem alten Arbeitskollegen? Oder um sie sich mit anderen Abgeordneten zu teilen?«

»Das habe ich dir doch gesagt. Nein!«, brüllte sie. Dann sagte sie leiser: »Nein. Nicht, dass ich wüsste. Warum ist das so wichtig? Glaubst du, dass er eine Wohnung besitzt, von der ich nichts weiß?«

Bev zögerte so lange mit einer Antwort, dass Angie einen Blick auf die Balkenanzeige ihres Telefons warf, um zu sehen, ob die Verbindung erneut unterbrochen war. Schließlich sagte Bev etwas. »Nennen wir es eine Ahnung. Okay? Kannst du ihn nicht einfach fragen?«

»Sei nicht albern.«

»Du könntest die Frage nebenbei in einem Gespräch fallen lassen, oder? Zumal er die Kontrolle über die Finanzen hat. Sag, du hättest im Fernsehen eine Sendung über Zweitwohnungen gesehen, und frag ihn …«

»Er wird den Braten riechen oder denken, dass ich eine spitze Bemerkung über seine Handhabung der Familienfinanzen mache.«

»Du hast ein Recht darauf, zu erfahren, ob ihr in London eine verdammte Wohnung besitzt. Frag ihn danach!«

Wie sollte eine streitbare, unabhängige Powerfrau wie Bev verstehen, was für ein Leben Angie führte? Was es bedeutete, mit einem Mann wie Jerry verheiratet zu sein? Bev hatte nicht die geringste Ahnung!

»Das traue ich mich nicht.« Angie presste das Telefon gegen ihr Ohr und strich sich sanft über eine zarte Narbe an ihrem Wangenknochen. Dort hatte Jerry sie gegen Ende ihrer zweiten Schwangerschaft geschlagen, weil sie ihn, ermutigt durch die Hormone in ihrem Körper, gefragt hatte, warum er, nach Parfüm riechend, um drei Uhr nachts nach Hause zurückgekehrt war. Das war der Wendepunkt in ihrer Beziehung gewesen. Damals hatte sie begriffen, dass sie sich von Jerry Fitzwilliam trennen musste, wenn er bereit war, seine schwangere Frau zu verprügeln, weil sie ihm die berechtigte Frage stellte, warum er eine Verabredung fürs Kino versäumt hatte und acht Stunden lang verschwunden gewesen war. Das einzig Tröstliche war die Tatsache gewesen, dass er dafür bezahlt hatte, die Wunde an ihrem Wangenknochen von einem plastischen Chirurgen nähen zu lassen.

Zum Glück war der zweifelnde, ungläubige Klang in Bevs Stimme jetzt einem nachgiebigeren Tonfall gewichen. »Ich denke dabei bloß an dich, weißt du? Jerry besitzt eine Menge Geld, von dem du nichts wusstest, außerdem mindestens eine Firma, die auf deinen Namen läuft. Ich nehme doch an, dass du davon nichts gewusst hast, oder? Jedenfalls liegt es nahe, dass ein Mann wie er auch ein paar Immobilien besitzt. Ich habe das so im Gefühl, Angie. Wenn du den Vertrag über eine Zweitwohnung findest, verfügst du über einen Aktivposten, von dem dir die Hälfte zusteht. Außerdem bin ich gerade auf dem Weg nach London. Ich kann den Frachtkahn aufsuchen oder irgendeinen anderen Ort, an dem er übernachtet. Wenn du mir die Adressen besorgst, ist es kein Problem für mich, herumzufahren und seine Altpapiertonnen zu durchwühlen. Falls er unvorsichtig wird, sobald er von zu Hause fort ist. Wer weiß, was er alles unabsichtlich wegwirft? Verträge, Angie. Durchsuch noch mal seinen Aktenschrank. Nur, um sicherzugehen.«

Aber Angie wusste, dass die Tür zu Jerrys Arbeitszimmer abgeschlossen war. Außerdem hatte er das Fenster jetzt von innen verriegelt. Sie war sich sicher, dass er ihr auf die Schliche gekommen war.

Sie könnte Sophie fragen. Vielleicht konnte die ihr weiterhelfen. Doch es war sehr viel wahrscheinlicher, dass Tim von Jerrys Geheimnissen wusste. Allerdings war es riskant, ihn zu befragen. Hatte Jerry Tim womöglich anvertraut, dass Angie Anzeichen von Unzufriedenheit zeigte? Wenn sie anfing, Tim Fragen zu stellen, ahnte er dann vielleicht, dass sie nichts Gutes im Schilde führte? Sie musste unauffällig vorgehen und sich natürlich verhalten. Beiläufig ihre Fragen stellen. Aber war sie einer derartigen Aufgabe gewachsen?

Während Angie, umgeben von häuslichen Einrichtungsgegenständen aus Hochglanzmagazinen, dastand, starrte sie mit leerem Blick zu ihren Kindern in der Spielecke hinüber. Poppy hockte auf ihrer gepolsterten Matte und kaute auf einem Duplo-Stein herum, und Benjy, der sich beharrlich weigerte, seine Kindertafel zu benutzen, bemalte mit rosafarbener Kreide die frisch gestrichene Wand. Insgeheim gestand Angie sich ein, dass sie keine Kontrolle über ihre Ehe hatte. Keine Kontrolle über ihr Zuhause und auch keine Kontrolle über ihre Kinder, weil Gretchen immer noch im Urlaub war, nachdem sie ihrer Forderung nachgekommen waren, ihn zu verlängern. Vielleicht war es an der Zeit, ihr Schicksal wieder selbst in die Hand zu nehmen. War das nicht der Grund dafür, dass sie sich scheiden lassen wollte?

Ganz genau!

Angie drehte sich der Kopf, und sie hatte das Gefühl, als würden ihre Beine jeden Moment nachgeben. Also setzte sie sich an den Küchentisch und bedeckte mit einer dicken Schicht Make-up ihre Narbe, die verblassten Blutergüsse an Hals und Kinn und die dunklen Augenringe, die davon herrührten, dass sie die ganze Nacht nicht geschlafen hatte. Es war Zeit für ihren Auftritt.

Nachdem Angie die Kinder in die sichere Obhut der Ersatztagesmutter gegeben und Sophie bei einem Kaffee die Information entlockt hatte, dass sich Tim vor dem großen Showdown zwischen Manchester United und Liverpool bei Carluccio's mit Freunden zum Mittagessen treffen wollte, raste sie mit dem Range Rover die M60 entlang. Sie betete, dass sie ihn ausfindig machen würde, bevor er in einer Menge von fünfundsiebzigtausend aufgekratzten Fußballfans verschwand, die mit ihren rot-weißen Trikots alle mehr oder weniger identisch gekleidet waren.

*Du schaffst das, Angie. Je mehr du Bev hilfst, desto mehr Beweismaterial kann sie zusammentragen. Desto eher hat dieser Albtraum für dich ein Ende.*

Mehr als quälend lange vierzig Minuten später – nachdem sie sich zwischen den Fahrzeugen, die nach Old Trafford oder zu einer nachmittäglichen Shoppingtour unterwegs waren, im Schneckentempo fortbewegt hatte – bog sie auf den Parkplatz vor dem Trafford Centre ein. Dieses pseudoklassizistische Prachtexemplar von einem Einkaufszentrum mit seinen Marmorstatuen und Stuckverzierungen erstreckte sich wie eine Patchwork-Decke aus buntem Metall unterhalb der blauen Kuppel. Ein Gefühl der Verzweiflung drohte wie ein starkes Lösungsmittel all ihre Entschlusskraft zu tilgen. Würde es ihr tatsächlich gelingen, Tim an einem Samstagmittag ausfindig zu machen, an dem sämtliche Bewohner des Nordwestens Englands in einem Anfall von Konsumrausch hier eingefallen waren?

»Carluccio's«, sagte sie und eilte zwischen den Autos entlang. Sie lief an dem protzigen Marmorspringbrunnen vorbei die breite Treppe hinauf. »Soph hat definitiv gesagt, dass er im Carluccio's ist. Denk positiv, Angie.«

Im Bereich mit den Souvenirläden voller italienischer Leckereien versteckte Angie sich hinter mehreren großen Tüten mit bunten Gourmetnudeln und spähte zum Restaurant hinüber. Dort war mehr los als sonst, was wenig überraschend war, da in einer Stunde der Anpfiff für das Spitzenspiel war. *Ich muss es wie einen Zufall aussehen lassen. Allerdings wird Sophie wissen, dass das nicht stimmt. Verdammt. Warum bin ich bloß hier? Warum konnte ich nicht warten?*

»Kann ich Ihnen helfen, Madam?«, fragte eine Stimme neben ihr.

Angie fuhr herum und erblickte einen Verkäufer, der sie beflissen anlächelte.

»Nein, ich halte nur nach einem Freund Ausschau.«

Doch Tim war nirgends zu sehen. Das hier war vergebliche Liebesmüh. Saß er vielleicht in einem anderen Restaurant des riesigen Gastronomiebereichs? In dem zweistöckigen Bereich gab es jede Menge Restaurants mit Speisen aus aller Welt, die in landestypischen Kulissen untergebracht waren – New Orleans, Chinatown, eine französische Seitengasse, ein italienisches Stadtzentrum. War es möglich, dass er in die eine Richtung davonmarschierte, während sie sich ihm aus der anderen näherte? Und falls sie ihm zufällig über den Weg lief, würde er gegenüber seiner Frau und Jerry erwähnen, dass er sie getroffen hatte?

Angie ging die prächtige Marmortreppe hinauf, die in einer Stilmischung aus Art déco und Neoklassizismus erbaut war und unter einem riesigen, kugelförmigen marokkanischen Leuchter aus Messing und Glas entlangführte. Dabei spähte sie nach unten und ließ ihren Blick über die Restaurants in Sichtweite wandern. Aber im Tex-Mex-Schuppen und auch im Burger-Laden war von Tim nichts zu sehen. Während sie zur oberen Etage des Gastronomiebereichs lief, die merkwürdigerweise dem Oberdeck eines Kreuzfahrtschiffs nachempfunden war, konnte sie ihn weder weiter unten, auf den Stühlen neben dem künstlichen Teich, noch auf ihrer Ebene entdecken, wo es von hungrigen und ungeduldigen Gästen nur so wimmelte.

Je länger sie Ausschau hielt, desto unsicherer wurden ihre Schritte. *Ich werde Verdacht erregen, wenn ich Tim aufspüre. Ich kann ja nicht mit der Tür ins Haus fallen. »Ach, übrigens, hast du mit Jerry immer noch diese Wohnung, und falls ja, wo befindet sie sich?« Außerdem wird er Jerry davon erzählen, und das könnte das Fass zum Überlaufen bringen. Jerry wird mich erneut ins Krankenhaus verfrachten, und diesmal wird er die Kinder nehmen und mich vor die Tür setzen, und dann werde ich alles verlieren. Und, und, und …*

Angie bekam kaum noch Luft. Die Farben um sie herum begannen wild umherzuwirbeln. Plötzlich musste sie dringend aufs Klo.

Sie drehte sich um und wollte gerade den Fahrstuhl nach unten betreten, als sie ihn entdeckte. Dort war Tim. Er war im

Carluccio's eingetroffen, während sie irgendwo anders nach ihm gesucht hatte. Oder war er die ganze Zeit dort gewesen, und sie hatte ihn übersehen?

Von ihrem erhöhten Standpunkt aus beobachtete sie ihn. Er saß, mit einem Manchester-United-Trikot und einer Lederjacke bekleidet, an einem der Tische und aß Pasta. Wie Sophie gesagt hatte, war er in Begleitung. Aber statt einer Person waren bei ihm *zwei* Männer, die beide ähnlich gekleidet waren und dem Spiel entgegenfieberten. Angie erkannte sie sofort wieder. Einem von ihnen war sie bei ihren Besuchen in der Klinik begegnet, wo sie sich wegen ihrer Magersucht einer Therapie unterzog, und den anderen hatte sie vor einigen Monaten in Sophies Vorgarten getroffen, als die neue Mieterin der Souterrainwohnung einen Streit mit ihm hatte. Tims Begleiter waren Mo, der Psychiater, und jener Mann, den sie erst vor Kurzem im Aldi gesehen hatte – Bevs Ex, Rob.

# KAPITEL 20
# Der Wolf

»Kann ich Ihnen sonst noch etwas bringen, Sir?«, fragt die Kellnerin mit einem Lächeln. Sie ist schlank und wirkt wahrscheinlich jünger, als sie ist. Die Haut unter ihrer schwarzen Arbeitskleidung ist noch fest und straff.

Er lächelt ebenfalls. »Später vielleicht. Danke.« Er zieht eine Augenbraue hoch und zwinkert ihr zu. Gibt ihr einen Zehner Trinkgeld. »Für Sie.«

Sie steckt das Geld in die Brusttasche ihrer Bluse, klopft sich auf die Brust und bedankt sich überschwänglich bei ihm. Es scheint ein vielversprechender Abend zu werden. Aber momentan ist er mit anderen Dingen beschäftigt.

Es war ein erfolgreicher Tag, und der Wolf hat den lieblichen Duft des Triumphs in der Nase. Er sitzt an der Bar, nippt an seinem exquisiten Brandy und macht sich über seine Schüssel mit Nüssen her. Statt den Ausblick auf die funkelnde Stadt zu bewundern, die sich unzählige Stockwerke weiter unter ihm erstreckt, scrollt er lieber durch die erbeuteten Dokumente auf seinem Handy.

Er betrachtet mehrere PDF-Dateien, die er in seinen Besitz gebracht hat, mit Texten aus alten Ausgaben verschiedener Regionalzeitungen. Darunter befinden sich zwei herzergreifende Artikel, beide mit einem Foto dieses Miststücks Beverley Saunders. Er liest die Berichte erneut und weidet sich an der Demütigung und dem Schmerz, die sie angesichts dieses Skandals bestimmt empfunden hat. Sie kann unmöglich wissen, dass er all diese Dinge zutage gefördert hat. Noch nicht. Aber bald wird sie es erfahren.

Der Einbruch in ihre Wohnung war ein Kinderspiel. Die Person, der seine Rachegelüste gelten, hat keine Ahnung, wie leicht man sich zu dieser verwahrlosten kleinen Souterrainwohnung Zugang verschaffen kann. Er fragt sich, ob sie bemerkt hat, dass er ihre Sachen umgestellt hat, gerade genug, um sie an ihrem eigenen Verstand zweifeln zu lassen.

Er öffnet auf seinem Handy ein weiteres Fenster und recherchiert, wie er in ihrer Wohnung eine Überwachungskamera anbringen kann, ohne dass sie es mitbekommt. Es wäre kein Problem, sich an ihrem Festnetzanschluss zu schaffen zu machen und einen vermeintlichen Handwerker vorbeizuschicken, damit er zwischen den Büchern an den Wänden eine Glasfaserkamera versteckt. Er ist der Wolf. Er kann das arrangieren. Wie lange würde es dauern, bis sie hinter den Hunderten von Origami-Figuren, mit denen sämtliche Oberflächen übersät sind, etwas entdecken würde? Es wäre ein Leichtes, einen Peilsender in ihr Handy einzubauen, das sie unvorsichtigerweise regelmäßig unbeaufsichtigt lässt. Da er sie schon seit einer Weile beobachtet, weiß er eine Menge über ihre Schwächen und Marotten.

Der Wolf nippt an seinem Drink und ruft die juristischen Dokumente auf, die er ebenfalls auf seinem Handy gespeichert hat. Damit kann er ihr richtig wehtun. Beverley Saunders ist viel zu sehr damit beschäftigt, ihre Nase in die Angelegenheiten anderer Leute zu stecken, denkt er. Sie hat nicht die leiseste Ahnung, wer über sie gerade ein Dossier zusammenstellt, um es in naher Zukunft zu benutzen, was fatale Folgen für sie haben wird. »Kenne deinen Feind, und kenne dich selbst«, hat

Sunzi in *Die Kunst des Krieges* geschrieben. Nun, er kennt Beverley Saunders besser, als sie sich je hätte träumen lassen. Und er wird keine Bedenken haben, sie wie diese russische Hure abzuschlachten.

»Sind Sie sicher, dass ich Ihnen nicht noch etwas bringen soll, Sir?«, fragt die Kellnerin. »Ich beende gleich meine Schicht.« Sie hat ein angenehmes, ehrliches Lächeln. Es verspricht mehr als nur Alkohol und Snacks.

»Was machen Sie gleich?«, fragt er. »Haben Sie schon was vor?« Demonstrativ legt er seine Brieftasche auf den Tresen.

Es scheint, als versuche sie aus ihm schlau zu werden. Sie schürzt ihre glänzenden Lippen, ihr Blick wandert hinunter zu seiner Brieftasche, und zweifellos kapiert sie, was er ihr gerade angeboten hat. Kaum merklich verändert sich ihr Gesichtsausdruck. Ihre geröteten Wangen glühen ganz sicher vor Verlangen. Sie stößt ein neckisches Lachen aus. »O ja. Nein. Tut mir leid. Ich bin verabredet.«

Er lacht. Wie ein Wolf, natürlich. »Ja. Mit mir.« Er streckt die Hand aus, um sie auf dieselbe Weise zu berühren, wie er das schon so oft bei anderen Mädchen getan hat. Und sie lassen es jedes Mal geschehen.

Doch sie zieht rasch ihre Hand fort, und das Lächeln weicht aus ihrem Gesicht. Sie klingt verwirrt und bringt ihre Worte nur stammelnd hervor. »Tut mir leid. Sie sind … Sie haben da, äh, irgendwie was falsch verstanden.«

Er nippt an seinem Brandy. Genießt das Brennen in der Kehle. »Nur keine Scheu. Ich beiße nicht. Lassen Sie uns von hier verschwinden und so *richtig* einen draufmachen.«

Sie ist einen Schritt zurückgetreten und hält einen Flaschenöffner wie eine Waffe in der Hand. »Sir. Ich fühle mich zwar geschmeichelt, doch ich bin nicht interessiert. Okay? Ich habe einen Freund.« Sie schiebt die Brieftasche zu ihm zurück. »Aber selbst, wenn dem nicht so wäre, kann man mich nicht kaufen, nur weil ich auf dieser Seite der Bar stehe.«

Der Wolf hebt die Hände in die Höhe und kann seine wachsende Verärgerung kaum verbergen. »Mein Fehler. Noch einen schönen Abend.«

Es fühlt sich an, als würden Flammen des Zorns die Rückseite seiner Augäpfel verkohlen. Er hat jetzt nicht mehr den Duft des Triumphs in der Nase, sondern den Angstschweiß seiner Beute. Er lässt seinen Drink stehen und fährt mit dem Aufzug nach unten ins Foyer, wo er im Schatten der Betonsäulen und Ledersofas ausharrt, während er so tut, als würde er einen Anruf entgegennehmen. An einem Ort wie diesem fällt der Wolf nicht auf. Er wurde geschaffen, um Männer von Welt wie ihn zufriedenzustellen. Die Gewinnertypen, die Alphatiere.

Fünfzehn Minuten später taucht die Kellnerin schließlich auf. Sie trägt einen hässlichen Anorak und hat einen Rucksack dabei. Ihr kesser Pferdeschwanz wippt auf und ab, als würde sie ihr stillschweigendes Einverständnis mit dem erklären, was ihr gleich widerfahren wird. Sie verlässt durch den Haupteingang das Hochhaus und tauscht dabei mit den Sicherheitsmännern ein paar Höflichkeiten aus.

»Gute Nacht!« Die Männer halten ihm die Tür auf, und er verschwindet nach draußen.

Aufgrund ihres Alters und ihres Einkommens ist er davon ausgegangen, dass die Kellnerin ihren Weg mit öffentlichen Verkehrsmitteln oder dem Fahrrad fortsetzen wird. Während er hinter ihr her marschiert, hofft er insgeheim, dass sie ein Fahrrad benutzt, das in einer verlassenen Seitenstraße an einen Laternenpfahl gekettet ist. Sein Erfolg als Wolf basiert darauf, dass er weiß, wie seine Beute sich verhält.

Er ist so sehr auf ihre Verfolgung konzentriert, dass er fast über irgendetwas stolpert. Als er den Blick zu Boden richtet, sieht er einen Obdachlosen, der mit unbequem ausgestreckten Beinen am Fuße dieses prächtigen Monolithen aus Glas und Stahl sitzt.

»Hast du etwas Kleingeld?«, fragt der Penner und hält seinen leeren Pappbecher in die Höhe. Sein fauliger Atem dampft in der Nachtluft. Die Decke, die seine Beine bedeckt, ist schmutzig und abgewetzt. Neben ihm auf den vollgepissten Gehwegplatten liegt zusammengerollt ein wohlgenährter Staffordshire Bullterrier. Der sanftmütige Hund zeigt keinerlei Interesse, seinen Besitzer zu beschützen. Denn er weiß, dass der Wolf an der Spitze der Nahrungskette steht.

Verärgert darüber, dass dieser Loser ihn aufgehalten hat, murmelt der Wolf: »Such dir verdammt noch mal einen Job.« Dann umkurvt er das Hindernis.

Zum Glück läuft die Kellnerin ein Stück vor ihm nach rechts in eine schmale, gepflasterte Seitenstraße. Hier gibt es wahrscheinlich nur die kaum genutzten Dienstboteneingänge der stattlichen viktorianischen Bürogebäude, die nachts um diese Zeit verlassen sind. Perfekt. In Gegenden wie diesen gibt es jede Menge Müllcontainer voller Abfall. Darin kann der Wolf sein getötetes Opfer problemlos verstecken. Die Kellnerin verschwindet aus seinem Blickfeld, aber er kann das Klimpern von Schlüsseln hören. Er hatte recht. Sie schließt ihr Fahrradschloss auf. Durch die Dunkelheit hallt das unverkennbare Klappern eines Bügelschlosses, das geöffnet wird.

Als er um die Ecke biegt, erblickt er am Ende der Gasse eine einzelne flackernde Straßenlaterne. Die Stelle, an der die Kellnerin vornübergebeugt an ihrem Schloss herumfummelt, liegt fast vollständig im Dunkeln.

»Was wollen Sie?« Sie hat den Kopf jetzt in seine Richtung gedreht, weil sie offensichtlich spürt, dass ein Raubtier in der Nähe ist. Ihr geschmeidiger Körper richtet sich auf, und sie ist bereit, ihn in die Schranken zu weisen.

Großartig. So gefällt es ihm. Er weiß, dass Saunders dasselbe tun wird, wenn sie an der Reihe ist.

Er geht auf sie zu. Daraufhin hebt die Kellnerin den Bügel des Schlosses über den Kopf und versetzt ihm einen Schlag, und das Metall trifft seinen Kiefer. Mit einer kräftigen, geübten Bewegung seines rechten Arms, der es gewohnt ist, seine Opfer bewegungsunfähig zu machen, packt er ihren Körper. Mit seinem linken bedeckt er ihren Mund und lässt sich auch von ihren Versuchen, ihn zu beißen, nicht abschrecken.

Mühelos zerrt er sie hinter einen großen Abfallbehälter. Ihre gedämpften Schreie werden allmählich schwächer und weichen einem Flehen, das von seinen großen, fleischigen Handflächen erstickt wird. Er kann ihre Tränen, die jetzt die Luft erfüllen, förmlich schmecken.

Verängstigt gibt die Kellnerin ihren Widerstand schließlich auf. Sie versucht nicht einmal, sich umzudrehen, um sein Gesicht zu sehen.

»Tu, was ich sage, oder ich töte dich. Willst du das etwa?« Obwohl die Endorphine und das Adrenalin jetzt ihre Wirkung zeigen, spricht er mit ruhiger, leiser Stimme.

Erneut versucht sie nach hinten auszutreten, doch er drückt sie fest gegen seinen Körper und erkundet mit seinem erigierten Penis ihre Rundungen.

»Wenn du auch nur einen Mucks von dir gibst, finden dich morgen die Putzfrauen, nachdem die hungrigen Tauben und Ratten über deine Augen hergefallen sind. Also, wirst du jetzt ein braves Mädchen sein?«

Er weiß, dass sie ihn im Schutz der undurchdringlichen Dunkelheit – einer Dunkelheit, die die schmutzigsten Geheimnisse der Stadt verbirgt – unmöglich identifizieren kann, obwohl sie vielleicht ahnt, dass er der Mann aus der Bar ist. In dieser Gewissheit reißt er der jungen Frau, die seiner Umklammerung wehrlos ausgeliefert ist, die Jeans und den Slip vom Körper und beraubt sie ihres Glücks, ihrer Zuversicht, all ihrer Zukunftspläne und ihres Vertrauens in die Menschheit. Als er sich an ihr vergeht, hat er das Gefühl, als würde er all ihre positiven Eigenschaften in sich aufnehmen und nichts als eine verängstigte Hülle zurücklassen.

Das ist einer der Vorzüge, wenn man der Wolf ist.

Am berauschendsten ist jedoch die Erkenntnis, dass es bei Beverley Saunders genauso sein wird. Sie kommt als Nächste dran. Und sie hat nicht die geringste Ahnung, aus welcher Richtung sie ihre gerechte Strafe ereilen wird.

# KAPITEL 21
# Bev

»Wer ist Tatjana?«, fragte die Frau, die neben ihr saß.

Bev wandte sich in ihre Richtung und tauchte aus ihrem Tagtraum auf. »Was?«

Als der Zug über eine Weiche fuhr, schwankten sie für einen Moment hin und her. Der ausladende Hintern der Frau, die eine Regenjacke trug, macht Bev ihren Platz streitig, in einem Waggon, der immer noch mit verschwitzten, gelangweilten Pendlern gefüllt war, obwohl sie die Endstation in Beaconsfield bald erreichen würden. Es kam nicht oft vor, dass eine Angestellte aus London sich während der Rushhour mit einer Fremden unterhielt.

»Sie haben viermal diesen Namen gesagt«, erklärte die Frau und sah Bev, die Einkaufstasche fest gegen die Brust gedrückt, erwartungsvoll an.

»Ach ja?« Bev kicherte nervös und überlegte, wie sie ihre neugierige Reisegefährtin zum Schweigen bringen konnte. »Das ist aus einem Songtext, der mir durch den Kopf gegangen ist«, sagte sie und wandte sich demonstrativ ab, um aus dem Fenster zu starren. Der Zug ratterte an der Vorortidylle von Gerrards Cross in Buckinghamshire vorbei, die aus riesigen Wohnhäusern mit makellos gepflegten Gärten bestand. Genau wie in Hale, nur ohne die bodenständigen Fußball-Sets der Neureichen im Norden.

Während sie durch die geschwungene grüne Landschaft der Chiltern Hills zuckelten, dachte Bev über ihre Situation nach. Sie hatte einen Tag mit anstrengenden Marketing-Terminen hinter sich; sie hatte mit den Designern die Gestaltung des Jahresberichts besprochen und bei mehreren Sozialarbeitern wegen Fallstudien zu ihren pädagogischen Bemühungen mit schutzbedürftigen Kindern angefragt, die in den Bericht aufgenommen werden sollten. Immerhin war sie ziemlich früh losgekommen. Jetzt musste sie in den Südosten Englands fahren. Denn sie benötigte immer noch Beweise für Jerrys Seitensprünge, damit Angies Scheidungsanwältin dafür sorgen konnte, dass sich über sie und ihre zufriedene Klientin ein warmer Geldsegen ergoss. Aber zunächst musste sie sich mit Doc in Verbindung setzen; es beunruhigte sie, dass sie schon so lange nichts mehr von ihm gehört hatte.

Als der Zug bei der Anfahrt auf Beaconsfield das Tempo drosselte, schrieb sie Jerry Fitzwilliam erneut eine SMS.

Hi J!

Ich bin bis morgen in London. Lust auf ein Treffen?

Vielleicht will ich ja meine Klauen in deinen Körper bohren! ;)

Cat

Angie hatte ihr erzählt, dass er in London zu tun hatte. Allerdings hatte sie keinen Beweis dafür gefunden, dass er außer auf dem Kahn noch irgendwo anders übernachtete. Bev stieg aus dem Zug und konnte jetzt nichts anderes tun, als zu warten … und den Bus nach Chalfont St Giles zu nehmen.

»Geh schon dran, verdammt noch mal!«, murmelte sie, als sie erneut versuchte, Doc anzurufen. Aber nachdem sie seine alte

Nummer gewählt hatte, ertönte nur ein lang gezogener Ton. Falls er erreichbar war, benutzte er höchstwahrscheinlich ein Wegwerfhandy, als hätte plötzlich die Mafia in der begrünten, von Pendlern bewohnten Gemeinde Einzug gehalten.

»Können Sie mir bitte Bescheid geben, wenn wir Chalfont St Giles erreichen?«, fragte Bev den Fahrer, als sie die Nummer 580 nach Uxbridge bestieg.

Die wenigen älteren Fahrgäste und Pendler an Bord starrten sie mit missmutigen Gesichtern an und saßen mit zusammengepressten Füßen da, während der Bus über die mit Schlaglöchern übersäte Straße hüpfte. Hier herrschte im Gegensatz zur Straßenbahn in Manchester kein gut gelauntes Gedrängel. Dort erzählte man einem geschwätzigen Säufer aus Stretford, der nach billigem Fusel stank und sich in Yates's jahrzehntelang einen hinter die Binde gekippt hatte, innerhalb von fünfundzwanzig Minuten seine ganze Lebensgeschichte.

Sie hatte keine Ahnung, wo sie hinfuhr, und spähte aus dem Fenster, während der Bus die gewundene Straße entlangrollte, vorbei an Hecken, hinter denen sich nichts weiter als gepflegte Rasenflächen, Wildtiere und die eine oder andere Villa verbargen. Der beschauliche Süden. Erinnerungen an ihr Leben mit Rob in Kent stürmten auf sie ein: an ihre Doppelhaushälfte in West Wickham. Ein funktionales Gebäude, hinter dessen verschlossenen Kunststofftüren eine dysfunktionale Familie lebte. Obwohl sie ihre mürrischen Nachbarn überhaupt nicht richtig kannten, hatte Rob ihr die Schuld daran gegeben, dass sie kaum mit ihnen redeten.

Sie vermisste dieses Zugehörigkeitsgefühl wirklich.

Allerdings vermisste sie es kein bisschen, an den Rand des Wahnsinns getrieben zu werden.

Schließlich tauchte das Ziel ihrer Reise im Blickfeld auf. Ein englisches Bilderbuchdorf, in dem die Kirche aus Feuerstein wahrscheinlich gut besucht war und wo man am Ersten Mai auf einer Wiese traditionelle Volkstänze aufführte, statt wie im Rest Großbritanniens der Versuchung durch Sky Sports und eine Palette Bier zu erliegen.

Bev stieg aus dem Bus, ohne die geringste Ahnung, wo sie mit ihrer Suche beginnen sollte. Sie war müde und schmutzig und kam sich dumm vor, als sie daran dachte, dass sie keine Übernachtungsmöglichkeit hatte. Das war ihrer mangelnden Planung geschuldet und ein Zeichen ihrer Verantwortungslosigkeit, die Mo in der nächsten Therapiesitzung erörtern wollte.

Das Pub war ihre erste Anlaufstelle.

»Shufflebotham«, sagte sie, und auf ihrem Handy erschien ein Foto von Doc aus einem mehrere Jahre alten Artikel der *Manchester Evening News*. Es handelte sich um sein Polizeifoto, das in dem Artikel über den betrügerischen, kriminellen Informatik-Nerd abgebildet war, den man wegen Datenklaus und Hanfanbaus verhaftet hatte. »James Shufflebotham. Seine Familie wohnt hier in der Gegend«, erklärte sie dem Barkeeper, der in diesem Laden mit seiner zusammengewürfelten Mischung aus altmodischem hölzernem Charme und dem Industriedesign gehobener Pubs das Sagen hatte. »Haben Sie ihn hier mal gesehen?«

Der Barkeeper nickte und strich sich mit der Hand durch sein sorgsam gegeltes Haar. »Ja. Er ist ein paarmal mit einigen Jungs hier gewesen. Sie kleiden sich alle wie früher Hardrock-Fans. Sie tragen weiße Socken und schwarze Turnschuhe. Wirklich zum Schießen.«

»Das ist er«, sagte Bev lächelnd und spürte, wie sich zum ersten Mal seit Tagen die Anspannung in ihren Schultern lockerte. »Wissen Sie, wo er wohnt?«

»Wer will das wissen?« Der Barkeeper zog eine Augenbraue hoch. »Seine Freundin?«

»Keine Chance!«, sagte Bev und rümpfte die Nase. Plötzlich hatte sie das Gefühl, als würde sie mitten auf dem Schulhof stehen und Wahrheit oder Pflicht spielen.

Der Barkeeper konnte ihr nicht sagen, wo Docs Familie wohnte. Aber es dauerte nicht lange, bis sie eine ältere Dorfbewohnerin fand, die Bescheid wusste und bereit war, mit der Information rauszurücken, wenn Bev ihr im Gegenzug half, ihren beladenen Einkaufstrolley nach Hause zu rollen. Bev gab zu, dass die entzündeten Füße der alten Dame wirklich schmerzhaft aussahen, und machte ihr keinen Vorwurf, dass sie die Adresse der Shufflebothams so schnell preisgab.

Jetzt stand sie vor einem ausladenden, frei stehenden Fachwerkhaus aus den 1930ern, das mit Docs verwahrloster Wohnung im Süden Manchesters nicht das Geringste gemeinsam hatte. Sie warf einen Blick auf den Zettel, den die alte Dame ihr gegeben hatte. 73, Oak Avenue, stand dort in zittriger, schräger Handschrift.

Bev lief die rissige Asphaltzufahrt hinauf, vorbei an einem alten Mercedes-Kombi und einem kaputten Volvo. Obwohl das Haus ein wenig reparaturbedürftig wirkte, war es bestimmt mehrere Millionen wert. Sie atmete tief ein, um ihren Puls zu beruhigen, und kreuzte die Finger. Dann drückte sie auf die Klingel.

Eine dünne, kurzhaarige Frau in den Sechzigern öffnete ihr. »Ja?« Sie schenkte Bev ein freundliches Lächeln. Sie hatte Docs Augen.

»Ich würde James gerne sehen. Ich bin seine Freundin.«

Das Gesicht seiner Mutter begann, zu strahlen; offensichtlich hielt sie Bev für seine feste Freundin. »Natürlich. Treten Sie doch ein! Kommen Sie rein, meine Liebe!«

Bev wurde durch eine große, vertäfelte Diele, vorbei an einem ramponierten Konzertflügel, in das Wohnzimmer geführt. Verlegen nahm sie auf einem dick gepolsterten Chintz-Sofa Platz. Sie atmete den staubigen, modrigen Geruch der jahrzehntealten Vorhänge und Kissen ein, die an den Rändern von der Sonne ausgeblichen waren und den Gestank von nassem Hund verströmten. Der vergilbte Lack an den Rahmen der einfach verglasten Fenster blätterte offensichtlich schon seit Jahren, und auf dem Fensterbrett erhob sich ein Dschungel aus wuchernden Grünlilien, Frauenfarnen und anderen großblättrigen Pflanzen, der das Zimmer in einen grünlichen Farbton tauchte. Bev hatte das Gefühl, als würde man sie gleich über ihre Zukunftsvorstellungen und Pläne mit Doc ausquetschen, während man ihr in einer edlen Porzellantasse einen Tee und dazu einen Teller mit Vollkornkeksen anbot. Oder man würde ihr Fragen zu ihrer Fruchtbarkeit und ihrer Bereitschaft, kleine Shufflebothams zu produzieren, stellen. Bei dem Gedanken daran erschauerte sie.

»Was zum Henker machst du hier?«, fragte Doc, als er im Türrahmen erschien. Er hatte ein starres Grinsen aufgesetzt, das über die Panik in seinen Augen hinwegtäuschte, während seine Mutter direkt hinter ihm in der Diele stand. Wie bei seinem Kleidungsstil nicht anders zu erwarten trug er eine Röhrenhose und ein Metallica-T-Shirt.

Bev starrte gebannt auf seine blassen, nackten Füße. »Du hast ungewöhnlich lange Zehen. Weißt du das?«

Docs Mutter schob ihn mit einem Lächeln hastig ins Wohnzimmer. »Sieh an, sieh an. James hat bisher nie eine Freundin mit nach Hause gebracht.« Bev bemerkte, wie Doc sich krümmte. Doch als sie das begeisterte Leuchten in den Augen seiner Mutter sah, brachte sie es nicht übers Herz, ihr reinen Wein einzuschenken.

»Doc und ich müssen ein paar Dinge besprechen, falls das okay ist, Miss Shufflebotham. Tut mir leid, dass ich mit leeren Händen gekommen bin. Ich hätte ja Blumen oder Pralinen mitgebracht, aber der Weg von Cheshire ist ziemlich weit.« Sie war jetzt die wohlerzogene Bev. Eine jener Frauen, die es in der unbarmherzigen Welt des Brand Marketing rasch an die Spitze geschafft hatten, einer Welt, in der Beliebtheit genauso wichtig war wie die Fähigkeiten und Ergebnisse, die man vorzuweisen hatte. *Sei ein reizendes Mädchen. Lümmle nicht wie ein Bauarbeiter herum. Leg die Hände in den Schoß und setz dich aufrecht hin.* »Ich schneie hier einfach so rein. Ich hoffe, Sie haben nichts dagegen.«

Natürlich hatte Docs Mutter nichts dagegen. Kurz darauf hatten sie es sich in seinem Dachzimmer mit den obligatorischen Teebechern und Keksen auf einem Tablett bequem gemacht.

»Verdammte Scheiße. Ich muss mich unauffällig verhalten.« Doc warf sich auf einen alten Bürosessel an einem ramponierten Schreibtisch mit Ledereinlage und drehte sich nach rechts, drehte sich nach links, und als er plötzlich aufstand, hätte er sich beinahe den Kopf an der niedrigen Decke gestoßen. Durch ein altes Opernglas ließ er seinen Blick über die Welt unterhalb des kleinen Dachfensters wandern. »Was, wenn Jerry Fitzwilliams Agenten dir gefolgt sind?«

»Du hast doch dein Handy entsorgt, oder?«, fragte Bev und dachte, dass es vielleicht ein Fehler gewesen war, den weiten Weg hier raus zu fahren, in der Hoffnung, dass ihr zeitweiliger Geschäftspartner mit ihr zusammenarbeiten würde und sie hier umsonst schlafen könnte. Sie kämpfte gegen das Verlangen an, ihn auf seinen Sessel zurückzuverfrachten und ihn zu zwingen, ihr in die Augen zu sehen. »Ich habe versucht, dich zu erreichen. Die Sache ist verdammt ernst, Doc. Ich habe Fitzwilliams E-Mails gelesen.«

Schließlich ließ Doc seinen schlanken Körper auf den Sessel fallen und verrenkte ihn zu einer unmöglichen Pose, als wäre er eine menschliche Origami-Figur, die ein Laie zusammengefaltet hatte. Er schloss die Augen. »Ich darf mit der Sache nichts mehr zu tun haben, Bev. Ich dachte, ich könnte die Herausforderung annehmen und ... Aber dieser Mistkerl hat meinen Computer gekillt. Mir geht der Arsch auf Grundeis, Bev. Ich harre hier bloß aus und verhalte mich unauffällig, bis er kommt, um mich zu holen.«

»Dann erklär mir doch mal eins, du Spargeltarzan«, sagte Bev, ohne den spöttischen Tonfall in ihrer Stimme zu verbergen. »Der Barkeeper im Merlin hat gesagt, dass du letzte Woche jeden Abend im Pub warst. So viel zum Thema ›sich unauffällig verhalten‹.«

Selbst in der Dunkelheit des Dachbodens konnte Bev sehen, dass ihr Freund und Mitstreiter rot anlief. Fast so rot wie die Streifen im Gesicht der inzwischen zusammengebauten Darth-Maul-Büste, die auf seinem Schreibtisch einen Ehrenplatz bekommen hatte.

Doc hielt sich die Hände vor das Gesicht und stöhnte auf.

Bev beugte sich vor und tätschelte sein knochiges Knie. Sie beschloss, ihm die Einzelheiten zu ersparen, wie eine wildfremde Rentnerin sie praktisch direkt zur Haustür seiner Mutter geführt hatte. »Sei nicht so streng mit dir selbst, okay? Ich bin ein Detektiv-Ninja. Es ist mein Job, irgendwelche gerissenen Arschlöcher aufzuspüren, die von der Bildfläche verschwunden sind.«

»Mein Gott. Wenn ich noch sehr viel länger bei diesen Losern bleibe, mit denen ich aufgewachsen bin, werde ich noch blöd im Kopf. Und wenn ich nach Hause zurückkehre, wird der MI6 dort auf mich warten, um mich mit einem Rizin-Kebab zu füttern oder eine Gasexplosion vorzutäuschen. So oder so, ich bin ein lebender Toter. Nur weil ich es zugelassen habe, dass du mich in diese Sache mit reinziehst!«

Bev knirschte mit den Zähnen und dachte gründlich über ihre Worte nach, bevor sie noch einen Schwall Beleidigungen hervorstieß, die sie nicht wieder zurücknehmen konnte. »Ich habe dich zu nichts gezwungen, Doc. Komm mir nicht mit so einem Scheiß. Und im Übrigen werden Fitzwilliams Geheimdienst-Schergen keine Jagd auf dich machen. Das sind nur ein paar Internatsschüler, die Action Man spielen.«

»Warum bist du wirklich hier, Bev?« Die Schamesröte war wieder aus seinem Gesicht gewichen, und er sah ihr in die Augen.

»Hab ich dir doch gesagt. Ich habe Fitzwilliams E-Mails gelesen.« Sie hob die Hände in die Höhe. »Keine Sorge. Mein Computer wurde nicht mit dem Virus infiziert.«

»Na toll. Du Glückliche.«

»Soweit ich weiß, ist er in zwielichtige Geschäfte mit Drogen und minderjährigen Prostituierten verwickelt. Er bestellt sie wie Pizza in eine Londoner Wohnung … bei einem Typen namens Stan. Einem Dealer oder Zuhälter. Wahrscheinlich beides.«

»Tja, das liefert dir für deinen Fall zusätzliche Argumente, oder?« Doc steckte sich einen halb gerauchten Joint an, nahm einen tiefen Zug und blies den beißenden Rauch aus dem offenen Fenster. Er hustete. »Damit kann deine Klientin beweisen, dass er als Vater ungeeignet ist. Aber ich vermute, dass du nicht hier aufgekreuzt bist, weil ich dir gefehlt habe.«

»Ich habe wegen der Sache ein ungutes Gefühl«, sagte Bev und streckte ihre Hand nach dem Joint aus. Sie begutachtete die Iron-Maiden-Poster und das indische Batiktuch, die in dieser Zeitkapsel von einem Schlafzimmer an den Wänden voller Spinnweben hingen. »In einer Mail erwähnt er eine Prostituierte namens Tatjana und fragt diesen Stan, was sie mit ihr angestellt haben. Außerdem spricht er von einem Film.«

»Ein selbst gedrehter Pornostreifen mit ihm als Darsteller?«, fragte Doc.

»Ich nehme es an. Aber als ich den Namen Tatjana zusammen mit den Begriffen ›Prostituierte‹ und ›Film‹ gegoogelt habe, wurden unzählige Pornoseiten angezeigt. Offensichtlich gibt es dort draußen Millionen billig aussehender osteuropäischer Darstellerinnen mit schlecht gemachten Brustimplantaten.«

»Was ist mit Porn Hub?«

»Dort habe ich auch gesucht. Nichts. Nada.«

»Vielleicht hast du nichts gefunden, weil es nichts zu finden gibt.«

Sie schüttelte energisch den Kopf. »Nein. Ich kann es dir nicht erklären. Aber dieser Typ ist ein elender Mistkerl, stimmt's? Ein korrupter Politiker. Er schlägt seine Frau. Außerdem fordert er bei diesem Zuhälter ständig ›Milchlämmer‹ an. Blutjunge Mädchen. Das bedeutet, dass er dazu noch ein Kinderschänder ist. Nein. Ich habe das furchtbare Gefühl, dass unter Fitzwilliams Aufsicht ein Mädchen verletzt wurde und verschwunden ist. Im Darknet gibt es bestimmt Beweise dafür.«

Vorsichtig nahm Doc ihr den Joint aus der Hand. Seine gekrümmten Schultern hatten sich inzwischen entspannt. Er lehnte sich auf seinem Bürosessel zurück, nahm einen tiefen Zug, behielt den Rauch in den Lungen und blies ihn dann in einer gelbblauen Wolke unter die Decke. Seine Stimme nahm durch die heiße Luft einen heiseren Tonfall an. »Aber du wirst nicht dafür bezahlt, einen Vermisstenfall zu lösen. Wie kommt es, dass du dich für eine Prostituierte interessierst? Warum hast du den ganzen Weg hier raus gemacht, um mich zu finden?« Mit zusammengekniffenen Augen musterte er sie nachdenklich.

»Na ja, ich habe mir deinetwegen Sorgen gemacht und wollte mich vergewissern, dass du noch lebst.«

»Schwachsinn.«

Bev atmete heftig aus. »Das ist kein Schwachsinn. Ich habe mir wirklich Sorgen gemacht. Zugegeben: Außerdem will ich herausfinden, wer Tatjana ist und was mit ihr passiert ist.« Sie bemerkte Docs skeptischen Gesichtsausdruck. »Komm schon! Das ist das einzig Richtige. Jerry könnte etwas mit der Sache zu tun haben. Ein Kind ist verschwunden ... Ich denke, du bist ein guter Mensch und würdest auch gerne die Wahrheit herausfinden. Außerdem bist du der beste Tastatur-Krieger, den ich kenne. Falls es im Netz Beweise für einen Missbrauch oder Schlimmeres gibt, wirst du sie finden.«

»Du glaubst, unser Schattenminister ist ein Ladykiller?«

In diesem Moment begann das Handy in Bevs Hosentasche, hektisch zu summen und zu piepen. Als sie es herauszog, sah sie, dass sie drei Facebook-Mitteilungen von Jerry Fitzwilliam erhalten hatte.

Was gibt's Neues, Pussy?

Wie wär's heute Abend mit einem gepflegten Essen? Treffen wir uns in meinem Club? Auf dem Dach gibt es einen Pool. Bring einen Bikini mit.

Jerry.

Bev warf einen Blick auf ihre Uhr, es war kurz vor sechs. Dann schaute sie zu Doc. »Das werde ich bald herausfinden. Wann geht der nächste Zug zurück nach London?«

# KAPITEL 22

# Bev

»Ich bin hier mit einem Freund verabredet«, erklärte Bev dem coolen jungen Typen mit dem Bart am Empfang. Die schicke Beleuchtung in der Eingangshalle des Privatclubs war zwar geschmackvoll, aber wenig zweckdienlich. Dennoch konnte sie in dem trüben Licht seinen verächtlichen Gesichtsausdruck erkennen. Sie passte nicht hierher. Vielleicht lag es an der eiligen Rundumerneuerung, um die Bev die Angestellte von Yves Saint Laurent bei Debenhams gebeten hatte, mit dem Versprechen, wieder zurückzukehren und einen Haufen Kohle für Kosmetika dazulassen. Vom Hals an aufwärts war sie wie ein Glamour-Model zurechtgemacht, aber darunter trug sie ein schlecht sitzendes Polyesterkleid mit Leopardenmuster, das aussah, als hätte sie es vom Wühltisch gefischt. »Er heißt Jerry Fitzwilliam. Und mein Name ist Cat Thomson.«

*Genau, ob es dir nun passt oder nicht, du arrogantes Arschloch*, dachte Bev, als der missbilligende Blick des Rezeptionisten einem Ausdruck der Verwunderung wich.

Er überflog in einem Gästebuch die Namen. Dann nickte er und lächelte. »Mister Fitzwilliam erwartet Sie am Pool. Nichtmitglieder dürfen allerdings nur in Begleitung nach oben. Es wird gleich jemand kommen. Bitte nehmen Sie Platz.«

Während Bev wartete, steckte sie die Finger in ihre Handtasche und überprüfte zum fünften Mal, ob die Kamera richtig positioniert und einsatzbereit war. Sie hatte sie aus dem Norden mitgebracht, in der Hoffnung, dass sich eine Situation wie diese ergeben würde. Da Docs Computer außer Gefecht war und er sich beharrlich geweigert hatte, den Heim-PC seiner Eltern zu benutzen, sollte die Kamera das Geschehen direkt aufzeichnen, statt es über WLAN live auf Docs Laptop zu übertragen. Wenn sie nichts aufnahm, hätte Bev heute Abend erneut ihre Zeit verschwendet und sich unnötig in Gefahr gebracht.

»Madam?« Eine Frau in einem hässlichen schwarzen Kostüm mit zu vielen Taschen und merkwürdigen Rüschen tippte ihr auf die Schulter. Sie hielt ein Klemmbrett wie einen Schutzschild vor ihren Körper, um damit die Durchschnittsbürger auf Abstand zu halten. »Folgen Sie mir.«

Während Bev im Aufzug stand und mit ausdruckslosem Blick auf die unreine Haut an der Wange der Hostess starrte, verspürte sie Erleichterung darüber, dass dies alles bald vorbei sein würde, und gleichzeitig ein Gefühl der Beklommenheit, weil die Sache äußerst übel enden könnte, falls man ihr die Maske der Verführerin herunterreißen würde. Da sie sich erst vor zwei Stunden in Docs Dachzimmer mit ihm einen Joint geteilt hatte, war sie geistig kaum in der Lage, Cat Thomson, die aufreizende Geliebte, zu spielen.

Im obersten Stockwerk des Gebäudes öffneten sich die Aufzugtüren. Man führte sie an einer verglasten Wand vorbei, hinter der sich ein beleuchteter Außenpool befand, dessen Wasser himmelblau schimmerte. An seinem Rand lümmelten dicke Geschäftsmänner in Badehosen in Liegestühlen, als wären sie auf den Bahamas und nicht mitten im April in London, durch das eine frische Brise fegte. Einige der Männer im Pool tranken etwas, unterhielten sich und bewegten sich nur so wenig, dass sich die makellose Wasseroberfläche lediglich leicht kräuselte.

Hinter ihnen funkelten die Lichter des nächtlichen Finanzviertels. In der Vergangenheit hatten Bev Orte wie dieser in helle Aufregung versetzt. Aber jetzt hatte sie das Gefühl, als könnten ihre Beine jeden Moment unter ihr wegknicken.

Jerry Fitzwilliam saß auf einem Stuhl neben dem Pool. Er hatte die Beine gespreizt, als könnte er seine Hüften nicht bewegen, und die Hände hinter dem Kopf verschränkt, während er versonnen in den Pool starrte. Er trug eine blaue Shorts und ein kurzärmeliges Leinenhemd, das am Kragen aufgeknöpft war. Die Füße steckten in makellosen Segelschuhen. Sein Gesicht wurde durch die Scheinwerfer im Wasser von unten beleuchtet, was ihm ein dämonisches Aussehen verlieh; seine nachdenkliche Pose wirkte völlig aufgesetzt.

Als Bev zu ihm geführt wurde, strahlte sie übers ganze Gesicht. »Jerry!«

Er erhob sich von seinem Stuhl, um sie zu begrüßen, und küsste sie keusch auf beide Wangen, schüttelte ihr förmlich die Hand. »Cat! Schön, dich wiederzusehen.« Er deutete auf den Stuhl auf der anderen Seite des niedrigen Tisches neben dem Pool, auf dem eine Flasche Champagner, zwei Gläser und drei kleine Schüsseln mit grünen Oliven, Nüssen und Knabberzeug standen.

Angesichts der zahlreichen Zeugen am Pool dämmerte Bev, dass Fitzwilliam sich womöglich keineswegs unangemessen verhalten würde. War ihr Plan, ihn zum Schein zu verführen, zum Scheitern verurteilt?

»Ist es nicht großartig, dass wir zufällig am selben Abend in London sind? Es tut mir wirklich leid, dass ich beim letzten Mal so plötzlich aufbrechen musste.« Als sie ihre Tageshandtasche auf dem überfüllten Tisch abstellte, merkte sie auf einmal, wie groß und klobig sie war. Sie verfluchte sich dafür, dass sie ihre adrette Abendhandtasche zu Hause auf dem Nachtschränkchen hatte liegen lassen. Ein Versäumnis, das sie noch teuer zu stehen kommen konnte.

Der Blick ihres Begleiters wanderte von ihrem Dekolleté zu der Tasche. Das Grinsen wich aus seinem Schweinsgesicht, und er runzelte die Stirn. Die Tasche wirkte viel zu groß und deplatziert. Das würde nicht funktionieren. Verdammt! Sie stellte die Tasche zwischen ihre Füße auf den Boden. Jetzt, wo sie beide nichts mehr störte, hellte sich sein Gesicht auf, und er beugte sich zu ihr vor.

Sie begannen ein unverbindliches Gespräch über die Arbeit, über Cat Thomsons wechselvolle Karriere in der Technologiebranche, die natürlich komplett Bevs Fantasie entsprang. Der Champagner half ihr, die Lügengeschichten weiterzuspinnen. Dabei vermied sie es, auf technische Einzelheiten einzugehen. Aber vor allem erzählte Jerry Fitzwilliam mit Vorliebe unablässig von sich selbst. Von dem Abkommen, das er gerade mit den großen Konzernen aushandelte. Dem Gesetzentwurf, den er durchs Parlament bringen wollte. Ich, ich, ich, und mit jedem Glas, das er leerte, wurde er lauter und lebhafter. Schließlich wechselte er das Thema.

»Ich habe viel über dich nachgedacht, weißt du?«, sagte er leise und musterte ihre Oberschenkel, die von ihrem kurzen Kleid nur notdürftig bedeckt wurden. »Danke für deine zahlreichen Nachrichten. Ich hätte ja geantwortet, aber …«

»Warst du zu sehr mit deinen anderen Verehrerinnen beschäftigt?«, fragte sie aufreizend und steckte sich eine Olive in den Mund.

Er brach in schallendes Gelächter aus und schenkte ihnen Champagner nach. Es schien, als würde er endlich seine Zurückhaltung aufgeben. »Mir ist klar geworden, dass ich mich bei unserem letzten Treffen wie ein Trottel benommen habe.«

»Das war alles nur ein Missverständnis«, sagte Bev und schüttelte den Kopf. Falls sie je ihr Geld sehen wollte, brauchte sie das genaue Gegenteil von höflichen Entschuldigungen. Sie benötigte Beweise für einen geheimen Unterschlupf in London, wenn sie seine dubiosen Absprachen mit diesem Zuhälter namens Stan unter die Lupe nehmen wollte.

»Ich habe es übertrieben. Das liegt an meiner Frau, weißt du?« Er räusperte sich und nippte immer wieder an seinem Champagnerglas. »Wir hatten seit Jahren keinen Sex mehr. Das ist für einen heißblütigen Mann wie mich kaum zu ertragen.«

*Ah. Jetzt geht das wieder los*, dachte Bev. *Meine Frau vögelt nicht mehr mit mir. Aber ich habe eben Bedürfnisse! Mein Gott, wenn ich jedes Mal für diesen Satz einen Fünfer bekommen würde ...* Sie betete, dass das winzige Mikrofon wenigstens jedes seiner Worte aufnahm.

»Was ist mit der Runde Schwimmen, die du mir versprochen hast?«, sagte sie. Inzwischen hatte sie zwei Gläser Schampus intus.

»Ach ja.« Sein lüsternes Grinsen verriet, dass er immer betrunkener wurde und auf einen Seitensprung aus war. »Hast du denn deinen Bikini dabei?«

Sie schlug langsam die Beine übereinander, sodass er einen kurzen Blick auf ihren Schlüpfer erhaschen konnte. »Dein Wunsch war mir Befehl.«

»Ist er ... schön knapp?«

Sie tupfte sich mit einer Serviette die Mundwinkel ab und klimperte langsam mit den Wimpern. »Sehr knapp.«

Im Damenumkleideraum zog Bev das neue Kleid aus, für das sie sich eilig entschieden hatte, und zerrte es mit einem statischen Knistern über den Kopf. Der Bikini, den sie gekauft hatte, sah an einem zierlichen achtzehnjährigen Mädchen bestimmt toll aus. Bev stand jetzt vor dem Spiegel und betrachtete im unvorteilhaften Licht der Deckenbeleuchtung ihren schrumpeligen, übergewichtigen Körper einer dreißigjährigen Frau. Der Bikini spannte sich an den falschen Stellen. Beim Anblick ihrer Zellulitis unter dem Elastangewebe mit Tropenmuster musste sie an einen Elefanten denken, den man in eine knallbunte Noppenfolie gewickelt hatte. Immerhin war es am Pool dunkel. Ein Mann wie Jerry Fitzwilliam schaute nicht aufs Kaminsims, wenn sich auch nur die geringste Chance ergab, das Feuer voll zu entfachen.

Als sie nach draußen trat, waren die anderen Geschäftsmänner, die auf den Stühlen gelegen hatten, zum Glück verschwunden. Aber da war Jerry; er saß bereits am Beckenrand und ließ seine Füße ins Wasser baumeln, während er an einem albern aussehenden Cocktail nippte. Lallend richtete er das Wort an sie. »Welch Anblick für meine müden Augen, junge Dame.«

*Welch müder Anblick für meine jungen Augen*, dachte Bev und bemerkte, wie zwei hippe Kellner, die die leeren Flaschen einsammelten, sie ansahen und kichernd vielsagende Blicke wechselten. Aber vielleicht schauten sie auch nur den Schattenminister mit seiner breiten Brust an, die mit blonden Haaren übersät war. Sein dicker Bauch hing über die geschmacklosesten Badeshorts, die Bev je gesehen hatte, seit sie mit Rob elende, schier endlose vierzehn Tage voller Streitereien an der Algarve verbracht hatte.

Sie stellte ihre Tasche so auf dem Stuhl ab, dass Kamera und Mikrofon unbemerkt auf ihre Zielperson zeigten, und ließ sich in den Pool gleiten. Angesichts des plötzlichen Temperaturwechsels schnappte sie nach Luft.

»Es ist ja eiskalt!«

»Ist gut für die Durchblutung«, sagte Fitzwilliam und rutschte neben ihr ins Wasser.

»Du würdest bei einem Wet-T-Shirt-Wettbewerb den ersten Platz belegen«, sagte er und packte sie an der Taille.

Bev wand sich aus seiner Umklammerung, schwamm zum anderen Ende des Beckens und wieder zurück und verharrte in einer günstigen Position neben ihrer Tasche. »Eigentlich ist es ziemlich erfrischend, wenn man erst mal auf Touren kommt.«

»Du bringst mich auf Touren.« Er zog ihre Hände vom Beckenrand fort und schob sie zwischen seine Beine.

Bev konnte durch den Stoff seine Erektion spüren und merkte, wie ihr die Oliven und Nüsse wieder hochkamen. Doch sie ließ ihre Hand dort liegen. Denn sie war erleichtert, dass er jetzt, wo sie so gut wie alleine waren, eine Grenze überschritten hatte und betrunken war; nun brauchte sie von ihm nur noch eine eindeutig belastende Äußerung. »Wow. Echt beeindruckend, in diesem kalten Wasser. Ich bringe dich wirklich auf Touren, was? Was hast du mit mir vor, Mister Fitzwilliam?« Sie kicherte, um den Eindruck zu erwecken, dass sie mit ihm flirtete.

Er beugte sich vor, um sie zu küssen, und sie hielt ihm ihren Hals hin. Er saugte wie ihr Staubsauger nach der kürzlich durchgeführten Wartung. Bestimmt bekam sie davon einen blauen Fleck. Arschloch. Was würde Mo wohl sagen, wenn sie wie ein sexgeiles siebzehnjähriges Mädchen mit Knutschflecken übersät in der Gruppentherapie aufkreuzte?

»Ich will dich bis zur Besinnungslosigkeit durchvögeln«, sagte er. »Na, wie wär's?«

Sie spürte, wie seine Finger nach den Schnüren ihres Bikiniunterteils tasteten. Hatte er für das Mikrofon laut genug gesprochen? Konnten die Kellner sehen, was hier los war?

»Du frecher Junge!«, sagte sie und schob ihn spielerisch fort. »Was ist mit deiner armen Frau? Weiß sie, dass du gerne einen draufmachst, wenn du in London bist?«

»Ich will nicht über sie reden. Ich will über die schmutzigen Sachen reden, die wir tun werden. Komm mit in meine Wohnung.«

Das war definitiv laut genug gewesen. Außerdem hatte er die Wohnung erwähnt. »Wo ist das?«

»Du wirst schon sehen. Der Blick aus dem Wohnzimmer ist fantastisch.«

»Gehört sie dir?«

»Ich teile sie mir mit ein paar Freunden. Sieh an, sieh an.« Er streckte die Hand aus, um unter Wasser ihre Brüste zu streicheln. Merkte er in seinem betrunkenen Zustand nicht, dass man sie vielleicht sehen konnte, oder war es ihm einfach egal, jetzt, wo sie in seinem Reich war, zu dem nur Mitglieder Zutritt hatten? »Bist du nicht ganz schön neugierig?«

Bev war hin- und hergerissen. Eine innere Stimme sagte ihr, dass sie zu weit gegangen war. Dass sie zu viele Fragen auf einmal gestellt hatte. Aber sie wollte das hier hinter sich bringen, und um die Sache erfolgreich zu Ende zu bringen, benötigte sie weitere Informationen. Sie war überzeugt, dass er sie nicht zu seinem Kahn bringen würde. Sobald sie die Adresse seiner geheimen Unterkunft in Erfahrung gebracht hatte, könnte sie sich eine Ausrede zurechtlegen und rasch den Rückzug antreten, um sich in Sicherheit zu bringen.

Sie schwamm erneut zum anderen Ende des Pools, kletterte heraus und versuchte dabei, trotz ihrer großen Knie und ihrer Brüste, die so schwer waren, dass sie leicht vornübergebeugt ging, möglichst geschmeidig und verführerisch zu wirken. Sie holte sich beim Pool-Bediensteten ein Handtuch und wandte sich ihrem Begleiter zu. »Ich kann in fünf Minuten angezogen und abfahrbereit sein.« Wer A sagte …

Die Fahrt mit dem Taxi nach Ealing dauerte eine Stunde. Das Bedürfnis des Schattenministers, vor dem geschwätzigen Taxifahrer und Labour-Anhänger sein öffentliches Image aufrechtzuerhalten, bewahrte Bev davor, auf dem Rücksitz gnadenlos traktiert zu werden. Offensichtlich war Fitzwilliam nicht so betrunken, dass er vergaß, wo für ihn die Grenze verlief.

Als sie vor einem Hochhaus hielten, das wie ein ehemaliger Sozialbau aussah und mit der gleichen Fassadenverkleidung versehen war, die den Grenfell Tower hatte in Flammen aufgehen lassen, konnte sich Bev kaum dazu durchringen, das sichere Taxi zu verlassen.

»Kommst du?« Jerry hielt ihr mit aufforderndem Blick und hochgezogener Augenbraue die Tür auf. »Zu unserem Marketing-Meeting.« Er zwinkerte ihr zu.

Bev schluckte schwer und umklammerte ihre Tasche, in der sich der feuchte, in ein gestohlenes Handtuch gewickelte Bikini befand. Von ihren Haarspitzen tropfte immer noch das Chlorwasser auf ihr billiges Kleid, sodass der Stoff fast durchsichtig war. Sie selbst fühlte sich genauso durchschaubar. Was würde als Nächstes passieren? Sollte sie es riskieren, mit einem Mann das Gebäude zu betreten, der es gewohnt war, seinen Willen durchzusetzen? Ihr war durchaus bewusst, dass er Sex mit ihr haben wollte, nachdem sie den ganzen Weg mit ihm hier rausgefahren war. Da Bev jetzt Single war, hatte sie gegen einen One-Night-Stand eigentlich nichts einzuwenden, aber diese Sache war geschäftlich. Es entsprach ganz und gar nicht ihren Vorstellungen und war völlig unprofessionell, sich von dem widerwärtigen, gewalttätigen Ehemann einer Klientin besteigen zu lassen.

»Komm in die Hufe, Schätzchen!«, sagte der Taxifahrer, und im Rückspiegel konnte sie seinen ungeduldigen Gesichtsausdruck sehen. »Ich muss einen anderen Fahrgast abholen.«

Als Bev in die Nacht hinaustrat und allein in dem grellen Licht stand, das aus der Eingangshalle des Wohnblocks drang, sagte sie sich, dass sie im Gegensatz zu Angie kein Opfer war. Kein wehrloses junges Mädchen wie die Prostituierten, die bei »Stan« angefordert wurden. Die Zeiten, in denen sie einem Mann auf Gedeih und Verderb wehrlos ausgeliefert war, gehörten der Vergangenheit an. Wenn nötig, würde sie sich mit ihrer schweren Handtasche ihren Weg in die Freiheit erkämpfen.

Fitzwilliam forderte sie mit einer Geste auf einzutreten. Im Innern gab es keinen Portier, aber an einer Halterung oben an der Wand hing eine Überwachungskamera, die surrend hinter ihnen herzoomte. Im Aufzug steckte Fitzwilliam einen Schlüssel in das Feld mit nummerierten Knöpfen und drückte auf das P für Penthouse. Als er sich vorbeugte, um sie zu küssen, deutete Bev auf eine weitere Kamera, die in einer der oberen Ecken der Kabine angebracht war und sie hinter einer bruchsicheren Glasscheibe beobachtete.

»Wir haben Publikum«, sagte sie und fragte sich, ob es Aufnahmen davon gab, wie »das Milchlamm und der Zucker« in die Wohnung gebracht wurden. »Immer schön langsam, Cowboy.« Sie drückte mit der Hand gegen seine Brust, um ihn auf Abstand zu halten.

Fitzwilliam umklammerte ihre Hand und küsste ihre Fingerknöchel.

Doch sie zog sie fort. »Das hier ist ein Marketing-Meeting, vergessen?«

Er trat zurück und deutete mit dem Kopf lächelnd auf ihr Dekolleté.

Als sich die Aufzugtüren öffneten, erschien dahinter ein kleines, mit Teppich ausgelegtes Foyer, an dessen gegenüberliegender Wand sich eine einzelne Tür befand.

»Willkommen in meinem bescheidenen Lustschlösschen«, sagte er.

Er fummelte einen Moment mit seinen Schlüsseln herum, dann hatte er die Tür aufgeschlossen, und dahinter kam ein schmaler Flur zum Vorschein, der direkt in ein großes Wohnzimmer führte. Darin standen auf einem Parkettboden mehrere Ledersofas. Außerdem gab es hier einen Couchtisch aus Glas, auf dem man, wie Bev sich ausmalte, zu zahlreichen Gelegenheiten Kokain-Linien ausgelegt hatte, damit sie durch Zwanzigdollarscheine in die haarigen Nasenlöcher korrupter Politiker gezogen wurden. An einer Wand hing der Druck eines Mondrians. Der Blick durch die deckenhohen Fenster auf eine der zu dieser späten Stunde immer noch viel befahrenen Hauptverkehrsstraßen Ealings und die Vororte dahinter war beeindruckend, ja atemberaubend.

»Schicke Wohnung. Ist bestimmt nicht billig«, sagte Bev, während sie auf die Neonlichter eines Spirituosenladens und die benachbarte Kebab-Bude hinunterstarrte.

»Wie gesagt, ich teile sie mir mit ein paar Freunden.« Er verschwand in der Küche.

Es war das Geräusch eines Geschirrschranks zu hören, der geöffnet wurde. Von Gläsern, die auf der Arbeitsfläche abgestellt wurden. Dann das Klimpern von Eiswürfeln.

»Du trinkst doch Gin, oder?« Er streckte den Kopf zur Tür heraus. Er war jetzt ganz der charmante Gastgeber.

»Aber sicher.« Bev nahm ihm den Drink ab, während sie im Geist eine Liste durchging: Sie wusste jetzt, dass er eine weitere Wohnung besaß, von der er seiner Frau nichts erzählt hatte. Zusammen mit Doc musste sie in jedem verdächtigen Video, das sie im Netz fanden, nach dieser Inneneinrichtung Ausschau halten. Außerdem entschied sie sich, einen plötzlichen Migräneanfall vorzutäuschen, um einen schnellen Abgang zu machen. Nur noch ein paar weitere Fragen, und dann würde sie von hier verschwinden …

Sie nahmen beide auf einem der Sofas Platz, während Bevs Handtasche und die Kamera in Reichweite auf dem Couchtisch standen und in ihre Richtung zeigten. Fitzwilliam legte seinen freien Arm auf die Rückenlehne und beugte sich zu ihr vor. Dabei rutschte sein Hemd nach oben, und man konnte sehen, dass sein Hosenschlitz offen stand. Bev bemerkte, dass sein erigierter Schwanz aus der Unterhose hervorragte, prall und rot vor sexuellem Verlangen. Er streckte die Hand aus, um ihr das Haar zu streicheln.

*Okay, meine Liebe. Du bist hier nicht sicher. Tu, was nötig ist, um deine Aufnahmen zu bekommen, und dann sieh zu, dass du Land gewinnst.* Doch Bevs vorlautes Mundwerk hatte sich offensichtlich von ihrem wachsamen Gehirn abgekoppelt. »Was treibst du sonst noch so, wenn du dich gehen lässt, Jerry? Kommt Charlie auch auf die Partys?« Sie zog vielsagend ihre Augenbraue hoch. »Und was ist mit … Ernie?«

Plötzlich schien die Temperatur im Wohnzimmer um mehrere Grad zu fallen.

»Moment mal«, sagte er und wich zurück. »Ich bin mir nicht sicher, ob mir die Richtung gefällt, in die dieses Gespräch geht. Du hörst dich allmählich wie eine Boulevardreporterin an, die auf eine Skandalgeschichte scharf ist.« Er packte ihr Gesicht und neigte ihren Kiefer nach unten, sodass sie ihn nur noch mit ihrem rechten Auge sehen konnte.

»Du tust mir weh.« Er hielt Bev so fest umklammert, dass ihr das Sprechen schwerfiel. »Lass los, Jerry. Du hast mich völlig falsch verstanden. Ich war … nur neugierig.«

Aber er ließ sie nicht los. Er hielt sein Gesicht so dicht an ihres, dass sie seinen nach Champagner und Gin stinkenden Atem und das Chlor in seinen Haaren riechen konnte. »Du weißt ja, Neugier ist der Katze Tod, oder, *Cat*?« Er sprach ihren Namen übertrieben deutlich aus. »Sollte ich herausfinden, dass du mir Märchen erzählst und eine Undercover-Reporterin bist, könnte es sein, dass ich dir mitten in der Nacht einen Besuch abstatte, an dem du keine Freude haben wirst. Wie würde dir das gefallen? Wenn du plötzlich aufwachst und ich in deiner Souterrainwohnung an deinem Bettende stehe?«

Das war genug. Bev zwickte ihn kräftig in die Innenseite seines Oberschenkels. Woher um alles in der Welt wusste er, dass sie in einer Souterrainwohnung lebte? Hatte sie sich verplappert? Wusste er über alles Bescheid? Aber das spielte keine Rolle. Sie war ihr Leben lang schikaniert worden. Sie würde es jetzt nicht zulassen, dass dieser miese Penner es auf die Liste ihrer Peiniger schaffte. »Lass deine dreckigen Pfoten von mir, Jerry Fitzwilliam. Ich nehme dir diese Beschuldigung wirklich übel und werde deine Drohungen nicht tolerieren.«

»Und ich toleriere keine Erpresser, die mir eine Falle stellen, und auch keine geldgeilen Weiber.«

Sie stand auf, und ihr wurde schwindelig. »Schluss mit dem Scheiß. Ich gehe jetzt.« Sie nahm ihre Handtasche, bereit, sie als Waffe zu benutzen, und eilte rückwärts in Richtung Wohnungstür. Ihr Herz hämmerte wie wild, als wollte es sich aus dem Staub machen.

Fitzwilliam sprang ebenfalls auf. »Lauf beim Weg nach draußen nicht gegen die Tür, du billiges Flittchen.« Während er aufstand, rutschten seine Shorts herunter, und es kam ein großes dunkelrotes Muttermal zum Vorschein, das ungefähr die Umrisse von Australien hatte. Bev starrte auf den Fleck. Sie erkannte ihn wieder.

»Du gehst auf Sexpartys, oder?«, rief sie.

Die Tür war jetzt in Reichweite, sie war fast draußen.

Fitzwilliam hatte ihr zum Glück inzwischen den Rücken zugekehrt und ging mit dem leeren Glas in der Hand in Richtung Küche. Doch dann drehte er sich mit einem bedrohlichen Grinsen wieder um. »Was hast du gesagt?« Seine Füße polterten über das Parkett, während er mit mordlustigem Blick auf sie zugewankt kam. »Drohst du mir etwa?«

Jerry Fitzwilliam umklammerte sein schweres Kristallglas wie einen Schlagstock. Er kam immer näher, war jetzt fast bei ihr …

## KAPITEL 23

# Angie

Werde mich noch mal mit ihm treffen. Und die nötigen Beweise beschaffen. Pack deine Sachen. Nimm die Kids und verschwinde. Melde mich, sobald ich wieder zu Hause bin. Bev

Während ihr Herz vor Angst und Euphorie raste, löschte Angie mit zitternder Hand die Nachricht. Die Härchen auf ihren Armen hatten sich aufgerichtet, weil sie das Gefühl hatte, dass sie beobachtet wurde, und sie warf einen Blick über die Schulter. Aber dort war niemand, und in der Wohnung war alles an seinem Platz: das Sideboard, die Dekorationsgegenstände und Gemälde und die Fenster in Richtung Garten. Allerdings waren die Rollläden hochgezogen, und im Garten war es dunkel.

Angie ließ die Jalousien herunter und atmete auf. Dann neigte sie den Kopf und lauschte. Im Haus war es still. Die tickende Uhr auf dem Kaminsims im Wohnzimmer verriet ihr, dass Poppy und Benjy bereits seit ein paar Stunden im Bett lagen.

»Sei nicht albern«, flüsterte sie. »Such die Koffer.«

Angie gab sich größte Mühe, lautlos an den Schlafzimmern der Kinder vorbeizuschleichen, und stieg die Treppen zum Dachboden hinauf. Als die alten Holzstufen selbst unter ihrem geringen Gewicht zu knarzen begannen, zuckte sie zusammen. Sie war ganz außer Atem, nicht nur vom Treppensteigen, sondern auch vor Aufregung bei dem Gedanken daran, dass sie Jerry bald los wäre. Dass sie dann selbst entscheiden könnte, wo sie hinging, mit wem sie sich traf und wofür sie die hoffentlich beträchtlichen Unterhaltszahlungen ausgab. Sie fragte sich, ob sie diese Villa, die sie so sehr liebte, behalten durfte. Ihre Scheidungsanwältin hatte ihr versichert, dass es kein Problem sei, das Haus der Familie für Angie und die Kinder zu bekommen. Allerdings wusste die Anwältin noch nicht, dass Jerry durch seine Betrügereien ein kleines Vermögen angehäuft hatte.

*Sei nicht so negativ*, sagte sie sich.

Während sie zwischen den Umzugskartons und Truhen nach den Koffern suchte und der aufgewirbelte Staub bei ihr einen Hustenanfall auslöste, dachte sie über ihre inszenierte Begegnung mit Tim im Carluccio's nach. Wer hätte je auch nur im Traum gedacht, dass Tim mit Rob befreundet war? Angeblich hatten Sophie und Tim Bevs Ex so sehr verachtet und misstraut, dass sie zu Bev praktisch den Kontakt abgebrochen hatten, bis sie sich von ihm getrennt hatte. Angie nahm sich vor, Bev zu warnen, dass Rob offensichtlich ihren Freundeskreis unterwandert hatte – ein Vertrauensbruch, der bestimmt von Tim ausgegangen war … oder? Am meisten hatte sie allerdings die Anwesenheit des Psychiaters überrascht, den man ihr als Mo vorgestellt hatte. Angie kannte ihn aus der Klinik, in der sie sich wegen ihrer Magersucht heimlich behandeln ließ. Sie war sich sicher, dass sie gesehen hatte, wie Bev den Raum verlassen hatte, in dem Dr. Mohammed Ashraf seine Gruppentherapien abhielt. Sie hatte zu Bev jedoch nichts gesagt, weil sie die Aufmerksamkeit nicht auf ihre eigenen Probleme lenken wollte.

Angie war über diese merkwürdige Gruppe von United-Anhängern, die sich lachend und scherzend über ihre Tortellini hergemacht hatten, als wären sie seit ewigen Zeiten die besten Freunde, so überrascht gewesen, dass sie es völlig versäumt hatte, Tim nach der Zweitwohnung zu fragen, die er sich früher mit Jerry geteilt hatte. Sie hatte bloß Hallo gesagt und Belanglosigkeiten über das Wetter, Uniteds Chancen und das Essen ausgetauscht. Dann war sie, erfüllt von Panik, dass Rob sie ohne die grüne Pudelmütze und die Sonnenbrille erkannt haben könnte, zu ihrem Wagen zurückgeeilt. Es war durchaus möglich, dass Rob Tim von Bevs Klientin erzählen würde. Und natürlich würde Tim es postwendend Jerry weitererzählen.

»Dummes, albernes Mädchen«, sagte sie und öffnete den mittelgroßen Koffer, um sich zu vergewissern, dass er leer war.

Auf Zehenspitzen schleppte sie die drei Koffer einen nach dem anderen in ihr Schlafzimmer hinunter. Da Jerry vor morgen Vormittag nicht zurück wäre, hatte sie genügend Zeit, um ihre Abreise gründlich vorzubereiten. Endlich war es so weit. Sie würde den Wagen beladen und mit den Kindern zu einem Hotel irgendwo an der M6 fahren. Morgen würde sie dann mit ihrer Mutter telefonieren und sich zum Haus ihrer Eltern in Shropshire begeben.

Sie warf die Koffer auf ihr Bett und suchte für alle Gelegenheiten einige wenige Kleidungsstücke heraus. Aus dem Schuhschrank holte sie ihre makellosen Gummistiefel für den Fall, dass sie mit ihren Großeltern einen Spaziergang durch die hügelige Landschaft unternehmen würden. Schließlich schlich sie sich in die Kinderzimmer und betrachtete ihre Kinder, die mit zuckenden Augenlidern träumend in ihren Bettchen lagen – Poppys hatte die Form einer Märchenkutsche und Benjys die eines Feuerwehrautos. Die Kinder wären nicht begeistert, sich von ihren gemütlichen Zimmern und maßgefertigten Betten zu verabschieden, aber dies war eine Notsituation und nur eine vorübergehende Maßnahme. Sie holte ein paar saubere Sachen aus ihren Kleiderschränken und stellte dabei verärgert fest, dass sich während der Abwesenheit ihres Kindermädchens die schmutzige Wäsche angehäuft hatte und die Auswahl an sauberer Kleidung für Poppy und Benjy begrenzt war. Egal. Sie würde in der Nähe ihres Elternhauses schon eine Boutique finden. Bestimmt gab es in Shrewsbury irgendeinen netten Laden.

Nachdem Angie die Sachen in den Koffern verstaut hatte, verließ sie ihr Schlafzimmer, um ihre Kinder zu wecken.

»Fährst du weg?«

Sie stieß einen Schrei aus und fasste sich an die Brust. »Gretchen!«

Das Kindermädchen stand in der Tür zu seinem Zimmer und war in der Dunkelheit kaum zu erkennen. Hinter Gretchen brannte kein Licht. Da war nur der Schein eines Laptops auf ihrem Frisiertisch, das Angie sofort ins Auge fiel. »Du bist doch in Österreich!«

»Offensichtlich nicht.« Gretchen trat mit den Händen in den Taschen ihrer Jeans auf den Treppenabsatz.

Trotz der späten Stunde war das Kindermädchen noch vollständig bekleidet. Was hatte sie sich auf ihrem Laptop nur angesehen? Waren das, was Angie auf dem Bildschirm erkennen konnte, nicht die vier Überwachungsbilder der Nanny-Cam? Nur, dass statt der Kinderzimmer, des Spielzimmers und des Gartens das Wohnzimmer, Jerrys Arbeitszimmer, die Küche und Angies Zimmer zu sehen waren.

»Jerry hat mich gebeten, meinen verlängerten Urlaub abzubrechen und zurückzukommen«, sagte Gretchen in ihrem perfekten, fast akzentfreien Englisch. »Er dachte, dass du dringend Hilfe brauchst.«

»Wie aufmerksam! Wann bist du zurückgekommen? Warum hast du nicht Hallo gesagt, Schätzchen?«, fragte Angie, nervös kichernd, und trat einen Schritt zurück. Obwohl sie lächelte, war ihr die Situation peinlich. Sie wusste nicht, ob sie etwas zu der Nanny-Cam sagen sollte oder nicht.

»Ich bin gegen Mittag zurückgekommen. Du warst unterwegs, und ich war von dem Flug so müde, dass ich sofort eingeschlafen bin.«

»Du hast die ganze Zeit geschlafen? Spionierst du mir etwa hinterher, Gretchen?« Sie sagte das in einem unverfänglichen, freundlichen Tonfall, weil sie nicht wusste, wie sie mit ihrer neu gewonnenen Unerschrockenheit umgehen sollte.

Gretchen zog die Zimmertür hinter sich zu. »Natürlich nicht, Angie.« Sie nahm sie unbeholfen in den Arm. »Es ist so schön, wieder hier zu sein. Aber du brichst wohl gleich auf, während ich gerade angekommen bin.«

Angie spürte, wie ihr auf dem Rücken kalter Schweiß ausbrach, und schüttelte, immer noch lächelnd, den Kopf. »Nein. Ich fahre nicht weg. Ich habe nur ein paar Sachen für die Altkleidersammlung zusammengesucht. Wie war es in Österreich?«

Gähnend trat Gretchen den Rückzug an. »Das erzähl ich dir morgen. Ich bin von der Reise noch ganz müde. Schlaf gut!«

»Ja. Gute Nacht.«

Angie kehrte auf ihr Zimmer zurück und zerrte die Koffer vom Bett. Dann weinte sie stumm in ihr Kissen.

## KAPITEL 24

# Bev

»In Kürze erreichen wir Milton Keynes«, verkündete die Ansage aus dem Lautsprecher.

Teilnahmslos starrte Bev durch das Fenster auf den frühen Abendhimmel, während der Zug langsamer wurde und sich der Bahnhof, der die zweckmäßige Anonymität eines Bürokomplexes verströmte, und die Stadt dahinter allmählich ins Sichtfeld schoben. Sie warf einen Blick auf die Uhr. *Na los! Mach schon!* Sie musste immer noch Hunderte von Meilen zwischen sich und das verheerende Treffen mit Jerry Fitzwilliam bringen.

Das Piepen der sich öffnenden Türen ließ sie fast einnicken. Um diese Jahreszeit war es draußen bereits dunkel. Sie gähnte, und als eine Frau mittleren Alters eine große Reisetasche auf die Zeitung knallte, die Bev vergeblich zu lesen versucht hatte, zog sie widerwillig die Füße in ihren Bereich unter dem Tisch zurück und verschränkte die Arme. Die Frau warf einen missbilligenden Blick auf den tiefen Ausschnitt von Bevs Kleid, der unter ihrem Mantel gerade so zu sehen war. Doch nachdem Bev eine Nacht im Gästebett von Docs Mutter verbracht hatte und von einem einflussreichen Politiker, der regelmäßig seine Frau verprügelte, bedroht worden war, hatte sie keine Lust auf das Verhalten ihrer neuen Mitreisenden. Sie zerrte die Sonntagsausgabe der *Times* unter der Reisetasche hervor. »Ich darf doch mal?«

Als sich der Zug wieder in Bewegung setzte, beobachtete Bev, wie die Stadt allmählich einer ländlichen Gegend wich, aber in Gedanken war sie bei dem Gespräch, das sie mit Doc geführt hatte.

»Er ist in meiner Wohnung gewesen«, hatte sie gesagt, während sie um drei Uhr morgens mit einer heißen Schokolade in der altmodischen Küche von Docs Eltern gesessen hatte. »Entweder er selbst oder irgendein Schläger, der auf seiner Gehaltsliste steht.«

»Was soll das heißen?«, fragte Doc und wippte mit seinem Stuhl. Sie saßen an einem kleinen Frühstückstisch aus Kiefernholz, der direkt vor einer Wand mit einer Fliesentapete voller Lebensmittelmotive aus den Siebzigern stand.

»Zum einen wusste er, dass ich in einer Souterrainwohnung lebe. Außerdem wurden meine Sachen bewegt. Eine meiner Origami-Figuren wurde umgestellt oder geklaut. Und die Türen waren offen, als würde jemand versuchen, mich einzuschüchtern. Verstehst du? Ich habe Angst, Doc. Das kannst du mir echt glauben.«

»Ich auch. Kein Wunder angesichts der Umstände. Aber was hast du jetzt vor?«

»Die Beweise von heute Abend reichen für Angie.« Sie nahm die winzige Kamera und ließ sie über ihre Handfläche rollen. »Er hat sich wie das Tier aufgeführt, das er nun mal ist, und es ist alles hier drauf. Angefangen von seinem Versuch, mit seinem großen Schwanz in mich einzudringen, bis zu dem Moment, als er mit einem Kristallglas auf mich losgegangen ist. Wie ich es da wieder rausgeschafft habe, bevor er mir den Schädel eingeschlagen oder mich vergewaltigt hat, wird mir ein Rätsel bleiben. Na ja … wahrscheinlich war es von Vorteil, dass ich ihm einen Schlag in die Eier verpasst habe und zum wartenden Aufzug gerannt bin.« Sie umklammerte die Kamera mit den Beweisen und atmete heftig aus. »Ich weiß, dass er eine geheime Penthouse-Wohnung hat. Dass er ein Ehebrecher und Schläger ist. Wir beide müssen jetzt wieder nach Hause fahren. Oder? Wir müssen diesem Scheißkerl zeigen, dass wir keine Angst haben, auch wenn uns der Arsch auf Grundeis geht. Die meisten Schläger ziehen irgendwann den Schwanz ein.«

Doc warf seinen Kopf in den Nacken und lachte stumm, sodass seine Schultern heftig zitterten. »Ach ja? Tatsächlich?« Aus seinem nüchternen Tonfall sprach Sarkasmus. »Ich weiß ja nicht, wie es bei dir aussieht, aber ich werde umziehen. Nach Levenshulme. Um unterzutauchen. Dort werden sie mich nie finden.«

Bev fuhr mit dem Finger über ein Astloch in der leicht klebrigen Tischplatte und dachte über ihre Situation nach. »Vielleicht ist das der Tritt in den Arsch, den ich jetzt brauche. Ich muss mir sowieso eine geeignete Wohnung suchen, wenn ich wieder Ordnung in mein Leben bringen will. Außerdem muss ich weg von Sophie und Tim. Die beiden gehen mir total auf die Nerven. Aber vorher muss ich diesen Fall zu Ende bringen, und ich kann mich erst wieder irgendwelchen neuen Dingen zuwenden, wenn ich eine letzte Sache herausgefunden habe.«

Sie einigten sich darauf, das Schicksal der jungen Prostituierten namens Tatjana genauer unter die Lupe zu nehmen und ihre Nachforschungen möglichst weit in die Randbezirke des Internets auszuweiten. Der verloren wirkende Doc rang Bev das Versprechen ab, ihn nicht auf dem Festnetzanschluss seiner Eltern anzurufen, und erklärte, dass er sich melden würde, sobald er ein neues, sauberes Handy besaß. Nachdem sie ihren Plan besiegelt hatten, wünschte Bev ihm eine gute Nacht und verabschiedete sich in das nach Katzenpisse stinkende Gästezimmer.

Am nächsten Tag hatte sie ein paar weitere Werbetexte verfasst und ein Fotoshooting von den Räumlichkeiten der Wohltätigkeitsorganisation überwacht. Jetzt ließ sie London endlich hinter sich und war auf dem Weg nach Hause.

Wenn die Frau auf dem Platz gegenüber sich nicht die Nase geschnäuzt hätte, wäre Bev wohl nicht aus ihrem Tagtraum erwacht. Sie hob den Kopf und ließ den Blick von ihrer adrett frisierten Mitreisenden in den Gang des Waggons hinter ihr wandern.

Dort entdeckte Bev einen Mann, der direkt in ihre Richtung starrte.

Es handelte sich um einen unscheinbar aussehenden Mann, vielleicht in den Dreißigern. Einen Durchschnittstypen, der eine graue Jeans und eine graue Fleecejacke trug. Aber es kam ihr merkwürdig vor, wie er sie beobachtete, so als würde er sich im Geiste Notizen machen, und wie er absichtlich auf einen Punkt hinter ihr starrte, als sie ihm in die Augen sah. Es schien, als würde sich mit ihrem Blickkontakt die Temperatur im Waggon abkühlen.

Bev stand abrupt auf, schnappte sich ihre vollgestopfte Handtasche und schob sich in den Gang. Mit großen Schritten setzte sie sich in Bewegung, fort von dem Mann, weiter zur Spitze des Zuges. Ein kurzer Blick über die Schulter bestätigte ihr, dass er ebenfalls aufgestanden war und ihr jetzt im Abstand von wenigen Metern folgte.

Als Bev auf den Leuchtknopf zum Öffnen der Tür drückte, spürte sie, wie sie von einem Schwindelanfall überwältigt wurde. Der Mann kam näher. Immer näher … aber der berührungsempfindliche Knopf schien auf ihre Berührung nicht zu reagieren.

Als ihr Verfolger nur noch drei Schritte entfernt war, öffneten sich endlich die Türen. Bev schob sich an einem großen, stämmigen Mann vorbei, der gerade einen riesigen Koffer über die Schwelle in den Waggon rollte. Mit seinem massigen Körper und voluminösen Koffer versperrte er den Gang, sodass der Mann in Grau zurückblieb.

*Lauf zum Ende des Zugs. Schließ dich in einem belebten Waggon im Klo ein und steig in Wilmslow aus dem Fenster.*

Bev rannte durch drei vollbesetzte Waggons mit Geschäftsleuten, Studenten, schreienden Kindern in Begleitung ihrer gestressten Eltern, Rentnern und – dem Mischmasch aus Sprachen nach zu urteilen – Fahrgästen aus allen Ecken der Welt. Schließlich fand sie sich inmitten einer Gruppe betrunkener junger Männer wieder, die in dem Bereich vor einer Tür standen. Sie grölten irgendein Lied, das sich wie der Fangesang von Fußballfans anhörte. Bev sah, dass sie alle identische Hemden trugen und zwischen ihren muskulösen Beinen unförmige Seesäcke standen. Eishockeyspieler. Jungs auf großer Fahrt. Sie boten die perfekte Deckung. Der Mann in Grau würde kein vernünftiges Wort aus ihnen herausbekommen oder zumindest hoffte sie das.

Von dem Mann war jedoch nichts zu sehen. Noch nicht.

Bev schob sich in die glücklicherweise freie Toilette und verriegelte die Tür. Der Zug schwankte heftig hin und her, als er das Gleis wechselte und nach Nordwesten in Richtung Heimat abbog. Vollgepumpt mit Adrenalin, griff Bev zitternd nach den Griffen ihrer Tasche, bereit, jedem, der versuchte, sich gewaltsam Zutritt zu verschaffen, eins damit überzuziehen.

Nach zehn Minuten war zwar immer noch niemand aufgetaucht, aber dafür hatte sie jetzt das Gefühl, als würde der widerliche Geruch des Desinfektionsmittels ihr Gehirn von innen heraus zerfressen. Da ihr nichts anderes übrig blieb, als hier auszuharren, setzte sie sich auf den Klodeckel und warf einen Blick auf die Schilder an der Wand, die anzeigten, wo sich die Seife befand, wo der Händetrockner ... Hatte der Mann in Grau die Suche aufgegeben? Hatte sie es sich nur eingebildet, dass man ihr nachstellte?

Als von außen plötzlich die Klinke heruntergedrückt wurde, hielt sie die Luft an. Jemand klopfte hartnäckig gegen die Tür, während das Eishockeyteam immer noch aus voller Kehle seine Gesänge anstimmte. War das der Mann? Sollte sie irgendwas rufen? Nein. Sie hielt besser den Mund.

Erneutes Hämmern. Hatte ein Agent, der auf Fitzwilliams Gehaltsliste stand, womöglich ein Gerät, mit dem er in einem Zug verschlossene Toilettentüren öffnen konnte? War er in der Lage, die Kabine zu betreten, sie zu erwürgen und zwischen den Fahrgästen wieder abzutauchen? In diesem Albtraum schien alles möglich. Erneut wurde die Türklinke heruntergedrückt.

»Verpiss dich!«, murmelte Bev schließlich.

»Ist jemand da drin?« Endlich, eine Stimme. Dem Klang nach zu urteilen, handelte es sich um die Stimme einer älteren Frau.

»Ja«, rief Bev.

»Sie sind schon ziemlich lange da drin. Ich muss mal auf die Toilette« Die Frau hämmerte erneut gegen die Tür. »Können Sie sich bitte beeilen?«

*Mein Gott. Warum musste so was ausgerechnet jetzt passieren? Sie wird noch die Aufmerksamkeit auf mich lenken!* Der Zug schlingerte hin und her. Bevs Magen verkrampfte sich, und sie hatte das Gefühl, als müsste sie sich jeden Moment übergeben.

»Ich bin beschäftigt. Das hier ist nicht das einzige Klo im Zug.«

»Sie sind jetzt seit vierzig Minuten da drin, und ich habe eine schwache Blase.«

Führte sie tatsächlich durch die Toilettentür eines Zugs mit einer inkontinenten alten Schachtel ein Gespräch, während sie auf der Flucht war? »Ich habe einen entzündeten Darm«, rief sie und stieß leise einen lang gezogenen Schwall Luft aus, um ihrer Aussage Nachdruck zu verleihen, vorausgesetzt, die Frau konnte sie trotz der betrunkenen Eishockeyspieler hören. »Also verschwinden Sie, und suchen Sie sich Ihre eigene Toilette.«

Quälend langsam verstrichen die Minuten, und Bev hatte immer noch Angst, die Toilette zu verlassen. Schließlich forderte die Schaffnerin sie auf herauszukommen, weil Bev sonst an der nächsten Station den Zorn der Bahnhofspolizei zu spüren bekommen würde.

»Da war ein Typ, der hat mich angestarrt«, erklärte sie der stolzen Uniformträgerin, einer stämmigen Frau, die sich mit verdauungsgeplagten Fahrgästen offensichtlich auf keine Diskussion einließ. »Ich habe es mit der Panik bekommen, darum bin ich aufgestanden und in den vorderen Teil des Zuges gelaufen. Aber er ist mir gefolgt.« Bev spürte, wie sich ihre Augen mit Tränen füllten. »Ich hatte Angst und dachte, das hier wäre ein gutes Versteck. Ich glaube, der Typ wollte mir an die Wäsche.«

Nachdem sie noch einmal ungestraft davongekommen war, verbrachte Bev den Rest der Reise in Begleitung der verständnisvollen Schaffnerin im vordersten Waggon. Als sie Wilmslow erreichten, hatte sie sich so weit beruhigt, dass sie glaubte, das Interesse des Mannes in Grau an ihr sei reiner Zufall oder auf ihr billiges, hässliches Minikleid zurückzuführen gewesen. Sie war erschöpft, gestresst und bildete sich Dinge ein. So etwas konnte schnell passieren. Sie nahm ihren Mantel und ihre Tasche, verabschiedete sich von ihrer uniformierten Beschützerin und trat in den nächtlichen Nieselregen hinaus.

Während sie den Bahnsteig entlangmarschierte, warf sie einen Blick über die Schulter auf den langen, roten Zug. Die wenigen Fahrgäste, die in dem kleinen Bahnhof von Cheshire ausgestiegen waren, trotteten, stiefelten oder rannten auf den Ausgang zu. Bev lächelte. Froh darüber, dass ihre Wohnung nur noch einen Steinwurf entfernt war. Sie wollte dem Zug gerade den Rücken zuwenden, als sie einen bedrohlichen grauen Farbtupfer bemerkte. An der Tür von Waggon E stand ihr Verfolger mit der Fleecejacke und drückte wie ein Blöder auf den Knopf der Türverriegelung. Es schien, als würde er sie anstarren; dann begann er durch den Waggon zur offenen Tür am hinteren Ende zu rennen …

# KAPITEL 25

# Bev

»Mein Gott, Bev! Du siehst schrecklich aus. Was ist los?«, fragte Sophie und ließ Bev, die vergeblich versucht hatte, die Haustür zu öffnen, herein.

Bev wankte über die Türschwelle und fiel Sophie förmlich in die Arme. Während Bev um Fassung rang, bemerkte sie, dass Tim in der Tür zur Küche stand.

»Ich stecke in Sch-Schwierigkeiten, und ich… ich…« Sie hatte das komische Gefühl, als würde man in ihrem Innern einen Stecker ziehen, sodass die Energie aus ihrem Körper wich, als würde sie gleich das Bewusstsein verlieren. Sie ließ sich von Sophie den Arm um die Schulter legen und sich ins Wohnzimmer bringen.

»Komm und setz dich erst mal, Schätzchen«, sagte Sophie, führte sie zu ihrem einladenden, wuchtigen Chesterfieldsofa und drückte behutsam die Tür zu, sodass sie jetzt nur zu zweit waren. »Erzähl Tante Sophie alles. Was ist passiert, dass meine Bev so traurig ist?« Sie nahm neben ihr Platz und legte Bev die manikürten Hände auf die Knie, während sie wie eine Grundschullehrerin, die einem verängstigten Kind Gehör schenkte, den Kopf zur Seite neigte.

Bev ließ ihre Finger auf dem schiefergrauen Stoff hin und her gleiten, in der Hoffnung, dass die gleichförmige Bewegung sie in ihrem überhitzten Gemütszustand irgendwie beruhigen würde, und begann im Flüsterton ihre Geschichte zu erzählen.

»Du hast dich mit Jerry *getroffen*? O mein Gott! Tust du so was für alle deine Klienten? Ich dachte ein Detektiv hockt bloß in seinem Wagen und macht Fotos.« Sophie zog die Augenbrauen zu ihrem spitzen Haaransatz hoch.

Bev zuckte mit den Achseln. »Hör zu, ich werde nicht auf das Wie und Warum eingehen, okay? Von wegen Verschwiegenheitspflicht und so.« Ihr dämmerte, dass es ein Fehler gewesen war, Sophie ins Vertrauen zu ziehen. Obwohl ihre Freundin Angie fraglos mochte und deren Anliegen an Bev herangetragen hatte, um ihr zu helfen, war sie immer noch mit Tim verheiratet. Und Tim war Jerrys Bruder im Geiste. *Keine gute Idee, Bev.*

»Du zitterst ja«, sagte Sophie behutsam und streckte die Hand aus, um Bev den Arm zu streicheln. »Was ist los?«

»Das ist eine lange Geschichte.« Es war nicht nötig, dass Sophie mehr über die Schikanen erfuhr, denen Bev sich für Angie ausgesetzt hatte. »Jedenfalls musste ich mich mit ihm treffen. Wegen Angies Scheidungssache. Verstehst du? Um zu beweisen, dass er seinen Schwanz nicht in der Hose lassen kann.« Scheiße. Sie hatte schon zu viel erzählt.

Sophie richtete sich auf, als hätte man ihr einen Stock ins Oberteil gesteckt, um ihren Rücken zu stützen. »Du hast ihn also bei einem Liebesabenteuer erwischt? Hast du ihn zur Rede gestellt? Oder hast *du* ihn verführt? Trägst du deshalb dieses nuttige Leopardenmuster-Kleid?« Sie riss ihre Hand fort und rückte ein paar Zentimeter von Bev ab. »Ich habe den Nagel auf den Kopf getroffen, nicht wahr? Ist das nicht Anstiftung zu einer Straftat?«

Plötzlich kam Bev sich billig und unaufrichtig vor. Sie nahm eines der Sofakissen und legt es auf ihre nackten Oberschenkel, die unter dem superknappen Kleid hervorragten. »Hör zu. Vergiss einfach, dass ich hier wie eine Idiotin aufgekreuzt bin und nur wirres Zeug geredet habe. Okay?« Sie stand auf, um nach unten in die Privatsphäre ihrer Wohnung zu verschwinden, wo sie in Ruhe ihre Wunden lecken konnte.

»Nein, Schätzchen!« Plötzlich war Sophies fassungsloses Entsetzen verflogen. Mit einem erstaunlich festen Griff zog sie Bev wieder nach unten. »Du *musst* dich bei jemandem aussprechen.« Es war wie auf dem College. Die blitzsaubere Sophie witterte eine großartige Klatschgeschichte und bot Bev für die unappetitlichen Einzelheiten ihre geheuchelte Solidarität an. »Ich bestehe darauf. Die Sache bleibt unter uns, okay?«

»Nicht so laut, Sophie!« Bev dachte an Tim, der wahrscheinlich hinter der Wohnzimmertür herumlungerte und lauschte. Mit wohlüberlegten Worten erzählte sie nur einen Bruchteil dessen, was passiert war. »Ich werde nicht auf die Einzelheiten eingehen, aber ich habe mich mit Jerry getroffen, um ein paar … Dinge zu klären. In seinem Club. Dabei wurde er zudringlich, und ich habe ihm Paroli geboten.« Sie versuchte sich zusammenzureißen, doch sie spürte, wie ihre Unterlippe zu zittern begann. Sie hatte einen Kloß im Hals und brachte kaum noch etwas heraus. »Daraufhin hat er mich bedroht.« Bev presste die Finger gegen den Mund, um die Anspannung und den Schmerz zurückzuhalten.

»Ich kann es nicht fassen. Jerry hat dich bedroht? *Jerry?!*« Aus dem schrillen Unterton in Sophies Stimme sprach Skepsis.

»Er ist nicht gerade ein verdammter Teddybär, Soph. Was glaubst du wohl, warum Angie einen Privatdetektiv engagieren wollte? Du hattest doch als Erste den Verdacht, dass er sie schikaniert.«

Sophie richtete sich auf, blinzelte heftig und verschränkte

fest ihre Arme. »Jerry Fitzwilliam hat dich also bedroht. In aller Öffentlichkeit, in einem exklusiven Privatclub. Okaaaay. Was hat er gesagt? *Was* genau hat er getan?«

»Zum Teufel mit diesem schwachsinnigen Verhör. Ich habe wegen diesem brutalen Scheißkerl letzte Nacht kein Auge zugemacht. Ich bin fix und fertig. Ich gehe jetzt ins Bett.« Bev erhob sich erneut vom Sofa, und diesmal ließ sie sich nicht wieder nach unten ziehen. Als sie ihre Hand aus Sophies Umklammerung riss, kam sie sich wie ein erschöpfter, fetter Leopard vor, der sich aus einem Loch im Treibsand befreite. Um nicht aus ihrer Wohnung geworfen zu werden, zügelte sie ihre Wut, als sie das Wort ergriff. »Hör zu, Soph. Es ist wirklich allerliebst, dass du so besorgt bist, aber lass uns bitte damit aufhören. Vielleicht bin ich einfach nur müde und paranoid. Wenn ich erst mal eine Nacht in meinem eigenen Bett gepennt habe, geht es mir wieder gut. Lass mich einfach gehen.«

Sie öffnete die Tür und stieß einen Schrei aus, als sie sah, dass Tim dahinter stand.

»Mein Gott, was schleichst du hier so herum! Willst du, dass ich einen Herzinfarkt bekomme?« Sie hielt ihre Handtasche vor ihr Dekolleté und zog den Saum des Kleids nach unten. Sie wünschte, sie hätte diese superkurze Kreation aus Polyester gegen die langweilige Bürokleidung in ihrer Handtasche gewechselt, auch wenn diese darin verknittert worden war.

Tim hatte den Arm gebieterisch vor dem Türrahmen ausgestreckt und versperrte ihr den Weg in den Flur. »Warum bist du wirklich so müde, Bev? Du hast die Nacht in einem fremden Bett verbracht, nicht wahr? Vielleicht hast du deshalb kein Auge zubekommen. Vielleicht muss mein Freund jetzt dafür herhalten, dass du nicht geschlafen hast. Lass mich raten … Hast du etwa bis in die frühen Morgenstunden durchgevögelt?« Mit abschätzigem Blick musterte er sie von oben bis unten, so als hätte sie durch ihre Anwesenheit sein Haus verseucht. »Ich denke, du solltest mal einen gründlichen Blick in den Spiegel werfen, bevor du irgendwelche Gerüchte über meinen besten Freund verbreitest. Okay?«

Erneut hatte Bev das unheilvolle Gefühl, die Energie würde aus ihrem Körper weichen. Sie fröstelte. In Tims Gegenwart kam sie sich stets unbeholfen vor. *Lass um Himmels willen nicht zu, dass er so mit dir redet!* »Fick dich, Tim!« Sie versetzte ihm einen Stoß gegen den Bauch und zwang sich, einen Schritt auf ihn zuzutreten, statt auf ihren Instinkt zu hören und ins Wohnzimmer zurückzugehen, wo sie in Feindesland war. »Wie zum Henker kommst du dazu, unser vertrauliches Gespräch zu belauschen, du Psycho? Und was hat mein Privatleben mit Jerry Fitzwilliams miesem, frauenverachtendem Verhalten zu tun?«

»Ich denke, du solltest besser deine Sachen packen und von hier verschwinden«, sagte Tim, der immer noch zwischen ihr und der Treppe stand, die zu ihrem Zufluchtsort im Keller führte. »Wir wollen keine Leute wie dich in der Nähe unserer Kinder haben.«

»Leute wie mich?«, stieß Bev verächtlich hervor und ballte die Hände zu Fäusten, während sie gegen ihre Tränen ankämpfte.

»Irgendwelche Schlampen ohne jede Selbstbeherrschung.«

Bev blickte Hilfe suchend zu Sophie, aber ihre Freundin sagte nur: »Timmy. Das ist nicht sehr freundlich.« Als wäre der stämmige, widerwärtige Tim nichts weiter als ein ungezogener Schuljunge, den man dabei erwischt hatte, wie er den Rocksaum eines kleinen Mädchens mit einem Popel beschmiert hatte.

»Vielen Dank auch, *Tante Soph.*« Bev funkelte ihre Freundin wütend an. »Das nenn ich Loyalität.« Sie schob sich an Tim vorbei und unterdrückte das Verlangen, ihm gegen das Schienbein zu treten. »Und *du* kannst mich mal. Ich wohne hier inzwischen so lange, dass du mich nicht einfach rauswerfen kannst.« Sie reckte ihm den Mittelfinger entgegen und hätte ihn Tim dabei beinahe ins linke Nasenloch gerammt.

Als sie die Steintreppe zu ihrer Wohnung hinuntereilte, sah Bev, dass die Eingangstür offen stand. Daraufhin marschierte sie, ihre Handtasche wie eine Waffe umklammernd und die Faust in die Hüfte gestemmt, wieder nach oben. Sie stürmte ins Wohnzimmer, wo Tim und Sophie flüsternd auf dem Sofa saßen. Die beiden wechselten in einem eindringlichen Tonfall hastig ein paar Worte.

»Seid ihr in meiner Wohnung gewesen?«, fragte sie die beiden und suchte in ihrer Körpersprache nach Hinweisen darauf.

»Ich war dort unten, kurz bevor du gekommen bist«, sagte Tim, richtete die Fernbedienung auf den Fernseher und schaltete ihn ein, als wäre Bev bloß eine lästige Fliege, die im Zimmer umherschwirrte.

»Warum?«

»Ich habe nachgesehen, in welchem Zustand die Wohnung ist.« Er drückte weiter auf die Knöpfe und zappte durch die Kanäle.

Bev riss ihm die Fernbedienung aus der Hand. »Was fällt dir ein, einfach dort einzudringen? Das ist meine Wohnung.«

»Ich nehme an, dir ist schon klar, dass die Wohnung *mein Eigentum* ist.« Er sah sie mit zusammengekniffenen Augen an, und seine Lippen verzogen sich zu einem spöttischen Grinsen. »Als dein Vermieter darf ich mich vergewissern, dass sie in einem guten, einwandfreien Zustand ist. Ich konnte sowieso nur einen kurzen Blick in dein Wohnzimmer werfen, dann bist du durch die Haustür gestürmt, und ich bin nach oben gegangen, um nachzuschauen, was das Theater zu bedeuten hatte. Aber was ich gesehen habe, war das absolute Chaos. Also, wie gesagt …« – er riss ihr die Fernbedienung aus der Hand und wandte sich wieder dem Fernseher zu – »… pack deine Sachen, oder du musst mit Konsequenzen rechnen. Ich werde es nicht zulassen, dass mein Haus von Schimmel befallen wird, nur weil du deine dreckigen Töpfe nicht spülst. Und ich verbitte es mir, dass ständig fremde Männer hier ein und aus gehen. Du bist völlig lebensunfähig, Beverley. Du und deine Familie, ihr tut mir leid.«

Der Zorn, der in Bevs Speiseröhre emporloderte, offenbarte sich in den flammenden Worten, die wie der Strahl einer Lötlampe aus ihrem Mund hervorschossen. »Das ist die reinste Schikane, du riesiger Haufen Scheiße, und ich werde das nicht einfach hinnehmen. Kein Wunder, dass Jerry Fitzwilliam dein bester Freund ist. Ihr seid aus demselben Holz geschnitzt. Glaub bloß nicht, du könntest mich einschüchtern, Timbo, du fetter, vertrottelter Wichser!«

»Genieß deine letzte Nacht in diesem Haus«, sagte er.

Erneut schaute Bev Hilfe suchend zu Sophie, aber ihre Freundin hatte eine steife, gleichgültige Haltung eingenommen. Und noch schlimmer, sie blickte Bev nicht mal in die Augen.

Während Bev nach unten verschwand und gegen ihre Tränen ankämpfte, verspürte sie das Verlangen, Doc ihr Herz auszuschütten, aber er besaß kein Telefon. In ihrer Not überlegte sie, Mo anzurufen, doch sie wusste, dass er wütend auf sie wäre, wenn sie ihn außerhalb der Sprechstunden belästigte. Da wurde ihr klar, dass sie sich stattdessen auf Porn Hub unweigerlich bis zur Besinnungslosigkeit mit Videos zudröhnen würde. Ihr war jedes Mittel recht, um die Erinnerung daran zu vertreiben, wie Jerry Fitzwilliam mit mordlustig funkelnden Augen auf sie zugestürzt war. Und daran, dass ausgerechnet Tim ihre moralische Integrität infrage gestellt hatte.

Sie suchte hinter dem Sofa gerade nach ihrem Vibrator, als sie merkte, dass die Souterrainwohnung im Gegensatz zu sonst gelüftet war. Außerdem war es kalt. Ein Luftzug wehte durch die winzige Wohnung.

Während sie spürte, wie sich ihre Arme mit Gänsehaut überzogen, förderte Bev ihr Sexspielzeug zutage. Dann ging sie in ihr Schlafzimmer. Das Mondlicht fiel von draußen herein und warf überall im Zimmer lange Schatten, sodass sich ihre sperrigen Möbel in riesige, bedrohliche Monster verwandelten. Es dauerte einen Moment, bis sie begriff, warum sich die langen Voile-Gardinen nach innen wölbten, als wären es umherschwebende Geister.

Die Terrassentüren standen weit offen. Wenn Tim sie nicht geöffnet hatte, wer war sonst noch in ihrer Wohnung gewesen?

## KAPITEL 26

# Boo

»War er schon länger geisteskrank?«, fragte Mitchs Mutter und hielt Boo einen alten Porzellanteller mit Ingwerkeksen hin. »Dein Dad, meine ich.« Sie und Mitchs Vater sahen einander an und tauschten wortlos einvernehmliche Blicke, sodass die Luft in dem alten Wintergarten noch stickiger wirkte.

Boo schob den Teller mit den Keksen fort, ihr war schlecht. »Mein Dad war nicht ›geisteskrank‹ … was auch immer *das* bedeuten soll.« Sie legte schützend eine Hand auf ihren wachsenden, kleinen Babybauch. Ihr war klar, dass sie Mitch zuliebe besser den Mund halten sollte. Aber das fiel ihr nicht leicht. Trotzdem versuchte sie zurückzurudern. »Ich hätte mir keinen großartigeren Dad wünschen können, und ich habe ihn von ganzem Herzen geliebt.« Ihre Unterlippe zitterte, und sie spürte, wie ihre Trauer sie mit der vollen Wucht eines Tsunami überrollte. An ihren Wangen liefen Tränen herunter. Sie wischte sie fort und spielte mit dem Gedanken, einfach aufzustehen und schleunigst von hier zu verschwinden. Doch ihre Mutter hatte sie ermahnt, höflich zu sein.

*Dein Dad hat mir nichts als Schulden hinterlassen*, hatte die betrunkene alte Schachtel gesagt und einen kräftigen Schluck aus einer Flasche billigen Tequilas genommen. Dann hatte sie sich den Stapel brauner Umschläge vom Küchentisch geschnappt und damit vor Boos Gesicht herumgewedelt. *Tu dir selbst einen*

*Gefallen und versuch dich bei den Eltern deines Freundes beliebt zu machen, damit sie das Balg unterstützen, mit dem du schwanger bist. Meinst du, du kriegst wenigstens das hin?* Toller Tipp, Mutter.

»Dad litt unter schweren Depressionen. Er war krank, okay? So wie jemand mit Arthritis oder … oder … Leukämie.« Jetzt gerade hätte Boo – sie hatte keine Ahnung, ob das an den Hormonen lag –, ihren Tee, der dünn wie Pisse war, Mitchs Mutter am liebsten in das runzlige, alte mürrische Gesicht geschüttet. Diese dumme Kuh hockte da, strich die Falten aus ihrem Rock und zupfte imaginäre Fussel von ihrer adretten Blümchen-Strickjacke, als würde sie gleich vom Papst das Abendmahl empfangen. Warum mussten Mitchs Eltern so uncool sein? Warum lebten sie noch, während ihr geliebter Vater tot war? Das war nicht gerecht. »Es gab keinen Grund, sich dafür zu schämen. *Ich* habe mich seinetwegen jedenfalls nicht geschämt.« Sie blickte Hilfe suchend zu ihrem Freund, aber Mitch begutachtete seinen Ingwerkeks und knabberte wie ein verdammtes Eichhörnchen an den Rändern, als wäre sie von seinen Eltern eben nicht zutiefst beleidigt worden. Boo glaubte, zu spüren, wie das Baby ihr trotzig einen Tritt verpasste, obwohl das in der sechzehnten Woche kaum möglich war. Sie musste für sich und das Baby jetzt stark sein. Boo kniff die Augen zusammen. »Arschlöcher, die keine Ahnung von psychischen Erkrankungen haben, sollten anständige Menschen, die einfach krank werden, nicht so rasch in eine Schublade stecken.«

Mitchs Vater schnaubte verächtlich. »Genauso ein Zeug steht in Zeitungen wie dem *Guardian*. Dieser ganze linksliberale, schwule Channel-4-Schwachsinn. Zum Glück kenne ich mich mit psychischen Erkrankungen aus.« Er hob den Zeigefinger, als würde er gleich eine wertvolle Lebensweisheit von sich geben. »Echte Männer bekommen keine Depressionen. Mit etwas Willenskraft und viel harter Arbeit übernehmen wir Verantwortung. Habe ich recht, Mary?«

»Ja, Gerald.«

Offensichtlich hatte keiner der beiden bemerkt, dass Boo sie gerade als Arschlöcher bezeichnet hatte. Mary und Gerald Mitchell. Die schlimmsten Schwiegereltern, die sie sich hätte wünschen können.

In diesem Moment hörte Boo, wie die Stimme ihres Vaters zu ihr sprach. *Sie sind es nicht wert, Schätzchen. Wir können mit solchen selbstgerechten Schwachköpfen nichts anfangen. Beachte sie einfach nicht, Boo.* Sie stellte sich vor, wie er seinen behaarten Arm um ihre Schulter legte. Sie versuchte die Erinnerung daran zu verdrängen, wie er von der Decke gebaumelt hatte, und beschwor die Erinnerung an jene Zeit herauf, als er noch lebte und einigermaßen gesund war. Starker Dad. Lieber Dad. Ihr Dad, der ein tolles Curry zubereitete und bereitwillig die Wände ihres Kinderzimmers schwarz gestrichen hatte, als sie ihm im Alter von fünfzehn Jahren damit in den Ohren gelegen hatte.

»Tut mir leid«, sagte sie zu Mitch und stand unvermittelt auf. »Ich bin dazu momentan nicht in der Lage. Das ist zu früh. Ich gehe jetzt.«

»Sei nicht albern!«, sagte Mitch und versperrte ihr mit einem ausgestreckten Bein den Weg. »Das sind nur die Hormone.«

Sie versuchte sich an ihm vorbeizudrängeln, verärgert darüber, dass er das H-Wort benutzt und damit unversehens die Aussagekraft ihrer wohlüberlegten Äußerung untergraben hatte. »Auch schwangere Frauen dürfen eine Meinung haben, Mitch.« Sie war zutiefst gekränkt, weil er sich nicht für sie einsetzte und dem beleidigenden Schwachsinn, den seine Eltern von sich gegeben hatten, nicht widersprach.

Mitch stand einfach bloß auf und nahm sie fest in den Arm,

was sich jedoch eher so anfühlte, als wollte er sie kontrollieren und nicht trösten. »Wir bekommen ein Baby. Mum und Dad bieten uns ihre Hilfe an. Ich weiß, dass du immer noch trauerst. Aber hör sie doch erst mal an, Boo.«

Obwohl es ihr schwerfiel, sich eine sarkastische Erwiderung zu verkneifen, nahm sie wieder auf dem Korbstuhl Platz. Dabei entdeckte sie eine Wespe, die von innen gegen eine der doppeltverglasten Scheiben im Dach des Wintergartens flog. Boo wollte ebenfalls schleunigst von hier verschwinden, fort von diesen Freaks, die in den 1950ern stecken geblieben waren. *Versuch dich bei den Eltern deines Freundes beliebt zu machen, damit sie das Balg unterstützen …* Sie holte tief Luft und ließ sich den Rat ihrer Mutter noch einmal durch den Kopf gehen. »Tut mir leid.« Sie nahm einen Ingwerkeks von dem Teller und knabberte affektiert daran herum, wie die Art von Frau, die sich diese engstirnigen Idioten wahrscheinlich als Mutter für ihr erstes Enkelkind gewünscht hätten. Aber sie machte diesen Eindruck gleich wieder zunichte, als sie mit vollem Mund zu sprechen begann. »Es ist nur so, dass die Sache mit meinem Dad und die Schwangerschaftsübelkeit … Also, die ersten drei Monate waren ziemlich anstrengend.«

Die versteinerten Gesichter der beiden hellten sich ein wenig auf.

Gerald schlug die Beine übereinander und legte seine Arme hoheitsvoll auf die Seitenlehnen seines Throns aus Korbgeflecht. »Selbstverständlich kommt eine Abtreibung absolut nicht infrage.«

»Absolut nicht«, sagte Mary und nickte energisch. »Wir sind Katholiken. Das wissen Sie, oder? Colin hat es Ihnen doch erzählt, oder?«

Boo nickte. »Oh, ich werde das Baby behalten.« Sie faltete

schützend die Hände über ihrem Bauch und stellte sich vor, wie man den kleinen Moses in einem Korb zwischen dem hohen Schilf am Nilufer versteckt hatte. So wie Moses vor dem bösen Pharao gerettet worden war, das schwor sie sich, würde sie das neue Leben in ihrem Leib vor diesem runzligen, bescheuerten alten Arschloch beschützen.

Mitchs Eltern sahen einander an, dann zu ihrem Sohn. Es schien, als wäre die feuchtwarme Luft von einem unmoralischen Angebot erfüllt.

»Nun, wir haben uns Gedanken darüber gemacht, wie jung ihr beide noch seid«, sagte Gerald. »Dass ihr euer ganzes Leben noch vor euch habt und ein Baby euer Studium beeinträchtigen würde.«

Mary nickte. »Ich habe meinen Ältesten mit neunzehn bekommen, und ich kann Ihnen sagen, das war kein Zuckerschlecken«, sagte sie. Sie wandte sich Mitch zu. »Als du unterwegs warst, wusste ich natürlich, was auf mich zukommt.«

Wie alt war seine Mutter?, fragte sich Boo. Sechzig? Sie sah aus wie sechzig. Sie war viel zu alt, um die Mutter eines Studienanfängers zu sein. Offensichtlich hatte sie ihn kurz vor den Wechseljahren bekommen. Boo warf einen Blick auf die verschiedenen Familienfotos, die hinter dem Paar an der Wand hingen. Eins, zwei, drei, vier, fünf … Mitch hatte sechs Geschwister, und er hatte gesagt, dass er der Jüngste sei. Jetzt ergab alles einen Sinn. *Nach all den Kindern ist die Muschi dieser Frau geweitet wie ein Pferdegeschirr,* dachte Bev. *Werde ich mit sechzig auch so eine vertrocknete alte Schachtel sein? Passiert das mit einem, wenn man Mutter wird?* Sie unterdrückte einen schuldbewussten Schluchzer, weil sie so schlecht über das in ihrem Körper heranwachsende Leben gedacht hatte.

»Meine Mutter hat sich viel um die Erziehung meines ersten

Kindes gekümmert«, sagte Mary und warf ihrem Mann einen Hilfe suchendem Blick zu. »Es war eine schwere Geburt, nicht wahr, Gerald?«

Mitchs Vater nickte. »O ja. Thomas war ein großes Baby.«

Mary betrachtete ihre kurzen, überraschend dreckigen Fingernägel. »Ich war sehr lange … in einem schlechten Zustand. Ich hatte viel Blut verloren. Jedenfalls war die Hilfe meiner Mutter ein Geschenk des Himmels. So konnte ich wieder auf die Beine kommen und mich, als ich dazu in der Lage war, allmählich um Thomas kümmern. Das werden wir auch für Sie tun, wenn das Baby da ist.«

Boo blinzelte heftig, ließ ihren Blick von Mary zu Gerald und wieder zurück wandern. Warum hockte Mitch teilnahmslos da und sagte kein einziges Wort? Hatten seine Eltern das alles im Vorfeld mit ihm besprochen und stellten sie jetzt vor vollendete Tatsachen? »Nein«, sagte Boo einfach. »Es ist mein Baby. Ich werde es selbst großziehen, danke.«

Als sie sich diesmal erhob, um zu gehen, stieß sie absichtlich den Tisch um, auf dem das Tablett mit dem besten Teeservice und der offenen Packung Ingwerplätzchen stand. Der Boden wurde mit hellbrauner Flüssigkeit, geblümten Porzellanscherben und Keksstücken überflutet, die den Tee aufsaugten und sich langsam dunkel verfärbten.

»Also wirklich!«, kreischte Mary mit gedämpfter Stimme. »Hol einen Lappen, Gerald! Der Tee gibt in den Fugen zwischen den Fliesen noch Flecken. Schnell!«

»Warum hast du das getan?«, fragte Mitch inmitten des Lärms, den seine aufgescheuchten Eltern veranstalteten. Er schüttelte den Kopf, verdrehte die Augen und verzog wie ein Schulhofschläger den Mund. »Ich liebe dich wirklich sehr. Ich wollte nur, dass die Frau, die ich liebe – die Mutter meines ungeborenen

Kindes – nett zu meinen Eltern ist. Aber das war nicht möglich, oder? Nicht mal für eine Stunde. Habe ich das verdient, Boo Boo?«

Seine Worte taten weh, aber das aufgeregte Durcheinander sorgte für die Ablenkung, die Boo benötigte, um der streitlustigen Atmosphäre des winzigen Wintergartens zu entkommen. Sie stürmte in das dunkle Wohnzimmer und stieß dabei mit ihrer Tasche einen Kaktus von der niedrigen Fensterbank, sodass überall Blumenerde verschüttet wurde und ihr Schicksal als zukünftige Schwiegertochter des Grauens endgültig besiegelt war. Sie musste hier weg. Sie musste ein Taxi rufen und es irgendwie nach Durham schaffen, zu ihrem friedlichen Zimmer, wo sie von den herrschsüchtigen Eltern eines anderen Menschen und ihrer desinteressierten Mutter verschont blieb. »Vergesst es. Ich brauch niemanden – keinen von euch –, um dieses Baby großzuziehen«, sagte sie und warf Mitch einen bösen Blick zu. Sie fragte sich, warum sie auch nur einen Moment geglaubt hatte, das mit ihnen könnte klappen. Und ihr Dad war tot. Sie war jetzt ganz auf sich gestellt.

»Warte!«, rief Mitch den Flur hinunter, während sie ihre Jacke anzog. »Denk über das Angebot meiner Eltern nach, Boo! Wir können beide unseren Abschluss machen und das Baby zu uns nehmen, sobald wir mit dem Studium fertig sind und einen Job haben.« Er kam mit entschlossenen Schritten auf sie zu. »Was wissen wir schon über Kindererziehung? Sieh uns doch mal an! Wir sind ja selbst noch Kinder.« Er packte sie am Ärmel und flüsterte ihr direkt ins Ohr: »Die ganzen Drogen, die du nimmst. Willst du riskieren, dass die Behörden herausfinden, was für ein Leben du führst?«

Während Boo ihn mit offenem Mund anstarrte, begriff sie, was er da andeutete. »Die ganzen Drogen, die *ich* nehme? Machst du Witze? Willst du mich erpressen, damit ich das Baby zu deinen Eltern gebe und sie mit Kind Nummer acht Vater-Mutter-Kind spielen können? Und was dann?« Sie riss ihren Jackenärmel aus seiner Umklammerung. »Willst du dich etwa bis zu deinem dreißigsten Geburtstag mit Drogen und Alkohol zudröhnen und dann, wenn der Reiz des Neuen verflogen ist, vielleicht ein wenig deinen väterlichen Pflichten nachkommen? Wie komme ich in diesen Überlegungen vor? Als Besucherin? Als Ersatzmutter? Du bist verrückt. Das kannst du absolut vergessen. Mit Leuten wie Mary und Gerald Mitchell will ich nichts zu tun haben, und sie werden meine Tochter *nicht* großziehen.«

Während Boo das Gefühl hatte, als würde eine Nabelschnur, die mit ihrem Bauch verbunden war, sie die Auffahrt und weiter die Sackgasse zur belebten Straße hinunterziehen, fing sie hemmungslos an, zu weinen. Sie war erleichtert, dass Mitch dageblieben war, nachdem er ihr seine grenzenlose Liebe beteuert und sie angefleht hatte und ihr dann, als das ohne Wirkung geblieben war, von der Tür seines Elternhauses aus diverse Drohungen hinterhergerufen hatte. Sollte er sie ruhig anflehen. Sie bedrohen und bedrängen. Es kam nicht infrage, dass sie das kostbare Leben, das sie in sich trug, einem Kuhhandel opferte, der sich verdächtig nach einer formlosen Adoption anhörte. Sicher, jetzt, wo ihr Vater tot war, hatte sie sonst niemanden, aber …

Boo stieg in ein Taxi und zog aus einem Umschlag ehrfürchtig ein aus Papier gefaltetes Gebilde hervor.

»Zum Bahnhof, bitte«, sagte sie zum Fahrer und klappte das Gebilde auseinander, sodass es die Gestalt eines zarten, dreidimensionalen Frosches annahm.

Boo schluchzte, gequält von Einsamkeit, stumm auf und faltete vorsichtig die Figur auseinander, die aus einem Bogen

Briefpapier bestand, auf dem in einer kleinen, zittrigen Handschrift ein kurzer Brief geschrieben war.

*Liebe Boo Boo,*

*es macht mich unendlich traurig, dir diesen Abschiedsbrief zu schreiben. Ich fürchte, dass dein Dad an einem toten Punkt angelangt ist. Du weißt, dass ich die ganze Zeit nach einem Lichtblick Ausschau gehalten habe. Als du mir gestern von dem Baby erzählt hast, dachte ich, ich hätte ihn endlich gefunden, aber dann wurde mir klar, dass ein unschuldiges, kleines Lebewesen nicht mit meinen düsteren Stimmungen und verzweifelten Gedanken belastet werden darf. Ich habe dich und deine Mum im Laufe der Jahre immer mehr im Stich gelassen. Ich darf nicht auch noch das Baby im Stich lassen. Darum ist es besser so. In meinem Kopf ist dieses laute, weiße Rauschen, Boo Boo. Ich kann es nicht länger ertragen. Ich wünsche mir nichts sehnlicher als etwas Ruhe und Frieden.*

*Ich werde nicht da sein, um dir mit dem Baby zu helfen, aber ich weiß, dass du eine großartige Mutter sein wirst, denn du bist voller Liebe und Güte. Was auch immer passiert: Bring dein Studium zu Ende und führe ein erfülltes, glückliches Leben. Du bist immer noch mein Baby, und ich werde immer der stolzeste Vater der Welt sein. Ich liebe dich von ganzem Herzen und werde dich immer lieben, auch von der anderen Seite aus.*

*In Liebe*
*Dad*

»Alles in Ordnung?«, fragte der Taxifahrer und musterte Boo im Rückspiegel. »Brauchen Sie ein Taschentuch?« Er zog ein Taschentuch aus dem mit Edelsteinen verzierten Kästchen auf dem Armaturenbrett und reichte es ihr.

Boo griff danach, bedankte sich und schnäuzte sich kräftig die Nase. Ihr Vater wollte, dass sie das Studium beendete. Wie zum Henker sollte sie das mit einem Baby im Schlepptau anstellen? Ganz allein.

»Wir sind gleich am Bahnhof«, sagte der Fahrer, darum bemüht, einen aufmunternden Tonfall anzuschlagen, obwohl er von dem verzweifelten Mädchen auf seiner Rückbank offensichtlich genervt war.

»Hören Sie«, sagte Boo und spürte bereits einen Stich des Bedauerns in der Magengrube. »Ich habe es mir anders überlegt …«

## KAPITEL 27

# Angie

»Ich bin's. Bist du in Sicherheit?« Die Panik in Bevs Stimme war nicht zu überhören. Sie begann, atemlos irgendwelches unverständliches Zeug zu faseln, von grauen Männern in Zügen, dem aufgebrachten Jerry und Origami-Figuren, die in die falsche Richtung zeigten. »Bitte sag mir, dass du gefahren bist.«

Verdammt. Wenn sie gewusst hätte, dass Bev anruft, hätte sie die Mailbox drangehen lassen. Doch Angie hatte abgehoben, ohne nachzusehen, wer der Anrufer war. Wie dumm von ihr. Denn während sie in der Küche eine Einkaufsliste schrieb, stand Gretchen direkt neben ihr und bügelte die frisch gewaschenen Sachen der Kinder. Dies war nicht der richtige Zeitpunkt, um ihren geheimen Fluchtplan zu diskutieren. Es war offensichtlich, dass das neugierige Kindermädchen sie belauschte, und als wäre das nicht schon belastend und besorgniserregend genug, war Jerry jetzt auch noch zurückgekehrt.

»Esme! Wie schön, von dir zu hören!«, sagte Angie und trat von Gretchen fort in Richtung Spüle. Sie ließ den Wasserhahn laufen, damit die Personen, für die Bevs Worte nicht bestimmt waren, sie nicht hören konnten. »Es ist eine Ewigkeit her, dass wir uns gesehen haben. Ich habe dir *so* viel zu erzählen.«

»Ist er gerade bei dir?«, fragte Bev völlig paranoid. »Wenn du in Sicherheit bist, sag Banane. Wenn du in Gefahr bist, sag ... Ohrringe.«

Als hätte er geahnt, dass Angie mit ihrer geheimen Verbündeten sprach, kam Jerry jetzt in die Küche getrottet. Zum Glück schenkte er ihr keine Beachtung und lief direkt auf die Kinder zu, die beim Anblick ihres Vaters entzückt aufkreischten. *Daddy, Daddy, Daddy!* Dann trat er zu Gretchen und erkundigte sich nach ihrem Urlaub. *Wie geht's der Familie? Hast du den Schnaps und die Lederhosen vermisst? Hahaha.* Die beiden trieben definitiv irgendein doppeltes Spiel.

Ja, Angie war in verdammt großer Gefahr in Gegenwart der heimtückischen Kinderfrau und Spionin und ihres vermutlich rachsüchtigen Ehemanns, der inzwischen bestimmt Verdacht geschöpft hatte. Sie versuchte einen möglichst fröhlichen Eindruck zu erwecken, während sie sich eine beiläufige Antwort zurechtlegte. »Schick mir eine SMS mit der Adresse des Ladens, in dem du diese traumhaften Ohrringe gekauft hast.«

Bev klang jetzt wie eine Geigensaite, die zum Reißen gespannt war. »Ich habe alles, was du brauchst. Wir treffen uns in einer Stunde. An einem Ort, wo kaum was los ist, weit ab vom Schuss, an einem Ort, zu dem man dir nicht unbemerkt folgen kann.« Es entstand eine Pause. »Ich hab's! Wir können uns auf dem Friedhof von Dunham treffen. Aber halt die Augen auf!«

Die Fahrt zu dem Treffen mit Bev führte Angie die von Bäumen gesäumte Dunham Road entlang, vorbei an großen alten Landhäusern und, zu ihrer Linken, an der hohen Ziegelsteinmauer, die den Dunham Park umgab. Während sie viel zu schnell atmete und ihr Herz wie eine gefangene Motte in ihrem Körper flatterte, hatte sie ihre Augen überall, nur nicht auf der Straße vor sich.

*Ist Jerry mir gefolgt? Bestimmt kreist hundert Meilen über Cheshire ein Satellit um die Erde, der mich ins Visier genommen hat. Jeden Mo-*

*ment werde ich von Geheimdienstlern umzingelt und verhaftet, unter dem Vorwand, ein Staatsfeind zu sein oder als Doppelagentin in Diensten Putins zu stehen. Keine Frage, Jerry kann tun und lassen, was er will. Er wird die Kinder nehmen und mich einweisen lassen. Allerdings nicht in eine Privatklinik. Er wird garantiert dafür sorgen, dass ich ohne Schminksachen in irgendeiner gottverlassenen staatlichen Einrichtung lande, die mit multiresistenten Keimen verseucht ist. Ist der BMW schon den ganzen Weg von Hale hinter mir? Ja. Er folgt mir. Ach du meine Güte.*

Das Geräusch einer Hupe durchbrach ihre Panik, und Angie war gezwungen, einem entgegenkommenden Kipplaster auszuweichen. Sie hob entschuldigend die Hand, da sie auf seine Fahrbahn ausgeschert war. Als sie einen Blick über die Schulter warf, sah sie, dass der BMW immer noch da war. Falls der Fahrer sie verfolgte, würde er auffliegen, sobald sie nach rechts auf die Straße zum Friedhof bog.

Sie betätigte den Blinker und betete, dass er ihr nicht hinterherfahren würde. Sie war froh, dass sie die Kinder kurzfristig zum Spielen bei Venetia Crook in der Bankhall Lane vorbeigebracht hatte. Der Blinker des BMWs leuchtete ebenfalls auf und signalisierte, dass er nach rechts abbiegen wollte. Während Angie versuchte, im Rückspiegel einen Blick auf das Gesicht des Fahrers zu erhaschen, fragte sie sich, wie sie ihren bösen Geist abschütteln konnte, um sich ungestört mit Bev zu treffen. Bev hatte gesagt, dass sie die nötigen Beweise habe, aber Angie musste ihr ebenfalls etwas zeigen, was sie gefunden hatte. Es steckte wie Atommüll in ihrer Handtasche und drohte alles zu verseuchen, womit es in Kontakt kam.

Zur Rechten tauchte das elfenbeinfarben verputzte Axe & Cleaver Pub auf. Rasch betätigte sie den Blinker und bog auf die winzige Straße ab, die zum Pub führte.

»Bitte, fahr vorbei. Bitte, fahr vorbei.«

Als der BMW hinter ihr jedoch ebenfalls in die Straße einbog, hatte sie das Gefühl, als würden um sie herum lauter Lichter angehen, und ihre Fingerspitzen und Zehen begannen, zu kribbeln, und wurden taub.

Da sie im Pub wenigstens um Hilfe rufen könnte und ihr vielleicht ein unerschrockener Fremder Beistand leisten würde, beschloss sie, den Wagen zu parken und ins Gebäude zu rennen, bevor der BMW-Fahrer bei ihr war. Notfalls befand sich im Kofferraum ein schweres Montiereisen, mit dem sie sich verteidigen könnte, vorausgesetzt, sie schaffte es, das Ding hochzuheben. Sie brachte den Range Rover zum Stehen. Dabei machte er einen Satz nach vorn und hätte beinahe einen älteren Herrn mit einem riesigen Bierbauch von den Beinen geholt, der offensichtlich unterwegs war, um eine Kleinigkeit zu Mittag zu essen.

Angie knallte die Tür zu und wollte gerade ihre Waffe der Wahl holen, als sie feststellte, dass es sich bei den ach so unheimlichen Insassen des BMWs lediglich um eine fünfköpfige Familie handelte – zwei gestresste Eltern mit zwei unablässig krakeelenden Kleinkindern, die mit Filzstift und Erbrochenem beschmiert waren, und einem schreienden Baby, das so rot im Gesicht war, dass Angie glaubte, jeden Moment könnte eine seiner Adern platzen.

»O Mann. Danke, danke, danke«, murmelte sie.

Sie stieg wieder in den Range Rover, ließ das Pub hinter sich und fuhr die gewundene Straße zum Friedhof und Krematorium weiter. Bev hatte darauf bestanden, sich in dem abgeschiedenen, neu angelegten jüdischen Teil des Friedhofs zu treffen, eine freie Fläche mit Reihen makelloser Grabsteine, die sich außer Sichtweite des alten Hauptteils befand.

Angie versteckte sich hinter der Kapelle und schaute jedes

Mal, wenn sie auf dem Weg Schritte oder zwischen den Sträuchern ein Geräusch hörte, dahinter hervor. Nach etwa zehn Minuten näherte sich jemand. War das womöglich Gretchen, die Jerry auf sie angesetzt hatte? Oder Jerry selbst, falls er ihrem Wagen gefolgt war?

Als sie mit angehaltenem Atem aus ihrem Versteck hervorspähte, entdeckte sie die zerzauste Bev in einer zerrissenen Jeans; die Ringe unter ihren Augen verrieten, dass sie kaum geschlafen hatte.

Angie setzte ihre Prada-Sonnenbrille auf und marschierte auf die Rasenfläche, darum bemüht, wie eine Frau zu wirken, die alles unter Kontrolle hatte, obwohl der juckende Ausschlag unten an ihrem Hals etwas anderes sagte.

»Ah! Da bist du ja«, sagte sie. Sie drückte ihre Umhängetasche fest gegen den Körper und blickte sich verstohlen um. »Wurdest du verfolgt?«

»Lass uns hinter die Kapelle gehen«, sagte Bev und zerrte sie in den Schatten des kleinen dunklen Gebäudes.

Offensichtlich war Angie nicht die Einzige, die nervös war.

»Lass uns die Sache rasch über die Bühne bringen«, sagte Angie, außerstande, das Zittern in ihrer Stimme zu verbergen. Sie warf einen Blick auf ihre Uhr. »Jerry und Gretchen glauben, dass ich die Kinder kurz bei Freunden absetze und die Wäsche in die Reinigung bringe. Du zuerst.«

Bev griff in ihre Handtasche. Sie stieß ihre Worte rasch hervor, während sie immer wieder hinter der Wand hervorschaute. »Ich habe einen USB-Stick mit Informationen zu Jerrys Konten, Passwörtern und dem ganzen Kram. Das ist eine wahre Fundgrube, und deine Anwältin wird ihre helle Freude daran haben. Es hat ewig gedauert, alles zu sichten, aber ich habe eine Excel-Tabelle gefunden, in der dieser dämliche Idiot seine Passwörter aufgelistet hat. Die Tabelle ist passwortgeschützt, aber mein Geschäftspartner hat es herausgefunden.«

Angie starrte auf den Stick und hatte das Gefühl, dass er eine Art magischer Schlüssel zu ihrer Zukunft als ungebundene Frau war. »Und wie lautet es?«

»Es ist der Todestag eures Hundes. Jerry hat auf Facebook darüber geschrieben, als ginge es um den Tod seiner Mutter. Mein Geschäftspartner musste nur zwei und zwei zusammenzählen …«

Angie lächelte schwach. »Er hat diesen alten Stafford geliebt. Elsie. Er hat sie besser behandelt als seine eigene Mutter!«

Bev drückte ihr den USB-Stick in die Hand. »Es sind auch ein paar Videodateien drauf. Bild- und Tonaufnahmen von meinen Trips nach London, um ihm eine Falle zu stellen. Er hat sich wie das letzte Schwein aufgeführt, sollte ich vielleicht noch erwähnen. Er hat mich bedroht. Sollte er also herausfinden, dass ich keine Marketingchefin namens Cat Thomson bin, und man mich tot auffinden, weißt du, wer dafür verantwortlich ist. Er hat sogar meine Souterrainwohnung erwähnt, obwohl ich ihm nicht erzählt habe, wo ich wohne. Ich würde also sagen, dass diese Möglichkeit beängstigend real ist. Wie auch immer: Ich habe von sämtlichen unserer Korrespondenzen auf LinkedIn und Facebook Screenshots gemacht und sie in einem Extraordner gespeichert. Zusammen mit den Filmaufnahmen, die beweisen, dass er die feste Absicht hatte, dich zu betrügen. Auf dem Stick ist alles drauf, darunter auch ein paar widerliche E-Mails, in denen er Mädchen und Drogen wie Pizza in seine Londoner Wohnung bestellt. Ich habe auch die Adresse. So, das wäre alles.« Sie drückte Angie zum Zeichen der Verbundenheit die Hand. »Tut mir leid, dass du das alles sehen musst. Das ist schlimmer, als du erwartest hast.«

»Ich fürchte, nicht«, sagte Angie und schüttelte traurig den Kopf. »Du bist nicht die Einzige mit belastendem Material.«

Bev warf ihr einen fragenden Blick zu, und Angie holte einen Stick hervor, der so ähnlich aussah wie der, den die Detektivin ihr gerade gegeben hatte.

»Was ist da drauf?«, fragte Bev.

»Beweise …«, sagte Angie und hatte Mühe weiterzusprechen, als Tränen an ihren Wangen hinunterliefen und der Schmerz drohte, ihre Zunge zu lähmen. »Screenshots von E-Mails, die zeigen, dass Jerry Gretchen dafür bezahlt, mich auszuspionieren. Aber nicht nur das … Ich glaube, dass sie ihn erpresst.«

»Wo hast du den her?«, fragte Bev.

»Ich habe ihre Sachen durchsucht, als sie mit den Kindern im Park war, und dabei hinten in ihrem Kleiderschrank einen Schuhkarton gefunden. Der Stick steckte in einem der Schuhe.«

»Hast du dir die Dateien darauf angesehen?«

Angie nickte. »Leider ja. Darauf sind auch ein paar Fotos von Leuten, die … Sex haben. Von den Partys in der Londoner Wohnung, die du erwähnt hast. Von Männern mit Mädchen. Sehr jungen Mädchen. Es gibt ein Foto davon, wie Jerry … Es ist wirklich schrecklich, Bev.« Sie zog einen Stapel Ausdrucke aus ihrer Handtasche und zeigte Bev ein Bild von fünf Männern, die, abgesehen von Tiermasken aus Latex, nackt waren und sich mit den Mädchen vergnügten. Auf einem anderen Foto war zu sehen, wie ihr Mann von einem jungen schwarzen Mädchen, das nicht älter als sechzehn sein konnte, einen Blowjob bekam. Angie konnte ihr Schluchzen nicht länger zurückhalten. Sie drückte Bev den Stick in die Hand und bedeckte ihr Gesicht mit ihrem Seidenschal.

Bev warf einen Blick auf die Ausdrucke und verzog das Gesicht. Dann betrachtete sie ernst den Stick und hielt ihn Angie entgegen. »Deine Anwältin wird ihn brauchen. Gib ihn nicht mir.«

»Aber ich habe Angst, Bev. Nimm du ihn! Ich glaube, dass Jerry mir auf die Schliche gekommen ist, und ich habe Angst, dass er … mich verschwinden lässt. Ehrlich. Ob er mich nun einweisen lässt oder jemanden beauftragt, mir etwas anzutun. Ich habe einfach …«

»Hör zu, Angie«, sagte Bev, nahm ihre Hand und drückte sie erneut. »Du musst jetzt stark sein, für dich und deine Kinder. Bring sämtliche Beweise direkt zu deiner Anwältin. Jetzt gleich, sofort. Übrigens, wo sind deine Kinder?«

»Bei einer Freundin. Da sind sie sicher.«

»Hol sie dort ab und mach dich sofort auf den Weg. Fahr zu deinen Eltern. Oder zu irgendeinem Verwandten. Zu jemandem, dem du traust, jemandem, der auf deiner Seite ist. Zu einem Hotel. Ganz egal, aber verlier keine Zeit mit Packen. Hau einfach ab. Okay? Noch heute. Du musst diesem Widerling das Handwerk legen!« Schließlich ließ sie Angies Hand wieder los und sah sie eindringlich an. »Und denk verdammt noch mal daran, mich zu bezahlen, sobald du dein Geld bekommst, sonst sind wir getrennte Leute. Verstanden?«

Angie nickte und steckte beide USB-Sticks in ihre Tasche. Die Ausdrucke gab sie Bev. »Hast du von allem Kopien gemacht?«

Bev nickte und nahm den Stapel Blätter. »Ja. Ich habe dir eine SMS mit meiner Bankverbindung geschickt, damit du mir mein Honorar überweisen kannst. Ich brauche es so bald wie möglich, denn von dem Geld hängt eine Menge für mich ab. Okay?«

Angie zog einen Umschlag aus ihrer Tasche und warf ihr ein schiefes Lächeln zu, weil sie ein wenig verärgert war, dass Bev offensichtlich so viel an dem Geld lag. »Darin sind fünfhundert Pfund, damit du erst mal über die Runden kommst. Ich habe eine Handtasche verkauft«, log sie. In Wirklichkeit hatte sie aus einem gepolsterten Umschlag mit Geld, der unter den Schuhen in Gretchens Schuhkarton gelegen hatte, ein Geldbündel herausgenommen. Merkwürdigerweise verspürte sie ein schlechtes Gewissen, weil sie ihr eigenes Kindermädchen bestohlen hatte, obwohl Gretchen das Geld bestimmt von Jerry erpresst hatte. »Kann ich dir den Rest persönlich übergeben? Und dich zum Essen einladen? Das ist das Mindeste, was ich tun kann.«

Die Detektivin warf einen Blick um die Ecke der Kapelle, um sich zu vergewissern, dass dort niemand herumschlich. Dann trat sie weiter in den Schatten und zog Angie mit sich. »Ich habe keine Ahnung, wo ich mich demnächst aufhalten werde. Ich habe mich mit Tim und Sophie zerstritten. Die Situation gerade ist ziemlich ... eigenartig.« Sie holte tief Luft; offensichtlich galten ihre Gedanken jetzt etwas anderem als ihrer Bezahlung. »Hör zu. Jerry ist gefährlich, und es gibt eine letzte ungeklärte Frage, der ich nachgehen werde.«

Der gerötete Ausschlag an Angies Hals juckte jetzt so heftig, dass es fast brannte.

»Aber was auch immer du tust«, fuhr Bev fort, »bitte Sophie *nicht* um Hilfe. Tim meint es nicht gut mit dir. Er und Jerry halten wie Pech und Schwefel zusammen. Ich kenne Tim, und ich kenne Männer wie ihn. Er wird für Jerry Partei ergreifen, egal, was ihr beide, du und Sophie, erzählt, und er wird dein Vertrauen missbrauchen. Glaub mir. Verlass das Haus, und bitte Sophie und Tim nicht um Hilfe. Bei ihnen bist du nicht sicher.«

Angie schluckte schwer. »Ist das alles?«

»Für mich schon.« Bev warf einen Blick auf ihre Uhr. »Du hörst von mir. Viel Glück.«

Als Angie wieder im Wagen saß und vom Friedhof fortraste, fiel ihr ein, dass sie Bev davon hatte erzählen wollen, wie sie niemand Geringeren als Rob und ihren Psychiater zusammen mit Tim im Carluccio's gesehen hatte. Verdammt. Verärgert über sich selbst, schlug sie aufs Lenkrad. Als sie schließlich zu Hause eintraf, hatten ihre aktuellen Sorgen den Gedanken daran wieder vertrieben. Irgendwie musste sie es schaffen, ihre Sachen zu packen, ohne Verdacht zu erregen. Es war an der Zeit, sich endgültig aus dem Staub zu machen.

# KAPITEL 28

# Bev

Bev hockte in der Souterrainwohnung mit einer Tasse Kaffee in der Hand auf ihrem durchgesessenen Sofa und öffnete ihren Laptop. Sie rief die Homepage von Rightmove auf und tippte ihre Suchanfrage ein. Tim hatte sie zwar vor die Tür gesetzt, aber Sophie hatte einen kleinen Aufschub ausgehandelt. Ihr blieb eine Woche Zeit, um auszuziehen. Ideal wäre eine Wohnung wenige Meilen von der WA15 entfernt. Mit zwei Schlafzimmern.

Sie scrollte mehrere Seiten mit überteuerten Bruchbuden durch, doch nach zwanzig Minuten verlor sie das Interesse und gab ihre frühere Suchanfrage bei Google ein, die ihr einfach keine Ruhe ließ.

**Tatjana. Russische Prostituierte. London.**

Bei ihrer letzten Suche hatte sie es geschafft, zehn Seiten voller Schwachsinn zu durchforsten, bevor sie es schließlich aufgegeben hatte. Diesmal blieb sie hartnäckig und ersetzte »London« durch »Ealing, West London«, als ihr einfiel, dass sie inzwischen die Adresse von Jerry Fitzwilliams geheimem Unterschlupf kannte. Nach fünfzehn Seiten stieß sie auf einen Zeitungsartikel aus dem *Evening Standard* vom 25. Juli des vergangenen Jahres. Er erregte ihre Aufmerksamkeit, weil er nicht das Geringste mit den Pornoseiten und Banalitäten zu tun hatte, die ihre Suche zutage gefördert hatte. Als sie die Überschrift las, richteten sich ihr die Nackenhaare auf.

**Mordermittlungen in Ealing nach Leichenfund in Müllcontainer hinter Metzgerei**

Bevs Herz hämmerte so heftig, dass sie kaum in der Lage war, den Artikel zu lesen.

»Konzentrier dich, verdammt noch mal!«

Gestern Morgen um 6:25 Uhr wurden in einem Müllcontainer hinter einer Familienmetzgerei in Ealing mehrere abgetrennte Leichenteile gefunden. Die Polizei hat inzwischen eine Morduntersuchung eingeleitet und bittet die Bevölkerung, sich mit ihr in Verbindung zu setzen, falls jemand in den letzten drei Tagen verdächtige Aktivitäten in der Gegend beobachtet hat.

Der grausame Fund wurde von dem Metzger Ryan Sands gemacht, der kurz vor der wöchentlichen Leerung der Tonnen Schlachtabfälle entsorgt hatte. Er sagte aus: »Mir waren mehrere schwarze Müllbeutel aufgefallen, die nicht von mir stammten, und ich dachte, dass die Nachbarn schon wieder ihren Müll in meine Tonne gestopft hätten. Ich habe sie dann aufgerissen, um darin nachzusehen, vor allem, weil es so schlimm gestunken hat, anders als man das von abgelaufenem Fleisch sonst kennt. Und dabei habe ich einen Arm entdeckt.« Mr. Sands erklärte, dass er über den Fund äußerst bestürzt gewesen sei.

Detective Chief Inspector Barry Greene teilte mit: »Unsere Ermittlungen haben ergeben, dass es sich bei dem Opfer um

> eine junge Frau im Alter von dreizehn bis fünfzehn Jahren handelt, die erwürgt, zerstückelt und anschließend zwischen dem Müll entsorgt wurde. Eine oder mehrere gefährliche Personen sind noch auf freiem Fuß, möglicherweise in West London, in der Umgebung von Ealing. Die Obduktion hat ergeben, dass das Opfer an einer anderen Stelle getötet wurde. Möglicherweise wird der Täter versuchen, die blutverschmierte Kleidung ebenfalls zu entsorgen. Wir fordern jeden auf, der irgendetwas Verdächtiges bemerkt hat oder über Informationen verfügt, die hinsichtlich der Ermittlungen von Bedeutung sein könnten, sich bei uns zu melden.«

Bev presste sich die Fingerspitzen auf die Lippen, während sie sich ausmalte, wie das arme, junge Mädchen erwürgt und dann auf kaltblütigste Weise beseitigt worden war. Im Müllcontainer eines Metzgers. Zerstückelt und entsorgt zwischen verdorbenem Fleisch. Handelte es sich womöglich um dieselbe Tatjana, die Jerry Fitzwilliam in seiner E-Mail erwähnt hatte? Bestimmt nicht. Aber warum war der Artikel in den Suchergebnissen aufgetaucht, obwohl der Name des toten Mädchens darin nicht genannt wurde? Hing das irgendwie mit den Metadaten zusammen? Mit den Tags vielleicht. Sie ließ ihren Blick über den Computer wandern und versuchte, irgendeinen Zusammenhang herzustellen, doch ihre Konzentration wurde wie eine schlechte WLAN-Verbindung unterbrochen.

Die Stimmen von Sophie und Tim, die sich im Flur stritten, hallten die Steintreppe hinunter und weiter durch die dünne Wohnungstür in den Keller. Normalerweise hätte Bev sie belauscht, um zu erfahren, worum es bei der Auseinandersetzung ging, denn es kam äußerst selten vor, dass die beiden sich stritten … zumindest in Hörweite. Aber momentan waren ihre treulose Freundin und ihr dämlicher Vermieter das Letzte, woran sie dachte.

Sie ging ins Schlafzimmer und schloss die Tür hinter sich, sodass die lauten Stimmen leiser wurden. Inzwischen hatte sie die Origami-Figuren wieder in die richtige Position gebracht. Sie hatte dabei gezittert und sich größte Mühe gegeben, den Gedanken daran zu verdrängen, dass ein Fremder mit dem Vorsatz, sie zu verwirren, ihre Sachen durchstöbert hatte. Die Tatsache, dass sie ihre letzten Therapiesitzungen versäumt hatte, trug noch dazu bei, ihre Paranoia zu verstärken. Sie hatte sich vergewissert, dass alle Fenster geschlossen und verriegelt waren; dass sich niemand in einem Schrank oder einem der Staufächer versteckt hatte, die groß genug waren, um einem Eindringling Platz zu bieten. Die Terrassentüren hatte sie mit einem alten Hockeyschläger verbarrikadiert, den sie aus Sophies Garage entwendet hatte, und die Vorhänge waren fest zugezogen. Die Wohnungssuche konnte auch bis morgen früh warten. Aber bevor sie in einen wenig erholsamen, unruhigen Schlaf fallen würde, wollte sie herausfinden, ob es weitere Informationen zu dem Mädchen in dem Müllcontainer in Ealing gab.

Bev krabbelte mit ihrem Laptop in ihr ungemachtes Bett und warf einen Blick auf die Artikel, die im Randfenster neben dem Bericht des *Evening Standard* über die Leichenteile in den schwarzen Müllbeuteln aufgelistet waren. Alle bezogen sich auf den gleichen Ort: Ealing. In einem Beitrag ging es um Abtreibungsgegner, die aus einer Abtreibungsklinik verwiesen worden waren. In einem anderen um den Ausbruch einer Panik wegen eines verdächtigen Pakets auf dem Ealing Broadway. Der letzte Artikel allerdings stand offensichtlich im Zusammenhang mit dem Fall, der ihr Interesse geweckt hatte.

**Mädchen in Müllcontainer hinter Metzgerei identifiziert**

»Bingo«, sagte Bev leise und klickte auf den Link. »Komm schon. Spann mich nicht auf die Folter.«

Auf dem Bildschirm erschien das Foto eines zierlichen Mädchens mit blasser Haut und schwarzen, glatten Haaren. Es machte ein ernstes Gesicht, und mit seinen hohen Wangenknochen und der geraden Nase trug es unverkennbar osteuropäische Züge. Ihre tief liegenden Augen hingegen verliehen ihr ein mediterranes Aussehen. Das kleine, ruhelose Gesicht zeigte nicht das geringste Anzeichen von Freude.

Die Härchen auf Bevs Armen richteten sich auf, als sie las …

Inzwischen hat die Polizei die Identität des Mädchens bekannt gegeben, dessen zerstückelte Leiche in einem Müllcontainer hinter einer Metzgerei gefunden wurde. Aus den zahnärztlichen Patientenunterlagen geht hervor, dass es sich bei dem Opfer um die fünfzehnjährige Tatjana Lebedew handelt, die in einer Notunterkunft vor Ort wohnte. Obwohl sie vor zwei Jahren nach Großbritannien verschleppt wurde und für die Dauer ihres Asylverfahrens eigentlich unter der Obhut des Sozialamts stand, war Miss Lebedew in den letzten sieben Monaten unter ihrer Meldeadresse nicht ansässig.

Im Zuge der umfassenden polizeilichen Ermittlungen wurden in einem weiteren Müllcontainer Miss Lebedews Kleidung und eine Handtasche gefunden. Der Container gehört dem benachbarten Café Soleil, das in derselben Seitengasse wie Mr. Sands Familienmetzgerei liegt, hinter der die Leiche des Opfers entdeckt wurde. In der Tasche befanden sich Quittungen von einem Supermarkt und einem Friseur in Moskau sowie eine gestohlene elektronische Fahrkarte für den Personennahverkehr.

Detective Chief Inspector Barry Greene erklärte: »Wir sind uns sicher, dass jemand weiß, wo Tatjana sich am Tag und in der Nacht vor ihrer brutalen Ermordung aufgehalten hat. Wir sind zuversichtlich, dass es einen Zeugen gibt, der die Person identifizieren kann, mit der Tatjana um ein Uhr nachts – ihrem geschätzten Todeszeitpunkt – zusammen war. Jede Person mit möglicherweise nützlichen Informationen, und mögen die Einzelheiten auch noch so unbedeutend erscheinen, wird gebeten, sich umgehend mit ihrer örtlichen Polizeidienststelle in Verbindung zu setzen oder die Zeugen-Hotline anzurufen.«

Erfüllt von Panik, blinzelte Bev ihre Tränen fort und schrieb mit zitternder Hand das angegebene Datum und Tatjanas ungefähren Todeszeitpunkt in ihr Notizbuch. Dann nahm sie einen USB-Stick aus dem Reißverschlussfach ihrer Handtasche, auf dem sie sämtliche von Jerry Fitzwilliams Dateien gespeichert hatte, steckte ihn in ihren Laptop und öffnete seine E-Mail-Dateien. Nachdem sie eine Weile gesucht hatte, fand sie die Mail an Stan, in der Jerry Tatjana erwähnt hatte.

Stan,

du ignorierst meine Anrufe. Was haben sie mit Tatjana gemacht? Was ist mit den Filmaufnahmen passiert?

Jerry hatte diese Nachricht nur fünf Tage nach Tatjana Lebedews Tod an den Dealer und Zuhälter geschickt.

»O mein Gott«, sagte Bev. »Warum musste das passieren? Warum zum Henker habe ich weitere Nachforschungen angestellt? Warum konnte ich die Sache nicht auf sich beruhen lassen? Du bist eine verdammte Idiotin, Bev Saunders.«

Sie nahm einen Bilderrahmen aus Messing von ihrem Nachtschränkchen, in dem zwei Fotos steckten – von dem Mann und dem Mädchen, die sie mehr als alles andere auf der Welt liebte. Sie drückte den Rahmen fest gegen ihren Oberkörper, sodass sich die Ecken in ihre linke Brust bohrten.

»Die Hoffnung hat das Gebäude verlassen und kehrt nicht mehr zurück«, sagte sie leise.

Als hätte es nicht schon gereicht, die Menschen zu verlieren, die das Leben erst lebenswert machten, und durch eine erbittert geführte Scheidung ihren Job und all ihren Besitz zu verlieren, nein, sie steckte auch noch bis zum Hals in einem psychologischen Krieg mit einem unsichtbaren Feind. Und jetzt war sie möglicherweise über einen ungelösten Mordfall gestolpert, in den der prominente und einflussreiche Mann, der sie wahrscheinlich schikanierte, irgendwie verwickelt war. Seinen erstaunlich aufschlussreichen E-Mails an Stan, den Zuhälter, nach zu urteilen, hielt er sich offensichtlich für unantastbar.

Mit einer aggressiven Bewegung wischte sie eine dicke Träne fort, die aus ihrem rechten Auge lief. *Reiß dich zusammen, Mädchen. Ich wette, das ist nur ein gewaltiger Zufall. Deine Arbeit für Angie ist beendet. Vergiss, was du gerade gelesen hast. Richte den Blick nach vorn. Du bist kein Cop. Du bist nur eine Aushilfsschnüfflerin, die Fotos von untreuen Ehemännern schießt. Das war's. Finito. Bring endlich Ordnung in dein Leben.*

Aber trotzdem … Bev breitete auf ihrer muffigen Bettdecke die ausgedruckten Fotos von Jerry und seinen maskierten Spießgesellen aus, die sie beim Gruppensex mit verdächtig jung aussehenden Prostituierten zeigten. Der Schattenminister präsentierte sich gerne vor der Kamera. Gab es womöglich Filmaufnahmen von dem Mord an Tatjana Lebedew, vorausgesetzt, sie und die Tatjana, die in Jerrys Mail erwähnt wurde, waren ein und dieselbe Person? Aber wie sollte es anders sein? Die Mädchen, die aus Osteuropa nach Großbritannien verschleppt wurden, arbeiteten hauptsächlich im Rotlichtmilieu. Die Tatjana aus Jerrys E-Mail an »Stan« war zweifellos eine Prostituierte gewesen, und Bev war jetzt im Besitz der unzweideutigen Sexfotos, die Gretchen, das erpresserische Kindermädchen, aufbewahrt hatte, um eine mögliche Verbindung anzudeuten. Bev könnte zur Polizei gehen, damit man sich dort um die Sache kümmerte. Aber dann würden ihr diese beiden aufgeblasenen Detectives, Curtis und Owen, das Leben zur Hölle machen. Seit sie einen untreuen Stuckateur in einem Hotel an der M6 überführt hatte, was zu einer Prügelei mit dem Stuckateur, einer Reinigungskraft und dem Rezeptionisten ausgeartet war, hatten Curtis und Owen sie auf dem Kieker, weil sie Bev für einen lästigen Amateur-Cop hielten. Vielleicht würden sie Fitzwilliam zwar verhaften, aber schließlich die Ermittlungen aus Mangel an Beweisen einstellen. Falls Fitzwilliam herausfand, wer ihn verpfiffen hatte, würden Bev und Angie noch mehr unerwünschte Aufmerksamkeit auf sich ziehen. War es wirklich völlig ausgeschlossen, dass sie und Angie mit abgetrennten Gliedmaßen in einem Müllcontainer endeten?

Wenn sie jetzt aufhörte, würde sich die ganze Sache vielleicht erledigen. Aber das war, moralisch betrachtet, nicht unbedingt richtig. Aufhören oder weitermachen?

»Doc.«

Sie krabbelte zum Ende des Betts, nahm das Telefon aus der Tasche ihrer Strickjacke und rief die Festnetznummer von Docs Eltern auf. Er hatte Bev gebeten, ihn nicht unter dieser Nummer zu kontaktieren, aber in einem Notfall wie diesem war alles erlaubt. Zu dieser späten Stunde würde er in seinem Dachzimmer entweder vor einem Videospiel hocken, masturbieren oder etwas aus Lego zusammenbauen, dachte sie. Aber was war mit seinen Eltern? Gingen Leute ihres Alters nicht mit einem Becher warmer Milch um neun Uhr abends ins Bett? *Ein Mord ist wichtiger, als früh schlafen zu gehen*, beschloss Bev. *Komm schon, Saunders. Ein letzter Versuch, der Sache auf den Grund zu gehen. Sollte es sich um eine Sackgasse handeln, übergibst du deine Beweise den Bullen und machst dich vom Acker.*

Nachdem es eine gefühlte Ewigkeit geklingelt hatte, wurde schließlich abgenommen.

»Hallo?« Doc klang nervös.

»Ich bin's. Bev.«

Seine Stimme kletterte um eine Oktave in die Höhe. »Du rufst mich um diese Uhrzeit auf dem Festnetzanschluss meiner Eltern an? Bist du völlig bekloppt?«

»Ja. Das sind wir beide. Darum machen wir eine Therapie, mein Lieber. Hör zu …« Bev flüsterte fast. »Du musst für mich den Film finden, den Jerry erwähnt hat. Möglicherweise kursiert er irgendwo im Darknet.«

»Das habe ich dir doch erklärt«, sagte er. »Ich werde mich auf kein dubioses Darknet-Abenteuer einlassen, solange ich hier bin. Das Letzte, was ich will, ist, die Sicherheit meiner Eltern zu gefährden. Und falls du glaubst …«

»Schön.« Die Sache würde nicht so laufen, wie Bev gehofft hatte. »Ich spreche nur von einem Mord an einem fünfzehnjährigen Mädchen. Aber das ist ja nicht wichtig. Vergiss, dass wir einen Vergewaltiger verschleppter Mädchen und mutmaßlichen Mörder vielleicht hinter Gitter bringen können, um so zu verhindern, dass er ein verdammtes Regierungsamt bekleidet. Schön. Lass es sein, Doc. Ich verstehe. Du hast den Job erledigt, für den ich dich mit einem Lego-Set bezahlt habe, für das ich mein letztes Geld ausgegeben habe. In Ordnung. Aber ich dachte, wir hätten uns darauf geeinigt, weitere Nachforschungen anzustellen. Ich wünsche dir noch einen schönen Abend, während du an deinem Schwanz rumspielst. Und sei vorsichtig mit deinen Eiern ... Ach, Moment mal. Du hast ja gar keine! Ich Dummerchen!«

Rums. Bev spürte, wie ihre Wut die Angst verdrängte. Das war ein angenehmes Gefühl. Allmählich verflog ihre Müdigkeit.

»Warum führst du dich wie ein Arschloch auf?«, fragte Doc. »Eigentlich sollte ich jetzt sofort auflegen, aber ...«

»Aber was? Dafür fehlt dir das Rückgrat?« Sie wusste, dass ihre Worte ihn schwer treffen würden. Doch das war ihr egal.

»Ich bin dein Freund, Bev. Ich mache mir Sorgen um dich. Du brauchst etwas Abstand zu diesem Job, es ist nur ein Job. Wir müssen beide einen Schritt zurücktreten. Wir haben uns da auf eine gefährliche Sache eingelassen. Selbst ich brauche nicht so dringend das Geld.«

»Weil du am Rockzipfel deiner Mutter hängst, Doc.«

»Okay. Du benutzt mich als Prügelknaben, weil du frustriert bist. Hab's kapiert. Aber da spiele ich nicht mit. Geh in deinen Sexclub, Bev. Ich werde jetzt auflegen.«

»Tut mir leid«, sagte sie. »Tut mir leid. Okay? Ich bin einfach durcheinander. Ich habe Angst. Aber leg nicht auf. Hör zu, wenn du mir nicht helfen willst, sag mir, wie man sich Zugang zum Darknet verschafft. Dann werde ich eben nach dem Film suchen.«

Eine Stunde später klickte Bev auf einen Link, der sie direkt in den Kaninchenbau beförderte.

# KAPITEL 29

# Boo

»Ich habe einen Krankenwagen gerufen«, sagte Holy Jo und streichelte Boo die Hand. »Er wird gleich da sein. Atme weiter.«

Boo nickte. Sie wollte etwas erwidern, aber ihr Gedanke wurde von einer weiteren Woge grenzenloser Schmerzen fortgeschwemmt. Während sie mit verschwitzten Fäusten ihre Bettwäsche umklammerte und ihren Hintern gegen die harte Matratze drückte, betete sie, dass die Wehe endlich aufhörte. Nach vierundzwanzig Stunden voller sinnloser Schmerzen kamen sie jetzt im Abstand von drei Minuten. Ihre Tasche war gepackt, ihre Formulare ausgefüllt. Aber auf der Entbindungsstation hatte man ihr am Telefon gesagt, dass sie erst dort aufkreuzen solle, wenn die Wehen in kürzeren Abständen kämen, und jetzt war es so weit. Boo war überzeugt, dass plötzlich die Fruchtblase platzen und das Baby hier, in ihrem trostlosen Studentenzimmer, herausschießen würde. Warum war das Bett so verdammt unbequem? Warum hauste sie im zweiten Studienjahr immer noch im Wohnheim, neben der unfassbar biederen Holy Jo? Eigentlich sollte sie in einer coolen Studentenunterkunft wohnen, statt zusammen mit einem Haufen von Erstsemestern zusammengepfercht zu sein, gestraft mit Holy Jo als Geburtsbegleiterin. Wo zum Teufel war Mitch, dieser verdammte, egoistische Wichser?

»Du hältst die Luft an, Schätzchen! Vergiss nicht, zu atmen«, sagte Holy Jo, als wäre sie eine verfluchte Expertin. »Atme durch die Nase ein und durch den Mund wieder aus.« Sie demonstrierte es ihr, wobei sie ihre schmalen Hände auf und ab bewegte. »Ein und aus. Atme.«

Während die Wehe Boo förmlich zerriss, drehte sie den Kopf, sodass sie ihre Nachbarin sehen konnte. Anmutig. Schlank. Wunderschön. Und nicht aufgebläht wie ein Wal, der versuchte, eine Bowlingkugel herauszupressen. Boo packte ihre Hand, als die Schmerzen stärker wurden. »Scheiße, atme *du* doch.«

»Aber, aber. Sei nicht albern, meine Liebe. Ich versuche dir zu helfen.«

Boo schaute auf die Finger ihrer Nachbarin hinunter, die sie mit ihrer Hand fest umschlossen hatte. Sie waren ganz weiß, weil das Blut daraus gewichen war. Das stoische Miststück hatte nicht den geringsten Ton von sich gegeben.

»Die Sanftmütigen werden das Erdreich besitzen«, brachte Boo hervor, als die Wehe schwächer wurde und sie aus ihrer Umklammerung entließ.

»Was meinst du damit?« Holy Jo rieb sich die Handflächen und lächelte gütig.

»Dich. Du hast dich nicht beklagt, obwohl ich dir das Blut abgedrückt habe. Meine Güte. Wenn ich dir wehtue, sag doch was! Ich weiß nicht, was ich tue, wenn die Schmerzen kommen. Lass dich nicht wie ein Fußabtreter behandeln.«

Holy Jos Lippen öffneten sich zu einem seligen Lächeln, und es kam eine Reihe strahlend weißer Zähne zum Vorschein, die bestimmt von Engeln auf Hochglanz poliert worden waren. »Ich bin nicht diejenige, die mit neunzehn ein Kind zur Welt bringt, Boo. Übrigens: Wo ist eigentlich dein unsterblich verliebter Freund?«

»Er ist …«

»Wer ist hier also der Fußabtreter?« Holy Jo lächelte immer noch, aber ihre Worte schmerzten wie ein Peitschenhieb, da sie ihr unter die Nase rieb, dass sich ihre Erwartung bestätigt hatte.

Auf der Geburtsstation wurde Boo von mehreren Hebammen umschwirrt, die ihren Blutdruck und den Puls überwachten und ihr eine Maske reichten, die durch einen Schlauch mit einem riesigen Behälter voller Gas und Sauerstoff verbunden war. Immerhin, dachte Boo, war dies eine großartige Möglichkeit – vielleicht die letzte für lange Zeit –, high zu werden. Sie legte sich aufs Bett und atmete tief ein. Sie inhalierte auch noch weiter, nachdem ihr die Hebammen längst gesagt hatten, dass sie das Gas und den Sauerstoff nur auf dem Höhepunkt der Wehen einatmen solle. Nach zwanzig Minuten konnte man sie immer noch nicht von der Maske trennen. Sie war völlig zugedröhnt.

Eine Erscheinung ihrer Mutter nahm wie der Geist der zukünftigen Weihnacht in der Ecke des Zimmers Gestalt an, trank Wodka aus der Flasche und beschmierte die Toilettentür mit Farbe.

»Was machst du da?«, glaubte Boo, sie sagen zu hören.

»Die Warnung an der Wand ist für dich bestimmt, meine Kleine«, sagte ihre Mutter. »Siehst du?« Die roten Pinselstriche formten sich zu Wörtern:

**FLACHES ENDE. TIEFES ENDE.**

»Was soll das heißen?«, fragte Boo.

Die von ihr halluzinierte sturzbesoffene Sylvia – sie kam Boo so real vor, dass sie glaubte, sie könnte die Hand ausstrecken und der alten Schachtel eine Ohrfeige verpassen – bedachte sie mit einem fiesen, herablassenden Lächeln. »Du hast beschissene Gene, Boo Boo. Du und das Baby, ihr werdet immer im flachen Teil des Genpools herumplanschen.«

Aus den Augenwinkeln bemerkte Boo ihren geliebten Dad. Er war noch am Leben und hatte eine gesunde Gesichtsfarbe. Er trug einen OP-Kittel. Als etwas Metallisches aufblitzte, wanderte ihr Blick von seinem freundlichen, unrasierten Gesicht nach unten. Er hielt ein Skalpell in der Hand.

»Dad, nein!«, rief Boo und streckte den Arm aus, um seine Hand festzuhalten, als er die Klinge über seine Handgelenke gleiten ließ.

Entsetzt wandte sie sich wieder ihrer Mutter zu, während das Blut ihres Vaters gegen die Tür spritzte und die hingeschmierten Wörter bedeckte.

»Tiefes Ende«, sagte ihre Mutter und nahm keuchend einen Schluck von dem Wodka. »Du fühlst dich zu Ärger unweigerlich hingezogen, Boo. Du kannst dem Unglück nicht entrinnen. Du wirst stets am tiefen Ende landen. Pass auf, dass du nicht ertrinkst.«

»Pressen!« Eine strenge Frauenstimme drang durch den Schleier aus Betäubungsmitteln. »Pressen Sie oder das Baby wird es nicht schaffen.«

Boo spürte, wie ein Paar kräftiger Hände ihr die Maske vom Gesicht nahm und sie wegriss, als sie mit ihren Fingern hastig danach griff.

Plötzlich war ihre betrunkene Mutter verschwunden, und von den Furcht einflößenden, mit roter Farbe hingeschmierten Buchstaben und dem verspritzten Blut war nichts mehr zu sehen. Mit Bedauern stellte Boo fest, dass ihr Dad wie ein verschreckter Poltergeist ebenfalls verschwunden war.

»Komm schon, Boo! Der Kopf ist schon halb zu sehen. Pressen!« Holy Jo hatte in die Anfeuerungsrufe und Ermunterungen der Hebammen eingestimmt.

Boo verspürte das überwältigende Verlangen, zu pressen, und richtete ihre Gedanken, während sie rasch wieder einen klaren Kopf bekam, auf diese eine Aufgabe: ein Kind zur Welt zu bringen. Schließlich wurde die Anspannung im Zimmer durch das Schreien ihres neugeborenen Kindes durchbrochen.

Eine der Hebammen wandte sich mit dem winzigen Bündel voller Schleim und Blut auf dem Arm ihr zu, während die Nabelschnur wie die Reißleine eines Fallschirms davon herunterhing. »Glückwunsch. Es ist ein gesundes Mädchen.«

Als ihre Tochter sich zum ersten Mal an ihre Brust schmiegte, nahm Boo Holy Jo und die Hebammen überhaupt nicht mehr wahr, genauso wenig wie Mitch, der gerade den Kreißsaal betreten hatte. Boo hatte nur noch Augen für ihr Baby, denn sie hatte noch nie für jemanden so viel Liebe empfunden.

»Ihr werdet sie uns also übergeben, sobald ihr die Geburtsurkunde habt, und dann nehmen wir sie mit nach Hause. Sind wir uns da einig? Colin?« Mitchs Mutter sah zu ihrem Sohn auf der Rückbank im Rover des alten Herrn und würdigte Boo keines Blickes, als hätte sie bei der Entstehung ihres Babys nur die Rolle der Leihmutter übernommen.

»Hören Sie, Miss Mitchell«, begann Boo und versuchte das Durcheinander widersprüchlicher Gefühle zu artikulieren, das ihr in den letzten paar Wochen den Schlaf geraubt hatte. »Ich weiß, was wir gesagt haben, als ich schwanger war, aber …«

»Sie haben eine Vereinbarung unterschrieben«, sagte die alte Schachtel, und die Falten um ihren Mund wurden noch tiefer.

»Irgendein Schriftstück, das Sie auf dem Computer zusammengeschustert haben.«

»Es ist ein rechtskräftiges Dokument. Ich und Gerald, wir sind die Erziehungsberechtigten, bis ihr beiden euer Studium beendet und geheiratet habt. Und damit basta. Sie können nichts dagegen tun.« Sie setzte das Raubfisch-Grinsen auf, das Boo im Laufe der letzten Tage immer wieder an ihr beobachtet hatte. »Außerdem sind wir ihre Familie, und Sie bekommen von zu Hause keine Unterstützung.«

Boo dachte flüchtig an ihre Mutter, deren Alkoholkonsum ihre Nahrungsaufnahme immer mehr überstieg. Die Ärzte hatten ihr erklärt, dass sie eine vergrößerte Leber hatte und die Gefahr bestand, dass ihre Nieren versagten, aber natürlich hörte die starrköpfige Kuh nicht auf sie. Seit dem Tod von Boos Vater hielt Sylvia sich für unbesiegbar. Außerdem hatte sie nicht das geringste Interesse an dem Baby. Kein Wunder.

Mitch, der neben Boo geistesabwesend seine Tochter betrachtete, wandte sofort seinen Blick von ihr ab. »Mum hat recht, Boo. Die Kleine ist eine Mitchell. Wir können nichts für sie tun, was Mum und Dad nicht auch für sie tun könnten.«

Bev drehte sich fast der Magen um, und ihre genähte Wunde begann, zu brennen, als würde man heiße Nadeln in ihren Körper bohren, als würde eine Art kosmische Macht sie dafür bestrafen, dass sie so schwach war, ihre kleine Tochter fremden Menschen zu überlassen. Am liebsten hätte Boo an einer Ampel die Babyschale losgeschnallt und wäre davongerannt. Wie lange würde sie es schaffen, durch die Gegend zu wanken, bevor man sie verhaftete?

»Vergiss es«, sagte Mitch, als könnte er ihre Gedanken lesen. »Eines Tages werden wir in der Lage sein, ihr gute Eltern zu sein. Aber im Moment? Wir sind neunzehn, Boo Boo. Denk mal darüber nach. Wir haben ihr nichts zu bieten.«

»Wir haben unsere Liebe«, sagte Boo, kaum imstande, etwas

hervorzubringen, weil Schuldbewusstsein und Trauer ihr die Kehle zuschnürten.

»Da wären wir!«, sagte Gerald und kam vor dem Standesamt zum Stehen. »Raus mit euch. Wenn wir das erledigt haben, gehen wir in einem Pub nett was essen. Um zu feiern.«

*Um zu feiern? Um meine schmerzenden Brustwarzen und mein gebrochenes Herz zu feiern, während ihr darüber frohlockt, dass ihr mir das Baby weggenommen habt, und ich verzweifelt versuche, es zu stillen, ihr verdammten Kindesentführer.* »Schön. Hol die Wickeltasche, Mitch.«

»Kann ich bitte Ihre Ausweise sehen?«

Der Standesbeamte war ein Mann mit mürrischem Gesicht, dessen Alter Boo auf Anfang bis Ende dreißig schätzte. Allerdings wirkte er mit seinem Anzug und seiner Frisur sehr viel älter. Sollte sie ihm erzählen, dass die Eltern ihres Freundes ihr das Baby gegen ihren Willen wegnehmen wollten? Würde ihn das überhaupt interessieren?

Sie zeigten ihre Pässe, und der Standesbeamte tippte die Daten in einen Computer.

»Wie ist der Name des Babys?«, fragte er.

»Hope«, sagte Boo. »Sie heißt Hope.«

Der Beamte betrachtete kritisch die Pässe, warf einen Blick auf das winzige rosafarbene Bündel in der Babyschale und dann zu Mitch. »Colin?«

Mitch lachte. »Nur meine Familie nennt mich Colin. Bitte … mein zweiter Vorname ist mir lieber. Rob. Oder Mitch. Meine Freunde nennen mich Mitch.«

Der Beamte zog eine Augenbraue hoch und schüttelte verächtlich den Kopf. »Sie sind nicht verheiratet, Mister Mitchell. Nimmt die kleine Hope Ihren Nachnamen an? Soll sie Hope

Mitchell heißen?« Er wandte sich Boo zu. »Oder Hope Saunders? Soll sie Ihren Familiennamen tragen, Beverley?«

Boo nickte. Ihr schlechtes Gewissen, weil sie eingewilligt hatte, dieses kostbare Lebewesen, das sie hervorgebracht hatte, wegzugeben, wenn auch nur vorübergehend, äußerte sich lediglich als pulsierender Schmerz in ihren empfindlichen Brüsten. Sie war außerstande, ihre Wut darüber zum Ausdruck zu bringen, dass sie von einem desinteressierten Kindsvater und seinen tyrannischen Eltern kaltgestellt wurde, als würde sie in diesem familiären Arrangement keinerlei Rolle spielen. Egal, was sie vor Monaten voller Selbstzweifel zu Mary und Gerald gesagt hatte, sie hatte es sich inzwischen anders überlegt. Die Beziehung zu ihrem Baby war alles, was jetzt zählte. Ihr Studium war bedeutungslos. Mitch war bedeutungslos. Was ihr Vater sich für sie gewünscht hätte, spielte ebenfalls nicht die geringste Rolle, jetzt, wo er tot war. Die anderen waren in der Überzahl und hatten sie ausgetrickst. Sie war jetzt selbst kaum mehr als ein Kind, nachdem man sie ihres Mitspracherechts beraubt hatte. »Ja. Hope Saunders«, sagte sie mit leiser, trotziger Stimme.

»Nein! Mitchell«, sagte Mitch und deutete mit Nachdruck auf seinen Pass. »Sie ist eine Mitchell.«

Stunden später, nachdem man Boo ihre Tochter vom Busen gerissen und ihr sämtliches Babyzubehör abgenommen hatte, das sie daran erinnerte, dass sie eine frisch gebackene Mutter mit einem Lebensinhalt war, hockte sie auf Holy Jos Bett und weinte.

»Ich bin so ein schlechter Mensch«, stieß sie stammelnd hervor und bekam einen Schluckauf. »Ich h-habe mein Baby weggegeben. Ich bin der letzte D-Dreck.« Vor ihrem geistigen Auge sah sie Hopes rosige Wangen und den zarten Flaum ihrer Augenbrauen. Es war ein vollkommen friedlicher Anblick, wenn sie schlief. Mit diesem winzigen Mund, der an eine Rosenknospe erinnerte. Ihrem Gesicht, das nicht größer als Boos Handfläche war. Es zeigte bereits die gesamte Bandbreite menschlicher Gefühle, wenn sie es verzog, gähnte oder weinte. »Ich werde nicht mitbekommen, wie sie zum ersten Mal lächelt. Ich werde nicht für sie da sein, wenn sie in der Nacht hungrig aufwacht. Ich werde sie nicht an feste Nahrung gewöhnen. Ich werde nicht erleben, wie sie zum ersten Mal krabbelt. Mein Gott! Was habe ich nur getan?«

Holy Jo kam von ihrem Schreibtischstuhl zum Bett und legte Boo ihren schmalen Arm um die Schulter. Sanft streichelte sie Boos Oberarm. »Hör auf, dich selbst zu quälen, okay? Du hast gerade ein Baby zur Welt gebracht. Deine Hormone spielen völlig verrückt. Du bist erst neunzehn, Boo.«

»Ich bin kein kleines Kind mehr. Jede Menge neunzehnjähriger Frauen schaffen es, sich um ihre Kinder zu kümmern. Machen wir uns nichts vor. Ich bin ein schwacher Mensch.«

Holy Jo umschlang sie noch fester, streichelte ihr die Wange, und selbst auf diese Bemerkung hatte sie eine aufmunternde Antwort parat. »*Ich* hätte nicht die Kraft, all das durchzustehen, was du gerade durchmachst! Ich wüsste nicht, ob ich eine bessere Entscheidung treffen würde. Und vielleicht kümmern sich Mitchs Eltern ja großartig um sie und sorgen dafür, dass Hope einen optimalen Start ins Leben hat. Es ist nur für kurze Zeit. Du wirst sie doch regelmäßig besuchen, oder?«

Boo betrachtete die makellose Haut ihrer Nachbarin, das glänzende blonde Haar und ihren zierlichen Körper. Der Glaube und ihr anständiger Lebenswandel taten ihr gut. Boo schaute auf ihre eigenen riesigen Brüste hinunter und fuhr sich mit den Fingern übers Kinn. Ihre Haut rebellierte gegen vier Jahre voller

Drogen und übermäßigen Alkoholkonsums, gefolgt vom Stress durch die ungeplante Schwangerschaft, einen Todesfall und das unberechenbare Verhalten ihres Freundes. Vielleicht war dies jetzt der richtige Zeitpunkt, um ihre schlechten Gewohnheiten zu ändern. Doch sie verspürte das starke Verlangen, sich vollzudröhnen und zu vergessen oder loszuziehen und mit einem fremden Mann zu vögeln, um sich begehrt zu fühlen. »Ich versuche, sie jedes zweite Wochenende zu sehen. Das einzige Problem ist das Geld.« Sie löste sich aus Holy Jos Umarmung.

»Kann deine Mum dir nicht unter die Arme greifen?«

Boo dachte an die letzte Begegnung mit ihrer alten Dame, als sie, wie eine Schnapsbrennerei stinkend, im Krankenhaus aufgekreuzt war und, abgesehen von vereinzelten, plötzlichen Anfällen von Missbilligung und beißendem Spott, stumm dagesessen hatte. »Ich bin Sylvia scheißegal. Sie hat gesagt, dass ich nicht angerannt kommen soll, wenn mir die Windeln ausgehen. Man sollte meinen, dass die Geburt eines Kindes ein Grund zum Feiern ist, aber …«

»Boo! Ich bin's.« Mitchs Stimme hallte auf der anderen Seite der Tür durch den Flur, während er mit Nachdruck klopfte.

Boo wandte sich Holy Jo zu und packte sie am Arm. Sie war kaum in der Lage, ihre halbfertigen Gedanken in einem verständlichen Satz zu artikulieren. Plötzlich brach ihre ganze Verzweiflung aus ihr hervor. »Sag ihm nicht, dass ich hier bin«, flüsterte sie. »Ich will ihn jetzt nicht sehen. Dieser unberechenbare Freak raubt mir die Luft zum Atmen, ich will nicht, dass er mit mir oder dem Baby zusammen ist. Bitte. Ich will Hope zurückhaben, aber ich weiß nicht, wie ich das anstellen soll. Du studierst doch Jura. Du hast Geld. Bitte, bitte! Hilfst du mir? Sag, dass du es tust. Sag, dass du mir hilfst.« In ihrem Kummer stöhnte sie verzweifelt auf.

Als aus Boos Zimmer keine Antwort kam, ging Mitch zu Holy Jos Tür weiter und hämmerte wie ein Gerichtsvollzieher dagegen. »Sophie. Ist Boo bei dir? Komm schon. Mach auf! Ich weiß, dass sie da drin ist.«

Holy Jo tätschelte Boo die Hand. »Überlass das deiner Tante Soph.« Sie zwinkerte ihr zu. Führte Boo zum Kleiderschrank und sperrte sie darin ein.

Eingezwängt zwischen den duftenden Designerklamotten eines reichen Mädchens, dachte Boo für einen flüchtigen Moment, dass sich Hope so in ihrem Bauch gefühlt haben musste: umgeben von einem sicheren Kokon, während jemand anders für sie sorgte. Boo konnte hören, wie die beiden sich unterhielten.

»Hör zu, Robert.«

»Ich heiße Mitch.«

»Ach ja? Nun, ich werde deinem Ego nicht schmeicheln. Du glaubst, du bist zu cool für diese Welt, aber in Wirklichkeit, *Robert*, bist du nichts weiter als ein Junkie und Grobian.«

»Du vorlautes Miststück! Hey. Was machst du da? Filmst du mich etwa?«

»Ja. Komm damit klar. *Ich* muss mir deinen Schwachsinn nicht gefallen lassen. Also, ich habe keine Ahnung, wo Beverley gerade steckt, aber wenn sie in ihrem Zimmer ist und nicht aufmacht, dann solltest du sie in Ruhe lassen. Ich weiß, was du getan hast. Ich weiß, wozu du sie gedrängt hast, und ich habe keine Angst vor dir.«

Boo kaute hektisch auf der Innenseite ihrer Wange, während sie sich den weiteren Verlauf der Auseinandersetzung vorstellte. Sie betete, dass Holy Jo in diesem Moment Jesus auf ihrer Seite hatte. Im günstigsten Fall war Mitch einfach nur unberechenbar. Außerdem war er äußerst geschickt darin, eine Situation so zu drehen, dass er stets als moralischer Sieger daraus hervorging und sein Gegenüber den Kürzeren zog.

»Nimm die beschissene Kamera aus meinem Gesicht oder ich …«

»Oder was? Was wirst du sonst tun?«

»Ich werde dich McIntyre melden.«

»Mich? Ha! Das ist echt ein Witz. Ich bin doch nicht diejenige, die ihre Nachbarn die ganze Nacht mit ihrem asozialen Verhalten in den Wahnsinn treibt. Ist dir eigentlich klar, dass die Drogen, die du nimmst, verboten sind?«

»Vielleicht verstecke ich welche in deinem Zimmer, wenn du nicht da bist.«

»Das würdest du nicht tun.«

Boo durfte nicht untätig dabei zuhören, wie ihr Freund ihre Nachbarin bedrohte, während sie sich im sicheren Kleiderschrank hinter Schichten aus Kaschmir und Seide versteckte.

Sie stürzte aus dem Schrank hervor. »Lass sie in Ruhe!«, brüllte sie.

Angetrieben von blanker Wut, schlug sie Mitch heftig ins Gesicht, doch er packte mit eisernem Griff ihr Handgelenk und verdrehte es schmerzhaft. »Das hier ist nur zu deinem Besten, Liebling«, sagte er. »Überleg dir gut, was du tust, Boo. Wenn du wie eine Irre auf mich losgehst, müssen wir professionelle Hilfe für dich suchen. Vielleich darfst du Hope dann nie wiedersehen, zu ihrer eigenen Sicherheit.«

»Das würdest du nicht tun«, sagte Boo, während sie merkte, wie aus ihren Stilleinlagen Milch hervorlief und ihr Oberteil durchnässte.

»Ich will für meine Tochter nur das Beste.«

## KAPITEL 30

# Der Wolf

Der Wolf steht im Schutz der Dunkelheit im Garten, und er weiß, dass niemand das Summen und Piepen seines Zoomobjektivs hören kann. Denn es wird vom Lärm der Abendgesellschaft, die zwei Häuser weiter stattfindet, übertönt. Die Nachbarn, die sich angeregt unterhalten, können ihn auch nicht sehen. Ihr Garten wird zwar von den Lichterketten in den Bäumen stimmungsvoll beleuchtet, aber ihr Schein kann die dunklen Schatten des Gartenhauses nicht durchdringen.

Beverley Saunders hat vorhin ihre Schlafzimmervorhänge zugezogen, doch jetzt hat sie einen davon zur Seite geschoben, um die Terrassentüren zu öffnen. Sie steht nur zehn Meter entfernt und raucht eine Zigarette. Offensichtlich weiß sie nicht, wie man sie richtig hält, und sie macht auch keine Lungenzüge. Voller Schadenfreude bemerkt der Wolf, dass ihre Hände zittern. Sie hat Angst vor ihm. Das Finale steht kurz bevor, und sie ist nicht im Geringsten auf die Tortur vorbereitet, die er als Nächstes geplant hat.

Sie starrt nervös in die undurchdringliche Dunkelheit des lang gestreckten Gartens hinaus, und ihn erregt die Vorstellung, dass er sich jetzt sofort auf sie stürzen könnte. Um ihr auf den Steinplatten den Schädel einzuschlagen und sie verbluten zu lassen. Geduldig wie ein Krokodil und perfekt getarnt, wartet er darauf, seinen Hunger zu stillen und seinen Blutdurst zu befriedigen. Sie steht wie ein ahnungsloses Reh am Ufer, das nicht merkt, dass ein Raubtier jeden seiner Schritte belauert.

Piep. Klick, klick. Er fotografiert sie erneut aus kurzer Entfernung.

Sie steht unverändert da. Sehr gut. Der Wolf geht davon aus, dass sie ihn nicht hören kann, obwohl sie angestrengt in die Dunkelheit starrt. Vielleicht spürt sie seine Anwesenheit. Die Erkenntnis, dass sie verfolgt wird und man in ihre Privatsphäre eingedrungen ist, macht sie zweifellos nervös. Ja. Sie hat ihre Zigarette unter dem Hausschuh an ihrem Fuß ausgedrückt, und er kann sehen, wie sie die Tür schließt und verriegelt, sich einen Hockeyschläger schnappt und den Vorhang wieder zuzieht. Wenn sie diesen Schläger mit sich herumträgt, hat sie offensichtlich panische Angst.

Er bildet sich ein, dass er das Cortisol in der sommerlichen Nachtluft riechen kann, und bekommt einen Ständer. In einem Anfall von Übermut geht er auf das Haus zu, bis kurz vor die Stelle, an der die Sicherheitsbeleuchtung ausgelöst wird. Dort holt er seinen erigierten Penis heraus. Mit fiebrigen, heftigen Bewegungen masturbiert der Wolf in Beverley Saunders' Richtung, während er sich vorstellt, dass sie es im Garten miteinander treiben und er sie wie ein Alphatier von hinten besteigt. Dass er seine spitzen Zähne in ihr Fleisch bohrt, das nach salzigem Schweiß und abgestandenem Parfüm schmeckt. Er fühlt sich von ihrer Angewohnheit, alles zu vögeln, was sich bewegt, wenn sie unter starkem Stress steht, abgestoßen und zugleich erregt. Er erinnert sich jetzt wieder daran, dass er sie früher auf einer Sexparty mal zufällig getroffen hat, und obgleich sie eine Maske trug, konnte er sie anhand ihres Hängebusens und der wenigen zarten Schwangerschaftsstreifen, die verrieten, dass sie vor langer Zeit ein Baby zur Welt gebracht hatte, identifizieren.

Obwohl sie ihn nicht wiedererkannte, wies sie ihn zurück, in diesem kitschig vergoldeten, stuckverzierten Zimmer, in dem lauter fremde Menschen wahllos miteinander vögelten. Aber sie wollte nicht. Sie besaß die Frechheit, Nein zu sagen.

Die Erinnerung an diese Kränkung bringt ihn jedoch kaum aus der Fassung. Sie befeuert nur seinen Zorn über die himmelschreiende Ungerechtigkeit, die sie ihm angetan hat. Er stellt sich vor, wie er ihr das Leben aus dem Leib quetscht. Gleichzeitig muss er an diese russische Hure, Tatjana, denken. Er genießt die Erinnerung daran, wie ihr zierlicher, junger Körper unter ihm schlaff wurde, während er ihr Leben beendete.

Stöhnend kommt er zum Höhepunkt und verspritzt seinen Samen über den makellos gestutzten Rasen. Beverley Saunders hat in ihrem verpfuschten Leben eine Menge zu bereuen, und kurz bevor er sie tötet, wird sie ihr Verhalten ihm gegenüber und ihre dreisten Lügen ebenfalls bereuen.

Aber zuerst muss sie erfahren, was echte Demütigung bedeutet.

Während der Wolf zu seinem Bau zurückkehrt, denkt er über den aktuellen Stand seines Vorhabens nach und beschließt, dass er es jetzt in die Tat umsetzen kann. Er lädt die Fotos, die er gerade gemacht hat, in einen Ordner auf seinem Computer, zusammen mit weiteren Aufnahmen davon, wie sie sich in ihrem Bett unruhig hin und her wälzt; wie sie ihr Essen in sich hineinschaufelt, während sie sich auf dem Laptop Porno-Videos ansieht; wie sie an ihrem Schreibtisch mit Schere und Lineal gewissenhaft eine Origami-Figur bastelt; wie sie sich auf dem Bett selbst befriedigt. Er hat sogar mehrere Fotos davon, wie sie mit Männern, die sie ins gemeinschaftliche Haus geschmuggelt hat, Sex hat. Sie hatte vergessen, die Vorhänge zuzuziehen… bis jetzt.

Nachdem er mehrere Bilder von Pornostars bei brutalen Sexspielen und beim Analverkehr mit Photoshop bearbeitet hat, kopiert er Beverleys Kopf auf den Körper der Darstellerinnen. Dann überfliegt er ihre Scheidungspapiere, die er in seinen Besitz gebracht hat. Mit großer Schadenfreude liest er die Scheidungsgründe durch, die ihre Anwältin darin aufgelistet hat. Es entbehrt nicht einer gewissen Ironie, dass diese Schlampe, die die Fälle unterdrückter, misshandelter Frauen übernimmt – Frauen, die man angelogen, geschlagen und betrogen hat –, jahrelang selbst ein bemitleidenswertes, hilfloses Opfer gewesen sein soll. Bald schon werden die Schmach und die Schande, die ihr vor weniger als zwölf Monaten widerfahren sind, als man sie von ihrem Spitzenposten entfernt, ihren guten Ruf ruiniert und sämtliche Kontakte zu ihr abgebrochen hat … bald schon wird ihr, verglichen mit seinen geplanten Enthüllungen, die hochnotpeinliche Erfahrung, zum Gespött der Leute zu werden und als unzuverlässig und gescheitert zu gelten, wie ein Kindergeburtstag vorkommen.

»Du wirst mich anflehen, all das zu beenden«, sagt er, an das offizielle Foto gerichtet, das er aus einem alten Jahresbericht ihres früheren Arbeitgebers, BelNutrive, ausgeschnitten hat. Er legt es auf einem Flachbettscanner vorsichtig neben einen Zeitungsausschnitt, der ihr schmerzhaft wie ein Tritt in die Rippen vorkommen wird. »Deine Vergangenheit wird dich einholen, Beverley Saunders. Die ganze Welt wird von deinen schmutzigsten, dunkelsten Geheimnissen erfahren. Du wirst dein Ansehen nicht wiederherstellen und auch deine Tochter nicht zurückbekommen. Ich bin der Wolf und werde dir das Herz herausreißen.«

# KAPITEL 31

# Bev

»Geht auf siebzig Prozent«, brüllte der Spinning-Trainer in einer Tonlage, die Bev in den Ohren schmerzte. »Na los. Raus aus dem Sattel.«

Bev strampelte im Rhythmus eines Popsongs, der aus den Lautsprechern des Indoorcycling-Studios dröhnte, und spürte das Brennen in ihren Oberschenkeln. Ihr blieben noch zwei Stunden, bevor sie sich mit ihrer neuen Klientin treffen würde. Gerade genug Zeit, um einige Hundert Kalorien zu verbrennen und im Supermarkt etwas Obst zu holen. Sie hatte im Internet zu Tatjana sonst nichts gefunden. Ihr Vertrag als freie Mitarbeiterin bei Grahams Wohltätigkeitsorganisation erlaubte es ihr, zusätzlich als Privatermittlerin mindestens einen Klienten anzunehmen, vielleicht auch zwei. Obwohl sie beschlossen hatte, die Wahrheit über Tatjana herauszufinden, falls sich eine Spur ergab, musste sie sich eingestehen, dass es an der Zeit war, beruflich den Blick nach vorne zu richten und mehr für ihre Gesundheit zu tun. Das bedeutete einen neuen Job. Eine neue Wohnung. Einen Neuanfang. Zumindest waren das ihre Hoffnungen, während sie sich einen virtuellen Hügel hinaufkämpfte und durch die Gänge quälte, bis sie mit neunzig Prozent ihrer Leistungsfähigkeit strampelte. Ihre Füße schmerzten, und ihre Gesäßmuskeln rebellierten lautstark.

»Geht bis ans Limit!«, dröhnte die Anweisung aus der Lautsprecheranlage.

Während Bev die anderen Fahrer musterte, fragte sie sich, ob sie sich die Verfolgung durch den grau gekleideten Mann im Zug bloß eingebildet hatte. Vielleicht war er nur eine Ausgeburt ihres übermüdeten, überlasteten Hirns gewesen. In den Spiegeln an der Wand gegenüber von den beiden Fahrradreihen betrachtete sie den Mann neben sich. Selbst im Halbdunkel, das lediglich von kreisenden Discolichtern erleuchtet wurde, konnte sie erkennen, dass sein Gesicht vor Anstrengung fast violett angelaufen war; an Brust und Achseln, wo er heftig schwitzte, hatte sich sein türkisfarbenes T-Shirt dunkel verfärbt. Er schien sich nicht im Geringsten für sie zu interessieren.

Hinter ihr, in der zweiten Reihe, waren in der Spiegelwand lauter durchtrainierte Sportskanonen zu sehen, die sich im Gleichtakt über ihren Sätteln auf und ab bewegten. Das günstige, freundliche Fitnessstudio befand sich von Sophies Haus aus direkt die Straße runter, aber obwohl Bev etwas für ihren Körper tun wollte und man jede Stunde einzeln bezahlen konnte, war sie erst dreimal hier gewesen, sodass ihr die anderen Gesichter kaum vertraut waren. Würde sie es überhaupt merken, wenn sich jemand unter die anderen Kunden gemischt hatte?

*Hör auf damit, du blöde Kuh. Das hier ist nur ein bescheuerter Spinning-Kurs. Wie wahrscheinlich ist es, dass ein arglistiger Stalker dafür bezahlt, vierzig Minuten lang deinen fetten Arsch auf und ab wippen zu sehen? Hör auf, nach Ausreden dafür zu suchen, nichts für deine Gesundheit zu tun! Sport ist gut gegen Stress, und wenn du deinen Stress nicht abbaust, wirst du noch platzen.* Während sie weiterstrampelte, versuchte sie ihren eigenen Rhythmus zu finden. Doch Bev spürte, dass jemand sie anstarrte.

Der Mann in der Ecke mit der Brille. Hatte er sie etwa beobachtet? Hatte er etwa seinen Blick vom Spiegel auf den Trainer gerichtet, als sie ihn angesehen hatte?

Ein widerlicher Song über undurchschaubare Frauen, die Sex haben wollten, obwohl sie Nein gesagt hatten, dröhnte aus den Lautsprechern. Bev konzentrierte sich jetzt auf das Fahren im Stehen und hatte das Gefühl, als würde jeden Moment ihr Herz aussetzen. Während sie sich fragte, ob sie aus Protest gegen den frauenfeindlichen Song vom Rad steigen sollte, linste sie verstohlen in die Ecke des Raums, um zu sehen, ob sie den Mann mit der Brille bei einem seiner Blicke ertappen konnte. Aber er hatte das Gesicht nach vorn gerichtet und trat kräftig in die Pedale.

Als Nächstes machten alle Liegestütze, mit abgewinkelten Ellbogen, die Hände gegen das Lenkrad gedrückt. Dabei entblößten sie ihre Achselhöhlen, und der Gestank nach Zwiebeln und Testosteron wurde noch penetranter. Wie die anderen Teilnehmer beugte sich der Mann tief über seinen Lenker, doch er schaute im Spiegel direkt in ihre Richtung, während alle anderen wie in einer Choreografie das Gesicht zu Boden gerichtet hatten.

Sollte sie ihn darauf ansprechen? Bev starrte auf den schweißnassen Boden, und plötzlich wurde ihr kalt, obwohl ihr verschwitzter Körper in dem stickigen Studio vor Hitze glühte. Sollte sie einfach von ihrem Rad steigen, zu ihm rübergehen und ihm gegen die Achillessehne treten, sobald er langsamer wurde? Nein. Was, wenn er sie nur beiläufig gemustert hatte, weil sie ein neues Gesicht zwischen den Stammkunden war?

Als sie erneut einen Blick in seine Richtung warf, war er ganz darauf konzentriert, in einen höheren Gang zu schalten.

*Du bildest dir lauter Sachen ein, du Spinnerin*, schimpfte sie mit sich. *Hör auf damit. Der Fall ist abgeschlossen. Du hast den Wink verstanden und deine Nachforschungen eingestellt. Hoffentlich ist die Sache damit erledigt. Konzentrier dich darauf, dein Leben wieder in Ordnung zu bringen und deine Tochter zurückzubekommen.*

Kurz darauf stand Bev im Supermarkt auf dem Laufband, das

sanft zur oberen Verkaufsebene anstieg. Sie sagte sich, dass niemand Interesse an einer verschwitzten Frau mit zerzausten Haaren und dreckigen Turnschuhen hatte. Dennoch fühlte sie sich in dem offenen Raum ungeschützt und drückte ihren Anorak am Hals, die Finger tief in den Stoff gekrallt, fest zusammen.

Als sie hinter sich hämmernde Schritte hörte, drehte sie sich um und sah einen Mann in ihre Richtung eilen. Er schob sich an mehreren alten Damen vorbei, die zu seiner Linken in Habachtstellung standen und ihre Einkaufswagen wie einen Rollator umklammerten, während sie nach oben befördert wurden. Der Mann starrte direkt in Bevs Richtung und kam mit jeder Sekunde näher. Im selben Moment erblickte Bev einen weiteren Mann, der auf dem anderen Laufband nach unten fuhr; merkwürdigerweise stand er auf der falschen Seite, sodass sie gleich im Abstand von nur wenigen Zentimetern aneinander vorbeigleiten würden. Bev befand sich jetzt auf halbem Weg nach oben, gefangen zwischen zwei fremden Männern, die sie beide unverwandt anstarrten. War das Zufall oder ein Hinterhalt?

Als sie auf der oberen Ebene einen Sicherheitsmann entdeckte, umklammerte sie ihre Handtasche, um sie notfalls als Waffe zu benutzen, und rannte nach oben. Sie rang nach Luft und musste eine Entscheidung treffen. Sollte sie den Sicherheitsmann bitten, sie vor diesen Männern zu beschützen, und sich auf diese Weise womöglich zum Narren machen, falls sich herausstellte, dass es sich um falschen Alarm handelte? Oder sollte sie in den engen Gängen zwischen den Ständern und Regalen der Bekleidungsabteilung abtauchen und darauf vertrauen, dass man sie inmitten der billigen Acrylklamotten nicht entdeckte? Sie beschloss, sich in der Nähe des Sicherheitsmanns aufzuhalten und so zu tun, als würde sie in der benachbarten Brillenabteilung die zu kleinen Kindergestelle anprobieren.

Über den Rand einer Brille hinweg beobachtete sie die beiden Männer und atmete heftig aus, als der Mann auf dem Weg nach unten den Laden verließ und den Parkplatz davor betrat. Der andere Mann würdigte sie keines weiteren Blickes, bevor er die obere Ebene erreichte, und marschierte Richtung Café. Vielleicht war er mit seiner Schwester dort zu lauwarmen Pommes frites und Bohnen verabredet und spät dran oder mit einer sexbesessenen Mutter von drei Kindern, die sich am Vormittag im Restaurant heimlich etwas Frittiertes gönnte.

»Alles in Ordnung?«, fragte sie der Sicherheitsmann.

»Ich dachte, dass mich ein paar Typen komisch angeguckt hätten«, sagte Bev. »Also, dass sie mir gefolgt wären. Wissen Sie?«

Der Sicherheitsmann zeigte auf ihr Gesicht. »Haben die Sie vielleicht deswegen so angestarrt?«

Bev nahm die Kinderbrille ab und betrachtete sich im Spiegel. Ihr Gesicht hatte nach der Anstrengung im Fitnessstudio eine beängstigend rote Farbe angenommen. Sie lächelte und spürte, wie ihre offenen Poren ein Gefühl der Erleichterung verströmten. »Mein Gott, ich sehe aus, als hätte ich mich verbrannt. So viel zum Thema Fitness.«

Der Sicherheitsmann hörte ihr inzwischen schon nicht mehr zu. Sie war nichts weiter als eine hysterische Frau, die im Gesicht rot wie eine Tomate war.

Bev schnappte sich einen Einkaufskorb, lief in den Gang mit den Milchprodukten und nahm aus dem nach Käse riechenden Regal eine Zwei-Liter-Flasche fettarme Milch. Die Deckenleuchten kamen ihr so grell vor, dass sie das Gefühl hatte, man hätte einen Suchscheinwerfer auf sie gerichtet und ihre Tarnung durch die Sportklamotten wäre aufgeflogen. Ein Gefühl der Beklommenheit begleitete jeden ihrer Schritte, während sie durch den Laden lief und Baked Beans und Dosen-Thunfisch holte.

Sie musste die ganze Zeit an ihre umgestellten Origami-Figuren und die offen stehenden Terrassentüren mit den geisterhaft umherwabernden Vorhängen denken.

»Hallo.«

Während sie im Fleischregal mit den Sonderangeboten auf eine Hähnchenbrust mit gelbem Aufkleber starrte, hörte sie zu ihrer Überraschung neben sich eine Stimme. Es war der Mann aus dem Spinning-Kurs, der immer wieder einen verstohlenen Blick in ihre Richtung geworfen hatte. Er stand so dicht vor ihr, dass sie seinen warmen Atem auf der Wange spüren und die geplatzten Äderchen an seiner Knollennase sehen konnte.

»Sie?«

»Ich habe Sie vorhin beobachtet.«

Bev schnappte sich eine Dose Baked Beans aus ihrem Korb, schwang sie wie einen Schlagstock durch die Luft und schlug ihm damit direkt gegen das Kinn, sodass sein Kopf nach hinten schnellte.

»Sie Mistkerl!«, brüllte sie. »Hilfe! So hilf mir doch jemand!« Erneut verpasste sie ihm einen Schlag mit der Dose, diesmal gegen den Oberarm.

»Mein Gott! Aua!«, jaulte er auf. »Was zum Teufel stimmt nicht mit Ihnen? Ich wollte nur nett sein.« Er packte sie an den Handgelenken, um die Attacke mit dem Produkt der Firma Heinz zu unterbinden, sodass sie die Dose schließlich fallen ließ.

Bev wirbelte herum, während ihr Körper, als hätte sie einen dreifachen Espresso intus, von der Furchtlosigkeit eines Ninja-Kämpfers erfasst wurde, was daran lag, dass bei ihr seit Wochen die Nerven blank lagen. Sie griff nach einem der Hähnchen mit gelbem Aufkleber und schlug dem Typen aus dem Fitnessstudio damit seitlich gegen den Kopf, ließ ihre Einkäufe fallen und rannte los.

Eine Stunde später saß Bev in Mos Sprechzimmer und wiegte sich mit um den Körper geschlungenen Armen in seinem Sessel vor und zurück. Sie hatte sich schließlich eingestanden, dass sie, nachdem sie zwei Gruppensitzungen versäumt hatte, ein Einzelgespräch benötigte, wenn sie keinen Nervenzusammenbruch erleiden wollte.

»Ich habe die ganze Zeit dieses schreckliche Gefühl«, sagte sie.

Mo schlug die Beine übereinander und faltete über seinem rechten Knie die Hände. Sein Gesicht zeigte wie immer nicht die geringste Regung. »Ja? Weswegen?«

»Dass etwas Schlimmes passieren wird. Dass man mich verfolgt. Dass hinter der nächsten Ecke der Tod auf mich wartet. Wissen Sie, was ich meine?«

Mo zog eine Augenbraue hoch, und seine Nasenlöcher weiteten sich. Nachdenklich neigte er den Kopf zur Seite. »Können Sie gut schlafen, Beverley?«

Sie schüttelte den Kopf. »Nicht wirklich. Nicht besonders. Ich werde oft wach. Ich fühle mich in meiner Wohnung nicht sicher.«

»Falten Sie immer noch Origami-Figuren? Haben Sie immer noch Sex mit Fremden?«

»Ich habe Ihnen gesagt, dass ich in den Gruppensitzungen nicht darüber reden will. Das Thema ist tabu.«

»Das hier ist keine Gruppensitzung, Beverley. Hier sind nur Sie und ich, und das ist ein Problemfeld, an dem Sie unbedingt arbeiten müssen. Das hat Einfluss auf Ihre Eignung …«

»Nein! Nein! Nein! Okay? Ich habe keinen Sex mit Fremden.« Sie lief rot an. Denn sie wusste, dass er ihre Lüge durchschauen würde.

»Gibt es weitere Zwangshandlungen, auf die Sie zurückgreifen, wenn Sie unter Stress stehen?«

»Nein!«, sagte Bev und behielt es für sich, dass sie bis drei Uhr morgens einen Origami-Dinosaurier gefaltet hatte, um ihren überreizten Verstand und ihren rasenden Puls zu beruhigen. »Hören Sie! Ich habe den Fall, an dem ich gearbeitet habe, inzwischen beendet. Das heißt, dass ich bald eine hübsche Summe Geld bekommen werde. Außerdem werde ich mich nach dieser Sitzung mit einer neuen Klientin treffen. Aber …«

»Beim Ausfüllen Ihres Formulars haben Sie neben die Frage, ob Sie Angst haben, dass irgendetwas Schlimmes passieren könnte, eine Drei geschrieben.« Mo ließ seinen Blick über den Fragebogen wandern, auf dem sie zu Beginn der Behandlung auf einer Skala von eins bis drei angegeben hatte, wie verpeilt sie damals gewesen war. »Sie haben überall die Höchstzahl eingetragen.«

Bev schlug auf die Armlehne des Sessels. »Aber es geht mir allmählich besser. Mein Problem hat nichts mit meinem Geisteszustand zu tun. Sie können sich nicht vorstellen, wie stressig und *gefährlich* mein letzter Auftrag war. Ich wurde von einem einflussreichen Mann bedroht, man hat mich verfolgt und meine Wohnung durchwühlt … Darum bin ich hier! Darum habe ich diese schlimmen Angstzustände. Außerdem will ich meine Tochter zurückhaben. Ich habe alles getan, was man von mir verlangt hat, um den Richter zufriedenzustellen. Ich habe eine eigene Wohnung, und ich verdiene als Selbstständige meinen Lebensunterhalt.«

»Trotzdem führen Sie mit mir ein Einzelgespräch, Beverley. Das ist ein Rückschritt gegenüber den Gruppensitzungen. Sie werden immer ängstlicher, immer paranoider, und Sie haben, was Ihre Abhängigkeiten betrifft, gelogen.«

Sie warf ihre Hände in die Höhe. »Dieses blöde Origami und ab und zu mal ein One-Night-Stand. Das macht mich noch nicht zu einer verantwortungslosen Mutter. Rob, dieses Stück Scheiße, hat mir diesen Monat nicht mal den begleiteten Umgang gewährt. Er hat mir irgendein Märchen aufgetischt, von wegen Hope hätte die Windpocken und würde sich ziemlich elend fühlen.«

»Es scheint mir durchaus angebracht, den Besuchstermin abzusagen, wenn sie die Windpocken hat.«

»Sie hatte sie bereits! Sie hatte die Windpocken, als sie fünf war. Er ist ein Lügner. Ein dreckiger, hundsgemeiner Lügner.«

Mo schrieb etwas in sein Notizbuch. Sie hasste es, wenn er das tat und dabei keinen Ton von sich gab, sodass sie keine Ahnung hatte, was er über sie oder ihre Äußerungen dachte. Machte sie gerade alles nur noch schlimmer?

Schließlich hörte er auf, zu schreiben, und betrachtete ihr Gesicht, als würde er versuchen, hinter ihrer Haut, den Sehnen und den Knochen ihr wahres Ich und ihren tatsächlichen Geisteszustand zu erfassen. »Ich kenne Sie jetzt schon sehr lange, Beverley. Vergessen Sie nicht, dass ich Ihre Paarberatung durchgeführt habe, als Sie und Rob geheiratet und als Sie Hope von seiner Familie zurückbekommen und sie selbst großgezogen haben. Ich verstehe Ihre missliche Lage. Wirklich. Mir ist klar, wie sehr Ihr Leben, Ihre Verluste und Ihre Entscheidungen Sie belastet haben. Und das ist in Ordnung.«

»Hören Sie auf, mich so herablassend zu behandeln, Mo! Ich will Hope wieder zurückhaben. Ich bin nur hier, weil …« Sie suchte nach einer Erklärung für ihr Anwesenheit. Sie hatte um diese zusätzlichen Sitzungen gebeten, weil die Gefahren durch den Fitzwilliam-Fall und ihr erneuter Besuch im X-S Club ihre Chancen schmälerten, das Sorgerecht für Hope zu bekommen. Ein chaotischer Lebenswandel, gepaart mit ihren Angstzuständen und einer außer Kontrolle geratenen Zwangsstörung, würde die

Anforderungen des Richters nicht erfüllen. Seinerzeit hatte sie es für eine gute Idee gehalten, sich einer zusätzlichen Therapie zu unterziehen. Sie betrachtete jetzt Mos ruhiges, undurchschaubares Gesicht und die aalglatte Fassade, die er aufgesetzt hatte, mit seinen frisch gewaschenen, am Hals aufgeknöpften Hemden, der teuren Armbanduhr und den coolen Designer-Jeans. Sie fragte sich, ob seine professionelle Unterstützung und der sanfte, ermutigende Tonfall auch nur Fassade waren. Wollte er ihr tatsächlich helfen? Wenn sie es recht überlegte, hatte er Rob bei ihrer Paarberatung stets mehr Verständnis entgegengebracht. Gab es zwischen ihnen womöglich eine geheime Absprache unter Männern? »Sabotieren Sie mich etwa?«, fragte sie und rutschte auf dem Sessel nach vorn. »Erwecken Sie absichtlich den Eindruck, dass ich Rückschritte mache, damit Rob Hope auf unbestimmte Zeit behalten kann?«

»Glauben Sie etwa, Beverley ...«, sagte Mo und schrieb etwas in sein Buch. Eines seiner Augenlider begann, zu zucken, und auf seiner glänzenden Stirn trat eine Ader hervor. Er war verunsichert, aber seine Stimme klang ruhig, fast hypnotisch. »... dass Sie das Unbehagen über Ihre persönliche Situation verdrängen können, indem Sie es an mir auslassen? Glauben Sie, Sie sind dem Stress als alleinerziehende Mutter gewachsen? Angesichts der Umstände ...«

»Ja! Das verdammt noch mal bin ich. Mit mir ist nichts verkehrt. Für meine ganzen Symptome gibt es eine verdammt gute Erklärung. Stellen Sie sich vor, wie Sie sich fühlen würden, wenn jemand in Ihre Wohnung einbricht und Ihre Sachen umstellt, nur um Ihnen eine Heidenangst einzujagen! Stellen Sie sich vor, ein Mann würde ...« Sie biss sich auf die Zunge, weil sie begriff, dass ihr Verfolgungswahn ihrem Anliegen nicht förderlich war.

»Beverley, Sie stehen zweifellos unter *großem* Stress, und meine Hauptsorge gilt Ihrem Wohlergehen. Vielleicht sind Ihre Geistesverfassung und Ihre persönlichen Umstände einfach nicht dazu angetan, mit einem Kind zusammenzuleben. Noch nicht.«

»Wollen Sie damit sagen, dass ich mir das alles nur ausdenke?«

Mo nahm sein iPad vom Couchtisch und wischte über das Display. Dann klickte er auf einen Tab, und es erschien eine Website. Sie hieß redhotslut.com. Auf der Homepage war ein gestochen scharfes Foto von Bev zu sehen, das zeigte, wie sie umgekehrt auf einem Mann hockte. Es schien echt zu sein und war offensichtlich vom Garten aus durch die Terrassentüren ihrer Wohnung aufgenommen worden. Vor zwei Wochen, als sie in einer Weinstube in Hale irgendeinen Typen abgeschleppt hatte. Unter dem Foto standen die Nummer ihres Wegwerfhandys und eine Aufforderung:

*Ruf Bev Saunders an! Fick sie ordentlich durch.*
*Schlag sie grün und blau. Sie liebt es!*

Bev hielt sich die Hände vor den Mund und schluckte mühsam.

»O mein Gott«, sagte sie. »Das ist nicht, wonach es aussieht. Das bin nicht ich.«

Mo lächelte, doch seine Augen zeigten nicht das geringste Mitgefühl. »Ach ja? Es klingt aber nach Ihnen. Und es sieht ganz bestimmt aus wie Sie. Sie wollen vor Gericht von Rob das Sorgerecht erstreiten und den Nachweis erbringen, dass Sie der Aufgabe als Mutter gewachsen sind. Und ich muss dazu meinen Bericht als Sachverständiger abgeben. Ich will ehrlich sein, Bev. Ich glaube nicht, dass der Richter über redhotslut.com allzu begeistert sein wird.«

# KAPITEL 32

## Doc

»Bist du angezogen?«, fragte Docs Mutter und betrat das Dachzimmer, ohne seine Antwort abzuwarten.

Doc lag, nur mit seiner Unterhose bekleidet, auf dem Boden und versuchte vergeblich, einen Sit-up zu machen und dabei eine Kugelhantel in die Höhe zu stemmen, die er in der Garage gefunden hatte. »Mein Gott, Mum!«

»Hör auf zu fluchen, James. Das ist nicht schön.« Mit einem unmelodischen Summen stieg seine Mutter mit einem blauen Plastikkorb voller frisch gewaschener Wäsche über ihn hinweg. Sie stellte ihn auf dem ungemachten Bett ab und begann die Kleidungsstücke herauszunehmen. Einen Stapel Unterhosen. Mehrere Sockenpaare und Unterhemden. Besaß er überhaupt Unterhemden? »Ich habe deine Jeans gebügelt. Daddy möchte, dass du mit ihm zum Gartencenter fährst, um Dünger für die Blumenbeete zu holen.«

»Ich bin beschäftigt«, sagte Doc. Er rappelte sich auf und eilte zum Schreibtisch, wo er vom Stuhl einen ausgebleichten Frottee-Bademantel nahm und ihn sich überstreifte. »Ich muss Nachforschungen anstellen.«

Seine Mutter reichte ihm eine stonewashed Jeans und warf ihm über den Rand ihrer strassbesetzten Brille einen vielsagenden Blick zu. »Ähm. Junger Mann, solange du hier wohnst, packst du mit an.«

Seufzend nahm Doc seine Jeans und hielt sie in die Höhe. »Mum, um Gottes willen. Warum hast du eine Bügelfalte reingemacht?«

»Weil es schick ist. Du musst mehr auf deine Kleidung achten, James. Dir eine richtige Arbeit suchen und mit diesen albernen Recherchejobs aufhören. Du bist nicht nach Oxford gegangen, um dich für eine Privatdetektivin auf *unserem* Computer im Netz herumzutreiben. Ich kann mich nicht erinnern, dass ich dir erlaubt habe, unseren Computer zu benutzen. Das Gerät war *sehr* teuer.«

»Er ist sieben Jahre alt, Mum. Er braucht eine halbe Stunde, um hochzufahren.«

»Wie auch immer, Dad hat gesagt, dass er mit Derek Forsythe aus dem Golfclub gesprochen hat.«

»Wer zum Teu … Kuckuck ist Derek Forsythe?« Doc zog unter dem ausgeblichenen Ersatzbademantel seines Vaters die Jeans an. Dann schob er die Hand unter den Frotteestoff, um mit einem Deoroller seine Achseln zu beschmieren.

»Er ist Buchhalter. Er hat mehrere kleine Büros in Bucks. Er genießt bei den Leuten einen guten Ruf. Du solltest mal sehen, wie groß sein Wintergarten ist.« Das bleiche, faltige Gesicht seiner Mutter begann, zu leuchten, als würde sie sich etwas zu sehr für Dereks Anbauten und Nebengebäude begeistern, dachte Doc. »Und weißt du was? Er sucht einen IT-Manager. Daddy hat für dich ein Vorstellungsgespräch organisiert. Kommenden Freitag, glaube ich. Er weiß mehr darüber. Frag ihn danach.«

Doc spürte, wie ihn die Schwerkraft überwältigte, als würde sein Vater im Zimmer direkt unter ihm stehen und ihn mit einem ödipalen Magneten, der dazu diente, erwachsene Söhne in die Knie zu zwingen, immer weiter in die Tiefe ziehen. Das war nicht die Lösung, die Doc sich vorgestellt hatte, als er nur mit seinen wertvollsten Besitztümern in der Tasche der Einöde von Sale und seinem Leben als selbstständiger Erwachsener entflohen war. *Ich habe bloß einen Unterdrücker gegen einen anderen eingetauscht – einen mit einem Computervirus ausgerüsteten Politiker gegen Action-Dad mit seinen hochtaillierten Hosen, dem heißgeliebten Komposthaufen und einem Fünfjahresplan für die ganze Familie. Klasse. Echt klasse. Ich muss schleunigst von hier verschwinden. Ich wünschte, ich könnte mit Bev reden.* »Ja. Mach ich. Danke, Mum.«

»Braver Junge. Warte in zehn Minuten unten in der Diele auf ihn. Um zehn ist er startklar. Und zieh ein hübsches Hemd an und nicht eines dieser scheußlichen T-Shirts.«

Er gab seiner Mutter einen Kuss auf die Wange und beförderte sie mitsamt ihrem beschissenen Wäschekorb und ihren guten Absichten aus dem Dachzimmer.

Dann schaltete er sein neues Handy ein, das er von seinem alten Herrn auf dessen Namen hatte registrieren lassen, und rief sein nagelneues E-Mail-Konto auf. Er rechnete nicht damit, dass sein Posteingang, außer einigen Mitteilungen zu irgendwelchen todlangweiligen Aktivitäten mit Steve und Jakey und Spam-Mails, irgendwelche Nachrichten enthielt. Mit einem tiefen Seufzer stellte er fest, dass er lediglich eine alberne kurze Mitteilung von Jakey bekommen hatte, mit dem Vorschlag »beim Kneipenquiz ein paar Tussis abzuschleppen«. Doc hatte sich noch nie so von der Welt abgeschnitten gefühlt.

»Also, James, ich werde dir mal erzählen, was passiert ist, als ich ein junger Bursche wie du war und Arbeit gesucht habe«, begann sein Vater, während er mit dem Volvo aus der Kiesauffahrt auf die Straße zurücksetzte. Er legte seinen Arm auf die Rückenlehne von Docs Beifahrersitz und packte ihn mit seiner knorrigen Hand, die in einem Autohandschuh steckte, an der

Schulter. »Wie du stand ich nach dem Studium am Scheideweg …«

Doc klinkte sich sofort aus, als er mit seinem öden Vortrag begann, und stellte beiläufig fest, dass sein Vater inzwischen kaum noch Gesichtshaare hatte, als hätten die Mühen des Alters seinen Follikeln so sehr zugesetzt, dass sie sich scharenweise verabschiedet hatten. Wie lange würde es dauern, bis er ihn über Bev ausfragte? Bis er die üblichen rührseligen Geschichten über seinen eigenen Dad zum Besten gab, der ihm kein einziges Foto aus seiner Kindheit hinterlassen hatte?

Schließlich bogen sie zum Gartencenter ab, und Docs Vater stellte den Wagen schräg auf einem Behindertenparkplatz ab und klatschte einen blauen Parkausweis auf das Armaturenbrett.

»Ich weiß nicht, ob ich dir diese Geschichte schon erzählt habe, mein Sohn. Aber weißt du? Dein Großvater – mein Vater – hat mir kein einziges Foto hinterlassen. Nicht ein einziges. Sag, dass ich aufhören soll, wenn du die Geschichte bereits kennst, James.«

»Ja, Dad.« *Wann wird er davon erzählen, wie er ins Bett gepisst hat?*

»Es war auch nicht gerade hilfreich, dass ich, wenn ich bei meinen Cousins übernachtet habe – im Haus deiner Großtante Irene –, immer ins Bett gemacht habe und sie … Also, sie waren deswegen ziemlich gemein zu mir.«

»Gut, dass du davon keine Fotos hattest«, murmelte Doc, während er einen Plattformwagen zur Kompost- und Düngemittelabteilung zerrte.

»Was?«

»War nur Blödsinn.«

»Was?« Sein Vater begann, an seinem Hörgerät herumzufummeln, bis ein Pfeifen ertönte.

»Wie viele Säcke Dünger brauchen wir, Dad?«

Als sie in der langen Schlange an der Kasse standen, die sich aus rüstigen Rentnern mit weißen Haaren und ein paar wenigen jungen Müttern zusammensetzte, die mit der einen Hand einen Kinderwagen und mit der anderen eine Topfpflanze umklammerten, stellte Doc fest, dass er einen Google Alert erhalten hatte. Erfreut darüber, dass er für eine Weile von dem verbalen Dünnschiss seines Vaters verschont blieb, während dieser sich mit einer alten Matrone aus dem Gemeindevorstand unterhielt, las Doc die letzten Suchergebnisse zu Beverley Saunders. Sein schlechtes Gewissen, weil er seiner Freundin und Geschäftspartnerin im Internet nachstellte, wurde von bohrender Neugier verdrängt, als er die Überschrift eines Artikels aus dem *Guardian* las, der auf einer öffentlichen Facebook-Seite gepostet worden war und behauptete, ein Bild »der wahren Beverley Saunders« zu zeichnen. Er war vor über einem Jahr erschienen und enthielt ein Foto von Bev, das sie mit nacktem Oberkörper und verpixelten Brustwarzen in einem Ledertanga zeigte. Offensichtlich war es im X-S Club oder an einem ähnlichen Ort aufgenommen worden.

**Marketingchefin von Biounternehmen mangelt es an Charakterstärke**

Die Welt der Bionahrung wurde gestern von einem Skandal erschüttert, als Beverley Saunders, die Marketingchefin von BelNutrive, von dem Großunternehmen ihres Postens enthoben wurde, weil sie Zehntausende von Pfund für unerlaubte Spesenausgaben abgezweigt hat. Ihr Ehemann, Rob Mitchell, machte das Fehlverhalten seiner Frau öffentlich, nachdem er erfahren hatte, dass sie ihren rasanten Aufstieg von einer Verwaltungsangestellten zum Vorstandsmitglied innerhalb von fünf Jahren der Tatsache verdankte, dass sie sich nach oben geschlafen hatte. Mitchell hatte herausgefunden, dass Saunders mehreren Aufsichtsratsmitgliedern regelmäßig sexuelle Gefälligkeiten angeboten und die Männer anschließend damit erpresst hatte.

Saunders, deren ungezügelte Sexsucht und psychische Probleme unter ihren Freunden bekannt sind, hat vor Kurzem die Scheidung von Mr. Mitchell eingereicht und als Gründe seine Untreue sowie sein herrschsüchtiges Verhalten angegeben. Mr. Mitchell erklärte, es sei »absurd, dass eine verlogene Schlampe und manipulative Karrierefrau wie sie mir genau die Dinge vorwirft, derer sie sich schuldig gemacht hat«. Er merkte an, dass Saunders' persönliche Bereicherung ein Beweis für ihre mangelnde Charakterstärke sei, was angesichts ihrer Stellung als Frau, die bei einem der Weltmarktführer von Bionahrung für die Öffentlichkeitsarbeit verantwortlich sei, nicht einer gewissen Ironie entbehre und völlig unangebracht sei.

Inzwischen ermittelt die Polizei in dem Fall, obwohl an der Zulässigkeit von Saunders' fristloser Kündigung kein Zweifel besteht und es vollkommen angemessen ist, ihr das Sorgerecht für ihre Tochter, Hope, zu entziehen.

»Ach du *Scheiße*!«, sagte Doc laut.

»James!« Sein Vater gab ihm einen Klaps hinter die Ohren, als wäre Doc sieben Jahre alt. »Red nicht so vor Miss Tench. Was ist nur in dich gefahren, mein Junge?«

Während Doc sich entschuldigte, wäre ihm fast das Telefon aus den zitternden Händen gefallen. Dann holte er tief Luft und las erneut diesen schrecklichen Artikel. Diesmal nahm er sich Zeit, das Layout und die Wortwahl unter die Lupe zu nehmen. Nach ein paar gezielten Klicks, um die Herkunft des Artikels zu überprüfen, hatte er rasch herausgefunden, dass er keineswegs aus dem *Guardian* stammte und es sich um eine Fälschung handelte. Der Text las sich eindeutig wie eine Fälschung, auch wenn das Layout und Zeitungslogo auf den ersten Blick echt wirkten. Die Person, die den Artikel zusammengeschustert hatte, verstand zweifellos ihr Handwerk. Obwohl der Artikel das Datum von vor einem Jahr trug, war er erst gestern veröffentlicht worden.

Doc wählte Bevs Nummer, aber zu seiner Enttäuschung ging sofort die Mailbox dran. Da er keine Nachricht hinterlassen wollte, legte er auf und überlegte, was er als Nächstes tun sollte. Währenddessen schob er den Plattformwagen zum Volvo seines Vaters und wuchtete die fünf Tüten Dünger in den Kofferraum. Bev würde an die Decke gehen, wenn sie den Artikel las. War dies das Werk des rachsüchtigen Jerry Fitzwilliam? Hatte Bev seit ihrem letzten Gespräch einen gewaltigen Shitstorm entfacht?

»Ich werde nie wieder nach Hause zurückkehren können«, sagte er und starrte verloren durch die Windschutzscheibe auf die Hecken und den ganzen Kleinstadt-Scheiß, der draußen vorbeizog.

»Was?«, fragte sein Vater.

»Nichts«, sagte Doc und tippte eine Mitteilung an Bev.

Irgendjemand hat im Netz eine Rufmordkampagne gegen dich gestartet. D.

Er war kurz davor, die Nachricht abzuschicken, aber das war das Letzte, was er tun sollte, wenn es jemand auf sie abgesehen hatte. Es lag auf der Hand, dass jemand, der schlau genug war, einen Schutzvirus auf seinem Computer zu installieren, und einflussreich genug, einen gefälschten ganzseitigen Artikel in Auftrag zu geben, auch problemlos Bevs Telefon abhören konnte. Wenn Doc ihr eine Mitteilung schickte, statt sie anzurufen, wäre es sinnlos gewesen, sich ein neues Handy zu besorgen und im Haus seiner Eltern unterzutauchen.

Als er erneut ihre Nummer wählen wollte, ging ein weiterer Google Alert bei ihm ein. Diesmal kam er von Twitter. Er klickte auf den Link, der ihn zu dem nagelneuen Twitter-Feed von @Beverley_Saunders weiterleitete. Er holte tief Luft, als er die geposteten Nachrichten las und sah, wie viele Follower sie hatte und wie oft die Tweets rund um den Globus geteilt worden waren.

»Sollen wir einen Zwischenstopp einlegen, um uns ein leckeres Schinken-Sandwich zu holen?«, fragte sein Dad und durchbrach mit seiner albernen, großväterlichen Einladung Docs blankes Entsetzen über das, was er gerade gelesen hatte. »Sag deiner Mutter nichts davon. Nur wir Jungs. Ich kauf dir auch eine Limo.«

»Sei still, Dad. Ich telefoniere gerade.« Doc wählte ein weiteres Mal Bevs Nummer und hoffte inständig, dass sie dranging.

»Ich nehme Ketchup auf mein Schinken-Sandwich. Deine Mutter hasst Ketchup. Sie behauptet, das sei eine Erfindung des Teufels.«

Doc wandte sich seinem Vater zu. »Dad. Halt ver … gefälligst für ein paar Minuten mal den Mund, okay? Ich telefoniere gerade, verffffflucht noch mal.«

Kurz bevor sich die Mailbox meldete, nahm Bev ab.

»Ich bin's«, sagte Doc. »Hast du einen Twitter-Account?«

»Nein.« Sie klang nervös und verunsichert.

»Jetzt hast du einen. Und was da zu lesen ist, wird dir ganz und gar nicht gefallen.«

# KAPITEL 33

# Bev

»Nimm ab! Jetzt mach schon, du Mistkerl. Nimm endlich das verdammte Telefon ab.«

Bev stieg mit dem Handy am Ohr gerade in den geliehenen Ford Fiesta. Die ganze Zeit war sie überzeugt gewesen, dass Jerry Fitzwilliam derjenige war, der ihr das Leben zur Hölle machte. Doch jetzt sah sie vor ihrem geistigen Auge nur noch, wie ihr Ex-Mann sich schadenfroh die Hände rieb, während er dabei zusah, wie ihre Welt in sich zusammenbrach.

Rob. Colin Robert Mitchell, dieser scheinheilige, manipulative Scheißkerl, der versuchte, sie zu zerstören und jede Chance zunichtezumachen, dass sie je wieder das Sorgerecht für ihre Tochter bekam.

Sie fuhr mit dem Finger über das kürzlich aufgenommene passbildgroße Schulfoto von Hope, das im Sichtfach ihres Portemonnaies steckte, und flüsterte: »Mama wird dich bald holen, mein Liebling. Mama wird jetzt stark sein.«

In einer perfekten Welt würde sie einfach direkt zu Hopes Schule fahren. Fallowfield war nicht weit von hier entfernt. Die Direktorin wusste, dass Bev aufgrund von Robs juristischen Tricksereien nur ein begleiteter Umgang erlaubt war, aber sie konnte sich bestimmt irgendwas einfallen lassen. Wenn sie einfach behauptete, dass ihre Mutter gestorben sei … Aber einer dieser verdammten Tweets enthielt ein jpeg von einem echten

Zeitungsartikel aus der Zeit, als ihre Mutter tatsächlich gestorben war. Zwei Jahre nachdem ihr Dad sich erhängt hatte.

**Trauer um ortsansässige Künstlerin, zwei Jahre nach dem tragischen Selbstmord ihres Ehemanns**

So lautete die Schlagzeile. Bev schnaubte verächtlich bei dem Gedanken an das Foto von ihrer Mutter, auf dem sie neben ihrem aktuellen Gemälde posierte, in der einen Hand ein schickes Glas mit einem Drink und in der anderen einen Pinsel.

»Leck mich, Sylvia.« Bev drängte die schmerzerfüllten, schuldbewussten Tränen zurück. Ihre Mutter war der Auslöser für ihr lebenslanges Trauma gewesen. Sie hatte das unberechenbare Verhalten und die Sorglosigkeit der zwanzigjährigen Boo für jedes noch so kleine Unglück und jeden Schicksalsschlag verantwortlich gemacht, die der Familie Saunders widerfahren waren, statt einen Entzug zu machen und die Rolle der Großmutter zu übernehmen. Nicht ein einziges Mal hatte die alte Dame sich eingestanden, dass es für Boo, wie Bev früher genannt worden war, wichtiger war, eine Beziehung zu ihrem Baby aufzubauen – einem Kind, das Boos Schwiegereltern, die sich wie Kriminelle aufführten, ihr entrissen hatten –, als die Wochenenden damit zu vergeuden, nach Hause zu fahren und ihrer Mutter dabei zuzusehen, wie sie durch die Sauferei ihre Leber und Nieren ruinierte und sich vorzeitig ins Grab beförderte.

Nein. Sylvias Tod eignete sich nicht als Vorwand, um Hope aus der Schule zu holen. Eine derart dreiste Lüge würde nur beweisen, dass Bev impulsiv, unverantwortlich und verlogen war. Erst einmal musste sie die üblen Verleumdungen, die im Internet kursierten, widerlegen.

Das hatte sie alles Rob zu verdanken.

»Redhotslut! Ich werde das Arschloch fertigmachen«, sagte sie zur Autowaschanlage am Südfriedhof. »Ich werde ihm seine Eier abschneiden und in den Mund stopfen«, sagte sie zu dem Bestattungsinstitut in Moss Side.

Schließlich bog Bev auf einen der Parkplätze in einer der schmalen Seitenstraßen hinter der Manchester Metropolitan University ein, wo Rob jetzt Marketing unterrichtete. Sie lief zur Fakultät für Kunst- und Geisteswissenschaften. Im Geoffrey Manton Building, einem düsteren Backsteinklotz, befand sich ein Labyrinth aus kleinen Hörsälen und Büros, das sich um ein riesiges weißes Atrium herum über mehrere Ebenen nach oben erstreckte.

»Wo finde ich Robert Mitchell?«, fragte sie die Empfangsdame, eine Frau mit schlecht gefärbten Haaren, auf denen ein künstlicher Dutt steckte. Sie wirkte kaum älter als die Studenten hier. »Ich bin von … der staatlichen Kulturstiftung. Ich habe eine Verabredung mit ihm und bin spät dran.«

Die Frau kaute geräuschvoll auf einem Kaugummi, das irgendwo in ihrer Backe steckte. Sie musterte Bev von oben bis unten. »Erwartet er Sie?«

»Das habe ich doch gerade gesagt.« *Beruhig dich, Bev. Wenn du ausrastest, dauert es nur länger.* »Wir sind verabredet. Ich bin *wirklich* spät dran. Können Sie mir nicht einfach sagen, in welche Richtung ich gehen muss, damit ich ihn selbst suchen kann?«

Für einen Moment hörte die Frau auf, zu kauen. »Er ist im Café.«

Als Bev durch das riesige Atrium in die Cafeteria marschierte, die wie der knallbunte Pausenraum einer Werbeagentur für New-Age-Produkte in Hoxton aussah, entdeckte sie sofort Robs kahlen Hinterkopf. Mitch, der lustige, dauergeile Junkie, der gegen seine autoritären, argwöhnischen Eltern hatte rebellieren wollen, war im Lauf von elf Jahren selbst zu einer Kopie von ihnen geworden. Er war jetzt ein schmallippiger, angepasster Firmenheini, dessen einziges Vergnügen darin bestand, Affären mit jüngeren Frauen zu haben und sich zur Entspannung hin und wieder mit Koks zuzudröhnen.

»Du!«, knurrte Bev, und das einzelne Wort hallte wie der Kampfschrei eines Tigers quer durch die Cafeteria.

Sie packte Rob am Hemdkragen, bevor er überhaupt Gelegenheit hatte, sich umzudrehen. Die Leute, mit denen er eine Besprechung abhielt, richteten sich angesichts der Störung in ihren Stühlen mit offenen Mündern auf. Instinktiv griffen sie nach ihren Unterlagen auf dem Tisch und hielten sie wie wirkungslose Pappschilde vor den Körper. Schließlich erhoben sie sich und wichen, begleitet vom Quietschen der Stuhlbeine, langsam zurück, während Bev Rob rückwärts von seinem Stuhl zerrte.

»Sicherheitsdienst!«, kreischte Rob. »Holt den Sicherheitsdienst!« Zappelnd wie ein Fisch, der versuchte, dem Haken eines wild entschlossenen Anglers zu entkommen, stemmte er sich gegen ihre Umklammerung.

Bev fuchtelte mit ihrem Handy nur wenige Zentimeter vor seinem Gesicht herum und schaltete das Display ein. Ein perfider Tweet nach dem anderen erleuchtete seine blasse Haut.

»Du warst das, oder?« Sie tippte auf das Display, bis die Website, die Mo ihr gezeigt hatte, erschien. »*Redhotslut? Schlag sie grün und blau. Sie liebt es!* Willst du mich verarschen?« Sie war jetzt wie ein Dampfkochtopf, den man zu früh geöffnet hatte, und stieß ihrem Ex einen Schwall siedend heißer Luft entgegen. »Es hat wohl nicht gereicht, dass du dem Aufsichtsrat von BelNutrive gefälschte Abrechnungen zugespielt hast? Wir haben jahrelang zusammengearbeitet. Jahrelang! Und ich dachte, wir ziehen an einem Strang. Aber nein! Du lässt es so aussehen, als hätte ich meine Spesenabrechnung frisiert und zehntausend Riesen unterschlagen. Es hat wohl nicht gereicht, dass du die Gerüchteküche angeheizt und behauptet hast, ich hätte mit dem alten Geschäftsführer Sex gehabt? Dann hast du auch noch das Märchen in die Welt gesetzt, ich hätte mit diesem jungen Typen aus meinem Marketingteam geschlafen. Und um noch einen draufzusetzen, hast du mich finanziell ruiniert, indem du den ganzen Gewinn aus unserem Hausverkauf eingesackt und mir die Unterhaltszahlungen verweigert hast, obwohl du mir bereits meine Existenzgrundlage als Marketingexpertin genommen hattest. Denn, machen wir uns nichts vor, Robert, irgendwas bleibt immer hängen.«

Er versuchte sie zu unterbrechen, doch Bev war nicht zu bremsen. Sie brüllte gegen ihn an und genoss es, dass seine Kollegen immer noch in Hörweite standen.

»Es hat wohl nicht gereicht, dass du das alles nur getan hast, weil ich dich wegen deiner Affäre mit einer Berufsanfängerin zur Rede gestellt habe? Das hat dir überhaupt nicht in den Kram gepasst, was, Roberto? Nein! Du Ärmster. Also hast du meinen – verständlicherweise – angeschlagenen Geisteszustand dazu benutzt, meine Eignung als Mutter in Zweifel zu ziehen, um meinen Umgang mit Hope zu kontrollieren. Du hast schreckliche Eltern, und der Apfel fällt nicht weit vom Stamm, oder? Und jetzt schüchterst du mich ein und ziehst aus der Ferne weiter diesen Scheiß ab, um mich in den Wahnsinn zu treiben. Denn Gott bewahre, wenn ich wieder auf die Beine komme und ein normales Leben führe. Du bist so ein Arschloch, Robert Mitchell.«

Endlich ließ sie ihren Ex-Mann los, woraufhin er sich erhob und ihr gegenübertrat. Inzwischen war die Blässe aus seinem Gesicht gewichen; er bebte jetzt vor Zorn.

»Bist du damit fertig, mir vor meinen Gästen eine Szene zu

machen?«, sagte er in einem ruhigen, bedächtigen Tonfall. Doch sein schlanker Körper war starr vor Empörung.

Bev ballte eine Hand zur Faust, während sie sich fragte, wie sie diesen Scheißkerl je hatte attraktiv finden können. »Das warst du. Gibs zu!« Sie zwang sich, ihm weiter in die Augen zu blicken, obwohl sie am Rand ihres Sichtfelds die bestürzten Gesichter seiner Kollegen sehen konnte. »Du hast diesen ganzen Dreck in den sozialen Medien verbreitet.«

»Nein!«

»Ich bitte dich. Das Ganze riecht förmlich nach *Mitch auf einem Horrortrip*. Es ist grausam. Zynisch. Pervers. Und gut durchdacht. Wer sonst weiß so viel über mich? Über meine Scheidungsgründe? All die Sachen über meine Eltern? Wer aus meinem Bekanntenkreis ist sonst noch in der Lage, innerhalb weniger Stunden eine schicke Website zusammenzubasteln?«

»Na ja, da wäre zum einen dieser Widerling, mit dem du ständig rumhängst. Wie ist noch mal sein Name? Doc? Hat er nicht eine Vorstrafe wegen Datenklaus? Ich bin mir sicher, dass er in der Lage ist, eine gefälschte Website ...«

»Schwachsinn! Hat Doc etwa irgendeinen Vorteil davon, mich als verrückte Nymphomanin hinzustellen?«

»Verschwinde von hier!«, sagte er und deutete in Richtung Atrium, während er mit einem dicken Mann hinter der Theke der Cafeteria Blicke austauschte. »Der Sicherheitsdienst ist schon unterwegs. An deiner Stelle würde ich schleunigst von hier verschwinden, bevor man die Polizei ruft.«

»Es ist ja nicht das erste Mal, dass du versucht hast, mich in Misskredit zu bringen, oder? Komisch, dass das gerade jetzt passiert, wo ich eine echte Chance habe, Hope zurückzubekommen.«

Ein stämmiger Sicherheitsmann kam zu ihnen herüber. Rob

nickte mit dem Kopf, und der Mann packte Bev am Arm und zerrte sie in Richtung Ausgang.

»Loslassen. Das ist Körperverletzung.«

Der Sicherheitsmann sprach in einem sanften Tonfall, als würde er eine hilflose alte Dame zur Toilette begleiten. »Sie haben einen unserer Mitarbeiter belästigt, Madam. Wir nehmen die Sicherheit der Menschen, die hier arbeiten und studieren, sehr ernst. Tut mir leid.«

Rob folgte ihnen im Abstand von nur wenigen Schritten und stieß zwischen zusammengepressten Lippen seine harschen Worte hervor. »Hier herzukommen und mich an meinem Arbeitsplatz anzugreifen, Bev! Ohne jeden Anlass. Und du glaubst, der Richter spricht dir das Sorgerecht zu? Du bist dümmer, als ich dachte.«

Bev drehte den Kopf und spuckte ihn an. Ein Klumpen Speichel landete direkt auf Robs Nase. »Wichser.«

Während der Sicherheitsmann sie festhielt, bereit, sie in die automatische Drehtür zu entlassen, sprach Rob ihr mit zusammengebissenen Zähnen direkt ins Ohr. »Ich habe nichts damit zu tun, mit diesem infamen …« Offensichtlich suchte er nach dem richtigen Wort und wollte es vermeiden, zu fluchen. Die Leute sollten unter keinen Umständen erfahren, dass er je etwas anderes gewesen war als ein gesetzestreuer Vertreter des guten Geschmacks. »… Schmutz, den du mir gerade gezeigt hast. Aber eins sage ich dir. Solltest du versuchen, dich Hope ohne meine vorherige Einwilligung und die Anwesenheit eines Sozialarbeiters zu nähern, mache ich dir das Leben zur Qual. Und wenn du mich beschuldigst, hinter den Verleumdungen im Netz zu stecken, verklage ich dich wegen übler Nachrede. Außerdem werde ich dir dein restliches Geld wegnehmen. Und ich schwöre dir, dann wirst du Hope nie wiedersehen.«

Bev wurde durch die schweren Türen auf die Straße gestoßen. Das Sonnenlicht, das sich in der Glasscheibe spiegelte, blitzte kurz auf, und Rob und der Sicherheitsmann waren nicht mehr zu sehen.

Bev stand auf den Steinplatten vor dem Gebäude und starrte auf den Eingang der Fakultät, während sie zu begreifen versuchte, was gerade passiert war. Schließlich ging sie zurück zu ihrem Wagen.

*Denk doch mal genau nach. Vergiss mal die ganzen Machtspielchen. Wie stellt sich die Situation dann dar?*

Rob war skrupellos, extrem egoistisch und grausam, aber er hatte vehement bestritten, etwas mit redhotslut.com und den anderen Gehässigkeiten im Netz zu tun zu haben. Sagte er die Wahrheit?

Während Bev nach Hale zurückfuhr, arbeitete ihr Verstand auf Hochtouren. Sie dachte noch einmal über die Ereignisse in der Cafeteria der Universität nach und über den verleumderischen Schwachsinn, der im Netz aufgetaucht war. *Irgendjemand* machte ihr das Leben zur Hölle. Irgendjemand versuchte, ihren Kampf um das Sorgerecht zu sabotieren. Sollte sie die Polizei einschalten oder wenigstens ihre Anwältin, Eve?

Bev durchwühlte ihre Tasche nach dem Wegwerfhandy, auf das sie keinen Blick mehr geworfen hatte, seit sie sich von der Rolle als Cat Thomson verabschiedet hatte. *Zuerst Eve. Ich muss wissen, was sie davon hält, die Bullen zu benachrichtigen.* Bev ignorierte die Lichter, die durch den Stress auf ihrer Netzhaut aufblitzten, schaltete das Handy ein und wartete, dass die letzten Anrufinformationen hochgeladen wurden. Eine Minute später begann das Telefon unablässig zu piepen und zeigte die versäumten Anrufe an. Bev fuhr mit dem Wagen einen Schlenker, um einem Kleinbus mit Schülern auszuweichen. Sie wollte unbedingt wissen, wer ständig diese Nummer angerufen hatte, unter der sie vorübergehend erreichbar war. Natürlich konnte das nur eine Person gewesen sein. Jerry Fitzwilliam.

»Cat, ich bin's. Ruf mich an. Es tut mir leid.«

»Cat, hier ist Jerry. Ich wollte dir nicht drohen. Bitte melde dich.«

»Cat, ich kann nicht fassen, dass du dich da so reinsteigerst. Das wirkt auf mich so, als hättest du etwas zu verbergen.«

In den folgenden Nahrichten wurde sein Tonfall immer feindseliger.

»Ich bin's. Ich weiß, was du für eine bist. Ich weiß, worauf du es abgesehen hast.«

»Hör auf, mich zu ignorieren, du blöde Schlampe. Weißt du nicht, wer ich bin? Mir stehen mehr Mittel zur Verfügung, als du dir vorstellen kannst. Ich habe dich durchschaut.«

Würde sie es wagen, sich auch den Rest der Nachrichten anzuhören?

*Also steckt doch Jerry hinter den ganzen Gemeinheiten. Wie soll es anders sein? Er weiß Bescheid.*

Während sie das wütende Hupen eines Busses ignorierte, den sie mit vierzig Stundenkilometern haarscharf geschnitten hatte, scrollte sie durch die Kontaktleiste ihres regulären Handys, bis Angela Fitzwilliams Name erschien. Ein Auge auf die Straße gerichtet, trat sie aufs Gas, um über eine gelbe Ampel zu fahren. Sie musste Angie warnen.

»Los! Geh schon ran!«

Beim dritten Klingeln nahm Angela schließlich ab. »Bev? Was willst du?« Ihr Widerwille, den Anruf entgegenzunehmen, war ihr deutlich anzuhören.

»Hast du dich aus dem Staub gemacht? Bist du in Sicherheit?«, fragte Bev und bog nach rechts auf die Princess Road ab.

»Ja. Ich bin fürs Erste bei meiner Tante untergekommen.« Angies Stimme klang gequält, als wäre noch jemand anders in Hörweite.

»Gut. Gut. Hör zu, wir müssen uns treffen. Tut mir leid. Ich weiß, dass dein Leben schon kompliziert genug ist, aber ich habe Riesenärger mit Jerry, und unser beider Leben ist in Ge …«

Bev hatte gerade auf die Überholspur gewechselt und fuhr in Richtung M60. Den Schwertransporter auf der Nebenspur bemerkte sie erst, als es zu spät war. Ihr Fiesta prallte von den Radkästen des Sattelschleppers ab, wurde auf den Mittelstreifen geschleudert, hob sich in die Luft und drehte sich zweimal, bevor er mit dem Dach auf der Gegenfahrbahn wieder aufkam.

## KAPITEL 34

# Der Wolf

Während er neben der bewusstlosen Schlampe steht, erkundigt sich niemand, was er inmitten der medizinischen Überwachungsgeräte und des rhythmischen Piepens überhaupt verloren hat. Er trägt einen blauen Kittel, den er aus einem unbeaufsichtigten Nebenraum am Ende des Flurs entwendet hat. Nur seine schicken Lederschuhe könnten ihn als Eindringling verraten, falls jemand da wäre, um ihn zu fragen, ob er zum Personal gehört. Keine Turnschuhe oder Crocs für den Wolf.

Das Krankenhaus, das normalerweise vom heimischen Pöbel heimgesucht wird, damit man aus ihren von Krankheiten geplagten Körpern den Krebs oder Tripper herausschneidet, ist jetzt wie ausgestorben und wird nur von Patienten bevölkert, die hier mit Medikamenten vollgepumpt in unruhigem Schlaf ihre Zeit rumbringen. Denn es ist früh am Morgen. Selbst die Schwestern hinter dem Empfangstresen der Station lesen Zeitschriften oder essen wortlos ihre Schokolade. Man wird ihn nicht belästigen. Er verhält sich unauffällig, denn er ist der Wolf. Nachdem er sich vergewissert hat, dass die Tür fest geschlossen ist, setzt er die Maske auf. Jetzt ist er ein Wolf in Arztmontur. Beim Gedanken daran muss er lächeln.

Man hat sie in einem Einzelzimmer untergebracht, das nach Blut und Bleichmittel riecht. Das einzige Licht kommt von einer Nachtlampe neben ihrem Bett. Sie ist hell genug, um ihr lädiertes, mit Blutergüssen übersätes Gesicht zu erleuchten. Obwohl sie am Arm einen Gips in einer Schlinge trägt und seitlich am Kopf einen Verband, hat sie einen kräftigen Puls. Das ist gut. Ihm gefällt dieses Spielchen hier. Er wäre ziemlich enttäuscht gewesen, wenn sie bei dem Unfall gestorben wäre, gerade als die Jagd richtig amüsant wurde.

Er setzt sich neben sie und beobachtet die Bewegungen ihrer Augäpfel unter den violett und gelb verfärbten Lidern. Sie träumt gerade, allerdings bestimmt nicht von ihm. Wahrscheinlich durchlebt sie in einer Mischung aus Angst und Verzweiflung erneut Szenen ihres albtraumhaften Lebens. Würde sie jetzt die Augen öffnen, würde sie einen als Arzt verkleideten Mann mit einer Wolfsmaske aus Latex sehen. Dieser Albtraum wäre das Letzte, was sie zu Gesicht bekäme, denn falls sie aufwachte, müsste er sie natürlich töten.

»Schlaf«, flüstert er und streichelt über ihre zerkratzte Wange.

Er beugt sich über sie und verharrt mit seinem Gesicht direkt über ihrem. Durch die Löcher in der Nase der Maske saugt er ihren übel riechenden Atem ein, und als er wieder ausatmet, weiß er, dass sie die von ihm ausgestoßene Materie in sich aufnehmen wird. Jetzt sind sie jeder ein Teil des anderen. Jäger und Beute, in einem symbiotischen Tanz flüchtig vereint.

Das Geräusch quietschender Schritte kommt näher, obwohl sich dieses Zimmer in einem abgelegenen Seitenflügel der Station befindet.

Lautlos läuft der Wolf um das Bett und versteckt sich in der tiefen Dunkelheit der unbeleuchteten Toilette, nimmt seine Maske ab und steckt sie in den Bund der entwendeten blauen Hose, der von einem weiten Oberteil bedeckt wird. Seine Haut und die Haare sind feucht von dem kalten Schweiß, der sich unter dem Latex gesammelt hat. Er nimmt ein sauberes, flauschiges Handtuch, das eigentlich für sie gedacht ist, und trocknet sich damit ab.

Er kann hören, wie die Tür geöffnet wird. Das Quietschen der Schritte wird lauter. Turnschuhe. Handelt es sich um einen Arzt, der seine Maskerade garantiert durchschauen würde, falls er ihn hinter der Tür entdeckt? Wird man ihm auf die Schliche kommen?

Das Krankenzimmer wird von einem stechenden Schweißgestank und dem Moschusgeruch eines ungewaschenen Mannes erfüllt. Es ist bestimmt kein Arzt, der da in den langen Schatten, die das Nachtlicht wirft, herumschleicht. Und die Nachtschwester würde ins Zimmer geeilt kommen und wie bei einem Polizeiverhör brutal die Neonbeleuchtung einschalten. *Aufwachen, Beverley. Zeit für Ihr Schmerzmittel.* Er weiß, wie das in diesen unterfinanzierten staatlichen Dreckslöchern läuft.

Als er durch den Türspalt späht, sieht er, dass es sich um ihren Freund handelt, um diesen schlaksigen Typen mit fettigem blondem Pferdeschwanz, der aussieht wie ein Rocker aus den 1980ern. Er hat einen großen Rucksack dabei und trägt einen roten Anorak, der ihm mehrere Nummern zu groß ist. Er ist völlig zerzaust, als wäre er gerade von einer langen Reise zurückgekehrt. Das ist kein Mann. Er ist nur ein zu groß geratener Junge.

Der schmuddelige Bursche setzt sich auf den Stuhl neben dem Bett. Spürt er, dass das eingedrückte Sitzpolster vom Körper eines anderen Mannes noch warm ist? Offensichtlich nicht. Er durchwühlt seinen Rucksack, holt eine halbleere Colaflasche heraus und nimmt einen kräftigen Schluck davon. Während er dasitzt und auf Beverleys Körper starrt, verzieht er sein blasses Gesicht, als würde er stumm vor sich hinweinen. Tatsächlich fangen seine Schultern an, zu zittern, und er wischt sich mit dem schmutzigen Ärmel seines Anoraks die Augen.

Es ist jetzt fünf Uhr morgens. Irgendwie hat dieser Versager es geschafft, hier unbemerkt reinzukommen. Da er sich auf dem Polsterstuhl gemütlich zurücklehnt, hat er anscheinend nicht die Absicht, so bald wieder aufzubrechen, solange man ihn in Ruhe lässt.

Der Wolf muss eine Entscheidung treffen. Soll er in der Toilette bleiben oder sie verlassen? Kann es sein, dass dieser Versager, den sie »Doc« nennt, ihn erkennt? Wenn ihr Besucher weiter seine Cola trinkt, wird er irgendwann die Toilette aufsuchen müssen. Dann wird er ihn in seinem Versteck garantiert entdecken. Und damit dieser Trottel nicht Alarm schlägt, muss er ihn umbringen.

Er hat seine Entscheidung getroffen.

Als er die Toilette verlässt, zuckt der Junge zusammen.

»Mein Gott. Wo kommen Sie denn her?«, sagt er und greift sich ans Herz. Er ist jetzt von seinem Stuhl aufgestanden.

»Ich habe mir die Hände gewaschen«, sagt der Wolf und nimmt das Klemmbrett, das am Bettende hängt. »Beverley ist die letzte Patientin auf meiner Runde. Ich habe Nachtschicht, wissen Sie?« Er kichert. Aufmerksam studiert er die Eintragungen auf dem Klemmbrett und schaut zu dem Jungen hinüber. »Setzen Sie sich!« Der Wolf vermutet, dass die Erleichterung des Jungen darüber, dass sein Besuch außerhalb der Besuchszeiten von einem Arzt geduldet wird, jegliches Misstrauen zerstreuen wird.

»Danke. Wie geht es ihr?«

»Gehören Sie zur Familie?«, fragt der Wolf und befestigt das Klemmbrett wieder am Bett. Währenddessen wirft er einen Blick nach unten, um sich zu vergewissern, dass seine Latexmaske sicher in seinem Hosenbund steckt und nicht zu sehen ist.

»Ich bin ihr Geschäftspartner. Und Freund.« Er lächelt verlegen, weil man ihn dabei ertappt hat, dass er wie ein Kind geweint hat. »Man hat mich angerufen. Sie hat keine Angehörigen mehr, wissen Sie? Nicht wirklich. Ich war einer der Letzten, mit denen sie telefoniert hat. Ich bin so schnell gekommen, wie ich konnte.« Er muss schwer schlucken. »Ich kann es nicht glauben. Einen Moment spreche ich noch mit ihr, und im nächsten ... Wird sie wieder gesund?«

»Was hat sie zu Ihnen gesagt?«

»Was?«

»Am Telefon, vor dem Unfall?«

Der Junge runzelt die Stirn und neigt fragend den Kopf zur Seite. »Warum?«

Der Wolf spürt, wie an seinem Rücken Schweiß runterläuft. Mustert der Typ ihn etwa, weil er sich fragt, wo er diesen Arzt, der ihm vage bekannt vorkommt, schon mal gesehen hat? Wie könnte er ihn lautlos töten, falls das nötig ist? Soll er ihn mit dem Kabel des Sauerstoffmessgeräts erwürgen? Oder soll er ihn einfach erschlagen? Aber womit? Sämtliche Gegenstände, die sich als provisorische Waffe eignen, sind an den Wänden befestigt. »Sie hatte einen schweren Unfall«, sagt er. »Mich interessiert nur, in was für einer Geistesverfassung sie zu diesem Zeitpunkt war.«

Ihr Besucher zuckt mit den Achseln und richtet den Blick rasch auf den Herzmonitor. Falls er etwas weiß, will er es nicht erzählen. »Ich möchte einfach nur hören, dass sie wieder vollständig genesen wird.«

Die Wirkung des Adrenalins, das sein Körper ausgeschüttet hat, lässt allmählich wieder nach, als der Wolf die ausweichende, defensive Körpersprache dieses Trottels bemerkt. Seinen unsteten Blick. Die verschränkten Arme. Seine abgehackte Sprechweise. Es ist ein beruhigender Gedanke, dass der Junge, weil er außerhalb der Besuchszeiten unerlaubt das Zimmer dieser Schlampe betreten hat, zu verängstigt ist, um in Betracht zu ziehen, dass dieser Arzt hier sich ebenfalls eigenmächtig Zugang verschafft hat und nicht echt ist.

Der Bursche, den sie »Doc« nennt, stellt keine Bedrohung dar. Obwohl es dem Wolf Vergnügen bereiten würde, sein armseliges, wertloses Leben zu beenden, beschließt er, zu verschwinden, damit sie beide nicht die unerwünschte Aufmerksamkeit der matronenhaften diensthabenden Schwestern auf sich ziehen.

Bevor es zum Finale kommt, will der Wolf Beverley Saunders größtmöglichen Schmerz zufügen. Das geschieht ihr recht, nach allem, was sie getan hat; nach all den furchtbaren Lügen, die sie verbreitet hat.

# KAPITEL 35

# Bev

Zu Ihrer Überraschung hatten sich die Polizeisirenen eher wie der Schrei eines Kindes angehört. Die Fahrzeuge hatten sie seit knapp einer Meile verfolgt und mit ihren blauen und neongelben Lackierungen um Bevs Aufmerksamkeit gewetteifert, als sie einen Blick in den Rückspiegel geworfen hatte, um sich zu vergewissern, ob die Autos mit den blinkenden Blaulichtern näher kamen.

»Fahr schneller, Mum!«, hatte Hope neben ihr auf dem Beifahrersitz gerufen.

Bev schaute am schmalen Körper ihrer Tochter hinunter. »Wo ist deine Sitzerhöhung?«, fragte sie, während ihre Panik das Blut noch schneller durch das verschlungene Netz ihrer Arterien fließen ließ. »Warum bist du nicht angegurtet? Schnall dich an, Liebling!«

»Huiii!«, brüllte Hope, ließ das Fenster herunter und streckte ihre dünnen Arme heraus, sodass ihre Finger durch die kalte, feuchte Luft glitten. »Ich kann fliegen.« Sie lehnte sich aus dem Fenster und sauste mit Kopf und Schultern haarscharf an den Autos auf der benachbarten Fahrbahn vorbei.

Bev streckte die Hand aus und griff nach ihr. »Komm rein! Komm zurück in den Wagen!« Sie zerrte heftig an der Fleecejacke ihrer Tochter, aber der Stoff rutschte durch ihre Finger. »Ich kann dich nicht schützen, Hope. Komm wieder rein!«

Der Schwertransporter streifte auf Hopes Seite ihren Wagen und schleuderte sie vom Beifahrersitz durch das Fenster. Der Wagen wirbelte durch die Luft auf die Gegenfahrbahn. Als Bev auf dem Asphalt aufschlug, kam sie plötzlich wieder zu sich.

»Mein Gott, nein!«, rief sie und versuchte, sich aufzusetzen, aber sie musste feststellen, dass ihr linker Arm eingegipst war und an einem Gestänge über dem Bett hing.

»Alles okay, Mami?«, sagte eine leise Stimme.

Bev schaute mit glasigen Augen zu dem Besucherstuhl neben ihrem Bett und brach in Tränen aus, als sie Rob dort sitzen sah, der mit gelangweiltem, verärgertem Gesicht und einem Anflug von Selbstgefälligkeit eine gekrümmte Haltung angenommen hatte, als würde er schon eine Ewigkeit dort warten. Auf seinem Knie hockte ihre Tochter.

Mit großen Augen und einem Ausdruck kindlicher Sorge auf den zarten Gesichtszügen beugte sich Hope zu ihr vor. »Hattest du einen doofen Traum?«

»Hope! Es geht dir gut. Es geht dir gut. Mein Liebling. Komm her. Gib deiner Mama einen Kuss.« Aufgrund des ihr verabreichten Morphiums konnte sie nur undeutlich sprechen, aber sie war zutiefst erleichtert.

Hope hüpfte von Robs Schoß und bedeckte Bevs ramponiertes Gesicht mit einer Flut feuchter Küsse. Bev zuckte zusammen, als Hope mit ihren Lippen ihre frischen Blutergüsse und tiefen, geklebten Schnittverletzungen berührte, aber sie sagte keinen Ton. Sie war überglücklich, dass ihre Tochter bei ihr am Bett war und ihr nichts fehlte. Dass dies nur ein Albtraum gewesen war.

Hope umschloss mit den Fingern ihre Hände. Sie waren warm und feucht und von Leben erfüllt. »Tschuldigung. Tu ich dir weh, Mami?«

»Nein, Liebling.« Bev spürte, wie ihre Müdigkeit und die starken Medikamente sie erneut in einen tiefen Schlaf zu versetzen drohten. Immer wieder fielen ihr die Augen zu und rebellierten gegen Bevs Verlangen, sich am Anblick ihrer wunderschönen Tochter zu erfreuen, während sie den mürrischen Wichser, der sie auf dem Schoß hielt, ignorierte. Als sie erneut in die Dunkelheit abtauchte, war sie davon überzeugt, dass Rob jede Minute hier genoss. Dennoch war sie überrascht, dass er sich überhaupt dazu herabgelassen hatte, sie zu besuchen, obwohl sie auf Kriegsfuß miteinander standen. Vielleicht hatte er die Missbilligung in der Stimme des Arztes bemerkt, als er sich weigerte, die schwerverletzte Mutter ihres einzigen Kindes zu besuchen. Dieser Narzisst hatte stets größten Wert darauf gelegt, dass Fremde eine gute Meinung von ihm hatten.

»Ich bin so froh, dass du nicht sterben musst, Mum«, sagte Hope.

Bev spürte, wie Hopes schmale Finger sanft über ihr Haar strichen. »Nein, meine Süße. Es muss schon mehr als ein Autounfall passieren, um deine Mum …«

Als sie viele Stunden später wieder aufwachte, stand Doc neben ihrem Bett. »Bev! Du bist wach!«

Verwirrt blinzelte Bev in das graue Licht der Morgendämmerung, das durch die Fenster des Krankenhauszimmers fiel. Darin zeichneten sich die Vertiefungen und Erhebungen in Docs kantigem Gesicht ab, dem der Strahl des Nachtlichts ein gespenstisches Aussehen verlieh.

»Wie lange habe ich geschlafen?«, fragte sie und schmatzte mit den Lippen. Doch sie wartete seine Antwort nicht ab. »Hope und Rob, dieser Versager, haben mich besucht. Aber ich bin mir nicht sicher, ob ich das nicht nur geträumt habe.«

Doc zuckte mit den Achseln. »Wer weiß? Ich bin jedenfalls jetzt hier.«

»Ich hatte einen Autounfall«, sagte sie und musterte ihren erschöpft aussehenden Freund. Sie war froh, dass er wieder in der Stadt war. Während sie sprach, verspürte sie im Kopf einen stechenden Schmerz.

»Ich weiß. Hab's gehört. Willst du ein Glas Wasser?« Bevor sie etwas erwidern konnte, nahm Doc ihre Plastikkanne und lief um das Bett zur Toilette.

»Hol mir ein paar Schmerztabletten, bevor ich noch sterbe, okay? Ich hab das Gefühl, mir fällt gleich der Kopf ab. Und mein Arm unter dem Gips juckt wie verrückt.«

Vorsichtig versuchte Bev sich aufzusetzen, während Doc um sie herumwuselte und ihr eine Ibuprofen-Tablette gab. Bestimmt hätte die Schwester es nicht erlaubt, sie zusätzlich zu dem Codein einzunehmen, das man ihr vor ein paar Stunden verabreicht hatte.

»Warum bist du zurückgekommen?«, fragte sie, als sie sich an die vorangegangenen Ereignisse erinnerte.

»Sie haben mich auf meinem Wegwerfhandy angerufen. Die Bullen. Sie hatten meine Nummer von deinem Handy. Bearbeitet die Polizei deinen Fall?«

Bev nickte. »Das ist alles Robs Schuld. Und die Schuld dieses Mistkerls Jerry Fitzwilliam.« Sie schloss die Augen und bedankte sich mit einem stummen Gebet bei wem auch immer dafür, dass sie als Einzige bei dem Unfall verletzt worden war; mal abgesehen von der einen oder anderen Person, die bei ihrer Vollbremsung ein Schleudertrauma erlitten hatte.

Doc zog eine Augenbraue hoch. »Saßen etwa Rob und Fitzwilliam hinterm Steuer?«

»Leck mich doch, Doc. Wenn du nur nach Manchester gekommen bist, um mir ein schlechtes Gewissen zu machen, verzieh dich wieder ins beschissene Chalfont St Giles. Okay? Rob will beweisen, dass ich der Verantwortung als Mutter nicht gewachsen bin, Fitzwilliam hinterlässt mir lauter Nachrichten mit irgendwelchen Drohungen, und Mo glaubt, dass ich mich selbst damit sabotiere, dass ich eine masochistische Sex-Seite mit dem Titel redhotslut.com veröffentlicht habe. Mein Gott. Wenn du nicht auf meiner Seite bist, kann ich verdammt noch mal auch gleich aufgeben.« In diesem Moment fiel ihr ein, was Rob über Docs mögliche Mitarbeit an der verleumderischen Website gesagt hatte. »Steckst *du* hinter redhotslut?«

Doc riss mit einer aggressiven Bewegung das Papier von einem Mars-Riegel, den er aus seinem Rucksack geholt hatte, biss ein großes Stück davon ab und kaute mit mürrischem Gesicht wortlos darauf herum. Schließlich schluckte er es geräuschvoll herunter. »Ist es das, was du über mich denkst? Reicht unser Vertrauen nur so weit? Mensch, überleg doch mal! Ich bin derjenige, der dich vor diesem Internet-Scheiß gewarnt hat. Ich fahre also mitten in der Nacht den ganzen Weg hierher, um dich zu besuchen, und du glaubst, *ich* wäre dieser Stalker? Im Ernst?«

Bev begriff, dass Rob wie immer bloß die Tatsachen verdreht und verschiedene Dinge miteinander vermischt hatte. »Natürlich nicht. Ich bin nur müde und habe Schmerzen, und ich habe die Schnauze voll von meinem beschissenen Leben.«

Doc hielt ihr den Mars-Riegel hin, von dem dort, wo er abgebissen hatte, der Karamell wie Stalaktiten herabhing.

Sie winkte ab und seufzte laut. Dann schloss sie die Augen, bis die pulsierenden Schmerzen sie zwangen, sie wieder zu öffnen. Sie richtete den Blick auf die schlichte Wanduhr. »Wer zum Henker isst morgens um halb sechs so einen Mist?«

»Zeit fürs Frühstück, oder?«

»Nicht für mich. Hier lassen sie einen einfach verhungern. Ich will bloß meine Kleine anrufen, um ihr zu sagen, dass ich sie liebe und so lange kämpfen werde, bis ich sie zurückbekomme. Ich wette, dass Rob nicht noch mal hier aufkreuzen wird, damit sie mich sehen kann. Vielleicht habe ich nur geträumt, dass sie hier war. Er ist so ein Arschloch. Wie auch immer, ich muss mich mit Angie in Verbindung setzen, um in Erfahrung zu bringen, ob Jerry herausgefunden hat, dass ich Beverley Saunders und nicht Cat Thomson bin. Seinen Nachrichten nach zu urteilen, hörte es sich ganz so an. Wenn mein Ex es nicht auf mich abgesehen hat, dann muss dieser Irre hinter der ganzen Sache stecken. Rob hat zwar ebenfalls Gründe dafür, aber Jerry verfügt als Einziger über die Mittel, meine Wohnung durchsuchen zu lassen, um genug schmutzige Informationen zutage zu fördern und im Netz dieses furchtbare Zeug zu verbreiten. Wenn er weiß, dass ich ihn unter falschem Namen in eine Falle gelockt habe, wird er ziemlich wütend sein. Allerdings muss er irgendeinen Technik-Nerd angeheuert haben, denn er kam mir nicht gerade wie ein Computergenie vor.« Für einen Sekundenbruchteil musterte Bev ihren Freund und fragte sich erneut, ob ihr irgendetwas entgangen war; ob Doc womöglich hinter den Verleumdungen und Nachstellungen steckte, denen sie zum Opfer gefallen war.

Sie schloss fest die Augen. *Sei nicht albern. Doc ist nicht dazu fähig, dich in einem verdammten Zug von irgendwelchen Männern verfolgen zu lassen. Er könnte keiner Fliege etwas zuleide tun!*

»Also, wir haben beide erlebt, wie Fitzwilliam meinen Computer lahmgelegt hat«, sagte Doc. Er nahm einen Schluck von seiner Cola, kniff seine blutunterlaufenen Augen zusammen und hob den Zeigefinger. »Ich habe gesehen, wie aggressiv er sich dir gegenüber in seiner Bumsbude verhalten hat. Wie lange wird es noch dauern, bis er einen von uns oder seine Frau umbringen lässt? Du musst ihm das Handwerk legen.«

Obwohl es Bev wehtat, auch nur das Gesicht zu verziehen, stemmte sie sich mit ihrem unverletzten Arm hoch. »*Wir,* Doc. *Wir* müssen ihm das Handwerk legen. Und Tatjana, das Mädchen in dem Container … sie ist der Schlüssel dazu. Das beweist, wozu er fähig ist. Den ›Film‹, den er in seiner Mail an diesen Zuhälter erwähnt hat, habe ich bisher nicht gefunden. Das Darknet ist ein riesiges Schattenreich. Aber wenn wir den Film auftreiben und er belastendes Material enthält, ist der Fall in trockenen Tüchern.«

»Mein Gott. Das ist ein großes ›Wenn‹, Bev. Bis dahin stecken wir bis zum Hals in Schwierigkeiten.«

Doc rieb sich das Gesicht und fuhr sich mit den Händen durchs Haar. Dabei sonderte er eine beißende Wolke aus abgestandenem Marihuana-Dunst und Feuchtigkeit und den erdigen Geruch von Kompost ab. Er stank nach Verwahrlosung. Bev bemerkte, dass er irgendwie gealtert war, auch wenn er die letzten paar Wochen wie ein zu groß geratener Teenager im Haus seiner Eltern verbracht hatte. Zu ihrer Überraschung empfand sie trotz ihrer verzweifelten Lage für ihn plötzlich tiefes Mitleid und ein überwältigendes Gefühl der Zuneigung. Hier, inmitten ihres beschwerlichen, einsamen, chaotischen Lebens, das von Gefahr, Sucht und Geldnot geprägt war, wurde ihr klar, dass sie einen Freund hatte.

»Die Sache liegt dir wirklich am Herzen, oder?«

Doc nickte. Dann öffnete er den Mund, um etwas zu sagen, doch er stieß nur einen Schwall Luft hervor. Schließlich schmatzte er mit den Lippen, schlug sich auf die Knie und stand auf. »Schaffen wir dich hier raus. Und verfrachten wir dich in dein eigenes Bett. Dann können wir zusammen Jaffa Cakes essen und mal richtig nach dem Film mit dieser Tatjana suchen. Okay?«

Sie schüttelte den Kopf. »Sieh nur, wie viel Uhr wir haben, James! Man wird mich im Morgengrauen hier kaum rauslassen.«

»Das werden wir ja sehen.« Er funkelte sie mit seinen gelblich verfärbten Zähnen an und zwinkerte ihr zu.

Zehn Minuten später wurde Bev von Doc, der als Pfleger verkleidet war, durch die Doppeltüren am Ende der Station geschoben.

»Wo wollen Sie mit dieser Patientin hin?«, rief die Oberschwester, die hinter dem Empfangstresen auf ihrem bequemen, gepolsterten Bürostuhl saß.

»Zum Röntgen«, sagte Doc und tippte auf das Ziffernblatt seiner Uhr, als wäre er für einen dringenden Termin spät dran. »Können Sie bitte die Türen öffnen?«

Die Oberschwester erhob sich und kam auf ihn zugetrottet, wobei ihr dunkelblauer ausgestellter Rock hin und her schwang. »Wer sind Sie? Ich kenne Sie nicht.«

# KAPITEL 36

# Bev

Doc zeigte der neugierigen Schwester das Schlüsselband, das er um den Hals trug. »Ich heiße Jim. Ich komme direkt von der Arbeitsagentur.«

Es schien, als würde sie über seine Erklärung nachdenken. Schließlich nickte sie, kehrte zum Empfangstresen zurück und betätigte den Türöffner.

»Jawohl«, flüsterte Doc, während er den Rollstuhl in den Gang schob.

»Wo zum Teufel hast du diese Montur her?«, fragte Bev und hielt sich den Gips an ihrem gebrochenen Arm. Für einen Moment war sie so amüsiert über ihre Flucht, dass sie ihre Schmerzen vergaß.

»Ich habe die Klamotten aus einem Wagen mit schmutziger Wäsche gefischt«, sagte er, nahm ihr seinen Rucksack ab und schwang ihn sich auf den Rücken. »Schon erstaunlich, was die Leute in einem großen Krankenhaus frühmorgens so alles rumliegen lassen.«

»Und das Schlüsselband?«

Er grinste, und sein Strahlen tauchte diesen trostlosen Ort mit dem glänzenden, welligen Kunststoffboden in ein sehr viel freundlicheres Licht als die unangenehmen grellen Neonröhren an der Decke. »Das ist ein Backstage-Pass von der Iron-Maiden-Tournee 2004!«

Als das Taxi vor Sophies und Tims Haus zum Stehen kam, half Doc Bev die Steinstufen hinauf, indem er sie wie eine gebrechliche ältere Frau am Ellbogen festhielt. Aufgrund der Schmerzen durch die Verletzungen – der körperlichen wie der seelischen – und der Nachwirkungen der starken Codein-Dosis wankte sie bei jedem Schritt, während sie Tränen des Selbstmitleids unterdrückte.

»Na los. Du schaffst das. Nur noch drei Stufen«, sagte Doc mit sanfter Stimme.

Sie schüttelte ihn ab. »Halt die Klappe, Doc. Du tust so, als wäre ich eine Invalide.«

»Du *bist* eine Invalide! Mein Gott, Bev! Würde dir ein Zacken aus der Krone brechen, wenn du die Hilfe von jemandem annimmst, dem dein Wohl am Herzen liegt?«

Auf der vorletzten Stufe blieb sie schließlich stehen und keuchte von der schieren Anstrengung, die ihr der Aufstieg zur Haustür abverlangte. »Himmel noch mal, ich stehe hier mit meinem Arm in der Schlinge und mit nacktem Arsch, und ich trage immer noch diesen Krankenhauskittel. Ich habe …«

»Ich helfe dir nur nach einem schweren Autounfall die Treppe rauf«, sagte Doc. »Ich nehme dir nicht deine Würde. Hör auf, in den Menschen nur das Schlechte zu sehen, und gib mir deinen Arm.«

»Pssst! Sei leise, du Idiot.«

Im Haus schliefen alle noch. Mit schwerem Herzen schloss Bev ihre feuchte Kellerwohnung auf. Im selben Moment stieg ihr der beißende Geruch von Schimmel in die Nase, und sie musste viermal hintereinander niesen.

»Aua. Meine Rippen.«

»Diese Wohnung ist ein Drecksloch«, sagte Doc. »Selbst für meine Verhältnisse. Du musst sehen, dass du hier rauskommst.«

»Mir bleibt auch gar nichts anderes übrig. Sie wollen mich sowieso hochkant hier rausschmeißen. Glaub mir, ich kümmere mich darum.«

Sie ließ sich von ihm aufs Bett setzen.

»Ich werde uns einen Tee machen«, sagte er und verschwand in der Kochnische.

Erleichtert stellte Bev fest, dass man in ihrer Abwesenheit weder die Türen noch die Fenster aufgebrochen hatte. Doch als sie sich hinlegte und dem Klimpern eines Teelöffels in der Küche lauschte, bemerkte sie, dass der Wäschekorb voller sauberer Handtücher und T-Shirts, der tagelang vor ihrer Kommode gestanden hatte, bewegt worden war. Oder?

Trotz der stechenden Schmerzen in ihren lädierten Gliedmaßen rappelte sie sich auf und ging auf das schwere gebrauchte Möbelstück aus Eiche zu.

»Ich könnte schwören, dass dieser Korb ...«

Mit ihrer unversehrten Hand zog sie die oberste Schublade auf und warf einen Blick auf die Unterwäsche darin. Sie blinzelte heftig, als sie die Unordnung bemerkte. Obwohl Bev den Rest ihrer Wohnung vernachlässigte, ordnete sie die Schublade mit der Unterwäsche stets nach einem bestimmten Prinzip: die Schlüpfer auf der linken, die BHs fein säuberlich gestapelt auf der rechten Seite. Vorne, in einer Reihe, die zusammengerollten Socken und Strümpfe. Aber was sie jetzt sah, war ein Haufen zerwühlter Unterwäsche.

»Er war wieder hier«, sagte sie. »Wie zum Teufel hat er das angestellt?«

»Was ist los?«, fragte Doc, der mit zwei dampfenden Bechern im Türrahmen stand.

Bev hielt sich an der Kommode fest und stöhnte auf, als ihr noch etwas anderes einfiel. »Das Schloss. Das Schloss an der

Wohnungstür.« Sie hatte das Gefühl, als würde aus all ihren Poren Eiswasser hervorströmen. »Ich schließe es immer zweimal ab, aber es war eben nur einmal abgeschlossen.«

»Warst du in Eile, als du gegangen bist?«

»Ja, aber so was tut man doch automatisch, oder? Ich schließe immer, wirklich immer, zweimal ab. Als wir die Wohnung betreten haben, musste ich den Schlüssel nur einmal herumdrehen, um das Schloss zu öffnen. Das ist mir gerade erst aufgefallen. Außerdem hat sich jemand an meiner Unterwäsche zu schaffen gemacht. Entweder war Fitzwilliam hier oder er hat jemanden beauftragt, meine Sachen zu durchwühlen. Ich schwör's dir, Doc. Spar dir diesen ungläubigen Blick, denn ich bin nicht verrückt.«

»Das habe ich nie behauptet. So sehe ich immer aus. Ich bin der Letzte, der sich ein Urteil erlauben darf.«

»Ich sage die Wahrheit.« Sie wankte zu ihrem Computer, schaltete ihn an und tippte ihren Namen bei Google ein. Als erstes Suchergebnis erschien der gefälschte Twitter-Account. »Sieh dir das an! Was für eine Sauerei.« Sie zeigte auf die letzte Nachricht im Twitter-Feed von @Beverley_Saunders. »Er wird regelmäßig aktualisiert. Exakt alle fünfzehn Minuten wird ein neuer Tweet veröffentlicht. Da!« Ihre Wangen liefen rot an, und für einen Moment wurde das eisige Gefühl der Furcht von einem brennenden Schamgefühl vertrieben. Ein Bild nach dem anderen erschien auf dem Bildschirm, Bilder von einer Pornodarstellerin in einer Art Yoga-Pose, die entweder von einem gut bestückten Muskelprotz gevögelt wurde oder sich irgendeinen länglichen Gegenstand einführte. Auf einigen Fotos waren zwei weitere Männer zu sehen, die sämtliche ihrer Körperöffnungen bearbeiteten. In jedes der Bilder hatte man überzeugend Bevs Kopf hineinkopiert. »Der einzige Trost ist, dass die Leute denken, ich wäre supergelenkig und hätte verdammt schlanke Beine.«

»Er benutzt ein Programm wie Hootsuite, damit die Tweets in regelmäßigen Abständen veröffentlicht werden«, sagte Doc.

»Wow.«

»Such nach diesem Film von Tatjana, Doc. Angie hat mir ein paar Fotos gezeigt, mit denen ihr Kindermädchen Fitzwilliam erpresst hat. Falls sie ein Anhaltspunkt sind, tragen die Männer auf dem Video Tiermasken, und ich wette, dass es in einer schicken Penthouse-Wohnung aufgenommen wurde. Wenn du es jetzt findest, können wir die Sache endlich zum Abschluss bringen. Andernfalls zwinge ich dich, dir für den Rest des Tages die Bilder von mir als Pornostar anzusehen.«

Doc wurde rot im Gesicht und schob sie zur Seite. Und schon begannen seine Finger, über die Tastatur zu sausen. »Leg dich wieder ins Bett und trink deinen Tee. Ich gehe jetzt ins Darknet.«

Als Bev eine Stunde später aufwachte, stand Doc neben ihr. Die Farbe war fast vollständig aus seinem Gesicht gewichen.

»Was gibt's?«, fragte sie, denn sie hatte fast vergessen, warum er in ihrem Schlafzimmer war, während sie geschlafen hatte … bis die Schmerzen erneut einsetzten und mit ihnen die Erinnerung überdeutlich zurückkehrte. »Warum stehst du neben mir wie ein verdammter Racheengel?«

»Ich hab's gefunden«, sagte er. »Das Video, das zeigt, wie Tatjana gestorben ist. Hinter der Paywall einer Snuff-Site. Es wurde über fünftausendmal aufgerufen.« Er hatte die Mundwinkel nach unten gezogen, und seine Augen waren blutunterlaufen, als hätte er geweint oder etwas derartig Verstörendes gesehen, dass seine Kapillaren geplatzt waren. Er kaute auf der Innenseite seiner Wange herum. »Das ist wirklich kein schöner Anblick. Willst du's sehen?«

Bev wuchtete sich in den Bürostuhl, und während Doc hinter ihr stand, schauten sie sich zusammen das grauenvolle Homevideo an. Es war im Wohnzimmer von Fitzwilliams geheimer Wohnung aufgenommen worden. Der Wohnung mit dem Holzboden und den Ledersofas. Es zeigte insgesamt fünf Männer, die, abgesehen von den Latexmasken, die ihre Köpfe vollständig bedeckten, nackt waren – ein Schwein, eine Bulldogge, ein Pferd, ein Hahn und ein Wolf. Das waren die Männer von den Fotos, die Gretchen in ihrem Schuhkarton versteckt hatte. Ihre Stimmen waren nur gedämpft zu hören und klangen unheimlich.

»Das ist definitiv Tatjana Lebedew«, sagte Bev. »Das ist das Mädchen von dem Foto im *Evening Standard*. Armes, kleines Ding.«

Bev sah sich weiter den Film an, und bei Tatjanas Anblick brach es ihr augenblicklich das Herz. Sie war angewidert, und ihr drehte sich fast der Magen um angesichts dieser Variante von Gruppensex, an der sie selbst früher teilgenommen hatte; jedoch mit dem entscheidenden Unterschied, dass sie eine mündige Frau gewesen war und sich danach trotz der Schmerzen gut gefühlt hatte und nicht tot war.

In dem Film war Tatjana völlig passiv. Sie sprach mit einem starken Akzent und lallte. Offensichtlich hatte man ihr Drogen und Alkohol verabreicht. Nach fünfzehn Minuten trat der Wolf in Aktion. Er stopfte ihr einen Ballknebel in den Mund und begann während seines Orgasmus das Mädchen zu würgen.

»Halt mal an!«, sagte Bev mit zitternder Stimme. Ihr Herz hämmerte so heftig, dass sie sich kaum Gehör verschaffen konnte. »Geh ein Stück zurück und zeig mir ein Standbild.«

Doc spulte zurück. »Was ist denn?«

»Da!«, sagte Bev und zeigte auf die Hüfte des korpulenten

Mannes mit rosiger Haut und Schweinemaske. Darauf befand sich ein Muttermal, das sie schon einmal gesehen hatte. Ein roter Fleck, der ungefähr die Umrisse von Australien hatte. »Das ist er. *Das ist* Jerry Fitzwilliam.«

Die beiden schauten sich die furchtbare Aufnahme bis zum Ende an, bis Tatjanas Kopf zur Seite hing und die Männer darüber diskutierten, was passiert war, bis der Wolf mit einem Fleischerbeil und einer Rolle schwarzer Müllbeutel aus der Küche zurückkehrte.

Bev holte langsam Luft und stieß einen langen, schweren Seufzer aus. Irgendwo in Russland lebte eine verzweifelte, am Boden zerstörte Mutter, die ebenfalls ihre Tochter verloren hatte. Aber im Gegensatz zu Hope würde Tatjana nie wieder nach Hause zurückkehren.

»Also, wenn Jerry Fitzwilliam sie nicht getötet hat«, sagte Doc und deutete auf die Wolfsgestalt, die mit ihrem Gesicht fast den ganzen Bildschirm ausfüllte und die Hände in Richtung Kamera ausstreckte, »wer zum Henker ist dann das hier?«

# KAPITEL 37

# Bev

»Schau einfach weiter auf die Tafel, und tu so, als würde dich das interessieren«, zischte Bev aus dem Mundwinkel. Über den Rand ihrer Sonnenbrille hinweg warf sie Angie einen verstohlenen Blick zu. »Du siehst übrigens besser aus. Du hast etwas Farbe bekommen.«

Auf Angies hagerem, perfekt geschminktem Gesicht blitzte ein Lächeln auf, während sie den Kinderwagen ihrer Tochter unablässig vor und zurück bewegte. Ein Stück von ihnen entfernt, wo der berühmte Tyrannosaurus in der Säulenhalle emporragte und mit seinem riesigen knochigen Schädel fast die kunstvolle Stuckdecke berührte, kletterte ihr ungestümer Sohn auf eine Bank und sprang wieder herunter. »Das kommt wahrscheinlich vom Gin, den ich zum Mittagessen hatte«, sagte sie. »Um mir etwas Mut anzutrinken. Jedes Mal, wenn ich das Haus verlasse, fürchte ich, dass Jerry mich beobachtet und mir auflauert.« Es war offensichtlich, dass sie so glasige Augen hatte, weil sie sich Sorgen machte oder, noch wahrscheinlicher, weil sie Angst hatte. »Er schickt mir ständig diese schrecklichen Mails.«

»Hör zu«, sagte Bev und hielt nach Leuten Ausschau, die sie belauschten, und nach irgendwelchen verdächtig wirkenden Gestalten, die das Manchester University Museum bestimmt nicht aufgesucht hatten, um mit ihren kleinen Kindern an einem verregneten Mittwochmorgen etwas Sinnvolles zu unternehmen. »Ich habe mich mit dir getroffen, um dich zu warnen.«

»Wovor?«

»Du musst möglichst schnell möglichst viel von Jerrys Geld beiseiteschaffen, denn man wird es sonst beschlagnahmen.«

»Wovon redest du?« An Angies Hals bildete sich plötzlich ein roter Ausschlag, und sie begann mit ihren pinkfarbenen künstlichen Fingernägeln daran zu kratzen.

»Ich werde wegen Jerry definitiv die Polizei verständigen. Er ist da in ... eine wirklich schlimme Sache verwickelt. Außerdem schikaniert er mich ständig.«

»Moment mal. Schlimmer als die Bestechung? Hat das etwas mit den schrecklichen Fotos zu tun, die Gretchen gefunden hat?«

Bev nickte und drückte Angies Hand. »Du musst mit den Kindern einen möglichst großen Abstand zu ihm halten. Gretchen hat mordsmäßig Glück, dass sie noch atmet.«

»Die beiden haben irgendeine Abmachung getroffen. Da bin ich mir sicher«, sagte Angie und schüttelte Bev ab. »Sie hat von Jerry Geld bekommen dafür, dass sie mir hinterherspioniert. Es ist mir egal, was mit dieser verlogenen, kleinen Göre passiert! Ich wette, sie hat sofort den ersten Flug zurück nach Österreich genommen, nachdem ich das Haus verlassen hatte. Diese Sorte Mädchen denkt nur an sich.«

»Na ja, sie hat mit dem Feuer gespielt, denn Menschen töten, um eine derartige Sache geheim zu halten. Im besten Fall hast du nur die Presse am Hals, wenn das alles an die Öffentlichkeit kommt.«

Angie schob und riss den Kinderwagen so heftig vor und zurück, dass ihre Tochter zu schreien begann. »Sei leise, mein Engelchen! Mama unterhält sich gerade«, sagte sie zu ihrer Tochter in einem gleichmäßigen Singsang. »Sieh dir die Saurier an, Schätzchen.« Als Angie das Wort wieder an Bev richtete, flüsterte sie fast. »Es tut mir leid, dass er dich belästigt. Ich schwöre dir, ich habe ihm kein Sterbenswörtchen davon erzählt, dass du etwas mit der Scheidung zu tun hast. Von mir hat er nicht erfahren, woher ich die ganzen Informationen zu seinen Finanzen habe. Und die Aufnahmen von deinem Stelldichein habe ich ihm noch nicht gezeigt. Ich halte einen Teil der Beweise für den Notfall zurück.«

Bev ging mehrere Schritte auf den Saurier zu und wartete, bis Angie sie eingeholt hatte. »Nun, egal, was du gesagt hast oder nicht: Die Katze ist aus dem Sack. Darum macht er mir das Leben zur Hölle. Und ich sage dir, dass du ein Problem bekommst, wenn ich mit meinen Ermittlungsergebnissen zur Polizei gehe. Dann bist du Jerry zwar vielleicht für immer los, aber die Paparazzi …«

»Ach du meine Güte, Beverley! In was für eine Sache ist er da verwickelt? Du musst es mir sagen.«

»Beihilfe zum Mord. Man hat in London die zerstückelte Leiche einer minderjährigen Prostituierten im Müllcontainer eines Metzgers gefunden.«

Angie blieb in der Mitte der Halle stehen, und ihre ungläubige Stimme übertönte das interessierte Gemurmel der anderen Besucher. »Ich bitte dich! Ich weiß, dass er ein Schwein und ein Fiesling ist … ja, ein Dieb. Aber *so was*? Niemals!«

»O doch. Ich habe die Beweise gesehen. Im Internet kursieren Videoaufnahmen davon, in einem Netzwerk, das normale Leute nicht aufsuchen.«

»Blödsinn. Ein Schattenminister? Und Mord? Das ist so weit hergeholt, dass …«

»Weit hergeholt?« Bev zog eine Augenbraue hoch. Sie sprach

jetzt so leise, dass Angie sich vorbeugen musste, um sie zu verstehen. »Ich habe den Film mit eigenen Augen gesehen, Angie. Er zeigt fünf Männer mit Tiermasken, genau wie die Fotos, die du Gretchen weggenommen hast.«

»Also, wenn sie Masken tragen, kann das irgendjemand sein! Mir ist klar, dass Jerry ein sexbesessener Perversling ist ... aber Mord?!«

»Gretchen hatte Fotos davon, Angie!«

»Vielleicht ist es bei Männern gerade angesagt, Tiermasken zu tragen. Das Internet treibt die merkwürdigsten Blüten.« Sie schien davon selbst nicht überzeugt; ihre Stimme klang dünn und piepsig. Das Entsetzen über Bevs Enthüllung war ihrem schmerzerfüllten Gesicht deutlich anzusehen.

Sie mochte Jerrys Beteiligung noch so vehement bestreiten, aber manchmal ergab zwei plus zwei eben vier. »Es wurde in der Wohnung aufgenommen, in der ich war. In der Wohnung, aus der ich geflohen bin«, sagte Bev. »Außerdem: Wie viele Männer kennst du, die ein Muttermal mit den Umrissen Australiens haben? So etwas nennt die Polizei ein besonderes Merkmal. Anhand dessen identifizieren sie Verdächtige. Anhand von Tätowierungen, Verstümmelungen, Narben und Muttermalen.«

»Bist du sicher?«

»Zu neunundneunzig Prozent. Tut mir leid.«

Für einen Moment schwieg Angie. Sie musste mehrmals schwer schlucken, dann umschloss sie mit ihren knochigen Fingern wie mit einer Kneifzange plötzlich Bevs Arm. »Die Polizei ist auf seiner Seite. Er ist bei ihr ziemlich beliebt. Jerry Fitzwilliam ist ihr Hoffnungsträger, wenn es um Etaterhöhungen bei den Strafverfolgungsbehörden geht. Er sieht sich schon als zukünftigen Justizminister für den Fall, dass Labour an die Macht kommt, und er hat ihnen das Blaue vom Himmel versprochen.«

Bev spürte, wie der Schweiß an der Hand ihrer Klientin durch den Stoff ihres Oberteils drang. »Jetzt mal langsam, Angie.« Sie löste den Arm aus ihrer Umklammerung. »Was sagst du da?«

»Wenn Jerry dir jetzt schon ein Dorn im Auge ist, dann warte erst mal ab, bis du versucht hast, ihm einen Mord anzuhängen.«

»Beihilfe zum Mord. Und ich muss niemandem etwas anhängen. Er *hat* es getan! Das Video lügt nicht.«

»Die Polizei wird ihn decken, Bev. Man wird dich aufgrund fingierter Vorwürfe verhaften und dann den Schlüssel wegwerfen. Du musst sehr, sehr vorsichtig sein.«

Nachdem Bev in Stretford aus dem Taxi gestiegen war, ließ sie ihren Blick über die viel befahrene Hauptstraße in Richtung Stadt und die alte Polizeistation aus Ziegelsteinen wandern. Der Parkplatz war brechend voll. Hier war eine Menge los. Denn dies war die einzige Wache im Umkreis von Meilen, die für die Bevölkerung geöffnet war.

Als sie die Treppe zum Empfang hinaufstieg, zuckte sie zusammen, weil schon das Laufen sie anstrengte. Sämtliche Sitze im Innern waren am Boden befestigt, und überall an den Wänden hingen Plakate zur Verbrechensbekämpfung und mit Nummern von Hinweis-Hotlines. Bev glaubte, zu riechen, dass die Luft immer noch von Verzweiflung und Trotz erfüllt war, obwohl man die Betrunkenen und Unruhestifter bereits Freitag- oder Samstagnacht in eine Zelle geworfen hatte. Auf dieser Wache warteten, Seite an Seite, Opfer und Verwandte. Das Yin und das Yang der gefährlichsten Stadt Großbritanniens.

»Was zum Teufel mache ich hier?«, murmelte sie und blieb an der schweren Tür zum Empfangstresen stehen. Sie fragte sich, ob sie nicht einfach verschwinden sollte, bevor sie irgendwelche Dinge über den demokratisch gewählten Abgeordneten eines der mächtigsten Länder der Erde erzählte, die sie nicht wieder zurücknehmen konnte. *Du bist verrückt. Ruf dir ein Taxi, bevor es zu spät ist*, riet ihr eine innere Stimme der Vernunft. Doch das Bedürfnis, die Scherben ihres zerstörten Lebens wieder zusammenzusetzen, zerstreute all ihre Befürchtungen. »Los, Bev. Tu das Richtige. Nicht nur für dich. Sei die Mutter, auf die deine Kleine stolz sein kann.«

Sie drückte auf die Klingel und spähte durch die kugelsichere Glasscheibe. Eine kräftig gebaute Polizeibeamtin tauchte aus dem für die Öffentlichkeit nicht zugänglichen Bereich auf und betätigte den Türöffner.

»Ich möchte eine Anzeige … Ich möchte eine Aussage …«, stammelte sie.

Bev konnte ihren Blick nicht von den Rangabzeichen der Frau und ihren gewaltigen Schultern abwenden.

»Fahren Sie fort.« Die Beamtin begutachtete den Gips an Bevs Arm, der quer vor ihrem Körper in einer Schlinge hing, und musterte mit zusammengekniffenen Augen die Schnittverletzungen und Blutergüsse in ihrem Gesicht. »Wir sind hier, um Ihnen zu helfen.«

Bev griff in ihre Handtasche und zog den gepolsterten Umschlag mit den USB-Sticks heraus. »Der hier ist für die Kriminalpolizei. Darin befindet sich Beweismaterial zu einem Mord, über den vor einiger Zeit in der Zeitung berichtet wurde. Er ist daran beteiligt gewesen. Das zeigen diese Aufnahmen. Außerdem enthält der Umschlag Beweise zu einem Fall von Betrug und Verleumdung. Ich bin Privatdetektivin, wissen Sie? Ich werde beläst…«

»Einen Moment, Madam«, sagte sie Polizistin und hob eine Hand in die Höhe. »Von wem reden wir hier? Kennen Sie den Mann persönlich?«

Bev schluckte schwer und holte tief Luft, während sie ihre Tränen unterdrückte. Sie war ein Profi und beging wahrscheinlich gerade beruflichen Selbstmord. Aber ein Profi und eine Frau mit einem intakten moralischen Kompass. Selbst wenn ihre Aussage letztlich dazu führen konnte, dass sie Hope nicht zurückbekam, durfte sie nicht wissentlich zulassen, dass ein Dieb, Vergewaltiger und Mann, der sich der Beihilfe zum Mord schuldig gemacht hatte, ungestraft davonkam. »Jerry Fitzwilliam. Der Schattenminister für Wissenschaft.«

Die Polizeibeamtin richtete sich auf und musterte Bev und den Umschlag, als wären beide fremdartige Exponate aus der Area 51, auf die sich ein geistig gesunder Durchschnittsmensch keinen Reim machen konnte. Sie hielt kurz inne, weil sie offensichtlich überlegte, wie sie mit den heiklen Enthüllungen hinsichtlich der nationalen Sicherheit umgehen sollte, da sie mit den in Stretford üblichen Meldungen zu Taschendiebstählen oder lästigen Nachbarn, die Müll auf die Straße warfen, kaum etwas zu tun hatten. Beinahe hätte sie Bev den Umschlag aus der Hand gerissen. Offensichtlich war sie ebenfalls verwirrt, denn sie stieß ihre Worte jetzt schnell hervor. »Ich muss das behalten, wenn Sie nichts dagegen haben. Und ich muss Ihre Personalien aufnehmen. Name. Adresse. Geburtsdatum.«

Nachdem Bev widerwillig ihre Identität preisgegeben hatte – denn ihr war klar, dass es jetzt kein Zurück mehr gab –, drückte die Polizistin erneut den Türöffner. »Nehmen Sie bitte Platz, Madam. Wir sind gleich bei Ihnen.«

# KAPITEL 38

# Bev

»Erzählen Sie uns, wie Sie an die Informationen gekommen sind«, sagte Curtis und tippte mit dem Finger neben die Beweismitteltüte, die jetzt die USB-Sticks enthielt.

Die herausfordernde Art, mit der er den Beutel zu ihr rüberschob, strotzte nur so vor Aggressionen. Es schien, als würde seine schweißbedeckte Stirn Wölkchen von Testosteron ausdünsten, die Bev an die flirrenden Benzinschwaden erinnerten, die beim Tanken jedes Mal die Zapfpistole einhüllten. Die paar Male, die sie diese Arschgeige über erschütternde Fälle häuslicher Gewalt, Kindesmissbrauch und schwere Straftaten informiert hatte, hatten er und sein Kumpel Owen sich über sie lustig gemacht. Die beiden hatten ihr ziemlich deutlich zu verstehen gegeben, dass sie Privatermittler nur für eine armselige Kopie echter Gesetzeshüter hielten. Der heutige Tag bildete da keine Ausnahme. »Vorausgesetzt, dass es das ist, wonach es aussieht.«

»Sie wissen ganz genau, dass ich Privatdetektivin bin«, sagte sie und wünschte, ihre Stimme würde aufhören, zu zittern. Sie fragte sich, ob sie ihre Anwältin anrufen sollte, um diesem Netz aus billigen Polyester-Anzügen, mit abgestandenem Kaffeeatem vorgetragenen Verdächtigungen und bürokratischen Wirrungen zu entkommen, in dem sie sich verfangen hatte. »Fitzwilliams Frau, Angie, hat mich engagiert, um ein paar Informationen zu sammeln …«

»Aber es gehört wohl kaum zu den Aufgaben eines Privatdetektivs, einen Abgeordneten unter falscher Identität in eine Falle zu locken und sein Bankkonto zu hacken, finden Sie nicht auch, Beverley?« Owens zuckersüßer Tonfall schmerzte in ihren Ohren. »So was ist illegal. Das muss Ihnen klar sein. Wenn jeder Dahergelaufene anfangen würde …«

»Angela Fitzwilliam ist zu mir gekommen, nachdem er versucht hatte, sie zu würgen«, erklärte Bev. »Ihr Hals war voller blauer Flecken. Ich erkenne es, wenn ich eine verzweifelte Frau in Lebensgefahr vor mir habe, und diese Gefahr ist noch größer geworden, seit er weiß, dass sie herausgefunden hat, was für ein moralisch verkommener Dreckskerl er ist.«

»Haben Sie persönlich Mister Fitzwilliams Bankkonten gehackt, Beverley?«, fragte Curtis. »Oder haben Sie jemanden dafür bezahlt?«

Sie wünschte, sie könnte schleunigst aus diesem beengten Verhörzimmer verschwinden, und schloss die Augen. *Steh für dich selbst ein, Mädchen. Lass dir von diesen Typen nicht die Schuld in die Schuhe schieben. Sie ziehen dieselbe miese Masche wie Rob ab. Du musst den Spieß umdrehen.* »Es spielt keine Rolle, wie ich an die Informationen gekommen bin. Richtig? Auf diesen USB-Sticks finden Sie unwiderlegbare Beweise dafür, dass ein Abgeordneter mehrere Millionen Pfund Schwarzgeld beiseitegeschafft hat, das er von Firmen erhalten hat, damit er ihnen Regierungsaufträge zuschanzt. Okay? Außerdem finden Sie darauf Screenshots von dem ganzen Dreck, der seit Beginn meiner Ermittlungen im Internet über mich veröffentlicht wurde. Verleumdungen, in denen wildfremde Menschen aufgefordert werden, mich in meiner Wohnung aufzusuchen, zu vergewaltigen und zu verprügeln. Sie interessieren sich für illegale Aktivitäten? Ich liefere Ihnen die Beweise. Und das Beste ist, auf diesem Stick …«

Sie deutete auf den Beutel neben Owens Händen. »… sind die letzten Momente von Tatjana Lebedew zu sehen.« Bev konnte jetzt vor sich die Träume und Wünsche in den Augen dieses Mädchens sehen. »Wären Sie nicht gerne der Detective, der den Mord an dem zerstückelten russischen Mädchen im Müllcontainer aufgeklärt hat? Diese Weicheier von der Londoner Polizei würden den Hut ziehen, wenn ein Kollege aus Manchester einen derart bedeutenden Fall zum Abschluss bringt und sich herausstellt, dass ein korrupter Politiker und seine Kumpel dahinterstecken. Einen Fall um eine minderjährige Prostituierte. Die man noch dazu verschleppt hat. Um Drogen. Und Mord. Der E-Mail-Verkehr beweist, dass Jerry Fitzwillliam das alles organisiert hat, als würde er sich am Abend mit ein paar Kumpels zum Fußballschauen auf ein paar Bierchen treffen.«

Curtis holte ein paar Ausdrucke hervor, breitete sie auf der abgewetzten Tischplatte aus und schob sie in Bevs Richtung. »Sie leiden unter psychischen Problemen, nicht wahr, Beverley? Man hat Ihnen das Sorgerecht für Ihre Tochter entzogen.«

Bevs Eingeweide verdrehten sich zu einem Knoten, den sie nie wieder würde lösen können. Sie presste die Lippen zusammen und holte geräuschvoll durch ihre geweiteten Nasenlöcher Luft. »Ich habe eine zwanghafte Leidenschaft für Origami. Aber das macht mich noch nicht zu einer Lügnerin.«

»Außerdem hatten Sie neulich einen Autounfall.« Er zeigte auf den Gips an ihrem Arm. »Meine Kollegen ermitteln gegen Sie wegen Gefährdung des Straßenverkehrs.«

Bev stand auf und beugte sich möglichst weit zu ihm vor, und während sie den letzten Rest Wut aufbrachte, der noch durch ihren Körper pulsierte, streckte sie ihm den Zeigefinger ihrer unverletzten Hand entgegen. »Hören Sie, mein Freund. Überprüfen Sie die Aufnahmen der Überwachungskameras an der Princess Road. Der Schwertransporter neben mir ist auf meine Spur ausgeschert.« Sie wandte sich Owen zu. »Ich habe eine Kopie von den ganzen Sachen. Vielleicht ist es euch ja lieber, wenn ich damit zur Presse gehe. Sollte ich das tun und man landesweit darüber berichten, wird man diese Beweise vor Gericht nicht zulassen. Dann wird es nichts mit Ruhm und Ehre, mein Lieber. Ist es das, was ihr wollt?«

Als Bev nach Hause kam, lief sie, um ihren neugierigen Vermietern aus dem Weg zu gehen, um das Gebäude zum Seiteneingang. Dort standen nebeneinander aufgereiht die Mülltonnen. Eigentlich wollte sie durch die Terrassentüren rasch in ihrer Wohnung verschwinden, um Doc dort auf den neuesten Stand zu bringen, als sie bemerkte, dass ihre Tüte mit Altpapier, die sie vor ein paar Tagen rausgestellt hatte, hinter der Tonne für die Flaschen und Blechdosen lag. Ihr regendurchweichter Inhalt war über die Steinplatten verteilt wie das feuchte Füllmaterial eines kaputten Sofas, das man illegal entsorgt hatte und das dem Wetter zu lange ausgeliefert gewesen war.

»Natürlich hat er meinen Müll durchwühlt«, sagte sie, während sie versuchte, die zerfledderten Beweisstücke aufzuklauben, um sie in die Tonne zu werfen.

»Huhu!«, rief Sophie von weiter oben. »Ich bin's nur! Kann ich kurz mit dir sprechen?«

Als Bev aufschaute, sah sie, dass ihre Freundin aus dem Fenster des seitlich gelegenen Gästezimmers lehnte. Trotz ihres vergnügten Tonfalls schien ihr undefinierbarer Gesichtsausdruck anzudeuten, dass sie stinksauer war. Gar nicht gut.

Da Bev außerstande war, ihr zu erklären, dass sie sich in ihrem Bett dringend von ihren Verletzungen erholen musste, wurde sie kurz darauf in die Küche geführt, um über diese »Sache auf

Twitter« zu reden. Diesmal wurde sie nicht zur Kücheninsel in der Mitte des Zimmers gebracht, um sich dort bei einem Glas Wein angeregt zu unterhalten, während Sophie auf ihrem Lieblingsgeschirr von Cath Kidstone vorgewaschene Salatblätter anrichtete. Stattdessen wurde sie gebeten, sich zu Sophie, die am Ende des Esstischs Platz nahm, auf einen der Stühle mit gerader Rückenlehne zu setzen. Bev kam es so vor, als hätte sie der Chef von BelNutrive erneut ins Sitzungszimmer des Aufsichtsrats beordert. Rasch bildeten sich unter ihren Achseln feuchte Ringe, sodass sich der Stoff ihres T-Shirts unangenehm klamm und kalt anfühlte.

»Geht's dir inzwischen besser?«, fragte Sophie mit einem verkrampften Lächeln.

»Nicht wirklich«, sagte Bev. »Ich bin immer noch …«

»Schön. Wir müssen reden.« Sophie befingerte ein Stück Küchenrolle und nippte an einem Smoothie, ohne Bev etwas zu trinken anzubieten.

»Ach ja?«, sagte Bev und kicherte nervös. Sie fragte sich, wie ihr Morgen noch schlimmer werden könnte. »Ihr habt mich diese Woche bereits einmal vor die Tür gesetzt. Das kann es also nicht sein.«

Sophie betrachtete ihre wunderschön manikürten Hände und berührte das dezente Kreuz aus Diamanten, das um ihren Hals hing, als würde sie Jesus um Beistand bitten. Die stets nachsichtige, demütige Holy Jo wartete immer noch darauf, das Erdreich zu besitzen, ohne zu merken, dass dies bereits geschehen war.

»Ich hab ihn gesehen«, sagte sie. »Diesen abscheulichen Twitter-Account.«

»Das bin nicht ich«, sagte Bev. »Wie kannst du nur glauben …«

Aber ihre Freundin hörte ihr nicht zu. Sie schloss ihre hübsch geschminkten Augen und hielt eine Hand in die Höhe. »Ich wusste zwar, dass deine … Probleme langsam Überhand nehmen. Aber als Tim mir diese ekelhaften …« Sie starrte Bev mit ihren blauen Augen unnachgiebig an. »Also, ich konnte nicht fassen, dass du so sorglos bist. Nacktfotos von dir selbst zu verschicken. Irgendwelche widerlichen Männer in unser Haus einzuladen, um dich von ihnen missbrauchen zu lassen.«

»Okay. Das reicht!«, rief Bev und erhob sich von dem unbequemen Stuhl. Sie umklammerte den Gips an ihrem Arm und stellte sich für einen flüchtigen Moment vor, wie sie ihn Sophie in ihre verächtliche Visage rammte. Aber dann musste sie sich eingestehen, dass die Missbilligung ihrer Freundin sie zutiefst verletzte. »Ich habe nichts davon verschickt, und muss ich dich daran erinnern, dass ich Mutter bin? Ich nehme es dir wirklich übel, dass du glaubst, ich würde …«

»Was?« Die Frage kam von Tim. »Du würdest fremde Männer hierherbringen, um Sex mit ihnen zu haben? Im Haus unserer Kinder.«

Bev drehte sich um und sah seine hünenhafte Gestalt mit verschränkten Armen im Türrahmen stehen. Auf seinem versteinerten Gesicht mit der gebrochenen Nase und dem deformierten Ohr spiegelte sich nichts als Abscheu. Die fröhlichen Pastellfarben seines Rugby-Hemds standen in krassem Gegensatz zu der unheilvollen dunklen Wolke, die über seinem Kopf hing, als wäre ein Gewitter im Anzug.

»Hör zu«, sagte Bev, marschierte zu ihm hinüber und versetzte ihm einen Stoß gegen seine übermäßig ausgeprägte Brustmuskulatur. »Ich habe langsam genug davon, dass du mich ständig kritisierst. Für wen zum Teufel hältst du dich? Du verlangst von mir für diese Souterrainwohnung eine völlig überzogene Miete, für dieses verschimmelte Drecksloch, das du nicht mal richtig instand hältst.«

»Es ist allerdings eine ganze Weile her, dass du die Miete …«

»Muss ich dich daran erinnern, dass ich eine eigene Eingangstür mit einem eigenen Schloss habe und dass ich mitbringen kann, wen ich will? Und falls du es unbedingt wissen willst: Wenn ich Besuch habe, lasse ich ihn durch die Terrassentüren in meine Wohnung, damit er nicht durch euer trautes Heim latschen muss.« Sie stand jetzt auf Zehenspitzen und brüllte zu ihm hoch, während jedes ihrer Worte von ihrer aufflackernden Feindseligkeit befeuert wurde. »Was ich als erwachsene Frau in der Privatsphäre meiner Wohnung tue, geht dich einen Scheißdreck an. Nur weil du keine mehr abbekommst, Timbo, musst du deinen Neid nicht an mir auslassen.«

Sie wollte sich an ihm vorbeischieben, doch er packte sie mit seiner schaufelartigen Hand an der Schulter.

»Du tust mir weh«, sagte sie und versuchte sich aus seiner Umklammerung zu winden. Sie wünschte, Doc wäre jetzt hier, um Zeuge dieses Affronts zu werden. »Sophie! Lässt du es etwa zu, dass er eine verletzte Frau auf diese Weise herumschubst? So sag doch was.«

Aber ihre Freundin betrachtete jetzt mit gespieltem Desinteresse das Blumengesteck auf der Kücheninsel und zupfte die Staubbeutel aus einigen weißen Lilien.

»Sophie hat mich bekniet, dich noch so lange hier wohnen zu lassen, bis du eine neue Wohnung gefunden hast«, sagte Tim. »Aber ich habe es mir anders überlegt. Du hast achtundvierzig Stunden, um zu verschwinden. Du hast einen schlechten Einfluss auf meine Familie.«

Bev suchte nach einer möglichst verletzenden Antwort darauf und fand die perfekte Retourkutsche. »Kein Grund, dich ständig zu wiederholen, *mein Lieber*.« Sie tätschelte ihm den Kopf. »Ich habe inzwischen kapiert, dass du mich rausgeworfen hast. Ist schon okay. Ich muss sowieso raus aus diesem Drecksloch. Denn wenn die Medien Wind davon bekommen, dass ich den Cops gerade handfeste Beweise gegen deinen ›Bruder im Geiste‹ übergeben habe, wird es hier bald von Reportern wimmeln, die herausfinden wollen, ob du dieselben mörderischen, perversen, betrügerischen Neigungen hast wie dieses Arschloch Jerry Fitzwilliam.« Bev befreite sich aus seinem eisernen Griff, ohne sich dabei ihre Schmerzen anmerken zu lassen, und schaffte es, endlich in den Flur zu entkommen. »Ein gewalttätiger Vater? Der von der besten Freundin seiner eigenen Mutter verführt wurde? Ja, Sophie hat mir alles erzählt, was ich nicht sowieso schon wusste. Du bist nicht gerade ein Chorknabe, Tiny Tim.«

Sein Gesicht war in sich zusammengefallen, und Sophie schnappte wie ein Karpfen nach Luft, den eine streunende Katze aus einem Teich gefischt hatte.

Aber Bev hatte ihren Spaß. »Es würde mich nicht wundern, wenn diese Sache größere Kreise zieht, Timbo. Erwarte nicht, dass all dein Freunde und Kollegen und dein Chef dich immer noch mögen, wenn sie in der *Times* lesen, dass dein selbst gewählter ›Bruder‹ wegen Beihilfe zum Mord und schweren Diebstahls in den Knast wandert und weil er eine origamisüchtige Frau namens Beverley Saunders verleumdet hat.«

Tim stand der Mund offen.

Sophie ballte ihre knochige Hand zur Faust und schlug auf Bevs unverletzten Arm ein. »Rede nicht in diesem Ton mit meinem Mann, nachdem er dich so gut behandelt hat. Du bist ein schrecklicher Mensch. Jetzt weiß ich, warum Rob mit dir Schluss gemacht hat. Wer jemanden wie dich zum Freund hat, wer braucht da noch Feinde?«

»Ich glaube kein einziges Wort von dem, was aus ihrem dreckigen Lügenmaul kommt, Soph«, sagte Tim. »Niemand bei klarem Verstand würde einem unbescholtenen Mitglied des Schattenkabinetts derartig abscheuliche Verbrechen anhängen. Sie ist nicht zurechnungsfähig!«

Draußen war das Brummen eines Dieselmotors zu hören, der zum Stillstand kam. Durch die Bleiglasscheibe der Haustür konnte Bev das neonfarbene Schachbrettmuster an der Seite eines Polizeitransporters erkennen. Schritte kamen die Steintreppe herauf. Gefolgt vom Knacken und Rauschen eines Funkgeräts an der Schulter eines Polizisten. Es handelte sich um zwei Männer, beide offensichtlich in Uniform. Waren sie hier, um Bev wegen Gefährdung des Straßenverkehrs zu verhaften, oder gab es Neuigkeiten bezüglich Jerry?

»Ach ja, Tim? Nun, wir werden es gleich erfahren.«

# KAPITEL 39

# Bev

Die beiden stämmigen Beamten in Uniform – ein Asiate und ein Weißer –, die jetzt in Sophies Diele standen, ließen den weitläufigen Raum plötzlich ziemlich klein erscheinen, und die Decke wirkte bedrohlich niedrig. Obwohl die Sonne durch die Buntglasscheibe der Tür fiel, konnte Bev die Kälte spüren, die von den langen Schatten, die sie warfen, ausging.

»Na los. Sagen Sie schon.« *Bitte verhaftet mich nicht.* Die Handschellen baumelten, wie kleine, bedrohliche Galgen funkelnd, an ihren Hüften. *Bitte sagt nicht, dass ich für den Rest meines Lebens im Frauengefängnis von Styal Postsäcke nähen werde.*

»Wir sind gekommen, um Ihnen mitzuteilen, dass Mister Fitzwilliam in diesem Moment gerade von unseren Kollegen verhaftet wird«, sagte der asiatische Beamte, während das Funkgerät an seiner Schulter aufjaulte. »Wir möchten, dass Sie morgen auf die Wache kommen, um eine Aussage zu machen. Detective Curtis und Detective Owen leiten die Ermittlungen. Aus Gefälligkeit haben sie uns gebeten, Sie zu informieren.«

Bev musste seine Worte erst einmal sacken lassen. Sie lehnte sich keuchend gegen den Pfosten der riesigen Eichenholztreppe und lächelte. Dann hielt sie sich die Hände vor den Mund. »Großartig.« Sie warf einen Blick zu Sophie und Tim hinüber. Beide waren aschfahl im Gesicht, offensichtlich standen sie unter Schock. Mit weit aufgerissenen Augen starrten sie einander an. An diesem Hab-ich-euch-doch-gesagt-Moment würde Bev sich noch lange Zeit erfreuen. »Mein Gott, was für eine Erleichterung! Das sind tolle Neuigkeiten. Danke, dass Sie mich auf dem Laufenden halten. Ich bin froh, dass ich behilflich sein konnte.«

Der zweite uniformierte Beamte zeigte auf ihren eingegipsten Arm. »Es wird Sie freuen, zu hören, dass wegen des Unfalls keine Anklage gegen Sie erhoben wird. Unsere Experten haben sich die Bilder der Überwachungskamera angesehen. Der Fahrer des Schwertransporters trägt die Schuld daran. Er hat es inzwischen sogar zugegeben. Damit sind Sie entlastet. Teilen Sie das Ihrer Versicherung mit.«

Bevs Augen füllten sich mit Tränen. Lange Zeit war sie wie eine blinde Ratte durch das dunkle Labyrinth ihres Lebens gerannt und in einer Sackgasse nach der anderen gelandet. Diese Neuigkeiten kamen ihr wie ein Wendepunkt vor, an dem sie endlich einen anderen Kurs, in Richtung Sonnenlicht, einschlagen konnte. »Das ist klasse. Danke. Vielen Dank.«

Nachdem die Cops wieder verschwunden waren, sagte Bev zu Sophie und Tim keinen Ton mehr und ignorierte ihre unbeholfenen Kommentare – »Das sind ja gute Nachrichten bezüglich des Unfalls« – und ihre kleinlauten Bemerkungen – »Offensichtlich glaubt dir die Polizei in der Sache mit Jerry«. Stattdessen eilte sie hinunter zu ihrer Wohnung, knallte die Tür zu und wählte sofort Angies Nummer.

»Hast du schon gehört?«, sagte sie mit atemloser, zitternder Stimme, sobald Angie abgenommen hatte.

»Ich weiß! Ich weiß! Sie haben mich angerufen.«

»Wir haben gewonnen!« Bev grinste.

»Ich weiß, es hört sich furchtbar an, aber … Lass uns feiern!« Im Hintergrund brabbelten Poppy und Benjy vor sich hin, ohne zu ahnen, was ihren Vater jetzt erwarten würde. Aber Angie klang erleichtert. »Bin ich ein schrecklicher Mensch?«

»Überhaupt nicht, Angie. Aber du solltest nicht so voreilig darauf anstoßen, dass wir deinem Mann das Handwerk gelegt haben. Man muss ihm erst den Prozess machen. Außerdem wird man gegen dich ebenfalls ermitteln. Das wird alles andere als ein Spaziergang.«

»Aber der schwerste Teil liegt hinter uns, Bev. Ich bin dir was schuldig. Komm schon! Zieh deine besten Klamotten an. Ich werde die Kinder bei meiner Tante lassen. Lass uns was essen gehen. Ich lade dich ein.«

Da Bev das Gefühl hatte, dass sie dringend Sophies und Tims Haus verlassen musste, stimmte sie zu. »Und wo?«

»Sollen wir uns auf halbem Weg treffen? Wie wär's mit Crewe Hall?«

»Die Strecke zieht sich ein wenig, und mein Arm ist im Arsch. Ich kann nicht fahren.«

»Ich schicke dir ein Taxi vorbei. Und keine Widerworte.«

Eine gute Stunde später hielt Bevs Taxi vor Crewe Hall, einem gewaltigen Prachtbau im jakobinischen Stil. Am Samstag herrschte hier Hochbetrieb, denn am Wochenende wurden hier Jubiläen und Hochzeiten ausgerichtet und die Kurgäste bewirtet. Über Bev ragten die Spitzen des Gebäudes in den strahlend blauen Himmel empor. Der Gesamteindruck wurde lediglich durch eine riesige, dichte Wolke getrübt, die sich vor die Sonne schob, als Bevs Taxi davonfuhr. Es schien, als würde die Wolke sehr viel mehr als nur einen heftigen Regenguss ankündigen. Die eleganten Pinien, die auf dem makellosen samtgrünen Rasen standen, kamen ihr wie ein wuchernder dunkler Wald voller schrecklicher Geheimnisse vor.

*Hör auf damit!*, sagte Bev sich. *Jerry ist hinter Schloss und Riegel. Man wird dich bezahlen, du wirst in eine andere Wohnung ziehen und deine Tochter zurückbekommen. Um Himmels willen, denk positiv. Du musst fürs Mittagessen nicht mal bezahlen. Bestell dir ein Steak! Und betrink dich nicht.*

Bev schob ihre Handtasche über die unverletzte Schulter und bahnte sich ihren Weg durch die dunkel getäfelte, kirchenartige Eingangshalle dieses ländlichen Vier-Sterne-Luxustempels. Von dort aus begab sie sich zum Restaurant auf der Rückseite, das modern eingerichtet war und nicht so aufregend wirkte, wie sie erwartet hatte. Aber es roch hier ziemlich gut.

»Bev!« Angie, die an einem der Tische saß, stand auf, um sie zu begrüßen, und küsste sie auf beide Wangen. »Meine Retterin!«

Je mehr Bev aus einem großen Glas Cabernet Syrah trank und von ihrem Rumpsteak aß, desto weniger unangenehm war ihr das private Treffen mit einer Klientin, und sie lehnte sich auf ihrem Stuhl lächelnd zurück und klopfte sich auf den Bauch.

»Danke für die Einladung. Ich habe eine Menge durchgemacht. Wir beide.« An der Tür zum Restaurant war ein Mann aufgetaucht, den Bev die ganze Zeit beiläufig aus den Augenwinkeln beobachtete.

Angie, die nur die Hälfte des unmarinierten Salats auf ihrem Teller gegessen hatte, legte ihr Besteck zur Seite. »Ich habe noch eine weitere Überraschung für dich.«

»Ich mag keine Überraschungen.« Bev wischte sich mit einer Serviette etwas Pfeffersoße aus den Mundwinkeln.

»Wir lassen uns jetzt so richtig verwöhnen! Ich habe eine Wellness-Kur für uns gebucht. Du kannst dir einen meiner Bikinis leihen. Ist das mit deinen Verletzungen okay?«

Bev unterdrückte ein Stöhnen und rang ihren widerspenstigen Lippen ein Lächeln ab. »Wunderbar. Ich komm schon klar.« Sie hegte eine tiefe Abneigung gegen Kurbäder. Würde Angie Verständnis dafür haben, dass sie sich nicht gerne von fremden Leuten traktieren ließ, solange es sich nicht um Physiotherapeuten, Ärzte oder ihre Sexpartner handelte? *Behalts für dich! Sie ist nur nett zu dir. Mach einfach mit.* »Ich weiß nicht, ob mir dein Bikini passen wird, Angie. Ich habe Kleidergröße vierzig und du? Größe null?«

»Vierzig? So dick bist du nicht, Bev! Er wird dir schon passen!«

»Danke.« *So dick? Ich könnte zwar ein paar Pfund abnehmen, aber seit wann ist Größe vierzig »so dick«?*

In der Umkleidekabine betrachtete Bev Angies vorstehende Hüft- und Schulterknochen, an denen ein teuer aussehender Bikini hing. Bev zuckte immer wieder zusammen, während sie die geliehene Badebekleidung über ihre mit Blutergüssen übersäte, von Dellen verunzierte Haut zog und dabei das Kichern und die Blicke der anderen Frauen ignorierte.

»Na klasse! Ich sehe damit aus wie eine Presswurst«, sagte Bev und schaute auf die Schnüre hinunter, die sich so stark spannten, dass sie zwischen den Falten ihres Körpers verschwanden. »Ich schätze, ein winziges Dreieck aus Stoff in der Poritze wird jetzt der neue Trend. Findest du nicht auch? Keine Sorge. Ich werde ihn hinterher waschen.«

Angie deutete auf ihren Busen. »Deine Brustwarzen …«

Die winzigen Körbchen des engen Oberteils über Bevs üppigen Brüsten saßen nicht ganz an der richtigen Stelle. Wenn sie es nach rechts zog, wurde ihre linke Brust entblößt, und umgekehrt.

»Zieh einfach einen Bademantel über, Schätzchen. Dann wird es keiner bemerken.« Angie reichte ihr einen flauschigen Mantel.

»Danke.« *Das hier ist ein Fehler*, dachte Bev.

Ein paar Minuten später folgte sie einer Frau mittleren Alters in lavendelfarbener Arbeitskleidung in einen dunklen Raum, wo Bev sich auf einen Massagetisch aus Kunststoff legen musste und die Frau ihr Gesicht mit einer Masse bedeckte, die sich wie Mörtel anfühlte und auch so roch. Anschließend schrubbte sie Bevs Unterschenkel und Füße kräftig ab.

»Mein Gott, was machen Sie da? Schmirgeln Sie mich ab? Ich bin kein verdammter Couchtisch. Immer schön sachte! Und fassen Sie meinen Oberkörper nicht an. Ich hatte einen Autounfall.«

Während die Frau verständnisvoll murmelte und irgendwas von Durchblutung, Druckpunkten und anderen pseudowissenschaftlichen Wellness-Weisheiten erzählte, hörte Bev einen Schrei. Sie hüpfte vom Tisch, schnappte sich die Bürste mit den harten Borsten, mit der die Frau ihre Beine bearbeitet hatte, und rannte in den Flur. Woher war der Schrei gekommen?

»Angie?«

»Hilfe!«

Der Schrei kam aus einem Raum ein Stück weiter. Seine Tür war zu. Bev drückte die Klinke herunter, doch es war abgeschlossen. Mit ihrem nackten Fuß trat sie die Tür ein, sodass sie gegen die Wand knallte. Mit dem Anblick, der sich ihr dort bot, hatte sie nicht gerechnet.

»Hallo, Cat. Oder sollte ich vielleicht Bev sagen? Interessantes Styling. Findest du, dass dir der Moder gut steht?«

»Du! Ich dachte, man hätte dich verhaftet?«

Jerry Fitzwilliam hatte Angie in den Schwitzkasten genommen und drückte sie brutal gegen den Massagetisch. Die Masseurin, die Angie behandelt hatte, lag bewusstlos auf dem Boden, und aus einer Verletzung an ihrem Kopf lief Blut. Sie war umgeben von Glasscherben, einer glänzenden gelben Flüssigkeit – offensichtlich Massageöl – und dem gezackten Hals einer zerbrochenen Glasflasche.

»Tja, da hast du dich wohl geirrt. Wenn die Polizei einen auf dem eigenen Terrain aufsucht, kann man ihr sehr viel leichter entkommen, als du denkst. Ich bin kein Dummkopf, weißt du? Angie lässt mir die Scheidungsunterlagen zukommen, nachdem eine Schlampe mit dicken Titten mir an die Wäsche wollte? Hast du wirklich geglaubt, dass ich die Verbindung zwischen euch beiden nicht sehe?«

»Hau ab, Bev! Los!«, rief Angie.

Jerry drückte ihr seine fleischige Hand auf den Mund, und ihre Rufe verstummten.

»Lass sie los«, sagte Bev. »Auf diese Weise machst du für dich alles nur noch schlimmer, Jerry. Stell dich der Polizei und verantworte dich wie ein erwachsener Mann vor Gericht.«

»Ich habe dieses Mädchen nicht umgebracht.«

Bev wusste, dass Tatjana nicht durch seine Hände gestorben war. Dennoch konnte sie die ungezügelte Brutalität in seinem Blick sehen. Jerry Fitzwilliam stand kurz davor, alles zu verlieren, und jetzt war er wild entschlossen, sich zu rächen. Dessen war sie sich sicher. »Nun, wenn du unschuldig bist, hast du nichts zu befürchten. Überleg doch mal, Jerry. Wenn du Angie was antust, wirst du Poppy und Benjy nie wiedersehen. Aber wenn du dich stellst und der Polizei alles erzählst, was du weißt …«

Fitzwilliam warf Angie zu Boden und stieß den Massagetisch so heftig gegen Bevs Körper, dass sie zurücktaumelte und gegen einen pyramidenförmigen Aufsteller mit Gesichtscreme krachte. Wie ein Bösewicht aus einem Superhelden-Film, dem ein Serum gewaltige Kräfte verlieh, sprang der Schattenminister über den Tisch und drückte Bev zu Boden, sodass sie vor Schmerzen fast das Bewusstsein verlor. Die Wut in seinem Innern verzerrte seine grobschlächtigen Gesichtszüge zu einer hasserfüllten Grimasse.

»Das Schwein trägt die Schweinemaske. Welch bittere Ironie«, sagte Bev und machte sich auf das gefasst, was als Nächstes kommen würde.

Fitzwilliam holte aus und ließ seine Faust auf ihr Gesicht herabsausen.

Bev hob schützend ihren Gips in die Höhe, sodass seine Fingerknöchel nur dessen harte Oberfläche trafen. Fitzwilliam stieß einen Schrei aus und wich zurück, während er sich die Hand hielt, und das genügte, damit Bev sich wieder aufrappeln konnte. Sie entdeckte ihre Bürste, die sie hatte fallen lassen, als sie auf den Aufsteller mit der Gesichtscreme gestürzt war. Sie sprang zur Seite, griff danach und rammte sie Fitzwilliam, so kräftig sie konnte, mit den Borsten ins Gesicht.

»Aua! Du Schlampe!«

Er verlor den Halt, als er versuchte, den Schlägen auszuweichen, die sie mit der schmerzhaften Bürste auf ihn niederprasseln ließ. »Das Wort Schlampe mögen Frauen nicht besonders, Jerry-Schätzchen. Hör auf, mich so zu nennen.« Bev hatte das Gefühl, dass sie jetzt die Oberhand hatte. »Ruft die Polizei!«, brüllte sie für den Fall, dass irgendjemand sie hörte. Es schien, als wäre sie kurz davor, Fitzwilliam zu überwältigen.

Doch er erlangte das Gleichgewicht wieder und packte Angie an den Haaren. Plötzlich hielt er ihr eine große Glasscherbe an die Halsschlagader.

»Ich bringe sie um, wenn du mich nicht sofort durchlässt«, sagte er mit vollkommen ruhiger Stimme.

Entgeistert hielt Bev ihre unverletzte Hand kapitulierend in die Höhe, sodass er Angie an ihr vorbei in den Gang zerren konnte. Bev folgte ihm den schmalen Flur hinunter. Er war menschenleer. »Was zum Henker hast du jetzt vor, du Blödmann? Du kannst nirgendwo hin. Lass sie in Ruhe.«

»Jerry!«, wimmerte Angie. »Du tust mir weh! Denk doch an die Kinder. Lass mich los. Du bist nicht du selbst. Du brauchst Hilfe.« Sie strampelte hilflos mit den Beinen, während er sie weiter vorwärtszerrte.

Mit einem verwirrten Ausdruck auf seinem zerkratzen, blutenden Gesicht trat Fitzwilliam in das ungleichmäßige Licht und die feuchte Luft des Schwimmbads. Die wenigen Mitarbeiterinnen und Gäste dort fingen an, zu schreien, als sie sahen, dass ein Mann in den Erholungsbereich eingedrungen war und eine Frau an den Haaren hinter sich herzog, während er ihr eine Glasscherbe an den Hals hielt. Von seiner Hand tropfte dunkelrotes Blut auf die Fliesen am Beckenrand.

Bev, die das Gefühl hatte, dass sich ihre Blase vor Panik jeden Moment erleichtern könnte, schaute sich um. Wie konnte sie diese schreckliche Gefahr abwenden? Sie suchte in den Gesichtern der Frauen nach Anzeichen von Unerschrockenheit oder Empörung. Würden sie ihr zu Hilfe eilen? Nein. Sie sah darin nichts als Furcht. Wie immer war sie auf sich gestellt und musste die starke Frau markieren.

»Siehst du? Du kommst hier nicht mehr weg«, sagte sie zu Fitzwilliam und schüttelte den Kopf. »Was hast du jetzt vor? Willst du deine wehrlose Frau töten? Macht das deine Situation etwa besser?«

Er grinste fies. Wie in einem orwellschen Albtraum war er eines jener Schweine, das gleicher als die anderen war. Zumindest glaubte er das. »Nein, aber vielleicht *fühle* ich mich dann besser.« Er riss Angies Kopf nach oben und bohrte die Spitze der Scherbe in ihre Haut, sodass an ihrem Hals ein Blutstropfen hervorquoll, der wie ein kleiner Rubin aussah.

Schließlich nahm Fitzwilliam die Scherbe wieder herunter, als würde er auf eine Reaktion seines unfreiwilligen Publikums warten, und das war Bevs Chance.

Sie schnappte sich von einem benachbarten Liegestuhl ein Handtuch und vertraute blind ihrem Instinkt. Sie zog es durch das Wasser im Becken und wirbelte den schweren, durchnässten Stoff wie eine Steinschleuder durch die Luft. Wie David, der sich Goliath entgegenstellte, ließ sie das Handtuch Fitzwilliam direkt ins Gesicht schnellen. Dieser Moment der Ablenkung war alles, was sie benötigte. Er ließ Angie wieder los, und Bev stürzte sich auf ihn und stieß ihn ins Becken. Sie strampelte mit den Beinen, um von ihm wegzukommen. Aber mit dem nassen Frotteebademantel konnte sie sich nur schwerfällig bewegen, und ihr verletzter Arm und ihre geprellten Rippen machten jede ihrer Bewegungen zur Qual.

Fitzwilliam zog sie immer weiter nach unten. Sie war schwer wie Blei. Aus ihrem Mund drangen Blasen, während ihre Lungen sich anfühlten, als hätte man sie in einen Schraubstock gespannt. Sie konnte seine Hände an ihrer Kehle spüren.

Instinktiv rammte sie ihm ihre Faust wie in Zeitlupe, aber mit voller Wucht in den Schritt. Durch den blauen Chlorschleier konnte sie sehen, dass er den Mund öffnete und Wasser schluckte. Dann ließ er sie los. Er schlug jetzt wild um sich. Zuckte. Sank in die Tiefe. Drohte zu ertrinken.

Bev schlang von hinten ihren Arm um seinen Körper und beförderte sie beide mit ihren kräftigen Beinen nach oben. Keuchend durchbrachen sie die Wasseroberfläche, wo über ihnen zwei Sicherheitsleute standen.

»Er gehört Ihnen«, sagte Bev, streifte den Bademantel ab und stieg aus dem Wasser, um nach Angie zu sehen.

Als Fitzwilliam von den zwei Hünen aus dem Wasser gezogen wurde, klatschten alle Frauen im Schwimmbad Bev Beifall. Sie wurde von mindestens zwanzig Handykameras gefilmt und würde von nun an für immer jene unerschrockene Heldin sein, die trotz eines Nichts von Bikini an ihrem wohlgenährten Körper, einem Stück Elastan zwischen den Arschbacken und einer entblößten Brustwarze verdammt cool wirkte.

# KAPITEL 40

# Bev

Ein Gefühl der Furcht und das Rührei, das ihr Doc zum Frühstück aufgedrängt hatte, lagen ihr wie ein Klumpen im Magen. Die Nacht auf seinem Sofa war nicht gerade die ideale Vorbereitung auf das gewesen, was sie jetzt erwartete. Aber sie hatte der durch ihre ehemals beste Freundin und Timbo, diesen blöden Macho, emotional vergifteten Atmosphäre entfliehen müssen, die durch die Fußbodendielen unablässig in ihre Souterrainwohnung strömte.

Nach Jerrys Verhaftung war die Situation unerträglich geworden, als wäre der Überfall in Crewe Hall ihre Schuld gewesen. Zu allem Unglück hatte sie noch immer keine Wohnung gefunden, und Sophie hatte großzügigerweise, wenn auch widerwillig, darauf bestanden, dass sie so lange bleiben durfte, bis sie einen neuen Mietvertrag unterschrieben hatte. Für Bev war das Fluch und Segen zugleich.

Als sie jetzt jedoch in dem aus der Mitte des letzten Jahrhunderts stammenden Gebäude des Bezirksgerichts mit seinem billigen Teppichboden und der zweckmäßigen Holzvertäfelung stand, verspürte sie ein Glücksgefühl. Es ging um das, was ihr am meisten auf der Welt bedeutete: ihre Tochter.

»Treten Sie bitte vor«, sagte der Richter und musterte die Gesichter der vier Personen, die sich in seinem Gerichtssaal eingefunden hatten.

Nur ein paar Schritte von ihr entfernt befingerte Rob nervös seine Manschettenknöpfe und sein Ohrläppchen. Allerdings hatte Bev nur Augen für die Deckenverkleidung.

*Schon komisch, was einem so auffällt, wenn man mit dem Rücken zur Wand steht*, dachte Bev. *Eine der Deckenplatten ist, von einem Handwerker vielleicht, zur Seite geschoben und nicht wieder richtig befestigt worden. Ich frage mich, ob da oben eine Kamera versteckt ist und die albernen Spielchen der zerstrittensten Familien von Trafford beobachtet. Vielleicht präsentiert man uns ja in irgendeiner Reality-Show. Großbritanniens kaputteste Typen.*

Und jetzt hieß es: Showtime. Bevs Anwältin, Eve, erklärte, dass Dr. Mo, dieses verlogene Arschgesicht, seinen Interessenkonflikt verschwiegen hatte, der sich daraus ergab, dass er sich im Laufe der Jahre mit Rob angefreundet hatte.

»Das ist totaler Schwachsinn!«, sagte Rob.

Sein Anwalt griff nach seinem Arm.

»Bitte unterbinden Sie die Gefühlsausbrüche Ihres Klienten«, wies der Richter ihn an und senkte den Blick, um die Unterlagen vor sich zu überfliegen.

Er starrte auf mehrere DIN-A4-Fotos, die Bev von ihrem Standpunkt unterhalb des Richterpults aus so gerade erkennen konnte. Sie lächelte, denn es handelte sich um die dreisten Schnappschüsse, die Angie mit ihrem Handy bei ihrer Begegnung mit Tim im Trafford Centre gemacht hatte, wo er sich mit seinen Kumpels Rob und Mo vor dem Fußballspiel im Carluccio's zum Mittagessen getroffen hatte. Als Angie verzweifelt versuchte, die finanziellen Trickserein ihres Ehemanns aufzudecken, war Bevs Privatleben das Letzte gewesen, woran sie gedacht hatte. Dennoch hatte sie sich bemüht, fotografische Beweise für die merkwürdige Zusammenkunft dieser drei Männer zu bekommen.

»Wie ist Angela Fitzwilliam an diese Fotos gelangt?«, fragte der Richter und zeigte Bev und ihrer Anwältin die Schnappschüsse. Tim, Mo und Rob trugen darauf alle die aktuellen Trikots von Manchester United und schaufelten Tortellini in sich hinein. »Woher kannte sie Doctor Ashraf?«

»Miss Fitzwilliam leidet an einer Essstörung, Euer Ehren«, erwiderte Eve. »Sie war in derselben Klinik bei einem Psychiater in Behandlung, in der Beverley an den Gruppensitzungen teilnimmt. Miss Fitzwilliam besucht dort ebenfalls eine Selbsthilfegruppe. Dabei hat sie mitbekommen, wie Beverley dort die von Doctor Ashraf geleiteten Sitzungen verließ.«

»Das ist ein abgekartetes Spiel!«, sagte Rob.

»Mein Ex ist mit meinem Seelenklempner eng befreundet«, sagte Bev. »Und mein Seelenklempner ist für die Gerichtsgutachten bezüglich meines Geisteszustands und meiner Eignung als Mutter verantwortlich. Ist das etwa kein abgekartetes Spiel?«

Der Richter schwang seinen Hammer. »Ruhe!«

Bev kaute auf der Innenseite ihrer Wange herum und versuchte krampfhaft ein Lächeln zu unterdrücken. Dank Angie war sie jetzt in der Lage, die Mauer zu durchbrechen, die Rob um Hope errichtet hatte.

»Ich werde einen unbetreuten Umgang bewilligen«, entschied der Richter, nachdem er die neuen Beweise gesehen und den Streit zwischen den beiden Anwälten geschlichtet hatte. Dann schaute er Bev in die Augen. »Ich denke, dass man Ihnen unrecht getan hat, und das tut mir leid.« Seine strenge Miene hellte sich zu einem Lächeln auf. »Ich habe den Clip von Ihnen im Schwimmbecken gesehen, wissen Sie?«

Bev spürte, wie ihre Wangen zu glühen begannen, und biss sich auf die Lippe. War es gut oder schlecht, dass der Richter gesehen hatte, wie sie in einem schlecht sitzenden Bikini mit einem erwachsenen Mann gerungen hatte? »Ja. Tut mir leid. Der Clip hat sich in den sozialen Medien rasend schnell verbreitet. Ich habe keine Kontrolle darüber …«

»Sie müssen sich nicht entschuldigen. Sie sind jetzt gewissermaßen eine Heldin, Miss Saunders.« Der Richter wandte sich Rob zu und schlug wie ein Lehrer, der einem aufmüpfigen Schüler eine Standpauke hielt, einen tadelnden Tonfall an. »Und Sie, Sir, werden sich wegen Missachtung des Gerichts verantworten müssen.« An Bev gerichtet, fuhr er mit sanfter Stimme fort: »Sobald Sie einen festen Wohnsitz haben, der für die Unterbringung eines Kindes geeignet ist, und der Sozialarbeiter seinen Segen dazu gibt, werde ich Ihren Antrag auf Sorgerecht verhandeln, Miss Saunders.«

Bev reckte vor Freude die Faust in die Luft und konnte es sich gerade noch verkneifen, Rob den Stinkefinger zu zeigen.

»Geschafft!«, sagte Bev und nahm Doc in den Arm, der auf der Treppe des Bezirksgerichts auf sie gewartet hatte.

Sein Körper verkrampfte sich in ihrer Umarmung, aber das war ihr egal. Mo hatte sich selbst in Misskredit gebracht, sodass man seine Gutachten infrage stellen würde. Außerdem hatte man Rob unmissverständlich in die Schranken gewiesen, und er hatte sich bei dem Richter mächtig in die Nesseln gesetzt.

»Ich werde diesen Mistkerl bis aufs Hemd ausziehen«, sagte sie und hakte sich bei ihrem Geschäftspartner unter.

»Mit welchem Geld?«, fragte Doc, lächelte sie mit seinen gelben Zähnen an und gab ihr ein mit Zuckerguss überzogenes Brötchen.

Bev biss in das Brötchen und sprach mit vollem Mund weiter. Sie genoss das Gefühl der Zuversicht in ihrer Magengrube, und das kam nicht nur von dem Zucker. »Keine Ahnung. Ich schätze, dass wir schleunigst ein paar weitere Jobs an Land ziehen müssen. Eine neue Klientin und ein paar Stunden freiberuflicher Arbeit werden da nicht reichen. Kennst du noch andere Politiker, die ihre Frauen verprügeln?«

Das Beste war, dachte Bev, während sie durch die Seitenstraßen zu Docs Wohnung zurückliefen, dass Jerry – zumindest fürs Erste – in Haft saß. Das bedeutete: keine Verleumdungen und keine Nachstellungen mehr. Tatjana Lebedews Mörder lief zwar immer noch frei herum, aber Bev war sich sicher, dass die Polizei die nötigen Informationen aus einem Politiker, der so sehr in Ungnade gefallen war, schon herausbekommen würde. In der Zwischenzeit würde man sie in Ruhe lassen, sodass sie endlich ihr Leben genießen konnte, das von Tag zu Tag besser wurde …

# KAPITEL 41

## Bev

»Auf welchen hast du Lust, Süße?«, fragte Bev und blickte zu der Preistafel hinter dem Tresen hoch. »Einen Cheeseburger oder den Klassiker mit allem drauf?« Sie legte den Arm um ihre Tochter und atmete den Duft ihres Haars ein. Es roch nach Kakaobutter und fühlte sich samtig weich an.

»Kann ich einen doppelten Burger mit Pommes haben? Ich habe einen Riesenkohldampf«, sagte Hope. In ihren Augen spiegelte sich die erleuchtete bunte Plexiglasscheibe der Preistafel wie ein Regenbogen.

Als ihre Tochter den Arm um sie legte, hatte Bev das Gefühl, als hätte sie einen fehlenden Teil ihrer selbst wiedergefunden. »Du kannst haben, was du willst, Liebling. Du musst sowieso viel essen. Du wirst zu einem wunderschönen, gertenschlanken Wesen heranwachsen.«

»Ich bin jetzt fast so groß wie Dad!«

Vor ihrem geistigen Auge sah Bev jetzt Rob. Dad. Was für ein Witz. Ein Studienabbrecher, der sich in einen kleinen Tyrannen verwandelt hatte, dessen Gene ihn überhaupt nicht dazu berechtigten, über Hopes Leben zu bestimmen. Scheiß auf ihn. »Wir werden es uns rundum gut gehen lassen«, sagte sie. »Dieses Wochenende gehört nur uns Mädels, und wir werden uns von niemandem dabei stören lassen und richtig Spaß haben. Gib mir fünf!«

Hope kicherte und schlug ein, mit einer Hand, die fast so groß wie die eines Erwachsenen war. »Juhu! Auf die freien Tage. Kann ich bitte auch einen Milchshake haben?«

Bev vergaß für einen Moment ihre Sorge, dass auf ihrem Konto Ebbe herrschte, weil Angie sie immer noch nicht vollständig bezahlt hatte, und nickte. »Dieses eine Mal. Aber für den Rest des Tages gibt es nichts Süßes mehr. Ich will ja nicht, dass dir noch die Zähne ausfallen.« Sie gab ihrer Tochter einen Kuss auf die Stirn und nahm jede Einzelheit ihres Gesichts in sich auf; die großen Rehaugen; ihre geschwungenen Lippen; das schmale Kinn mit dem Grübchen in der Mitte. Sie hatte die Statur ihres Vaters, aber ihre Gesichtszüge waren die von Bev, nur in kleiner. Bev richtete einen stummen Dank an das Universum dafür, dass sie jetzt alleine Zeit mit ihrer Tochter verbringen durfte.

Sie setzten sich mit ihrem Raststätten-Festschmaus an einen der Tische. Bev versuchte sich über die neuesten Popbands und gerade angesagten Spielsachen zu unterhalten, aber es stellte sich heraus, dass sie nicht mehr auf dem Laufenden war.

»O Mann, Mum!«, stöhnte Hope und stopfte sich eine Handvoll Pommes frites in den Mund, während sie weiterredete. »Du bist *so* uncool!« Sie stieß ein freches Lachen aus und schickte hastig ein paar aufrichtig gemeinte Entschuldigungen hinterher.

Bev griff nach Hopes Hand. »Es war nur schwer zu ertragen, von dir getrennt zu sein«, sagte sie. »Ich habe ein schlechtes Gewissen, weil ich die ganzen Sachen nicht kenne, die du magst. Aber das werde ich nachholen. Versprochen.« *Rede nicht schlecht über Rob. Rede nicht schlecht über diese Arschlöcher, die er seine Eltern nennt.* »Das wird sich jetzt alles ändern, mein Liebling.«

Hope nickte und runzelte die Stirn. Nachdenklich leckte sie

sich über die mit Ketchup verschmierten Lippen. »Wieso dürfen wir so was wie das hier jetzt tun? Müssen wir Janice nie wiedersehen?«

Lächelnd stellte Bev sich vor, wie sie die lästige Sozialarbeiterin in ihren Polyester-Klamotten auf den Hosenboden beförderte. »Mami hat gerade einen wichtigen Fall aufgeklärt und der Polizei geholfen, einen schlimmen Verbrecher zu verhaften. Doctor Mo: Erinnerst du dich noch, wie ich dir erzählt habe, dass er in den letzten Jahren so eine Art Betreuungslehrer für Mum und Dad war?«

Hop nickte. »Du hast gesagt, dass sein Atem nach faulen Eiern stinkt und er dich zwingt, vor fremden Menschen von deinen Papierfiguren zu erzählen.«

Bev kicherte. »Ja, also, Mo hat ein paar gemeine Sachen über Mum erzählt und musste deswegen, wie man so sagt, zu Kreuze kriechen.« Sie biss in ihren Burger und genoss den Gedanken, dass man ihr für das psychologische Gerichtsgutachten einen neuen, unvoreingenommenen Psychiater zugewiesen hatte. Wenn es allerdings nach ihrer Anwältin gegangen wäre, hätte man die permanenten Beurteilungen und Therapiesitzungen beendet. Robs Gründe für sein Beharren darauf waren sowieso völlig fadenscheinig gewesen. »Darum werden wir jetzt sehr viel mehr Zeit miteinander verbringen, und sobald ich eine neue Wohnung habe, wirst du bei mir einziehen. Du wirst Daddy zwar oft sehen, aber du gehörst zu deiner Mum, meine Kleine.«

Hope, der offensichtlich nicht bewusst war, was für ein Drama sich zwischen ihren Eltern seit ihrer Geburt abgespielt hatte, nickte bloß und schlürfte grinsend ihren dickflüssigen Milchshake. »Ich hab dich lieb, Mum. Du hast mir so gefehlt.« Sie warf Bev mit ihren rosigen Lippen einen Kuss zu. »Mit Daddy ist es anders. Du bist die beste Mum der Welt!«

Während Bev die leeren Verpackungen auf das Plastiktablett legte und es zum Mülleimer trug, fiel ihr Blick auf einen Fernseher an der Wand des Restaurants. Darauf liefen die Nachrichten mit Bildern von einem Tatort, an dem blau-weißes Absperrband im Wind flatterte. Das Haus, vor dem Kriminaltechniker in weißen Overalls und uniformierte Polizisten mit kugelsicheren Westen standen, kam ihr bekannt vor.

»Angie«, sagte Bev.

Mit offenem Mund sah sie sich die stummen Aufnahmen davon an, wie ihre letzte Klientin durch eine Menge rufender, fotografierender Reporter eilte. Angie schob ihren Kinderwagen mit Poppy auf dem Sitz und Benjamin auf dem Trittbrett im Affenzahn die von Bäumen gesäumte Straße hinunter, fort von dem großen Haus. Die Kameras filmten, wie sie weiter zum Range Rover lief. Bev bemerkte, dass Angie trotz des wilden Durcheinanders und der Tatsache, dass sie aus den falschen Gründen die Aufmerksamkeit auf sich zog, glücklich wirkte. Ihre Wangen waren gerötet. Ihre Augen leuchteten. Und umspielte nicht der Anflug eines Lächelns ihre glänzenden Lippen?

Aber das eigentliche Interesse galt Jerry Fitzwilliam. Der Bericht widmete sich erneut seiner Verhaftung, die vor zwei Tagen für Schlagzeilen gesorgt hatte. Bev schaute sich noch einmal die Bilder an, die sie seitdem auf sämtlichen Kanälen unzählige Male gesehen hatte – wie Angies gewalttätiger Ehemann in Handschellen von Crewe Halls stattlichem Eingang zu einem wartenden Streifenwagen gebracht wurde.

»Ha«, murmelte Bev und grinste in Richtung Bildschirm. »Jetzt schau sich nur einer diese Visage an. Du siehst aus, als hätte man dir in die sprichwörtliche Suppe gespuckt, du Vollidiot.« Fitzwilliams rosiges Gesicht hatte eine kranke grünliche Farbe angenommen. Es schien, als hätten Bevs frühere Widersacher bei der Polizei, Curtis und Owen, mit dem Liebling der Labour-Partei und selbsternannten Retter der unterfinanzierten Polizeikräfte noch ein Hühnchen zu rupfen. Bevor man eine öffentliche Erklärung abgegeben hatte, hatte die BBC einen Tipp erhalten und eine Medienhysterie ausgelöst. Bev war sich sicher, dass Jerry Fitzwilliam das ganz und gar nicht gefiel. »Geschieht dir recht.«

»Bist du fertig?«, fragte Bev und strich Hope über das samtweiche Gesicht.

»Können wir ein Ruderboot mieten, wenn wir da sind?«, fragte Hope, spuckte auf eine Serviette und wischte sich die roten Ketchup-Reste vom Mund.

»Aber sicher doch. Du kannst es ja mal versuchen.«

Bev hielt die warme, klebrige Hand ihrer Tochter, während sie mit ihr über den Parkplatz zu ihrem reparierten Polo zurücklief. Angesichts des wolkenverhangenen Himmels war es nicht verwunderlich, dass dicke Regentropfen auf die Motorhaube des Wagens niederprasselten, kurz nachdem sie die unsichtbare Grenze zwischen Lancashire und Cumbria überquert hatten. Aber das Wetter war ihnen egal. Sie fuhren jetzt die M6 mit den welligen Hügelketten des Lake Districts am Horizont hinunter, während das einschläfernde Quietschen der Scheibenwischer die zurückgelegten Meter herunterzählte.

Bev begann, zu singen. »We're off, we're off. We're off in a motor car. Sixty coppers are after us and we don't know where we are! We're off, we're off …«

Hope, die auf der Rückbank saß, stimmte mit ein, und plötzlich machten Bev der Geldmangel und ihr Arm, der unangenehm steif war, nachdem man ihr den Gips abgenommen hatte, nicht mehr das Geringste aus.

Als sie im Brackenriff Inn – der schlichten Frühstückspension am Ufer des Ullswater – Quartier bezogen, war Bev seit langer Zeit erstmals wieder in der Lage, das Zwitschern der Vögel wahrzunehmen und den frischen Duft der unverschmutzten Luft einzuatmen. Das Licht wurde allmählich schwächer, aber der Regen hatte inzwischen nachgelassen. Der See glänzte, als hätte Gott eine riesige Folie ausgebreitet, sie am Boden mit Bäumen beschwert und mit den Schafen, die über die Hügel am hinteren Ufer verstreut waren und wie weiße Kügelchen aussahen, befestigt.

»Komm«, sagte Bev zu Hope. »Für eine Bootstour ist es schon etwas spät. Aber wir können Steine übers Wasser hüpfen lassen. Ich zeig's dir.«

Sie fanden am Ufer eine perfekte Stelle und begannen nach flachen Kieselsteinen zu suchen.

»Mein Dad hat mir das beigebracht«, sagte Bev und schleuderte einen Stein mit einer geübten Drehung des Handgelenks fast waagerecht über die Wasseroberfläche, woraufhin er in die Höhe hüpfte.

»Eins, zwei, drei, vier …«, zählte Hope. »Fünf! Er ist *fünfmal* aufgekommen!« Sie sprang auf und ab und klatschte in die Hände. »Du bist echt geschickt, Mum.«

»Hier. Versuch's auch mal.« Bev gab Hope den besten Stein, den sie gefunden hatte, und führte die Hand ihrer Tochter, indem sie ihr die flinke Bewegung des Handgelenks zeigte, die nötig war, um den Stein wie eine Frisbeescheibe aufs Wasser hinauszuschleudern. »Du lernst schnell«, sagte sie, als es Hope gelang, wie ein alter Hase den Stein über die regungslose Oberfläche des Sees hüpfen zu lassen.

Während die Dämmerung langsam das Tageslicht verdrängte, waren sie die einzigen Leute am Ufer des Sees; abgesehen von einem Mann, der etwa zweihundert Meter entfernt mit einem

Fernglas die Fledermäuse beobachtete, die von den Bäumen herabschossen. Es war unglaublich friedlich. Zu ruhig, um sich auch nur eine Sekunde vorzustellen, dass der Mann das Fernglas auf sie richten könnte.

## KAPITEL 42

# Bev

Bev gähnte. »Schlafenszeit«, sagte sie, nahm ihre Tochter in den Arm und gab ihr einen dicken Schmatzer auf die Stirn.

Es war ein wunderbares Gefühl, ihre Kleine in dieser geschmacklos eingerichteten Ferienwohnung ins Bett zu bringen, in der einzigen Unterkunft, die dank einer kurzfristigen Absage noch etwas frei gehabt hatte.

Bev strich Hope über die Stirn und atmete den Geruch ihrer frisch geduschten Haut und ihres sauberen Baumwollpyjamas ein. »Aha, Daddy benutzt ein anderes Waschmittel«, sagte Bev und rümpfte angesichts des ungewohnten Dufts die Nase, ohne ihrer Tochter zu erklären, wie sehr es sie schmerzte, dass Rob selbst ihr bevorzugtes Waschmittel ersetzt hatte, um sie aus Hopes Kindheit zu verbannen. Aber an diesem Wochenende war kein Platz für Verbitterung. »Riecht gut.« Dies war der Anfang vom Ende ihres Albtraums und Anlass zu stiller Freude. »Gute Nacht, Liebling.«

»Hab dich lieb, Mami. Du bist die Beste. Gute Nacht.«

Erschöpft schaltete Bev das Licht in Hopes Zimmer aus und begab sich ins Nachbarzimmer, wo sie überprüfte, ob die Tür zum Hof und die Fenster auch alle verschlossen waren. Trotz der hässlichen Einrichtung und des losen Schirms an der Nachttischlampe war sie froh, in ein frisch gemachtes Bett zu steigen an einem Ort, der nicht nach Schimmel müffelte. *Wenn es mor-*

*gen trocken ist, werden wir rausgehen. Und wenn es regnet, werde ich ihr zeigen, wie man ein Origami-Schaf faltet*, dachte sie, als ihr das Bastelset einfiel, das sie im Reißverschlussfach ihres Koffers mitgebracht hatte. Bei dem Gedanken daran musste sie lächeln und fiel in einen leichten Schlaf. Sie wälzte sich zuckend hin und her, bis sie sich schließlich entspannte und immer tiefer, tiefer …

Ohne zu wissen, wie viel Zeit vergangen war, wachte Bev, aufgeschreckt durch ein Knacken, mitten in der Nacht auf. Noch halb umnebelt von einem Traum, öffnete sie die Augen und fragte sich, wo sie war. Dann fiel ihr wieder ein, dass sie sich im Elternschlafzimmer einer Ferienwohnung des Brackenrigg Inn befand und Hope im Zimmer nebenan lag. Da waren die rechteckigen Umrisse des Kleiderschranks. Und das Schimmern des Spiegels über der Frisierkommode, der das Mondlicht von draußen schwach reflektierte. Aber am Bettende war eine Silhouette zu sehen, die sie zunächst nicht identifizieren konnte. Dann begriff sie plötzlich, dass es sich um einen riesigen Mann handelte, der komplett in Schwarz gekleidet war und eine Sturmhaube trug. Sie versuchte, zu schreien, aber der Mann warf sich auf sie und presste ihr die Hand auf den Mund.

»Halt die Klappe«, sagte er.

Seine Stimme wurde durch den Stoff über seinem Mund gedämpft und von dem Blut, das durch Bevs Ohren jagte, fast übertönt. Aber der Klang seiner Stimme kam ihr irgendwie bekannt vor, auch wenn sie ihn nicht zuordnen konnte.

»Ein Wort, und deine Tochter ist tot. Und dann werde ich dich ebenfalls töten, du vorlautes Dreckstück.«

Bev lag fünf Sekunden lang völlig regungslos da, während sie von einem Gefühl des Grauens durchflutet wurde. Das immense Gewicht des Mannes drückte ihre Lungen zusammen, als wäre sie mit Jerry Fitzwilliam in Crewe Hall erneut am Grund des

Beckens. Was wollte der Mann? Sie vergewaltigen? Sie töten? Was auch immer er vorhatte, sie musste ihren Angreifer weit, weit von Hope wegschaffen.

Mit so viel Kraft, wie sie aufbringen konnte, riss sie ihr Knie nach oben und rammte es dem Mann zwischen die Beine. Er stieß einen Schrei aus, rollte von ihrem Körper zu Boden und krümmte sich.

Bev sprang am hinteren Ende vom Bett und rannte ins Badezimmer. *Sollst du dich einschließen? Nein. Du darfst Hope dort nicht schutzlos zurücklassen. Du musst die Gefahr ausschalten. Los! Denk nach!* Sie schnappte sich eine Dose Körperspray, die sie vorhin ausgepackt und über dem Waschbecken abgestellt hatte. Dann stürzte sie, über den geöffneten Koffer am Boden hinweg, aus dem Bad und versetzte ihrem Angreifer einen Tritt gegen den Kopf, in der Hoffnung, dass er das Bewusstsein verlieren würde. Doch er packte sie mit einer seiner schaufelartigen Hände am Fußgelenk und umschloss es mit eisernem Griff.

Stöhnend verlor Bev das Gleichgewicht und fiel so unglücklich zu Boden, dass sie mit dem Kopf den Bettrahmen streifte. Sie setzte sich so heftig zur Wehr, wie sie konnte, und als es ihr gelang, sich loszureißen, sprühte sie dem Mann aus der Dose mit dem Körperspray eine Duftwolke direkt ins Gesicht. Ein angenehmes Vanillearoma erfüllte das Zimmer.

»Meine Augen!« Der Mann begann, heftig zu husten, und drückte seine Fäuste gegen die Augenlöcher der Sturmhaube.

»Halt die Fresse und verpiss dich!«, zischte Bev. Die Wut in ihrem Innern loderte wie eine Feuerwand empor und vertrieb ihre eisige Furcht. »Wenn du es wagst, meine Tochter zu wecken …«

Aber die gespielte Tapferkeit, mit der sie ihre halbgare Drohung hervorstieß, klang nicht überzeugend. Inzwischen war der

Eindringling wieder auf den Beinen. Er schlang ihr von hinten schmerzhaft seinen Arm um den Körper, aber sie hatte nicht die Kraft, sich aus seinem Griff zu befreien. Er beugte sie über das Bett und stieß sie auf die Knie.

»Wer bist du, du Scheißkerl? Kenne ich dich? Bist du irgend so ein Perverser, der auf dieser Website war?«

»Nein«, sagte er.

»Um Himmels willen, es bereitet mir wirklich kein Vergnügen, vergewaltigt und geschlagen zu werden. Ich habe dieses Zeug nicht veröffentlicht.«

»Ich weiß.«

Aber offensichtlich kannte er redhotslut.com. »Warum tust du mir das hier dann an?«

»Ich bin der Wolf. Und ich werde dir eine Abreibung verpassen, damit du weißt, was passiert, wenn man lügt und betrügt und Männer wie Dreck behandelt.«

Sie spürte, wie er sich hinter ihr zu schaffen machte und mit einer Hand am Bund ihrer Schlafanzughose zog. Die andere schob er vorne unter ihr Oberteil und drückte und knetete ihre Brüste, als wären es elastische Stressbälle.

»Ich werde schreien.« Bev versuchte ihren linken Arm zu befreien. Wenn sie nur nach der Nachttischlampe greifen könnte …

»Nein, wirst du nicht«, sagte der Mann mit seinem Mund so dicht an ihrem Ohr, dass sie durch die Strickmaske seinen warmen Atem spüren konnte. Mit seinem Knie schob er ihre Beine brutal auseinander. »Wenn du schreist, wird sie aufwachen. Und dann werde ich mit ihr dasselbe tun wie mit dir. Ich werde dich dabei zusehen lassen. Und euch anschließend beide töten. Ich schwör's.«

Bev schloss fest die Augen und sah vor sich plötzlich die Aufnahme von Tatjanas letzten Momenten. Der Hauptakteur des erschütternden Snuff-Videos war ein kräftiger Mann mit einer Wolfsmaske aus Latex gewesen. Nicht Jerry Fitzwilliam – das Schwein. Sondern ein Wolf. Und ihr Angreifer hatte sich gerade als »der Wolf« zu erkennen gegeben. Das musste Tatjanas Mörder sein.

Als Bev klar wurde, dass seine Drohung, sie und Hope zu töten, ernst gemeint war, stemmte sie sich hoch. Mit voller Wucht warf sie sich gegen den erigierten Penis des Wolfes.

Er schreckte zurück, sodass sie genug Bewegungsfreiheit hatte, um sich die angeschlossene Nachttischlampe zu schnappen. Sie schleuderte ihren Arm nach hinten und schlug ihrem Angreifer mit dem Marmorsockel seitlich gegen den Kopf. Dann krabbelte sie aufs Bett und drehte sich zu ihm um.

Der Mann schüttelte für einen Moment den Kopf, als wäre er überrascht, dann warf er sich auf sie. Aber mit seinem großen, schweren Körper konnte er sich nur schwerfällig und langsam bewegen.

Bev schaffte es, die Lampe einzuschalten, riss den schief sitzenden Schirm herunter und rammte ihm die leuchtende Glühbirne in seinen ungeschützten muskulösen Nacken. Begleitet von einem elektrischen Knistern, splitterte das dünne Glas. Als der Strom durch den Körper des Wolfes jagte, ertönte ein lautes Knacken, und er zuckte zurück, als hätte man ihm einen Schlag verpasst.

Erneut wurden sie in Dunkelheit getaucht. Der Geruch von verkohlter Haut und Wolle brannte in Bevs Nasenlöchern.

Ermutigt durch das Adrenalin in ihrem Körper, wollte sie ihm gerade das Kabel um den Hals schlingen, als es an der verglasten Tür klopfte.

»Alles in Ordnung da drin?«, fragte eine Frauenstimme. Vielleicht eine Nachbarin.

Bev konnte eine stämmige Frau mittleren Alters in einem Bademantel erkennen, die in den grellen weißen Strahl einer Außenleuchte blinzelte.

»Hilfe!«, schrie Bev. »Helfen Sie mir!«

Der Wolf sprang auf die Füße und stürzte zur Tür, riss sie auf und schob sich an der Nachbarin vorbei. Als Bev ihre Schlafanzughose wieder hochgezogen hatte und in den Hof wankte, war nicht mehr das Geringste von ihm zu sehen.

»Ach du meine Güte!«, sagte die Frau und fasste sich an die Lippen, ehe sie die Hand auf die Brust legte, sodass Ehe- und Verlobungsring im Licht funkelten. Sie sprach schnell und mit zitternder Stimme. »Alles okay? Mit so was rechnet man ja nicht, oder? Nicht hier. Ich wecke meine bessere Hälfte auf. Er wird die Polizei rufen.«

»Mami. Was ist los?« Im Türrahmen zur Wohnung stand Hope in ihrem Einteiler und rieb sich den Schlaf aus den Augen. Das braune Haar fiel ihr auf die Schultern herab. Sie war blass und wirkte verängstigt, aber sie war unverletzt und hatte nichts mitbekommen. Das war die Hauptsache.

»Kein Grund, die Polizei zu verständigen«, sagte Bev und nahm Hope mühsam auf den Arm, worauf diese ihre langen Beine um ihre Taille schlang. »Das war wahrscheinlich nur ein Gelegenheitsdieb, der hier eingebrochen ist, um meine Handtasche zu klauen. Ich werde die Tür verrammeln. Meine Kleine braucht ihren Schlaf. Es geht uns gut. Ehrlich.«

Die besorgte Nachbarin schien nicht gewillt, sich abwimmeln zu lassen, doch schließlich kehrte sie kopfschüttelnd auf ihr Zimmer zurück.

»Was machst du da, Mami?«, fragte Hope, als sie wieder alleine waren.

Bev begann die Schubladen zu leeren und warf ihre Kleidungsstücke in den Koffer. »Zieh dich an, Schätzchen. Wir machen einen nächtlichen Ausflug.«

»Wohin? Wer war dieser Mann?«

Bev nahm das Gesicht ihrer Tochter in die Hände. »Was hast du gesehen?« Sie hoffte, dass Hope von dem Vergewaltigungsversuch des maskierten Eindringlings nichts mitbekommen hatte.

»Nur, wie er weggelaufen ist. Ich habe Geräusche gehört. Davon bin ich wohl wach geworden. Es klang so wie damals, wenn du dich mit Daddy gestritten hast.« Sie biss sich auf die Lippe. Sie hatte Tränen in den Augen. »Als ich mich dann getraut habe, die Tür zu öffnen, habe ich nur gesehen, wie der Mann an der Frau von nebenan vorbeigerannt ist. Hat er dir wehgetan, Mami?«

Während Bev die zarten Gesichtszüge ihrer Tochter betrachtete, konnte sie Hopes sichtliche Verwirrung als körperlichen Schmerz in der eigenen Brust spüren und nahm sie schützend in den Arm. »Nein. Das hat er nicht, meine Kleine. Ich bin gestolpert, ich war nur etwas ungeschickt. Tut mir leid, dass du diesen Mann gesehen hast«, sagte sie. »Aber das war nur ein böser Einbrecher. Und darum werden wir jetzt in ein anderes Hotel umziehen.«

»Jetzt? Mitten in der Nacht?«

Das war ein Argument. Selbst wenn es am verlängerten Wochenende in der Nähe eine Pension mit einem freien Zweibettzimmer gab – was äußerst unwahrscheinlich war –, wäre um 2:45 Uhr nachts bestimmt niemand wach, um sie aufzunehmen.

»Morgen, Liebling.«

»Wirst du die Polizei rufen?«

»Wahrscheinlich nicht, Schatz.«

Als Bev ihre Tochter wieder ins Bett brachte, war ihr klar,

dass es ein großes Risiko war, den Überfall nicht zu melden und hierzubleiben. Aber das Letzte, was sie jetzt brauchen konnte, war ein offizieller Bericht darüber, dass ihre erste gemeinsame Nacht mit Hope seit Jahren mit einem Einbruch und einem Vergewaltigungsversuch durch ihren Stalker geendet hatte, gefolgt von einer Übernachtung in einem eiskalten Wagen. Wenn irgendein Richter Wind von der Sache bekäme, würde sie ihr kleines Mädchen nie zurückbekommen. Aber vor allem wollte Bev auf keinen Fall, dass ihre Tochter die Ängste und Dramen durchlebte, die ein fester Bestandteil im Leben ihrer verrückten Mutter waren.

Nachdem sie das Hauptlicht gelöscht hatte, ging sie zu ihrem Bett, indem sie sich mit der Taschenlampenfunktion ihres Handys den Weg leuchtete und darauf achtete, nicht in die Scherben der Glühbirne zu treten. Sie würde jetzt kein Auge zubekommen, aber wenigstens konnte sie über das nachdenken, was gerade geschehen war. Steckte Jerry Fitzwilliam hinter dem Überfall? Der Schattenminister befand sich inzwischen in einer Arrestzelle der Polizei oder wahrscheinlich sogar in U-Haft und wartete auf seinen Prozess. Vielleicht steckte er mit diesem »Wolf« unter einer Decke, und sie hatten bei ihren Einschüchterungsaktionen eine zweigleisige Strategie gefahren. Zumindest müssten die Verleumdungen im Internet inzwischen aufgehört haben, nachdem man Fitzwilliam aus dem Verkehr gezogen und ihre Anwältin für alle gefälschten Seiten Unterlassungsaufforderungen verschickt hatte.

Bev konnte dem Verlangen nicht widerstehen, auf Twitter nachzusehen, um sich zu vergewissern, dass der Account @Beverley_Saunders nicht mehr existierte.

»Gott sei Dank.«

Bei ihrer Suche war kein derartiger Feed angezeigt worden. Doch gerade, als sie das Handy ausschalten und vielleicht für ein paar Sekunden die Augen schließen wollte, entdeckte sie einen neuen Account, den sie nicht kannte und der bereits über tausend Follower hatte. Sie las den aktuellsten Tweet auf @BevSaundersLies1.

> Ich weiß, dass du das hier lesen wirst, Beverley. Ich folge dir überallhin. Ich werde zurückkommen & diesmal werde ich dich töten.
>
> #DerWolf

# KAPITEL 43

# Bev

»Warum konnten wir nicht noch zum Frühstück bleiben, Mami? Ich habe einen tierischen Kohldampf«, sagte Hope.

Während der Wagen die Autobahn entlangraste und auf neunzig Meilen pro Stunde beschleunigte, schien die Straße sich unter ihnen auf und ab zu bewegen. *Halt die Augen offen, Bev. Bleib wachsam. Präg dir die Autos hinter euch ein.*

»Tut mir leid, Süße. Ich gehe mit dir in ein Café, sobald wir in die Zivilisation zurückgekehrt sind, versprochen.« Ein roter Pkw auf der Überholspur. Ein weißer Lieferwagen auf der Kriechspur. Und in der Mitte ein kleiner silberner Kombi. Zu dieser unchristlichen Zeit hatten sich die Straßen noch nicht mit Wochenendeinkäufern gefüllt, die zu den örtlichen Baumärkten und Supermärkten unterwegs waren.

»Aber du hast mir versprochen, dass wir Bötchen fahren.«

Bev betrachtete Hope im Rückspiegel. Das Gesicht des Mädchens sah aus, als wäre es völlig ausgeblichen, wie ein Stück bunte Seide, das zu lange im starken Sonnenlicht gelegen hatte. Und das war ihre Schuld. *Du bist eine verdammt beschissene Mutter, Beverley Saunders. Darum hat man Rob das Sorgerecht für sie zugesprochen.* Erneut hallte ihr der Urteilsspruch des Richters in den Ohren, als würde sie immer noch in dem leeren Gerichtssaal stehen: nicht geeignet; aufgrund psychischer Probleme außerstande, ein stabiles Umfeld zu bieten; asoziales Verhalten.

»Das werden wir, Liebling. Versprochen. Mami wollte wegen dieses Verrückten von letzter Nacht nur an einen sichereren Ort fahren.« Sie warf erneut einen Blick in den Spiegel. Der rote Pkw hatte sie inzwischen überholt. Der Lieferwagen befand sich links, ein gutes Stück hinter ihnen. Aber der Kombi war ihnen immer noch auf den Fersen. Würde ein mordlustiger Stalker, der sich selbst »Der Wolf« nannte, einen kleinen silbernen Kombi fahren? Wollte er sie von der Straße drängen? Er hatte auf Twitter geschrieben, dass er ihr überallhin folgen würde. Wie zum Teufel wollte er das anstellen? *Gib deine Angst nicht an Hope weiter.* »Pass auf, wir fahren jetzt zum Heaton Park in Manchester. Genau. Da fahren wir jetzt hin. Dort gibt es einen großen See mit Ruderbooten.«

Endlich zeigte sich auf dem blassen Gesicht ihrer Tochter ein Lächeln, und die Farbe kehrte ein wenig in ihre Wangen zurück. »Echt? Juhu! Darf ich rudern?«

Bev nickte. Sie hatte keine Ahnung, ob Ruderboote immer noch angesagt waren. Rob war mit ihr irgendwann mal im Heaton Park gewesen, als sie noch Studenten waren. Dabei hatte er eines der Ruder ins Wasser fallen lassen, weil er völlig mit Super Skunk zugedröhnt gewesen war. Dieser scheinheilige Idiot. Der Hüne in der schwarzen Montur war auf keinen Fall Rob gewesen. Dennoch fragte sich Bev für einen Moment, ob Rob irgendwie an der Verschwörung, um sie in den Wahnsinn zu treiben, beteiligt gewesen war. Sie beschloss, ihm bei ihrer nächsten Begegnung wegen des Überfalls auf den Zahn zu fühlen und seine Reaktion zu beobachten. Handelte es sich bei einem der Männer auf dem Video, das zeigte, wie Tatjana gestorben war, womöglich um Rob? War Rob der Hahn gewesen? Und Mo vielleicht das Pferd? Nein. Weder Hautfarbe noch Statur der beiden stimmten mit denen der Männer in dem

Clip überein. Nur weil sie heimlich mit Tim befreundet waren, bedeutete das nicht, dass sie etwas mit Jerry Fitzwilliams außerehelichen Aktivitäten zu tun hatten.

Sie schüttelte den Kopf und vertrieb diesen Gedanken aus ihrem überlasteten, übermüdeten Gehirn. »Aber sicher. Natürlich. Du wirst einen perfekten Kapitän abgeben! Und wie wär's, wenn wir uns danach für den Rest des Wochenendes ein hübsches Hotel am Flughafen von Manchester suchen? Wir können dort schwimmen gehen und die Flugzeuge beobachten. Du wirst es lieben!«

»Ooh, dann kann ich dir zeigen, wie ich kraule. Ich habe in der Schule gerade das Schwimmabzeichen gemacht. Ich bin die Schnellste von allen. Gibt es auf dem Flughafen auch Jumbos?« Hope breitete die Arme aus und imitierte lauthals das Dröhnen eines startenden Flugzeugs. »Die sind echt laut, oder? Werden wir die auch sehen?«

Der silberne Wagen kam noch näher. Stück für Stück. Bev versuchte, weiter zu beschleunigen, aber der Polo mit seinem Ein-Liter-Motor blieb stur und begann, zu vibrieren. Plötzlich wurde Bev schwindelig. Ihre Fingerkuppen waren heiß und feucht. Ihre Lippen kribbelten. Ein stechender Schmerz durchzuckte ihren frisch verheilten Arm. Und unter dem dicken Winteranorak war ihr eiskalt. *Eine Panikattacke. Das soll wohl ein Witz sein. Nicht hier. Nicht jetzt.*

»Aber klar doch. Bist du angeschnallt?«, fragte sie Hope und warf ihr im Rückspiegel einen Blick zu.

»Ja.«

»Gut. Sehr gut.« Sie musste die Atemtechnik benutzen, die ihr dieses Arschloch Mo gezeigt hatte. Zwei Sekunden lang einatmen, zwei Sekunden die Luft anhalten und sechs Sekunden lang ausatmen.

Als der Kombi so dicht aufgefahren war, dass Bev im Spiegel den Fahrer erkennen konnte, spürte sie, wie sich ihr Körper langsam wieder beruhigte.

»Es ist nur ein alter Mann mit einem Porkpie-Hut«, sagte sie kichernd.

»Was?«

»Nichts. Beachte Mami einfach nicht.« *Danke, Universum. Danke.*

»Was soll das heißen? Ihr musstet da wegfahren?«, fragte Rob, während er besitzergreifend seinen Arm um Hope legte.

Bev stand vor der Tür des stattlichen Gebäudes, das Rob vom Erlös ihres gemeinsamen Hauses in London gekauft hatte, und fragte sich, wie zum Henker es nur so weit hatte kommen können, dass er ihr wie eine diebische Elster alles weggenommen hatte, was ihr im Leben etwas bedeutete. Das Haus roch anders als ihr altes Haus. Es verströmte einen merkwürdigen Blumenduft. »Findest du nicht, dass Hope besser aufs Klo gehen und fernsehen sollte, während sich die Erwachsenen unterhalten?«

Sie wollte über die Türschwelle treten, doch Rob versperrte ihr den Weg und drängte sie zum Rand der Stufe zurück. Seine Berührung fühlte sich wie ein Schlag an, und für eine Sekunde kam es Bev so vor, als würde sie in Angie Fitzwilliams Haut stecken.

»Geh rein, Hope, mein Schatz«, sagte sie und versuchte ihren Zorn zu unterdrücken, bevor sie noch eine unüberlegte Äußerung von sich gab. Ihre Tochter hatte es nicht verdient, in das emotionale Vakuum ihrer Eltern gesaugt zu werden. Bev sah ihrem Ex-Mann in die Augen. »Lass sie los, Daddy«, sagte sie und stieß die Konsonanten zwischen zusammengepressten Zähnen hervor.

Sobald Hope im Wohnzimmer verschwunden war, um sich im Fernsehen *Horrid Henry* anzuschauen, begann Rob, Bev Vorwürfe zu machen.

»Du hast es also nicht mal geschafft, das Wochenende zu überstehen, ohne Mist zu bauen?« Ein arrogantes Lächeln zeichnete sich auf seinen schmalen Lippen ab, die sie damals, als sie beide zusammengekommen waren, nicht ganz so fies gefunden hatte. Rob hatte die Arme fest verschränkt, so als wollte er ihre Gefühle nicht an sich heranlassen.

»Es war ein tolles Wochenende, falls du's wissen willst«, sagte Bev. *Steh um Himmels willen für dich selbst ein. Was für ein Vorbild gibst du für Hope ab, wenn du dich von ihm wie der letzte Dreck behandeln lässt. Warum kannst du dich für Leute wie Angie einsetzen, aber nicht für dich selbst?* »Wir mussten nur ein wenig umdisponieren, weil jemand in unser Hotel eingebrochen ist und ich es nicht für ratsam hielt, dort zu bleiben. Wir beide haben eine wunderbare Zeit zusammen verbracht. Und es geht dich einen Scheißdreck an, was ich mit meiner Tochter mache, während sie in meiner Obhut ist. Darauf haben sich unsere Anwälte geeinigt, und der Richter hat seinen Segen dazugegeben.«

Aus den Augenwinkeln konnte Bev sehen, wie Robs Nachbarn ihre Lamellenvorhänge auseinanderschoben, um möglichst viel von ihrem Familienstreit mitzubekommen. Sie verspürte das dringende Verlangen, sich umzudrehen und ihnen den Stinkefinger zu zeigen. Dann hätten die alten Leute in Didsbury eine Woche lang etwas zu tratschen gehabt. Doch in diesem Moment lächelte Hope ihr durch das Wohnzimmerfenster des großen edwardianischen Reihenhauses zu und winkte, während sie sich an den altmodischen Vorhängen festhielt, die Bev für das Haus in London damals ausgesucht hatte. Hope kniete auf dem Drehstuhl vom Flohmarkt, den Bev im Laden einer

Wohltätigkeitsorganisation in Croydon gekauft hatte. Das war *ihre* Tochter mit *ihren* Sachen in einem Haus, das eigentlich *ihr* gehören sollte, nachdem sie im Anschluss an die Scheidung in den Norden gezogen waren.

»Du hast jemanden dafür bezahlt, mich einzuschüchtern, nicht wahr?« Sie hatte es eigentlich nicht laut aussprechen wollen, aber sie war einfach zu neugierig. »Denn wenn es nicht Jerry Fitzwilliam war, der für die Verleumdungen in den sozialen Medien verantwortlich war oder jemanden beauftragt hat, mir nachzuspionieren, bist du der Einzige mit einem überzeugenden Motiv.«

Rob trat in den Hausflur zurück. »Geht das jetzt *wieder* los? Du bist verrückt. Die Sozialarbeiterin hat bestimmt ihre helle Freude daran, wenn sie das hört. Und mein Anwalt wird sich für diese Art von Verleumdung und Belästigung ebenfalls interessieren. Bravo, Bev. Vielleicht sollte ich überprüfen lassen, ob du deine Vermögensverhältnisse wahrheitsgemäß offengelegt hast. Anscheinend verbrätst du jede Menge Kohle für Ausflüge zu den Seen.«

»Fick dich doch, Colin.«

»Du solltest in Hopes Gegenwart nicht fluchen. Und benutz nicht diesen Namen. Ich hasse das.«

Bev setzte ein zuckersüßes Lächeln auf. Sie ließ sich ihre Beunruhigung und ihren Schmerz nicht anhören, sondern zwang sich, einen resoluten, vergnügten Eindruck zu erwecken. »Ja. Ich weiß. Wir sehen uns dann in einer Woche. Und in der Woche drauf. Und in der Woche danach ebenfalls, bis Hope dauerhaft bei ihrer Mami einzieht. Denn ich habe keine Angst vor dir.« Sie streckte die Hand durch die Tür und stieß sie ihm vor die Brust. Sie schlug jetzt einen gehässigen Tonfall an. »Du bist wie eine Warze. Ich wollte dich nie haben, aber jetzt werde ich dich nicht mehr los. Du bist ein unansehnlicher, widerlicher Parasit. Aber selbst die hartnäckigste Warze verschwindet irgendwann wieder.«

Nachdem sie Hope wohlbehalten abgeliefert hatte, suchte Bev rasch Docs Wohnung auf.

»Wir müssen rausfinden, wer diesen Scheiß postet«, sagte sie, während sie auf ihrem Handy durch den pornografischen Schweinkram scrollte, der über den neuen Twitter-Account verbreitet wurde. »Wenn wir in Erfahrung bringen, wer das verschickt, wissen wir, wer mich angegriffen hat. Und dann finden wir auch Tatjanas Mörder.«

Doc nahm einen Jaffa Cake aus der halb leeren Schachtel, die in dem Durcheinander auf seinem mit Krümeln übersäten Tisch lag, stopfte sich den Keks ganz in den Mund und öffnete auf seinem neuen Computer ein Fenster. Als seine langen, schmalen Finger flink hin und her sausten, fühlte sich Bev an einen Konzertpianisten erinnert, der sich verhaspelt hatte.

»Ich kann es ja nicht glauben«, sagte Doc mit Krümeln im Mund. »Ich dachte, nach Fitzwilliams Verhaftung wären wir sicher. Nur deshalb bin ich hier wieder eingezogen und habe die Kohle für eine neue Ausrüstung lockergemacht. All die Zeit, die ich bei meinen Eltern verbracht habe, in diesem öden Kaff, in dem die Zeit offensichtlich stehen geblieben ist …« Er drehte sich zu Bev um und sah sie mit seinen verschlafenen Augen vorwurfsvoll an. »Während ich weg war, wurde bei mir eingebrochen.«

Bev, die neben ihm auf einem abgewetzten Kunststoffhocker saß, faltete die Hände in ihrem Schoß und starrte auf ihre Knie, während sie spürte, wie ihre Wangen vor Scham zu glühen begannen. »Was wurde denn gestohlen?«

»Das ist ja das Komische«, sagte Doc. »Nichts. Aber in der

Wohnung herrschte das reinste Chaos, und auf dem Wohnzimmerteppich haben die Einbrecher, wie das offensichtlich ihre Art ist, einen Scheißhaufen hinterlassen.«

Als Bev sich umdrehte und den schmutzigen beigen Teppich betrachtete, bemerkte sie, dass jemand ein kleines Rechteck herausgeschnitten hatte. Sie rümpfte die Nase. »Tut mir ja leid, wenn ich deine Illusionen zerstöre, Doc, mein Freund, aber hier herrschte auch vorher schon das reinste Chaos. Wie zum Henker hast du das überhaupt bemerkt?«

Doc funkelte sie wütend an. »Ich habe nicht auf den Teppich geschissen, bevor ich gegangen bin. Außerdem habe ich ganz bestimmt *nicht* meine Lego-Modelle zertrümmert. Und es gehört auch *nicht* zu meinen Angewohnheiten, durch die Hintertür hier einzubrechen. Ich glaube, das waren irgendwelche Jugendlichen.« Er hatte einen frostigen Tonfall angeschlagen. »Aber wenn ich es recht überlege …« Plötzlich wurde er bleich wie Fensterkitt. »Vielleicht war es auch dieser Typ. Der Wolf.«

Die Stille und das wachsende Grauen, das sie beide erfasste, lagen wie Blei in der Luft.

»Sah er wie jemand aus, der bei anderen Leuten auf den Teppich scheißt?«, fragte Doc schließlich.

Bev zuckte mit den Schultern, und als sie zu Doc schaute, begriff sie, dass er nichts weiter als ein zu groß geratenes, verletzliches Kind war. Er war zwar fast so alt wie sie, aber er war ein Junge aus der Provinz, dessen einzige Lebenserfahrung darin bestand, hin und wieder selbst gezogenes Gras zu verkaufen, sich in die Rechner anderer Leute zu hacken und am Straßenrand Müll aufzulesen. Ihr eigenes Leben hingegen hatte stets aus Chaos und Verlusten bestanden und war immer noch ein Kampf von epischen Ausmaßen. Sie hatte diesen unbedarften Mann, der sich nur für Junkfood, Heavy Metal und Lego interessierte, in diese Situation gebracht. »Er hat gesagt, er würde mich vergewaltigen und töten und Hope ebenfalls. Deshalb nehme ich an, dass er zu der Kategorie von Menschen zählt, die auf einen Teppich kacken würden. Ja.« Ihr fiel der letzte Tweet ein, der an sie gerichtet gewesen war. »Und dieser ›Ich-folge-dir-überallhin‹-Schwachsinn gefällt mir auch nicht. Woher nimmt er diese Arroganz? Er wusste genau, wo er mich und Hope findet, mitten am Arsch der Welt.«

»Das Handy.« Doc streckte die Hand aus. »Gib mal her.«

»Nein! Du glaubst doch nicht etwa …?« Bev entsperrte ihr Handy und reichte es ihrem Freund, während sie an ihrem Zopf herumfingerte.

Mit finsterem Blick wischte Doc ein paarmal über das Display. Dann rief er auf seinem Computer eine App auf und lud sie mit einem USB-Kabel auf Bevs Telefon. »Damit kann man versteckte Spyware auf deinem Handy erkennen. Falls er dich darüber ortet, wurdest du vermutlich gehackt. Sollte eine App auf deinem Handy installiert sein, hatte er wahrscheinlich Zugang dazu. Ich meine, direkten Zugriff auf dein Gerät. Hast du es irgendwo unbeaufsichtigt liegen lassen?«

Bev lief rot an, als ihr einfiel, dass sie zwar unzählige Male in irgendwelchen Nachtclubs argwöhnisch ihre Drinks beäugt hatte, damit man kein Betäubungsmittel hineinträufelte, aber ihr Handy in Cafés, Bars und Sexclubs völlig achtlos hatte herumliegen lassen …

Einen Moment später hielt Doc ihr Handy in die Höhe. Auf dem Display leuchtete das Symbol einer App, das sie nie zuvor gesehen hatte. »Hier. Wie ich mir gedacht habe. Irgend so ein beschissener Trojaner.«

»Mein Gott! Mach es weg. Lösch das Ding!« Bev blieben die Worte fast im Hals stecken.

»Ja, Ma'am.« Docs hochgezogene Augenbraue wich einem verhaltenen Lächeln. »Bitte sehr. Gelöscht. Ich habe das Programm deinstalliert und einen Scan durchgeführt. Auf Wiedersehen Spyware. Und jetzt legen wir diesem Idioten das Handwerk.«

Bev scrollte durch die Fotos, die sie während des Wochenendes von Hope gemacht hatte, sowie durch die unzähligen Selfies, auf denen sie beide wie zwei Clowns in die Kamera ihres Handys grinsten, im Auto, an der Tankstelle und am Ullswater. Dann inmitten des bunten Feiertagstreibens im Heaton Park – mit der Kirmes, den Bäumen und Schlägertypen mit freien Oberkörpern –, wo ihr Boot auf dem See beinahe mit einem Schwarm Gänse zusammengestoßen wäre. Während Bev sich die Bilder ansah, rief Doc ein Fenster nach dem anderen mit Programmierdaten auf, die sie nicht mal ansatzweise verstand.

»Was machst du da?«, fragte sie.

»Ich verschaffe mir Zugang zur Datenbank von Twitter«, sagte er und öffnete eine Tüte Chips, die er geräuschvoll in sich hineinstopfte. »Ich versuche herauszufinden, auf welche E-Mail-Adresse dieser gefälschte Account registriert ist. Wenn es mir gelingt, den E-Mail-Provider zu hacken, sollte Licht in die Sache kommen.«

Acht Stunden später war die Sonne bereits untergegangen, und Bev hatte aus mehreren Blättern, die sie aus Docs Drucker stibitzt hatte, drei Origami-Figuren gefaltet – eine Ente, einen Frosch und einen Karpfen. Jetzt stand sie in seiner notdürftig ausgestatteten Küche und versuchte, nicht auf die über die Arbeitsfläche verstreuten Cornflakes zu starren, während sie kochendes Wasser in zwei Bechern mit Fertigsuppe rührte.

Sie fragte sich gerade, wie groß der Nährwert ihres Suppenkonzentrats mit Hühnchen- und Pilzaroma wohl war, als Doc mit einem wenig überzeugenden Lächeln im Gesicht und noch blasser als sonst im Türrahmen erschien.

»Du siehst aus, als hätte jemand auf deine beste Tastatur gekotzt, James Shufflebotham«, sagte sie. »Willst du Sojasoße zu deinen Nudeln?«

»Vergiss das jetzt«, sagte er. »Es war ein absoluter Albtraum, den Inhaber dieser E-Mail-Adresse herauszufinden. Ich hoffe, du weißt meine Fähigkeiten zu schätzen, Beverley Saunders.«

»Sprich weiter. Was hast du herausgefunden?«

»Ich weiß, wer hinter den Verleumdungen gegen dich steckt. Es ist weder Jerry Fitzwilliam noch irgendein Strohmann, den man dafür bezahlt hat.«

»Okay, okay! Spucks schon aus!«

Bev spürte die Wirkung der Hormone, die durch ihren Körper jagten. Hauptsächlich Adrenalin und Cortisol, aber auch ein kleiner Spritzer Dopamin angesichts der Vorstellung, dass sie dieses dunkle Geheimnis vielleicht endlich gelüftet hatten. Die Tatsache, dass sie mit so vielen verrückten Männern geschlafen hatte, machte es nur umso wahrscheinlicher, dass sie die falsche Art von Aufmerksamkeit bei einem gefährlichen Psychopathen erregt hatte. War es jemand, den sie kannte?

Auf Docs Antwort war sie nicht vorbereitet.

# KAPITEL 44

# Bev

»Viel Glück!«, sagte Doc, als sie mit einem mulmigen Gefühl im Bauch seine Wohnung verließ.

Widerwillig wie ein Teenager, der sich mühsam aus dem Bett quälte, war die Sonne gerade erst aufgegangen. Abgesehen von einigen gestohlenen Autos und dem Gestrüpp, das sich in der frischen Brise hin und her bewegte, war die heruntergekommene Straße, in der Doc wohnte, leer.

Instinktiv nahm Bev ihn fest in den Arm und wunderte sich über das plötzliche Gefühl der Trauer, das ihren müden Körper durchströmte. Das hier kam ihr wie ein Abschied vor. »Sollte es Schwierigkeiten geben, rufe ich dich an.« Sie klopfte ihm auf den Rücken, denn das schien die beste Möglichkeit zu sein, diesen unangenehmen Moment der Vertrautheit zu beenden, vor allem, weil Doc sie gar nicht mehr loslassen wollte. Ein Klaps auf den Rücken war etwas Kumpelhaftes. Etwas Unverbindliches. Dennoch musste sie sich eingestehen, dass Doc ihr wirklich etwas bedeutete, auf eine völlige andere Weise als irgendein Gelegenheitsliebhaber und sehr viel mehr als bloß ein Freund.

»Falls es Schwierigkeiten gibt, solltest du lieber erst die Bullen rufen. Ich wünschte, du würdest mich mitnehmen.« Die Falten auf seiner Stirn verrieten, wie sehr er um ihre Sicherheit besorgt war.

Bev stieß ein kurzes, freudloses Lachen aus. »Sicher doch.

Du wärst mir auch eine große Hilfe bei einem Aufeinandertreffen mit einem mordlustigen Hünen. Nein.« Sie tätschelte die Tasche ihrer Strickjacke. »Du hast mich ja verdrahtet. Wenn ich weiß, dass du mir aus der Ferne den Rücken freihältst, fühle ich mich bei dieser Aktion um einiges besser. Wenn ich diesem Irren das Handwerk legen will, brauche ich vor allem konkrete Beweise. Ich brauche eine Aufnahme mit seinem Geständnis. Aber wenn ich dich dabeihätte, würde er keinen Mucks von sich geben oder uns beide töten.« Sie ging einen Schritt auf ihren Wagen zu. Dann einen weiteren. Nur widerwillig verließ sie die relative Sicherheit von Docs nach Marihuana und Fertignudeln stinkender Drecksbude. »Warten wir ab, wie sich die Sache entwickelt.«

Kurze Zeit später stand sie in der Auffahrt des Hauses, und ihr Herz hämmerte so heftig, dass sie überzeugt war, sie würde die ganze Familie wecken und die Alarmanlagen in der gesamten Straße auslösen. Aber abgesehen von dem einen oder anderen Bauarbeiter, der auf dem Weg zu einer Großbaustelle in Bowdon vorbeikam, schliefen die Leute in Hale noch tief und fest.

Bev überquerte möglichst leise die Kiesauffahrt, öffnete das Seitentor und schlich an den Mülltonnen entlang. Es war Zeit, den Spieß umzudrehen. Bev klappte den Deckel der blauen Altpapiertonne auf und beugte sich hinein, um die weggeworfenen Briefsendungen zu durchwühlen, ohne genau zu wissen, wonach sie überhaupt suchte. Sie fand aber nichts weiter als Prospekte für überteuerte Holzfensterläden, Werbebroschüren für tiefgekühlte Biolebensmittel sowie einige Briefe von der Privatschule der Kinder – nichts, was ihr weiterhelfen würde.

Als sie jedoch den Garten betrat, bemerkte sie etwas, das an diesem sonst makellos gepflegten Ort fehl am Platz war. Neben dem Gartenhäuschen stand eine Blechtonne, wie sie die Obdachlosen zum Feuermachen benutzten, um sich daran zu wärmen. Woher kam die Tonne? Langsam ging sie weiter und warf einen Blick über die Schulter, um sich zu vergewissern, dass niemand durch die Fenster über ihr spähte. Sämtliche Vorhänge waren zugezogen. Hier gab es nur die Vögel und den intensiven Mandelgeruch eines riesigen Pfeifenstrauchs, der in voller Blüte stand.

Bev spürte, wie das Blut aus ihrem Gesicht wich, als sie einen Blick in die Tonne warf. War sie zu spät gekommen? Befand sich etwa Asche am Boden der Tonne, die ihr den Beweis liefern konnte, nach dem sie suchte? Womöglich befand er sich auch im Haus. Oder vielleicht verschwendete sie nur ihre Zeit.

»Sehen wir mal in deiner kleinen Räuberhöhle nach«, murmelte Bev.

Ein Blick genügte ihr, um zu erkennen, dass das Gartenhäuschen mit einem Vorhängeschloss gesichert war. Doch bei genauerem Hinsehen zeigte sich, dass das Kombinationsschloss, das an der Tür des mit Zedernholz verkleideten Außengebäudes hing, offen war. Nachdem sie erneut einen verstohlenen Blick in den Garten geworfen hatte, betrat sie das Büro ihres Widersachers. Warum hatte er das Häuschen nicht zugesperrt? Hatte er sich einen Rotwein genehmigt, bevor er Feierabend gemacht hatte? War er abgelenkt und in Eile gewesen? Abgesehen von den Familienfotos, befand sich auf dem Schreibtisch nichts von Interesse, und die Schubladen waren abgeschlossen.

»Ich wette, da ist dein Laptop drin, nicht wahr?«

Bev trommelte mit den Fingern auf den Schreibtisch und fragte sich, was sie als Nächstes tun sollte, während sie den exklusiven Geruch seines ledernen Schreibtischsessels und den intensiven, moschusartigen Duft des Zedernholzes einatmete. Sie ging die verschiedenen Möglichkeiten durch und starrte auf die

Wände, an denen mehrere alte Mannschaftsfotos vom Rugbyteam der Durham University hingen.

In der vordersten Reihe stand Tim in seiner Spielermontur. Er war jener Muskelprotz gewesen, mit dem Bev in ihrem ersten Studienjahr ins Bett gegangen war, in der Nacht, als sie dem zugedröhnten Rob unbedingt hatte entfliehen wollen. Damals, als sie noch Boo und er noch Mitch gewesen war. In Tim hatte sich eine fragwürdige Rückzugsmöglichkeit geboten, die dann zu ihrer Vergewaltigung geführt hatte. Sie sah den Tatsachen jetzt ins Auge. Dem schmutzigen kleinen Geheimnis, das sie beide sich nie eingestanden oder zur Sprache gebracht hatten. Weder eine Woche noch einen Monat später, als er dann mit Sophie zusammengekommen war. Und auch nicht ein Jahr später, als er Holy Jo schließlich geheiratet hatte.

Plötzlich fiel Bev ein, dass nicht nur an der Rückseite des Haupthauses, sondern auch an der Vorderseite des Gartenhäuschens eine schwarze Überwachungskamera angebracht war, die wie das allwissende Auge von Tolkiens Sauron bestimmt jede ihrer Bewegungen beobachtete. Also ging sie nach draußen und brachte das Vorhängeschloss wieder an.

Sie wollte die Suche schon aufgeben und in ihre Souterrainwohnung gehen, als ihr Blick auf den Kompostbehälter fiel. Der Deckel war leicht verrutscht, als wäre er erst vor Kurzem abgenommen worden. Allerdings kam der Gärtner immer freitags, und heute war Dienstag. Während Bev spürte, wie der stechende Geruch des Pfeifenstrauchs ihre Sinne schärfte, ging sie auf den Behälter zu. Sie hielt die Luft an. Plötzlich ahnte sie, was sie dort finden würde. Ja, das war ein gutes Versteck.

Sie hob den Deckel an und warf einen Blick in den Behälter. Unter einer dünnen Schicht gemähten Grases lagen eine schwarze Jogginghose, ein schwarzes, langärmliges T-Shirt und eine schwarze Skimaske. Sie nahm die Maske und hielt sie dicht vor die winzige Kamera, die in ihrer Strickjacke versteckt war.

»Hier haben wir's, Doc«, flüsterte sie. »Bingo.«

Sie hielt sich das Kleidungsstück an die Nase und schnupperte daran. Es roch nach ihrem Vanille-Körperspray.

Bev betrat durch die Terrassentüren ihre Wohnung und überprüfte in aller Ruhe die Anordnung ihrer Möbel und Sachen, sogar die des Bettzeugs. Sie hatte die Decke zerwühlt zurückgelassen. Sie war jetzt sehr viel ordentlicher. Bev hatte ihren Bürostuhl schräg vor die Schreibtischschubladen gestellt, und jemand hatte ihn akkurat in den Fußraum geschoben. Außerdem hatte sie alle Origami-Figuren in den Regalen aufgerichtet und ihre letzte halbfertige Figur so hingelegt, dass sie nach Norden zeigte. Sie war ebenfalls bewegt worden. Aber es war sowieso offensichtlich, dass mal wieder jemand in der Wohnung gewesen war, nicht zuletzt aufgrund des Rasierwasserdufts, der die Luft erfüllte – Creed, wenn sie sich nicht täuschte. Es hatte eine unverwechselbare Zitronennote, und Bev konnte sich erinnern, wie Sophie damit geprahlt hatte, dass sie Tim zu Weihnachten für zweihundert Pfund eine Flasche davon gekauft hatte, damit er wie ein richtiger Mann aus Hale duftete. Offensichtlich legte der Wolf Wert darauf, gut zu riechen, sogar, wenn er die Wohnung seiner Mieterin durchwühlte. Oder aber er hatte diesmal absichtlich Spuren hinterlassen, um ihr Angst einzujagen. Da er die Kleidung, die er am See getragen hatte, im Kompostbehälter entsorgt hatte und ihre Wohnung immer noch nach dem überteuerten Duftwasser stank, vermutete Bev, dass Tim nach dem Überfall hier eingebrochen war.

»Die ganze Zeit habe ich mich gefragt, wie Jerry Fitzwilliam oder einer seiner Kumpels es verdammt noch mal geschafft haben, in meine Wohnung zu gelangen«, sagte sie und schüttelte den Kopf, während sie in ihrer schmuddeligen Kochnische den Wasserkocher füllte. Nachdem sie ihn eingeschaltet hatte, öffnete sie ihren Geschirrschrank und stellte fest, dass er leer war. Also nahm sie einen schmutzigen Becher aus der Spüle und wusch ihn geistesabwesend ab. »Du hattest einen Schlüssel, nicht wahr? Natürlich! Du bist ja mein Vermieter! Wirklich verdammt praktisch. Ich wette, du hast das alles geplant, als du erfahren hast, dass ich mich scheiden lasse und in den Norden ziehe.« Sie ahmte ihn nach, indem sie mit einer hohen, quäkenden Stimme sprach. »›*Warum ziehst du nicht in die Souterrainwohnung? Dann kannst du Soph Gesellschaft leisten, während ich in London arbeite. Ihr werdet viel Spaß haben.*‹ Ja, damit du auf meine Kosten *deinen* Spaß haben kannst, du krankes Arschloch.« Sie erschauerte und wischte sich den kalten Schweiß von der Oberlippe.

Während Bev verkrampft auf der Sofakante hockte und ihren Kaffee so in der Hand hielt, als würde sie nie wieder etwas zu trinken bekommen, dachte sie über ihren nächsten Schritt nach. Sollte sie die Polizei verständigen oder ihn zur Rede stellen? Als hätte sie laut gedacht, begann in diesem Moment ihr Handy, zu vibrieren. Sie hatte eine Nachricht von Doc bekommen.

Suchst du weiter?

Sie schrieb eine Antwort.

Weiß noch nicht. Das ist nicht so leicht. Ich denke daran, die Cops zu verständigen, aber ich will, während Sophie & die Kids im Haus sind, keine große Szene machen.

Einen Moment später stand sie erneut in der Küche, um sich einen Toast zu schmieren, denn sie war zu dem Schluss gekommen, dass sie einen Mörder und Stalker nicht mit leerem Magen zur Rede stellen sollte. Sie steckte zwei Scheiben in den Toaster, den Sophie ihr überlassen hatte. Inzwischen wusste sie, dass sie rasch den Hebel drücken und zurücktreten musste, sobald das Gerät wie eine Wunderkerze zu zischen und zu knistern begann, während es kleine weiße Funken sprühte. Was für ein beschissenes Einweihungsgeschenk! Auf derartige Almosen konnte sie gerne verzichten. Erneut vibrierte ihr Handy.

Habe ein ungutes Gefühl. Du schaffst das nicht alleine. Entweder rufst du die Bullen oder ich komme vorbei.

»Ich schaffe das nicht alleine?«, sagte Bev laut, denn sie wusste, dass Doc sie über das winzige Mikrofon in der Kamera hören konnte. »Du vorlauter Mistkerl! Glaubst du etwa, ich habe nicht den Mut, einen Vergewaltiger und Mörder, der mich und mein Kind im Bett bedroht hat, alleine zur Rede zu stellen? Dann weißt du nicht, wie wild entschlossen eine Mutter ist, wenn man sie in die Enge treibt, Kumpel.«

Die Zweifel ihres Freundes hatten die Kämpferin in ihr zum Leben erweckt. Sie ließ die Toastscheiben liegen und ging das schmale, feuchte Treppenhaus zum Wohnbereich von Sophie und Tim hinauf. Ihre Tür hatte sie nur einrasten lassen für den Fall, dass sie rasch die Flucht antreten musste. Ohne zu wissen, wie sie Tim so in die Defensive drängen konnte, dass sie sich selbst nicht in Gefahr brachte, oder was sie zu ihm sagen sollte, schlich sie durch das perfekt eingerichtete Haus. Sie atmete den Geruch von Möbelpolitur und Sophies bevorzugtem Raumspray ein, die alles in einen Duft von Wohlstand hüllten.

Im Wohnzimmer bemerkte sie, dass auf dem Couchtisch eine einzelne Kaffeetasse stand. Ihr Rand war nicht mit Lippenstift beschmiert. Es gab nicht das geringste Anzeichen von Sophie oder den Kindern. Auf der Arbeitsplatte in der Küche stand ein ausgetrunkenes Weinglas mit rotem Bodensatz. Und neben dem Mixer eine halb leere Flasche Syrah. Auf der Kücheninsel lag eine Ausgabe von *Men's Health*, die auf einer Seite mit Tipps für das perfekte Sixpack aufgeschlagen war.

Bev bekam eine Gänsehaut. Sie warf einen Blick auf die überdimensionale Wanduhr. Es war kurz vor halb sieben. Sie neigte den Kopf zur Seite und wunderte sich, dass sie um diese Zeit die tobenden Kinder nicht hören konnte, denn sie waren immer früh wach. Sophie beklagte sich ständig darüber, dass Tim die beiden nicht zu ihnen ins Bett ließ und man sie beruhigen musste, indem man sie im Spielzimmer mit Teebechern vor das Kinderprogramm setzte.

Bev, die sich wie ein Geist durch das Haus bewegte, betrat das Wohnzimmer und betrachtete die Familienfotos, die auf der stilvollen Anrichte aus Palisanderholz standen. Plötzlich hielt sie inne. Das hier war Hausfriedensbruch. Obwohl ihr derzeitiger Job es erforderte, dass sie ihre Nase in die Angelegenheiten anderer Leute steckte, und Tim keinerlei Bedenken gehabt hatte, in ihre Privatsphäre einzudringen, wuchs ihr Unbehagen darüber, dass sie auf diese Weise im Haus ihrer Freundin herumschnüffelte. Sie erschauerte, und ihr drehte sich fast der Magen um. Da es ungewöhnlich ruhig war, fragte sich Bev, ob man die Vorhänge nur zugezogen hatte, um den Eindruck zu erwecken, dass jemand zu Hause war, obwohl die Familie in Wirklichkeit weggefahren war.

Das alles kam ihr verdächtig vor. Hatte Tim seine eigene Familie abserviert und sich dann aus dem Staub gemacht? Bei dem Gedanken daran wurde Bev schlecht. Sie stellte sich vor, dass Sophie hinter sein furchtbares Geheimnis gekommen war und ihn zur Rede gestellt hatte, weil sich dieser Mensch, den sie für einen treuen Ehemann gehalten hatte, als lüsterner, sadistischer Wolf entpuppt hatte. *Schwachsinn*, tadelte sich Bev. *Vielleicht schlafen sie ausnahmsweise mal aus.*

Bev ging zurück in die Küche und trat an die Pinnwand, die einzige Stelle im Raum, an der Sophie eine gewisse Unordnung duldete. Zwischen Mitteilungen zum Kindergottesdienst und zu Familienaktivitäten der Kirchengemeinde sowie einem ellenlangen Kassenzettel von einem überteuerten Einkauf in einem Luxus-Supermarkt entdeckte sie einen Kalender. Sie las die Einträge für den gestrigen und heutigen Tag.

Sophie & die Kinder zu Mum

In diesem Moment knarrten direkt über ihr die Dielenbretter. Tim. Sie war mit ihm allein im Haus. Das Knacken entfernte sich rhythmisch von ihr, aber als er die Treppe hinunterstieg, konnte man es durch die offene Küchentür hören. Knack, knack. Das Holz ächzte unter dem stattlichen Gewicht eines Rugbyspielers, der ein wenig aus dem Leim gegangen war.

Bev hielt die Luft an und eilte auf Zehenspitzen zum Abstellraum in der hinteren Ecke der Küche. Dort konnte man sich nur direkt hinter der Tür oder in dem hohen Schrank verstecken, in dem Sophies Putzfrau das Bügelbrett und den Wischmopp mitsamt Eimer aufbewahrte.

Knack, knack.

Tim war jetzt fast unten. Den einen Fuß im Wischeimer, versuchte sie sich neben das Bügelbrett zu quetschen, stellte aber fest, dass im Schrank nicht genug Platz für sie war. Also versteckte sie sich hinter der Tür des Abstellraums.

Tapp, tapp, tapp. Tim war jetzt in der Küche und schlappte mit nackten Füßen über die Porzellanfliesen. Erneut erfüllte der Geruch seines Rasierwassers, der ihn wie ein Schwarm hartnäckiger Mücken umgab, die Luft. In ihrem Versteck hörte Bev, wie er den Wasserkocher füllte und einschaltete. Dann nahm er offensichtlich etwas aus der Spülmaschine, denn es war das Klappern von Geschirr zu hören, als er den Korb herauszog. Das Klirren von Metall auf Glas. Er machte sich einen Kaffee. Wenn er doch bloß verschwinden würde. Oder, noch besser, sie würde den Mut aufbringen, ihr Versteck zu verlassen und Tim für seine schrecklichen Verbrechen zur Rede zu stellen.

In ihrer Vorstellung sprach Rob jetzt zu ihr: »Du bist ein Feigling, Bev Saunders. Du hast einen Abgeordneten in die Falle gelockt, aber du schaffst es nicht, deinen Vermieter wegen eines Mords zur Verantwortung zu ziehen? Wie erbärmlich. Kein Wunder, dass du für unsere Tochter nicht das Sorgerecht bekommen hast. Du hast es nicht verdient.«

Aber sie war noch nicht bereit. Sie bekam kaum noch Luft und bezweifelte, dass sie überhaupt einen Ton herausbringen würde.

Als Tims Schritte näher kamen, schloss sie die Augen und betete, dass er ihr Eindringen nicht bemerkte. *Er geht garantiert zum Kühlschrank, um sich Milch zu holen*, sagte sie sich. *Beruhig dich. Hoffentlich ruft Doc jetzt nicht an oder schickt eine SMS.*

Plötzlich knallte die Tür gegen ihre Brust, und Tim zwängte sich in den Abstellraum und riss die Tür des Schranks auf, in dem sie sich zu verstecken versucht hatte. Er war jetzt bestimmt nicht mehr als dreißig Zentimeter von ihr entfernt. Falls ihr Magen anfangen sollte, zu knurren, war das Spiel vorbei.

*Geh um Himmels willen wieder zurück in die Küche!*

Sein Rasierwasser kribbelte in ihrer Nase, als er Bügelbrett und Bügeleisen herausnahm und im Abstellraum aufbaute. Zu Bevs Füßen stand ein Korb mit frisch gewaschenen Hemden. Sie biss sich auf die Lippe, während sie nur darauf wartete, dass er sie entdeckte. Plötzlich war Tims Arm zu sehen, und er zog ein hellblaues Hemd aus dem Korb. Nur eine Handbreit entfernt tauchte sein Kopf in ihrem Sichtfeld auf. Wenn er jetzt einen Blick zur Seite warf, würde er sie bemerken. Mit einem Klicken schaltete sich das aufgeheizte Bügeleisen aus. Bev hatte gehofft, dass sie mal auf eine andere Weise sterben würde als durch ein glühend heißes Bügeleisen.

Aber Tim war mit seinen Gedanken woanders und bemerkte sie nicht, während sie mit angehaltenem Atem im Schatten stand und die Fingernägel in ihre Handflächen bohrte.

Es kam ihr wie eine Ewigkeit vor, bis er das Hemd endlich fertig gebügelt hatte und mit einem unmelodischen Summen in die Küche zurücktrottete. Als er wieder die knarzende Treppe hinaufging, verließ Bev den Abstellraum. Sie lauschte aufmerksam, denn von oben war das Geräusch von fließendem Wasser zu hören. Er ließ sich ein Bad ein. Sie würde warten, bis er in der Wanne lag, und was dann? Sollte sie vielleicht den skandinavischen Kerzenständer vom Esstisch nehmen und drohen, ihn damit zu erschlagen, wenn er nicht auspackte? Nein. Er war zu kräftig und zu stark. Er könnte ihr den Kerzenständer mühelos aus der Hand reißen und sie damit angreifen. Wie wär's mit einem Messer? Nein. Dasselbe Problem. Sie würde sich nur selbst in Gefahr bringen. Dann kam ihr die perfekte Idee.

Sie lief die Steintreppe zu ihrer Wohnung hinunter, eilte ins Innere und holte den defekten Secondhandtoaster. Wie Rotkäppchen, das Hänsel und Gretel nacheiferte, zog sie eine Spur aus Krümeln hinter sich her, während sie in Sophies Haus die breite Mahagonitreppe zum großen bösen Wolf hinaufstieg, um ihre Rolle in einem Märchen zu spielen, das ihr bis ans Ende ihrer Tage Albträume bereiten würde, vorausgesetzt, dass sie das hier überlebte.

Indem sie nur auf den seitlichen Rand der Stufen trat, wo das hundertfünfzig Jahre alte Holz am dicksten war, schlich sie auf das Elternschlafzimmer zu. Plötzlich bemerkte sie, dass das Wasser nicht mehr lief. Wie angewurzelt, blieb sie vor der Tür stehen. War er noch im Schlafzimmer und legte seine Kleidung für den Tag zurecht? Hatte er gehört, wie sie sich näherte? Oder lag er im Kleiderschrank auf der Lauer, um daraus hervorzuspringen und zu beenden, was er am See begonnen hatte?

Vor Bevs geistigem Auge zuckte ein Bild von Hope auf, und ihr wurde bewusst, wie aberwitzig ihr Vorhaben war. Ihre Tochter brauchte sie lebend. Warum war es ihr so wichtig, diesen Fall alleine zu lösen? *Hör auf, an dir selbst zu zweifeln, du blöde Kuh. Diese Angelegenheit ist persönlich. Das hier ist deine Chance, für dich selbst einzustehen und einem ermordeten Mädchen Gerechtigkeit widerfahren zu lassen. Du bist hier, um es mit Holy Jos Monster von einem Ehemann aufzunehmen, mit dem Mann, der dich in deinem ersten Studienjahr vergewaltigt hat.*

Ihr Zorn trieb sie weiter vorwärts, ins Schlafzimmer. Keine Spur von Tim, aber zu ihrer Beruhigung war hinter der Badezimmertür das Plätschern von Wasser zu hören. Gut so. Dort war er wehrlos, und sie konnte jetzt mit ihm tun, was sie für nötig hielt.

Vor dem Badezimmer schloss sie den Toaster an die Steckdose an und schaltete ihn ein. Dann drückte sie die Tür auf und hielt das unter Strom stehende Gerät über den Kopf.

Tim war in der vollen Badewanne abgetaucht. Er hatte die Augen geschlossen, und aus seinem Mund stiegen Blasen empor, während sein Penis über seinem massigen Körper trieb und sich wie ein Fallschirm am Heck eines bremsenden Rennwagens hin und her bewegte. Schließlich öffnete er die Augen, die unter Wasser hellblau schimmerten. Er runzelte die Stirn, als er versuchte, sich einen Reim auf den merkwürdigen Anblick zu machen, der sich über der Wasseroberfläche bot.

»Wer ist jetzt der große böse Wolf?«, brüllte Bev so laut, dass er es hören konnte.

Tim setzte sich rasch auf, und das Wasser lief in einem glitzernden Sturzbach von seinen muskulösen Schultern und schwappte wie eine Flutwelle in der Badewanne hin und her. Er umklammerte die Ränder der Wanne, sodass seine Knöchel weiß wurden und an seinen riesigen Unterarmen die Sehnen hervortraten. »Du.« Er stieß ein Lachen aus und verzog spöttisch den Mund. »Glaubst du etwa, ich habe Angst vor dir?«

Obwohl es schien, als würden – so wie damals in seiner Studentenbude – die schieren Ausmaße seines Körpers und das Testosteron, das seine Poren verströmten, allen Sauerstoff aus dem Raum verdrängen, nahm Bev all ihren Mut zusammen, um einen Schritt näher zu treten. Dabei ließ sie den Toaster drohend über der Wanne baumeln. »Du hältst dich wohl für verdammt schlau, was? Mich zu schikanieren, damit ich deinen ›Bruder im Geiste‹ in Ruhe lasse. Hast du das deswegen getan? Oder gab es irgendeinen anderen bizarren Grund? Also, siehst du diesen beschissenen alten Toaster, den Sophie mir angedreht hat? Das Ding ist verdammt launisch. Es sprüht ständig Funken. Und weißt du was, Timbo? Er ist angeschlossen!«

»Du bluffst doch nur«, sagte er.

»Ach ja? Ich will ein paar Antworten, du Tier. Fang an, zu reden, oder ich werde dich bei lebendigem Leib rösten.«

## KAPITEL 45

# Der Wolf

Endlich ist seine Beute direkt in seinen Bau marschiert, und er bildet sich ein, er kann bereits ihr Fleisch auf seiner Zunge schmecken. Sie hält den alten Toaster in die Höhe, als könnte ihn das irgendwie aus der Ruhe bringen. Kapiert sie nicht, dass sie nur ein wehrloses Kaninchen direkt vor dem geifernden Maul des Wolfes ist?

»Ich bin froh, dass es so gekommen ist«, sagt er und registriert erfreut, wie sie sich windet. »Wenn du immer noch nicht herausgefunden hast, warum ich dich hasse und vernichten will, ist es wohl an der Zeit, dass du es jetzt erfährst.« Er bemerkt, dass ihre Arme anfangen, zu zittern, während sie das Gerät in die Luft hält. »Aber erst musst du den Toaster wegstellen, Bev. Du bist zu schwabbelig und untrainiert, um das Ding noch länger hochzuhalten. Du wirst dich noch verletzen.«

»Halt die Klappe, du primitives Arschloch«, sagt sie und beugt sich noch weiter über die Wanne. Ihre Augen sind hasserfüllt. »Ich weiß, was du Tatjana Lebedew angetan hast. Du Schlächter!«

Er lehnt sich in der Wanne zurück, und das heiße Wasser umspielt plätschernd seinen Körper. Er fragt sich, ob sie einen tödlichen Schlag bekommt, wenn er in einen der Schlitze des Toasters Wasser spritzt. Aber womöglich würde der Strom auf ihn überspringen, so als hätte man in eine Spur aus Benzin eine brennende Fackel geworfen. Er legt seine Arme über den Kopf und betrachtet zufrieden seine aufkeimende Erektion, denn er weiß, dass sie seinen Körper begutachtet.

Sein Vater wäre jetzt stolz auf ihn. Er ist jetzt nicht mehr der schwächliche Junge, der vom Anführer seiner Clique verprügelt wurde; der sich von seinen Mitschülern verspotten ließ; der von der Freundin seiner Mutter missbraucht und seiner Unschuld beraubt wurde. *Er* ist jetzt der Anführer, der Leitwolf, das Sexmonster.

»Erinnerst du dich noch an unsere gemeinsame Nacht auf dem College, Bev?«

»Als du mich gevögelt hast, obwohl ich Nein gesagt habe? Erinnerst du dich daran auch, Timbo? Kriegst du nur einen hoch, wenn du wehrlose junge Frauen vögelst, die nicht mit dir schlafen wollen?«

Er greift nach seinem Penis und fängt an, ihn zu massieren, während er dabei zusieht, wie ihr Gesicht vor Abscheu erstarrt. »Willst du nicht zu mir steigen? Sophie ist nicht da.«

»Du bist total gestört. Ich würde nicht mal mit dir schlafen, wenn du der einzige Mann auf Erden wärst. Du machst mich krank.«

Ihre Worte haben eine unerwartete Wirkung auf ihn. Statt ihn zu erregen, erinnern sie ihn an die Sexparty in London, auf der er sie zufällig entdeckt hatte, als sie ihre Zunge tief in die Vagina einer dicken Frau gesteckt hatte und sich von einem dürren Hering mit grauer Brustbehaarung von hinten nehmen ließ. Sie trugen alle Masken. So lauteten die Regeln des Veranstalters, um die Anonymität der Gäste zu wahren. Allerdings war er in jener Nacht nicht der Wolf. Er bemerkte sofort den großen Leberfleck auf ihrem Hintern und konnte zwischen dem gehobenen Englisch und näselnden Tonfall der Londoner Gäste ihren unverkennbaren nordenglischen Akzent ausmachen. Sie hingegen erkannte ihn nicht. Daran erinnert er sich jetzt. Ihre Zurückweisung schmerzt ihn noch immer, selbst nach all den Jahren, während er hier in der Wanne liegt.

»Nein danke, Kumpel. Du bist nicht mein Typ.«

In einem Raum voller sexueller Gelegenheiten und freizügiger Dekadenz, in dem jeder Freiwild war, hatte sie ein perfektes Exemplar wie ihn vor den Augen der anderen zurückgewiesen und lieber mit dem körperlichen Abschaum kopuliert. Die Erinnerung daran überflutet ihn mit einer toxischen Mischung aus Wut, Scham und Trauer. Er lässt seinen Penis los.

»Was gibt dir das Recht, einen Mann wie mich zu verurteilen? Was gibt dir das Recht, Geheimnisse vor mir zu haben?« Nun, da er zum entscheidenden Punkt kommt, spürt er, wie Verbitterung und Zorn seine Scham und Trauer verdrängen.

»Geheimnisse?«, fragt sie und runzelt die Stirn. »Wovon redest du?«

In diesem Moment begreift er: Ihr ist nicht klar, dass er Bescheid weiß. »Du bist eine verlogene Schlampe. All die Jahre hast du den Leuten etwas vorgemacht.«

»Ich habe keine Ahnung, wovon du redest. Du bist gestört, und du bist ein Killer. Gib es endlich zu.« Obwohl sie die Unerschrockene spielt, muss sie schwer schlucken. Er kann es sehen. Ihre Augen sind von Panik erfüllt. Er kann ihre Panik riechen und ihre stinkenden Achseln, die fettigen Haare und ihre ungewaschene Fotze. Kein Vergleich zu der wunderbaren Sophie. Sophie, die so perfekt und unerreichbar ist, dass er sie am liebsten in einer Vitrine wegsperren würde. Bev stinkt wie die Huren, die Stan Jerry zu ihren Herrenabenden in London vorbeibringt. Sie riecht nach Sex und Verzweiflung, wie Tatjana Lebedew.

»Weiß Rob Bescheid? Weiß Rob, dass ich Hopes leiblicher

Vater bin und dass er all die Jahre das Kind eines anderen Mannes großgezogen hat?« Er hat zwar keine Erektion mehr, aber inzwischen ist seine Mordlust erwacht, weil er die wahren Gründe für seinen Schmerz zur Sprache bringt. »Wie konntest du das nur vor allen geheim halten, Bev?«

Sie reckt wie ein aufmüpfiger Teenager das Kinn, und der Toaster über ihr beginnt, bedenklich zu wackeln. Ihr schwinden die Kräfte. Jetzt ist es an der Zeit, die Gefahr abzuwenden.

»Was ich mit meinem Körper, meinem Kind und meinem Leben anstelle, geht dich gar nichts an, Timbo. Hope ist das Ergebnis einer Vergewaltigung durch einen Schwachkopf, der sich nur für mich interessiert hat, weil er nach einem Abend in der Studentenbar was zum Vögeln gesucht hat. Soll ich ihr das erzählen? Soll ich Sophie das erzählen?«

»Das würdest du nicht tun.« Er erhebt sich aus der Wanne wie der griechische Gott Poseidon, und das Wasser läuft an ihm herunter und ergießt sich auf den Boden.

Instinktiv tritt Bev ein paar Schritte zurück. Sie hält den Toaster jetzt über dem trockenen Bereich des Bodens in die Höhe. »Warum bist du so, Tim? Warum hast du diese junge Prostituierte getötet, ihren Körper zerstückelt und in einen Müllcontainer geworfen? Ich habe die Zeitungsartikel gelesen. Ich habe das Snuff-Video gesehen. Warum? Und warum in Gottes Namen glaubst du, dass du ungestraft davonkommst?«

»Du hast mir mein Kind genommen.«

»Und ich bin froh darüber«, sagt sie mit einem ironischen Lächeln. Sie wird unvorsichtig. »Im Vergleich zu dir wirkt Rob wie ein Engel. Sophie ist nur noch mit dir zusammen, weil sie nicht die geringste Ahnung hat, was für ein Mann du bist. Du bist ein verdammtes Monster.«

In der Hoffnung, dass sie den Toaster fallen lässt, wo sie steht, versetzt er ihr mit einem rechten Haken einen Schlag in den Bauch, der selbst einen erwachsenen Mann niederstrecken würde. Wie nicht anders zu erwarten, landet der Toaster neben ihr auf dem Boden. Vom Hebel sprühen weiße Funken empor.

Er steigt aus der Wanne und umklammert mit den Händen ihren Hals, bevor sie wieder zu Atem kommen kann. Er drückt sie mit seinem Körper nach unten und bekommt erneut eine Erektion, während sie über den feuchten Boden rutschen. Das Gefühl der Demütigung und die schmerzhaften Erinnerungen sind jetzt verflogen. Er ist der Wolf und wird gleich seine Beute erlegen.

Mit hervortretenden Augen schlägt sie unter ihm wild um sich. Dies ist der perfekte Tod für dieses Miststück. Er hat kein Interesse daran, die Tochter großzuziehen, die er gezeugt hat, und er weiß mit absoluter Sicherheit, dass das Mädchen von ihm stammt. Ihm war sofort klar, dass der Zeitpunkt passte, dass er als Kandidat infrage kam, als die College-Schlampe schwanger wurde. Jahre später hat das Mädchen ihre dreckige Mutter in Begleitung einer Sozialarbeiterin in der Souterrainwohnung besucht. Ein Blick auf die Statur des Kindes hatte genügt, um zu erkennen, dass es von ihm stammt. Allerdings wollte er unbedingt einen Beweis dafür haben. Es war ein Kinderspiel gewesen, nach ihrer Abreise in die Wohnung einzudringen und das Glas zu stehlen, aus dem sie getrunken hatte. Im Internet findet man haufenweise Firmen, die eine DNA-Analyse anhand einer Speichelprobe anbieten. Das Ergebnis des Tests ließ keinen Zweifel zu. Und jetzt will er sich an der Mutter rächen, die ihn zurückgewiesen und alle belogen hat. Sobald sie tot ist, wird er sie zur Feier des Tages heftig durchvögeln. Anschließend wird er ihren geschändeten Körper zum Gartenhäuschen rausbringen und mit der Kettensäge bearbeiten. Man darf nicht herausfinden, dass er diese russische Hure umgebracht hat. Bev stellt in dieser Hinsicht die größte Gefahr dar, und sie lässt sich problemlos beseitigen. Am Montag kommt der Baumpfleger. Niemand wird es merken, wenn er ihre Körperteile in den Häcksler wirft.

»Doc! Hilfe!«

Das ist das Einzige, was sie hervorbringt, bevor sie aufhört, sich zu bewegen.

# KAPITEL 46

# Bev

*Stell dich einfach tot. Nur so kannst du ihn dazu bringen aufzuhören,* dachte Bev trotz ihres Sauerstoffmangels, ihrer Fassungslosigkeit und ihres Entsetzens.

Warum war sie nur so dumm gewesen, zu glauben, dass sie ohne jede Unterstützung einen Psychopathen zur Rede stellen konnte und dazu bewegen würde, alle möglichen Gewaltverbrechen zu gestehen? Warum hatte sie gedacht, dass Tim von seiner Vaterschaft nichts wusste? Hope hatte denselben Körperbau wie er. Sie war viel zu groß, um Robs Tochter zu sein. Doch Rob hatte in seiner Überheblichkeit nie in Betracht gezogen, dass ein anderer Mann der Vater seines Kindes sein könnte. Er hatte sich stets dazu beglückwünscht, dass er die rezessiven Gene seines hochgewachsenen Urgroßvaters weitergegeben hatte. Hope hatte zwar Bevs Augen, ihren Mund und ihre Hautfarbe, was jeden Zweifel zerstreut hatte, aber Nase und Gesichtsform ihrer Tochter glichen denen von Tim aufs Haar. Wenn jemand von Bevs unseliger Nacht mit Tim erfahren und die richtigen Fragen gestellt hätte, wäre ein DNA-Test überhaupt nicht nötig gewesen, und man hätte auch kein Genie sein müssen, um festzustellen, dass zwei und zwei tatsächlich vier ergab. Idiot.

Draußen nahm Bev vage das Knirschen von Kies wahr. Und das Brummen eines Motors. Dann, wie ein Schlüssel in die

Haustür gesteckt wurde und drei Paar Füße – ein großes und zwei kleine – über den Holzboden in der Diele stapften.

Sie lag mit angehaltenem Atem möglichst regungslos auf der Türschwelle zwischen Schlafzimmer und Bad und starrte ins Leere. Tim hatte die Rückkehr seiner Familie noch nicht bemerkt. Er war zu sehr damit beschäftigt, ihr mit einem Triumphschrei Hose und Schlüpfer vom Leib zu reißen, dieses Arschloch.

Wie weit war der Toaster von der Stelle entfernt, wo sie mit über dem Kopf ausgebreiteten Armen auf dem Boden lag? Das Gerät war immer noch eingesteckt und befand sich in Reichweite vor der Schlafzimmerwand. Sie könnte Tim überraschen und ihm das Ding über seinen massigen Schädel ziehen.

Als er schließlich gewaltsam in sie eindringen wollte – er hielt sie offensichtlich für tot –, dämmerte ihm allmählich, dass Sophie und die Kinder nach Hause gekommen waren. Er sprang auf die Füße und rutschte dabei auf dem feuchten Fliesenboden aus.

Bev nutzte die Gelegenheit, um sich den Toaster zu schnappen, und erwischte ihn damit an der Schläfe, sodass ihm für einen Moment schwindelig wurde. In seinen Augen spiegelte sich fassungsloses Entsetzen.

»Du bist doch tot!«

»Irrtum, Arschgesicht.« Sie verpasste ihm erneut einen Schlag.

Mit seinen nassen Händen griff Tim nach dem Toaster, bis er ihn schließlich zu fassen bekam. Wie bei einem Tauziehen versuchten sie beide, das Gerät in ihren Besitz zu bringen. Da Bev Turnschuhe mit festem Profil trug, war sie ihm gegenüber trotz der Hose und des Schlüpfers, die ihr immer noch um die Knöchel hingen, im Vorteil. Außerdem spürte sie, dass ihr Widersacher von Panik erfüllt war.

»Timmy, mein Schatz! Wir sind wieder zu Hause! Ich komme jetzt hoch.«

Bev versuchte ihr Bein gegen die Innenseite seines Schenkels zu drücken, um ihn aus dem Gleichgewicht zu bringen, und als Tim ihr das Gerät aus den Händen riss, verlor er den Halt, rutschte aus und fiel samt Toaster mit einem gewaltigen Platschen in die Wanne. Es ertönte ein lauter Knall. Bev taumelte zurück und landete neben der Toilette.

»Timmy! Alles okay?« Sophie hatte jetzt den oberen Treppenabsatz erreicht.

Hastig zog Bev ihre Hose wieder hoch und spähte entgeistert über den Wannenrand. Begleitet von einem elektrischen Knacken und Zischen, wurde Tims zuckender Körper heftig durchgeschüttelt. Bev stürzte zur Steckdose, wischte sich die Hände an ihrem Oberteil ab und zog den Stecker heraus.

»Was ist denn hier los?«, fragte Sophie verwundert und betrat das Schlafzimmer.

»Ich fürchte, es gab einen Unfall«, sagte Bev mit heiserer Stimme. Ihre Kehle schmerzte immer noch, nachdem Tim gerade versucht hatte, sie umzubringen. Sie ging auf Sophie zu und streckte die Hand aus.

»Einen Unfall? Was für einen Unfall?« Sophie stieß sie fort und rannte ins Bad. Dort sank sie neben der Wanne auf die Knie. Sie stieß einen schrillen Schrei aus, als sie sah, dass ihr Ehemann mit dem Gesicht nach unten im Wasser lag und mit seinen verkohlten Händen voller Blasen immer noch den Toaster umklammert hielt. »O mein Gott.«

»Es ist nicht das, wonach es aussieht«, sagte Bev und wünschte sich in diesem Moment, irgendwo anders zu sein, nur nicht in einem Badezimmer mit dem nackten, toten Ehemann ihrer besten Freundin. »Ich kann das erklären.«

# KAPITEL 47

# Bev

»Sie haben das Recht zu schweigen. Sie müssen keine Aussage machen, aber …«

Bev konnte die Polizeibeamtin, die sie über ihre Rechte aufklärte, jetzt nicht mehr hören. Ihre Belehrung verwandelte sich in einen Wirrwarr aus juristischen Floskeln, während Bev auf die schweren Metallhandschellen an ihren Händen starrte. Von all den schrecklichen Dingen, die ihr in letzter Zeit passiert waren, war das hier wahrscheinlich das Schlimmste.

»Es war ein Unfall, wissen Sie?«, sagte sie und suchte nach einem Funken Mitgefühl in dem versteinerten Gesicht des Cops. Erst da erkannte sie, dass es sich um Owen handelte. »Er hat mich gewürgt. Wir haben miteinander gekämpft. Und dann lag er plötzlich in der Wanne.«

Im Badezimmer inspizierte ein Team von Kriminaltechnikern in weißen Overalls den Tatort und machte Fotos von dem beängstigenden Anblick, den der große, massige Mann mit dem Toaster in den Händen in der kleinen Wanne bot. Die Beamtin, die Bev wegen Mordes verhaftet hatte, war von ihr bestenfalls einfach nur genervt. Aber Bev wusste, dass sie Hope nie wieder zurückbekommen würde. Selbst wenn es ihr gelingen sollte, ihre Unschuld zu beweisen, reichte das hier aus, damit Rob ihrem Anspruch auf das Sorgerecht für immer einen Riegel vorschieben konnte.

»Er ist ein Killer. War, meine ich. Tim. Ich kann es beweisen.« Sie schloss fest die Augen und versuchte die Erinnerung daran zu vertreiben, wie Sophie sie angebrüllt hatte, sie sei ein böser Mensch, während sie sich wehklagend über Tims leblosen Körper beugte, der in dem elektrisch aufgeladenen Wasser noch größer wirkte.

»Sie werden Ihre Lektion nie lernen, oder, Beverley?«, sagte Owen, und in seinem missbilligenden Blick blitzte ein Anflug von Genugtuung auf. »Sie sind nur eine Amateurin. Nicht die Polizei. Sie hätten nicht versuchen sollen, ihn sich alleine vorzuknöpfen.«

»Ich bin keine Amateurin! Ich habe versucht, ein Geständnis von ihm zu bekommen.«

»Mit einem unter Strom stehenden Toaster? In einem Badezimmer?«, fragte die Polizistin. »Okay, bringen wir sie auf die Wache.«

»Ich muss mit meiner Anwältin sprechen«, sagte Bev, während sich ihr Magen und Kehle zuschnürten.

Sie richtete ihren Blick wieder auf die Kriminaltechniker, die jetzt stöhnend Tims Leiche aus der Wanne hievten. Das Wasser ergoss sich in sämtliche Ecken, als sie den Toten in einen schwarzen Leichensack beförderten. Beim Anblick seines Gesichts, dessen Lippen und Kiefer inzwischen eine merkwürdig blaue Färbung angenommen hatten, stieg in Bevs Kehle ein Schwall Gallenflüssigkeit auf. Beinahe wäre sie von Mitleid und Reue überwältigt worden. Sie hatte das Gefühl, als würde ihr Mageninhalt von einer Blase des Unbehagens emporgehoben.

»Oh. Oh. Tut mir leid.« Sie übergab sich auf die glänzenden Pumps der Polizistin.

Als man Bev die Treppe hinunterbrachte und sie im Wohnzimmer Sophies Wehklagen und die wütenden Schreie der Kinder hörte, fühlte sie sich elend und müde.

»Verschwinde aus meinem Haus«, brüllte Sophie, als Bev an der Tür vorbeitrottete. Sie schleuderte eine Ausgabe der Zeitschrift *Homes & Gardens* mit so großer Wucht und Präzision durch die Luft, dass sie Bev direkt an der Brust traf. »Ich werde deine Sachen auf die Straße werfen und die Schlösser austauschen lassen, du abscheuliches Miststück. Ich hasse dich.« Sie kreischte jetzt und schlug sich mit den Fäusten auf die Knie. Die brüllenden Kinder, die einen roten Kopf hatten und todtraurig waren, erstarrten und verstummten. Sie glotzten ihre Mutter entsetzt an, als hätte sie sich in eine wild gewordene Bestie verwandelt, die sie mit Haut und Haaren verspeisen könnte.

»Es tut mir leid«, flüsterte Bev. »Falls es ein Trost ist, Tim …«

»Raus!« Sophie war jetzt aufgesprungen und marschierte entschlossen auf Bev zu, die in der Diele stand.

Bev konnte sich nicht erinnern, dass ihre Freundin je so menschlich gewirkt hatte. Ihre Haare waren zerzaust. Der Lidstrich war verlaufen und bildete unter den Augen Flecken wie bei einem Panda. Ihr sonst makelloser Teint war einer diabolischen Zornesröte gewichen, und die Vene auf ihrer Stirn, die sich sonst zart unter ihrer durchscheinenden Haut abzeichnete, pulsierte blau wie ein Warnsignal und verlieh ihr eine große Verletzlichkeit.

»Du hast ihn getötet. Du Hexe. Du beschissenes … beschissenes … Miststück.«

Sie hatte Sophie nicht mehr so fantasievoll fluchen hören, seit Rob sie beide einmal besucht hatte, als er noch Mitch war und er und Bev nur noch miteinander redeten, wenn es darum ging, die Besuche bei seinen Eltern abzusprechen, um Hope zu sehen. Rob war um drei Uhr nachts sternhagelvoll bei ihnen aufgekreuzt und hatte Steinchen gegen Sophies Schlafzimmerfenster an der Vorderseite des kleinen Reihenhauses geworfen, das sie sich teilten. Außerdem hatte er in ihrem kleinen Vorgarten auch noch auf die Tafel mit der Aufschrift »Nirgendwo ist man Gott näher als im Garten« gepinkelt. Sophie wurde damals stinksauer. Jetzt hatte Bev endgültig eine Grenze überschritten, hinter der es kein Zurück mehr gab.

»Du wirst schon sehen, Soph«, sagte Bev, als einer der uniformierten Beamten ihre Freundin zurückhielt und sie zu ihrem Sessel und dem Couchtisch voller tränengetränkter Taschentücher zurückbrachte. »Es war nicht meine Schuld. Tim hat dich schamlos belogen. Dein Verlust tut mir leid. Ehrlich. Aber er war nicht der Mensch, für den du ihn gehalten hast. Und ich werde für dich da sein, wenn du mich brauchst.«

»Dich brauchen? Du hast mein Leben zerstört!« Sophie begann, zu weinen, und ihr Gesicht verzerrte sich. In einer Mischung aus Wut und Trauer stieß sie ihre Worte hervor. »Ich werde dich nie wieder brauchen. Du wirst für den Rest deines verfluchten Lebens im Knast schmoren.«

Als man Bev behutsam auf die Rückbank eines Streifenwagens beförderte, sah sie, wie die Kriminaltechniker auf einer Trage den Leichensack mit Tim in den Garten brachten und mühsam in einen Transporter verfrachteten, worauf man ihn wahrscheinlich für die Autopsie zur Leichenhalle fahren würde.

Es war nicht ohne Ironie, dass man den Wolf auf einem Metalltisch ausweiden und zerstückeln würde, wenn man bedachte, dass er, vielleicht auf dem Küchenboden der Wohnung in Ealing, ein minderjähriges Mädchen zerstückelt hatte. Nur dass man Tatjanas sterbliche Überreste einfach irgendwo entsorgt hatte, während Tim ein anständiges Begräbnis erhalten würde.

Der Streifenwagen verließ die Kiesauffahrt. Schniefend beobachtete Bev die neugierigen Nachbarn, die direkt vor dem Gartentor zusammengekommen waren und darüber spekulierten, was das ganze Theater wohl zu bedeuten hatte.

Ja, was *hatte* es zu bedeuten gehabt? Bev hinterfragte ihre Gefühle für den Mann, der ihre über alles geliebte Tochter gezeugt hatte. Wenn man sie wegen Mordes oder Totschlags zu einer langen Gefängnisstrafe verurteilte, hätte Tim ihr Leben praktisch ebenfalls beendet. *Nein.* Sie kam zu dem Schluss, dass sie keinerlei Mitgefühl für ihn empfand. *Ich hasse ihn, und ich bin froh, dass er tot ist. Ich wünschte, ich könnte Sophie Trost spenden, und die Tatsache, dass ich für den Tod ihres Manns verantwortlich bin, wird mich bis an mein Lebensende verfolgen. Aber jetzt gerade scheiße ich mir fast vor Angst in die Hose, weil ich meine Kleine für immer verlieren könnte.*

»Alles okay da hinten?«, fragte der Officer auf dem Beifahrersitz und warf einen Blick über die Schulter.

Bev unterdrückte ein verzweifeltes Schluchzen. »Alles in Ordnung.«

Mehrere Tage lang wartete Bev in einer Arrestzelle auf die Entscheidung der Polizei, ob hinsichtlich Tims Tod mildernde Umstände vorlagen oder nicht – Umstände, die überzeugend genug waren, um sie wieder zu entlassen. Würde man ihr glauben, dass sie nur damit gedroht hatte, ihm einen tödlichen Stromschlag zu verpassen, um die Wahrheit über Tatjana Lebedews Tod zu erfahren? Würde die Autopsie zeigen, was tatsächlich in dem Badezimmer passiert war?

»Man wird Sie wegen ›gefährlicher Drohung‹ anklagen«, hatte ihre Verteidigerin gesagt. »*Kandice mit K*« kam von derselben Kanzlei, die auch schon Bevs Scheidung vermasselt hatte. Sie war keine Spitzenanwältin aus der Top Fünfhundert, sondern eine Stümperin, die hundertdreißig Pfund pro Stunde verlangte und für eine örtliche Kanzlei arbeitete, deren Büros sich über einem Friseursalon in Wythenshawe befanden. Sie war nicht viel besser als ein Pflichtverteidiger, auf den Bev jedoch keinen Anspruch hatte. Sie war die beste Anwältin, die sie sich leisten konnte, nachdem man Angies Vermögen eingefroren hatte. Trotzdem war sie immer noch teuer genug. Kandice mit K hatte ihr dargelegt, was sie erwartete: »Ihre Lage ist sehr ernst, Beverley. Ihnen droht eine lange Gefängnisstrafe, falls man Sie für schuldig befindet. Es ist ja nicht so, dass Sie keine Wahl gehabt hätten. Sie hätten die Polizei verständigen sollen.«

»Aber ich habe doch schon erklärt …«

»Ich weiß! Ich weiß! Wir werden Sie, so gut es geht, vertreten.« Kandice hatte in dem Befragungszimmer, das nach Schweiß und drohendem Unheil roch, mit Nachdruck ihre Hände auf den Tisch gelegt. »Aber zunächst muss ich wissen, wie Sie für meine Dienste bezahlen wollen.«

Bev schloss seufzend die Augen und wünschte, dass dieser Albtraum vorbei wäre, sobald sie sie wieder öffnete. »Ich habe momentan keine Kohle. Solange man mich nicht für meinen letzten Auftrag bezahlt hat. Verstehen Sie? Seit der Scheidung ist meine Situation ziemlich kompliziert.« Sie schüttelte betrübt den Kopf und hoffte vergeblich auf etwas Mitgefühl, während sie ihre Anwältin betrachtete, die eine steife Körperhaltung angenommen hatte. Bev fragte sich, ob Kandice mit ihrem altmodischen Kostüm und ihren Plastikperlen ihr Honorar überhaupt wert war.

»Ich werde meinen Wagen verkaufen. Das ist in Ordnung, solange Sie mich da wieder rausboxen.«

Kandice' Schultern hatten sich wieder entspannt. »Wir werden sehen. Immerhin können Sie beweisen, dass Tim Ihnen nachgestellt hat. Das ist von Vorteil. Und diese Frau im Brackenrigg Inn. Wir werden sie zu dem Einbruch als Zeugin vorladen. Außerdem haben die Kriminaltechniker die Sturmhaube und die schwarze Kleidung gefunden, die er dabei getragen hat. Für die Tat gibt es also Beweise. Wir werden abwarten müssen, was die Polizei hinsichtlich der gefälschten Website und der Twitter-Accounts unter Ihrem Namen auf seinem privaten Computer und zu Hause in seinem Arbeitszimmer findet. Sollte Ihre Videoaufnahme Ihre Aussage bestätigen, dass er Sie im Badezimmer angegriffen hat und es daraufhin zum Kampf kam, kann ich vielleicht mildernde Umstände geltend machen.«

»Ich habe ihn verdammt noch mal nicht umgebracht!«

Kandice mit K bedachte sie mit einem sarkastischen Lächeln, sodass ihre dick aufgetragene Schminke Risse bekam. »Nein. Aber der eingeschaltete Toaster spricht nicht zu Ihren Gunsten, Beverley. Das weist auf Vorsatz hin. Außerdem hatten Sie bewiesenermaßen ein gutes Mordmotiv. Wie gesagt, man wird Sie im günstigsten Fall wegen ›gefährlicher Drohung‹ anklagen. Aber da Sie keine Vorstrafen haben und Rücksicht auf Ihre Tochter nehmen müssen, besteht wahrscheinlich keine Fluchtgefahr. Ich denke, dass ich Sie gegen Kaution freibekomme. Vorausgesetzt, dass die jemand für Sie bezahlt …«

»Das darf doch nicht wahr sein! Warum läuft in meinem Leben immer alles schief? Herrgott noch mal, ich habe einen Mord aufgeklärt, und jetzt droht mir eine Gefängnisstrafe! Ist das etwa gerecht?« Bev schlug auf die abgewetzte Tischplatte. Sie verspürte das Bedürfnis, ihren Stuhl quer durch den Raum zu schleudern, und begriff, warum die Möbel hier am Boden festgeschraubt waren.

»Das Leben ist nicht gerecht, fürchte ich. Schlechten Menschen passieren gute Dinge, und guten Menschen passieren schlechte Dinge. Sie hätten nicht versuchen sollen, das Gesetz selbst in die Hand zu nehmen, oder?«

»Nein.« *Verpiss dich, Kandice mit K, du scheinheilige Kuh.*

Der einzige andere Mensch, der Bev in dieser schweren Zeit besucht hatte, war Doc. Man hatte es ihr zwar nicht erlaubt, ihn während der Befragung durch die Beamten zu empfangen, aber die Polizistin, die sie verhaftet hatte, hatte ihr erzählt, dass er am Tag ihrer Festnahme vorbeigekommen war, um eine Zeugenaussage zu machen. Es hatte sie ein wenig getröstet, dass er ihr so heldenhaft zur Seite sprang, obwohl ihm das überhaupt nicht ähnlichsah.

Sie schlief gerade auf dem schmalen Bett in ihrer Zelle, als sich ihr Schicksal schließlich wendete. Scheppernd öffnete sich die Tür, und der Aufsichtsbeamte marschierte in die Zelle und verdrängte die verzweifelte Stimmung darin mit einer Aura gleichgültiger Autorität.

»Man hat die Kaution für Sie gestellt«, sagte er und schenkte Bev zu ihrer Überraschung ein freundliches Lächeln. »Kommen Sie mit, dann werde ich Ihre Entlassung in die Wege leiten.«

Bev, deren Muskeln vom Liegen auf der dünnen Matratze wehtaten, kam mühsam hoch und schaute ihn fragend an. »Wer? Was?«

»Ihr Freund, James Shufflebotham. Er hat die Kaution hinterlegt. Er wartet auf Sie.«

Im Eingangsbereich lehnte Doc mit gefalteten Händen und ungelenk verschränkten Beinen am Tresen. Er unterhielt sich mit einem uniformierten Beamten, als wären die beiden alte Freunde, und zeigte ihm sein T-Shirt von der Metallica-Tour, das im Laufe der Jahre durch das regelmäßige Tragen völlig ausgeblichen war. Seine Haare hingen ihm in Strähnen auf die Schultern herab, und seine Turnschuhe waren von getrocknetem Dreck grau verfärbt.

»Du siehst schrecklich aus«, sagte Bev und nahm ihn kurz und unbeholfen in den Arm. »Außerdem riechst du nach Speck.«

Doc grinste, sodass seine gelben Zähne zum Vorschein kamen, und an seinem dürren Hals hüpfte der Adamsapfel auf und ab. »Ich weiß. Den Geruch hier drin kriegt man nicht mehr aus den Klamotten.« Er wandte sich dem Beamten zu, mit dem er sich unterhalten hatte, zwinkerte ihm zu und stieß ein schallendes Lachen aus. »Sorry, Kollege. War nur ein Witz.« An Bev gerichtet, flüstere er: »Eigentlich nicht.«

Als Bev ihren Freund mit einem unbeschwerten Lächeln im Gesicht hier stehen sah, während er mit seinen unfassbar langen Fingernägeln auf den Tresen trommelte, als wäre sein Kopf von Rockmusik und Lego-Träumen erfüllt, spürte sie zum ersten Mal seit dem gemeinsamen Wochenende mit Hope Zuversicht in sich aufsteigen. Sie nahm ihre persönlichen Sachen aus der Plastikkiste, die der uniformierte Beamte zu ihr rüberschob. Dicke, heiße Tränen liefen an ihrem Gesicht herunter, während sie vergeblich versuchte, das Armband ihrer Uhr zu schließen.

»Lass mich das machen«, sagte Doc, packte mit seiner klebrigen Hand ihren trockenen Arm und befestigte flink die Uhr. »Du musst nicht traurig sein. Alles wird gut.«

»Ich bin nicht traurig«, sagte Bev. »Ich bin nur müde. Und ich habe Angst. Außerdem frage ich mich, warum mein Retter in der Not ein Metal-Fan ist, der seit vier Tagen dasselbe T-Shirt und eine Röhrenjeans trägt.«

# KAPITEL 48

## Bev

»Rob! Bleib stehen!«

Obwohl Bev ihrem Ex quer durch die Innenstadt von Manchester gefolgt war, um mit ihm über den unseligen Brief seines Anwalts zu reden, war Rob die letzten zwanzig Minuten vor ihr weggelaufen, als hätte er sie weder gehört noch gesehen.

»Ich muss mit dir reden, du Mistkerl! Bleib stehen!«

Ihre Worte zeigten keine Wirkung. Rob marschierte einfach weiter, in einer dieser zu engen glänzenden grauen Hosen, die er immer zur Arbeit trug.

Schließlich drosselte er das Tempo und blieb, etwa zweihundert Meter von ihr entfernt, vor einem Hotel in der King Street stehen. Er betrat das Gebäude. Bev folgte ihm ins Innere und war für einen Moment verwirrt, als das Tageslicht der gedämpften Beleuchtung und dem Prunk eines Boutique-Hotels wich. Sie konnte gerade noch einen Blick auf Rob erhaschen, während sich die Aufzugtüren vor ihr schlossen. Wahrscheinlich fuhr er zur Dachterrasse hoch.

Sie lief die Treppe hinauf, indem sie immer zwei Stufen gleichzeitig nahm, bis sie schließlich das Dach erreichte, wo Rob auf der Terrasse an einem niedrigen Tisch einer blonden Frau gegenübersaß, die Bev nur von hinten sehen konnte. Sie trug einen Haarknoten, genau wie Sophie …

»Herrgott noch mal, Bev!«, sagte Rob und sprang auf, sodass

der dampfende Kaffee in den beiden Tassen auf dem Tisch auf die Untertassen schwappte.

Aber Bevs Aufmerksamkeit galt weder Robs finsterem Gesicht noch dem atemberaubenden Blick auf die schwindelerregend hohen Dächer der Stadt hinter der Glasbrüstung, sondern der Frau in seiner Begleitung. Sie hatte sich jetzt umgedreht und ihr hübsches Gesicht zu einem Ausdruck fassungslosen Entsetzens verzogen, als hätte sie gerade einen Dämon aus Kacke gesehen.

»Sophie«, sagte Bev, ohne zu brüllen oder einen fragenden Unterton in der Stimme. Sie sprach einfach den Namen ihrer Freundin aus, als wäre deren Verrat ein unvermeidlicher Schlusspunkt in ihrem beschissenen Leben.

»Du? Was zum Teufel machst du hier?« Sophie schlug einen eisigen, unerbittlichen Tonfall an, wie in ihrer Zeit als Holy Jo, als Bev nichts weiter als eine lästige Nachbarin namens Boo gewesen war. »Eigentlich solltest du gerade dein Zeug aus meiner Souterrainwohnung räumen. Du hast versprochen, dass du bis zum Mittag verschwunden bist.«

»Ich bin nicht gekommen, um mit dir zu streiten, Soph. Ich will Rob nur fragen, warum er es verdammt noch mal in Ordnung findet, dass sein Anwalt eine einstweilige Verfügung beantragt hat, damit ich mich meiner Tochter nur noch bis auf hundertfünfzig Meter nähern kann. Gerade als ich kurz davor war, das Sorgerecht zu bekommen.«

»Sicherheitsdienst!«, rief Rob über ihren Kopf hinweg der Kellnerin zu. »Können Sie bitte den Sicherheitsdienst rufen? Wir haben hier einen ungebetenen Gast. Die Frau wurde wegen Mordes auf Kaution freigelassen.«

»Ich bin nicht wegen Mordes auf Kaution draußen, du beschissener Lügner.« Bev betrachtete die verglaste Brüstung, die

Rob von einem schnellen Tod auf dem Gehweg trennte. Mit einem gewissen Bedauern stellte sie fest, dass es ihre Probleme keineswegs lösen würde, wenn sie ihn von der Dachterrasse des hohen Gebäudes stieß. Jedenfalls nicht im Moment. »Es war Notwehr.«

»Mit einem eingeschalteten Toaster!«, sagte Sophie mit Tränen in den Augen und ballte ihre Hände zu Fäusten.

»Tu das nicht, Rob. Bitte«, sagte Bev und versuchte vergeblich dabei ihre Würde zu wahren. Die Verzweiflung war ihren Worten deutlich anzuhören. »Hope zuliebe. Ein Mädchen braucht seine Mum.«

Sophie wich rückwärts zum Nachbartisch zurück und schlang die Arme um ihren schlanken Körper, als schwebte sie in Lebensgefahr. »Ich kann Rob keinen Vorwurf machen«, sagte sie. »Du bist eine Bedrohung für alle, die mit dir zu tun haben. Ich dachte, ich könnte dir helfen, aber du bist durch und durch schlecht.«

Obwohl Bev Sophies Schicksal durchaus bedauerte, gewann ihre Erschöpfung die Oberhand. Sie trat vier Schritte auf ihre Freundin zu, bis ihre Gesichter sich fast berührten. Sie schaute ihr in die blutunterlaufenen Augen, die sie mit Lidschatten und Wimperntusche geschminkt hatte, obwohl sie jetzt eine trauernde Witwe war. »Hör mir zu, du. Dein Mann war schlimmer als alle Jerry Fitzwilliams zusammen. Ich würde mal einen Blick auf das Snuff-Video von Tatjana Lebedews letzten Minuten werfen, bevor du mit dem Finger auf mich zeigst, du scheinheilige Fotze.« Sie versetzte Sophie einen Stoß gegen den Arm. »Und deinen verschimmelten Keller kannst du dir in deinen knochigen Arsch schieben. Bis zwölf bin ich da raus. Steck ihn dir sonst wohin. Zusammen mit deiner christlichen Nächstenliebe und deinem kaputten Toaster und allem anderen. Du findest es also okay, wenn ich mich mit dem Ding in die Luft gejagt hätte, aber für Tim gilt das nicht? Diesen das Fleischerbeil schwingenden Wolf? Du beschissene Heuchlerin!« Als Bev sich erneut ihrem Ex-Mann zuwandte, spürte sie, dass ihre Wut plötzlich von Trauer verdrängt wurde. Aber sie durfte vor den beiden nicht in Tränen ausbrechen. »Ich werde mich gegen dich zur Wehr setzen. Außerdem hast du keine Ahnung, wie mein Prozess ausgehen wird.« Sie deutete mit dem Daumen auf ihre Brust. »Man hat mich in die Enge getrieben, und ich habe mich nur, so gut ich konnte, verteidigt. Und Hope werde ich auch zurückbekommen. Du kannst mich verdammt noch mal am Arsch lecken.«

*Verschwinde von hier. Und zwar sofort.* Sie konnte sehen, wie am hinteren Ende der Terrasse ein Sicherheitsmann auftauchte. *Du fängst gleich an, zu flennen. Nicht weinen.*

»Ich werde in den Knast wandern«, sagte Bev und legte ihre Origami-Figuren vorsichtig in die Fächer des Behälters, den sie aus einer Gemüsekiste und Sophies weggeworfenen Amazon-Verpackungen angefertigt hatte. Sie musste so heftig niesen, als der Staub in ihrer Nase kitzelte, dass das zerknüllte, tränendurchtränkte Toilettenpapier quer über den Couchtisch flog und auf dem Boden landete. »Ich habe keine Ahnung, warum ich das hier überhaupt mache. Ich könnte genauso gut aus der Wohnung verschwinden und diese Kuh alles ausräumen lassen.«

Doc nahm vier Bücher aus dem Regal über ihrem Schreibtisch und warf sie in einen alten Pappkarton, der nicht stabil genug wirkte, um ihr Gewicht zu tragen. »Um Himmels willen, du kommst nicht ins Gefängnis. Du bist für die Leute jetzt so was wie Wonder Woman. Die Aufnahme davon, wie du in diesem lächerlichen Bikini mit Fitzwilliam kämpfst und ihn in den Pool stößt, hat sich im Netz rasend schnell verbreitet. Der Clip ist das am häufigsten angeklickte Wut-Video auf Giphy!«

»Schwachsinn. Alles, was ich anfasse, verwandelt sich in Scheiße. Du solltest dich besser von mir fernhalten.« Sie nahm ein Foto von Hope von ihrem Schreibtisch und wischte es sorgfältig mit dem Ärmel ihrer Fleecejacke ab. Zwischen all den verstaubten Gegenständen war dieses Schulporträt ihrer kleinen Tochter in einem Silberrahmen stets frei von Staub und Fingerabdrücken gewesen. Es war aufgenommen worden, als sie ihren ersten Schneidezahn verloren hatte. Beim Anblick des Leuchtens in den strahlenden Augen ihrer Tochter bekam Bev vor Kummer einen Kloß im Hals, und sie verspürte einen Schmerz, der ihr das gebrochene Herz zusammendrückte. Sie griff sich mit der Hand an die Brust und betrachtete das Bild ihres Kindes, während sie ein stummes Gebet sprach in der Hoffnung, sie möge für Hope Mitchell nicht bloß zu einer verstörenden, leidvollen Erinnerung werden.

Doc nahm ihr das Foto aus der Hand, wickelte es vorsichtig in zwei Schichten Zeitungspapier und legt cs cbcnso vorsichtig auf den Inhalt eines fast vollen Kartons. »Hör auf damit. Du kannst nicht in die Zukunft schauen. Du siehst nur noch schwarz. Gordon, der Kleptomane, würde dich in der Gruppensitzung deswegen ziemlich runterputzen.« Er nahm die Klebebandrolle, trennte mit den Zähnen einen Streifen davon ab und begann den Karton zu verschließen.

Bev rang sich ein Lächeln ab. »Du kannst auch nicht in die Zukunft schauen, Doc. Woher willst du wissen, dass die Cops nicht herausfinden, wer für mich die Hackerangriffe durchgeführt hat? Wenn das rauskommt, können wir uns durch vergitterte Fenster gegenseitig zuwinken.«

»Bist du jetzt fertig, du Schwarzseherin?«, sagte Doc und

ging in die Hocke. »Beruhig dich, und hör auf, dir Sorgen zu machen!« Stöhnend hob er den Karton hoch. Die Muskeln seiner langen, dünnen Arme spannten sich. Aber plötzlich gab der Boden des Kartons nach, und der Inhalt ergoss sich über den Fußboden.

»Nein!«, schrie Bev, als sie sah, wie das Foto von Hope neben dem Sofa landete. Das Zeitungspapier hatte sich geöffnet, und mehrere Glasscherben hatten sich wie die bruchstückhaften Erinnerungen an glücklichere Zeiten um das Foto verteilt. Bev hob die Überreste ihres kostbaren Andenkens auf. »Das ist ein Zeichen.« Sie schlitzte sich am gezackten Rand des Glases, das immer noch am Rahmen hing, den Daumen auf. »So, das war's. Aus und vorbei. Ich habe alles kaputt gemacht.«

Sie lutschte das Blut von ihrem Daumen. Doc, dessen Turnschuhe unter Bevs eingewickelten Habseligkeiten begraben waren, hielt immer noch den kaputten Karton in der Hand und machte den Mund auf und zu, als würde er vergeblich nach ein paar Worten des Trosts suchen.

»Hör zu. Es ist nicht so, als …«

In diesem Moment schrillte Bevs Handy und unterbrach seine Ausführung. Sie warf einen Blick auf das Display. Es war Kandice mit K. Bev schloss die Augen. »Was noch? Wird man mir jetzt endgültig den Todesstoß versetzen?« Sie nahm den Anruf entgegen und lauschte.

»Ich habe Neuigkeiten. Sitzen Sie gerade?«

# KAPITEL 49

## Angie

»Natürlich hatte ich keine Ahnung, was Jerry im Schilde führt. Nichts davon habe ich gewusst. Ich bin darüber genauso empört wie alle anderen auch«, sagte Angie mit dem nötigen Maß an Zittern in der Stimme. »Jerry hat mich über alles im Dunkeln gelassen. Er hat dafür gesorgt, dass ich gefügig bin und keine Fragen stelle.«

»Und wie hat er das angestellt, Angela?«, fragte der Staatsanwalt mit einem aufmunternden Lächeln.

Angie schaute zu ihrem zukünftigen Ex-Mann hinüber, der vor der Anklagebank stand. Man konnte ihm deutlich ansehen, dass er zwei Monate in Untersuchungshaft verbracht hatte. Die rote Farbe, die typisch für einen Mann war, der zu viel Rotwein getrunken und zu viele Lendensteaks gegessen hatte, war aus seinem Gesicht gewichen. Es hatte jetzt einen käsigen Farbton angenommen, den Angie bei ihrem einzigen Besuch im Gefängnis auch an den anderen Häftlingen bemerkt hatte. Selbst der maßgeschneiderte Anzug konnte nicht über die verzweifelte Resignation hinwegtäuschen, die jeder seiner Bewegungen anhaftete wie ein schwelender Furz.

Der Richter räusperte sich und schaute Angie durch seine Gleitsichtbrille an. Mit seiner albernen langen Perücke und der roten Robe wirkte er wie eine Mischung aus einem Schaf und einem modernen Pharisäer.

Angie schreckte aus ihren Gedanken auf und merkte, dass der Richter, die Anwälte, die Jury, der Gerichtszeichner und die Leute auf der Galerie im großen Gerichtssaal des Old Bailey sie alle gespannt anstarrten und darauf warteten, dass sie mit ihrer Geschichte von Leid und Intrigen fortfuhr.

Sie spielte an ihren Perlen herum und stellte erfreut fest, dass der Ausschlag an ihrem Hals nach oben gewandert war. Die Blutergüsse waren zwar verschwunden, aber er sorgte dafür, dass die Jury sah, wie ihre Hand zitterte. Wie sehr sie mit den Tränen kämpfte. »Er hat mich natürlich geschlagen. Und er hat mich gewürgt. Außerdem hat er mich zum Sex gezwungen.«

»Einspruch!« Jerrys Anwältin hatte sich erhoben, und ihr juristischer Protest hallte laut und deutlich durch den altehrwürdigen, mahagonigetäfelten Saal.

Angie sah, wie der Zeichner, der sich mächtig ins Zeug legte, zu dieser knallharten Frau mit der kurzen Perücke und der schwarzen Robe aufschaute, während er eine Momentaufnahme dieses schier endlosen Prozesses aufs Papier brachte; während er das Drama, die Empörung und die öffentliche Verwunderung darüber festhielt, dass sich der Liebling der Labour-Partei so weit abseits der erlaubten Wege herumgetrieben hatte. Natürlich würde Jerry auf »nicht schuldig« plädieren. Es war ein geschickter Schachzug, sich von einer Frau verteidigen zu lassen, um bei dem Richter den Eindruck zu erwecken, dass er kein gewalttätiger Frauenhasser war. Vielleicht würde er damit tatsächlich durchkommen. Er konnte äußerst charmant sein, solange er seine Maske nicht fallen ließ. Aber seine Chancen standen schlecht. Dank Bev wusste Angie genau, welche Beweise der Staatsanwalt in der Hinterhand hatte.

Während sie die Geschichte ihres häuslichen Albtraums vortrug, trotzte sie den Einwürfen, die die Verteidigung zwangsläufig an sie richtete. Sie genoss das warme Gefühl in ihrer Magengrube, in der sich ein urzeitliches Gebräu aus Beklommenheit, leidvollen Erfahrungen und teuren juristischen Ratschlägen zu einem verhaltenen Optimismus vermischte.

»Sie werden das Haus behalten dürfen«, hatte ihre Scheidungsanwältin in Spinningfields in einem Hochhaus aus Stahl und Glas gesagt. »Natürlich wird sein Vermögen bis zum Ende des Prozesses eingefroren. Man wird die veruntreuten Gelder und alle illegal erlangten Güter beschlagnahmen. Aber sobald der Fall abgeschlossen ist, werden Sie ein angenehmes Auskommen haben. Und was noch wichtiger ist …« Die elegant gekleidete, abgebrühte Anwältin, die dreihundertfünfzig Pfund pro Stunde berechnete – ein Honorar, das sie nur verlangen konnte, weil sie seit zwanzig Jahren in der obersten Liga spielte –, hatte ihr schließlich die Hand getätschelt. »Er wird ins Gefängnis kommen, und dann sind Sie vor ihm sicher.«

Nachdem Angie einen weiteren Tag im Old Bailey überstanden hatte, schlang sie draußen ihren Mantel fest um den Körper, um sich gegen den Septemberwind zu schützen, und eilte durch die Menge der Paparazzi. Sie gab sich Mühe, ein Lächeln zu unterdrücken, damit die Boulevardreporter sie nicht beschuldigten, mit einem kriminellen Politiker unter einer Decke zu stecken. Unglücklicherweise hatten sie bereits erfahren, dass sie Bevs Dienste in Anspruch genommen hatte. Angie und Bev hatten beschlossen, es für sich zu behalten, dass Bev für Jerry den Köder gespielt und seine Konten gehackt hatte. Wenn die Presse herausfand, wie die Polizei im Einzelnen an die Beweise gegen den mächtigen Jerry Fitzwilliam, den Betrüger, Frauenschänder und Mordkomplizen, gelangt war, wäre das für sie ein gefundenes Fressen, und Angie wäre wegen Meineids dran.

»Wie ist es, mit einem Mann zusammenzuleben, der Millionen von Steuergeldern veruntreut hat, Angela?«, fragte sie ein Reporter und hielt ihr sein Aufnahmegerät viel zu dicht vors Gesicht. »Wussten Sie, dass er für seine Freunde Sexpartys mit Drogen organisiert hat? Wussten Sie von Tatjana Lebedew?«

*Natürlich wusste ich nichts davon, du Schwachkopf*, dachte Angie und drängte sich an dem aufdringlichen kleinen Penner mit seinen Spekulationen, Abgabeterminen und seiner lächerlichen Frisur vorbei. *Geh einfach weiter, Angie. Und halte ein Taxi an.*

Als sie auf der anderen Straßenseite schließlich auf der Rückbank eines Taxis Platz nahm, sah sie Bev vor der stattlichen weißen Steinfassade des Old Bailey stehen. Sie wirkte winzig unter der gewaltigen Kuppel mit der Statue der Justitia, die einige Meter weiter oben, über der bunten Schar von Reportern und Fotografen, mit Schwert und Waage in den Händen thronte.

»Herrje«, flüsterte Angie, als Bev sie in dem Taxi sah, das jetzt kehrtmachte und in Richtung Fluss abbog. »Sie hasst mich dafür, dass ich sie in die Sache reingezogen habe. Ich sehe es ihr an. Obwohl ich Dad angefleht habe, mir etwas Geld zu leihen, damit ich sie bezahlen kann.«

Angie wandte sich ab, um ihr schlechtes Gewissen zu vertreiben, und zwang sich, ihre Gedanken auf das London Bridge Hotel zu richten. Dort wartete ihr neues Kindermädchen, Klaudia, mit den Kindern, nachdem die drei einen von Angie sorgfältig geplanten, wunderbaren Spaziergang am Fluss unternommen hatten, um sich das Kriegsschiff *HMS Belfast* und die Tower Bridge anzuschauen. Obwohl bei den Anhörungen vor Gericht Angies Charakter, ihre moralischen Werte und ihre Redlichkeit offensichtlich genauso auf dem Prüfstand standen wie die Taten dieses widerlichen Heuchlers, den sie geheiratet hatte, durfte sie ihre Prinzipien als Mutter nicht aufgeben. Die Kinder mussten einer sinnvollen Aktivität nachgehen, und

Klaudia musste von ihr ebenso mit Aufgaben betraut werden wie der Gärtner, die Bügelfrau und die Putzfrau. Für morgen war ein Besuch in der Tate Modern mit einem Mittagessen in der Cafeteria geplant. Und für den Tag darauf ein Ausflug zum London Eye. Sie würden es lieben.

Angie war stolz darauf, dass sie den Laden zusammenhielt und es sogar geschafft hatte, ihre Garderobe um ein geschmackvolles Stück zu erweitern. Ihr Abstecher in die New Bond Street hatte sich gelohnt. Das neue schwarze Kleid war eine Augenweide. Es besaß das richtige Maß an Sittsamkeit und Eleganz. Ihr Dad musste ja nicht erfahren, dass achthundert Pfund von den drei Riesen, die er ihr für Bev geliehen hatte, in die Kasse von Burberry gewandert waren. Eine echte Dame konnte eben auf bestimmte Dinge nicht verzichten.

Der Gedanke entlockte ihr ein Kichern, während das Taxi rumpelnd in Richtung Blackfriars fuhr. Angie spürte, wie ihre Schultern sich ein wenig entspannten, als das glitzernde Band der Themse im Blickfeld erschien. Endlich waren sie auf freier Fläche. Aber kurz darauf fuhren sie durch die verkehrsreiche, beengte Upper James Street, die sie an den neu erbauten Türmen im Finanzviertel – Jerrys ehemaligem Revier – vorbeiführte.

Der Gedanke daran ließ Angie vor Abscheu erzittern. Momentan gab es keine Möglichkeit, dem furchtbaren Vermächtnis von Jerry Fitzwilliams Fehltritten zu entkommen. Aber das spielte keine Rolle. Denn sie dachte langfristig. Bald wäre sie ein freier Mensch. Und sie verdankte diesen Neubeginn ganz allein Beverley Saunders.

## KAPITEL 50

# Bev

Bev starrte traurig auf die Bodenfliesen aus Vinyl und die Gitterstäbe an den Fenstern, während sie sich auszumalen versuchte, wie es wäre, an einem anderen Ort ein Büro zu eröffnen, in Räumlichkeiten mit einem glänzenden Holzfußboden und weiß gestrichenen Wänden voller skurriler Gemälde. Mit eleganten Sofas, auf denen die Klienten im Wartezimmer bei einem Milchkaffee aus einem Gaggia-Automaten in Zeitschriften blättern konnten, bevor Bev sie zu einem ersten Beratungsgespräch in ihr Büro bat, um ihnen zu erklären, wie sie ihnen Gerechtigkeit verschaffen könnte ... und zwar gegen ein Honorar auf Stundenbasis. Sie stellte sich den Aufwand vor, der nötig wäre, um dieses Drecksloch in einen freundlichen Arbeitsplatz zu verwandeln.

»Ich denke, da kann man was draus machen«, sagte sie, als sie die hohen Decken bemerkte. Die hatte sie an Altbauten stets geliebt. »Was meinst du?«

Doc zuckte mit den Schultern. »Es ist okay. Aber ich finde immer noch, dass wir kein Büro brauchen.«

Das aufgesetzte Grinsen im glänzenden Gesicht des Maklers wurde ein wenig schwächer, und er begann mit den knallbunten Anhängern an seinem klirrenden riesigen Schlüsselbund herumzuspielen. »Ich denke, das hier sind die besten Räumlichkeiten, die Sie zu diesem Preis in Altrincham finden werden. Die Bedeutung anständiger Geschäftsräume ist nicht zu unterschätzen.« Er warf einen Blick auf seine große goldene Uhr, als hätte er irgendwo anders noch einen lukrativeren Termin.

Für einen kurzen Moment fragte Bev sich, ob Immobilienmakler zu Hause vor dem Spiegel ihren Text aufsagten, bevor sie ins Bett gingen, und sich am Morgen nach dem Duschen das Gesicht mit einer öligen Politur einrieben. »Ich denke, es ist ein wenig übertrieben, diese Räumlichkeiten als ›anständig‹ zu bezeichnen.«

»Ich habe noch weitere Interessenten, die in ein paar Minuten vorbeikommen, um sich hier umzuschauen. Das Geschäft geht heute über die Bühne. So viel steht fest.«

Das Bild von dem entspannten Arbeitsplatz, das Bev vor ihrem geistigen Auge sah, verflüchtigte sich schnell wieder. Die Schmetterlinge in ihrem Bauch hatten die Flucht ergriffen und wurden jetzt von ihren Bedenken verdrängt. Doch sie wollte sich nicht von ihrem Traum verabschieden, nun, da sie kurz davorstand, ihn in die Tat umzusetzen. »Würden Sie uns einen Moment allein lassen, damit wir uns umsehen und die Sache besprechen können?«

Der Makler nickte und verschwand. Bev und Doc waren jetzt allein.

»Hör zu, das ist eine großartige Gelegenheit«, sagte Bev und ging in die zweckmäßige, aber heruntergekommene Küche, wobei ihre Schritte durch die Räume hallten. »Zwei Büros und ein Empfangsbereich. Dazu eine Küche. Und es gibt sogar eine verdammte Dusche! Allerdings ist es ein echtes Drecksloch.«

»Eben. Außerdem brauchst du für deinen Job sowieso kein Büro, Bev.« Doc ging mit unbeweglicher Miene an der Küche vorbei und weiter in die Büros dahinter. »Und ich ganz bestimmt auch nicht.«

Bev versuchte die Dusche in dem winzigen Badezimmer aufzudrehen. Die begann, zu spritzen und zu spucken, da sich Luft ihren Weg durch die Leitung bahnte, die lange nicht benutzt worden war. Schließlich tröpfelte etwas Wasser aus dem schmutzigen Duschkopf aus Plastik. Bev zuckte mit den Achseln. »Ich denke, dass wir mit höchstens zwei Riesen alles wieder auf Vordermann bringen können. Überleg es dir, Doc. Ich brauche einen Ort, an den misshandelte und verängstigte Menschen kommen können. Einen neutralen Ort mit Privatsphäre. Außerdem brauche ich eine Wohnung.«

Doc stand jetzt hinter ihr und kaute auf seiner Unterlippe herum, während er mit finsterem Blick die braune Kloschüssel betrachtete. »Mein Gott. Das ist selbst für meine Verhältnisse widerlich.«

»Es gibt nichts, was man mit einem guten WC-Reiniger nicht wieder wegbekommt, Doc. Außerdem musst du auch irgendwo schlafen oder hast du vergessen, dass man bei dir eingebrochen hat, als du bei deinen Eltern warst?«

»Nein. Und obwohl Jerry Fitzwilliam für zehn Jahre in den Knast wandert, fühle ich mich nicht sicher, solange seine kleinen Spione wissen, wo sie mich finden können. Aber wenn ich in ein Büro ziehe, auf dessen Mietvertrag unsere Namen stehen, verhalte ich mich wohl kaum unauffällig, oder? Außerdem steht im Kleingedruckten sowieso bestimmt, dass man es nicht als Wohnraum nutzen darf.«

Bev schob sich an ihm vorbei und blieb in der Mitte des leeren Büroraums stehen, den sie im Geiste bereits für sich reserviert hatte. Sie betrachtete das vergitterte Fenster mit Blick auf ein paar Mülltonen. Die zerfetzten Teppichfliesen. Die blätternde Farbe. Das hier war nicht das Gefängnis. Und auch nicht Sophies verschimmelter Keller. Es war perfekt. »Es ist ja nur vorübergehend, oder? Jetzt, wo Angie mich bezahlt hat, bin ich gut bei Kasse. Dies ist der richtige Zeitpunkt, um in mein Geschäft zu investieren, und du, mein Freund, bist mein Geschäftspartner, ob es dir nun gefällt oder nicht.«

»Dein stiller Teilhaber.«

»Das läuft aufs Selbe hinaus. Wie auch immer. Ich bin noch mal heil davongekommen. Genauso gut könnte ich jetzt hinter anderen Gittern sitzen. Wenn Kandice mit K nicht so hartnäckig gewesen wäre …«

Doc warf den Kopf in den Nacken und lachte. »Hartnäckig? Die Frau war ein Witz! Mensch Bev, du brauchst eine bessere Anwältin als sie. Man hat die Klage gegen dich nur fallen lassen, weil das Parlament die Sache unter den Teppich kehren wollte.«

»Du witterst überall irgendwelche Verschwörungen, was? Du bist so ein paranoider …«

»Man wollte unter allen Umständen verhindern, dass die Justiz einen prominenten Politiker dafür drankriegt, dass er eine minderjährige Sexsklavin gevögelt und dann dabei geholfen hat, ihre zerstückelte Leiche zu entsorgen. Menschenskind! Glaubst du etwa, dass die Leute vom MI5 nicht zwei und zwei zusammengezählt haben, als sie das Video mit diesen maskierten Wichsern gesehen haben?«

»Was?« Bev sah nach draußen in den grauen Himmel und lächelte, weil ein blauer Streifen die dichte Wolkendecke durchbrochen hatte. Vor ihr lagen jetzt bessere Zeiten.

Doc trat gegen eine ausgefranste, verbogene Teppichfliese und steckte mit einer linkischen Bewegung die Hände in die Gesäßtaschen seiner stonewashed Jeans. Heute trug er dazu ein langärmeliges T-Shirt mit der Aufschrift *Los Pollos Hermanos*. Wie stets war er ganz der adrett gekleidete Geschäftsmann. »Sie glauben offenbar, dass es sich, abgesehen von Tim, von dem wir wissen, dass er der Wolf war, bei den Männern wohl um hochrangige Politiker wie Fitzwilliam handelt. Richtig? Das liegt doch auf der Hand. Vielleicht kennen sie ihre Identität! Aufgrund von körperlichen Unterscheidungsmerkmalen und dergleichen. Es käme ihnen äußerst ungelegen, sollte im Zuge weiterer Ermittlungen herauskommen, dass es im Parlament eine Clique von Pädophilen gibt, die sich mit Koks zudröhnen und junge Mädchen umbringen. *Darum* hat man deinen Fall zu den Akten gelegt. Hat dir deine Anwältin das nicht gesagt? Hat sie dir nicht gesagt, dass kein öffentliches Interesse daran besteht, deinen Fall vor Gericht zu bringen?«

Plötzlich hatte Bev das Gefühl, dass der blaue Streifen wieder hinter den Wolken verschwand, als das Chaos der letzten Wochen wie ein Schreckgespenst in dieser hoffnungsvollen Lücke heraufzog, alles verdunkelte und ihrem Optimismus das Leben aushauchte. Da waren Robs Drohungen, dass sie Hope nie wiedersehen würde. Der Brief seines Anwalts mit dem Antrag auf eine einstweilige Verfügung. Sophies Aufkündigung ihrer Freundschaft. Und die Aussicht, ihre Unabhängigkeit, ihr Kind und ihren guten Ruf zu verlieren. Diese endzeitliche Katastrophe wollte sie nicht noch einmal durchleben.

»Als Kandice mich anrief und fragte, ob ich gerade sitze, dachte ich, man würde die Höchststrafe fordern oder aufs Ganze gehen und mich wegen Mordes anklagen«, sagte Bev zu Doc. »Aber es stimmt. Man hat das Verfahren so schnell eingestellt, als könnte man sich die Finger daran verbrennen. Meine Anwältin hat gesagt, das habe man getan, weil ich die einzige Zeugin sei und es haufenweise Gründe für mildernde Umstände gebe. Aber wenn ich jetzt so darüber nachdenke, dann hast du recht. Man hat die Sache vertuscht. Tims Tod hat die überhaupt nicht interessiert. Es ging nur um die mutmaßliche Identität von Hahn,

Pferd und Bulldogge. Ich habe mich gefragt, warum man Jerry nur wegen Betrugs und nicht auch wegen des Mordes den Prozess gemacht hat.«

Als Doc ihr aufmunternd die Hand auf die Schulter legte, verschwand das Schreckgespenst wieder, und der blaue Streifen kam erneut zum Vorschein.

»Du bist jetzt aus dem Schneider. Vergiss die ganze Sache. Dein Telefon hört gar nicht mehr auf, zu klingeln, weil ständig potenzielle Klienten anrufen. Für die unfair behandelten Underdogs und schikanierten Frauen im Land bist du jetzt so eine Art Rache-Ninja.« Er machte ein Teufelszeichen und schlug die Saiten einer Luftgitarre an. »Ende gut, alles gut, Bev.« Doc marschierte zielstrebig ins Nachbarbüro und kehrte nickend wieder zurück. »Scheiß drauf. Lass uns die Bude nehmen. Wir können unser ganzes Zeug hierherschaffen, nur als Übergangslösung. Wir mieten uns hier für sechs Monate ein, okay? Und besorgen uns zwei Schlafsofas. Aber wir behalten die Sache für uns.« Er reckte grinsend den Daumen in die Höhe. »Es gibt hier sogar einen Abstellraum für mein Lego.«

»Großartig. Genauso machen wir es.«

Die nervöse Unruhe, die Bev jetzt in ihrem Magen verspürte, fühlte sich gut an. Zum ersten Mal seit vielen Jahren hatte sie das Gefühl, wieder die Kontrolle zu haben. Zum ersten Mal, seit sie als Mädchen zu den Balken an der Decke hochgestarrt hatte, sah sie ihren Vater nicht mehr mit aschfahlem Gesicht hin und her baumeln. Zum ersten Mal stellte sie sich nicht mehr vor, wie ihre Mutter mit einem Glas Wodka und einem Pinsel in der Hand in der Zimmerecke stand und ihr erzählte, dass sie zu ungeschickt und glücklos sei, um den Drahtseilakt des Lebens zu meistern, ohne dabei zu stürzen. Das Büro war leer. Eine weiße Leinwand, die Bev nach ihren Vorstellungen gestalten konnte.

# Epilog

»Wird der böse Mann noch mal bei uns einbrechen?«, fragte Hope und verzog fragend ihr kleines, blasses Gesicht.

Bev strich das weiche kastanienbraune Haar ihrer Tochter glatt, das die frische Brise am See zu zuckerwatteartigen Büscheln zerzaust hatte. »Nein, mein Schatz. Natürlich nicht. Vergiss ihn einfach. Wir sind hier, um dieses gemeinsame Wochenende nachzuholen. Und wir machen da weiter, wo wir das letzte Mal aufgehört haben.« Sie nahm Hope fest in die Arme und atmete ihren lieblichen Duft nach Kindheit, Anmut und Unschuld ein. Es gab keinen schöneren Duft auf der Welt. »Hast du Lust auf ein wenig Spaß?«

»Mit dir macht es immer Spaß. Beste Mama der Welt.«

»Mein Goldstück.«

Sie hatten in dem wunderschönen viktorianischen Hotel direkt am Ufer des Ullswater eingecheckt, und Bev war mit Hope an der Hand zum Spielplatz gegangen. Bev genoss den Anblick, wie ihre Kleine die Leiter der Rutsche hinaufkletterte und dann, vergnügt kreischend, in ihre ausgebreiteten Arme hinuntersauste.

Die Sonne war jetzt herausgekommen und hatte den See in eine riesige Fläche blauer Folie verwandelt. Der Wind wehte das Blöken flauschiger weißer Schafe zu ihnen herüber, und über den tiefblauen Himmel jagten weiße Schäfchenwolken, als würde sich in ihm die Welt am Boden widerspiegeln. Während

Bev die saubere Luft einatmete, spürte sie, dass dies ein Neubeginn war; dass ihr die Dinge, die sie in letzter Zeit durchgemacht hatte, frische Kräfte verliehen hatten.

»Stoß mich an, Mami!«, rief Hope und bewegte ihren Oberkörper auf der Schaukel vor und zurück, während sie mit ihren kleinen Fäusten die Ketten umklammerte.

Bev tat ihr den Gefallen und dachte über ihre Entscheidung nach, die Identität von Hopes Vater für sich zu behalten. Sicher, wenn sie vor Tims Beerdigung einen DNA-Test in Auftrag gegeben hätte, um seine Vaterschaft zu beweisen, wäre sie Rob ein für alle Mal los gewesen. Sie hätte sogar das Haus bekommen können, das er mit Hope bewohnte, da Rob nur die Ansprüche eines kinderlosen Ex-Partners hätte geltend machen können und Bevs Bedarf für Hope Vorrang gehabt hätte. Außerdem hätte sie in Hopes Namen einen Teil von Tims beträchtlichem Vermögen einfordern können. Aber sie hatte beschlossen, das Geheimnis für sich zu behalten, um Hope nicht das Herz zu brechen mit der Erkenntnis, dass der Mann, den sie in den ersten zehn Jahren ihres Lebens als Vater geliebt hatte, nur ein weiterer verflossener Liebhaber ihrer Mutter war; dass ihr leiblicher Vater ein Monster gewesen war; dass sie in ihrem Körper ein genetisches Erbe trug, das sie als fehlerhaft und unrein brandmarkte. Auf keinen Fall wollte Bev ihr heißgeliebtes Kind mit derselben emotionalen Bürde belasten, die ihr selbstmordgefährdeter Vater und ihre alkoholkranke Mutter ihr auferlegt hatten: der Überzeugung, dass sie von Geburt an zum Scheitern verurteilt war.

»Komm«, sagte Bev, zog Hope von der Schaukel und rannte mit ihr den Weg zum glitzernden See hinunter. »Wir laufen um die Wette zu den Ruderbooten.«

Während Bev die Ruder sanft durch das kristallklare Wasser zog, lauschte sie ihrer Tochter, die ihr begeistert von der Schule, ihren Freunden und ihrem Lieblingsessen erzählte, und davon, dass sie eines Tages gerne ein Kätzchen hätte. Bev steuerte das Boot auf die Insel in der Mitte des Sees zu und beobachtete, wie Hope ihre schmalen Finger in das eiskalte Wasser tauchte. Sie waren umgeben von den majestätischen, steilen, felsigen Hügeln, die sich meilenweit um den Ullswater herum erstreckten. Außer ihrem Lachen war nur noch das Blöken der Schafe zu hören. Das warme Sonnenlicht erleuchtete ihre Gesichter und vertrieb die Schatten von Streit und Trennung. An diesem wunderbaren, unberührten Ort schien jede Gefahr unendlich weit entfernt. Bev wusste, dass sie erst einmal – zumindest, bis sie den nächsten Auftrag annahm – vom Drahtseil gestiegen war, und sie konnte unter ihren schmerzenden, müden Füßen den festen Boden mit all seinen vielversprechenden Zukunftsaussichten spüren.